WERONIKA ANNA MARCZAK

The Monet Family

Shine Bright Like a Treasure

AF197668

atb aufbau taschenbuch

WERONIKA ANNA MARCZAK

The
MONET FAMILY

Shine Bright Like a Treasure

R O M A N

Aus dem Polnischen
von Paulina Schulz

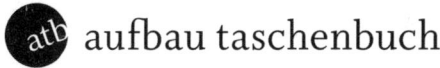
aufbau taschenbuch

Die Originalausgabe unter dem Titel
Rodzina Monet – Skarb
erschien 2023 bei You&YA, MUZA, Warschau.

Liebe Leser:innen,
in *The Monet Family – Shine Bright Like a Treasure*
sind potenziell triggernde Inhalte enthalten.
Hierzu findet Ihr am Ende dieses Buches entsprechende Hinweise.
Wir wünschen Euch ein schönes Leseerlebnis.
Eure Aufbau Verlage

MIX
Papier | Fördert
gute Waldnutzung
FSC® C083411

ISBN 978-3-7466-4142-3

Aufbau Taschenbuch ist eine Marke
der Aufbau Verlage GmbH & Co. KG

Für meine Lieben:

Asia K., Dominika M., Sylwia W., Nikola M.,
Nikola G., Karolina K., Zuzia P., Basia A.
Dafür, dass ich Euch habe und dass Ihr mir jederzeit
das Beste wünscht.

Für meine Eltern, deren Unterstützung unersetzlich ist.

Für meine Leser:innen, denen ich es verdanke,
dass mein Traum in Erfüllung gegangen ist.

1

Die Villa der Monets

Es war der Tag, an dem meine Großmutter in Ohnmacht fiel.

Sie brach einfach zusammen, eine Tasse heißen Tee in den Händen. Plötzlich herrschte Chaos. Meine Mutter schrie mich an, ich solle aufpassen, mich nicht an den Scherben der zerbrochenen Tasse zu schneiden, und kniete sich zu meiner Großmutter. Ihre weit aufgerissenen Augen und ihr gespenstisch blasses Gesicht sollten mich später bis in meine Träume verfolgen. Ich wollte so gern helfen, hielt es jedoch für besser, meiner Mutter aus dem Weg zu gehen, die sich sofort zum Aufbruch fertig machte. Ich sehe noch vor mir, wie sie meiner Großmutter den Mantel um die Schultern legte, sie aus der Wohnung führte und mir in aller Eile zurief, ich solle nicht warten und am besten ins Bett gehen, weil es schon spät sei und ich ja morgen Schule hätte. Dann schob sie noch rasch hinterher, alles würde wieder gut werden, und bat mich, die Tür hinter ihnen abzuschließen. Das war das Letzte, was sie zu mir sagte.

Viele Stunden später schloss ich die Tür wieder auf. Davor standen zwei grimmig dreinblickende Polizisten, denen ich in einem abgetragenen T-Shirt und karierten Schlafshorts entgegenblickte.

Müde rieb ich mir die Augen, als einer von ihnen mit angespannter Stimme erzählte, dass das Auto meiner Mutter von einem betrunkenen Fahrer gerammt worden war. Nachdem sie viele Stunden im Krankenhaus verbracht hatten, waren meine Mama und meine Oma gerade wieder auf dem Weg nach Hause gewesen.

Keine von ihnen hatte überlebt.

Mein Herz blieb für einen Moment stehen und pochte dann rasend schnell. Meine Müdigkeit schlug augenblicklich in tiefe Verzweiflung um. Ich weiß nicht mehr wann, irgendwann tauchte der Sozialdienst auf. Fremde Menschen versuchten, mich mit sanften Stimmen zu beruhigen, während ich auf dem Sofa saß und weinte. Später starrte ich nur stumpf auf den Boden und zuckte jedes Mal zusammen, wenn jemand meine Schulter berührte. Ein endloser Strom von Tränen lief mir über die Wangen und durchnässte mein Shirt. Jemand reichte mir Taschentücher, doch ich wusste nicht recht, was ich damit anfangen sollte. Einen Schmerz, wie ich ihn in diesem Moment empfand, sollte niemand fühlen, schon gar nicht ein vierzehnjähriges Mädchen. Ich hatte meine Mama und meine Oma verloren, die einzigen Menschen, die mir nahestanden. Meine Familie.

Ich war mir sicher, dass ich nun wie all die Waisenkinder, die ich aus Büchern und Filmen kannte, von einer Pflegefamilie zur nächsten weitergereicht werden würde. Doch etwas anderes geschah, etwas, das mein Leben noch viel drastischer verändern sollte.

Man sagte mir, dass ein gewisser Vincent Monet von nun an mein gesetzlicher Vormund sein würde. Einen schmerzhaften Moment lang glaubte ich, er könne mein biologischer Vater sein. Jener Mann, von dem ich rein gar nichts wusste. War er etwa gefunden worden?

Es stellte sich jedoch heraus, dass es sich bei diesem Vincent um meinen Halbbruder handelte. Als ich das hörte, wurde mir ganz schwindelig. Ein Bruder. Ich hatte einen Bruder! Ich war als Einzelkind aufgewachsen, und nun erfuhr ich, dass ich einen älteren Bruder hatte, der sich bereit erklärt hatte, mich bei sich aufzunehmen.

Bald darauf saß ich in einem Flugzeug, auf dem Weg in eine neue Welt. Inzwischen hatte ich schon ein paar Infos mehr. Ich wusste, dass ich nicht weniger als fünf Brüder hatte, dass sie alle älter waren als ich und zusammen im Haus der Familie in Pennsylvania lebten. Und es gab kaum etwas, das mir mehr Angst hätte machen können, denn ich hatte in meinem Leben noch nie besonders viel mit Männern zu tun gehabt. Ich war ohne Vater aufgewachsen, hatte, zumindest soweit ich wusste, nicht mal einen Onkel. Die einzigen Erwachsenen des anderen Geschlechts, die ich kannte und einigermaßen regelmäßig sah, waren ein paar Lehrer in der Schule, mein Arzt und ein Nachbar, der so tat, als würde er mich nicht bemerken, wenn ich Kirschen aus seinem Garten mopste.

Die Reise nach Amerika dauerte weniger lange, als ich es mir gewünscht hätte; kaum acht Stunden verbrachte ich im Flieger über dem Atlantik, gerade lange genug, um meine Nervosität noch zu verstärken. Und als der Pilot ankündigte, dass wir in wenigen Minuten landen würden, begann ich unwillkürlich zu zittern. Die Frau, die neben mir saß, dachte wahrscheinlich, ich würde an Flugangst leiden, und lächelte mich beruhigend an. Tja, ich hätte viel dafür gegeben, wenn der Grund für meine Unruhe so banal gewesen wäre.

Kurz darauf stand ich in der Schlange vor der Passkontrolle. Verkrampft klammerte ich mich am Riemen meines Handgepäcks fest, der mir über der Schulter hing, hörte das panische Klopfen meines

Herzens in meinen Ohren, als stünde ich kurz vorm Kollaps. Immer wieder versuchte ich, unauffällig tief einzuatmen, um mich zu beruhigen. Wenn mich jemand beobachtete, würde er bestimmt denken, dass ich etwas Illegales über die Grenze schmuggeln wollte. *Was, wenn die Beamten mich nicht ins Land lassen, weil ich ihnen verdächtig vorkomme?*, dachte ich plötzlich.

Ich biss mir so fest auf die Unterlippe, dass es wehtat. Ich verzog das Gesicht und fuhr mir mit der Zunge über meinen trockenen Mund. Seit das Leben, wie ich es gekannt hatte, vorbei war, heulte ich entweder durchgehend, oder ich kompensierte meinen Stress mit der unschönen Angewohnheit, mir auf der Lippe herumzukauen.

Mein Pflegestift war irgendwo in der Schminktasche, tief verborgen in dem Koffer, in den ich fast mein ganzes Leben hatte packen müssen. Ich weiß noch, wie schrecklich es sich angefühlt hatte, nach der Katastrophe durch die Tür der Wohnung zu treten, in der ich mit meiner Mutter und Großmutter so gut wie mein ganzes Leben verbracht hatte, und mir klar wurde, dass ich mein Zuhause – im wahrsten Sinne des Wortes – verloren hatte. Der Vermieter sprach mir erst sein Beileid aus, um mich gleich darauf höflich zu bitten, die Wohnung so bald wie möglich zu räumen. Es war für mich unbegreiflich, dass ich zum letzten Mal im Heim meiner Kindheit sein sollte. Ich war sehr dankbar für die Hilfe einer einfühlsamen Sozialarbeiterin, die mir mit viel Geduld und Freundlichkeit bei dieser unangenehmen Aufgabe zur Seite stand, während ich wie gelähmt war und nicht wusste, was ich tun sollte.

Ich seufzte bei der Erinnerung und blickte mich um, in der Hoffnung, unter all den Menschen um mich herum jemanden zu entdecken, der genauso einsam war wie ich. Ich sah ein paar Alleinreisende, aber keiner von ihnen schien ähnlich verloren zu sein. Ansonsten waren hier überwiegend Gruppen – Freunde, Paare und Familien mit Kindern, bei deren Anblick mir die Brust eng wurde.

Ich holte mein Handy aus der Tasche und warf einen Blick auf das Display. Keine Nachrichten, keine Anrufe. Niemand fragte, ob ich gut angekommen war. Dann wisperte mir die harte Stimme Realität den grausamen Grund für diese Funkstille ins Ohr: *Hailie Monet, du hast niemanden zurückgelassen, der sich für dich interessieren würde.*

Als ich endlich an der Reihe war, warf der zuständige Beamte einen Blick auf mein Passfoto und stellte mir dann eine einfache Frage, die ich mit zittriger, heiserer Stimme beantwortete. Glücklicherweise war er nicht übermäßig misstrauisch und hieß mich mit einem freundlichen Lächeln in den Vereinigten Staaten willkommen.

Am Gepäckband musste ich eine ganze Weile warten, bis mein riesiger Koffer auftauchte. Ein Mann, der mit mir im Flugzeug gewesen war, half mir, ihn vom Band zu wuchten. Ich dankte ihm und freute mich über seinen offensichtlichen britischen Akzent, als er mir antwortete. Nach einer Weile verschwand der Mann in der Menge, für immer verloren in diesem großen Land, und irgendwie hatte ich das Gefühl, dass mit ihm meine letzte, symbolische Verbindung zu England gekappt worden war.

Mit müdem Blick betrachtete ich meinen Rollkoffer, der eigentlich eher eine dunkelgrüne Tasche auf Rädern war, die meine Oma immer zu ihrer jährlichen Kurreise mitgenommen hatte. Ich brauchte einen Moment, um mich zu sammeln und danach zu greifen. Wenn ich gekonnt hätte, hätte ich mich einfach auf den Boden sinken lassen, an die Decke gestarrt und wäre auf ewig so liegen geblieben. In diesem Moment war mir alles so dermaßen egal … Ich überlegte schon ernsthaft, mich für eine Weile irgendwo hinzuhocken, als plötzlich mein Telefon vibrierte.

Wie mechanisch zückte ich mein Handy und versuchte, die Angst, die mich auf einmal zu überwältigen drohte, zu ignorieren. Beim Anblick der Nachricht, die von einer mir unbekannten Nummer kam, blieb mein Herz erst beinahe stehen und raste dann wie verrückt. Es war eine SMS von meinem Bruder: **Ich warte in der Ankunftshalle, neben der Apotheke.** Nur das, mehr nicht. Keine Begrüßung, kein kleiner Scherz zur Auflockerung, nicht einmal ein alberner Smiley.

Mit einer Hand hielt ich die Tasche auf meiner Schulter, während sich die Finger meiner anderen Hand fest um den Griff des Rollkoffers krallten. Ich begann, mit langsamen Schritten auf die Schiebetür zuzutrotten, und mit jedem einzelnen Schritt spannte sich mein Körper mehr an. Immer stärker wurde das Gefühl, direkt in das Maul eines Löwen hineinzulaufen. Ich hatte definitiv zu viele Bücher über böse Stiefmütter, strenge Stiefväter und boshafte Stiefgeschwister gelesen. Immerhin waren die Menschen, die ich heute treffen würde, meine Halbbrüder. Es gab keinen Grund, zu befürchten, dass sie gemein zu mir sein würden.

Okay, bleib locker, flüsterte ich mir im Geiste zu, *Kopf hoch.*

Vor dem Durchgang in die Ankunftshalle hielt ich kurz inne, mein langer Zopf störte mich, und ich warf ihn mir auf den Rücken. Dann vergewisserte ich mich noch, dass ich mein Handy auch sicher in der Tasche meines Hoodies verstaut hatte. Schließlich holte ich tief Luft und ging weiter.

Die Ankunftshalle war riesig und erfüllt von Geschäftigkeit und dem Lärm der Reisenden. Aus den zahllosen Restaurants und Cafés drangen fremde Gerüche an meine Nase. Menschen fielen sich in die Arme, lachten fröhlich, sobald sie ihre Familien sahen. Es war mir alles so was von zu viel! Am liebsten wäre ich sofort wieder in ein Flugzeug gestiegen, das mich nach England zurückbrachte.

Dann entdeckte ich neben dem Schaufenster einer Fast-Food-Kette das Symbol einer Apotheke und eilte in die Richtung. Ich suchte die Gesichter der Leute ab, die dort standen, aber ich fand niemanden, der bei meinem Anblick aufmerkte. Alle Leute sahen gleichgültig an mir vorbei, und ich wusste ja nicht einmal, nach wem ich Ausschau halten sollte. Ich hatte keine Fotos von meinen Brüdern gesehen. Also konzentrierte ich mich einfach darauf, nicht zu stolpern. Es wäre peinlich gewesen, wenn ich genau jetzt am Kofferrad oder sonst wo hängen geblieben wäre.

»Hailie.«

Ich blieb stehen und drehte mich abrupt um. Das Erste, was ich sah, war der tiefe Ausschnitt des marineblauen Poloshirts eines Mannes, der direkt vor mir stand. Ich hob meinen Kopf und sah in warme blaue Augen von überraschender Freundlichkeit.

Ich öffnete meinen Mund, um »Hallo« zu sagen, aber bevor ich auch nur ein Wort herausbringen konnte, schloss ich ihn wieder. Ich kannte nicht einmal den Namen dieses Typen.

»Wie schön, dich zu sehen«, begrüßte er mich mit unüberhörbarem amerikanischem Akzent. Dann öffnete er die Arme und drückte mich an sich, behutsam und langsam, vermutlich, weil er mich nicht erschrecken wollte – aber zugleich wirkte es ganz natürlich. Als ob ich wirklich seine Schwester wäre. Eine Schwester, die er schon ewig kennt und nach langer Abwesenheit vom Flughafen abholt.

Diese Begrüßung war eine Überraschung für mich, und ich musste zugeben, dass sie mir gefiel. Seit dem Tod meiner Mutter und meiner Großmutter hatte mich niemand mehr umarmt. Außerdem roch er so gut und frisch, und in seinen Armen spürte ich genau jenes Gefühl von Stabilität und Ruhe, an dem es mir so sehr mangelte. Vor allem jetzt.

»Ich bin Will«, stellte er sich vor, nachdem er mich wieder losgelassen hatte. Er hielt den Kopf schräg, vermutlich um meine Reaktion zu verstehen, die ich allerdings vor ihm zu verbergen versuchte. Denn mir war gleich klar, dass seine Augen nicht nur freundlich, sondern auch wachsam und clever waren.

Ich begann, die Liste durchzugehen, die ich zuvor in meinem Kopf über meine neuen Brüder erstellt hatte – und in der ich mich immer noch nicht zurechtfand. Aber wenn ich mich richtig erinnerte, war Will nicht der älteste von ihnen.

»Es ist Vince, der zu deinem gesetzlichen Vormund bestellt wurde«, beeilte er sich zu erklären, als hätte er meine Gedanken gelesen. »Eigentlich sollte er dich abholen, aber ihm ist bei der Arbeit etwas dazwischengekommen. Das passiert oft, du wirst dich schon daran gewöhnen. Aber du lernst ihn auf jeden Fall heute noch kennen.«

Er winkte ab, wie um die Unwichtigkeit dieses Themas zu betonen, und ich nickte verständnisvoll. Ehrlich gesagt, war es mir völlig gleichgültig, wer von den fünf Brüdern mich abholte. Alles, was ich wollte, war, diesen überfüllten Flughafen zu verlassen. Als Will mir anbot, in einem der nahe gelegenen Lokale etwas zu essen zu besorgen, da wir gut zwei Stunden bis nach Hause brauchen würden, lehnte ich dankend ab. Ich wollte einfach nur weg hier.

Will schien erst darauf beharren zu wollen, runzelte aber schließlich die Stirn und ließ es zu meiner Erleichterung bleiben. Er warf einen Blick auf die schicke Uhr, die an seinem linken Handgelenk funkelte, und griff dann nach meinem Gepäck. Trotz meines Protests bestand er darauf, mir nicht nur meinen Koffer, sondern auch meine Umhängetasche abzunehmen. Ich folgte ihm, befreit von der Last, während er mein komplettes Gepäck mit Leichtigkeit trug.

Als wir nach draußen kamen, holte ich tief und hörbar Luft. Ich schloss meine Augen und spürte die leichte Brise auf meinem Gesicht. Es war das erste Mal, dass ich mich auf einem anderen Kontinent befand, und die Luft fühlte sich definitiv anders an, auch wenn ich den Unterschied schwer beschreiben konnte. Amerika roch auch anders. Irgendwie intensiver.

Will führte mich zu seinem Auto, das schwarz, groß und luxuriös war. Es musste eine Art Jeep sein, ganz sicher war ich mir allerdings nicht, da meine Autokenntnisse gegen null tendierten. Auf jeden Fall war ich noch nie in einem solchen Wagen gefahren.

Einen weiteren Moment der Verwirrung erlebte ich, als Will mir die Tür auf der rechten Seite öffnete und auf den Beifahrersitz wies. Ich hatte völlig vergessen, dass in den USA Rechtsverkehr herrscht – der erste augenfällige Unterschied zwischen meiner Heimat England und diesem für mich so neuen Land.

Will kommentierte meine Verblüffung nicht, sondern lächelte nur vage; offenbar verzieh er mir von vornherein jeden Patzer. Das ließ mich Zuversicht schöpfen. Selten hatte ich es so sehr gebraucht, sanft und mit Verständnis behandelt zu werden, wie jetzt. Noch angenehmer überrascht war ich von den kleinen Gesten meines Bruders, etwa als er sich vergewisserte, dass die Klimaanlage auf meiner Seite nicht zu kalt eingestellt war, oder als er mir eine Flasche Wasser reichte. Ich hatte nichts erwartet, noch nicht einmal ein Mindestmaß an Freundlichkeit, und empfand sofort Zuneigung für diesen Fremden, der doch meine Familie war.

Beim Verlassen des Flughafens mussten wir ein wahres Labyrinth von Straßen durchqueren, was Will offensichtlich viel Konzentration abverlangte. So konnte ich ihn in aller Ruhe ansehen, ohne zu befürchten, dass er meine Neugier bemerken würde. Doch der Anblick meines neuen Bruders machte mich einigermaßen ratlos. Natürlich hatte ich vorher nicht gewusst, was, oder genauer: wer mich erwarten würde, aber nicht eines der Bilder, die ich mir von meinen neuen Geschwistern ausgemalt hatte, entsprach auch nur ansatzweise dem Original. Es ging nicht einfach nur darum, wie gut Will aussah – schließlich war er mein Bruder –, er hatte auch eine Art natürlicher Gepflegtheit an sich, die die Perfektionistin in mir sehr zu schätzen wusste.

Sein dunkelblondes Haar war zwar zerzaust, aber irgendetwas sagte mir, dass er es extra gestylt hatte, damit es so aussah. Ich hatte gewisse Vorurteile gegen Männer mit Bärten, weil sie mir irgendwie Unbehagen bereiteten, aber Wills schicker und perfekt gepflegter Dreitagebart fiel nicht in diese Kategorie. Seine blauen Augen waren hinter einer stylishen Sonnenbrille verborgen, obwohl es bewölkt war.

Als wir auf einer Ausfallstraße angekommen waren, begannen wir ein Gespräch. Oder eher eine Art Gespräch. Will stellte höfliche und sehr allgemeine Fragen, die ich kurz und leise beantwortete – und dabei mit Bedauern feststellte, wie heiser meine Stimme klang, während seine klar und deutlich war und vor Selbstvertrauen nur so strotzte.

Ich erfuhr, dass Will vierundzwanzig Jahre alt war und dass von seinen Geschwistern nur Vincent älter, nämlich achtundzwanzig war. Der älteste Bruder war offenbar als Workaholic für seinen übervollen Terminkalender verschrien, obwohl Will sehr respektvoll von ihm sprach. Er erzählte, dass Vincent das Familienunternehmen in jungen Jahren hatte übernehmen müssen und als dessen Geschäftsführer hervorragende Arbeit leistete. Und Will bestätigte, dass alle fünf Brüder in der Familienvilla lebten, wobei die jüngeren Brüder noch zur Schule gingen.

Wie von ihm angekündigt, fuhren wir über zwei Stunden, und den größten Teil der Strecke schwiegen wir einfach. Was definitiv meine Schuld war, denn ich war total wortkarg, und Will schien mich nicht drängen zu wollen, wofür ich ihm dankbar war. Irgendwann drehte er sogar die Musik leiser. Es lief ein Mix der größten Hits von Depeche Mode, und obwohl ich ihre Songs nicht besonders gut kannte, schienen sie mir seltsamerweise die perfekte Einstimmung auf meine ersten Momente in den Staaten zu sein.

Die meiste Zeit über starrte ich aus dem Fenster und dachte nach. Noch vor Kurzem war es mein größter Traum gewesen, einmal New York zu besuchen. Doch als ich jetzt die Wolkenkratzer von Manhattan sah, die sich in der Ferne abzeichneten, wurde mir regelrecht übel. Es war nicht so, dass ich nicht hier sein wollte. Es lag vielmehr daran, dass die Umstände einfach überhaupt nicht stimmten.

Auf der nächsten Etappe begleitete uns auf beiden Seiten der Straße der zwar schöne, wenn auch auf Dauer eintönige Anblick dicht gepflanzter Bäume mit golden schimmernden Kronen. Wie sich später herausstellen sollte, umgab ein ähnlicher Wald das Haus, in dem ich mit meinen neuen Brüdern leben würde.

Wir bogen von der Hauptstraße ab und hielten vor einem großen Tor – einem sehr hohen und sehr breiten Tor, das sich automatisch vor uns öffnete, und dann fuhren wir ein Stück weiter, bis ein Gebäude hinter den Bäumen auftauchte.

Es erschien wie aus dem Nichts, und der Anblick war überwältigend. Das Haus schien fast ein Teil des Waldes zu sein, so perfekt fügte es sich in die Landschaft. Es war unmöglich, seine Ausmaße abzuschätzen, doch es war klar, dass es wirklich groß sein musste. Wie eine mächtige, orangegoldene Welle erhob sich dahinter eine massive Reihe von Bäumen. Das Haus war nicht einfach eine moderne Neubau-Villa, sondern ein viel stimmungsvolleres, erhabeneres Gebäude. Seine Fassade erinnerte mich von der Farbe her an den Sand eines paradiesischen Strandes, während das hoch aufragende graue Dach an einem bewölkten Tag wie heute fast mit dem Himmel verschmolz. Das umliegende Grundstück war weitläufig, aber ansonsten eher unscheinbar, zumindest von der Seite, von der wir kamen. Ich sah akkurat gemähten Rasen, der an einigen Stellen mit Sträuchern verziert war, sowie hier und da einen Haufen geharktes Laub. Die Zufahrt verbreiterte sich direkt vor dem Haus und mündete in einen großen Platz. Auf der linken Seite befand sich die Garage, die sich stilistisch vom Haus abhob und mich vermuten ließ, dass sie irgendwann später angebaut worden war. Sie hatte zwei breite, hellbraune Tore und war augenscheinlich sehr geräumig.

Will parkte direkt davor und zwinkerte mir wohlwollend zu, als er den Motor abstellte.

»Willkommen zu Hause!«

Ich antwortete ihm mit einem schnellen, nervösen Lächeln. Will stieg aus, und ich warf einen flüchtigen Blick auf meine schlichten, schwarzen Leggings, die aus einem Multipack stammten, das meine Mutter in irgendeinem Supermarkt für mich gekauft hatte. Dann auf meinen marineblauen Hoodie, den wir wiederum im Sale erstanden hatten. Meine dunklen Haare waren zu einem langen, lockeren Zopf geflochten, der nach der Reise völlig zerzaust war. Was soll ich sagen: Ich kam mir vor wie eine kleine, verwahrloste Streunerin. Jemand, der in dieser Umgebung völlig fehl am Platz war.

Falls ich noch Zweifel daran gehabt haben sollte, dass ich hier als Aschenputtel gelandet war, wurden sie durch den Anblick der Inneneinrichtung endgültig ausgeräumt. Auf Klassenfahrt war ich einmal in einem Museum gewesen, dessen Hallen und Gänge genauso alt und exklusiv ausgesehen hatten – und ich hätte mir niemals träumen lassen, selbst einmal in einem ähnlich eingerichteten Haus zu wohnen. Ich traute mich kaum, den glänzenden Marmorboden zu betreten, als könne ich ihn verschmutzen oder beschädigen. Das vielleicht Beeindruckendste war die breite Treppe, die sich gleich der Klaviatur eines Pianos in einem sanften Halbkreis nach oben schwang.

Ein großes Gemälde, das an einer der Wände hing, fiel mir auf. Wahrscheinlich war dafür eine ganze Palette von Farben verwendet worden, dennoch wirkte es auf seltsame Weise verblasst, was die Erscheinung des Mannes, dessen schönes Gesicht im Vordergrund zu sehen war, noch unheimlicher machte. Direkt hinter ihm lauerte ein gruseliges Schreckgespenst, in wilden Pinselstrichen gemalt, das so furchterregend aussah, dass ich erleichtert den Blick abwandte, als Will meinen Arm berührte. Er bedeutete mir, ihm zu folgen.

Auf der rechten Seite befand sich ein gewölbter Durchgang, der zur Küche führte. Wir gingen hinein; sie war gepflegt und ordentlich. Das überraschte mich, die Küche war keineswegs in einem Zustand, den man von einem Haushalt mit fünf Jungs erwarten könnte. Der Raum war groß und in Weiß gehalten. Die breiten Arbeitsplatten waren ebenfalls schneeweiß und absolut sauber. Gleich hinter der Center Kücheninsel befand sich ein großer Esstisch mit hübschen, schlichten Stühlen. Dieser Teil des Raumes wurde durch ein riesiges Fenster erhellt, hinter dem die intensiven Herbstfarben einen schönen Kontrast bildeten. Meine Aufmerksamkeit wurde von jemandem gefesselt, der am Tisch saß. Ein kurzer Blick genügte, und schon wusste ich, dass es einer meiner anderen Brüder war.

»Hailie, das ist Dylan. Dylan: Das ist unsere Schwester Hailie«, stellte Will uns einander vor und rückte für mich einen Stuhl zurecht, den ich aus Höflichkeit annahm – obwohl ich, wenn es nach mir gegangen wäre, einen anderen Platz gewählt hätte als den direkt gegenüber von Dylan, der wortlos von seinem Laptop aufblickte und mich mehrere Sekunden lang musterte. Ich hatte erwartet, dass er mir zumindest die Hand geben würde, aber er hatte es offenbar nicht nötig, mich zu begrüßen, und ich war zu verlegen, als dass ich ihm als Erste die Hand gereicht hätte.

Seine Augen waren dunkel und bei Weitem nicht so einnehmend wie die von Will, obwohl es durchaus Ähnlichkeiten zwischen den beiden gab: etwa die hohen Wangenknochen und die ähnlich geformte Oberlippe. Ich hatte mich noch nie in meinem Leben so befangen gefühlt wie in diesem Moment, abgecheckt von Dylans intensivem Blick. Er hatte etwas an sich, das mich verunsicherte. Vielleicht war ich auch eingeschüchtert wegen seiner beeindruckenden Muskeln, noch betont durch sein enges T-Shirt? Oder es war doch nur der auffallende Mangel an Höflichkeit und Herzlichkeit?

Ich begann, mich in dem Raum umzusehen, um seinem intensiven Blick zu entgehen. Mir fiel ein riesiger zweitüriger Kühlschrank ins Auge, der in unserer Wohnung einen Großteil der Küche eingenommen hätte. Auf dem Tresen in der Ecke stand eine hochmoderne Kaffeemaschine mit gefühlt einer Million Knöpfen, und direkt daneben war ein weiteres ausgefallenes Gerät, das wie eine sonderbare Saftpresse aussah. Neben der Mikrowelle, die leise vor sich hin summte, stand Will und tippte energisch auf seinem Telefon herum.

Als ich einen Moment später vorsichtig zu Dylan blickte, starrte er wieder auf seinen Laptop, wobei sich der Hauch eines unverschämten Lächelns auf seinen Lippen abzeichnete. Ich sah zum großen Fenster hinaus, hinter dem der grüne, ordentlich gemähte Rasen zu sehen war, der an einigen Stellen mit verwelktem Laub bedeckt war. Etwas weiter im Hintergrund waren Bäume zu sehen. Darunter konnte man sowohl grüne Nadelbäume als auch Laubbäume, rot und golden oder kahl und braun, erkennen. Ich spielte nervös mit meinen Fingern und starrte gedankenverloren in den Garten, bis die Mikrowelle einen Ton von sich gab.

»Unsere Haushälterin arbeitet sonntags nicht, aber sie hat gestern extra etwas für dich vorbereitet. Sag ruhig, falls es dir nicht schmecken sollte. Wir können jederzeit etwas bestellen. Was auch immer du willst«, sagte Will und stellte einen dampfenden Teller mit köstlich aussehendem Nudelgratin vor mich hin. Die beiläufige Erwähnung einer Hausangestellten war wieder so ein Ding – war das hier ein Herrenhaus, oder was? Ich griff nach der Gabel, zutiefst gestresst, weil ich allein am Tisch an einem fremden Ort vor fremden Menschen essen musste, und brauchte gefühlt ewig dafür. Es ärgerte mich, dass ich vor Nervosität einen Kloß im Hals hatte und die superleckere Mahlzeit nicht richtig genießen konnte. Was mir hingegen gelang, war, mir richtig die Zunge zu verbrennen, so dass ich noch weniger schmeckte.

Ich gab mir alle Mühe, mich so zu benehmen, wie meine Mutter es mir beigebracht hatte, aß also brav mit Messer und Gabel, saß aufrecht mit geradem Rücken und gab mir alle Mühe, nicht zu kleckern. Ich achtete sogar darauf, meine Ellbogen nicht auf den Tisch zu stützen.

Will ging hinaus, als sein Telefon klingelte, und nun war ich allein mit Dylan. Mir wurde noch unbehaglicher zumute. Ich bedauerte, nicht auf Wills Angebot eingegangen zu sein, in einem der Läden am Flughafen etwas zu essen, dann hätte ich mir die stressige Gesellschaft dieses Typen hier erspart. Nach wie vor sagte er kein Wort zu mir, ich spürte nur gelegentlich seinen Blick. Ich wusste nicht, ob mich seine unterkühlte Art enttäuschen oder ich eher froh sein sollte, dass er mich nicht blöd anmachte. Auf jeden Fall war ich erleichtert, als Will zurückkam.

»Ich zeige dir dein Zimmer, okay?«, bot er an, als ich die Gabel zur Seite legte.

Trotz bester Absichten hatte ich es nicht geschafft, alles aufzuessen. Das Schlucken hatte mir wirklich Schwierigkeiten bereitet, und die Portion, die Will mir aufgewärmt hatte, war einfach riesig gewesen. Glücklicherweise war mein neuer Bruder nicht beleidigt. Als ich aufstand und nach dem Teller griff, um ihn abzuräumen, nahm er ihn mir sofort ab und sagte, ich solle mir keine Umstände machen. Gleichzeitig schien er erfreut zu sein, dass ich gute Manieren zeigte.

Das erleichterte mich, denn ich wollte wirklich den bestmöglichen Eindruck machen.

Sobald wir die Küche verlassen hatten, wurde ich lockerer, da ich mich nicht mehr mit diesem pampigen Dylan befassen musste. Offenbar gelang es mir nicht gerade gut, meine Gefühle zu verbergen, denn sofort kommentierte Will leise: »Dylan ist schwierig, aber mach dir seinetwegen keine Gedanken. Er braucht eine Weile, um sich an die Situation zu gewöhnen. Weißt du, auch für uns ist das alles völlig neu.«

In dem Versuch, das richtige Maß an Anteilnahme zu zeigen, nickte ich. Will schien das zu schätzen, denn seine Mundwinkel zogen sich nach oben. Dann deutete er hinter mich.

»Dort, gleich rechts, ist das Wohnzimmer. Da hängen wir oft zusammen ab. Und wenn du geradeaus gehst, findest du das Badezimmer und daneben die Bibliothek. Liest du gern?«

»Ich liebe Bücher!«, rief ich begeistert.

Zum ersten Mal an diesem Tag gelang es mir, laut und selbstbewusst zu klingen. Ich war die größte Leseratte der Welt, und es bedeutete für mich einen wahr gewordenen Traum, Zugang zu einem eigenen Bücherzimmer zu haben.

»Na, umso besser. Wir besitzen eine ziemlich große Sammlung. Du kannst sie gern erweitern, kauf ruhig was Neues, wenn du magst. Schau einfach rein, wann immer du Lust hast.« Will deutete auf den langen Korridor, der tiefer ins Innere des Hauses führte. »Da geht es zum Gym. Wir haben dort auch eine Sauna und ein weiteres Bad. Das kannst du natürlich ebenfalls alles benutzen.«

Ich vermutete, dass Dylan häufig in diesem Teil des Hauses anzutreffen war, zumindest der Größe seines Bizeps nach zu urteilen, und nahm mir sofort vor, diesen Bereich zu meiden. Was für mich kein großes Problem darstellen würde – denn ein Sportfan war ich noch nie gewesen.

»Vom Gym und von der Lounge aus kommt man auf die Terrasse«, fuhr Will fort. »Da ist auch ein Pool, aber der ist leider schon winterfest gemacht.«

Selbst wenn ich das irgendwie hätte kommentieren wollen, hätte ich nicht gewusst, wie. Ich war einfach nur überwältigt. Also schwieg ich und folgte Will die Treppe hinauf. Ich hielt mich am glatten, schwarzen Holzgeländer fest, und als wir an dem verstörenden Porträt des geheimnisvollen Mannes vorbeikamen, sah ich schnell weg.

»Hier im ersten Stock befinden sich unsere Schlafzimmer. Am Ende des Flurs sind die Gästezimmer«, erklärte mir mein Guide, als wir am oberen Ende der Treppe angekommen waren. Der Flur war eher schlicht gehalten, mit einem Boden aus dunklem Holz und weiß gestrichenen Wänden. Von den Decken hingen geschmackvolle Kronleuchter. »Der Korridor auf der rechten Seite führt in einen anderen Teil des Hauses. Dort sind unsere Arbeitszimmer, also wäre es am besten, wenn du diesen Bereich einfach meidest, okay? Wir empfangen oft Kunden und brauchen Ruhe zum Arbeiten. Niemand sollte sich dort herumtreiben.« Wills blaue Augen blitzten bei diesen Worten auf.

Der Teil des Korridors, den er meinte, wirkte völlig unscheinbar und machte nach wenigen Metern einen Knick, so dass man nicht sehen konnte, wohin er führte, wenn man sich nicht selbst hineinwagte. Ich nickte gleichgültig.

»Klar.«

Dann machten wir uns auf den Weg zum mir zugewiesenen Schlafzimmer. Unterwegs kamen wir an einer Reihe von Türen vorbei, die sich nur dadurch voneinander unterschieden, dass etwa auf Kopfhöhe meines Bruders, der mindestens einen Kopf größer war als ich, Buchstaben angebracht waren. Will erklärte mir, dass es sich um die Anfangsbuchstaben ihrer Namen handelte. Ich bekam eine Gänsehaut beim Anblick der Tür, die mit einem großen silbernen »H« gekennzeichnet war.

»Das hier ist dein Zimmer. Willkommen!«

Meine Finger zitterten leicht, als ich sie um den blank polierten Griff legte. Ich hielt den Atem an und fühlte mich, als wäre ich kurz davor, Narnia zu betreten. Es fehlte nur noch, dass ich von einem geheimnisvollen schimmernden Licht aus dem Inneren geblendet würde.

Als ich mein neues, kleines und sehr helles Reich betrat, musste ich tatsächlich blinzeln. Für die Helligkeit sorgten cremefarbene Wände und Fenster, die vom Boden bis hinauf zur Decke reichten. Sie verliefen parallel zum Bett und fluteten den Raum mit Licht, selbst an einem wolkenverhangenen Tag wie heute. Die weißen Musselinvorhänge wurden an den Seiten von Bändern in blassem Grün gehalten, die zu großen, hübschen Schleifen gebunden waren. Es gab nur wenige Möbel, und der Raum wirkte alles andere als vollgestopft. Ein weißer Schreibtisch mit geschwungenen Beinen im viktorianischen Stil stand nah am Fenster, so dass die leere Tischplatte perfekt beleuchtet wurde. In der Nähe des Fensters befand sich außerdem ein großer Sessel, und schon bei seinem Anblick bekam ich Lust, mich mit einer Wolldecke und einem Buch hineinzukuscheln. Auf dem niedrigen Tisch, der direkt danebenstand und mit einem Rosenmuster verziert war, würde ich eine Tasse Tee oder Kakao platzieren, um es mir so richtig gemütlich zu machen. Neben dem Bett stand der obligatorische Nachttisch und darauf eine Lampe mit einem breiten, weißen Schirm, der mit goldenen Blumen übersät war.

Ich fragte mich gerade, wo ich meine Klamotten verstauen sollte, da es offenbar keinen Kleiderschrank gab, als mir zwei Türen auffielen. Sie waren direkt nebeneinander in eine Wand integriert, und noch bevor Will sich daranmachte, mir die restlichen Räume zu zeigen, ahnte ich bereits, was sich dahinter befand. Die eine Tür führte in das Ankleidezimmer. Es war einfach perfekt – wenn auch immer noch zu groß für mich und meine wenigen Klamotten. Gegenüber der Tür befand sich ein Spiegel mit einem schmalen, feinen Goldrahmen, in dem ich mich von Kopf bis Fuß betrachten konnte; während an den Wänden Stangen mit gefühlt Dutzenden von Kleiderbügeln sowie mehrere Regale, Schachteln und sogar ein paar kleinere Schatullen für Schmuck und Accessoires bereitstanden.

»Das hier sind deine Schuluniformen«, informierte mich Will, als er bemerkte, dass ich auf eine Reihe identischer Kleidungsstücke starrte, die fein säuberlich nebeneinander in einer Ecke des begehbaren Kleiderschranks hingen. »Außerdem hast du hier einen Schlafanzug, etwas Bequemes für zu Hause, einen Hoodie, falls dir kalt werden sollte …«, zählte er auf. »Sagen wir, es ist eine Art Willkommenspaket. Quasi die Basisausstattung. Keine Sorge, wir können dir jederzeit Kleidung online bestellen oder kaufen fahren. Du musst nur Bescheid sagen.«

»Danke«, erwiderte ich höflich und blickte auf die steifen dunklen Blazer, die mich an eine weitere Veränderung in meinem Leben erinnerten. Allein der Gedanke an eine neue Schule ließ meine Nervosität wiedererwachen. Ich schüttelte ihn schnell ab; später war noch genug Zeit, sich darüber Sorgen zu machen.

Der Raum nebenan war etwas größer und entpuppte sich als Badezimmer. Es war mit großen, grau glänzenden Fliesen ausgekleidet. Eine Glaswand trennte die offene Dusche ab, in der es eine edle Ablage für Duschgels und Shampoos gab. Außerdem hing dort ein weißer Bademantel, der wahnsinnig weich und flauschig aussah. Natürlich gab es auch eine Toilette, schlicht und weiß; und ein in die Wand eingelassenes Regal, in dem bunte Handtücher lagen. Daneben war eine runde weiße Schüssel angebracht, die offenbar als Waschbecken diente; darüber ein Spiegel.

Es beruhigte mich, in einem Haus voller Männer ein eigenes Bad zu haben. Ab und zu kommentierte Will, was ich sah. Er teilte mir zum Beispiel mit, dass die Haushälterin alles sauber halten und die Handtücher wechseln würde, dass ich verschiedene grundlegende Badezimmerutensilien im Schrank finden könne – und versicherte mir erneut, dass sie alles, was ich sonst noch brauchte, selbstverständlich kaufen würden.

Ich nickte, um zu zeigen, dass ich zuhörte und begriff, was er sagte, in meinem Kopf jedoch ratterte nur ein Gedanke: *Wahnsinn. Der pure Wahnsinn! Ich wohne in einer Art Luxushotel – eigenes Bad, Handtuchwechsel, Bademantel!*

Während ich noch darüber nachdachte, wie schnell sich meine Lebensrealität verändert hatte, standen Will und ich plötzlich wieder in der Mitte des Schlafzimmers.

»Ich bringe dir gleich dein Gepäck. Du kannst dich ja schon mal frisch machen oder dich noch ein bisschen hinlegen … Worauf auch immer du Lust hast. Vergiss nicht: Das ist jetzt dein Zuhause. Mach es dir gemütlich.« Mit diesen Worten ließ mich mein neuer Bruder allein.

Ich schüttelte ungläubig den Kopf. Dieses Haus, das direkt aus der Sendung »MTV Cribs« stammen könnte, sollte jetzt mein neues Zuhause sein. Ein Ort, an dem ich mich wohlfühlen und fallen lassen sollte. Ich bezweifelte ernsthaft, dass mir das je gelingen würde. Ich sah mich noch einmal um. Bei dem bloßen Gedanken, dass ich jeden Tag in diesem Zimmer einschlafen und aufwachen würde, fühlte ich mich für einen kurzen Augenblick wie eine Prinzessin, doch anstatt mich darüber zu freuen, überkamen mich düsteres Unbehagen und ein Gefühl der Fremdheit. War ich womöglich hier, weil ich unbewusst irgendeinen Pakt mit dem Teufel geschlossen hatte?

Plötzlich begann ich zu zittern.

Puuh, du musst dich beruhigen, redete ich mir gut zu.

Ich schloss mich im Badezimmer ein, um zu duschen, nahm das erstbeste Duschgel aus dem Schrank und brauchte ganze fünf Minuten, um zu kapieren, wie die Dusche überhaupt funktionierte. Danach wickelte ich mich frisch und wohlriechend in den wunderbar weichen Bademantel und tapste barfuß ins Ankleidezimmer nebenan. Ich fand eine unglaublich gemütliche Jogginghose, und als ich schließlich auf der superbequemen Matratze zusammensackte und mir ein flauschiges Kissen unter den Kopf schob, fiel mein Blick auf meine Taschen, die Will an der Wand abgestellt hatte. Das hier war alles einfach unfassbar. Ich musste unbedingt meiner Mutter davon erzählen.

Zum Glück schlief ich ein, bevor ich mich daran erinnern konnte, dass ich gar keine Mutter mehr hatte.

Als ich erwachte, war es dunkel. Ich blinzelte, stützte mich auf den Ellbogen und versuchte, mir in Erinnerung zu rufen, was mit mir geschehen war. Eine Welle von Erinnerungen an die jüngsten Ereignisse überkam mich, die ich erst einmal verarbeiten musste; dann rollte ich mich aus dem Bett und tastete in der Dunkelheit nach meinem Handy. Es war nach neun Uhr abends. Ich war ganz schön lange weg gewesen!

Will hatte gesagt, ich würde heute Abend Vincent kennenlernen, und obwohl ich nicht das geringste Verlangen hatte, mein Zimmer zu verlassen und weiteren Brüdern zu begegnen, wusste ich, dass es unhöflich wäre, diesem Treffen aus dem Weg zu gehen.

Ich steckte meine Nase aus der Tür und betrat den leeren, dunklen Hausflur. Mithilfe der Taschenlampenfunktion meines Handys huschte ich schnell zur Treppe, denn ein so stiller und dunkler Korridor in einem fremden Haus regte meine ohnehin schon überbordende Phantasie nur noch mehr an. Zum Glück war es unten heller. Ich ging ein paar Treppenstufen hinab und hörte Stimmen. Sie klangen ziemlich aufgeregt, und ich fühlte mich schlagartig unwohl. Ich machte die Taschenlampe aus, blieb mitten auf der Treppe stehen und fragte mich, ob gerade wirklich ein guter Zeitpunkt war, ins Wohnzimmer zu gehen.

»Wir hängen nirgendwo rum«, sagte eine empörte Stimme.

»Und schon gar nicht nachts«, fügte eine andere Stimme hinzu, die der ersten ähnelte, aber deutlich mürrischer klang.

»Hm, ihr seid unvorsichtig, und das gefällt mir nicht«, sagte der dritte Mann, der am gelassensten, dafür aber umso reservierter schien.

Ich schluckte schwer und zog schon in Erwägung, ins Schlafzimmer zurückzukehren, als ich plötzlich hinter mir ein Flüstern hörte.

»Spionierst du uns nach?«

2

Rapunzel

Mit vor Schreck aufgerissenen Augen drehte ich mich um und sah Dylans Gesicht vor mir. Seine Lippen waren zwar zu einem spöttischen Lächeln verzogen, doch immer noch ging etwas Dunkles von ihm aus.

Erst jetzt erkannte ich, wie massiv er gebaut war. Allein seine Statur verunsicherte mich dermaßen, dass ich völlig vergaß, gar nichts falsch gemacht zu haben.

Ich schüttelte den Kopf, unfähig, ein Wort herauszubringen. Dylan lachte leise und schlenderte gemächlich an mir vorbei die Treppe hinunter. Ich starrte ihm regungslos nach, bis er um die Biegung des Flurs verschwunden war. Wahrscheinlich würde er als Erstes seinen Brüdern davon erzählen, dass Hailie in den Ecken lauerte und die Gespräche anderer belauschte. Was ihnen sicher nicht gefallen würde und ganz und gar nicht der Eindruck war, den ich bei meinen neuen Geschwistern hinterlassen wollte – also lief ich ihm rasch hinterher, entschlossen, mich zu verteidigen.

»Ihr seid ganz schön unvorsichtig. Wollt ihr unsere neue kleine Schwester etwa gleich in eure Geheimnisse einweihen?«, sagte

Dylan und ließ sich auf eine Couch in der Ecke des Wohnzimmers fallen, aus der die Gesprächsfetzen gedrungen waren. Mit seinem Eintreten war es sofort still geworden.

Ich blieb an der Türschwelle stehen. Das Wohnzimmer in einem so großen Haus hätte ich mir gigantisch vorgestellt, aber dieser Raum war überraschend klein und gemütlich. Neben dem Ecksofa, auf das Dylan sich nun fläzte, umfasste die Sitzgruppe noch eine kleine Couch an der Seite und einen Ohrensessel. In der Mitte stand ein niedriger Couchtisch, auf den Dylan seine Füße gelegt hatte. Dahinter ragte ein moderner, schlanker Kamin empor, in dem fröhlich eine elektrische Flamme tanzte. Die Fenster waren riesig, und die schweren, grauen Vorhänge dienten offensichtlich nur der Dekoration, denn obwohl es draußen stockfinster war, hatte sie niemand zugezogen.

Was mir jedoch am meisten ins Auge stach, war der monströse Fernseher. Er hing in einem dicken, geschnitzten Goldrahmen an der Wand wie irgendein altes Gemälde. Das PlayStation-Logo war auf dem Bildschirm erschienen, als ich den Raum betreten hatte.

Mein Blick wanderte schnell zu den drei mir unbekannten Personen, die neben dem Kamin standen. Auch wenn ich sie noch nicht richtig gesehen hatte, war mir klar, dass sie meine anderen Brüder sein mussten. Sie hatten etwas an sich, das ich noch gar nicht benennen konnte und das mir schon bei Will und Dylan aufgefallen war.

Offenbar waren noch alle dabei, Dylans Spruch zu verdauen. Zwei der Jungs sahen fast identisch aus. Ich wusste zwar, dass die jüngsten meiner Brüder Zwillinge waren, hatte jedoch nicht erwartet, dass sie sich so sehr ähneln würden. Sie hatten beide kurzes, dichtes und ziemlich zerzaustes dunkles Haar, stark ausgeprägte Kieferknochen, kräftige Augenbrauen und helle Augen. Obwohl sie nicht gleich gekleidet waren, waren ihre Outfits in ähnlich lässigem Stil gehalten. Zu meiner Erleichterung bemerkte ich bei einem der beiden ein kleines schwarzes Piercing in der Augenbraue. Das würde mir helfen, sie voneinander zu unterscheiden.

Der Dritte war offensichtlich der älteste der Anwesenden. Er stand mit dem Rücken zu mir, drehte sich jedoch bei Dylans Worten um und bedachte mich mit einem eisblauen Blick, der mich meinen Entschluss, das Schlafzimmer zu verlassen, sofort bereuen ließ.

Sein dunkles Haar trug er ordentlich nach hinten gekämmt, bekleidet war er mit einem klassischen schwarzen Hemd und einer Hose in der gleichen Farbe. Er war groß und gut gebaut, was offenbar alle Monet-Brüder gemeinsam hatten. Außerdem strahlte er eine natürliche Eleganz sowie eine gewisse Überheblichkeit aus.

Kaum hatten meine neuen Geschwister mich bemerkt, wurde ich zur Hauptattraktion. Allein die albernen Klänge des Intros von Dylans PS-Spiel durchdrangen noch die Stille. Meine Güte, wie unwohl ich mich fühlte! *Ich hätte einfach im Bett bleiben sollen …* Unter der Last der Blicke, die mich von oben bis unten scannten, verspürte ich das dringende Bedürfnis, mich zu verkrümeln. Ich wurde das Gefühl nicht los, hier ein äußerst unerwünschter Eindringling zu sein.

Okay, Hailie, es ist langsam an der Zeit, etwas zu sagen, dachte ich bei mir.

»Also, eigentlich habe ich gar nichts gehört.« Ich räusperte mich, um die plötzliche Heiserkeit loszuwerden. »Ich stand nur auf der Treppe, weil ich euch nicht stören wollte …«

Dabei sah ich vor allem den ältesten Bruder an. Er war definitiv das Alphatier hier und damit derjenige, den ich zuallererst von meiner Unschuld überzeugen musste. Und so atmete ich erleichtert aus, als er nach einer Weile nickte.

»Es ist schon in Ordnung, Hailie«, antwortete er. Trotz der netten Worte blieb seine Stimme ruhig und kalt, auch wenn sie etwas freundlicher klang als zuvor – als er die Zwillinge zurechtgewiesen hatte. »Ich habe schon darauf gewartet, dass du herunterkommst. Ich möchte gern mit dir sprechen. Sei doch bitte so freundlich, mir zu folgen.«

Daraus schloss ich, dass es sich tatsächlich um Vincent, meinen gesetzlichen Vormund, handeln musste. Während er sprach, warf er einen Blick in Dylans Richtung, dessen PlayStation immer lautere und lästigere Geräusche machte. Vincent kommentierte das jedoch nicht weiter, sondern kam auf mich zu und bedeutete mir mit einer Geste, den Raum zu verlassen. Ich war total nervös, versuchte jedoch, so zu tun, als sei alles in Ordnung, und ließ mich widerstandslos von ihm zur Tür führen.

Ich brauchte einen Moment, um mir darüber klar zu werden, dass er mir die Zwillinge noch gar nicht vorgestellt hatte, aber aufgrund meines, zugegeben noch sehr geringen Wissens über meine neue Familie vermutete ich, dass es sich um Shane und Tony handeln musste. Wer auch immer wer sein mochte.

Vincent wies mir den Weg zur Bibliothek, von der Will mir bereits erzählt hatte. Sie war sehr geschmackvoll eingerichtet: Warme Holznuancen wechselten sich mit Grau und Pastellgrün ab. Von den Wänden war hier praktisch nichts zu sehen, denn abgesehen von den Fenstern, dem Schreibtisch und dem in einer Ecke stehenden Klavier bestand der gesamte Raum aus hohen Regalen voller Bücher.

Ich fand es wunderbar, von so vielen Büchern umgeben zu sein; endlich etwas Vertrautes in diesem Haus, etwas, das mich beruhigte. Ich fragte mich, ob einer der Jungs wenigstens ein paar von ihnen gelesen hatte. Dieser komische Dylan zum Beispiel.

Vincent nahm in einem der Sessel Platz und deutete mit einer eleganten Geste auf das Sofa – wobei ich zum ersten Mal einen Blick auf den großen Siegelring warf, den er am Mittelfinger seiner rechten Hand trug.

»Mein Beileid zum Verlust deiner Angehörigen«, begann Vincent, sobald ich Platz genommen hatte. Seine Stimme war völlig emotionslos. Ich wurde sofort wieder traurig und versuchte, nicht daran zu denken, dass einer der Menschen, die mir ab jetzt am nächsten stehen würden, dieser eiskalte Mann sein sollte. »Als dein ältester Bruder bin ich zu deinem gesetzlichen Vormund ernannt worden. Darüber wurdest du bereits informiert, nicht wahr?«

Ich nickte.

»Gut. Wie fühlst du dich?«

Sein Interesse überraschte mich, und die Frage nach meinem Wohlbefinden hätte mich fast gerührt, wenn er sie nicht in diesem gleichgültigen Ton gestellt hätte. So antwortete ich mit einem Achselzucken und murmelte nur: »Ganz okay … «

Vincent lehnte sich in seinem Sessel zurück, und ich mutmaßte, dass eine ähnlich förmliche Atmosphäre bei Vorstellungsgesprächen herrschen musste. Nicht, dass ich jemals bei einem gewesen wäre, aber ich hatte schon gehört, dass so was kein Spaß war.

»Ich bin mir bewusst, dass deine Situation schwierig ist. Dennoch fürchte ich, dass ich es dir nicht viel leichter machen kann«, verkündete er steif und fügte gleich darauf hinzu: »Ich werde natürlich tun, was mir möglich ist, aber es stehen viele Veränderungen an, auf die ich dich vorbereiten sollte.«

Noch mehr Veränderungen? Gespannt wartete ich, was er zu sagen hatte. Ich hatte keinen Schimmer, was kommen würde. Tausend Gedanken schossen mir durch den Kopf. Würde er mich vielleicht in mein neues Zimmer sperren wie Rapunzel? Oder mich zum Putzen und Kochen zwingen wie Aschenputtel? Verstohlen warf ich einen Blick auf seine glänzenden Schuhe. Irgendjemand musste sie schließlich für ihn putzen. Es war kaum anzunehmen, dass er das selbst tat.

»Zuallererst möchte ich dich mit den Regeln unseres Hauses vertraut machen. In unserer Familie legen wir großen Wert auf Privatsphäre und Sicherheit.« Er machte eine kurze Pause, wohl um zu betonen, wie sehr ihm selbst diese beiden Dinge am Herzen lagen. »Hierfür möchte ich erwähnen, dass unser gesamtes Grundstück eingezäunt ist. Unser Haus wird vierundzwanzig Stunden am Tag, sieben Tage die Woche bewacht. Außerdem werden nachts üblicherweise die Hunde von der Leine gelassen. Es ist sehr wichtig, dass du daran denkst, abends nicht das Haus zu verlassen, ohne einen von uns zuvor darüber zu informieren. Wobei ich natürlich ohnehin nicht davon ausgehe, dass du das vorhast.«

Er verstummte und fixierte mich mit den Augen, und ich versuchte, meinen Gesichtsausdruck so neutral wie möglich zu halten. Zuerst freute ich mich, dass er Tiere erwähnt hatte, aber mir wurde schnell klar, dass die Hunde, von denen Vincent sprach, wohl kaum flauschige Shih Tzus waren.

»Ursprünglich hatte ich geplant, Einzelunterricht für dich zu organisieren, hier im Haus …«

Oh, also doch Rapunzel …

»Letztlich habe ich mich aber dafür entschieden, dich an der Schule anzumelden. Es handelt sich um eine private Highschool mit einem sehr guten Ruf. Und hohen Anforderungen.« Er legte die Handflächen aneinander und neigte den Kopf, als würde er sich fragen, ob ich diese Anforderungen wohl erfüllen könnte. »Deine schulischen Leistungen sind meines Wissens auf einem guten Level, weshalb ich davon ausgehe, dass du keine Probleme haben wirst, dich schnell zurechtzufinden. Sollte dies nicht der Fall sein, wirst du mich bitte unverzüglich darüber informieren, und ich werde einen Nachhilfelehrer für dich engagieren.«

Ich schwieg und bemühte mich, mir alles zu merken, was er mit seiner monotonen Stimme herunterratterte. Sein stählerner Ton gab mir das Gefühl, ständig auf der Hut sein zu müssen.

»Dylan, Shane und Tony gehen auf dieselbe Schule. Ihr Unterricht findet in einem separaten Flügel statt, aber ihr werdet euch in den Mittagspausen sehen. Sie werden auch dafür verantwortlich sein, dich täglich dorthin und wieder zurückzubringen, sofern nichts anderes vereinbart ist. Ist für dich so weit alles verständlich?«

Ich nickte und versuchte, mich mit der Vorstellung anzufreunden, dass ich jeden Tag zum Unterricht würde fahren müssen.

»Sei unbesorgt. Ich werde nichts Unmögliches von dir verlangen, Hailie. Es ist jedoch wichtig, dass du dir darüber im Klaren bist, wie sehr ich Dummheit und Gedankenlosigkeit verachte. Ich hoffe, dass du nicht nur auf dem Papier so intelligent bist, wie es deine Zeugnisse nahelegen. Und ich verlasse mich darauf, dass du dich aus Schwierigkeiten heraushalten wirst.« Vincent schob seinen Kopf leicht nach vorn und hob die Augenbrauen.

»Ich glaube, ich muss die offensichtlichen Verbote nicht erwähnen: zum Beispiel kein Alkohol und keine Drogen. Oder muss ich sie etwa doch erwähnen, Hailie?«

Er wartete auf eine Antwort, und sein Blick wurde noch intensiver. Ich hatte Mühe zu schlucken.

»Nein«, flüsterte ich.

»Gut.« Er richtete sich in seinem Sessel auf. »Du wirst mir gewiss zustimmen, dass es angeraten ist, dich darauf hinzuweisen, deine sozialen Aktivitäten deinem Alter von vierzehn Jahren angemessen zu gestalten. Ich werde dir nicht grundlos verbieten, am Wochenende mit Freundinnen ins Kino zu gehen, aber ich denke nicht, dass du im richtigen Alter bist, um dich mit dem anderen Geschlecht zu verabreden. Ich glaube, du verstehst, was ich meine. Wenn du also einen Ausflug in die Stadt planst, vergiss nicht, einen von uns über den Ort, die Zeit und die Personen, die dich begleiten, zu informieren. Es geht nicht darum, dich zu kontrollieren, sondern ausschließlich um deine Sicherheit.«

Von all dem begann mir der Kopf zu dröhnen. Wie er auf mich einredete und was er sagte, war wirklich too much. Bei seinem ganzen Gehabe sparte ich es mir, ihn darauf hinzuweisen, dass ich schon fast fünfzehn war.

»Aufgrund unserer völlig unterschiedlichen Terminpläne schaffen wir es nur selten, uns alle gemeinsam an einen Tisch zu setzen. Das sollte aber kein Hindernis für dich sein, regelmäßig zu frühstücken und auch zu Abend zu essen. Unsere Haushälterin kocht täglich für uns. Soweit ich weiß, hast du keine Allergien, aber du kannst Eugenie gern über deine geschmacklichen Vorlieben informieren. Natürlich in angemessenem Rahmen. Wenn du bestimmte Produkte benötigen solltest, ich meine beispielsweise Lebensmittel oder Hygieneartikel, trag diese bitte in die Liste ein, die in der Küche an der Kühlschranktür hängt. Eugenie wird sich darum kümmern.«

Ich nickte.

»Du solltest besonders auf deinen Umgang mit sozialen Medien achten. Ich möchte dich dringend bitten, deine Datenschutzeinstellungen genau zu prüfen und zu bedenken, was du im Internet veröffentlichst. Idealerweise solltest du dies jeweils mit einem von uns besprechen.«

»Alles, was ich online mache, ist Bookstagram«, verkündete ich und räusperte mich.

Vincent wollte fortfahren, aber als er meinen Einwurf hörte, hob er eine Augenbraue.

»Was meinst du?«

»Ich habe einen Instagram-Account, auf dem ich Rezensionen über Bücher poste. Eine Art Hobby von mir. Ich lese halt viel. Mir folgen gar nicht so wenige Leute, und ich empfehle Geschichten, die ich für richtig gut halte«, erklärte ich geduldig und sachlich, da mir etwas daran lag, richtig verstanden zu werden.

Mein neuer Vormund hörte mir aufmerksam zu, und ein Schatten von etwas, das sogar ein Lächeln hätte sein können, blitzte über sein versteinert wirkendes Gesicht. Doch ich wollte keine Mutmaßungen anstellen. Dann nickte er und sagte: »In Ordnung.«

Okay. Wenn es in Ordnung ist, ist es in Ordnung.

»Ich vertraue darauf, dass du alt genug bist, um selbst zu wissen, was gut für dich ist, Hailie. Daher werde ich mich aus deinem Leben heraushalten, sofern es nicht notwendig ist«, sprach Vincent weiter. »Ich kann dir nur raten, zu einer vernünftigen Zeit ins Bett zu gehen.

Es ist wichtig, dass du ausgeruht bist. Schieb bitte das Lernen und die Hausaufgaben nicht bis zur letzten Minute auf, das wird an deiner Schule nicht funktionieren. Und ich hoffe sehr, dass ebendiese deine Priorität sein wird.«

In diesem Moment vibrierte Vincents Telefon. Es zog seine Aufmerksamkeit für einen Augenblick auf sich – doch er richtete sie sofort wieder auf mich.

»Wegen meiner Arbeit bin ich oft nicht erreichbar, also behalte bitte im Hinterkopf, dass deine anderen Brüder während deiner Eingewöhnungszeit deine Ansprechpartner sein werden. Rechtlich gesehen bist du natürlich in meiner Obhut, und ich möchte, dass du dich mit wichtigen Angelegenheiten stets an mich wendest – aber wenn nötig, werden die anderen für dich verantwortlich sein«, erklärte er, und als er meinen Gesichtsausdruck sah, fügte er hinzu: »Mir ist klar, dass die Zwillinge nur zwei Jahre älter sind als du, dennoch werden auch sie dich selbstverständlich hervorragend unterstützen.«

Vincents förmliches Auftreten stresste mich zwar, aber in diesem Punkt war ich ganz seiner Meinung und nickte. Wenn ich an jemandes Hilfsbereitschaft zweifelte, dann war es Dylans und nicht die der Zwillinge, aber es war wohl kaum der geeignete Zeitpunkt, das zu äußern.

»Ich will nicht den Eindruck übertriebener Strenge erwecken«, begann er, und ich glaube, unter anderen Umständen hätte ich ein ironisches Prusten kaum zurückhalten können, »daher werde ich es nur einmal erwähnen: Ich dulde keine Respektlosigkeit, und ich hasse Lügen. Merk dir das bitte.«

Einen Moment lang hatte ich Lust, etwas in die Richtung »Yes,

Sir!« zu antworten. Bruder hin oder her, er war ein völlig Fremder für mich, der mir seine Bedingungen diktierte – während ich sehr wohl wusste, wie wenig ich hier zu melden hatte. Vincent machte nicht gerade den Eindruck, kompromissbereit zu sein. Nicht, dass seine Regeln sich sehr von denen unterschieden hätten, die ich von zu Hause kannte. Meine Mutter hatte sie mir nur nie in so bestimmender Weise vorgetragen.

»Ich weiß, dass Will dich bereits informiert hat, aber ich denke, es schadet nicht, wenn ich es dir noch einmal in Erinnerung rufe: Halte dich bitte nicht ohne besonderen Grund im Arbeitstrakt auf. Wenn du etwas brauchst und niemand da ist, rufst du uns am besten an«, mit diesen Worten holte Vincent einen gefalteten Zettel aus der Tasche seiner eleganten Hose und beugte sich vor, um ihn mir zu geben. Auf dem Papier standen in sauberer Handschrift fünf Telefonnummern und die Initialen meiner Brüder. »Speichere sie bitte in deinem Telefon.«

»Okay«, murmelte ich und steckte den Zettel in die Tasche meiner Jogginghose. Wills Nummer hatte ich ja schon.

Im schimmernden Licht fiel mir wieder Vincents Siegelring auf, und mir wurde klar, dass zwischen meinem aktuellen Erscheinungsbild und seinem Welten lagen. Mein Halbbruder sah aus, als käme er gerade von einem Business Meeting, während ich rein optisch höchstens dafür taugte, mich in eine flauschige Decke zu wickeln und mir eine billige Liebeskomödie reinzuziehen.

Wir näherten uns endlich dem Ende dieser doch etwas herausfordernden Einführungssitzung, und der Moment, auf den ich gewartet hatte, war gekommen: Vincent verkündete, nun sei es an der Zeit, ihm alle meine Fragen zu stellen. Zwar gab es für mich mehr als genug Unklarheiten, aber das waren alles Dinge, bei denen ich ahnte, dass es Zeit brauchen würde, sie zu klären.

Eine Frage jedoch gab es, die ich stellen musste: »Wir haben einen gemeinsamen Vater, nicht wahr?«, fragte ich leise. Es war nicht leicht für mich, dieses Thema zur Sprache zu bringen. Vincent hatte wohl damit gerechnet, denn er nickte nur steif. »Was ist mit ihm geschehen?«

»Er ist tot«, erwiderte Vincent. »Vor vier Jahren ist er bei einem Autounfall ums Leben gekommen.« Mein Bruder ließ mich nicht aus den Augen, teilte mir diese tragische Information aber völlig teilnahmslos mit.

Tödliche Unfälle lagen offenbar in der Familie.

Ich schluckte bitter und nickte nur; ich wollte noch etwas sagen, aber mir fiel nichts ein. Stattdessen schnürte sich mir die Kehle zu. Doch es hatte keinen Sinn, den Tod eines weiteren Elternteils zu betrauern – vor allem nicht desjenigen Elternteils, dem schlichtweg entgangen war, dass er neben seinen Söhnen auch eine Tochter hatte.

»Ist das alles?«, wollte Vincent wissen.

»Ich denke schon.«

Mein neuer Bruder stand langsam auf und strich sich sein makelloses Hemd glatt. Wie auf Kommando erhob ich mich ebenfalls und zog mir die Ärmel meines Sweatshirts über die Hände, auf ein Zeichen von Vincent wartend, dass unser Gespräch zu Ende war. Die Förmlichkeit, mit der er es geführt hatte, legte nahe, dass er es auch offiziell beenden würde.

»Solltest du noch etwas auf dem Herzen haben, kannst du jederzeit zu mir kommen. Bevor du dir den Kopf zerbrichst oder sinnfreie Vermutungen anstellst.«

»Ich werde daran denken«, sagte ich folgsam.

»Sehr gut«, schloss er, zeigte auf die Bücherregale um uns herum und sagte: »Übrigens, vielleicht findest du hier etwas, das du für deinen Account rezensieren kannst.«

»Ich werde mich auf jeden Fall mal umsehen.«

Ich konnte es kaum erwarten, mich eines Tages, vielleicht sogar schon morgen, herzuschleichen, ohne dass Vincent oder ein anderer Bruder mir dabei auf die Pelle rückte. Es würde herrlich sein, in aller Ruhe in der Bibliothek zu stöbern.

Das war das Ende des ersten Gesprächs mit meinem ältesten Bruder. Nachdem wir die Bibliothek verlassen hatten, lud er mich in die Küche zum Abendessen ein, wobei er anmerkte, wie bedauerlich es sei, dass der heutige Tag sich als so dicht getaktet erwiesen habe, dass wir uns nicht zusammen am Esstisch treffen konnten. Für den morgigen Tag kündigte er ein gemeinsames Essen an.

Von den drei an diesem Abend anwesenden Brüdern war Shane der netteste. Immer wieder sprach er mich an, als wollte er, dass ich mich wenigstens ein bisschen entspannte. Shane war derjenige mit dem kleinen schwarzen Ring in der Augenbraue. Er saß mir gegenüber und schaufelte das absolut leckere Kartoffelpüree in sich hinein, dann redete er mit vollem Mund, so dass ich ihn kaum verstehen konnte. Sein amerikanischer Akzent machte die Sache nicht einfacher, aber ich tröstete mich damit, dass es sicher nur eine Frage der Zeit war, bis ich mich daran gewöhnte. Ich schätzte Shanes Bemühungen – denn Tony wiederum, der neben Shane saß, schwieg die ganze Zeit und hob nicht ein einziges Mal den Blick von seinem Teller.

Ich warf ihm ein paar flüchtige Blicke zu und bemerkte, dass er sehr lange Wimpern hatte. So lang, dass man hätte meinen können, sie wären künstlich, wenn er nicht den Eindruck erwecken würde, sich kein bisschen um Kosmetik zu scheren. Trotzdem wirkte er sehr gepflegt. Bevor er nach seiner Gabel griff, krempelte er die Ärmel seines schwarzen Sweatshirts hoch – und da bemerkte ich auf seinem linken Arm eine beeindruckende Tätowierung, die ihm von der Hand bis zum Hals reichen musste: Ein Teil des Tattoos ragte aus seinem Kragen heraus. Ich wagte es nicht, länger hinzusehen, denn Tony blickte nicht gerade freundlich drein, und ich wollte nicht, dass er mich dabei erwischte, wie ich ihn anstarrte. Deshalb konnte ich nur einige seltsam abstrakte Muster und das Stück eines Drachenschwanzes erkennen, der mit Schuppen und Stacheln bedeckt war – er schien ein echtes Kunstwerk auf der Schulter zu tragen.

Tony und Vincent sprachen nicht viel, vor allem nicht mit mir, weshalb mich Shanes Redseligkeit umso mehr freute. Er erzählte mir ein wenig von der Highschool, auf die ich gehen würde. Die Zwillinge waren in ihrem vorletzten Jahr, Dylan in seinem letzten.

»Die Lehrer sind nervig, wie überall, aber weil Vince der Schule einen Haufen Geld spendet, drücken sie meist ein Auge zu.« Er zwinkerte mir zu, und zum ersten Mal seit Tagen entfuhr mir so etwas wie ein Kichern.

»Erzähl ihr bloß nicht solchen Unsinn!«, ermahnte Vincent und runzelte verärgert die Stirn.

Tony schnaubte leise, und Shane, der die Bemerkung seines ältesten Bruders ignoriert hatte, zwinkerte mir erneut zu. Diesmal traute ich mich nicht zu reagieren, also senkte ich den Blick und schob mir schnell einen weiteren Bissen in den Mund. Ich hatte mal wieder eine viel zu große Portion bekommen.

Seit dem Gespräch mit Vincent war ich angespannt. Seine Regeln und seine trockene, förmliche Art stressten mich. Ich stellte jedoch fest, dass er mit den Jungs ähnlich sprach, also war das wahrscheinlich seine Art. Diese Erkenntnis hob meine Stimmung allerdings nicht wirklich, denn die Aussicht, von nun an von diesem unfreundlichen Mann abhängig zu sein, fühlte sich bedrückend an.

Unmittelbar nach dem Essen verschwanden die Zwillinge, und Vincent erläuterte mir weitere Kleinigkeiten, wie die Arbeitszeiten der Haushälterin, und andere Details, die er zuvor entweder vergessen hatte oder die anscheinend nicht so wichtig waren, dass er sie gleich erwähnt hatte. Als er mit seiner Ansprache fertig war, stiegen wir die Treppe hinauf, und erst oben trennten wir uns. Bevor ich mich in mein neues Zimmer begab, das wahrlich einer Königin würdig war, warf ich ihm noch einen letzten Blick hinterher. Doch er war schon um die Ecke verschwunden.

~ 3 ~

No way, Kleine!

Ich lernte schnell, dass die Monet-Villa einem Minenfeld glich. Die meiste Zeit war es relativ ruhig. Doch die Ruhe täuschte – an jeder Ecke lauerte die Gefahr, einem meiner Brüder zu begegnen. Ich versuchte, ihnen aus dem Weg zu gehen, vor allem Tony und Dylan, die mir wenig sympathisch waren, und atmete erleichtert auf, als ich es am nächsten Tag schaffte, ungehindert von meinem Zimmer in die Küche zu gelangen. Ich brauchte dringend Ruhe, denn ich war echt ziemlich fertig.

Gegen vier Uhr morgens war ich aufgewacht, weil mir der Jetlag zu schaffen machte. Obwohl mein Körper nicht zu hundert Prozent ausgeruht war, konnte ich nicht wieder einschlafen, also lag ich da und beobachtete, wie es in meinem schönen neuen Schlafzimmer immer heller wurde. Irgendwann kramte ich mein Handy unter dem Bett hervor, das ich über Nacht an die Steckdose gehängt hatte. Dazu musste ich fast bis an den Rand der Matratze kriechen. Ich glaube nicht, dass ich jemals in einem so riesigen Bett geschlafen habe!

Gegen sieben Uhr checkte ich meinen Bookstagram-Account. Ich fügte meiner Wunschliste ein paar Bücher hinzu, die ich lesen wollte, und antwortete auf Kommentare. Dann öffnete ich mit einem Seufzer mein Postfach und scrollte durch eine Reihe privater Nachrichten, die ich bisher ignoriert hatte.

Eine davon war von meiner Großtante Marie. Sie war die Schwester meiner Großmutter und im Grunde eine Fremde, die ich nur vom Namen her kannte. Sie lebte mit ihrer Familie in Irland. Wir hatten nie engeren Kontakt gehabt, und ich wusste, dass sie es abgelehnt hatte, mich bei sich aufzunehmen. Wahrscheinlich, weil sie schon sehr alt und etwas verbittert war und ihre Kinder und deren Kinder mich nicht kannten. Doch Tante Marie war die einzige Person von dieser Seite der Familie gewesen, die sich die Mühe gemacht hatte, zu Mamas und Omas Beerdigung zu kommen. Dort hatte ich sie zum ersten Mal gesehen. Ich konnte die Erleichterung in ihrem Gesicht sehen, als sie erfuhr, dass ich bereits einen neuen Vormund hatte und sie selbst keine Ausreden erfinden musste, warum sie sich nicht um mich kümmern konnte, obwohl sie es doch so gern würde.

Ihre trocken-höfliche Nachricht beantwortete ich ebenso trocken und ging zur nächsten über. Sie kam von Roxanne, meiner ex-besten-Freundin. Alles in allem eine traurige Angelegenheit, denn wir waren früher unzertrennlich gewesen, und dann war sie mit ihren Eltern zurück in ihre Heimat nach Griechenland gezogen. Seitdem hatte unser Kontakt zwangsläufig gelitten. Trotz aller Bemühungen fiel es uns schwer, unsere Freundschaft zu pflegen. Und doch wusste ich, dass ich immer noch auf Roxannes Unterstützung zählen konnte, besonders in solch tragischen Lebenslagen wie dieser.

Die letzte ungelesene Nachricht, die ich erhalten hatte, stammte von einer Schulfreundin, mit der ich außer einer oberflächlichen Bekanntschaft eigentlich nichts zu tun hatte. Ich wurde das Gefühl nicht los, dass sie den kurzen Text verfasst hatte, während ihr haufenweise sensationshungrige Typen aus meiner alten Schule über die Schulter geschaut hatten, die nach Details meiner persönlichen Tragödie gierten – also kopierte ich ihr einfach den nichtssagenden Inhalt, den ich an Tante Marie geschickt hatte, und legte das Telefon mit einem weiteren Seufzer beiseite.

Es wurde Zeit, dass ich mich dem heutigen Tag stellte. Schweren Herzens kroch ich aus dem Bett und bereitete mich im Geiste auf die nächsten grässlichen vierundzwanzig Stunden vor. Wie es sich für eine Waise gehörte! Ich duschte ausgiebig, zog mich an und kämmte mein Haar, machte mein Bett, öffnete das Fenster, um zu lüften, und packte endlich meinen Koffer aus. Meine Klamotten nahmen lediglich einen winzigen Teil des Kleiderschranks ein.

Gefühlt eine halbe Ewigkeit starrte ich auf die zierlichen, goldenen Herzohrringe, die in ihrer eleganten Schachtel lagen, gebettet auf weißen Samt. Ein Geschenk meiner Mutter, das bisher wertvoll gewesen, jetzt aber unbezahlbar für mich war. Kurz gab ich mich der Trauer hin, doch dann raffte ich mich auf. Ich konnte den Moment, da ich in die Wirklichkeit hinaustrat, nicht weiter hinauszögern, und wagte es, das Schlafzimmer zu verlassen.

In der Küche traf ich Eugenie, die Haushälterin, von der Vincent mir erzählt hatte. Sie wischte die Arbeitsflächen und summte ein Lied, das ich nicht kannte, begleitet vom Geräusch des laufenden Geschirrspülers.

»Guten Morgen«, grüßte ich höflich und strich mir unwillkürlich mit der Handfläche über meinen Arm.

Die Frau erstarrte und drehte sich dann ruckartig um. Mit leuchtenden Augen sah sie mich an. Ihre halblangen, üppigen Locken waren mit einem dicken, bunten Haargummi hochgebunden und bildeten auf ihrem Kopf etwas, das aussah wie ein Heuhaufen. Schnell verscheuchte ich diesen unangemessenen Gedanken. Sie schenkte mir ein äußerst freundliches, breites Lächeln, bei dem sie eine ganze Reihe Zähne zeigte. Eugenie war eine ältere Dame mit tiefen Falten im Gesicht. Sie trug ein lockeres weißes Hemd ohne Kragen, eine graue Trainingshose und weiße Flipflops.

Ihre ganze Erscheinung machte mich neugierig, denn von einer Haushaltshilfe in einer so schicken Villa hatte ich förmlichere Kleidung erwartet. Doch ich war froh, dass sie war, wie sie war, denn es ging etwas angenehm Gewöhnliches von Eugenie aus. Fast als wäre sie die erste Person in diesem Haus, mit der ich etwas gemeinsam hatte. Noch mehr Vorschriften, Regeln und Luxus konnte ich ohnehin nicht ertragen. Ich wollte einfach nur Normalität, und Eugenie sah aus wie jemand, der mit meiner Großmutter befreundet sein könnte.

Sie überhäufte mich sofort mit Komplimenten, schwärmte von meinem langen Haar und meinem, wie sie sagte, niedlichen kleinen Gesicht. Dann warf sie auch schon den Putzlappen beiseite und rief, sie werde mir zum Frühstück zubereiten, was auch immer meine Seele begehrte. Ich hatte keine große Lust, etwas zu essen, willigte aber schließlich ein, als sie Pancakes vorschlug.

Eugenie bewegte sich mit bemerkenswerter Geschicklichkeit in der Küche, und ich vermutete, dass sie sich hier besser auskannte als jeder der fünf Männer. Ich saß am Tisch, beobachtete, wie sie hin und her wuselte, und bot ein paar Mal meine Hilfe an, weil ich es nicht gewohnt war, tatenlos dabei zuzusehen, wie jemand anderes arbeitete. Doch Eugenie meinte nur, ich solle sitzen bleiben und mir keine Gedanken machen. Nebenbei versuchte sie, mich in ein Gespräch zu verwickeln, indem sie mich zuerst nach meinem Lieblingsessen fragte und dann mit mir über mein bisheriges Leben in England plauderte. Außerdem erzählte sie mir stolz, dass ihre Tochter im nächsten Semester an einem Schüleraustausch nach Newcastle teilnehmen würde. Da ich Newcastle noch nie besucht hatte, fiel es mir schwer, Begeisterung zu heucheln, aber bei der bloßen Erwähnung einer englischen Stadt musste ich lächeln.

»Anscheinend haben sie dort einen besonders schwierig zu verstehenden Akzent«, sagte Eugenie, die selbst sehr gut Englisch sprach, wenn auch ihr gerolltes R ihre ausländische Herkunft verriet. »Aber das ist gut, denn sie soll schließlich lernen! Man kann nie genug lernen.« Während sie redete, wendete sie beinahe automatisch die Pancakes und schmunzelte gedankenversunken. »Meine Tochter ist ein kluges Mädchen, weißt du, und sie klingt wie eine echte Amerikanerin.«

Ich lächelte leicht. »Ich bin sicher, dass sie sich in England zurechtfinden wird.«

»Na aber selbstverständlich!« Eugenie winkte fröhlich ab, dann beugte sie sich zu mir. »Ich sage ihr immer, die Chance darf sie nicht verpassen. Als ich jung war, war die Universität für mich unerreichbar. Mir hat niemand angeboten, meine Studiengebühren zu übernehmen«, sagte sie und seufzte. »Was für ein Glück, dass Vincent so gut zu uns ist. Zuerst dachte ich, er sei ganz anders, als sein Vater Camden es war, denn er ist immer so ernst. Das ist zumindest der Eindruck, den er vermittelt. Aber wie sich herausstellt, hat er ein ebenso goldenes Herz wie der gute Herr selig.«

Beim Klang seines Namens krampfte sich mein Inneres zusammen. Es war das erste Mal, dass jemand in meiner Gegenwart so offen über meinen Vater sprach. Selbst meine Mutter hatte jedes Mal das Thema gewechselt, wenn ich sie nach ihm gefragt hatte. Aber Eugenie kam nicht auf die Idee, dass es ein Fettnäpfchen sein könnte, ihn in meiner Gegenwart zu erwähnen – und ich tat mein Bestes, um mir nicht anmerken zu lassen, wie sehr mich das alles interessierte. Offensichtlich erfolgreich, denn Eugenie setzte ihren Monolog fort.

Camden Monet, der Mann, der einst hier gewohnt, in einem der vielen Schlafzimmer geschlafen, in dieser Küche gegessen hatte, war mein Vater gewesen. Eugenie hatte ihm womöglich Kaffee gekocht und eine Tasse vor ihn auf eben den Tisch gestellt, an dem ich gerade hockte. Er hatte ein Herz aus Gold besessen – das hatte sie über ihn gesagt. Sosehr es auch wehtat, mich mit ihm zu beschäftigen, konnte ich die Fragen, die sich mir aufdrängten, nicht abschütteln. *Wie war er? Wie sah er aus?* Und vor allem: *Warum wollte er mich nicht kennenlernen?*

Eugenie war eine wertvolle Informationsquelle, zumal sie gerne redete und dabei offenbar nicht besonders viel nachdachte. Sonst wäre ihr vielleicht aufgefallen, dass sie ein wenig indiskret war. Aber ich durfte ihr keine Fragen über meinen Vater stellen. Noch nicht. Einer meiner Brüder würde es womöglich hören oder sonst wie Wind davon bekommen. Meine Neugierde musste warten.

Bald stand ein Teller mit fluffigen goldbraunen Pancakes vor mir auf dem Tisch. Eugenie hatte Ahornsirup darübergegeben und das Ganze mit Beeren und Früchten bestreut. Ich hatte davon geträumt, genau solche Pancakes zu machen, seit ich sie vor ein paar Jahren in einem amerikanischen Film gesehen hatte. Meiner Oma waren sie immer zu flach geraten, obwohl sie eine großartige Köchin gewesen war. Eugenie wünschte mir einen guten Appetit und verschwand, um sich um die Wäsche zu kümmern. Ich verabschiedete mich lächelnd von ihr, froh, dass wenigstens eine Frau in diesem riesigen Haus voller Männer ein und aus ging.

Die Portion war viel zu groß, und so verbrachte ich fast eine Stunde mit dem Essen. Als ich endlich fertig war, spülte ich das Geschirr ab – erst hinterher fiel mir ein, dass es eine Spülmaschine gab. Dann stand ich mitten in der Küche und wusste nicht, wohin mit mir. Ich hatte absolut nichts zu tun, das wurde mir in dieser ungewohnten Umgebung schmerzlich bewusst. Mein Blick fiel auf das Küchenfenster, durch das das Sonnenlicht hereinfiel und den ohnehin schon hellen Raum geradezu erleuchtete. Das Wetter schien viel schöner zu sein als gestern, und vielleicht war der Sonnenschein ein Zeichen der Hoffnung auf etwas Gutes in meinem neuen Leben. Ermutigt warf ich mir ein dickes Sweatshirt über die Schultern und ging durch die Eingangstür nach draußen.

Von der Einfahrt zweigte ein Weg ab, der zwischen den Bäumen verschwand und von dem ich wusste, dass er zu einem weiteren Eingangstor führte. Ich beschloss, ihm nicht zu folgen, damit niemand auf die Idee kam, ich würde mich womöglich nach einer Fluchtmöglichkeit umsehen. Stattdessen lief ich über den sehr gepflegten, perfekt grünen Rasen und entschied mich, um das riesige Herrenhaus herumzugehen und mir den Garten anzuschauen.

Ab und zu kam ein kühler Windstoß auf, und ich schlang das kuschelige Sweatshirt enger um mich. Mein Spaziergang war nicht nur angenehm, weil die frische Luft meinen Kopf durchpustete und mich endlich frei atmen ließ, sondern auch, weil ich mich nach dem ausgiebigen Frühstück total voll fühlte. Die Bewegung tat mir gut.

Der Garten, der die Villa umgab, war riesengroß, aber leider irgendwie langweilig. Überall nur Rasen, Rasen, Rasen. Für meinen Geschmack wären Blumen schöner, und an Platz dafür mangelte es definitiv nicht.

Ich ging an dem großen Küchenfenster vorbei, durch das ich einen verstohlenen Blick warf, nur um festzustellen, dass der Raum genauso leer war, wie ich ihn verlassen hatte. Dann lief ich weiter, bis ich schließlich die Terrasse erreichte, auf der eine edle Sitzlounge stand, ebenso wie ein Cocoon-Hängesessel für zwei Personen, auf dem ich mich probeweise niederließ. So einen hatte ich mir schon immer gewünscht!

Wie ich feststellte, war die Terrasse durch eine Schiebetür vom Wohnzimmer aus zugänglich. Ich setzte meinen Spaziergang fort und entdeckte nach einer Weile, dass sich gleich nebenan eine zweite Terrasse befand, mit Sonnenliegen und einem in den Boden eingelassenen Whirlpool. Außerdem gab es einen ziemlich großen Swimmingpool, aus dem – wie Will angekündigt hatte – das Wasser leider bereits abgelassen worden war.

Nachdem ich ein wenig am Poolrand entlangspaziert war, stieg ich ein paar der Stufen hinab, die ins Innere des Beckens führten, und stellte mir vor, wie es wohl aussah, wenn es gefüllt war. Wie die Oberfläche des Wassers in der Sommersonne glitzerte. *Ich wohne in einem Haus mit Pool*, dachte ich und schüttelte zum wiederholten Mal ungläubig den Kopf. Nicht im Traum hätte ich damit gerechnet, jemals in derartigem Reichtum zu leben!

In der verglasten Hausfassade des Erdgeschosses spiegelten sich Bäume und Himmel. Ich näherte mich neugierig der angelehnten Terrassentür. Vorsichtig steckte ich den Kopf hinein und stellte fest, dass ich soeben das Gym gefunden hatte. Also genau die Ecke, von der ich mich eigentlich fernhalten wollte.

Es war ein großer, heller Raum mit allen möglichen Sportgeräten. Der einzige Fitnessraum, den ich je betreten hatte, war die Sporthalle meiner alten Schule gewesen, in der die Geräte mindestens hundert Jahre alt waren. Außerdem stank es dort nach Schweiß und Gummi. Das Gym meiner Brüder, das mit glänzenden neuen Geräten ausgestattet war, war das genaue Gegenteil. Hier gab es ein Laufband, Hanteln und Pressbänke, eine Klimmzugstange, Matten, Boxsäcke sowie ein paar riesige Geräte, von denen ich nicht einmal wusste, wozu sie dienten. In den Ecken waren große Lautsprecher montiert, sicher, damit die Jungs zu ihrer Lieblingsmusik trainieren konnten. Eine Wand war komplett mit Spiegeln bedeckt, und als mein Blick auf mein Spiegelbild fiel, erschrak ich. Ich war nicht allein.

»Schnüffelst du etwa wieder herum?«, fragte Dylan.

Er musste mich schon eine ganze Weile beobachtet haben.

Dylan stand in einer Ecke, in der zu einer Pyramide aufeinandergestapelte Wasserflaschen lagen. Eine Flasche hielt er in der Hand; sie war halb leer. Seine feuchten Haare waren nach hinten gekämmt; ich bemerkte seine schweißglänzende Stirn, ebenso wie seine muskulösen Arme. Er trug ein lässig sitzendes oversized Tanktop und um den Hals rote Kopfhörer, aus denen leise Musik kam.

Die Anwesenheit dieses Typen, der mich so offensichtlich nicht leiden konnte, machte mich sofort nervös. Ich hatte von Anfang an gewusst, dass ich das Fitnessstudio meiden sollte, und jetzt bekam ich die Quittung für meine Neugier.

»Ich mache einen Spaziergang«, antwortete ich und versuchte, ruhig zu atmen.

»Einen Spaziergang? Durch unser Gym?«

Sein boshaftes Grinsen bestätigte mich in der Annahme, dass er mich provozieren wollte. Ich klammerte mich an die Türklinke und murmelte: »Will hat gesagt, ich soll mich wie zu Hause fühlen, also sehe ich mich ein bisschen um. Wenn du allein sein willst, gehe ich.«

Dylan ließ mich nicht aus den Augen, als er die Wasserflasche an die Lippen hob und sie mit zwei Schlucken leerte. Dann zerdrückte er sie mit einer Hand, warf sie in den Mülleimer, wischte sich über den Mund und zuckte gleichgültig mit den Schultern.

»Dann hau doch ab.«

Ich ignorierte den spitzen Stich der Traurigkeit, den seine Gleichgültigkeit in mir auslöste, und zog mich wieder in den Garten zurück. Draußen war es jetzt kühler. Ich schlang die Arme um mich und ging ein Stück weiter am Haus entlang. Dabei achtete ich darauf, nicht in eins der Fenster zu schauen, um nicht wieder zu Unrecht des Schnüffelns bezichtigt zu werden. Das Ausmaß des Monet-Grundstücks war geradezu überwältigend. Als ich um die Ecke gebogen war, bemerkte ich eine weitere Einfahrt. Diese war viel kleiner und führte zu einer massiven Haustür. Ich kannte das Gebäude zu wenig, um auch nur ansatzweise zu erraten, was sich dahinter befand, also ging ich einfach an dem riesigen Anbau entlang, der keine Fenster hatte und als Garage genutzt wurde. Als ich mich an der Vorderseite des Hauses wiederfand, beendete ich meinen Spaziergang. Hinter meiner Stirn hatte es leicht zu pochen begonnen.

Zurück im Haus, musste ich unwillkürlich an einen gefährlichen Dschungel denken. Das Einzige, was noch fehlte, waren die satten Grüntöne und der feuchte, drückende Geruch nach Erde, aber ansonsten stimmte alles. Unter dem Schleier der vermeintlichen Ruhe verbargen sich überall Geheimnisse, das spürte ich mit all meinen Sinnen.

Meine Schritte auf dem Marmorboden der Villa waren nahezu geräuschlos. Ich versuchte, lauter aufzutreten, um mich im Zweifelsfall bemerkbar zu machen. Auf der Treppe zu meinem Zimmer erschreckte mich das seltsame Gemälde wieder, und ich geriet ins Taumeln. Aber da ich kein gemeines Kichern hörte, gab es für diesen peinlichen Vorfall wohl keine Zeugen.

Ich beschloss, noch einmal hinunter in die Küche zu gehen, um mir eine Tasse Tee zu machen. Die Kopfschmerzen ließen langsam nach, dafür bekam ich offenbar eine Erkältung, denn meine Nase hatte zu laufen begonnen – ich brauchte etwas Heißes zu trinken.

»Machst du dir einen Tee? Ist dir kalt?«

Ich beugte mich gerade über eine Schublade mit Kräutern und Teemischungen, die ich entdeckt hatte, und beim Klang der Stimme zuckte ich heftig zusammen. Dann drehte ich mich um und erschrak, weil ich meinte, meinen ältesten Bruder Vincent zu erkennen. Aber es lag nur an der formellen Kleidung, in der ich ihn noch nie gesehen hatte. In der Küchentür stand Will und lächelte mich an. Er trug ein Hemd, das das tiefe Blau seiner Augen perfekt zur Geltung brachte, und eine dunkle Anzughose. Er sah aus wie das Musterbeispiel für einen erfolgreichen Mann in einem Hochglanzmagazin.

»Ein bisschen. Ich war spazieren.«

»Ich weiß«, antwortete er, und als ich ihn überrascht ansah, fügte er hinzu: »Ich habe dich durchs Fenster gesehen.«

Ich konnte nur hoffen, dass mein Gesichtsausdruck nicht verriet, wie verwirrt ich war. Wie sehr ich mir wünschte, dass dieses Gefühl endlich aufhören würde …

»Möchtest du auch einen Tee?«, fragte ich, um das Thema zu wechseln, und griff nach einem Beutel.

»Nein, danke. Lieb von dir, aber ich muss los.« Er schaute auf sein Handgelenk, an dem er eine Uhr trug, eine andere als gestern, aber genauso elegant. »Ich sollte in ein paar Stunden zurück sein. Wir haben für heute Abend eine Reservierung in unserem Lieblingsrestaurant.«

»Komme ich auch mit?«

Die Frage rutschte mir heraus, bevor ich darüber nachdenken konnte, und Will sah mich an, als wäre ich nicht ganz klar im Kopf.

»Natürlich. Du bist doch der Grund dafür, dass wir ausgehen. Sagen wir, es ist eine Art teambildende Maßnahme.«

»Ach so. Klingt toll!«, schwindelte ich.

Will kommentierte meine offensichtlich gekünstelte Reaktion nicht, sondern warf mir nur einen verständnisvollen Blick zu. Ich war dankbar, dass er mir Zeit gab, mich an meine neue Realität zu gewöhnen.

»Falls etwas sein sollte – Vince und Dylan sind zu Hause. Du kannst mich immer anrufen. Und Eugenie treibt sich auch irgendwo herum. Hast du sie eigentlich schon getroffen?«

»Ja, sie hat mir das beste Frühstück überhaupt gemacht!«

»Sie kocht unheimlich gut«, stimmte Will zu.

Sein Handy summte. Er schaute auf das Display und sagte: »Okay, Hailie, ich muss jetzt wirklich los. Wir sehen uns später.«

Er lächelte mich an, und dann tat er etwas, womit ich ganz und gar nicht gerechnet hatte. Immer noch auf sein Handy konzentriert, legte er den Arm um mich und küsste mich auf den Kopf.

»Hab einen schönen Tag!«

Dann verschwand er, bevor ich Zeit hatte, auch nur »Gleichfalls« von mir zu geben. Stattdessen versuchte ich, die Kontrolle über meinen Körper zurückzugewinnen, der vor Überraschung über diese unerwartete Zärtlichkeit erstarrt war. Will war zwar der netteste Mensch, dem ich in letzter Zeit begegnet war, aber er war immer noch ein Fremder für mich. Ich überlegte einen Moment lang, was ich von dieser Umarmung halten sollte, und kam dann zu dem Schluss, dass sie sich gut angefühlt hatte. Als hätte Will ein kleines Pflaster auf mein gebrochenes Herz geklebt.

Während ich darauf wartete, dass das Wasser endlich kochte, verlor ich mich in Gedanken über meine Brüder. Ich fragte mich wieder, wie es möglich war, dass Dylan und Will so gegensätzlich sein konnten, wo sie doch so eng miteinander verwandt waren.

Der Duft von Orangen und Minze begleitete mich zum Küchentisch. Doch auf halbem Weg änderte ich meine Meinung. Eigentlich wollte ich wieder auf mein Zimmer, aber dann fiel mir die Bibliothek ein. Ich verließ die Küche, ging den Korridor entlang und öffnete vorsichtig die Tür.

Die mit deckenhohen Bücherregalen vollgestellten Wände schufen eine einzigartige, magische Atmosphäre. Fasziniert schaute ich mich um.

Besonders beeindruckend fand ich das Klavier, das unscheinbar, aber elegant aussah. Ich wollte den Deckel hochheben und einen Blick auf die Tastatur werfen, aber ich hatte Angst, dass ich durch meine Berührung etwas kaputt machen könnte. Mein Blick fiel auf ein Foto in einem schlichten Rahmen, das darauf stand. Bisher war ich in der Monet-Villa noch nicht auf Fotos gestoßen, deshalb zog mich dieses Bild sofort in seinen Bann. Es zeigte keinen der Jungs, sondern zwei Frauen. Beide waren blond; die eine lächelte breit und fröhlich, während die andere eher zurückhaltend wirkte – doch auch sie machte einen ziemlich zufriedenen Eindruck. Ich streckte meine Hand aus, um nach dem Rahmen zu greifen und das Foto näher zu betrachten, aber er erwies sich als schwerer als erwartet und glitt mir beinahe aus den Fingern. Sofort stellte ich ihn ab und machte ein paar ängstliche Schritte zurück. *Warum muss ich auch so neugierig sein*, schimpfte ich mich in Gedanken aus. *Ich sollte mich auf die Bücher konzentrieren.*

Viele der Bände hier waren Wirtschaftsratgeber, die meisten davon waren sehr alt und beinhalteten wahrscheinlich überholte Weisheiten. Ich fand ein paar psychologische Handbücher, einige (wenn auch nicht viele) Motivationsratgeber, etwas übers Laufen und über gesunde Ernährung. Weiter unten standen ein paar Erotikromane, um die ich einen großen Bogen machte. Schließlich stieß ich auf Romane, die schon eher für mein Alter waren, und blieb vor dem Regal stehen. Ich war angenehm überrascht, dass es hier eine große Auswahl an Fantasy gab, und zwar richtig gute! Einige Titel hatte ich bereits gelesen, es waren sogar ein paar meiner Lieblingsbücher darunter.

Lesen hatte mich schon immer beruhigt. In eine andere Welt eintauchen und die Realität vergessen – das war es, was ich jetzt brauchte.

Und dann entdeckte ich ein Buch, in das ich mich buchstäblich auf den ersten Blick verliebte. Auf dem festen glänzenden Einband war ein schwarzer Drache mit grünen Augen abgebildet, das Lesebändchen ähnelte einer dünnen, blutroten Reptilzunge, und der Klappentext klang superspannend.

Eigentlich hatte ich vor, nur das erste Kapitel zu lesen, aber der Roman zog mich völlig in seinen Bann. Ich rollte mich in dem Sessel zusammen, in dem Vincent am Tag zuvor gesessen hatte, und verschlang gierig Wort für Wort.

Es war das erste Mal seit dem Tod meiner Mutter, dass ich mir mein liebstes Vergnügen gönnte, und es kam mir vor, als wäre eine Ewigkeit vergangen, seit ich zuletzt ein Buch gelesen hatte. Dabei waren die tragischen Ereignisse, die mein Leben auf den Kopf gestellt hatten, weniger als eine Woche her. Alles vollkommen surreal.

Mit einer überwältigenden Heftigkeit überkamen mich plötzlich Traurigkeit und Schuldgefühle, weil ich überlebt hatte und Mama und Oma tot waren …

Meine Mutter hatte es immer geliebt, wenn ich ihr von meinen Lieblingscharakteren und -geschichten vorgeschwärmt hatte. Die Erkenntnis, dass ich ihr niemals würde von diesem Roman erzählen können, machte mich total fertig.

Erst nach ein paar Stunden wurde meine Ruhe gestört. Ich lag quer über dem Sessel, die Arme ausgestreckt, und hielt den Roman hoch über mein Gesicht, als sich die Tür zur Bibliothek öffnete und einer der Zwillinge auf der Schwelle auftauchte. Ich war erleichtert, als ich erkannte, dass es Shane war, also der Nettere der beiden.

»Hier ist sie!«, rief er jemandem über die Schulter zu, dann drehte er sich wieder zu mir um und zeigte mit einer Kopfbewegung hinter sich. »Hey, wir brechen auf. Kommst du?«

Es gelang mir nicht, einen schweren Seufzer zu unterdrücken. Widerwillig legte ich das Buch auf den Couchtisch – jedoch nicht, ohne mit dem blutroten Band die richtige Seite zu markieren.

Ich trug die leere Teetasse zurück in die Küche, wo ich auf Will und Tony traf, die bei meinem Anblick sofort ihr Gespräch unterbrachen. Will sah mich freundlich an und wiederholte, was Shane mir bereits mitgeteilt hatte, während Tony einen Blick zur Seite warf, als ob er absichtlich nicht in meine Richtung schauen wollte.

Wenig begeistert stieg ich die Treppe zu meinem Zimmer hinauf und wünschte mir auf einmal, ich könnte einfach in mein Bett kriechen und schlafen. Oder besser noch: weiterlesen. Ich hatte gerade so überhaupt keine Lust auszugehen, und schon gar nicht mit einer ganzen Bande von Brüdern, von denen mehr als die Hälfte ein scheinbar gespaltenes Verhältnis zu mir hatte.

Doch ich überwand mich und holte das eleganteste Kleid aus der Garderobe, das ich finden konnte. Es war schlicht, marineblau, mit Dreiviertelärmeln und einem leicht ausgestellten Rock, der bis kurz über meine Knie reichte. Nichts Besonderes, also musste ich mir keine Sorgen machen, dass ich irgendwie overdressed wirken könnte. Ganz im Gegenteil – als ich hinunterkam und die megaschick zurechtgemachten Jungs sah, hatte ich wieder das Gefühl, dass ich in diesem Märchen das Aschenputtel war. Ich versuchte, mir einzureden, dass das nur meine Minderwertigkeitskomplexe waren, aber es fiel mir schwer, der fiesen Stimme in meinem Kopf zu widersprechen, die mir zuflüsterte: *Du wirst niemals in diese Welt gehören, Hailie Monet. Du siehst aus wie ein Waisenkind. Was du übrigens auch bist.*

Doch keiner der fünf kommentierte mein Aussehen. Sie liefen Richtung Garage und besprachen, wer mit wem und mit welchem Auto fahren würde. Einen Moment lang sahen meine Brüder beinahe identisch aus, und ich musste die Augen zusammenkneifen, um sie voneinander zu unterscheiden. Alle trugen sie dunkle Anzüge, helle

Hemden und Krawatte. Jeder von ihnen hatte einen schicken Haarschnitt, sie wirkten gepflegt und bewegten sich mit einer Lässigkeit, die nur jenen vorbehalten ist, die mit Luxus aufgewachsen sind. Ich konnte nicht glauben, dass ich mit diesen Männern ausgehen sollte.

Doch ihr Anblick war nicht das Einzige, das mich verblüffte. Es war ein ziemlicher Schock, die »Garage« zu sehen, die ich nun zum ersten Mal betrat. Ihr weitläufiges Inneres war noch beeindruckender als der Blick von außen. Einen Moment lang hatte ich das Gefühl, dass die Tür ein Portal war und wir uns in einem exklusiven Autosalon befanden. In einer ordentlichen Reihe parkte ein edler Wagen neben dem nächsten.

Das hier war nicht etwa die typische Garage einer Durchschnittsfamilie – vollgestopft mit allem möglichen Kram, mit Kartons, Werkzeug und Geräten, die seit Jahren nicht mehr benutzt worden waren. Der gesamte, riesige Raum war ausschließlich für Autos reserviert. *Wer so eine Garage besitzt*, dachte ich, *der kann es sich leisten, High-Class-Fahrzeuge darin unterzubringen* – was auch der Fall war.

Unter anderem waren Modelle zu sehen, die ich wahrscheinlich bisher nur als Spielzeugautos oder in Filmen zu Gesicht bekommen hatte. Drei waren von einer bizarren, beinahe kosmischen Art – grell lackiert, tiefergelegt, flach und sportlich. Andere sahen eleganter und schnittiger aus. Da waren ein silberner Sportwagen und ein schwarzer, auf den Vincent gerade zusteuerte. Ich erkannte den riesigen, hoch über den anderen Wagen aufragenden Geländewagen, mit dem Will mich vom Flughafen abgeholt hatte, und daneben ein gewöhnlicheres, weniger auffälliges weißes Auto.

Mein mangelndes Wissen über Fahrzeuge brachte mich in Verlegenheit. Ich konnte nicht eine einzige Marke benennen, sondern sie lediglich nach Farben sortieren wie eine Klischee-Frau in einem sexistischen Witz.

Die Monets stiegen zügig in ihre Autos (mir klappte die Kinnlade herunter, als ich sah, wie sich die Türen eines Wagens nach oben hin öffneten, anstatt auf herkömmliche Weise zur Seite aufzuschwingen), und nur einen Augenblick später verließen wir das Grundstück. Vincent fuhr das schwarze, schneidige Auto, neben ihm saß Will. Ich war auf dem Rücksitz gelandet, zusammen mit Tony, der mich während der gesamten Fahrt keines Blickes würdigte.

Hinterm Steuer des zweiten Wagens saß Shane. Er hatte eins der sportlichen Modelle in einem satten Dunkelblau gewählt, das mit den ungewöhnlichen Flügeltüren, und er und Dylan ließen den Motor aufheulen, als sie uns auf der Straße überholten. Im Rückspiegel konnte ich sehen, wie Vincent die Augen verdrehte. Will schüttelte den Kopf. *Wie Eltern, die von den Albernheiten ihrer Kinder frustriert sind*, dachte ich amüsiert.

Später erinnerte ich mich an meinen ersten Ausflug mit meiner neuen Familie wie durch Nebel. Vielleicht war ich zu gestresst gewesen, vielleicht hatte mein Gehirn eh schon zu viel zu verarbeiten. Oder vielleicht war ich einfach überwältigt von all dem Glamour im Restaurant.

Ich weiß noch, dass Vincent seine Autoschlüssel einem Parkwächter im Frack übergab. Wir kamen an einem mit Goldschmuck behangenen, jungen und schwer verliebten Pärchen vorbei, das offenbar ziemlich betrunken war. Am Eingang verbeugte sich jemand vor mir, jemand anderes fragte Will, ob der Tisch, den er ausgesucht hatte, ihm recht sei, und dann gingen wir zu unseren Plätzen.

Ich fühlte mich verloren, als ich die roten Teppiche, die Kerzenleuchter an den Wänden, den schimmernden Fußboden und die kuppelförmige Decke betrachtete, an die ein Fresko im Renaissancestil gemalt war. Überall gab es Gemälde von pummeligen Engelchen in dicken Goldrahmen, und ein eleganter Herr spielte eine getragene Melodie auf der Geige.

Ich zuckte überrascht zusammen, als jemand seine Hand auf meinen Rücken legte, aber als ich sah, dass es Will war, entspannte ich mich sofort.

»Alles okay bei dir, Hailie?«, vergewisserte er sich im Flüsterton, als wir an einem runden Tisch in einer intimen Ecke Platz nahmen. Er setzte sich direkt neben mich.

Ich nickte, vielleicht ein wenig zu energisch, und schenkte meinem Bruder ein schwaches Lächeln, das hundertpro meine aufflammende Nervosität verriet. Sie wurde noch schlimmer, als Vincent sich auf den Stuhl zu meiner anderen Seite setzte. Ich fragte mich, ob ich überhaupt in der Lage sein würde, irgendetwas zu essen, wenn er so dicht neben mir war.

In dieser noblen Umgebung kam mir jede meiner Bewegungen unnatürlich steif vor – was ich von dem Verhalten meiner Brüder nicht behaupten konnte. Sie wirkten völlig entspannt, lehnten sich lässig in den bequemen, mit Schnitzereien verzierten Holzstühlen zurück, nahmen die Speisekarte entgegen, die der Kellner ihnen reichte, und scherzten hin und wieder über etwas. Ich hatte das Gefühl, dass dieser Ausflug die Kluft zwischen uns nur vergrößerte, anstatt sie zu verringern.

An diesem Abend sah ich zum ersten Mal, dass sie echte Geschwister waren. Die sich seit ihrer Geburt kannten und eine besondere Beziehung zueinander hatten. Sie lachten und plauderten, als sie ihre Bestellung aufgaben und auf ihr Essen warteten.

Es fiel mir zunehmend schwer, das Gefühl zu unterdrücken, dass ich nicht zu ihnen passte. In unseren Adern mochte dasselbe Blut fließen, aber sie waren eine Familie und ich eine Außenseiterin. So einfach war das.

»Wie schmeckt deine Lasagne, Hailie?«, fragte mich Will.

»Köstlich«, antwortete ich mit einem schüchternen Lächeln.

Sie schmeckte wirklich gut, aber die meiste Zeit stocherte ich nur mit meiner Gabel darin herum, weil ich nun mal nichts runterkriege, wenn ich mich unwohl fühle. Und mir war alles an diesem Abend unangenehm – die Umstände, der Ort und die Gesellschaft.

Die drei Brüder, die nicht fahren mussten, bestellten Bier. Sogar die minderjährigen Zwillinge, was mich überraschte, aber hier schien niemand ein Problem damit zu haben. Darüber dachte ich eine Weile nach, während ich an meiner Cola nippte.

Die Atmosphäre wurde immer lockerer. Die Jungs hatten Spaß, an dem ich mich eher nicht beteiligte, bis die Gespräche allmählich verstummten. Da fiel Shane offenbar ein, dass es mich auch noch gab – und er fragte:

»Hailie, warum sagst du nichts?«

Sofort flackerten die Blicke aller Anwesenden in meine Richtung, was mich unheimlich stresste, also lächelte ich mein typisch höfliches Lächeln und blickte auf meinen Teller, auf dem eine halbe Portion Lasagne kalt wurde.

»Weil ... weil ich esse.«

»Bevor das Essen kam, hat sie auch nichts gesagt«, kommentierte Dylan.

»Weil ihr sie verunsichert, ihr Idioten«, gab Will zurück und warf seinen Brüdern einen strafenden Blick zu.

»Ich? Ich tue doch gar nichts«, protestierte Shane und sah mich an, wobei er sich theatralisch die Hand auf die Brust legte. »Verunsichere ich dich etwa?«, fragte er an mich gewandt.

Ich schüttelte den Kopf, äußerst unglücklich darüber, dass sie das Thema weiterverfolgten.

»Sie ist doch die ganze Zeit so«, warf Dylan ein.

»Das wärst du auch, in ihrer Situation«, versuchte Shane zu schlichten.

»Eher nicht.«

»Bro, stell dir vor, du bist ein kleines Mädchen und …«

»Halt's Maul, Alter«, rief Dylan genervt.

»Nein, im Ernst. Stell dir vor, du bist ein kleines Mädchen und findest plötzlich heraus, dass du fünf ältere Brüder hast.« Shane sah Dylan bedeutungsvoll an. »Also, ich wäre da auch verunsichert. Ne, ich würde komplett durchdrehen!«

»Ich bin aber kein kleines Mädchen«, warf ich dazwischen. Meine Worte waren in der Stille nach Shanes Aussage nur allzu deutlich zu hören.

»Klar bist du das«, antworteten Shane und Dylan gleichzeitig.

Ich sah auf.

»Ich bin fast fünfzehn!«

»Also immer noch vierzehn«, bemerkte Vincent, nachdem er einen Schluck getrunken hatte. Er schaute mich mit leicht hochgezogenen Augenbrauen an und amüsierte sich offenbar über mich.

»Ich bin kein kleines Kind mehr.«

»Klar bist du das!«, entgegneten meine Brüder im Chor, diesmal alle. Sogar Tony.

Ich schaute ungläubig in die Gesichter meiner neuen Familie.

»Das ist nicht fair«, murmelte ich, und als ich merkte, dass ich tatsächlich ein bisschen wie ein Kind klang, fügte ich hinzu: »Fünf gegen eine.«

»Gewöhn dich schon mal dran«, spottete Dylan und schob sich eine Olive in den Mund.

»Das ist nicht fair«, wiederholte ich mit Nachdruck.

»So ist das Leben«, meinte Tony.

»Dann ist das Leben scheiße!«, brach es aus mir heraus.

Ich hatte gerade so absolut keine Lust mehr auf mein Leben, in dem es in letzter Zeit nur noch tragische Veränderungen gegeben hatte – so deprimierend das auch klingen mag. Ich rechnete gar nicht damit, dass irgendjemand auf meinen verbitterten Kommentar reagieren würde, aber meine Brüder überraschten mich.

Dylan drohte mir mit dem Finger und sagte: »No way, Kleine!«

Shane und Will verzogen missbilligend die Gesichter, und Tony prustete verächtlich.

»Nicht fluchen!«, ermahnte mich Vincent und runzelte wieder die Augenbrauen.

Einen Moment lang dachte ich, es wäre ein Scherz, und blinzelte verwirrt, als ich merkte, dass es ernst gemeint war.

»Ich darf nicht ›Scheiße‹ sagen?«

Ich wollte mehr sagen, zum Beispiel, dass es schlimmere Wörter gibt als Scheiße oder dass ich jeden von ihnen bereits fluchen gehört hatte und es niemandem geschadet hatte – aber die Intensität im Blick meines ältesten Bruders ließ mich die Augen niederschlagen. Mit Vincent sollte man besser nicht diskutieren. Das hatte ich gleich am ersten Tag gelernt.

Zum Schluss bestellten wir Nachtisch. Auch das war neu für mich. Meine Mutter und ich waren selten in Restaurants gegangen, weil Oma immer gekocht hatte, und wenn, dann waren wir bei den Hauptgerichten geblieben. Für meine Brüder war Geld offenbar kein Thema, und so bestellte ich einen Becher Schokoladeneis. Die Jungs aßen und tranken viel, viel mehr und viel, viel schneller als ich. Am Ende mussten sie warten, bis ich mit meinem Dessert fertig war, das heißt, halb fertig, weil der Eisbecher wirklich zu riesig war. Shane machte sich schließlich über den Rest her und rügte mich überraschenderweise nicht dafür, nicht aufgegessen zu haben.

Ich musste mir eingestehen, dass der Abend dann doch noch ganz lustig war. Ein paar Mal lachte ich sogar richtig, auch wenn ich die meiste Zeit den Diskussionen zwischen den Jungs zuhörte und nur selten meine Meinung äußerte. Immer wieder brüllten Dylan und die Zwillinge vor Lachen, und obwohl ich nicht alle ihre Witze verstand, übertrug sich ihre Heiterkeit auf mich. Meine Brüder, die Monet-Brüder, waren an diesem Abend lieb zu mir, und ich ließ mich ein wenig von der positiven Atmosphäre einlullen.

Auch wenn ich mich dieser Familie kein bisschen zugehörig fühlte.

4

Minderjähriger Straftäter

Mein Problem war, dass ich nicht einschätzen konnte, wie ich mich an unserem Kennenlernabend gemacht hatte. Sicherlich war die bisherige Annäherung mit meinen Brüdern nichts als ein Tropfen auf den heißen Stein.

Manchmal dachte ich, wenn ich fröhlicher und umgänglicher wäre, fiele es mir vielleicht leichter, das Eis zu brechen und mich bei meinen Geschwistern beliebt zu machen. Stattdessen konnte ich nicht mal locker mit ihnen über Alltägliches sprechen, geschweige denn einen Witz machen, da ich ständig befürchtete, in Fettnäpfchen zu treten. Jede Interaktion mit den Jungs löste in mir Angst und Stress aus, weil ich mich so blöd anstellte.

Vor mir selbst verteidigte ich mich damit, dass ich gerade eine Phase der Trauer durchmachte und mich nicht für meine Nervosität und Anspannung entschuldigen musste.

Am wohlsten fühlte ich mich nach wie vor in der Bibliothek. Zusammengerollt wie eine Katze verbrachte ich fast den ganzen nächsten Tag in meinem Lieblingssessel und verfolgte das Schicksal der Figuren aus dem Roman, den ich angefangen hatte. Niemand störte mich, ich hatte endlich meine Ruhe. Vincent arbeitete fast ununterbrochen, und auch Will war die meiste Zeit beschäftigt. Die Zwillinge und Dylan fuhren morgens zur Schule und kamen erst am Nachmittag nach Hause.

Obwohl ich in der Schule immer zu denjenigen gehört hatte, die gern lernten, störte es mich überhaupt nicht, dass ich noch nicht zum Unterricht musste. Im Gegenteil, ich war froh, dass Vincent beschlossen hatte, mich erst ab nächster Woche hinzuschicken. Alles ging so schnell, und ich brauchte dringend etwas Zeit, um mich an meine Situation zu gewöhnen.

Abgesehen davon war das hier die beste Therapie für mich: Ruhe und ein Buch. In den Lesepausen machte ich mir eine Tasse Tee. Nachdem ich den letzten Satz gelesen hatte, empfand ich erneut tiefe Traurigkeit und Leere. Ich durchforstete die Regale auf der Suche nach dem nächsten Teil, begierig darauf, wieder in die magische Welt abtauchen zu können.

Aber auch nach anderthalb Stunden, die ich damit verbrachte, ausnahmslos alle Bücher in den zahlreichen Regalen durchzusehen und sogar das Cover des zweiten Teils zu googeln, um es leichter zu finden, hatte ich keinen Erfolg. Der Roman war verschwunden, dabei war ich mir sicher, dass er hier irgendwo sein musste, denn die anderen Teile der Reihe fand ich problemlos.

Irgendwann gab ich es auf und ging hinunter in die Küche, um meine Tasse in die Spülmaschine zu räumen. Dort traf ich auf meinen Lieblingsbruder Will, der gerade Obst für einen Smoothie schnippelte. Ich freute mich sehr, ihn zu sehen. Bei ihm hatte ich keine Bedenken, um Hilfe zu bitten.

»Hm«, murmelte er und starrte mit zusammengekniffenen Augen auf mein Handy-Display. »Frag mal Tony, Kleines. Ich glaube, das ist sein Buch.«

Ich hatte so gar keine Lust, mich an Tony zu wenden. Kurz überlegte ich, ob ich nicht stattdessen etwas anderes lesen sollte, aber der erste Band hatte mich total süchtig gemacht. Ich hatte eine Welt betreten, die ich noch nicht bereit war wieder zu verlassen. Sie war momentan das Einzige, das mir Sicherheit gab. Wenn ich also Opfer für meine Lektüre bringen musste, dann sollte es wohl so sein.

Als ich vor Tonys Zimmertür stand, hatten mich das Selbstvertrauen und die Entschlossenheit jedoch bereits wieder verlassen. Ich ballte meine rechte Hand zur Faust, bereit zu klopfen, hob sie aber wie in Zeitlupe, während ich mit dem Gedanken rang, ob es sich lohnte, sich wegen eines Buchs mit dem unfreundlichen Zwilling anzulegen.

Doch schließlich riss ich mich zusammen, atmete einmal tief durch, um mich zu beruhigen, und hämmerte in einem Anfall von plötzlichem Mut gegen die mit einem silbernen »T« gekennzeichnete Tür. Mit angehaltenem Atem wartete ich darauf, dass er mir aufmachte, und als nichts passierte, klopfte ich erneut. Ich war mir sicher, dass ich vorhin gehört hatte, wie meine Brüder von der Highschool nach Hause gekommen waren. Aber ich musste offenbar einsehen, dass Tony nicht in seinem Zimmer war. Enttäuscht klopfte ich ein letztes Mal, bereit zu gehen. Da hörte ich ein träges Gemurmel von drinnen. »Was ist?«

Ich leckte mir über die Lippen.

»Äh, hi … Hi, Tony. Ich bin's, Hailie«, sagte ich zu der Tür, und meine Stimme zitterte idiotisch. »Kann ich reinkommen? Ich habe eine Frage.«

Der Seufzer, der hinter der Tür ertönte, war so laut, dass ich nicht einmal versuchte, mir vorzumachen, dass ich mich verhört hatte.

»Was willst du?«

In seiner Stimme lag nicht der geringste Anflug von Empathie oder Hilfsbereitschaft, aber es war zu spät, um einen Rückzieher zu machen, und so fuhr ich notgedrungen fort: »Ich möchte dich was fragen.«

Tony schien die Unterhaltung durch die Tür zu langweilen, doch dann sagte er gnädigerweise:

»Komm rein.«

Ich verspürte den Drang, der Tür einen Tritt zu versetzen und abzuhauen, beschloss aber, Tonys Laune zu ignorieren und mich auf mein Ziel zu konzentrieren.

Das Erste, was mir beim Betreten des Zimmers auffiel, war die überraschende Sauberkeit, die dort herrschte. Das Schlafzimmer war hell, genau wie meines, aber viel persönlicher gestaltet, da mein Bruder hier wahrscheinlich sein ganzes bisheriges Leben verbracht hatte. Ich erschauderte, als mir kalte Luft entgegenschlug. Die Tür zum Balkon war weit geöffnet, und ein hellgrauer Vorhang wehte in der Brise.

Ähnlich wie mein Zimmer war der Raum nicht mit Möbeln vollgestopft, und es gingen ebenfalls Türen zum Ankleidezimmer und zum Bad ab. Meine Aufmerksamkeit galt vor allem einer Wand – der, an der ein Schreibtisch und ein schicker Gaming-Sessel in leuchtendem Lila standen. Die Wand darüber war fast vollständig mit Skizzen bedeckt. Blätter in verschiedenen Größen waren in künstlerischer Unordnung daran gepinnt; darauf prangten beeindruckende Zeichnungen, einige zeigten irgendwelche Monster und andere phantastische Kreaturen.

Außerdem hing dort ein riesiges Bild von einer nackten, sehr kurvigen Frau. Ich schaute sofort weg.

»Na los, sag schon«, grummelte Tony, und dann sah ich ihn endlich. Er lag ausgestreckt auf einem großen Bett in einer Ecke des Raums – auf dem Rücken, den Kopf auf die verschränkten Arme gebettet, die Augen geschlossen. Er trug noch immer seine Schuluniform. Einen Moment lang stand ich nur da und starrte ihn an, bis er fragte: »Was willst du?«

»Ich suche nach einem Buch und ... Will meinte, du wüsstest vielleicht, wo es ist.«

»Was für eins?«, stöhnte er, als könne er nicht glauben, dass ich ihn mit einer solchen Kleinigkeit nervte. Aber als ich ihm den Titel nannte, öffnete er die Augen und musterte mich aufmerksam. Er studierte mein Gesicht einen Moment lang und deutete dann mit dem Kopf auf einen der Schränke. »Sieh mal da drüben nach. Ganz oben.«

Ich ging zum Schrank und öffnete die obere Tür. Sofort erkannte ich den markanten Einband des Romans und stellte mich auf die Zehenspitzen, um danach zu greifen.

Aber ich wäre nicht ich selbst, wenn ich es nicht vermasselt hätte. Auf dem Buch lag etwas, das ich nicht gesehen hatte, weil es zu hoch oben lag. Das Ding fiel klappernd zu Boden, und vor Schreck stieß ich einen spitzen Schrei aus, drückte den dicken Wälzer reflexartig an meine Brust und wich einen Schritt zurück.

Ich hörte Tonys verärgertes Aufstöhnen hinter mir. Blitzschnell sprang er aus seinem Bett. Als ich sah, was mir runtergefallen war, verstand ich, warum er so heftig reagierte. Mir sträubten sich die Nackenhaare, und meine Finger schlossen sich fester um den Einband des Buches.

Eine Waffe.

Da war einfach eine Pistole aus dem Schrank meines Bruders gefallen! Sie war schwarz und klein, ähnlich denen, die ich aus Actionfilmen kannte.

»Weg da!«, zischte Tony und drängte sich an mir vorbei, um das Ding vom Boden aufzuheben.

Ich gehorchte seinem Befehl. Er griff nach der Waffe, warf sie wütend in den Schrank zurück und schlug dann heftig die Tür zu. Ich zuckte zusammen, und meine vor Angst geweiteten Augen trafen auf Tonys Blick, in dem jetzt eine beinahe unheimliche Härte lag.

Ich wollte etwas sagen, aber ich wusste nicht, was, also biss ich mir auf die Unterlippe und wartete darauf, dass er den ersten Schritt tat. Ich hatte nicht genug Kontrolle über meinen Körper, um tapfer zu sein, und so wich ich zurück, als er sich auf mich zubewegte.

Tony musste meine Panik bemerkt haben, denn er holte tief Luft und sagte etwas ruhiger: »Das ist nicht meine, okay? Sie ist von einem Freund. Ihm gehört ein Schießstand, und wir gehen manchmal dorthin.«

Ich starrte ihn weiterhin an und nickte eifrig. Ich hoffte inständig, dass er die Wahrheit sagte, obwohl ich ihm gerade wohl alles glauben würde – selbst die banalste Lüge.

»Also kein Grund zur Panik«, fügte er hinzu.

Ich hörte auf, manisch zu nicken.

Tony sah irritiert aus. Meine verängstigte Reaktion auf das, was ich gesehen hatte, war wohl nicht gerade hilfreich; er dachte sicher, ich würde übertreiben. Aber ich konnte nicht anders. Die ganze Sache machte mir Angst, und so konnte ich nur dastehen, meine Finger noch fester um das Buch krallen und beten, dass mir das Herz nicht aus der Brust sprang.

Er starrte mich noch einen Moment lang mit zusammengebissenen Zähnen an, dann strich er sich mit seiner tätowierten Hand die Haare aus der Stirn und knurrte: »Hau endlich ab.«

»Okay«, krächzte ich und machte ein paar übervorsichtige Schritte zurück, dann drehte ich mich auf dem Absatz um und ging straffen Schrittes zur Tür.

»Hailie?«

Auf der Schwelle drehte ich mich um.

»Was du da gesehen hast … Das bleibt unter uns.«

Ich schluckte den Kloß in meinem Hals hinunter, nickte und konnte endlich verschwinden.

Als ich die Tür zu Tonys Zimmer hinter mir geschlossen hatte, ließ ich laut die Luft aus meinen Lungen entweichen. Dann bedeckte ich meinen Mund mit der Hand, während ich mit der anderen Hand das Buch gegen meine Brust drückte.

Mein minderjähriger Bruder hatte eine Waffe!

Ich ließ die Hand fallen und atmete schwer, als mir plötzlich klar wurde, dass ich mich immer noch auf dem Flur befand. Hastig schaute ich mich um, um sicher zu sein, dass ich allein war. Ich hatte keine Lust, meine Panikattacke erklären zu müssen. Zum Glück war niemand zu sehen, und so ging ich auf direktem Wege in mein Zimmer, um mich zu beruhigen.

Ich legte das Buch auf mein Bett, denn ich war viel zu aufgewühlt, um zu lesen. Stattdessen schlang ich die Arme um mich und begann, auf und ab zu gehen, wobei ich mir auf der Lippe herumbiss.

Ich übertreibe, sagte ich mir, *ich übertreibe gewaltig. Wir sind hier in*

Amerika. Es ist bekannt, dass die Menschen hier viel leichteren Zugang zu Waffen haben. Das ist wahrscheinlich ganz normal, und ich mache eine große Sache daraus.

Aber war es wirklich normal, dass ein Highschool-Schüler eine Waffe im Schrank hatte? Eher nicht. Nicht einmal in den USA. Und warum hätte Tony betonen sollen, dass ich darüber schweigen sollte, wenn es so normal wäre?

Vielleicht hat er so reagiert, weil ich selbst Panik hatte, redete ich mir gut zu. *Er wusste, dass ich besorgt war und dass die anderen Brüder es ihm übelnehmen würden, wenn er mich unnötig erschreckt.*

Ich seufzte. Es war nicht zu leugnen, ich hatte tatsächlich Angst. Es lag in meiner Natur, dass ich Aggression und Gewalt nicht mochte. Ich fühlte mich schon unwohl, wenn mich jemand nur schief ansah. Die Tatsache, dass Tony eine Waffe in seinem Zimmer aufbewahrte, untergrub mein ohnehin schon fragiles Sicherheitsgefühl noch mehr.

Irgendwann hatte ich mich so weit beruhigt, dass ich nicht mehr zwanghaft über den Vorfall nachdenken musste, und ich warf mich aufs Bett und griff nach dem Buch. Aber wieder fiel es mir schwer, mich zu konzentrieren. Gefühlt eine halbe Stunde lang starrte ich auf die erste Seite. Seufzend holte ich mein Handy hervor, um die Gesetze zum Schusswaffenbesitz im Bundesstaat Pennsylvania zu recherchieren. Vieles von dem, was ich las, verstand ich nicht, und so klickte ich mich ziemlich planlos durch mehrere Artikel. Die Gesetze in den Vereinigten Staaten unterschieden sich in der Tat stark von denen in England und in Europa, aber eines war klar: Ein Minderjähriger konnte nicht legal im Besitz einer Waffe sein! Und nach meinen Berechnungen würde Tony erst im nächsten Jahr achtzehn werden.

Ich traute mich erst wieder aus meinem Zimmer, als ich, wie von Vincent angeordnet, zum Abendessen hinunterging. Ich huschte schnell an der Tür des gefürchteten Zwillings vorbei, als ob mich eine böse Macht hineinziehen könnte.

Am Abend und in der Nacht behagte es mir in der Monet-Villa am allerwenigsten, wenn alle fest zu schlafen schienen, während dunkle Geheimnisse in den Ecken lauerten. Zugegeben, ich hatte schon einige Bücher über Geister gelesen und nicht den Eindruck, als spuke es in meinem neuen Zuhause. Das Haus war weder uralt, noch knarrte die Treppe unheilvoll, in den Fluren zog es nicht, und Türen und Fenster schlugen nicht spontan zu. Die düstere Atmosphäre, die hier herrschte, war entschieden anderer Natur – weniger übernatürlich, aber immer noch spooky.

In der Eingangshalle traf ich auf Eugenie. Gekleidet in einen Trenchcoat, eine abgenutzte rote Handtasche über dem Arm, war sie gerade dabei, das Haus zu verlassen. Sie wünschte mir eine gute Nacht und sagte, dass wir uns beim Frühstück sehen würden. Da Eugenie weg war, ging ich davon aus, dass ich allein in der Küche sein würde.

Doch: Surprise, surprise! Da war Vincent; er saß mit geradem Rücken am Tisch und arbeitete an seinem Laptop. Ich hielt einen Moment inne und räusperte mich dann leise, um ihn auf meine Anwesenheit aufmerksam zu machen. Doch er tippte weiter konzentriert auf der Tastatur herum und schaute nicht einmal hoch. Ich schnappte mir das Sandwich, das Eugenie für mich zubereitet hatte, setzte mich wortlos ihm gegenüber und warf einen verstohlenen Blick zuerst auf die glatte, silberne Rückseite seines sehr dünnen Laptops und dann zum Fenster, hinter dem es zu dieser späten Stunde tiefschwarz war.

Zu Hause hatten wir abends immer die Vorhänge zugezogen, damit kein neugieriger Nachbar von der anderen Straßenseite hineinschauen konnte. Hier tat das niemand. Die Fenster waren groß und blank, was meine Beklommenheit und das Gefühl, beobachtet zu werden, noch verstärkte.

»Hailie.« Vincents wie üblich kühle Stimme riss mich aus meinen Gedanken.

Ich schaute ihn an, nachdem ich meinen Blick von der Dunkelheit hinter dem Fenster gelöst hatte. Er starrte über seinen Laptop hinweg zurück. Sein Gesicht war ein wenig blass, seine Augen leicht umschattet, was bewies, dass er wohl doch nur ein Mensch war und manchmal einfach erschöpft.

»Ja?«, fragte ich und schluckte den Bissen Toast hinunter, den ich gerade gekaut hatte.

»Ich fragte, ob alles in Ordnung sei.«

»Ach so. Ja. Ja, ja. Es ist alles gut«, erwiderte ich, nickte verbindlich und befürchtete plötzlich, mir würde irgendwann der Kopf abfallen, wenn ich nicht aufhörte, jedes Mal so heftig zu nicken.

»Das freut mich«, sagte Vincent und rieb sich die Augen mit der offenen Handfläche. »Ich nehme an, du hast das WLAN-Passwort bekommen?«

»Ja. Will hat mir alles gezeigt.«

»Und ich nehme an, dass du dich grundlegend mit dem Prinzip eines Routers auskennst?«, fuhr er fort. »Dann sollte dir bewusst sein, dass die Seiten, die du mit deinem Handy aufrufst, im Verlauf aufgezeichnet werden können, nicht wahr?«

Die Frage überraschte mich, und ich schwieg eine Weile, bevor ich ihm antwortete.

»Ja … das weiß ich«, stammelte ich und merkte erst jetzt, worauf er hinauswollte. Augenblicklich verging mir der Appetit.

»Heute sprang mir bei den Suchvorschlägen eine Seite zum Waffenrecht im Bundesstaat Pennsylvania ins Auge«, erklärte Vincent sachlich. »Ich muss zugeben, dass es mich interessiert hat, welches Mitglied dieses Haushalts nach Informationen zu diesem Thema sucht. Und wie es scheint, meine liebe Hailie, bist du das.«

Von dem intensiven Blick meines ältesten Bruders durchbohrt, spürte ich, wie mir die Knie weich wurden. *Wie dumm von mir. Es ist doch allgemein bekannt, dass es so etwas wie eine Suchhistorie gibt!*, tadelte ich mich in Gedanken, obwohl es für diese Erkenntnis zu spät war. Ich hatte nicht daran gedacht, weil ich mir nie die Mühe hatte machen müssen, solche Dinge zu verbergen. Meine Mutter hatte keine detektivischen Neigungen gehabt, ganz zu schweigen von meiner Großmutter, die einen Computer nicht mal einschalten konnte.

»Das … das könnte ich gewesen sein«, gab ich ausweichend zu und zupfte nervös an meiner Nagelhaut.

Vincent hob die Augenbrauen. »Wie meinst du das?«

»Ich war's«, gab ich schließlich zu.

»Was hat dich veranlasst, solche Informationen zu recherchieren?«

»Äh … Ich …«, stammelte ich zögerlich. Tony hatte sehr deutlich gemacht, dass ich niemandem erzählen sollte, was ich gesehen hatte. »Ich war neugierig.«

»Das dachte ich mir, aber ich möchte wissen, was diese Neugierde ausgelöst hat«, beharrte er.

»Na ja, eigentlich nichts Besonderes. Ich weiß, dass es hier anders ist als in England«, murmelte ich und ärgerte mich über meine heisere Stimme. »Eine Menge Dinge sind hier anders. Ich überprüfe so was einfach gern, für alle Fälle …«

»Und das Erste, was dir einfiel, war das Recht auf Waffenbesitz?«

»Na ja …«

»Lüg mich nicht an, Hailie. Habe ich dir nicht gesagt, dass ich das nicht ausstehen kann?«

Ich merkte, dass ich mir mit der Hand über den Nacken fuhr und nervös auf die Innenseite meiner Wange biss. Es brauchte keinen Lügendetektor, um zu erkennen, dass ich nicht die Wahrheit sagte.

Ich ließ meine Hände sinken.

»Es tut mir leid, ich … ich lüge nicht, es ist nur …« Ich seufzte, und schließlich platzte es aus mir heraus: »Ich habe die Waffe in Tonys Zimmer gesehen.«

Ein Schatten des Begreifens huschte über Vincents Gesicht, als hätte er gerade das fehlende Puzzlestück gefunden.

»Er wollte nicht, dass ich darüber spreche. In England braucht man einen Waffenschein, und man muss volljährig sein, um eine Waffe zu besitzen und sie im eigenen Haus aufzubewahren. Noch dazu gilt das wahrscheinlich sowieso nur für Jagdwaffen. Deshalb habe ich im Internet nachgesehen, wie es hier geregelt ist«, erklärte ich.

»Wann und wo genau hast du die Waffe gesehen?«

»Als ich heute Nachmittag bei Tony war, um ein Buch zu holen. Sie ist aus dem Schrank gefallen.«

»Was hat er dazu gesagt?«

»Dass … dass es nicht seine ist. Dass sie einem Freund gehört. Dass sie manchmal auf den Schießstand gehen.«

Vincent nickte.

»Ich habe ihm gesagt, dass er sie nicht mit nach Hause nehmen soll«, sagte er. »Deshalb wollte er auch nicht, dass du es jemandem erzählst, obwohl es mich freut, dass du mir die Wahrheit gesagt hast. Sei in Zukunft bitte direkt ehrlich. Ich werde die Wahrheit so oder so erfahren, auch ohne deine Hilfe.«

»Okay«, erwiderte ich leise. »Tut mir leid, ich wusste nicht, was ich machen sollte.«

»Es ist ja nichts passiert, Hailie«, versicherte er mir steif und fügte hinzu: »Dieses Mal.«

Wir verstummten beide. Völlig appetitlos griff ich nach den Resten meines Sandwiches und nahm einen letzten Bissen. Ich fühlte mich, als hätte ich Zement geschluckt, der sich nun in meinen Eingeweiden verhärtete. Ich hatte Tony verpetzt, und das tat mir leid, auch wenn er mich nicht mochte. Jetzt würde er mich mit Sicherheit noch mehr hassen, und davor hatte ich eine Scheißangst. Kurz gab ich mich dem hoffnungsvollen Gedanken hin, dass Vincent das Thema nicht ansprechen würde, aber leider war mir klar, wie unwahrscheinlich das war.

Nachdem ich mich schließlich in mein Schlafzimmer geflüchtet hatte, warf ich die Tür hinter mir zu und unterdrückte einen frustrierten Schrei.

Wie soll ich in diesem Haus überleben? Jedes Gespräch mit Vincent brachte mich an den Rand eines Herzinfarkts. Tony war offenbar ein verdammter minderjähriger Straftäter, und Dylan behandelte mich wie Dreck. Obendrein musste ich aufpassen, was ich im Internet eingab. *Jep, super!*

Ich war so frustriert, dass ich nicht einmal Lust zu lesen hatte. Stattdessen wickelte ich mich in den alten, übergroßen Pullover meiner Mutter, der immer noch ein wenig nach ihr roch, und ging auf den Balkon, um die miese Stimmung abzuschütteln. Der Balkon war eng, aber gerade groß genug für ein Teenagermädchen, das sich auf den Betonboden hocken und an die Wand kauern wollte.

Ich starrte durch die geschnitzten Stäbe des Geländers, das sich nun auf meiner Augenhöhe befand, auf den friedlich daliegenden dunklen Wald. Doch die Stille beruhigte mich nicht im Geringsten. Im Gegenteil: Sie kam mir unnatürlich vor. Vielleicht lag es daran, dass ich bisher in einer großen Wohnsiedlung gelebt hatte, umgeben von Menschen. Es war immer jemand da gewesen, der Lärm machte. Irgendwer hörte Musik, ein anderer schrie etwas, warf etwas um, fluchte oder fuhr mit quietschenden Reifen vom Parkplatz. Hier fehlten diese Geräusche. Nur der Wind rauschte von Zeit zu Zeit bedrohlich durch die Bäume und unterstrich die unheimliche Atmosphäre dieses Ortes.

Ich lehnte meinen Kopf an die Fassade und wickelte mich noch fester in den Pullover meiner Mutter, zog mir den Kragen über die Nase, versuchte, mir einzubilden, ich würde gerade mit ihr kuscheln. Ich vermisste sie so sehr … Sie fehlte mir so schmerzlich.

Dann hörte ich, wie sich eine Tür öffnete, vermutlich auf dem Balkon nebenan. Ich vernahm Schritte und gedämpfte Stimmen, die ich sofort als die der Zwillinge erkannte.

Rasch drückte ich mich fester an die Wand, denn ich nahm an, dass ich in dieser Position unsichtbar für sie war. Ich hatte nicht das geringste Verlangen, mit ihnen zu sprechen, also erstarrte ich und schwieg in der Hoffnung, dass sie nur kurz hinausgegangen waren.

Das Klicken eines Feuerzeugs ertönte.

»Sie nervt echt as fuck«, hörte ich einen der beiden sagen.

Es war Tony, der mit heiserer Stimme sprach und dabei offenbar an seiner Zigarette zog. Mein Herz schlug schneller, denn ich wusste sofort, von wem er sprach. Und falls ich irgendwelche Zweifel gehabt hätte, wurden sie durch Shanes Worte sofort zerstreut: »Sie ist halt die kleine Schwester, was hast du denn erwartet?«, lachte er.

»Nichts. Ich sehe nur immer noch keinen Sinn darin, dass sie bleibt. Sie passt nicht hierher.«

Scheiße. Das tat weh.

Ich blickte auf die düsteren Bäume in der nächtlichen Landschaft und konnte nicht weghören.

»Komm schon, sie ist süß! Schüchtern und ruhig und völlig harmlos«, verteidigte mich Shane.

»Sie ist einfach nur lästig. Die Villa ist kein Ort für sie.«

»Wir sind doch ihre Familie, wo sollte sie sonst hin?«

Bevor Tony antwortete, ließ er hörbar den Rauch aus seinem Mund entweichen.

»Ihre Anwesenheit erschwert uns das Leben.«

Dann bekam einer von ihnen offenbar eine Nachricht von einem Mädchen, und die beiden begannen, ihr Aussehen zu kommentieren. Also nutzte ich die Gelegenheit, um mich leise wieder in mein Zimmer zu schleichen. Mir war die Lust auf alles vergangen. Ich hatte keine Lust auf frische Luft, keine Lust zu lesen; ich tat mir einfach nur selbst leid und verfluchte mich gleichzeitig für meine Empfindlichkeit. *Diese Leute sind Fremde*, sagte ich mir, *es sollte mir egal sein, was sie von mir denken.*

Tony hasste mich nun tatsächlich – und zu behaupten, dass Shane sich für mich einsetzte, wäre eine starke Übertreibung. So oder so –

ich war hier nicht willkommen. Meine düsteren Gedanken begleiteten mich ins Bett, und dort lag ich, unglücklich wie nie.

An diesem Abend schlief ich mit dem Pullover meiner Mutter ein. Verzweifelt krallte mich daran fest.

༄ 5 ༄

Der Name Monet

Als ordentlicher und organisierter Mensch war ich sogar an den miesesten Tagen imstande, morgens aus dem Bett zu kommen und mich fertig zu machen. Auch an Schultagen. Deshalb war ich am Montag, dem Tag, an dem ich zum ersten Mal die Tore der privaten Highschool durchschreiten sollte, an der Vincent mich angemeldet hatte, viel zu früh bereit.

Die Uniform passte mir wie angegossen. Der karierte khakifarbene Rock reichte mir bis kurz über die Knie, das Hemd war schneeweiß und roch frisch gewaschen, und der steife, elegante dunkle Blazer saß perfekt auf meinen Schultern. Ab und zu warf ich einen Blick auf meine rechte Brusttasche, auf die das Schullogo gestickt war. An den Füßen trug ich schwarze Lackschuhe und lange weiße Kniestrümpfe. Ich sah aus wie eine Figur aus einem Roman über reiche Kinder auf Privatschulen, und ich konnte mich einfach nicht daran gewöhnen. Lieber würde ich über sie lesen, als selbst so jemanden zu spielen. Ich fühlte mich megaunwohl bei der ganzen Sache.

Ich sehnte mich danach, etwas Vertrautes anzuziehen, etwas, das mich daran erinnerte, dass ich immer noch ich war. Einfach Hailie. Also begann ich, in meinem Kleiderschrank nach etwas zu suchen, was meine Persönlichkeit ausdrückte, aber die Uniform war vollständig und jedes Zubehör überflüssig. Da fiel mein Blick auf die Schachtel mit den Ohrringen, die ich von meiner Mutter geerbt hatte. Langsam griff ich danach, öffnete sie und betrachtete verzückt die beiden funkelnden Herzen.

Ich wurde von Will aus meiner Träumerei gerissen, der an meine Zimmertür klopfte, um mich zu wecken. Als er sah, dass ich bereits wach und angezogen war, nickte er mir erstaunt, aber erfreut zu. Dann kam er zu mir und warf einen Blick über meine Schulter auf den Schatz, den ich in der Hand hielt.

»Wunderschön.«

»Von meiner Mutter«, flüsterte ich. Es kostete mich ungeheure Mühe, meine Tränen zurückzuhalten. In Momenten wie diesen traten sie mir völlig unerwartet in die Augen. Und ich wollte nicht mit verquollenem Gesicht in die Schule gehen.

»Warum trägst du sie nicht?«, wollte er wissen.

»Meine Mutter hat es mir nie erlaubt. Ich glaube, zuerst hatte sie Angst, ich würde sie verlieren.« Ich lächelte leicht.

»Warum hat sie sie dir dann gegeben?« Will hob eine Augenbraue.

»Sie hat sie mir nicht gegeben. Ich habe die Ohrringe vor ein paar Jahren gefunden, als ich in ihrem Schlafzimmer gespielt habe. Sie war deswegen sogar ein bisschen sauer auf mich und hat mir einen Vortrag darüber gehalten, dass man nicht in den Sachen anderer Leute wühlt.«

»Hat deine Mutter sie vor dir versteckt?« Will war neugierig. Aber seine Stimme klang angenehm, so sanft und ruhig. Sie spendete mir den Trost, den ich an diesem Morgen so dringend brauchte. Sein aufrichtiges, aber unaufdringliches Interesse gab mir das Gefühl, gesehen zu werden.

»Sie hat mir die Ohrringe zu meiner Geburt gekauft, aber sie wollte sie mir erst schenken, wenn ich volljährig bin. Eine Art symbolisches Geschenk, weißt du. Sie mochte so was.«

»Klar, verstehe ich.« Will nickte und blickte nachdenklich drein. »Möchtest du sie heute tragen?«

Ich zögerte.

»Ich denke ... Ich denke nicht«, flüsterte ich. Ich schloss die Schachtel und stellte sie zurück ins Regal. »Ich möchte sie wirklich nicht verlieren.«

Will tätschelte mir die Schulter, ein Zeichen, dass er mich verstand. Auch wenn es sich hier nur um so etwas Banales wie Ohrringe drehte, hatte er mich mit dieser Geste wieder einmal für sich gewonnen. Schließlich band ich mir die Haare hoch und lächelte ihm zu.

Dann schickte er mich in die Küche, wo ich gerade frühstückte, als Shane herunterkam. Im Gegensatz zu mir war er total verpennt; seine Uniformkrawatte hing ihm locker um den Hals, seine Haare waren ungekämmt und standen zu allen Seiten ab. Ich bemerkte, dass er mir einen langen Blick zuwarf. Aber er gab keinen Kommentar zu meinem Aussehen ab, das sich so sehr von seinem unterschied. Mein Bruder war offensichtlich nicht gut drauf; er gähnte und stöhnte genervt, während er ungeduldig darauf wartete, dass die Kaffeemaschine in Gang kam.

Der Nächste, der die Treppe herunter in die Küche tapste, war Tony. Zweifellos gewann er den Wettbewerb um den Morgenmuffel-Titel: Er hatte nicht einmal sein Hemd in die Hose gesteckt, ganz zu schweigen von der Tatsache, dass er seine Krawatte offensichtlich verlegt hatte. Er sah mich nicht an und machte sich auch nicht die Mühe, auf mein schüchternes »Guten Morgen« zu antworten. Nicht, dass ich selbst große Lust gehabt hätte, mit ihm zu reden, vor allem nach dem, was ich gestern Abend mitgehört hatte. Ich wusste, dass ich ihn verärgert hatte, und klar, es war verständlich, dass er mich ignorierte; aber was soll ich sagen – meine Mutter hatte mich zu Höflichkeit erzogen.

Was man von Tony nicht behaupten konnte. Wie waren meine Brüder wohl aufgewachsen? Unser gemeinsamer Vater war erst vor ein paar Jahren bei einem Autounfall ums Leben gekommen, und obwohl ich eine große Abneigung gegen den Mann hatte, begann ich, darüber nachzudenken, was für ein Vater er seinen Söhnen gewesen war. Und dann ging ich noch einen Schritt weiter und versuchte, mir vorzustellen, wie ihre Mutter wohl gewesen sein mochte. Das alles machte mich sehr neugierig, aber ich würde es wohl nie wagen, einen der Jungs nach ihren Eltern zu fragen.

Als ich wieder hochschaute, saß Tony bereits am Tisch und starrte mich grimmig an, während er mit seiner tätowierten Hand Zimtmüsli in seine Schüssel schüttete.

»Was ist?«, fragte ich und erklomm damit wahre Höhen meines Selbstbewusstseins.

Mir war klar, dass ich mich nicht mit ihm anlegen sollte, aber ich wollte nicht, dass er glaubte, er könne mich einschüchtern. Selbst wenn es stimmte, würde ich das nicht durchblicken lassen. Außerdem war er derjenige von uns beiden, der Feindseligkeit ausstrahlte.

»Halt die Klappe.«

Huch, da war ja jemand erwachsen!

Damit brachte er mich zum Schweigen, denn obwohl ich ein paar schlagfertige Antworten parat hatte, wollte ich nicht mit ihm streiten. Ich bemühte mich, ihn zu ignorieren. Schließlich hatte ich gerade viel sinnvollere Gründe, traurig zu sein.

»Sprich nicht so mit ihr«, ermahnte ihn Will, der gerade in die Küche gekommen war und unseren kurzen Wortwechsel mitbekommen hatte. Ich war froh darüber, denn in seiner Gegenwart fühlte ich mich am sichersten. Zwar sah er jetzt etwas bedrohlich aus, aber das lag nur daran, dass er Tony mit einem strengen Blick bedachte.

Es dauerte nicht lange, bis Dylan in die Küche kam, der im Vergleich zu den Zwillingen erstaunlich wach wirkte. Auch er trug bereits seine Uniform, aber seine Haare waren feucht vom Duschen, und weil er begann, sich einen Proteinshake zuzubereiten, vermutete ich, dass er sein morgendliches Training bereits absolviert hatte. Ich musste zugeben, dass ich von seiner Disziplin beeindruckt war. Vielleicht hätte ich mich nach seinem Training erkundigt, wenn ich nicht sicher gewesen wäre, dass er mir pampig antworten würde. Genau wie Tony ließ mich Dylan jeden Tag spüren, dass er mich nicht besonders leiden konnte.

Deshalb war ich froh, dass ich mit Shane zur Schule fahren sollte. Mit diesem glänzenden, marineblauen Sportwagen, in dem es nur zwei Sitze gab. Zum Glück – so passten Tony und Dylan nicht mehr hinein. Tony hatte sichtlich Freude daran, sein Motorrad in Gang zu setzen, dessen Anblick mich gleichzeitig faszinierte und erschreckte. Das Ding war richtig krass! Mit einer solchen Maschine könnte mein Bruder locker zu einer Motorradgang gehören, und wer weiß, ob es nicht tatsächlich so war. Würde mich nicht wundern. Trotz meiner

Abneigung begann sich in meinem Kopf ein spannendes Bild von ihm zu formen. Dylan schwang sich hinter ihm auf das Motorrad.

Sobald wir das Monet-Grundstück verlassen hatten, überholten uns die anderen Jungs. Die lange, leere, von Wäldern umgebene Straße schrie geradezu danach, richtig Gas zu geben, das fühlte sogar ich, obwohl ich kein großer Fan von Raserei bin. Also hielt ich mich sicherheitshalber an dem Gurt fest, der quer über meine Brust verlief, und wartete darauf, dass Shane das Gaspedal durchdrückte – was aber nicht geschah. Das Auto rollte gleichmäßig dahin, mit gemäßigter Geschwindigkeit, wobei der Motor nur gelegentlich ungeduldig schnurrte. Shane hielt seine Hände locker am Lenkrad, während ich nach vorn starrte. Auf dem Armaturenbrett bemerkte ich eine Plakette, auf der in eleganten, verschlungenen Lettern »Lamborghini« stand.

Okay, ich saß also in einem Lamborghini. Selbst ich wusste, dass so mancher Autoliebhaber eine Niere dafür hergeben würde, da zu sitzen, wo ich gerade saß. Das Innere des Wagens glänzte – die Sitze waren aus Leder und von einem eleganten Anthrazit, und in der Mitte, direkt neben dem Armaturenbrett, war ein Touchscreen eingelassen, über den Shane Musik und Klimaanlage steuerte.

»Idioten«, murmelte er, und wir sahen, wie die Silhouetten unserer Brüder auf dem Motorrad weit vor uns verschwanden.

»Schaffen wir es nicht, sie einzuholen? Mit so einem schnellen Auto?«, fragte ich, mehr daran interessiert, ein Gespräch mit ihm zu beginnen, als daran, die Fähigkeiten des Autos auszuloten.

»Kann sein, ich weiß es nicht.« Er zuckte mit den Schultern und schaute mich vorsichtig an. »Du hast aber nicht irgendeine Art von Trauma, oder so was?«

Oh, das beschäftigte ihn also. Ich zog die Augenbrauen hoch.

»Meine Mutter ist nicht wegen Geschwindigkeitsüberschreitung gestorben. Es war ein betrunkener Fahrer, der sie getötet hat.«

Shane nickte, und ich hoffte, er würde endlich Gas geben. Nicht, dass es mir wichtig gewesen wäre, Dylan und Tony einzuholen, aber ich wollte, dass er sich in meiner Gegenwart wohlfühlte und sich natürlich verhielt. Dann erklärte er: »Vince meinte, ich solle doppelt vorsichtig sein, wenn ich mit dir fahre.«

Daraufhin schenkte ich ihm ein erzwungenes Lächeln.

»Vince ist also rechtlich gesehen auch dein Vormund?«

»Nein, er hat nur gern das Sagen und labert Mist.«

»Aber du und Tony, ihr seid doch noch nicht achtzehn, oder?«
Ich tat so, als wäre mir das gerade erst eingefallen.

»Nope.«

»Und wer ist dann für euch verantwortlich?«, fragte ich.

Ich hoffte, dass ich nichts Falsches gesagt hatte. Shane starrte mit leerem Blick auf die Fahrbahn, aber das musste keine Reaktion auf meine Direktheit sein, er war ja schon den ganzen Morgen mieser Laune.

»Onkel Monty.«

Seine knappen Antworten ermüdeten mich allmählich. Ich hatte echt keinen Bock mehr, ihm Informationen aus der Nase zu ziehen. Obwohl ich gern gewusst hätte, wer dieser geheimnisvolle Onkel war. Ausnahmsweise verstand Shane jedoch und erklärte: »Der Bruder unseres Vaters. Aber er ist selten bei uns. Manchmal hilft er Vince im Geschäft, und das war's. Er ist nur auf dem Papier unser Vormund, er mischt sich nicht in unser Leben ein.«

»Ihr seid also wirklich für euch selbst verantwortlich?«

»Vince kümmert sich, aber ja, wir haben viele Freiheiten. Zum Glück, denn wenn er mein Vormund wäre, würde ich echt durchdrehen. Vince nervt einfach krass.«

Ich warf einen Blick auf den dichten Wald, der die Straße zu beiden Seiten säumte. Dieser Staat bestand fast vollständig aus Bäumen!

»Obwohl, ähm …«, meldete sich Shane nach einer Weile wieder zu Wort, wohl nachdem er bemerkt hatte, dass ich seine Aussage in den falschen Hals gekriegt haben könnte. »Mit dir ist es anders. Ich kenne ihn schon mein ganzes Leben, er war immer der nervige ältere Bruder für mich, es wäre also seltsam, wenn er plötzlich mein Vormund wäre. Mein Vater wusste das, deshalb hat er festgelegt, dass Onkel Monty die Erziehungsberechtigung bekommt. Außerdem war sowieso von Anfang an klar, dass wir zu Hause bei Vince bleiben würden.«

»Wie das?«

Shane sah mich an und zog die Stirn in Falten.

»Nun … wir sind eine Familie. Wir halten zusammen.«

»Verstehe«, flüsterte ich.

»Du brauchst dir keine Sorgen zu machen.«

»Ach nein?«, murmelte ich, denn ich hätte einen ganzen Roman darüber schreiben können, was mir aktuell Sorgen machte.

»Vince hat zwar verdammt viele Brüder, aber es fehlt ihm an Erfahrung mit Schwestern. Vor allem jüngeren Schwestern. Zu dir wird er nicht so fies sein wie zu uns.«

Angesichts der Strenge, die ich bisher von Vincent erlebt hatte, nahm ich Shanes Worte skeptisch auf. Doch dann wurde meine ganze Aufmerksamkeit vom Anblick der Northeast Pennsylvania Academy in Anspruch genommen.

Als Erstes fiel mir das Schild mit dem Schulschriftzug ins Auge, und schon da zog sich mein Magen krampfhaft zusammen. Meine Hände begannen nicht nur zu schwitzen, sondern auch zu zittern, und ich schob sie unter meine Oberschenkel, damit Shane es nicht bemerkte.

Auf der Straße gab es eine abgetrennte Spur, die zur Schule führte. Hier reihten sich die Autos aneinander, was zu dieser Zeit, kurz vor Unterrichtsbeginn, wohl normal war. Die Schlange bewegte sich langsam, und ich reckte meinen Hals, um so viel wie möglich zu sehen. Shane wiederum trommelte ungeduldig mit den Fingern aufs Lenkrad und schaute beiläufig aus dem Seitenfenster.

Obwohl der Lamborghini zweifellos herausstach, gab es hier kein einziges billiges oder älteres Automodell. Viele Schüler wurden von ihren Eltern gebracht, doch ich sah auch einige Teenies – nicht viel älter als ich – am Steuer von supercoolen Wagen, die sich wohl der Großteil der amerikanischen Bevölkerung nicht leisten könnte.

Schlagartig wurde mir bewusst, auf welche Art von Highschool ich ab jetzt gehen würde. Wie sollte ich mich hier jemals zugehörig fühlen?

Die Autoschlange bewegte sich auf eine Schranke zu. Um sie zu passieren, brauchte man eine Karte, die von der Schule ausgestellt wurde. Nachdem sie von einem Automaten gescannt worden war, hob sich der Balken. Als Shane dran war, zog er seinen Ausweis aus der Tasche, und kurz darauf rollten wir auf das Gelände meiner neuen Highschool.

Mit lässigen Bewegungen lenkte mein Bruder uns langsam zwischen den anderen Schülern hindurch. Diese wiederum schienen dem navyblauen Lamborghini besonders aus dem Weg zu gehen.

Ich hatte aufgehört, herumzuzappeln und mich umzuschauen, und drückte mich stattdessen fest in meinen Sitz, in der Hoffnung, darin zu verschwinden – damit ich nicht gezwungen wäre, mich diesem schrecklichen Tag zu stellen.

Bald registrierte ich, dass es ein besonderes Interesse an meiner Person gab. Die Leute blickten zuerst auf das Auto, das sie zu kennen schienen, dann auf den ihnen ebenso bekannten Shane und schließlich auf mich. Ich vermied jeglichen Blickkontakt, da ich mich aufgrund ihrer unverhohlenen Neugierde unwohl fühlte. Vielleicht empfand ich ihre Blicke aber auch nur aus dem einfachen Grund als unverhohlen, dass ich noch nie zuvor im Mittelpunkt der Aufmerksamkeit gestanden hatte.

Shane parkte neben Tonys Motorrad, obwohl noch andere Parkplätze frei waren. Dies mussten die Privatparkplätze der Monet-Brüder sein. Unten an der Straße lag der Seiteneingang der Schule, und direkt daneben erstreckte sich eine niedrige Mauer, an der Tony und Dylan und ein paar andere Jungen herumlungerten. Ich vermutete, dass sie sich hier jeden Morgen versammelten.

Auch von dieser Clique wurde ich mit neugierigen Blicken bedacht. Bevor ich aus dem Lamborghini stieg, holte ich tief Luft. Wenigstens auf Tonys Gleichgültigkeit konnte ich mich verlassen. Er war der Einzige, der durch mich hindurchsah, als wäre ich ein Geist.

»Sieh an, die berühmte Monet-Schwester.«

Der Kommentar kam von einem seiner Kumpels. Er schenkte mir ein spöttisches Lächeln, bevor ich schüchtern meinen Blick senkte und mir meine Tasche über die Schulter warf. Weil hier alle die gleichen Uniformen trugen, kamen mir die Typen aus der Gang wie Klone vor. Zwei von ihnen hatten einen dunkleren Teint, und einer hatte weißes Haar, fast wie Schnee, aber das war auch schon das einzige Unterscheidungsmerkmal.

»Hey«, fuhr Dylan ihn an, plötzlich seltsam wütend. »Quatsch sie nicht an!«

»Okay, okay, sorry, Alter.« Der Typ zuckte mit den Schultern und wandte sich von mir ab, als Beweis dafür, dass ich ihn nicht interessierte.

Diese harsche Reaktion meines Bruders überraschte mich ein wenig, aber ich vermutete, dass Dylan einfach keinen Bock hatte, mich seinen Freunden vorzustellen. Und um ehrlich zu sein, fühlte ich mich alles andere als wohl dabei, hier mit ihnen rumzustehen und so zu tun, als wäre ich eine von ihnen. Es waren nur Jungs, und sie waren alle älter als ich. Außerdem ging eine einschüchternde Bad-Boy-Aura von ihnen aus. Das war so was von nicht mein Ding.

Auch an meiner alten Schule hatten einige Gruppen hervorgestochen. Ich denke, so ist das überall: Es gibt immer Leute, die beliebter sind als andere. Meist die, die mehr Geld haben und sich angesagte Klamotten und teure Gadgets leisten können. Aber an dieser Academy beliebt zu sein, schien mir eine seltsam beunruhigende Leistung zu sein. Soweit ich das beurteilen konnte, stammten nämlich die meisten, wenn nicht sogar alle aus wohlhabenden Familien. Mit Geld konnte man hier ziemlich sicher niemanden beeindrucken.

Es sei denn, man hatte so viel davon, dass man mit einem fetten Lamborghini zur Schule fahren konnte. Als Mädchen aus einer ganz normalen Familie, das bisher ein einfaches Leben geführt hat, hatte ich nie darüber nachgedacht, dass es auch in Bezug auf Reichtum Abstufungen gibt. Es gibt Menschen, die finanziell gut dastehen, und dann gibt es diejenigen, die regelrecht im Geld schwimmen.

Langsam begann ich zu verstehen, dass meine Brüder anscheinend zur letzteren Sorte gehörten, und plötzlich erschien mir das alles wieder wie ein total abgedrehter Traum.

»Hailie, hörst du mich? Ich sagte, du sollst ins Sekretariat gehen, am besten hier entlang«, wies mich Shane an und riss mich aus meinen Gedanken. Auch Dylan und Tony sahen mich jetzt an. »Dort bekommst du deinen Stundenplan und alles Weitere.«

Ich schaute in die Richtung, in die Shane deutete. Zwar wusste ich nicht genau, wo das Sekretariat war, aber ich setzte mich bereits in Bewegung, da ich so schnell wie möglich hier wegwollte. Noch eine Weile spürte ich die Blicke der anderen auf mir, aber als ich um die Ecke des Gebäudes verschwand, atmete ich endlich erleichtert auf. Mir war klar, dass sich alle auf mich stürzen würden, wenn bekannt wurde, dass das gewöhnliche Mädchen die verschollene Schwester der superreichen Monet-Brüder war.

Ich fand den Weg zum Sekretariat, ohne um Hilfe bitten zu müssen, worauf ich ein kleines bisschen stolz war. Wenn meine Brüder freundlicher gewesen wären, hätten sie mich hinführen können; aber da ich in ihrer Gesellschaft immer unter Beschuss stand, war es mir recht so.

Das Sekretariat war ganz anders als das an meiner alten Schule. Hier sah es beinahe aufgeräumt aus – während die Sekretärinnen an meinem vorherigen Gymnasium stets versuchten, jedem zu erklären, dass es bei der Menge an Papierkram, die sie jeden Tag zu bewältigen hatten, unmöglich sei, Ordnung zu halten. Hier hatte jeder Hefter seinen Platz, und die dunkelbraunen Holzmöbel in Kombination mit den hellen Wänden verliehen dem Raum eine besondere Seriosität.

Ich näherte mich dem Schreibtisch, hinter dem die Sekretärin saß. Sie nippte an ihrem Kaffee aus einer mit rosa Flamingos verzierten Tasse und tippte etwas auf einem Computer, dessen Bildschirm ich nicht sehen konnte. Ich stellte mich höflich vor, woraufhin sich alle Köpfe im Raum zu mir drehten. Ich war froh, dass sich wenigstens das Schulpersonal um Professionalität bemühte, denn mir wurde freundlich weitergeholfen, und mit einem Lächeln wünschte man mir einen erfolgreichen ersten Schultag.

Ich schöpfte Hoffnung, dass ich an dieser Schule vielleicht doch normal behandelt werden würde. Meine Mitschüler schienen zwar neugierig, aber das ist wohl meistens so, wenn jemand anderthalb Monate nach Beginn des Schuljahres neu dazukommt. Vor allem an einer so kleinen Highschool wie dieser. Man musste nicht die verschollene Schwester der beliebtesten Brüder sein, um Aufmerksamkeit zu erregen.

Die Gänge waren gut ausgeschildert, und das Gebäude war nicht annähernd so unübersichtlich wie meine alte Schule, in der man sich immer wie in einem Labyrinth vorgekommen war.

Ich las mir konzentriert meinen Stundenplan durch. Die Unterlagen waren ganz anders als das, was ich aus England gewohnt war. Von einem plötzlichen Stressanfall gepackt, stand ich vor dem Klassenzimmer und starrte auf eines der vielen Blätter, die ich erhalten hatte, fein säuberlich in einer Pappmappe abgeheftet, auf der das Logo der Schule prangte.

Auf einmal sprach mich ein Mädchen an.

Sie hieß Tanya, war zierlich und trug eine rechteckige lilafarbene Brille auf ihrer langen, geraden Nase. Ich reichte ihr meinen Stundenplan, als sie fragte, ob wir außer dem bevorstehenden Französischunterricht noch mehr zusammen hatten. Dann gesellte sich ein weiteres Mädchen zu uns, mit dem ich in der zweiten Stunde gemeinsam Mathe hatte, und dann noch eines und noch eines.

»Es stimmt also, dass du aus England kommst?«

»Das hört man an deinem Akzent. Du sprichst so cool!«

»Wie war der Umzug? Es muss so krass gewesen sein, sein ganzes Leben auf einen anderen Kontinent zu schaffen …«

»Wie gefällt es dir hier?«

»Hey, übrigens, ich bin auch zur Hälfte Engländerin, ich bin oft in London und habe dort Familie, weißt du …«

Ich versuchte angestrengt, alle Fragen zu beantworten. Bald war ich buchstäblich umzingelt. Die Mädchen plapperten wild durcheinander. Einige stellten sich mir vor, und am Ende konnte ich mich an keinen der Namen erinnern – außer an den von Tanya, und das auch nur, weil sie mich zuerst angesprochen hatte. Außerdem half es nicht gerade, dass all diese Mädchen durch ihre identische Kleidung genauso geklont aussahen wie die Clique meiner Brüder. Ihre Haare, ihre Figuren, wie groß sie waren, ihre Gesichtszüge und ihre Hautfarben spielten für mein verwirrtes Gehirn seltsamerweise keine Rolle – alles, was zählte, waren schwarze Blazer, weiße Hemden und karierte Röcke.

»Warte, bist du diejenige, die jetzt bei den Monet-Brüdern wohnt?«, fragte eine von ihnen.

»Was für eine dämliche Frage«, schimpfte eine andere. »Du hast doch gesehen, dass sie mit Shane gekommen ist!«

Glücklicherweise läutete es, bevor die Mädchen Zeit hatten, sich zu streiten oder Fragen zu meinen Geschwistern zu stellen. Es wäre mir megaunangenehm gewesen, darüber zu sprechen.

Das Klingeln war etwas, was meine alte Schule mit der neuen gemeinsam hatte. Glocken, die Unterricht und Pausen ankündigten. Damit hörten die Gemeinsamkeiten aber auch schon wieder auf. Die Klassenräume waren größer als an meiner ehemaligen Secondary School und die Kurse viel kleiner. Die Neugier der Lehrer stand der Neugier der Schüler in nichts nach, und in jeder Unterrichtsstunde wurde ich aufgefordert, mich vorzustellen. Mir war klar gewesen, dass der erste Tag so ähnlich ablaufen würde, und ich hatte ein paar banale Sätze einstudiert, die ich wiederholte, bis es mir regelrecht hochkam.

»Mal sehen, ob du das Image der Monets retten kannst«, scherzte Mr. Dalton im Englischunterricht, ein junger Mann, der entspannt und witzig wirkte und offenbar von den meisten Schülern gemocht wurde. Er war sehr attraktiv, und einige der Mädchen warfen ihm schmachtende Blicke zu, die er jedoch mit absoluter Professionalität ignorierte.

Auch Mrs. Roberts, die Biologielehrerin, war mir auf Anhieb sympathisch, denn sie wirkte verständnisvoll, warmherzig und ruhig, und jedes Wort, das sie sagte, klang angenehm in meinen Ohren – so dass es fast schon therapeutisch war, ihrem Vortrag über Photosynthese zuzuhören. Außerdem wurde mir bewusst, dass ich das Potenzial hatte, ihr Liebling zu werden. Heute war ich zwar noch still und schüchtern, aber wenn es etwas gab, in dem ich richtig gut war, dann waren das eindeutig Naturwissenschaften.

Die erste wirklich unangenehme Situation an diesem Tag entstand während der Mittagspause. Ich betrat die Cafeteria, die mich mit ihrer Geräumigkeit und der hohen Fensterfront überraschte, die den Blick auf die bunten Blätter der dicht gepflanzten Bäume im Außenbereich freigab. Das goldene Herbstlicht fiel herein und brachte Farbe in den Speisesaal.

Während mich in den Pausen alle umzingelt hatten, waren jetzt, da ich Gesellschaft gebraucht hätte, plötzlich alle mit sich selbst und ihren Cliquen beschäftigt. Ich begann, mich damit abzufinden, dass ich mich entweder kurzerhand zu irgendjemand Fremdem setzen oder mir einen abgelegenen Ort suchen musste, an dem ich allein essen würde. Vor allem Letzteres war mir unangenehm, denn bald entdeckte ich eine belagerte Ecke, in der sich offenbar der Stammplatz der Monet-Brüder befand. Natürlich hätte ich mich um nichts in der Welt zu ihnen gesellt, aber was ich noch weniger wollte, war, dass sie mich verloren und allein sahen, unfähig, Bekanntschaften zu machen.

Ich war erleichtert, als sich mein Problem von selbst löste, denn nachdem ich von einer der beiden Köchinnen bedient worden war und mich mit einem Tablett voller Zeug, das ich gar nicht essen wollte, von der Theke abwandte, wurde ich von einem Mädchen angesprochen, das ich heute schon mehrmals gesehen hatte. Sie hatte vorhin etwas zu mir gesagt, aber ich konnte mich nicht mehr erinnern, worum es gegangen war. Wir hatten entweder Mathe oder Naturwissenschaften zusammen.

»Hey, ich wollte nur sagen …«, begann sie, verschränkte ihre Hände und spielte mit ihren Fingern. »Wenn du möchtest, kannst du dich zu uns setzen. Da drüben. Aber nur wenn du willst.«

Der Aufprall des Steins, der mir vom Herzen fiel, musste im ganzen Raum zu hören sein. Ich lächelte.

»Klar, sehr gern!«, antwortete ich. »Danke!«

Mona, wie sich meine neue Freundin vorstellte, führte mich zu einem Tisch, an dem bereits ein anderes Mädchen saß. Ich begrüßte sie höflich, und wir kamen sofort ins Gespräch. Es war definitiv einfacher für mich, mich auf nur zwei Personen zu konzentrieren als auf die halbe Academy. Die Mädchen erkundigten sich nach meinem Eindruck von den Lehrern und bestätigten meine Vermutungen über die Gutmütigkeit von Mrs. Roberts und die süße Art von Mr. Dalton.

»Audrey ist total in ihn verknallt«, sagte Mona mit leicht gesenkter Stimme, während ihre verlegene Freundin sie böse anfunkelte.

»Du bist so blöd!«, murmelte sie, und mit einer scheinbar beiläufigen Bewegung schob sie sich ihr Haar vor die Augen und versteckte sich dahinter. Es war lang und glatt, genau wie meins, aber viel feiner und so dunkel, dass es fast schwarz aussah – was in starkem Kontrast zu ihrem Teint stand, der so blass war wie der bewölkte Himmel heute. »Ich mag ihn halt, weil er weder ein Langweiler noch ein Arschloch ist, wie zum Beispiel Coach Mendoza.«

»Ach, der hasst einfach jeden, der nicht gut in Sport ist«, erklärte mir Mona. »Mich mochte er sogar, bis ihm aufgefallen ist, dass ich mich zu oft wegen meiner Tage krankmelde. So gefühlt alle zwei Wochen!«

»Ich hasse Sport, und im Gegenzug hassen Sport und Coach Mendoza mich.« Audrey zuckte gleichgültig mit den Schultern.

»Ich stehe auch nicht so auf Sport«, gestand ich, und in meiner Stimme schwang Sorge mit. Würde ich auch Stress mit diesem Horror-Coach bekommen?

»Ach komm schon, du brauchst dir überhaupt keinen Kopf zu machen!« Mona winkte mit einer Hand ab, an der silberne Armbänder baumelten. »Mendoza liebt deine Brüder. Schon, wenn man die Monets erwähnt, kriegt er ein feuchtes Höschen. Er verehrt sie so dermaßen, dass es bestimmt auch für dich reicht. Allein wegen deines Namens.«

»Warum? Sind sie so sportlich?«

»Sie sind die Besten.«

»Ich habe mich schon immer gefragt, wie Tony eigentlich Sport und Kiffen auf die Reihe kriegt«, überlegte Audrey laut.

»Hey!«, sagte ein Junge, der wie aus dem Nichts an unserem Tisch erschienen war. Sein kupferfarbenes Haar reichte ihm bis über die Ohren und kräuselte sich leicht. Er hatte ein rundes Gesicht und total viele Sommersprossen, und seine mandelförmigen Augen lachten uns fröhlich an. »Aaalso: Ich habe alles geklärt. Wir können das Projekt für Roberts zusammen machen.«

»Super, Problem gelöst«, sagte Mona und zeigte auf mich. »Übrigens, das ist Hailie Monet.«

Die Veränderung, die bei der Erwähnung meines Namens in dem Jungen vorging, war ziemlich krass. Er verstummte und klimperte mit den Augenlidern, plötzlich seltsam angespannt.

»Oje, ich habe dich gar nicht bemerkt, sorry!«, erklärte er und hielt mir unbeholfen die Hand hin. »Ich bin Marshall. Freut mich, dich kennenzulernen.«

»Gleichfalls«, antwortete ich und legte den Kopf schief. Ich fragte mich, warum er sich so nervös umsah.

»Wie läuft dein erster Tag?«, fragte Marshall.

»Es gibt vieles, was noch ungewohnt ist, aber ich denke, ich muss mich nur dran gewöhnen, dann wird das schon alles.«

»Cool. Na ja, mit deinem Namen sollte ja alles wie am Schnürchen laufen.«

»Mann, setz sie nicht noch mehr unter Druck«, ermahnte Audrey ihn, wofür ich ihr total dankbar war.

»Klar. Sorry, Hailie.«

»Okay, Themawechsel. Magst du dich zu uns setzen?« Audrey klopfte auf den freien Stuhl neben sich.

»Oder zu uns?«

Hinter mir erklang eine etwas zu freundliche Stimme, die ich nicht sofort erkannte. Dann schaute ich hoch. Das Erste, was ich sah, waren Marshalls weit aufgerissene Augen. Sein Gesicht hatte eine ungesund blasse Farbe angenommen. Auch Mona und Audrey erstarrten, und dann zuckte ich zusammen und drehte mich um, weil jemand seine Finger auf die Lehne meines Stuhls legte. Dylan. Der Stuhl wackelte, als mein Bruder das Gewicht seines muskulösen Körpers darauf verlagerte. Seine Krawatte baumelte vor meinem Gesicht, als er sich leicht vorlehnte.

Marshall, Mona und Audrey schwiegen und starrten ihn mit offenem Mund an.

»Zu euch setzen?«, wiederholte Marshall schließlich und kratzte sich nervös am Hinterkopf.

Dylan zuckte mit den Schultern.

»Da du keinen anderen Platz zu finden scheinst und stattdessen die Mädels belästigst, würden wir dich liebend gern an unserem Tisch willkommen heißen«, verkündete mein Bruder.

Wir blickten in die Monet-Ecke, von der aus uns nun alle Anwesenden anstarrten. Die einen machten betont gelangweilte Mienen, die anderen spöttische. Irgendetwas dazwischen war auf den Gesichtern von Shane und Tony zu erkennen.

Ich runzelte die Stirn und drehte mich wieder zu Dylan um. Diesmal hob ich meinen Kopf und neigte ihn leicht, damit ich seine Krawatte nicht in den Mund bekam, wenn ich ihn öffnete.

»Niemand belästigt uns«, entgegnete ich selbstbewusst.

Dylan blickte auf mich herunter, hob dann die Hand und tätschelte mir nachsichtig den Kopf.

»Schon gut, kleine Schwester.«

Ich blinzelte, verblüfft über seine herablassende Art. Dann drehte ich mich zu meinen neuen Freunden um und starrte sie einige Sekunden lang ungläubig an, bevor ich aus meiner Erstarrung erwachte und mit der Zunge schnalzte.

»Es reicht. Mach mal halblang, Dylan.«

Aber er sah mich nicht mehr an. Ließ sich von meinem neu erlangten Selbstbewusstsein nicht im Geringsten aus dem Konzept bringen. Stattdessen blickten seine blauen Augen den armen, unschuldigen Marshall finster an.

»Na?«

»Nein, danke. Ich habe schon einen Sitzplatz«, antwortete er mit offensichtlicher Anspannung in der Stimme. Dann warf er einen Blick auf uns, oder besser gesagt, auf Mona und Audrey und sagte betont lässig: »Ich gehe dann mal.« Schließlich richtete er sich auf, und an Dylan gewandt sagte er: »Aber danke für das Angebot.«

Mein Bruder zwinkerte ihm fröhlich zu.

»Gern geschehen.«

Nachdem Marshall verschwunden war, saßen Mona und Audrey da, sichtlich überrumpelt von der Entwicklung der Geschehnisse. Ich starrte auf Marshalls Rücken und hatte einen sauren Geschmack in meinem Mund. Dieses ganze Getue war echt unnötig gewesen! Plötzlich spürte ich eine Berührung an meiner Schulter.

»Wie läuft dein erster Tag? Alles okay?«, fragte Dylan.

Ich sah ihn an, und es gab eine Menge Dinge, die ich ihm sagen wollte, aber nichts davon war eine Antwort auf seine Frage. Doch er schien auch keine zu erwarten.

»Shane und ich haben nach der Schule noch was zu erledigen, also fährst du heute mit Tony. Ihr nehmt das Auto.«

Wieder wartete er keine Antwort ab, zerzauste mir nur die Haare, winkte mir und meinen neuen Freundinnen zu und verzog sich zurück zum Monet-Tisch.

Ich wagte es nicht ein einziges Mal, auch nur für eine Sekunde zu ihnen rüberzuschauen. Das Einzige, was ich tun konnte, war, tief durchzuatmen und zu versuchen, all die negativen Gefühle abzuschütteln, die diese Szene in mir hervorgerufen hatte. Ich war wütend, machtlos und auch ein wenig gedemütigt. Nervös richtete ich mein Haar und setzte mich gerade hin. Angenervt starrte ich auf das Essenstablett. Ich hatte mir Pommes und einen Salat geholt. Jetzt stellte ich mir vor, wie ich Dylan die ganze Ladung ins Gesicht schleuderte.

»Ähm, ja … Also sie sind wirklich deine Brüder«, fasste Audrey den Vorfall zusammen.

Ich nickte, presste die Lippen zusammen und blickte stur auf mein Tablett.

Leider ja, dachte ich bei mir. Denn niemand würde etwas mit einem Mädchen zu tun haben wollen, das solche Brüder hatte. Und die ersten Tage an einer neuen Schule waren schon schwer genug. Ich brauchte nicht auch noch diesen Stress!

»Es ist echt scary, dich zu kennen!«, versuchte Mona die Stimmung aufzulockern.

Endlich sah ich die beiden Mädchen an, die mich anlächelten, trotz der megapeinlichen Situation.

»Es tut mir leid wegen Dylan … «, murmelte ich. »Ich weiß echt nicht, was er wollte oder warum er überhaupt hier aufgetaucht ist.«

»Na ja, eigentlich bestätigt das nur, was alle bereits wissen.« Mona zuckte mit den Schultern.

»Und das wäre?«, fragte ich.

Audreys Mundwinkel zitterten amüsiert.

»Kein Typ darf sich dir nähern.«

»Wie meinst du das?«

»Mit wie vielen Jungs hast du heute gesprochen?«, wollte sie wissen.

Ich blinzelte. Diese Vermutung kam mir so idiotisch vor, dass ich Audrey am liebsten sofort widersprochen hätte – doch dann fiel mir ein, dass ich praktisch den ganzen Tag nur von Mädchen umgeben gewesen war. Als mir klar wurde, was das bedeuten könnte, weiteten sich meine Augen. Meine neuen Freundinnen warteten gelassen darauf, dass ich die Erkenntnis verarbeitete.

»Was? Wie?« Ich keuchte, legte meine Hand erst an die Stirn und ließ sie dann sinken, bevor ich entnervt schnaubte: »Haben sie eine Art offizielle Erklärung abgegeben, oder was?«

»Das mussten sie gar nicht.«

Als Mona mein verzweifeltes Gesicht sah, gab sie schließlich nach.

»Okay, hör zu. Ich merke, dass es einige Dinge gibt, die du noch nicht weißt, also lass es mich erklären. Deine Brüder sind berühmt-berüchtigt«, sagte sie leise und blickte immer wieder vorsichtig in Richtung des Tisches, an dem sie saßen.

»Was willst du damit sagen?«

»Es gibt alle möglichen Gerüchte über die Monets, und sie versuchen nicht einmal, sie zu leugnen.«

»Was für Gerüchte?«

»Na ja, weißt du … Die Familie ist ziemlich bekannt.«

»Und einflussreich«, fügte Audrey hinzu. »Und bedrohlich.«

Mona legte den Kopf schief, als wollte sie herausfinden, ob ich wirklich so naiv war oder nur so tat. Schließlich sagte sie: »Shit, du hast wirklich keine Ahnung!«

»Nein, habe ich nicht! Ich weiß von nichts«, murmelte ich leise und vergrub mein Gesicht in den Händen.

»Das ist irgendwie cute«, tröstete mich Audrey.

»Dylan hat dich kleine Schwester genannt.« Mona nickte ihr zu. »Total süß!«

Ich sah sie ausdruckslos an.

»Aber, na ja …«, seufzte Audrey, »es war irgendwie auch gruselig. Dylan ist echt angsteinflößend.«

»Und so heiß!«, rief Mona.

Ich verzog nur das Gesicht, und die Mädchen kicherten albern. Ich lachte nicht mit. Stattdessen fasste ich mir an den Hals, als ich mich daran erinnerte, was Dylan mir mitgeteilt hatte, während er einen auf überfürsorglichen Bruder gemacht hatte: Ich sollte mit Tony nach Hause fahren! *Das hat mir gerade noch gefehlt.* Es war einfach nicht fair, dass es von all meinen Brüdern ausgerechnet er sein musste.

Ich sah Tony erst nach Unterrichtsschluss wieder, als ich mich widerstrebend auf den Weg zum Parkplatz machte. Er stand allein da, trug nur sein Hemd, ohne Jacke, lehnte an Shanes Lamborghini und rauchte. Als ich auf ihn zuging, fühlte ich mich wieder von neugierigen Blicken verfolgt – ich begann schon fast, mich daran zu gewöhnen. Ohne ein Wort zu sagen, öffnete ich die Autotür, setzte mich auf den Beifahrersitz und wartete gehorsam darauf, dass mein Bruder seine Kippe zu Ende geraucht hatte. Wieso versuchte er nicht einmal, sie zu verstecken? Immerhin befanden wir uns noch auf dem Schulgelände.

Schließlich öffnete sich die Tür auf der Fahrerseite, und Tony stieg ein. Ich rümpfte die Nase und rechnete mit Zigarettengestank, aber was auch immer er rauchte, es roch überraschenderweise nicht nach Tabak, zumindest nicht sehr stark. Tony warf sein Feuerzeug in das Fach in der Tür, zog die Ärmel seines Uniformhemds hoch, so dass ein Stück seiner Tätowierung zum Vorschein kam, ließ aber nicht sofort den Motor an. Stattdessen drehte er seinen Kopf zu mir, und seine blauen Augen blickten mich bedrohlich an.

»Jetzt, wo wir allein sind, sollten wir eines klären«, begann er unheilvoll. »Du hast mich bei Vince verpfiffen.«

Ich sah in sein hartes Gesicht und schluckte schwer, weil sich ein Kloß in meinem Hals bildete.

»Ich …«

»Und ich habe dir gesagt, dass du die Klappe halten sollst«, fuhr er fort und schüttelte mit unverhohlener Abneigung den Kopf. »Das nächste Mal tust du besser, was ich sage. Kapiert, Kleine?«

Wäre ich nicht vor Schreck wie erstarrt, hätte ich Tony spöttisch gefragt, was er denn tun würde, wenn ich ihm nicht gehorchte. Ich wollte es wirklich wissen, denn ob er in Betracht zog, mir tatsächlich etwas anzutun, schien mir eine ziemlich wichtige Information zu sein. Aber vielleicht lag es an den einschüchternden Blicken, die er mir zuwarf, oder an dem, was Audrey und Mona mir in der Pause über die Monet-Brüder erzählt hatten – auf jeden Fall zog ich es vor, Tony nicht noch mehr zu reizen, und nickte nur langsam. Ich hatte gehörigen Respekt vor ihm.

Offenbar war er mit meiner Reaktion zufrieden, denn er ließ den Motor an. Seine tätowierte Hand ruhte entspannt auf dem Lenkrad, und ich saß steif da und schaute die ganze Fahrt zur Seite. Ich überlegte, ob ich mich dafür entschuldigen sollte, dass ich mich bei Vincent verplappert hatte, oder ob ich ihm wenigstens erklären sollte, wie es dazu gekommen war. Aber ich traute mich nicht, den Mund aufzumachen, und als er in der riesigen Garage der Villa parkte, stieg ich schnell aus und entfernte mich so weit wie möglich von diesem Bruder, den ich definitiv nicht leiden konnte.

Später machte sich von all meinen Brüdern nur Will die Mühe, mich zu fragen, wie mein erster Tag an der neuen Schule gelaufen war.

❧ 6 ❧

Nerviger Kram

Nach unserer kleinen Aussprache hatte ich noch mehr Angst vor Tony. Am einfachsten schien mir, ihm aus dem Weg zu gehen, was ganz gut funktionierte, da auch er nicht erpicht darauf war, Zeit mit mir zu verbringen.

Zum Glück fuhr ich meistens mit Shane zur Schule. Mit ihm war ich am liebsten unterwegs, weil wir uns wenigstens halbwegs normal unterhalten konnten – auch wenn es keine Diskussionen auf hohem Niveau waren. Tony verhielt sich in meiner Nähe meist schweigsam, während Dylan sich nicht verkneifen konnte, beinahe jedes Mal eine blöde Bemerkung zu machen.

Was die Schule anbelangte, so hatte der männliche Teil der Academy immer noch Angst, mich auch nur anzusprechen. Jeder Junge schaute sich vor einer Interaktion mit mir (von denen es nicht viele gab) diskret um, vermutlich um sicherzustellen, dass sich die Monet-Brüder nicht irgendwo in der Nähe versteckten.

Das fing an, mich ernsthaft zu irritieren. Dylan, Shane und Tony durften machen, was sie wollten, und so ziemlich alle Schüler schienen sie zu feiern – oder ihnen einfach aus dem Weg zu gehen. Es fühlte sich an, als hätte ich eine Zeitreise ins Mittelalter gemacht und als spielten wir Mitglieder des Königshauses, vor denen alle kuschten. Das war einer der Gründe, warum ich meine Brüder zwischen den Unterrichtsstunden krampfhaft mied. Ich konnte mich nicht mit ihrem Fame identifizieren; es war schon stressig genug, mit ihnen unter einem Dach zu leben. Obwohl ich es in der Schule versuchte, war es leider unmöglich, mich völlig von ihnen abzuschotten.

Die großen Pausen verbrachte ich in der Gesellschaft von Mona und Audrey, mit denen ich mich allmählich tatsächlich anfreundete. Mona kämpfte geradezu um meine Aufmerksamkeit, und ihre abgedrehte, euphorische Art wirkte so aufrichtig, dass ich sie einfach mögen musste. Außerdem sehnte ich mich nach einer eigenen Clique. Selbst wenn wir nur drei Mädels waren.

Eines Mittags beschlossen wir, die letzten Sonnenstrahlen des Jahres zu nutzen und draußen zu essen. Mona, Audrey und ich waren nicht die Einzigen, die auf diese Idee gekommen waren. Der Schulhof war voll mit Leuten, und fast alle Picknickbänke waren besetzt. Wir konnten eine ergattern und wollten gerade die Wärme genießen und uns entspannen, als plötzlich ein Geräusch an unsere Ohren drang.

Ich öffnete die Augen und schirmte sie gegen die Sonne ab, um einen Blick auf das Grüppchen von Schaulustigen zu werfen, das sich ein Stück von uns entfernt gebildet hatte. Auch Mona reckte bereits ihren Hals, und von uns dreien war sie es, die die ersten Schritte in Richtung der Menge machte. Audrey und ich folgten ihr, und nach einer Weile erkannten wir den Grund für diese plötzliche Versammlung.

Zwei Jungs prügelten sich, und mit Entsetzen erkannte ich, dass es sich bei einem von ihnen um Tony handelte. Mein Bruder teilte Schläge aus, und sein Opfer versuchte unbeholfen, sich zu wehren. Ich sah, wie seine tätowierte Hand an der Krawatte des Opfers zerrte. Panisch blickte ich in die Gesichter der umstehenden Schüler. Einige lachten und feuerten Tony an, andere waren erschrocken über die Brutalität dieser Show, aber ich glaube nicht, dass jemand so verängstigt und angewidert war wie ich.

Als nach einem besonders harten Schlag meines Bruders Blut aus der Nase des anderen Jungen spritzte, hatte ich echt genug von dem Scheiß. Ohne groß nachzudenken, stürzte ich vor, mitten in den Fight. Ermutigt durch die Tatsache, dass Tony immerhin mein Bruder war. *Er mag mich vielleicht nicht, aber er wird doch wohl kaum seine eigene Schwester schlagen, oder?*, dachte ich mir.

Ich kam nicht dazu, es herauszufinden, denn noch bevor ich mich zwischen ihn und den Typen mit der blutenden Nase drängen konnte, packte mich jemand am Arm und hielt mich zurück. Ich drehte mich um und wusste sofort, dass es keine meiner neuen Freundinnen gewesen war – der Griff war zu stark.

Ich hatte recht, es war Dylan, der mich davon abhielt dazwischenzugehen. Rasch drehte ich mich um und sah ihm in die Augen. In seinem Blick lag eine Warnung, mit einem Hauch von Unglauben, aber ich war zu aufgeregt, um sie ernst zu nehmen. Ich konnte jetzt keinen Rückzieher machen – wie ich es sonst getan hätte. Ich konnte nicht mitansehen, wie mein Bruder, mit dem ich heute noch am selben Tisch gefrühstückt hatte, jemandem so brutal ins Gesicht schlug.

Ich versuchte, mich loszureißen, aber ohne Erfolg, denn gegen

Dylans kräftige Arme hatte ich keine Chance. Also gab ich auf und versuchte es mit Überredungskunst.

»Halt ihn auf!«, rief ich.

Als Antwort erhielt ich nur einen leeren Blick.

»Bitte, er tut diesem Jungen weh!«

Keine Reaktion.

»Er wird Probleme bekommen!«

Im Hintergrund konnte ich das langgezogene Stöhnen von Tonys Opfer hören. Die Leute, die am nächsten bei mir und Dylan standen, begannen, sich für unsere Auseinandersetzung zu interessieren. Einige von ihnen fanden uns sogar spannender als die Schlägerei selbst und glotzten uns unverhohlen an.

»Dylan, tu doch was!«, kreischte ich schließlich.

»Halt die Klappe, und misch dich da nicht ein.«

Was? Ich konnte es nicht fassen. Aber ich konnte auch nichts mehr ausrichten, denn als ich zu Tony blickte, um ihm zuzurufen, dass er endlich zur Vernunft kommen sollte, lag der verprügelte Junge bereits am Boden und kam nur langsam wieder zu sich. Tony beugte sich über ihn und flüsterte ihm etwas ins Ohr, dann zerrte er ein letztes Mal an seiner Jacke und sah verächtlich auf ihn hinab.

In diesem Moment erschien eine Frau mit hochrotem Gesicht, gerunzelten Augenbrauen und fest zusammengepressten Lippen. Jemand flüsterte, es sei die Schulleiterin. Na bravo, gerade noch rechtzeitig, bevor Tony einen anderen Schüler zu Brei verarbeiten konnte.

Mein Bruder wurde zur Direktorin zitiert, eine Krankenschwester wurde herbeigerufen, und Coach Mendoza, ein großer Mann mit dunklem Bart, begann, die Menge zu zerstreuen, indem er uns anschrie und immer wieder in seine Trillerpfeife blies. Ich protestierte, als Dylan mich hinter sich her in Richtung Schulgebäude zerrte. Auf halbem Weg hielt er an und drehte mich heftig herum, so dass ich ihm in die Augen sehen musste.

»Warum, verdammte Scheiße, hast du dich zwischen die beiden gedrängt? Du hättest dich verletzen können!«

»Warum hat Tony ihn verprügelt?«, fragte ich vorwurfsvoll.

Ich wusste zu gut, wer hier wirklich einen Anschiss verdient hatte, und das war keineswegs ich.

»Das geht dich überhaupt nichts an.«

»Warum hast du Tony dann nicht aufgehalten? Der Junge hat geblutet!«

Ich verschränkte die Arme vor meiner Brust. Dabei versuchte ich, die Leute zu ignorieren, die an uns vorbeiliefen und lauschten, als hofften sie, Zeugen eines weiteren Dramas zu werden. Dylan sah mich einen Moment lang an, dann schüttelte er den Kopf und seufzte.

»Geh einfach zurück in deinen Unterricht, Hailie.«

»Aber ... «

»Kein Aber.«

Okay. Ich begriff, dass ich auf ihn hören musste. Zumindest dieses Mal. Meine Beziehung zu Dylan war ohnehin nicht die beste, also zog ich es vor, sie um meiner selbst willen nicht noch auf die Probe zu stellen. Auf dem Weg zum Unterricht hielt ich auf der Schultoilette an, um mich im Spiegel zu betrachten. Mein Gesicht trug eindeutig die Spuren der Aufregung von vor ein paar Minuten – meine Augen funkelten immer noch wütend, und meine Mundwinkel weigerten sich, sich nach oben zu bewegen. Außerdem war ich nach wie vor blass, also kniff ich mir in die Wangen in der Hoffnung, das würde etwas Farbe in mein Gesicht bringen. Ich hatte mal gelesen, dass adlige Frauen das früher getan hatten.

Als ich mich ein wenig beruhigt hatte, warf ich mir meine Tasche über die Schulter, und da passierte es: Mein Handy rutschte aus einem offenen Fach. Bevor ich reagieren konnte, fiel es auf die Fliesen, und der Bildschirm zersprang in tausend Stücke. Ich hob es auf und stellte fest, dass es sich nicht mehr einschalten ließ.

Panik überrollte mich. Mein erster Gedanke galt meiner Mutter, die wenig begeistert sein würde, wenn ich ihr beichten würde, dass ich mein Telefon geschrottet hatte. Ich würde sicherlich eine Zeit lang ohne Handy auskommen müssen. Zumal es noch recht neu war. Zwar nicht das teuerste Modell, aber es reichte vollkommen aus. Ein neues Handy war für meine Mutter eine ziemlich große Ausgabe.

Ich flehte das Universum an, das Telefon auf magische Weise wieder zum Funktionieren zu bringen, drückte wild auf die Knöpfe am Gehäuse und rieb über das Display. Leider wurden meine Gebete nicht erhört. Niemand erhörte meine Gebete. Jemals. Schließlich gab ich auf und beschloss, wieder in den Unterricht zu gehen – nachdem ich meine verheulten Augen getrocknet hatte.

Toll, ich werde aussehen, als hätte ich wegen Tony geweint, dachte ich.

Der Rest des Kurses war absolut schrecklich. Ab und zu schaute ich nach, ob sich mein Handy nicht doch noch eingekriegt hatte. Meine gesamte Bookstagram-Welt befand sich auf meinem Smartphone, und ich war nicht bereit, darauf zu verzichten. Ich hatte schon genug verloren. Außerdem machte ich mir Sorgen, dass vielleicht gerade heute jemand – Vincent zum Beispiel – beschließen könnte, mich anzurufen, und ich nicht in der Lage sein würde zu antworten. Er hatte deutlich gemacht, dass ich jederzeit erreichbar zu sein hatte. Gleichzeitig hatte ich Angst, ihn über den Schaden zu informieren. Wenn sich das Handy doch nur einschalten ließe. Oder dieser Tag nur ein böser Traum wäre.

Als ob das noch nicht genug wäre, musste ich mir auch noch den Rest des Tages anhören, wie die Leute über Tonys Kampf diskutierten, egal wohin ich kam. Und nichts, was mir zu Ohren kam, klang sonderlich vertrauenswürdig. Es handelte sich um Mutmaßungen darüber, dass der andere Junge Tony etwas schuldete oder sogar angeblich das bekam, was er verdiente. Am meisten beunruhigten mich die Worte eines Mädchens aus dem Jahrgang meiner Brüder, das ihren Freundinnen aufgeregt zuflüsterte, Tony hätte den Jungen verprügelt, weil er sich unhöflich über seine Schwester geäußert habe. Ich bezweifelte, dass es Tony interessierte, was irgendjemand über mich sagte, aber trotzdem jagte mir der Gedanke einen Schauer über den Rücken, und ich beschloss, das Thema nicht weiter zu verfolgen.

Nach der letzten Stunde verließ ich zusammen mit Mona das Klassenzimmer. Meine miese Laune musste sogar auf sie abgefärbt haben. Sie versuchte nicht einmal, mit mir zu plaudern, was ungewohnt war. Um ein Gespräch zu beginnen, erzählte ich ihr von dem kaputten Handy und hoffte, dass sie vielleicht eine wundersame Lösung für mich hätte.

»Hast du versucht, es aus- und einzuschalten?«

»Ja, klar. Ich habe alles versucht.«

»Selbst wenn es sich wider Erwarten einschalten lässt, das Glas ist so dermaßen zersprungen, dass man sowieso nichts sehen könnte«, sagte Mona und schaute wenig hoffnungsvoll auf das Telefon, das ich in der Hand hielt. »Vielleicht solltest du es einfach deinen Brüdern sagen, die besorgen dir ein neues. Es ist doch nur ein blödes Handy, oder?«

Während ich ihr zuhörte, spürte ich, wie mein Kinn zu zittern begann. Um nicht wie eine emotional gestörte Idiotin zu wirken, die sich wegen eines dummen Geräts aus der Fassung bringen lässt, biss ich die Zähne zusammen.

»Du hast recht, sie kaufen mir bestimmt ein neues«, seufzte ich und zwang mich zu einem Lächeln, von dem ich bezweifelte, dass es echt wirkte. »Wir sehen uns dann morgen.«

Ohne eine Antwort abzuwarten, machte ich mich auf den Weg zum Lamborghini, wobei ich mit der einen Hand meine Bücher an die Brust drückte und mit der anderen mein kaputtes Smartphone in der Tasche festhielt. Ich spürte, wie Traurigkeit und Aufregung sich in meinem Herzen ausbreiteten. Ich war traurig, weil ich das Telefon zerstört hatte, das meine Mutter mir geschenkt hatte. Dabei wusste ich noch, wie glücklich ich an dem Tag gewesen war. Es war ein weiterer Gegenstand, der mich mit ihr verband und den ich wahrscheinlich verloren hatte. Ich war angespannt, weil ich Vincent alles würde erzählen müssen, und ich machte mir keine großen Hoffnungen, dass es ein angenehmes Gespräch werden würde.

Dylan und Tony standen neben den Monet-Parkplätzen und lachten über irgendetwas. Ich hatte sie seit dem Streit nicht mehr gesehen und nicht wirklich Lust, sie zu treffen. Außerdem sah ich Shane nirgends. Er war zwar keine große Stütze, da er sich vor seinen Brüdern meist nicht auf meine Seite schlug, aber immerhin konnte ich mich darauf verlassen, dass er netter war als die beiden.

Als ich nahe genug war, dass Dylan mich bemerkte, schaute ich rasch zu Boden und tat so, als gäbe es dort etwas super Spannendes zu sehen. Er betrachtete mich abschätzig, und es fühlte sich an, als könnte er durch mich hindurchblicken. Ich fürchtete mich vor diesen Blicken. Vincent war diesbezüglich ein Meister, aber auch die anderen waren extrem aufmerksam, was mich anging. Selbst Tony, dem es völlig gleichgültig zu sein schien, was mit mir geschah.

Dylan fragte sofort: »Warum hast du geweint?«

»Ich habe nicht geweint«, antwortete ich schnell.

»Hat jemand was zu dir gesagt?«

Ich schüttelte den Kopf und blieb an der Beifahrertür stehen. Mit den Fingern tastete ich nach dem versteckten Knopf und drückte ihn, um die Tür zu öffnen, aber das Auto war verschlossen, und ich schaute zu Dylan, der auf der anderen Seite des Fahrzeugs stand. Auf seinem angespannten Gesicht zeichnete sich Entschlossenheit ab. Mir war klar, dass wir nicht losfahren würden, bevor er nicht herausbekommen hatte, was mir Kummer bereitete. Ich bedauerte, dass er es nicht vorzog, die Angelegenheit im Auto zu klären, wo wir mehr Privatsphäre hätten und Tony mir nicht in den Nacken atmen würde.

»Bist du sicher?« Dylan ballte seine Fäuste. »War es wegen Tonys Streit?«

Er schaute zu unserem Bruder, der auf dem Motorrad saß und den Helm in seinen bandagierten Händen drehte. Ich fragte mich, wie es möglich war, dass er nicht nach Hause geschickt worden war. Das war einfach zu seltsam. Immerhin hatte die Schulleiterin mit eigenen

Augen gesehen, was geschehen war! Er hätte mindestens für einen Tag suspendiert werden müssen.

»Nein, es ist nicht wegen der Prügelei.«

»Lüg mich nicht an, Hailie.«

»Ich lüge nicht!«, protestierte ich.

Ich seufzte, dann griff ich widerwillig und mit zitternden Händen in die Tasche meines Blazers, aus der ich mein kaputtes Telefon herausholte. Ich hatte nicht vorgehabt, Dylan und Tony zu gestehen, was passiert war. Sie brauchten es nicht zu wissen. Aber wenn sie mich des Lügens bezichtigten, zog ich es vor, ihnen die Wahrheit zu sagen.

»Mein Handy. Es ist mir runtergefallen.«

Einen Moment lang herrschte Schweigen. Dylan starrte auf das Telefon in meiner Hand, als ob er es zum ersten Mal sehen würde, dann hob er die Augenbrauen und schaute wieder zu mir.

»Du hast geweint, weil dein Handy kaputt ist?«, vergewisserte er sich.

»Ja. Es funktioniert nicht mehr.«

Wieder spürte ich, wie mir die Tränen in die Augen stiegen. Gleich würden sie mir über die Wangen laufen, dachte ich und schämte mich noch mehr. Ich drehte den Kopf und bemerkte, dass Tony mich ebenfalls mit fassungslosem Blick ansah. Er legte die Stirn in Falten und hielt den Kopf seltsam schief, als ob er nicht verstand, was mein Problem war – obwohl ich das kaputte Handy doch in der Hand hielt. Die Brüder tauschten Blicke aus.

»Steig ein«, wies mich Dylan an. Seine Stimme klang anders als noch vor einem Moment. Weicher. Ich würde sogar wagen zu behaupten, dass ich einen Hauch von Nachsicht darin hörte. Wie die eines leicht genervten Elternteils.

Das musste er mir nicht zweimal sagen. Ich zog die Nase hoch, steckte das Handy in meine Jackentasche, und als ich diesmal den Knopf drückte, schwang die Tür auf.

Die ganze Fahrt über spürte ich Erleichterung darüber, dass mich noch niemand angebrüllt hatte. Da ich kein Telefon hatte, mit dem ich mich ablenken konnte, starrte ich aus dem Fenster auf den mir allmählich vertrauten Wald. Mehr als achtundfünfzig Prozent des Staates Pennsylvania waren von Wald bedeckt, zumindest hatte ich das irgendwo gelesen. Meinen bisherigen Beobachtungen nach lag dieser Prozentsatz eher bei nahezu hundert.

Den ganzen Weg über betrachtete ich die Bäume und sagte kein Wort; ebenso wenig wie Dylan, der mich nur gelegentlich von der Seite ansah, als ob er etwas fragen wollte, und es sich dann anders überlegte. Sobald wir das Haus erreichten, verschwand er, und ich stürzte in die Küche, wo Eugenie mir wie immer eine übergroße Portion Essen servierte.

Ich mochte die Haushälterin, aber sie akzeptierte nur ungern, dass ich kein körperlich aktiver Junge war, sondern ein zierliches Mädchen mit einem vor Stress ständig verkrampften Magen. Ohne rechte Lust knabberte ich an den Chicken Nuggets und vergaß, sie in die Schüssel mit der Barbecue-Soße zu tunken.

Als die Zwillinge auftauchten, verspannte ich mich unwillkürlich. Ich hatte wirklich eine Riesenangst vor Tony, vor allem, wenn ich mit ihm allein war. Wenn ich genauer nachdachte, hatte ich vor jedem meiner Brüder ein bisschen Angst – doch Tony schien der unberechenbarste von allen zu sein.

Ich sah zu, wie er sich sein Mittagessen auftat, und konnte den Blick nicht von seinem muskulösen, tätowierten Arm und seinen kräftigen Händen abwenden. Er wirkte unglaublich bedrohlich, selbst bei diesen alltäglichen Handgriffen. Er hatte den Verband abgelegt, und mir wurde schlecht beim Anblick seiner aufgeschürften Knöchel, die vor nicht allzu langer Zeit noch blutgetränkt gewesen waren.

Tony schenkte mir keine Beachtung. Shane hingegen wäre vielleicht gesprächiger gewesen, wenn er nicht so von den Nuggets abgelenkt gewesen wäre. Er lud sich einen ganzen Berg davon auf seinen Teller und bemerkte nicht einmal, dass ich ihm meinen Rest zuschob.

Nach dem Essen schlich ich mich in mein Zimmer, froh, dass ich mich endlich verkriechen konnte. Ich zog mir bequeme Sachen an und setzte mich an den Schreibtisch, um meine Hausaufgaben zu machen. Viel langsamer und gründlicher als sonst, weil ich versuchte, das Unvermeidliche so weit wie möglich hinauszuschieben: mit Vincent zu reden.

Einige Zeit später – ich war immer noch über meinen Schreibtisch gebeugt und dachte darüber nach, welche Textmarker-Farbe ich verwenden sollte – klopfte es an meine Tür. Sehr leise, fast, als hätte jemand versehentlich geklopft; aber die Monet-Villa war stets ruhig, und dieses Geräusch war nicht ohne Grund erklungen. Als ich mit zögerlicher Stimme »Herein« rief, erschien Vincent in meiner Zimmertür.

Bei seinem Anblick verkrampfte ich mich wieder. Er war es nicht nur nicht gewohnt, mich anzurufen, er besuchte mich auch nie in meinem Zimmer. Sein Gesicht war müde, aber er sah zugegeben immer noch phantastisch aus in seinem weißen Hemd und der dunklen Anzughose.

Vincent hockte sich auf meinen Sessel, und ich drehte mich in meinem Stuhl, um ihm gegenüberzusitzen. Er schwieg lange, aber ich wartete geduldig darauf, dass er das Wort ergriffe, denn er schien es vorzuziehen, selbst zu entscheiden, wann ein Gespräch enden und wann es beginnen sollte.

»Hailie, ich möchte mit dir über den heutigen Vorfall mit Tony sprechen«, sagte er. Nach einem Tag voller Meetings war der Klang seiner Stimme immer noch fest. »Dylan sagte mir, dass du es mitbekommen hast.«

»Die ganze Schule hat es mitbekommen!«

Ich drehte mich aufgebracht von ihm weg und ballte die Fäuste, dann atmete ich einmal tief durch und sah meinen ältesten Bruder so unschuldig an, wie ich konnte.

»Er hat mir auch erzählt, wie du reagiert hast.«

»Vince«, begann ich.

Es war das erste Mal, dass ich ihn mit seinem Spitznamen ansprach. Ich versuchte, meine Stimme vernünftig und sachlich klingen zu lassen, denn ich wusste, dass ich meine Gefühle unter Kontrolle halten musste. Dennoch fiel es mir sehr schwer, mich zu zügeln.

»Der Junge lag am Boden und war nicht in der Lage, sich zu wehren. Tony hatte kein Erbarmen mit ihm, selbst als ihm Blut aus der Nase gespritzt ist!«

Vincent sah mich einen Moment lang schweigend an und begann dann, sich nachdenklich das Kinn zu reiben.

»Ich sage nicht, dass das Schulgelände der richtige Ort ist, um solche Dinge zu klären, und Tony hat definitiv ein Aggressionsproblem. Er hätte sich beherrschen müssen. Daran werde ich ihn erinnern, denn er weiß das und hat versprochen, sich zu bessern. Aber deshalb bin ich nicht hier. Ich wünsche mir, dass du dich in Zukunft aus solchen Dingen raushältst. Du darfst dich auf keinen Fall in so etwas hineinziehen lassen. Es spielt keine Rolle, ob einer deiner Brüder daran beteiligt ist oder nicht. Das ist zu gefährlich.«

»Aber …«

»Hailie, das war keine Bitte.«

»Aber das ist doch eine ernste Angelegenheit! Wenn ich jemanden zusammenschlage, würdest du dich dann nicht einmischen? Würdest du es ignorieren?«

Vincents Augen verdunkelten sich.

»Nein, ich würde es nicht ignorieren, da kannst du dir sicher sein, meine liebe Hailie. Jetzt mäßige bitte deinen Ton, und versuch zu verstehen, was ich dir sage: Was auch immer geschieht, misch dich niemals in die Angelegenheiten deiner Brüder ein. Weder innerhalb noch außerhalb der Schule.«

»Soll ich das nächste Mal einfach nur dastehen und zusehen?«

»Es wäre am besten, wenn du dich fernhältst. Einfach weggehst.«

Ich verzog frustriert mein Gesicht und sah zur Seite.

»Hailie, hör mir bitte gut zu«, fuhr Vincent fort. Er erhob sich mit seiner unnachahmlichen Eleganz. Als er auf mich herabblickte, gewann die Wirkung seiner Worte an Kraft. »Wir leben nun mal in einer solchen Welt und nicht in einer anderen, und ich kann dir nicht garantieren, dass deine Brüder immer ein Vorbild für dich sein werden. Und nur um das klarzustellen … Ich würde nicht in deiner Haut stecken wollen, wenn ich eines Tages herausfinde, dass du selbst an einem solchen Vorfall beteiligt warst.«

War das eine Drohung? Sind meine Geschwister unfähig, ein normales Gespräch zu führen?

Das Einzige, was ich nach Vincents Ansprache zustande brachte, war eine vor Aufregung halb geflüsterte Antwort: »Ich beteilige mich nicht an Schlägereien oder anderen Konflikten. An diesem habe ich mich nicht beteiligt! Es war Tony, der einen Jungen verprügelt hat; wieso bin ich diejenige, die dafür ausgeschimpft wird? Und was soll dieses Gefasel über die Welt?«

Vince sah aus, als wäre er fasziniert von der Tatsache, dass ich es wagte, ihm mit Gegenargumenten zu kommen.

»Ich erkläre dir lediglich, dass Tony nicht dein Problem ist. Ich bin hier, um das klarzustellen. Wenn du etwas getan hättest, wofür du, wie du sagst, ausgeschimpft werden solltest, würde dieses Gespräch anders verlaufen, das versichere ich dir.«

Ich krallte meine Finger in die Stuhllehne und atmete tief durch. Wenn Vincent wirklich so scharfsinnig war, wie es den Anschein machte, dann hatte er sicherlich bemerkt, wie viel Kraft es mich gekostet hatte, meine Gefühle zu kontrollieren. Mit etwas Glück würde er meine Bemühungen vielleicht sogar zu schätzen wissen.

»Ja. Bestimmt«, sagte ich schließlich. Auch wenn ich Vorbehalte gegenüber Vincents Worten hatte. Es war unangenehm, mit ihm zu reden, und ich wusste, dass wir schneller fertig werden würden, wenn ich mich von meiner besten Seite zeigte und ihm zustimmte. Ich hatte mich nicht geirrt; in seinen Augen blitzte eine Spur von Anerkennung auf.

»Ich bin froh, dass wir uns verstehen. Hast du noch etwas hinzuzufügen?«, fragte er, während er auf die Uhr an seinem Handgelenk blickte.

»Äh, eigentlich schon«, flüsterte ich. Ich hatte das Problem mit meinem Handy eine Zeit lang vergessen, aber jetzt fiel es mir wieder ein. Vielleicht war das nicht der richtige Moment, es zu erwähnen, aber ich hatte das Gefühl, dass es keinen besseren geben würde: »Mein Telefon ist kaputt. Nur für den Fall, dass du, ich weiß nicht, versucht hast, mich anzurufen ...« Ich stieß ein nervöses Kichern aus. »Also wenn, ich kann nicht rangehen.«

Vince hob eine Augenbraue, und dann seufzte ich wieder.

»Es ist meine Schuld, ich habe es verbockt«, gab ich zu. »Es ist mir runtergefallen, aber es war unabsichtlich, wirklich, ich weiß nicht, wie es passieren konnte.«

»Alles gut. Ich weiß schon Bescheid. Die Jungs haben es mir erzählt.«

Er trat näher an den Stuhl heran, in dem ich immer noch hing, und schaute auf mich herab. In seinen Augen lag eine Sanftheit, die ich zum ersten Mal an ihm bemerkte. Ich erschauderte, als er mein Kinn mit zwei Fingern berührte und es behutsam anhob. An einem seiner Finger glänzte sein Siegelring.

»Hailie, mach dir bitte nie wieder Gedanken über solche Kleinigkeiten.«

Ich sah ihm überrascht nach, als er ging, dann hielt er einen Moment inne, die Hand auf dem Türknauf.

»Ich habe bereits ein neues Telefon für dich besorgt. Sei bitte pünktlich zum Abendessen unten.«

Dann ging er.

Puuh, das musste ich es erst mal verdauen. Ich war verwarnt worden, weil ich versucht hatte, einen Jungen davor zu retten, ernsthafte Verletzungen davonzutragen, weil mein durchgeknallter Bruder auf ihn einschlug, aber nicht dafür, dass ich mein Handy durch Unachtsamkeit kaputt gemacht hatte?

Ich setzte mich bequemer hin, fuhr mir mit der Hand übers Gesicht und rieb mir die Augen. Warum mussten alle Unterhaltungen mit Vincent so unvorhersehbar und kompliziert sein? Das hier war anders als alles, was ich in den letzten fünfzehn Jahren erlebt hatte. Die Regeln meiner Mutter waren eindeutig gewesen und die Strafen für ihre Nichteinhaltung einfach und logisch. Ich wusste immer, wann ich in Schwierigkeiten war und wie meine Mutter reagieren würde. Mit Vincent hingegen war es ein ewiges Roulettespiel.

Um meinen Vormund nicht zu verärgern, machte ich mich pünktlich zum Abendessen auf den Weg nach unten. Zuvor verabschiedete ich mich von meinem geschrotteten Handy und versteckte es in einer Schublade, da ich es nicht übers Herz brachte, ein Geschenk meiner Mutter wegzuwerfen.

In der Küche fand ich nur Vince. Er saß am Tisch und sah noch müder aus als bei seinem Besuch eben. In aller Ruhe nippte er an einem Tee und blätterte mit dem Finger durch die Seiten irgendeines Dokuments auf seinem Tablet. Ihm gegenüber stand eine kleine weiße Schachtel auf dem Küchentresen.

Mit einem Sandwich in der Hand nahm ich neben Vince Platz, schob den Karton ein wenig beiseite, aber nicht zu weit, und schielte immer wieder neugierig zu ihm hinüber. Schon an der Verpackung konnte man erkennen, dass dies kein günstiges Handymodell war. Einen Moment lang kämpfte ich mit mir selbst, um mich nicht wie ein übereifriges Kind zu benehmen – aber ich verlor das innere Duell schnell. Also legte ich das Sandwich zurück auf meinen Teller und nahm die Schachtel in die Hand.

Sicherheitshalber fragte ich Vincent: »Das ist für mich, ja?«

Mein Bruder sah mich an, blinzelte kurz und nickte dann, als wäre das offensichtlich. Ja, es war ein Geschenk für mich, und die Schachtel enthielt tatsächlich das neueste iPhone. Es sah perfekt aus. Die Farbe war als silber-granit beschrieben. Das Gerät schien flach und leicht, aber nicht zu leicht. Meine Güte, ich hatte jetzt schon Schiss, das Telefon überhaupt in die Hand zu nehmen – und gleichzeitig wollte ich alle Funktionen kennenlernen, die es zu bieten hatte, und zwar jetzt, auf der Stelle! Begeistert sah ich meinen Bruder an.

»Wow«, flüsterte ich.

Er schaute von seinem Tablet auf und schenkte mir ein Lächeln.

Vince lächelte?

Doppel-Wow!

In einem plötzlichen Anfall von Kühnheit, den ich mir selbst nicht zugetraut hätte, legte ich die Schachtel vorsichtig zurück auf den Tisch und stand auf. Als er das Scharren meines Stuhles hörte, hob Vincent den Kopf. Ich sah, wie er den Mund öffnete, um zu kommentieren, dass ich die Frechheit besaß, vom Tisch aufzustehen, obwohl ich noch nicht aufgegessen hatte – aber er schloss ihn, als ich um den Tisch herumging, um mich neben ihn zu stellen. Es entging mir nicht, dass er sich verspannte, denn ich drang eindeutig in seine Privatsphäre ein.

Mutig beugte ich mich vor und schlang meine Arme um seine Schultern.

»Danke«, flüsterte ich ihm ins Ohr, ignorierte die Kälte, die von ihm ausging, und umarmte ihn noch fester. Es war ein seltsames Gefühl – als würde ich einen Felsen umarmen oder einen toten Baumstamm. Nur dass weder Steine noch Bäume meine Geste erwidert hätten, Vince hingegen schon. Er drückte mich leicht und tätschelte mir sanft den Rücken.

»Aber gerne doch.«

Ich war Vince zum ersten Mal nähergekommen. War unser Bruder-Schwester-Band gerade ein wenig stärker geworden?

7

Der Engel

Ich mochte mein perfekt glattes Haar. Und obwohl ich früher oft gejammert hatte, dass ich lieber Locken hätte, konnte ich das, was ich auf dem Kopf hatte, wenigstens leicht bändigen. Meine ordentliche Frisur passte zu meiner adretten Uniform. Ich achtete sehr auf ein gepflegtes Aussehen. Nahm mir sogar ein Bügeleisen mit in mein Zimmer, um sicherzustellen, dass meine Blusen immer faltenfrei waren. Und das Binden meiner Schulkrawatte beherrschte ich dank YouTube-Tutorials einwandfrei.

Jedes Mal, wenn ich mich für die Schule zurechtmachte, schaute ich ein letztes Mal prüfend in den Spiegel, bevor ich zum Frühstück ging. Dabei stellte ich mir oft vor, wie meine Mutter auf meinen Anblick reagieren würde. Wahrscheinlich würde sie zuerst die Augen zusammenkneifen, um besser sehen zu können (sie hatte den Besuch beim Optiker immer vor sich hergeschoben), dann den Kopf schütteln und amüsiert pfeifen. Sie würde etwas Peinliches ausrufen, etwas, das Mütter nur dann zu ihren Kindern sagen, wenn sie von ihnen beeindruckt sind. Und dann würde sie ihre Arme ausbreiten und mich zärtlich an sich ziehen, dabei aber selbstverständlich darauf achten, meine Haare nicht zu zerzausen oder meine Jacke zu zerknittern.

An diesem Morgen verließ ich das Schlafzimmer so schnell wie möglich, da ich befürchtete, dass meine Phantasie mit mir durchgehen könnte und mir die Tränen in die Augen schießen würden. Das war schon ein paar Mal passiert, und der Kampf, mich wieder zu beherrschen und dann mein vom Weinen verquollenes Gesicht in Ordnung zu bringen, war zu zeitraubend, als dass ich mir solche Momente der Schwäche erlauben konnte.

In der Regel frühstückte ich allein. Meist wurde ich in der Küche zuerst von Eugenie begrüßt, die sich zu dieser Stunde mit der ersten Ladung Wäsche beschäftigte. In der Spüle stand fast jedes Mal eine StarWars-Tasse, die Vincent gehörte, was darauf hinwies, dass mein ältester Bruder als Erster auf den Beinen war. Entweder war er es oder Will, der von seinem Morgenlauf zurückkehrte, noch bevor die verschlafenen Zwillinge die Treppe heruntergetaumelt kamen. Gelegentlich hatte ich das zweifelhafte Vergnügen, Dylan zu begegnen, der mindestens dreimal pro Woche früher aufstand als ich – sogar früher als Will –, um im Gym zu trainieren.

Meiner bescheidenen Meinung nach hätten die Brüder Monet keine Schwester finden können, die einfacher zu handhaben gewesen wäre. Sie mussten nicht kontrollieren, ob ich meine Hausaufgaben machte, weil ich sie fleißig und freiwillig erledigte. Ich hing nicht auf ihrem Sofa rum oder beschlagnahmte ihren Fernseher, weil ich schlicht keine Lust hatte, mit ihnen um die Konsole oder die Fernbedienung zu kämpfen – ich ging davon aus, dass ich sowieso verlieren würde. Ich machte mich nicht über ihre Snacks her, weil ich seit einiger Zeit kaum noch Appetit hatte und mich zwingen musste, auch nur eine einfache Mahlzeit zu mir zu nehmen. Ich stellte nicht allzu viele Fragen, weil ich damit rechnete, dass ich, wie immer, keine Antworten bekommen würde. Meist zog ich mich zurück, war ruhig und unauffällig. Und wenn ich weinte, dann in meinem Zimmer und am späten Abend, damit sich meine Brüder nicht schuldig, peinlich berührt oder beschämt fühlen mussten. Was gab es also noch zu sagen – ich war die perfekte Schwester!

Meine Brüder sollten jedoch bald herausfinden, dass es so etwas wie eine perfekte Schwester nicht gibt.

Shane hatte montags und mittwochs nach der Schule Boxtraining, und ich stand dann in der Regel vor der Wahl, auf ihn zu warten oder mit Dylan und Tony nach Hause zu fahren. Natürlich nur, wenn sie an diesem Tag zufällig mit einem Fahrzeug gekommen waren, in dem ich ebenfalls Platz finden konnte. Aufs Motorrad würde ich auf keinen Fall steigen, hatte ich mir geschworen, aber es hatte in letzter Zeit ohnehin öfters geregnet, und Tony hatte immer seltener Lust, damit zu fahren.

Also hatte ich mit Shane ausgemacht, dass ich während seines Trainings in die Bibliothek ging und wir danach zusammen nach Hause fuhren. Es war mir hundertmal lieber, mich zwischen Bücherregalen zu verkriechen, als die Gesellschaft meiner beiden fiesesten Brüder in einem so kleinen, geschlossenen Raum wie einem Auto zu ertragen. Außerdem hatte die Schulbibliothek einen sehr entscheidenden Vorteil gegenüber der Bibliothek in der Monet-Villa – die Wahrscheinlichkeit, dass ich Vincent dort begegnete, ging gegen null. Hier konnte ich also eine Unterrichtsstunde lang meine Ruhe genießen.

Normalerweise hielt ich mich dort auf, um Hausaufgaben zu machen, Rezensionen für Bookstagram zu schreiben oder nach Lesestoff zu stöbern. Heute wollte ich mich aufs Lernen konzentrieren und setzte mich dazu auf meinen Lieblingsplatz: eine Bank, die zwischen einer Reihe hoher Bücherregale voller alter, vergessener Bände stand. Bei den meisten handelte es sich um dicke Wälzer über komplizierte Themen, so dass sich niemand hierher verirrte.

An diesem Tag jedoch war es anders, und so begannen die Probleme ihren Lauf zu nehmen.

In der Ecke, in der ich saß, tauchte ein Junge auf. Ich kannte ihn aus einigen meiner Kurse, also wusste ich, dass wir in einem Jahrgang waren. Mir war, als hätte ich mit ihm Mathe gehabt, aber ich war mir auch ziemlich sicher, dass wir zusammen Französisch belegten – was daran lag, dass ich mich an die letzte Textbesprechung erinnerte, bei der er nicht gerade geglänzt hatte.

Ich versuchte, mich auf meine Aufgabe zu konzentrieren, aber ich konnte nicht umhin, den Jungen anzuschauen. Ich konnte mich nicht an seinen Namen erinnern, und aus irgendeinem Grund wollte ich es plötzlich unbedingt. Er durchsuchte konzentriert ein Regal, in dem ein paar dicke Bücher standen. Gerade hatte er seinen Finger über den staubigen Rücken eines der dicksten Exemplare bewegt.

»Hm, hm«, murmelte er vor sich hin, und mich beschlich die Ahnung, dass er nicht hier war, um eine Lektüre auszuwählen.

Also beschloss ich, ihn zu ignorieren und mich auf meine Gleichungen zu konzentrieren; doch ich war mir seiner Anwesenheit immer noch bewusst. Schließlich wurde ihm seine Schauspielerei offenbar zu blöd, denn ich hörte ihn plötzlich sagen: »Oh, hey du!«

Am liebsten hätte ich mit den Augen gerollt, aber ich hielt mich zurück – ich war zu wohlerzogen. Also schaute ich ihn nur an und lächelte höflich. Wenigstens konnte ich ihn endlich offen ansehen.

»Hallo … «, sagte ich zögernd.

Vom Aussehen her glich er einem Engel. Und ich weiß, das klingt unglaublich kitschig und idiotisch, aber ich meine damit keineswegs, dass er irgendwie übernatürlich schön gewesen wäre. Aber mit seinen hellen Locken, den großen himmelblauen Augen und den Grübchen in den Wangen fehlten ihm nur noch die Flügel und ein Heiligenschein. Als Kind musste er superniedlich gewesen sein. Ich stellte mir vor, wie die Herzen der Erwachsenen bei seinem Anblick jedes Mal zuckerwattenweich wurden. Wahrscheinlich hatte er immer bekommen, was er wollte; und jetzt, als Teenager, wusste er erst recht um seine Wirkung. Er war ein echt süßer Typ.

»Du bist Hailie, oder?«, fragte er, wies mit dem Zeigefinger auf mich und schloss ein Auge, als ob diese Gesten ihm helfen würden, meinen Namen in seinem Gedächtnis zu finden.

Ich nickte.

»Das habe ich mir gedacht. Wir haben zusammen Französisch. Mein Name ist Jason, vielleicht erinnerst du dich.«

»Ja, klar.«

»Toll!«, sagte er sichtlich erfreut. »Ähm, ich war nur auf der Suche nach, du weißt schon, einem Buch.«

»Welchem denn? Vielleicht kann ich helfen«, bot ich an und drehte einen Stift zwischen meinen Fingern.

Jason winkte ab.

»Es ist bestimmt nicht hier.«

Ich nickte erneut und musste mich jetzt zwingen, nicht zu lachen.

»Aber cool, dass wir uns hier treffen.« Er verschränkte die Arme vor der Brust und lehnte sich seitlich gegen das Bücherregal. Seine betont lockere Haltung irritierte mich.

»Warum denn?«, fragte ich mit hochgezogenen Augenbrauen, aber ich konnte ein leichtes Lächeln nicht unterdrücken.

Der Typ amüsierte mich. Er versuchte, ganz locker zu tun, und drehte lässig zweimal den Kopf, um zu sehen, ob jemand, zum Beispiel einer der Monets, hinter seinem Rücken lauerte. Oder vielleicht sah er gar nicht deshalb hinter sich – es war schwer zu sagen und letztlich auch egal.

Meine amüsierte Reaktion musste Jason ermutigt haben, denn seine Mundwinkel hoben sich noch ein Stückchen.

»Du bist doch diejenige, die neulich gleich drei Einsen in Französisch bekommen hat, oder?«

»Ja, kann sein, und warum auch nicht?«

»Du bist echt gut!«

»Du eher nicht so?«, fragte ich neckisch.

»Ne. Ich hab kein Talent für Fremdsprachen.«

»Und Mathe?«, stichelte ich, denn ich erinnerte mich daran, dass wir im selben Kurs waren und dass er auch dort nicht besonders glänzte. Als ich sein überraschtes Gesicht sah, ruderte ich jedoch schnell zurück. »Entschuldigung, das war unhöflich.«

»Aber im Großen und Ganzen stimmt es. Schule nervt.« Er zuckte mit den Schultern, dann fuhr er fort: »Also, Hailie, die Sache ist die, dass Miss Dubois mir gesagt hat, ich solle mich zusammenreißen und endlich anfangen zu lernen und nicht alles bis zur letzten Minute aufschieben. Bla, bla, bla.«

Ich nickte, nicht im Geringsten überrascht.

»Echt, ich komme in Französisch gar nicht mit. Ich kann sagen, dass ich Käse mag, und das war's dann auch schon.«

Ich kicherte.

»Ehrlich«, fuhr er etwas lebhafter fort, als er sah, dass ich mich auf das Gespräch einließ. »J'aime le fromage. Und Ende.«

»Du könntest an deiner Aussprache arbeiten«, witzelte ich.

»Ich weiß, deshalb brauche ich Hilfe. Du wirst mir doch helfen, oder, Hailie?«

Das Lächeln verschwand augenblicklich von meinem Gesicht, und meine Augen weiteten sich ein wenig, als hätte Jason mich soeben gebeten, mit ihm gemeinsam die Leiche von Miss Dubois zu verstecken.

»Wieso, ähm, also nein, tut mir leid, ich weiß nicht …«, stammelte ich.

»O nein, bitte, pretty pretty please!« Jason faltete die Hände wie zum Gebet.

»Nein, Jason, ich kann wirklich nicht, ich …«

»Bitte!«, rief er flehentlich und lächelte noch breiter, was diese verdammten Grübchen in seinen hübschen Wangen noch vertiefte. Und dann fügte er hinzu: »Du bist meine einzige Hoffnung, sonst ist es aus für mich.«

Ich hätte es nicht wissen können, aber wenn ich Nein gesagt hätte, wäre absolut nichts passiert. Er hatte lediglich beschlossen, seinen Forderungen ein bisschen Dramatik zu verleihen, damit ich endlich zustimmte, und ich schäme mich, das zuzugeben, aber es funktionierte.

»Wobei brauchst du denn Hilfe?«, wollte ich wissen, seufzte und legte meinen Stift auf die Tischplatte.

Jason breitete die Arme aus, und ein triumphierendes Lächeln erschien auf seinem Gesicht.

»So ziemlich bei allem.«

»Okay, wir können uns hier treffen, sagen wir, am Mittwoch. Es sei denn, dir wäre nächsten Montag lieber … Was ist los?«, fragte ich, als ich sein Gesicht sah.

»An einem einzigen Nachmittag wirst du kein Genie aus mir machen können.«

Das wird sowieso nie passieren, dachte ich, aber ich sprach es nicht laut aus. Stattdessen hob ich meine Hände als Zeichen der Kapitulation. Dann schlug Jason vor, dass wir uns regelmäßig treffen sollten, und ich weiß nicht, wie es dazu kam, aber schließlich vereinbarte ich mit ihm Nachhilfeunterricht zweimal pro Woche. Zweimal in der Woche! Ich wählte Tage und Uhrzeiten aus, an denen Shane beim Boxtraining und die anderen Monet-Brüder außerhalb des Schulgeländes waren – und erst später fragte ich mich, ob die Regel »keine Jungs« in diesem Fall überhaupt galt. Schließlich sollten meine und Jasons Treffen nur dem Lernen dienen. Das war ja kein Date.

Ich hatte nicht die Absicht, irgendwas mit ihm anzufangen, und dennoch das sichere Gefühl, dass meinen Geschwistern unser Arrangement nicht gefallen würde. Von dieser Ahnung getrieben, beschloss ich, ihnen nichts davon zu erzählen. Ich fühlte mich nicht schuldig, weil ich nichts falsch gemacht hatte. Ich hatte auch niemanden angelogen. Wie vereinbart ging ich an Shanes Boxtraining-Tagen in die Bibliothek und lernte. Nur wurde ich dabei von einem Mitschüler begleitet …

Das ging etwa drei Wochen lang so. In dieser Zeit stellte ich fest, dass mir die Treffen mit Jason Spaß machten. Und ich merkte, dass ich mich sogar im Stillen darauf freute. Es war das erste Mal, dass ich eine Art Beziehung zu einem Jungen hatte. Ich war immer zu schüchtern gewesen, um die Aufmerksamkeit eines Jungen zu erregen, und selbst wenn ich es schaffte, konnte ich sie nicht halten. Also zog ich es vor, zu lesen und mir vorzustellen, dass sich jemand irgendwann für mich interessieren würde, wie es in all den unschuldigen Liebesromanen beschrieben war. Und beschloss, dass es am besten war, gar nicht daran zu denken. Schließlich waren Bücher tausendmal besser als Jungs! Sie hatten mir noch nie Kummer bereitet, waren nie unfreundlich zu mir gewesen, und sie hatten mich immer aufgemuntert.

Doch jetzt wollte ich dem Ganzen eine Chance geben, denn Jason schenkte mir etwas, das ich im Moment dringend brauchte und von dem ich nicht viel hatte: Aufmerksamkeit. Einfach so, entspannt und ungezwungen. Das war nichts im Vergleich zu der lockeren Freundschaft, die zwischen mir und Mona und Audrey heranwuchs. Die Mädchen waren schon lange befreundet, und obwohl wir gut miteinander auskamen, fühlte ich mich manchmal wie das fünfte Rad am Wagen. Ich hatte nichts beizusteuern, wenn sie von Erlebnissen erzählten, bei denen ich nicht dabei gewesen war; und ich fühlte mich noch nicht bereit, sie außerhalb der Schule zu treffen. Es hätte einer vorherigen Absprache mit meinen Brüdern bedurft, und ich vermied immer noch jeden unnötigen Kontakt mit ihnen. So oder so musste ich sie schon mit Bitten um Mitfahrgelegenheiten nerven, was angesichts der Tatsache, dass wir mitten im Wald wohnten, jedes Mal notwendig war, wenn ich in die Stadt oder sonst wo hinwollte.

Mit Jason hingegen war alles so viel einfacher. Er mochte mich, das wusste ich, weil er offen darüber sprach, und ich wurde jedes Mal rot, weil ich ihn tief in meinem Inneren auch mochte. Es störte mich nicht mal, dass er ein extrem widerspenstiger Schüler war. Ständig musste ich bei meinen Vorträgen über französische Grammatik um seine Konzentration kämpfen. Auch beim Vokabellernen sträubte er sich, und ich tat so, als ob ich sauer auf ihn wäre – doch in Wirklichkeit machte es mir nichts aus, wenn wir nicht über die Schule, sondern unser Privatleben sprachen.

Heute saßen wir mal wieder in unserer Lieblingsecke, umgeben von Büchern und dem Geruch von Papier. Mit einem Stirnrunzeln blätterte ich durch seine letzte Französischklausur, für die er eine miese Note bekommen hatte.

Ich seufzte.

»Hast du bei mir überhaupt etwas gelernt?«, stöhnte ich verzweifelt.

»Klar, ich habe doch bestanden!«, antwortete er.

Ich sah ihn prüfend an, aber er schien es ernst zu meinen. Er war nicht daran interessiert, den Stoff zu wiederholen, und wollte nicht einmal etwas von einer Überarbeitung hören, um eine bessere Note zu bekommen. Da dämmerte mir, dass Jason sich nicht um Französisch scherte.

»Meinst du, deine Brüder hätten etwas dagegen, wenn wir beim Mittagessen zusammensitzen?«, platzte er plötzlich heraus und zerknüllte dabei die miserable Klausur, die ich ihm zurückgegeben hatte.

»Meine Brüder?«, wiederholte ich, als ob ich zum ersten Mal davon hörte, dass ich Geschwister hatte.

»Ähm, ja, die Monets.«

»Also …« Ich zögerte und biss mir auf die Lippe. »Ich weiß es nicht. Schon möglich. Ich meine, ich glaube, sie wären nicht erfreut darüber.«

»Verdammt, das ist echt scheiße!«, rief er aus. »Auch wenn ich mehr Zeit mit dir verbringen wollte, würde es nicht funktionieren, richtig?«

Mein Herz klopfte bei seinen Worten heftiger. Ich verspürte den plötzlichen Drang, meine Hand auf seine Brust zu legen und ihm zu versprechen, dass es kein Problem sei und dass wir uns unbedingt treffen sollten – aber die Vernunft siegte. Mir war schon unbehaglich dabei, meine Brüder darum zu bitten, mich zu einer Verabredung mit Mona und Audrey zu fahren. Da würde ich mich erst recht nicht trauen, ihnen von einem Schulkameraden zu erzählen, den sie wahrscheinlich automatisch als ein Date betrachten würden.

»Es ist besser, wenn sie nicht wissen, dass wir uns treffen«, sagte ich entschieden. »Glaub mir. Besser für mich, besser für dich.«

Mit diesen Worten beendete ich das Thema. Unwillkürlich fragte ich mich, was passieren würde, wenn einer meiner Brüder uns hier erwischen würde. Wir trafen uns nicht oft, nur zweimal pro Woche seit weniger als einem Monat. Die Bibliothek schien ein sicherer Ort zu sein. Hier tauchte kaum jemals ein Schüler auf.

Zumindest dachte ich das damals.

Und so mussten wir uns mit WhatsApp-Nachrichten begnügen. Wir schrieben so häufig, dass ich ihn vorsichtshalber als »Jenny aus Frankreich« in meine Kontaktliste einspeicherte, damit keiner meiner Brüder zufällig mitbekam, dass ich mit einem Typen schrieb. Ich kannte nicht einmal eine Jenny, aber das war vollkommen unwichtig. Wichtiger war das Lächeln auf meinem Gesicht und die Wärme in meinem Herzen, die jedes Wort, das Jason mir schrieb, auslöste. Oft musste ich am Küchentisch ein Grinsen über die Memes verbergen, die er mir schickte. Ich bekam ihn nicht mehr aus dem Kopf, auch wenn wir meist nur über albernen Kram sprachen. Ich konnte mit ihm nicht über ernstere Themen reden; noch vertraute ich ihm nicht genug.

Es passierte an einem der Abende unter der Woche. Es muss ein Dienstag gewesen sein, denn am nächsten Tag hatte ich wieder eines meiner Treffen mit Jason, bei dem ich ihm endlich offenbaren wollte, was mich beschäftigte.

Ich ging in die Küche, um mir ein Glas Wasser für die Nacht zu holen. Normalerweise hatte ich immer eine Flasche mit gefiltertem Wasser am Bett, aber ich musste sie wohl in meinem Schulspind oder im Auto gelassen haben, denn ich konnte sie nicht finden. Also trat ich auf den düsteren, schwach beleuchteten Korridor hinaus und tapste leise, Stufe für Stufe, die Treppe hinunter. Da sah ich ihn.

Tony kam in zügigem Tempo den Flur entlang. Sein Gesicht war eine Grimasse, und seine Hände hatte er zu Fäusten geballt. Er sah bedrohlich und gereizt aus. Ein bedrohlicher und gereizter Tony war zwar nichts Neues, doch diesmal fiel mir noch etwas auf: seine geröteten Wange und sein Hemd. Sein aufgeknöpftes Hemd, das einen muskulösen Bauch und weitere Tätowierungen enthüllte. Sein Hemd, das an einigen Stellen mit etwas Rotem verschmiert war.

In diesem Moment wünschte ich mir, ich würde in einem Zeichentrickfilm leben, dann hätte ich annehmen können, dass es sich um getrockneten Ketchup handelte. Doch stattdessen lief ein Schauer des Entsetzens über meinen Körper. Als Tony sich mir näherte, sah ich, dass sein Hemd zerrissen war. In seinem Gesicht waren jedoch außer der geröteten Wange und der sichtbaren Wut keine weiteren Anzeichen einer Verletzung zu sehen. Abgesehen von ein paar Kratzern und den aufgeschürften Fingerknöcheln sah er unversehrt aus.

Kurz überlegte ich, ihn zu fragen, was los war. Vielleicht war es etwas Ernstes, und er brauchte Hilfe. Doch je kleiner der räumliche Abstand zwischen uns wurde, desto stärker spürte ich den Groll, der von ihm ausging, so dass ich schließlich kein Wort herausbrachte.

Ich betete, dass Tony auf direktem Weg zu seinem Zimmer war, doch als ich seine lauten Schritte direkt hinter mir hörte, kniff ich verzweifelt die Augen zusammen. Er war auf dem Weg nach unten. Er folgte mir. Instinktiv beschleunigte ich meine Schritte, obwohl etwas in meinem Kopf schrie, mich ganz natürlich zu verhalten. Aber ich konnte nicht anders, schließlich war mir ein offensichtlich aufgebrachter Typ in einem blutigen Hemd auf den Fersen. Ich hatte allen Grund, in Panik zu geraten.

Als er direkt hinter mir war, rutschte mein Fuß von der Stufe ab. Ich verlor das Gleichgewicht, hatte keine Chance mehr, mich am Geländer festzuhalten, und fiel. Mein Herz schlug mir bis zum Hals, und ich wartete auf den Aufprall, auf den Schmerz – aber nichts passierte. Stattdessen spürte ich einen festen Griff an meiner Schulter. Einen Griff, der wahrscheinlich einen blauen Fleck hinterlassen würde, aber das war nichts im Vergleich zu dem, was mir hätte passieren können, wenn ich die Treppe hinuntergefallen wäre. Tony hielt mich mit der Hand fest, auf der sein düsteres Tattoo prangte, und für den Bruchteil einer Sekunde starrte ich mit wild hämmerndem Herzen in die leeren Augenhöhlen des schwarzen, gestochenen

Schädels. Doch bevor ich meinen Blick heben und meinem Bruder ins Gesicht sehen konnte, hatte er mich schon losgelassen und war an mir vorbeigehastet.

»Pass auf, wo du hintrittst«, knurrte er nur und verschwand in Richtung Küche.

Ich hing jetzt nah am Geländer und klammerte mich so verzweifelt daran fest, als ob ich gerade über einem Abgrund geschwebt hätte. Das war alles zu viel für mich. Ich atmete tief durch, um mich zu beruhigen, und beschloss, dass ich diese Nacht kein Wasser brauchte. Dann drehte ich mich langsam um, wobei ich mich immer noch am Geländer festhielt, und kletterte langsam die Treppe hinauf. Als ich die Schlafzimmertür hinter mir schloss, ließ ich mich neben dem Bett auf den Boden sinken. Mir war zum Schreien zumute. Warum musste mein Leben nur so gruselig sein?

8

Das Imperium

Tony erwähnte die Situation vom Vorabend mit keinem Wort, als wir uns am nächsten Tag beim Frühstück trafen. Das überraschte mich nicht, schließlich war es für ihn zur Tradition geworden, jeden Kontakt mit mir zu vermeiden. Doch dieses eine Mal hätte er sich eingestehen können, dass ich zumindest eine kurze Erklärung verdient hatte. Damit ich mir keine Sorgen machen musste, mit einem Psychopathen unter einem Dach zu leben. Oder mit fünf.

Diese Gedanken fingen an, mich mehr zu belasten, als mir lieb war, und ich war sicher, dass sie für die häufigen Migräneanfälle verantwortlich waren, die mich in letzter Zeit plagten. Also beschloss ich, dass es an der Zeit war, mit jemandem darüber zu sprechen. Aber als ich in meinem Kopf ein kleines Casting für den geeignetsten Zuhörer veranstaltete, gewann leider niemand.

Meine Brüder schieden schon in der ersten Runde aus. Dylan und Tony waren nicht einmal dazu eingeladen worden. Mona und Audrey hingegen standen mir nicht nahe genug. Wenn ich ihnen von meinem Bruder erzählte, der nachts in einem blutigen Hemd durchs Haus wandelte, würden sie es gewiss nicht gut aufnehmen. Sie würden wahrscheinlich ausflippen und es ihren Eltern erzählen, und ich würde die Monets wieder verlassen müssen und bei einer Pflegefamilie landen. Bei meinen Brüdern herrschte vielleicht keine gemütliche, familiäre Atmosphäre, aber ich wusste nicht, ob ich eine weitere Veränderung, noch einen Umzug und noch ein Zusammentreffen mit einer neuen Familie überleben würde.

Deshalb erzählte ich Jason, was passiert war. Er war zwar nicht der geeignetste Kandidat, aber er war beim Casting als Letzter rausgeflogen, also entschied ich mich für ihn und beschloss, nicht zu sehr ins Detail zu gehen. Ich würde ihm nur grob die Situation schildern.

»Ich weiß nicht, ob er wieder Leute verprügelt«, sagte ich zu Jason und starrte auf meine Hände. »Vielleicht ist es normal, dass er in blutigen Klamotten durchs Haus läuft?«

»Womöglich war es nur Farbe? Vielleicht hat er etwas gemalt?«, kicherte Jason. Er reagierte auf meine Geschichte mit weit weniger Besorgnis, als ich erwartet hätte. »Wieso schaust du so? Es heißt, er sei gut in künstlerischem Zeug. Ich habe gehört, dass er seine Tattoos selbst entworfen hat.«

»Sein Hemd war zerrissen«, betonte ich und zog dann die Augenbrauen hoch. »Moment, was? Er hat sie tatsächlich selbst gezeichnet?«

»Ja, und nicht mal schlecht«, nickte Jason. »Und was das zerrissene Hemd angeht: Vielleicht wurde es ja hitzig mit einer Frau ... mit der er danach im Bett gelandet ist, könnte doch sein, oder nicht?«

Ich warf ihm einen säuerlichen Blick zu. Einerseits ärgerten mich Jasons alberne Ideen, weil sie vom Ernst der Lage ablenkten, andererseits beruhigte mich seine entspannte Herangehensweise ein wenig.

»Er sah wütend aus«, fügte ich hinzu.

»Vielleicht war der Sex scheiße?«

Ich sah Jason einen Moment lang an, dann brach ich in Gelächter aus. Vielleicht war das genau, was ich brauchte. Einfach nur lachen. Ich war froh, dass es eine Erklärung für Tonys Verhalten geben könnte. Auch wenn sie kaum nachvollziehbar, unsinnig und unwahrscheinlich war, zog ich es vor, sie eher zu glauben als die Version, in der eine weitere Schlägerei vorkam.

Als ich einmal angefangen hatte, mit Jason über meine Brüder zu reden, konnte ich kaum noch aufhören. Ich hatte das dringende Bedürfnis, über das Leben mit meinen fünf neuen, zwielichtigen Geschwistern zu sprechen, und – o mein Gott – was war das für eine Erleichterung!

»Mona und Audrey haben mir erzählt, dass es alle möglichen Gerüchte über meine Brüder gibt«, sagte ich. »Weißt du, was für welche?«

»Soll ich dir etwa glauben, dass du es den beiden nicht aus der Nase gezogen hast?«, wunderte er sich.

»Ich wollte vor ihnen nicht zugeben, dass ich das Wissen über meine eigenen Geschwister ausschließlich von irgendwelchen Leuten habe«, gestand ich und schlang verlegen die Arme um mich. »Das alles ist mir ein bisschen peinlich, vor allem, weil die ganze Schule weiß, dass ich die fünf gerade erst kennengelernt habe.«

Jason nickte verständnisvoll, rutschte näher an mich heran und umarmte mich, was eine so nette Geste war, dass ich mich sofort entspannte. Mir wurde bewusst, wie angespannt ich die ganze Zeit gewesen war.

»Das ist wirklich eine blöde Situation«, gab er zu und räusperte sich. »Das Problem mit den Monets ist, dass man nie weiß, was man glauben soll und was nicht. Ständig taucht ein Gerücht auf, und dann wird es aufgeblasen, und deine Brüder lachen den Leuten ins Gesicht, ohne es zu bestätigen oder zu leugnen. Deshalb ist alles an ihnen so mysteriös. Und dieses Image scheint ihnen ganz gut in den Kram zu passen.«

»Ja, das ist schon ziemlich clever«, seufzte ich und schmiegte mich für einen Moment an meinen neuen Freund. Vielleicht hätte ich es sogar gewagt, meinen Kopf an seine Schulter zu legen, wäre da nicht der widerliche Zigarettengeruch gewesen, der an seinem Hemd hing.

»Hast du versucht, irgendwas über sie zu recherchieren? Hast du sie gegoogelt oder so?«

»Äh … nun ja, nein.« Ich zögerte, bevor mir einfiel, warum ich das nie getan hatte. »Ich will nicht, dass sie es herausfinden. Es könnte ja bei den Suchergebnissen aufploppen oder so.«

Ich erinnerte mich noch daran, wie Vince gleich zu Beginn meines Aufenthalts bei den Monets entdeckt hatte, dass ich im Internet nach Informationen über Waffengesetze gesucht hatte. Da das Smartphone ein Geschenk von ihm gewesen war, fürchtete ich, dass er auf wundersame Weise auf meine Suchhistorie zugreifen konnte, auch wenn ich nicht im Villa-WLAN war.

»Kann schon sein, aber es ist eher unwahrscheinlich, dass sie auch mein Handy kontrollieren.« Jason lachte mit einem spielerischen Funkeln in den Augen, als er sein Telefon aus der Tasche fischte und es mir vor die Nase hielt. Dann entsperrte er es und öffnete den Browser, wobei sein Finger über der Tastatur schwebte. »Was wollen wir als Erstes eingeben?«

Ich schluckte und spannte mich wieder an. Ängstlich schaute ich mich um, aber niemand schien uns zu beobachten. Wir befanden uns in einer perfekt abgeschirmten Ecke der Bibliothek, und das Nest, das wir uns hier gebaut hatten, war so gemütlich, dass ich mir keinen besseren Ort für diese Online-Recherche hätte aussuchen können.

»Vincent Monet«, flüsterte ich in einer Mischung aus Aufregung und Furcht. Ich spürte, wie sich eine Gänsehaut auf meinen Armen bildete.

Jasons Finger tippten folgsam den Namen meines Bruders in die Suchleiste.

Ich weiß nicht, was ich zu finden erwartet hatte. Was sich unseren Augen bot, war eine lange Liste von Artikeln: die meisten geschäftlicher Art, aus denen ich nur entnehmen konnte, dass Vincents Einfluss in der Businesswelt kontinuierlich und sukzessive zunahm. Einer von ihnen zeigte sogar ein Foto meines Bruders, wie er in einem schwarzen Anzug und mit seinem üblichen emotionslosen Gesicht einem blonden Mann mit Halbglatze, der gut drei Jahrzehnte älter war als er, die Hand schüttelte. Der Mann trug einen grau karierten Anzug, der neben Vincents klassischem Suit extravagant aussah.

»Das Imperium …«, murmelte ich vor mich hin. Das Wort erregte meine Aufmerksamkeit, da es an verschiedenen Stellen im Artikel wiederholt wurde. Das Monet-Imperium. Meine Brüder besaßen also ein Wirtschaftsimperium! Es klang so mächtig und erhaben, dass mir wieder ein Schauer über den Rücken lief.

»Vielleicht wäre es besser, nach einem der anderen Brüder zu suchen?«, schlug Jason vor, der es sichtlich leid war, Artikel über die Erfolge des jungen Geschäftsmannes zu lesen. Vielleicht hatte er Minderwertigkeitskomplexe, weil er nicht einmal in der Schule mitkam.

Ich veränderte meine Haltung, um bequemer zu sitzen, und leckte mir über die Lippen, weil mich unsere kleine Ermittlung noch mehr aufregte als die Unterhaltungen mit Vince und Tony.

»Zeig mir das!«, flüsterte ich, als in einer Reihe ähnlicher Artikel einer auftauchte, der den Tod des Oberhauptes der Familie Monet meldete.

Er war kurz und sachlich geschrieben und enthielt absolut keine brauchbaren Details. Er berichtete über einen Autounfall, bei dem Camden Monet an Ort und Stelle ums Leben gekommen war. Das angehängte Bild zeigte ein zertrümmertes Auto – einen dieser Sportwagen, die auch seine Söhne so liebten. In einer weiteren Notiz hieß es, dass alle Geschäfte des Verstorbenen von seinem ältesten Sohn, Vincent Monet, übernommen würden und dass Camdens jüngerer Bruder und Partner, Montague »Monty« Monet, ihm als Berater zur Seite stehen würde. Ganz unten prangte der kitschige Spruch: »Er wird immer in unseren Herzen weiterleben«.

Sie haben bestimmt eine ähnliche Inschrift auf seinem Grabstein eingravieren lassen, dachte ich. Und dann scrollte Jason weiter nach unten, wo ein Schwarzweißfoto des Mannes zu sehen war, der mein Vater gewesen war.

Unwillkürlich nahm ich Jason das Handy aus der Hand, und er ließ mich schweigend gewähren. Ich hielt es mit beiden Händen fest und starrte das Foto an. Ließ meinen Blick über ein Gesicht schweifen, das von einigen wenigen Falten gezeichnet war, und nahm jedes Detail in mich auf. Alles an meinem Vater war dunkel: sein Haar, sein Bart und seine Augen. Er lächelte leicht, zog dabei einen Mundwinkel hoch. Manchmal lächelten meine Brüder ähnlich, und dieser Mann hatte etwas an sich, das mich an jeden einzelnen von ihnen erinnerte. Oder vielleicht bildete ich mir das auch nur ein. Camden Monet hatte, trotz der offensichtlichen Freundlichkeit, die auf seinem Gesicht zu sehen war, eine Rohheit in seinen Zügen. Etwas, das meinen Magen schmerzhaft zusammenkrampfen ließ.

»Hailie«, flüsterte Jason auf einmal und zog abrupt seinen Arm hinter mir weg.

Ich war enttäuscht, weil ich die Nähe zu ihm genossen hatte. Doch als ich den Blick hob, verstand ich, warum er sich so plötzlich von mir zurückgezogen hatte. Ich entdeckte Shane, der etwa drei Meter entfernt stand und uns grimmig anstarrte.

Ich gab Jason sein Handy zurück und begann, mich unbeholfen aufzurichten. Die Gedanken an das Foto waren wie weggewischt.

»Shane!«, rief ich mit einer viel zu hohen, schrillen Stimme und fragte: »Bist du schon fertig mit dem Training?«

Der mörderische Blick, den mein Bruder Jason zugeworfen hatte, richtete sich nun auf mich.

»Ich habe mir das Handgelenk verstaucht.«

Eine seiner Hände war zur Faust geballt, und die andere war in einen Verband gewickelt. Sein Haar war zerzaust und feucht, wahrscheinlich noch schweißnass, und er hatte sich seine schwarze Jacke unachtsam über die Schulter geworfen.

»Es ist doch nichts Ernstes, oder?«

»Was zum Teufel macht ihr beiden da?«, fragte er kalt.

»Äh, ich helfe Jason mit Französisch«, erklärte ich viel zu hastig.

»Mit Französisch, ja?«

Shane zuckte zusammen, und seine angespannte Hand zitterte.

»Ich weiß, was du jetzt denkst, aber es ist wirklich nur Schulkram …«, versuchte ich, mich zu verteidigen.

»Hailie hilft mir sehr. Seit wir zusammen lernen, läuft es ohne Probleme«, warf Jason ein, und ich hätte schwören können, dass ihm Schweißtropfen auf der Stirn standen, als er leiser hinzufügte: »Also, ich bestehe die Tests und so.«

Shanes Augen glichen nun schmalen Schlitzen, und er machte einen Schritt vorwärts.

»Das ist also nicht das erste Mal, ja?«

»Wieso erstes Mal?« Jason schluckte, wohl weil er begriff, dass er alles nur noch schlimmer machte. »Ich meine ... «

Shane machte einen Satz nach vorn, und ich stürzte mich, ohne zu überlegen, auf ihn. Glücklicherweise hatten wir uns beide noch so weit unter Kontrolle, dass wir innehielten. Wir blieben mit dem Gesicht zueinander stehen, ich bereit, mich mit meinem ganzen Körper gegen meinen Bruder zu stemmen, während er irgendwo über meine Schulter hinweg mit dem Finger auf Jason zeigte.

»Noch ein Wort, du kleiner Pisser, und ich puste dir die Birne weg.«

»Shane, es geht hier nicht um – «, protestierte ich erschrocken.

»Und du hältst den Mund, kleines Mädchen«, zischte er mir zu, um mich zum Schweigen zu bringen; wenn auch nicht mit seinen Worten, so doch mit der schieren Kraft seines Blicks.

Also sagte ich nichts mehr, um die Situation nicht noch schlimmer zu machen. Ich hörte ein Rascheln, als Jason seine Sachen zu packen begann – und nachdem ich mich vergewissert hatte, dass Shane sich unter Kontrolle hatte, drehte ich mich um, um meine Tasche zu holen. Jason und ich hatten beide den Kopf gesenkt, ich erhaschte nur einen flüchtigen Blick auf ihn. Er öffnete kurz den Mund, und ich horchte auf, aber ich erfuhr nicht, was er mir zuflüstern wollte, denn mein Bruder knurrte: »Wag es ja nicht, mit ihr zu sprechen. Sonst knalle ich dich ab.«

Ich sah schockiert, wie Jason auf dem Weg nach draußen einen harten Schlag von meinem Bruder kassierte. Mir war zum Weinen zumute, und ich begann, schnell ein paar komplizierte Zahlen in meinem Kopf zu multiplizieren. Ich hatte einmal gelesen, dass das hilft, die Tränen zu unterdrücken, weil während des Rechnens eine andere Gehirnhälfte aktiv sein soll, oder so. Eine Zeit lang funktionierte das auch, aber als ich wortlos über den Parkplatz lief und mein Bruder mir auf den Fersen blieb, spürte ich, wie mein Kinn zu zittern begann.

Auf der Heimfahrt sprach ich kein Wort, da ich die Situation nicht weiter anheizen wollte. Shane war wohl ebenfalls nicht nach Plaudern, denn er hatte eine Rap-Playlist angeschaltet. Ich nahm das als Erlaubnis, meine Gedanken schweifen zu lassen. Ob Shane Vincent alles erzählen würde? Mich schauderte bei dem Gedanken. Wem machte ich etwas vor, natürlich würde er es ihm sagen. Ich war am Arsch.

Zu Hause ging ich widerwillig in die Küche, um zu Abend zu essen, aber ich kriegte keinen Bissen herunter. Shane war irgendwohin verschwunden, und so saß ich allein an dem großen Tisch und fragte mich, was wohl als Nächstes mit mir geschehen würde. Ich musste nicht lange darauf warten, dass über mein Schicksal entschieden wurde, denn nach etwa zehn Minuten betrat Vincent den Raum.

Er sah so perfekt aus wie immer. Dem durchschnittlichen Beobachter mochte auffallen, dass Vince immer gleich aussah: ernst und elegant. Tatsächlich änderten sich nur die Farben seiner Hemden, und auch die waren nicht allzu extravagant. Meistens trug er Weiß, manchmal Grau, ein paar Mal sah ich ihn in Blau oder Marineblau. Heute hatte er sich für Schwarz entschieden. Er wirkte wie ein Richter, der sein Urteil über mich gefällt hatte.

Mir graute es, und ich senkte meinen Blick auf den Teller mit meinem Essen; wagte nicht, ihm ins Gesicht zu sehen. Sicher wusste er bereits, was in der Schule vorgefallen war. Erst jetzt wurde mir richtig bewusst, dass ich eine seiner Regeln gebrochen hatte. Ich hatte mich mit einem Jungen getroffen, obwohl Vincent mich ausdrücklich darauf hingewiesen hatte, dass er das nicht dulden würde. Und dann hatte Shane auch noch gesehen, wie wir uns umarmt hatten!

Vince steuerte auf den Stuhl zu, der mir gegenüberstand. In einer langsamen Bewegung rollte er die Manschetten seines Hemdes auf, schob den Stuhl zur Seite und setzte sich dann, wobei er mit der Hand, an der er den Siegelring trug, seine Krawatte auf Brusthöhe festhielt. Ich hatte gar nicht bemerkt, dass er eine trug, denn sie verschmolz fast vollständig mit dem Schwarz seines Hemdes. Er richtete sich auf, so dass er gerade saß und seine Hände lässig auf der Tischplatte vor sich falten konnte. Dann räusperte er sich, hob schließlich würdevoll das Kinn und begann, mich mit dem kühlen Blick seiner blauen Augen zu quälen.

Gott, kann er mich bitte einfach nur anschreien?

»Hast du mir etwas zu sagen, liebe Hailie?«, fragte er nach einer Weile mit tiefer, stählerner Stimme.

Ich war verzweifelt, weil ich es nicht ertrug, seinen Blick zu erwidern, also schaute ich weiter auf meinen Teller und stocherte im Essen herum, unfähig, auch nur ein Wort herauszubringen. Vincent, der im Allgemeinen geduldig zu sein schien, konnte es wohl nicht leiden, ignoriert zu werden, denn seine Stimmung schlug unerwartet schnell in Ärger um. Plötzlich beugte er sich über den Tisch und zog mir mit einer heftigen Bewegung den Teller unter der Nase weg. Ich erschrak und ließ die Gabel fallen. Sie fiel mit einem lauten Klirren auf die Tischplatte.

Vincent erzielte den gewünschten Effekt – ich hob meinen Kopf und erwiderte seinen Blick.

»Wenn ich dir eine Frage stelle, erwarte ich auch eine Antwort«, sagte er.

Was mich am meisten an ihm nervte, war, wie gut er seine Wut kontrollieren konnte. Er handelte nicht unüberlegt, sondern war stets berechnend und kühl. Selbst das Wegziehen meines Tellers war eine bewusste, wohlüberlegte Handlung. Mir sträubten sich die Nackenhaare. Eine wenig beruhigende, leise Stimme flüsterte mir ins Ohr, dass es immerhin besser sei, es mit einem so perfekt beherrschten Mann zu tun zu haben als mit einem unberechenbaren Verrückten.

»Ich habe dir nichts zu sagen«, antwortete ich mit heiserer Stimme und räusperte mich.

Das war wahrscheinlich das Ehrlichste, was ich bisher zu ihm gesagt hatte.

»Gut.« Vincent nickte kühl. »Dann lass es mich anders ausdrücken. Sag mir bitte, welche der Regeln, die ich dir bei deiner Ankunft erklärt habe, du in letzter Zeit gebrochen hast.«

Er würde nicht aufgeben, bis ich eingestand, dass ich mich mit Jason traf, also seufzte ich frustriert und antwortete: »Du weißt es doch eh schon …«

»Ich möchte es von dir hören.«

Die Zwillinge betraten die Küche. Einerseits war ich froh, dass Will nicht dabei war, und andererseits vermisste ich ihn, denn von allen Brüdern konnte ich bei ihm am meisten auf Unterstützung hoffen. In Wirklichkeit war ich aber einfach nur froh, dass Dylan nicht dabei war.

Die Jungs türmten Berge von Nudeln auf ihre Teller und setzten sich an den Tisch, als sei nichts geschehen. Ich wollte tief durchatmen, aber alles, was ich zustande brachte, war ein verzweifeltes, krampfhaftes Einatmen.

»Vor einiger Zeit hat Jason, ein Mitschüler aus meinem Französischkurs, mich gebeten, ihm zu helfen, den Stoff nachzuholen. Er hätte durchfallen können, also wollte ich ihm behilflich sein.«

»Verschon uns, Hailie. Ich habe gesehen, wie eure Nachhilfe abgelaufen ist«, warf Shane über seinen Teller hinweg ein.

»Französisch? Wohl eher French Kisses«, sagte Tony spöttisch und stopfte sich den Mund mit Pasta voll.

Da ich es nicht wagte, Vincent anzusehen, blickte ich irritiert zu den Zwillingen.

»Wir haben uns nicht geküsst.«

»Gut, lasst uns das in Ruhe klären. Du hast dich heimlich mit einem Jungen getroffen«, begann mein ältester Bruder.

»Ich sehe diesen Loser manchmal in der Schule. Er scheint ein bisschen daneben zu sein. So ein Sonnyboy.« Tony sah aus, als machte es ihm Spaß, weiter auf mir rumzuhacken.

»Das stimmt nicht, er ist wirklich nett!«, protestierte ich.

»Ernsthaft, verschon uns mit diesem Scheiß, Hailie«, wiederholte Shane und sah mich mitleidig an, was mich nur noch wütender machte und dazu brachte, mit der Faust so fest auf den Tisch zu schlagen, dass er bebte.

»Verschon du mich, Shane!«, schrie ich.

Ich ließ mich leicht aus der Ruhe bringen; leider zu leicht. In dem Moment, als die Worte aus meinem Mund kamen, bereute ich sie bereits. Ich hatte die Situation definitiv verschlimmert, denn auf meinen Ausbruch folgte Schweigen. Shane verstummte, hob spöttisch die Augenbrauen und senkte den Blick, um sich auf sein Mittagessen zu konzentrieren, Tony starrte mich mit einem gemeinen Lächeln an, und Vincent ... Vincent stand auf und bewegte sich ganz langsam auf mich zu.

Beim Anblick seiner hoch aufragenden Silhouette erstarrte ich und verfluchte mich innerlich.

Warum konnte ich nicht anders mit der Situation umgehen? Warum wurde ich so aufbrausend? *Verdammt!* Anstatt Vincent zu beschwichtigen, zu überzeugen, zu beruhigen, musste ich den Weg des größten Widerstandes gehen und austicken? Bei meiner Mutter oder Großmutter hatte ich kaum jemals zurückgepampt, weil ich wusste, dass ich keine Chance hatte, da heil wieder rauszukommen. Meine Mutter konnte superstreng sein. Und bei meinen Brüdern, die ein ähnliches unverschämtes Verhalten seit jeher nicht zu dulden schienen, konnte ich damit sicher auch nichts gewinnen.

Du hast dir einen wirklich hervorragenden Zeitpunkt ausgesucht, um das zu testen, Hailie, schimpfte ich innerlich mit mir.

Der Stuhl neben mir wackelte. Ich traute mich nicht aufzuschauen, aber ich wusste, dass Vincent sich gerade gesetzt hatte. Er war mir so nah, dass ich sein Eau de Toilette riechen konnte. Es roch nach Eis – oder war das meine Phantasie, die verrücktspielte?

»Lass uns etwas klarstellen, Hailie«, begann er in bedrohlichem Tonfall. Mit zwei Fingern hob er mein Kinn an und zwang mich so, Augenkontakt mit ihm zu halten. »Du bist nicht in der Position, frech zu werden. Also sei vorsichtig mit deinen Worten. Und mit dem, was du tust. Verstanden?«

Das passte mir ganz und gar nicht. Aber als ich in seine kalt funkelnden Augen schaute, konnte ich nicht wegsehen. Es war, als würden sie mich hypnotisieren. Deshalb nickte ich nur und schwieg.

»Gut«, sagte er und zog seine Hand weg. »Jetzt sag mir, was du tun wirst, damit du nicht mehr gegen unsere Regeln verstößt.«

Ich versuchte gleichzeitig, den Blick meines Bruders zu erwidern und mich nicht in meinen Gedanken zu verlieren, während ich in seinen Augen nach der richtigen Antwort suchte.

»Also … «, fing ich an, aber der Kontrast zwischen Vincents klarer und gebieterischer Stimme und meinem Gejammer war so peinlich, dass ich mich erst einmal räuspern musste. »Ich werde Jason nicht wiedersehen.«

»Genau richtig. Und merk dir eins für die Zukunft: Ich mag es gar nicht, wenn man mir Widerworte gibt.«

Dann stand er in aller Ruhe auf und schob den Stuhl von sich, ohne mir einen weiteren Blick zu schenken.

»Da es das erste Mal ist, dass dir ein solcher Fehler unterläuft, machen wir eine Ausnahme. Du wirst diesmal ohne Strafe davonkommen«, sagte er und wandte sich dann an die Zwillinge, die immer noch über ihre Teller gebeugt dasaßen: »Und ihr werdet in der Schule ein Auge auf sie haben.«

Die Zwillinge nickten beide gleichermaßen träge. Doch auch sie wussten, dass Diskussionen mit ihrem ältesten Bruder absolut keinen Sinn hatten. Sie würden sich fügen müssen, das war klar.

»Und keine Treffen mehr in der Bibliothek«, fügte er hinzu und drehte sich wieder zu mir um. »Wenn Shane Training hat, kannst du in der Sporthalle auf ihn warten. Oder direkt nach Hause fahren mit Dylan und Tony.«

Ich sah ihn mit stillem Trotz an. Ich mochte die Schulbibliothek so sehr, und es schmerzte, dass ich nicht mehr dorthin durfte. Schon seit einiger Zeit war es das Einzige, worauf ich mich die ganze Woche lang freute.

Vincent verließ die Küche mit einem letzten eisigen Blick in meine Richtung. Ich blieb mit den Zwillingen zurück und wagte nicht, mich von meinem Platz zu erheben. Dieses Gespräch hatte mich so viel Nerven gekostet, dass mir nun heiße Tränen über die Wangen liefen – vielleicht vor Wut, vielleicht auch vor Traurigkeit.

»Iss dein Mittagessen auf«, wies Shane mich an. Sein Ton war seltsamerweise nicht befehlend, sondern fast sanft. Er erhob sich leicht von seinem Stuhl und lehnte sich über den Tisch, um mir meinen Teller wieder zuzuschieben.

Bis ich mich beruhigt hatte und in der Lage war, mehr als zwei Bissen hintereinander runterzubekommen, waren die Jungs mit dem Essen fertig. Tony stand auf und verschwand.

Ich hatte mir vorgenommen, nie wieder mit Shane zu sprechen. Schließlich war es seine Schuld, dass Vincent von meinen Treffen mit Jason erfahren hatte. Leider fing er an, auf mich einzuquatschen, als wir allein waren. Ich wünschte, er wäre ebenfalls gegangen, denn ich hatte noch eine ganze Ladung Essen vor mir, die ich so schnell wie möglich loswerden wollte. Mir war jeglicher Appetit vergangen. Er aber war ein regelrechtes Fass ohne Boden und nahm sich noch eine doppelte Portion Nudeln.

»Keine Sorge, Hailie, das wird schon alles«, plapperte er, wobei er mit seinem Daumen über den Griff der silbernen Gabel strich. »Ich weiß, dass Vince echt scary sein kann. Er macht mir auch manchmal Angst, ehrlich. Aber zu dir ist er nur so streng, weil er sich um deine Sicherheit sorgt.« Er schwieg einen Moment, dann fügte er leiser hinzu: »Wir alle sorgen uns um dich. Auch wenn wir da vielleicht ein wenig übers Ziel hinausschießen. Versuch bitte, das zu verstehen.«

Ich schüttelte den Kopf und unterdrückte ein verächtliches Schnauben.

»Ich habe keine Lust zu reden«, murmelte ich.

»Dieser Jason ... Du solltest besser nicht mit ihm befreundet sein.«

Ich sah Shane ungläubig an.

»Und ihr entscheidet, mit wem ich befreundet sein darf und mit wem nicht?«

Mit diesen Worten stand ich auf. Ich räumte meine angefangene Portion so schnell wie möglich in den Kühlschrank und verließ die Küche, ohne Shane eine Möglichkeit zu geben, die Diskussion fortzusetzen. Dann stampfte ich wütend die Treppe hinauf. Doch meine Aufregung verflog schnell. An ihre Stelle trat Traurigkeit, und ich vergoss die ersten Tränen, noch bevor ich die Schlafzimmertür hinter mir schließen konnte.

Ich hatte gedacht, Shane sei in Ordnung, hatte ihn für den besseren Zwilling gehalten. Aber mittlerweile war ich der Meinung, dass alle Monet-Brüder sich kaum etwas nahmen. Einer schlimmer als der andere.

⌒ 9 ⌒

Keine Tarnung ist die beste Tarnung

Normalerweise zwinkerte mir Jason jedes Mal von der anderen Seite des Klassenzimmers zu, wenn sich unsere Blicke trafen. Ich mochte diese geheime Verbindung, die wir hatten. Ich lächelte zurück und ließ dann meinen Blick zu Miss Dubois schweifen, damit mir niemand etwas vorwerfen konnte – aber in meinem Inneren blieb eine angenehme Wärme.

Jetzt war mir dieses Gefühl genommen worden, und der Verlust schmerzte.

Ab und zu schaute ich zu ihm hinüber, aber er schrieb so eifrig mit wie kaum jemals. Seine Augen wanderten von der Tafel zu seinem Heft und versuchten nicht ein einziges Mal, heimlich in meine Richtung zu huschen. Ich wusste nicht damit umzugehen. Mal konzentrierte ich mich auf all die negativen Gefühle, die seine Gleichgültigkeit in mir auslöste, und richtete sie gegen meine Brüder – in diesen Momenten empfand ich nichts für sie als puren Hass –, dann wiederum war ich sauer auf Jason und schimpfte ihn in Gedanken einen Feigling. Als die Glocke läutete, spürte ich, wie ausgelaugt ich war. Meine Augenlider waren schwer vor Erschöpfung – aber als ich sah, wie Jason als Erster zur Tür eilte, war ich sofort wieder wach. *O nein, so nicht, mein Freund!*

»Willst du mir jetzt nicht mal mehr in die Augen sehen?«, rief ich.

Er stand bereits mit einem Fuß im Flur, aber als er mein wütendes Rufen hörte, zögerte er, sah sich um und zog sich in den Klassenraum zurück. Er schob sich zwischen den Schülern hindurch, die sich auf den Gang hinausdrängten, und seufzte schwer. Dann nahm er mich zur Seite und warf einen scharfen Blick zu zwei Mädchen, die absichtlich langsamer geworden waren und aufgeregt die Ohren spitzten, wohl weil sie sich auf ein neues Drama rund um die Familie Monet freuten.

»Ich darf dich nicht ansehen, Hailie, geschweige denn mit dir reden«, flüsterte Jason und beugte sich zu mir herunter.

Ich hob eine Augenbraue, und als er nichts mehr sagte, stiegen mir die Tränen in die Augen. Solche Worte aus dem Mund des Jungen zu hören, dessen Freundschaft mir in den letzten Wochen Freude und Trost gespendet hatte, war ein zu schreckliches Gefühl. Ich drehte den Kopf weg, um mein vor Schmerz verzogenes Gesicht vor ihm zu verbergen, aber er musste es bemerkt haben, denn er leckte sich über die Lippen, schaute sich um und hob dann panisch den Blick, als ob er einen meiner Brüder erblickt hätte.

»Okay, okay, treffen wir uns auf der Toilette. Die neben der Umkleide«, schlug er vor und wuschelte sich durch die Locken, während er zögerlich hinzufügte: »Die Mädchentoilette.«

Und dann war er weg. Ich schloss erleichtert die Augen und versuchte, meinen zitternden Körper wieder unter Kontrolle zu bringen. Es war schockierend, wie viel Angst ich hatte, Jason zu verlieren, den einzigen Menschen, der mich in dieser schweren Zeit unterstützte und dem ich meine Ängste vor meinen Brüdern zu gestehen wagte.

Ich wischte mir die Tränen weg, wappnete mich mental und marschierte auf den Korridor hinaus in Richtung Toilette. *Das Mädchenklo*, dachte ich – wohl um die Wahrscheinlichkeit zu minimieren, dass meine Brüder dort auftauchten, *neben der Umkleide*, weil sich nur selten jemand dorthin verirrte.

Ich war davon ausgegangen, dass Jason bereits auf mich wartete, aber als ich die Toilette betrat, fand ich dort niemanden vor. Erst einige Sekunden später öffnete sich die Tür, und Jason stürmte herein. Er schaute sich um, wie als ob er Angst hätte, erwischt zu werden – nicht nur von den Brüdern Monet, sondern auch von allen möglichen anderen, die sich für seinen Ausflug in die Mädchentoilette interessierten.

»Hör zu, Hailie, es tut mir leid, dass es so gekommen ist …«, begann er, nachdem er sich beruhigt hatte. Er lehnte sich gegen die Wand, blieb aber in der Nähe der Tür, wohl damit ihm niemand den Fluchtweg abschneiden konnte.

»Nein, mir tut es leid«, antwortete ich schnell und sprach damit den Satz aus, den ich mir bereits im Kopf zurechtgelegt hatte. »Und ich entschuldige mich für Shane. Er hat sich wie ein Idiot verhalten.«

»Wenn ich mit dem Finger auf jemanden zeigen müsste, dann wäre es Tony. Der übertreibt komplett.«

»Tony? Hat er dir was angetan?«, fragte ich erschrocken.

»Noch nicht, aber er hat mich heute Morgen zur Seite genommen und gesagt, wenn ich noch einmal mit dir spreche oder dich auch nur ansehe, bricht er mir etwas. Wahrscheinlich den Kiefer, aber wenn er gut drauf ist, lässt er mir die Wahl. Das hat er gesagt.«

Ich klammerte mich an das Waschbecken, weil meine Knie unter mir einknickten.

»Wie kann er nur so etwas sagen! Das tut mir so leid, Jason! Ich muss mit ihnen reden. Ich muss ihnen erklären, dass …«

Ich hatte keine Kraft mehr. Meine Brüder waren die totalen Psychos. Sie konnten doch nicht einfach meine Freunde bedrohen! Was war nur los mit ihnen?

»Hailie, denk nach!«, rief Jason. Er geriet bei meinen Worten regelrecht in Panik. »Wenn du damit zu ihnen gehst, dann wissen sie, dass wir wieder miteinander geredet haben, und dann bin ich am Arsch, und du wahrscheinlich auch.«

Er hatte recht. Das Letzte, was ich wollte, war, ein weiteres Gespräch mit Vincent und damit noch mehr Probleme zu riskieren. Ich atmete durch und versuchte, mich zu beruhigen. Jason, der sah, dass ich nachgab, entspannte sich ein wenig.

»Wirklich schade, dass es so enden musste«, murmelte er nach einem Moment der Stille.

Ich stützte mich auf meine Hände am Rand des Waschbeckens und blickte in den Spiegel. Der völlig fertige Gesichtsausdruck des Mädchens, das ich vor mir sah, gefiel mir nicht. Selbst ihr Blick war irgendwie leer.

»Ja, echt mies.«

»Ehrlich gesagt, habe ich das von der Schwester der durchgeknallten Monets nicht erwartet, aber du bist echt cool. Ich mag dich wirklich.«

»Danke.« Ich lächelte traurig mein Spiegelbild an. »Ich mag dich nämlich auch …«

Jason bewegte sich, trat von der Wand weg und machte ein paar

Schritte auf mich zu. Im selben Moment löste ich meine Hände vom Waschbeckenrand und drehte mich um. Er schaute mich mit seinen großen blauen Augen an, die tief in seinem von Locken umrandeten Gesicht lagen. Ich fühlte mich zu ihm hingezogen, stärker als je zuvor. Mir war klar, dass die Anziehung zwischen uns durch die Erkenntnis, dass er für mich tabu war, noch verstärkt wurde. Indem ich mich mit Jason einließ, widersetzte ich mich Vincents Willen. Die Anerkennung meines ältesten Bruders war etwas, wonach ich mich zwar insgeheim sehnte, aber gleichzeitig wollte ich mir beweisen, dass ich unabhängig war. Und Jason schien offensichtlich ebenfalls eine Schwäche für mich zu haben. Er kam noch einen Schritt näher und schloss mich in seine Arme, so fest, als hinge unser Leben davon ab.

Irgendwo in meinem Hinterkopf wusste ich, dass es nur eine Frage der Zeit war, bis meine Brüder mich dabei erwischten, wie ich gegen ihre Regeln verstieß. *Aber scheiß auf Regeln!*

Die nächsten Wochen traf ich mich also mit Jason auf dem Mädchenklo.

Kaum jemand kam hierher, denn gleich nebenan, in den Umkleideräumen, gab es wesentlich neuere und schickere Toiletten. Und wenn sich doch mal Schülerinnen hierher verirrten, waren sie meist total überrumpelt und verzogen sich, so schnell sie konnten. Jason fühlte sich auf unserer Toilette immer wohler, womit ich ihn regelmäßig aufzog, aber keinem von uns fiel ein sichereres Versteck auf dem Schulgelände ein. Theoretisch konnten wir uns irgendwo im Gebüsch verstecken – doch dafür war es im November schlicht zu kalt, denn Pennsylvania verwandelte sich langsam, aber sicher in die Antarktis.

Ich ertrug den Winter hier nur mit Mühe. Zwar war ich an Kälte gewöhnt, aber ich konnte mich wirklich so gar nicht mit dem üblen Frost anfreunden, der mich bis auf die Knochen durchdrang. Zum Glück blieben mir kleine Freuden wie eine heiße Schokolade mit Marshmallows, während ich durch die Fenster der Bibliothek das Schneetreiben beobachtete, gemütlich in meinen Sessel eingekuschelt, unter einer warmen Decke und mit einem Buch in der Hand.

Einmal drückte mir Will seinen Laptop in die Hand und forderte mich auf, Wintersachen in einem Online-Shop zu bestellen. Ich suchte mir einen ganzen Haufen süße dicke Pullover, gefütterte Stiefel und ein paar ordentliche warme Jacken aus. Als ich sah, wie viel das alles kostete, wurde mir regelrecht schlecht. Ich brauchte nicht so überzureagieren, sagte ich mir, ich wusste ja, dass meine Familie ein Imperium besaß.

Jason und ich durchforsteten weiter das Internet nach Informationen über die Monets. Ich regte mich über jeden Artikel auf, den wir fanden, bis Jason eines Tages eine Erkenntnis kam.

»Weißt du, Hailie«, begann er. Wir hockten auf dem gefliesten Boden, gegen die Tür einer der Kabinen gelehnt, und er fummelte an seiner Baseballcap herum, wie er es immer tat, wenn es ihm schwerfiel, seine Gedanken in Worte zu fassen. »Ich habe in letzter Zeit gedacht, diese Artikel … Sie klingen alle irgendwie ähnlich, meinst du nicht auch?«

Ich zuckte mit den Schultern und blickte auf das Display seines Handys, das er mir für meine Ermittlungen überlassen hatte, wie immer.

»Ich schätze, solche Artikel sind meistens irgendwie ähnlich. Journalistische Standardschreibe halt.«

»Ich weiß nicht, die scheinen mir nach einer Vorlage verfasst zu sein. Die Informationen sind alle gleich, es gibt nirgendwo ein neues Detail. Es kommt mir ein bisschen seltsam vor.«

Jason ließ von dem Thema ab, und ich konzentrierte mich wieder auf die Recherche. Leider musste ich feststellen, dass er recht hatte. Die Artikel enthielten ausnahmslos die gleichen Informationen, und auch die Bilder waren immer dieselben.

»Hältst du es für möglich, dass sie …« Ich unterbrach mich und legte das Handy zur Seite.

» … kontrollieren, was über sie im Internet zu finden ist?«, beendete er meinen Satz.

Ich sah ihn ängstlich an, und er streichelte mir sanft über den Arm.

»Na ja, keine Ahnung.« Er zögerte. »Das ist schwer zu sagen.«

Ich wollte mich schon mit dieser Antwort zufriedengeben, als Jason hinzufügte:

»In einer Familie wie dieser muss es zwangsläufig gelegentlich einen Skandal geben. Ich kann nicht glauben, dass sich niemand für Dylan, Shane oder Tony interessiert. Sie sind alles andere als unauffällig. Und außerdem …« Jason hielt einen Moment inne und sah mich durchdringend an. »Warum wird nirgends dein Auftauchen erwähnt?«

Ich schluckte aufgeregt und erwiderte einen Moment lang seinen Blick. Und dann, fast automatisch, griff ich nach dem Handy und gab meinen eigenen Namen in das Suchfeld ein. Etwas, das ich mich aus irgendeinem Grund bis jetzt nicht getraut hatte zu tun. Während ich darauf wartete, dass die Seite geladen wurde, schien es mir, als ob das Echo meines laut pochenden Herzens von den gefliesten Wänden widerhallte.

No results found.

Keine Ergebnisse.

»Wow, krass«, kommentierte Jason. »Du scheinst nicht zu existieren.«

»Ist das nicht seltsam?«, fragte ich aufrichtig besorgt.

»Na ja, du hast ja keine Social Media Accounts unter deinem Namen, also vielleicht nicht … Obwohl es ein bisschen verdächtig ist, dass du nicht ein einziges Mal als die Schwester der Monets erwähnt wirst. Vor allem, weil es ein Riesenthema war, dass du zu ihnen gekommen bist, oder?«

Ich rieb mir die Stirn. Allmählich bekam ich Kopfschmerzen.

»Da hat auf jeden Fall jemand seine Hände im Spiel, um sicherzustellen, dass deine Daten nirgendwo auftauchen«, fuhr Jason fort. »Vielleicht fragst du einfach deine Brüder?«

Ich senkte meine Hand.

»Dann wissen sie, dass ich mich selbst gegoogelt habe.«

»Jeder googelt sich doch mal selbst«, gab er zurück.

»Sie werden wissen, dass ich auch nach Informationen über sie gesucht habe. Sie sind nicht dumm.«

Jason streichelte wieder meinen Arm, um mich zu beruhigen.

»Und hast du dich mal im Haus umgesehen?«

»Wonach hätte ich denn suchen sollen?«

»Ich weiß nicht … Unterlagen, Papiere, Zeitungsausschnitte, alte verstaubte Tagebücher, vergilbte Familienfotos«, grinste er.

»Hör auf, das ist nicht lustig.«

»Aber ich meine es ernst. Sieh dich bei Gelegenheit im Haus um. Keine Tarnung ist die beste Tarnung, so sagt man doch.«

»Hm, ich wüsste nicht mal, wo ich anfangen soll.« Nachdenklich fuhr ich mit dem Finger über die schmutzigen Fugen zwischen den Fliesen. »Wenn sie tatsächlich etwas verstecken, dann sicher in dem Teil des Hauses, in dem Vincent arbeitet und zu dem ich keinen Zutritt habe.«

»Okay, wie du meinst.«

Wir ließen das Thema sein, aber es hatte mich nachdenklich gestimmt. Und ich war es noch, als ich später an diesem Tag zusammengerollt auf meinem Lieblingssessel in der Bibliothek saß, wie immer mit einem Buch in der Hand. Ich konnte mich einfach nicht auf den Text konzentrieren. Jasons Worte hatten sich in meinem Kopf festgesetzt. Immer wieder glitt mein Blick zu den Bücherregalen, zum Klavier oder zum Schreibtisch. Dann sah ich zur Tür und wieder in die Ecke. Und so weiter und so fort. Ich konnte keinen klaren Gedanken fassen.

In Romanen hatte ich von Bücherregalen gelesen, die durch einen Mechanismus zur Seite schwangen und den Blick freigaben auf einen geheimen Raum dahinter. Was, wenn sich irgendwo in der Villa ein ähnliches Geheimregal befand?

An sich wusste ich, dass es nicht nötig war, ein solches Regal in der Bibliothek zu installieren – da Vincent ja einen separaten, privaten Arbeitstrakt hatte –, aber vielleicht war es, wie Jason gesagt hatte, und er versteckte seine Geheimnisse an den offensichtlichen Stellen? Keine Tarnung war schließlich die beste Tarnung.

Irgendwann ließ ich das Buch von meinem Schoß gleiten und stand auf. Ich legte es auf den Couchtisch, streckte mich, seufzte und blickte erst durch das große Fenster in den dunklen Hof und dann zur geschlossenen Bibliothekstür. Dann ging ich zu der nächstgelegenen Bücherwand. Ich strich mit dem Finger über die Buchrücken, die sich auf meiner Augenhöhe befanden, und ging dann um den Sessel herum. Betrachtete wieder das Foto von den zwei blonden Frauen auf dem Klavier, dann blieb ich vor einem weiteren Regal stehen und griff nach einem der älteren Bände. Ich schlug ihn gespannt auf. Doch natürlich war da kein vergilbter Brief, und es fiel auch kein Zettel mit einem Geheimcode heraus. Ich fand keinen versteckten Knopf unter der kleinen weißen Figur des kopflosen Engels, die auf dem Schrank stand. Und das Notizbuch mit dem abgegriffenen schwarzen Einband war leer.

Doch ich gab nicht auf. Plötzlich war ich wie besessen. Wonach ich genau suchte, wusste ich nicht. Ich zog eine Schreibtischschublade nach der anderen auf. Darin fand ich den üblichen Kram wie leere Briefumschläge, Stifte und Büroklammern. Eine andere war bis zum Rand mit Geldscheinen vollgestopft, bei deren Anblick ich meine Augen aufriss. Dass ein solcher Haufen Geld an einem so willkürlichen Ort gelagert wurde, machte mich unruhig.

Noch mehr erstaunte mich jedoch die nächste Schublade. Neben dem geschnitzten Griff befand sich ein winziges Schlüsselloch. Ich hätte vermutet, dass der Inhalt dieser Schublade geheim wäre, wäre da nicht ein winziger vergoldeter Schlüssel gewesen, der bereits steckte; als hätte man ihn mir auf dem Silbertablett überreicht. Ich brauchte ihn nicht einmal umzudrehen. Wo war denn da das Geheimnis? In der Annahme, dass er nur zur Dekoration da war, schob ich die Schublade auf, ohne große Hoffnungen.

Das Erste, was ich sah, war ein weißer Umschlag. Ich hob ihn vorsichtig mit einem Finger an, um darunter zu schauen. Und obwohl der Zweck meiner Schnüffelei theoretisch darin bestand, etwas Verdächtiges zu finden, hätte ich definitiv nicht damit gerechnet, dass das Schicksal mir erneut einen Streich spielte und ich einfach so random eine weitere Waffe finden würde.

Nicht euer Ernst!

Ich starrte das Ding einen Moment lang an, dann zog ich die Hand weg, als hätte ich mich verbrannt. Panisch sah ich mich im Zimmer um. Ich stieß heftig die Luft aus und hob den Umschlag erneut an, diesmal mit mehr Vorsicht.

Diese Waffe, die hier einfach so in der Bibliothek lag, als wäre es das Normalste von der Welt, unterschied sich von der Pistole, die ich bei Tony gefunden hatte – sie hatte eine schlankere Form und war viel kleiner. Sehr handlich, perfekt für eine Frauenhandtasche.

In meinem Gehirn schrillte eine Alarmglocke. Wie um ein weiteres Trauma zu vermeiden, begann ich, die Realität dessen, was ich gerade gesehen hatte, infrage zu stellen, statt meinen Augen zu trauen. Vielleicht war es nur eine Attrappe? Ein Spielzeug, aus der Kindheit der Monet-Jungs? Oder eine Art Requisite? Vielleicht interessierte sich einer der Brüder für Schauspielerei? Tony hatte doch etwas Künstlerisches an sich. So erbärmlich diese Überlegungen auch waren, ich brauchte dringend eine Erklärung für die Tatsache, dass in meinem Lieblingszimmer eine Waffe lag. Um mich vollends von der Harmlosigkeit der Pistole zu überzeugen, griff ich schließlich danach. Allerdings sehr vorsichtig, denn irgendwo in meinem Hinterkopf befürchtete ich, dass sie losgehen könnte, sobald ich sie berührte. Als ich sie anhob, achtete ich darauf, den Lauf ja nicht auf mich zu richten und meine Finger vom Abzug fernzuhalten.

Obwohl die Pistole klein und leicht war, konnte ich sie kaum halten. Meine Hände verkrampften sich und zitterten, aber die Kälte, die von diesem Ding ausging, war nicht der Grund dafür. Ich konnte mir nicht länger einreden, dass es sich nur um ein Spielzeug handelte. Ganz offensichtlich hielt ich eine echte Waffe in der Hand. Ich gab ein leises Geräusch von mir und drehte mich panisch um; mir war, als hätte ich jemanden hinter mir gespürt. Doch ich war allein.

Ich legte die Waffe wieder zurück, verdeckte sie mit dem Umschlag, schloss die Schublade und richtete mich auf. Dann ging ich zum Fenster, aber ich konnte nur wenig sehen: lediglich Finsternis und mein eigenes Spiegelbild. Ich schaute in meine Augen, sie waren groß und angsterfüllt. Einen Moment lang an starrte ich mein Gesicht an, unfähig, mich zu bewegen. Alles in mir war Angst. Ich hoffte, in meinen Augen Mut oder Entschlossenheit zu finden, etwas, das mir die Kraft gab weiterzumachen. Doch das Einzige, was ich fühlte, war, wie sich mir alle Nackenhaare aufstellten. Ich war wie gelähmt.

Tonys Waffe hatte Fragen aufgeworfen, und die Antworten, die ich erhalten hatte, hatten mich nicht im Geringsten zufriedengestellt. Der Anblick dieser Waffe traf mich mit doppelter Wucht. Würden mir meine Brüder wieder erzählen, dass sie Teil einer Schießstandausrüstung war? Wäre ich weniger erschrocken gewesen, hätte ich laut aufgelacht.

Ich musste die Angelegenheit ansprechen – am ehesten bei Vincent –, sonst würden mich Misstrauen und Sorge fertigmachen, das war mir klar. Wenn ich das durchdachte, einen Schritt nach vorn machte, offen und ehrlich zu meinen Brüdern war und meine Bedenken mit ihnen teilte, würde ich vielleicht Antworten bekommen, überlegte ich. Womöglich würden sie mich ernst nehmen; und hoffentlich würde ich herausfinden, was es mit all dem auf sich hatte.

Endlich erkannte ich einen Schimmer der Hoffnung in meinen Augen. Zumindest redete ich mir ein, dass er da war – um mich selbst zu überzeugen, dass es Zeit war, etwas zu unternehmen. *Sie sind meine Geschwister, was soll schon Schlimmes passieren, wenn ich sie ein paar Dinge frage?*, redete ich mir gut zu. Vincent selbst hatte doch gesagt, ich solle mich nicht mit sinnlosen Grübeleien aufhalten, sondern lieber zu ihm kommen.

Ich richtete mich auf und warf mein Haar zurück, dann holte ich tief Luft und verließ die Bibliothek. Mit entschlossenen Schritten ging ich die Treppe hinauf. Zum ersten Mal seit langer Zeit hatte ich das Gefühl, dass ich eine selbstbewusste, reife Entscheidung getroffen hatte, und ich genoss die Kraft, die mir diese Erkenntnis gab.

Ein Kribbeln der Aufregung begleitete mich, als ich den geheimnisvollen langen Korridor betrat, der nach rechts abbog. Mutig machte ich einen Schritt nach dem anderen. An der Biegung blieb ich stehen und lehnte mich vorsichtig vor, um um die Ecke zu sehen. Vor mir lag ein weiterer Gang, an dessen Ende eine Tür zu sehen war. Davor standen in einer Nische zwei kleine Ledersofas und eine riesige Topfpflanze. Die einzige Lichtquelle war die schwach leuchtende Deckenlampe. *Warum ist es hier so finster?*, fragte ich mich. Ich stand eine Weile unschlüssig da.

Die Tür direkt neben mir war eine elegante Flügeltür mit prachtvoll geschnitzten Griffen. Dem Aussehen nach führte sie zu einem wichtigen Raum, und so nahm ich an, dass sich dahinter Vincents Büro befand. Plötzlich überkamen mich Zweifel. Ich dachte an seine Ermahnung, mich gar nicht erst in diesem Teil des Hauses aufzuhalten. Wenn etwas war, sollte ich anrufen, eine Nachricht schreiben oder jemanden anderen um Hilfe bitten, hatte es geheißen.

Ich konnte hier nicht einfach so hereinplatzen. Die ganze Aktion war reine Dummheit – und kein Mut. Mal wieder hatte ich die falsche Entscheidung getroffen. Ich starrte auf die massive Tür und wusste nicht weiter: Sollte ich jetzt, wo ich schon mal hier war, anklopfen oder auf dem Absatz kehrtmachen und weglaufen, solange mich noch niemand erwischt hatte?

Aber ich hatte nicht die Zeit, mir darüber klar zu werden, was ich wollte, denn jetzt wurde die dunkle Stille durch Stimmen gestört. Sie waren gedämpft, kamen von drinnen. Schweißtropfen traten mir auf die Stirn. Wie in Zeitlupe sah ich, dass sich der Griff von Vincents Bürotür bewegte, und blitzschnell schossen mir die Gedanken durch den Kopf. Sollte ich zurücklaufen, stehen bleiben oder mich auf das Sofa in der Nische setzen und so tun, als hätte ich hier schon seit Ewigkeiten höflich darauf gewartet, dass mein Bruder einen Moment für mich fand?

Die Tür begann sich langsam zu öffnen, also entschied ich mich für die erstbeste Option und rannte hektisch zu einem der Sofas; dann wurde mir klar, wie sinnlos die ganze Aktion war. Ich wollte nur noch hier raus, also drehte ich im letzten Moment um und wollte in Richtung Wohnbereich zurücklaufen.

Doch zu spät; ich zahlte den Preis für meine Unentschlossenheit. Meine Bewegungen waren vor Aufregung so fahrig, dass ich stolperte und fiel. »Verdammt«, zischte ich. Es gelang mir, meinen Sturz mit den Händen abzufangen, so dass ich mich nicht verletzte, aber ich verlor wertvolle Zeit. Wenn ich noch mehr davon vergeudete, um mich aufzurappeln, würde Vincent mich sicher bemerken, also machte ich eine weitere Dummheit. Ich warf mich mit einem Satz hinters Sofa.

Na, super, Hailie!, schimpfte ich innerlich. *Du kamst hier an, mutig und stark und entschlossen, um endlich wie eine Erwachsene mit deinem Erziehungsberechtigten zu reden, und jetzt springst du panisch hinter ein Möbelstück.* Wäre ich nicht so damit beschäftigt gewesen zu beten, dass niemand auf die Idee kam, hinter die Lehne des Sofas zu schauen, wäre ich wohl vor Scham im Boden versunken. Was für eine erbärmliche Situation!

Im Flur waren Schritte zu hören, die gleich wieder verstummten, und so schlussfolgerte ich, dass Vincent und sein Gast vor dem Arbeitszimmer stehen geblieben waren. Das bedeutete, dass sie sich direkt neben mir befanden. Ich war überzeugt, dass sie mein Herzklopfen hören mussten, etwas anderes konnte ich mir nicht vorstellen. Ich selbst war von meinem Herzrasen wie betäubt. Meine Ohren rauschten, und ich hörte wie durch einen Nebel, dass sich der Gast meines Bruders mit heiserer Stimme verabschiedete.

»Danke, dass Sie mir zugehört haben, Vincent.«

»Sonny, begleite den Gentleman hinaus.«

Vince sagte diese Worte so kühl, dass sie sich wie der Befehl eines Weltherrschers anhörten. Wenn ich geglaubt hatte, dass er nur in seinen Gesprächen mit mir übertrieben förmlich und ernsthaft war, so änderte ich gerade meine Meinung. Offensichtlich war er zu allen so. Ich war froh, dass ich ihn von meinem Versteck aus nicht sehen konnte, denn sicher wäre ich bei seinem Anblick auf der Stelle gestorben.

»Bitte folgen Sie mir«, sagte eine andere Stimme ruhig und deutlich. Die Schritte des dritten Mannes klangen schwerer. Womöglich trug er besondere Schuhe? Was auch immer für Schuhe besagter Sonny anhatte (wer auch immer das war), ich wagte es nicht, ihnen aus meinem Versteck hinterherzuschauen. Ich war schließlich nicht lebensmüde. Die Situation, in der ich steckte, war das Ergebnis eines kurzzeitigen mentalen Totalaussetzers.

Der Besucher ging, gehorsam begleitet von Sonny, der, wie ich schlussfolgerte, ein Angestellter meines Bruders war. Während ich darauf wartete, dass die Tür zu Vincents Büro zuging, litt ich Qualen. Ich hörte ihn sprechen, und mir liefen kalte Schauer über den Rücken, weil ich dachte, er hätte mich gemeint. Ich war schon drauf und dran, hinter dem Sofa hervorzuspringen und ihn mit idiotischen Ausreden zu überfallen, doch zum Glück hielt ich mich zurück, denn es stellte sich heraus, dass er nur ans Telefon gegangen war.

»Ja?« Seine Stimme war immer noch klar und deutlich. Er schwieg einen Moment und antwortete dann: »Ich habe verstanden. Halten Sie mich auf dem Laufenden.«

Und dann hörte ich endlich das Geräusch der sich schließenden Tür, auf das ich gewartet hatte. Vincent verschwand in seinem Büro, und ich blieb allein zurück. *Puuh.* Die Bedrohung war vorbei. Ich schloss meine Augen, presste mir die Hand auf den Mund und spürte eine unvorstellbare Erleichterung. O mein Gott, es war vorbei, ich war nicht aufgeflogen!

Einen Moment lang kauerte ich noch hinter dem Sofa, nicht aus Angst, mich hinauszuwagen, sondern weil ich mich nach mehreren Minuten in dieser verkrampften Haltung erst mal nicht bewegen konnte. Aber ich durfte nicht länger hierbleiben. Vincent konnte sein Arbeitszimmer jederzeit wieder verlassen, oder dieser Sonny-

Typ konnte zurückkehren. Ich musste so schnell wie möglich aus diesem Korridor verschwinden.

Zuerst schaute ich vorsichtig hinter der Couch hervor, dann streckte ich mich und richtete mich langsam auf. Kurz schwankte ich, aber ich fand das Gleichgewicht schnell wieder und eilte mit angehaltenem Atem in Richtung meines Zimmers. Ich holte erst wieder Luft, als ich meine Tür hinter mir zufallen ließ.

Ich zitterte vor Erleichterung und wand mich gleichzeitig vor Scham. Die ganze Aktion war so hardcore peinlich gewesen! Ich wünschte, ich hätte einen magischen Radiergummi, mit dem ich die Erinnerung an meinen Ausflug in den verbotenen Korridor auslöschen könnte. Jetzt würde ich mich die ganze Nacht und vielleicht sogar die nächste damit herumquälen müssen. Natürlich war ich froh, dass ich nicht erwischt worden war, aber ich fühlte mich trotzdem megascheiße. Mir zitterten die Beine, und ich musste mich gegen die Wand lehnen.

Du dämliche Kuh, was hast du dir bloß dabei gedacht?

Ich hatte mehr Glück als Verstand gehabt, nicht nur, weil Vincent mich nicht erwischt hatte, sondern auch, weil ich beim Anschleichen nicht in einen meiner anderen Brüder hineingerannt war. Meine Mission war äußerst idiotisch gewesen, und je mehr ich darüber nachdachte, desto mehr hatte ich das Bedürfnis, mir selbst eine Ohrfeige zu verpassen. *Warum machst du dich die ganze Zeit so verrückt? Wonach suchst du eigentlich? Was hast du erwartet?*

Mittlerweile war mir sogar die blöde Waffe in der Bibliothek egal. Das hier war nichts für meine Nerven. Ich musste aufhören herumzuschnüffeln. *Ich bin keine Detektivin, und mein Leben ist kein Krimi!*, sagte ich mir. Vince arbeitete in diesem Korridor und wollte seine

Ruhe. Er empfing dort Geschäftskunden, ich hatte es selbst gesehen. Und er war offenbar sehr beschäftigt. Kaum war eine Person gegangen, telefonierte er schon mit der nächsten. *Er arbeitet hart, damit er sich schicke Autos und ein großes Haus leisten kann, und um seine jüngere Schwester zu unterstützen* – das war die Erklärung.

Wahrscheinlich war ich einfach nur undankbar.

10

Dylan rastet aus

Am nächsten Tag kämpfte ich damit, die Erinnerung an mein kindisches Verhalten zu verdrängen, für das ich mich schrecklich schämte. Wie ich vermutet hatte, hatte mir mein Herumschnüffeln nichts als eine schlaflose Nacht beschert. Ich hasste es, dass ich die Sache einfach nicht loslassen konnte.

Außerdem war spätabends Hundegebell von draußen zu hören gewesen. Das war noch nie vorgekommen, und ich bildete mir ein, dass jemand auf dem Monet-Anwesen nach mir fahndete, was nicht gerade zu meiner Entspannung beitrug.

In der Schule ging es mir zum Glück etwas besser. Bei Jason konnte ich einiges loswerden, das auf mir lastete. Er fand es witzig, dass ich in der Villa nur die erstbeste Schublade zu öffnen brauchte und random eine Waffe darin fand.

»Sie versuchen ja nicht einmal, sie richtig zu verstecken!«, prustete er. »Wenn du wirklich hinter das Geheimnis deiner Familie kommen wolltest, würdest du es easy hinkriegen, da bin ich mir sicher.«

Seine Begeisterung ärgerte mich, denn schließlich hatten mich seine Sticheleien doch überhaupt erst dazu verleitet, in der Villa herumzuschnüffeln. Und nun schien es ihm völlig egal zu sein, dass er mich damit in Gefahr gebracht hatte. Meine Brüder waren finster und unberechenbar, und ich wünschte mir, Jason würde das wenigstens ein bisschen ernster nehmen.

Klar, vielleicht hatte er recht, und es wäre möglich, ihr Geheimnis zu lüften. Aber meine Brüder waren wirklich alles andere als dumm – was sich später an diesem Tag mal wieder bestätigen sollte.

Nach der Schule setzte ich mich vor den Fernseher. Die Gelegenheit war perfekt, denn die Zwillinge waren ausgegangen, Dylan war nirgends zu sehen, Vincent arbeitete wie immer, und wegen Will machte ich mir keinen Kopf. Hauptsache, es mischte sich endlich mal niemand in die Auswahl des Fernsehprogramms ein.

Ich machte es mir auf dem großen Sofa bequem und genoss es, das Wohnzimmer ganz für mich allein zu haben. Auch wenn es mir schwerfiel, nicht immer wieder nachzuschauen, ob nicht doch einer von ihnen irgendwo herumschlich.

Ich war total in eine spannende spanische Serie auf Netflix vertieft, als Vincent plötzlich an meiner Seite auftauchte. Mir sprang beinahe das Herz aus der Brust, als er meinen Namen in seinem typisch kühlen Tonfall sagte. Sofort drückte ich auf *Pause* und schenkte ihm gehorsam meine volle Aufmerksamkeit. Es war das erste Mal seit meinem gestrigen Ausflug in den verbotenen Teil des Hauses, dass wir uns wiedersahen. Dieser Fakt schüchterte mich zusätzlich ein, weil ich ein so schlechtes Gewissen hatte. Mehr noch, ich hatte das Gefühl, dass mir meine Schuld direkt im Gesicht geschrieben stand. Wie einem Kind, das mit schokoladenverschmiertem Gesicht versucht, seine Eltern davon zu überzeugen, dass es die verbotenen Kekse nicht angerührt hat.

»Ich möchte dir etwas zeigen«, verkündete Vincent und ließ sich elegant wie immer neben mir nieder.

Ich rutschte zur Seite, um ihm Platz zu machen, und fragte mich, was das wohl heißen sollte. Erst jetzt bemerkte ich, dass er ein Tablet in der Hand hielt.

Er war mir sehr nahe, und immer wenn Vince mir so nahe war, spannte sich mein Körper vor Nervosität an. Er selbst hingegen schien völlig ruhig, setzte sich gerade hin, anmutig, wie er war, und reichte mir das Gerät, auf dem ein Video lief.

Ich konnte eine Art Korridor erkennen. Aufgenommen von oben, aus einem merkwürdigen Winkel. Ein länglicher Flur, Türen, schummrige Lampen …

Ich erstarrte.

Auf dem Bildschirm erschien ein Mädchen, und es dauerte gut zwei Sekunden, bis ich verstand, dass ich es war. Die Hailie aus dem Video schaute um die Ecke. Sie blickte auf die Tür und blieb dann einen Moment davor stehen. Als sie sich umdrehte und hinter das Sofa flüchtete, war sie nicht mehr zu sehen. Es war jedoch klar, dass sie immer noch dort saß, als Vincent und ein kleiner, glatzköpfiger Typ, der sich tief vor ihm verbeugte, aus der Tür kamen.

Ich spürte, wie ich zu zittern begann. Ich war mir mehr als sicher, dass Vincent meine Reaktion ganz genau beobachtete. Mir wurde heiß. Ich wusste, was als Nächstes zu sehen sein würde, aber ich hielt meinen Blick auf das Tablet gerichtet, starr vor Entsetzen.

Ein dritter Mann erschien im Bild. Sonny – wie ich vermutete – war blond, groß und breitschultrig. Er trug einen Anzug, und als er in einem schrägen Winkel zur Kamera stand, sah ich, dass er einen Knopf im Ohr hatte. Jetzt konnte ich alles sehen, was ich am Tag zuvor nur gehört hatte. Vince stand einen Moment lang da und folgte seinem Besucher, der in Begleitung von Sonny davonging, mit dem Blick. Dann zog er sein Telefon hervor und hielt es sich ans Ohr.

Der echte Vince beugte sich zu mir.

»In diesem Moment hat mich einer meiner Security Guards angerufen und mir mitgeteilt, dass sich ein Mädchen hinter der Couch im Korridor versteckt.«

Ich schloss meine Augen, unfähig, mit dem brennenden Gefühl der Scham fertigzuwerden.

Ich war so unfassbar dumm. Natürlich hatte er dort Kameras installiert. Und offenbar gab es außerdem einen Security Guard, der die Bilder genau im Auge behielt. Wenn Vincent mich also auf frischer Tat hätte ertappen wollen, hätte er das leicht tun können. Warum hatte er sich nicht früher bemerkbar gemacht?

Wie versteinert wartete ich darauf, dass das Video endete. Vince nahm mir sein Tablet aus der Hand, kurz nachdem meine Flucht zu sehen gewesen war, und legte es beiseite. Ich blickte auf meine ineinander verschlungenen Finger.

»Möchtest du mir etwas sagen?«

»Ich …«, begann ich, aber brach dann doch ab.

Mein Bruder wartete geduldig. Ich hätte alles dafür gegeben, weglaufen zu können. Der fehlende Abstand zwischen uns schüchterte mich ein, und ich konnte mich nicht bewegen, da ich zwischen Vince und einem riesigen Kissen eingequetscht saß.

»Mir ging es auf einmal sehr schlecht«, stieß ich hervor, und Vince zog die Augenbrauen hoch.

»Was ist das für eine Erklärung?«

In seiner Stimme schwang Irritation mit. Er konnte es nicht ab, wenn ihm jemand Bullshit erzählte. Ich räusperte mich, um mir einen Moment Zeit zu verschaffen, meine Gedanken zu sammeln.

»Mein Handy war leer, und ich konnte dich nicht anrufen, und mir ging es nicht so gut, und ich wollte dich nach einer Schmerztablette fragen. Ich dachte, sonst wäre niemand zu Hause. Deshalb bin ich zu dir gegangen«, stammelte ich.

»Warum hast du dann nicht bei mir geklopft?«

»Na ja, als ich vor deiner Tür stand, habe ich meine Meinung geändert … Ich dachte, ich hätte vielleicht doch nicht kommen sollen. Ich wollte dich nicht stören.« Meine Stimme war jetzt fester.

»Das hättest du tatsächlich nicht tun sollen«, sagte er kühl. »Dylan war in der Garage und Tony in seinem Zimmer. Wenn du sie gesucht hättest, hättest du sie auch gefunden.« Er schwieg einen Moment lang, dann spürte ich wieder seinen missbilligenden Blick auf mir. »Ich verstehe nicht, warum deine erste Wahl mein Büro war, besonders da ich dich ausdrücklich darum gebeten habe, dich nicht in diesem Teil des Hauses aufzuhalten.«

»Ich … ich … ich weiß es nicht!«, stieß ich hervor. Ich hatte die Haut neben meinem Daumennagel aufgekratzt, und sie begann zu bluten. »Tut mir leid, es wird nicht wieder vorkommen, ich verspreche es dir!«

Wieder herrschte einen Moment lang Schweigen, und ich saß angespannt da, in der Erwartung, dass Vince mir zur Strafe Fernsehverbot erteilen würde oder so. Ich kam mir dämlich vor, weil ich ihn wieder angelogen hatte. Außerdem war mir gerade ein erschreckender Gedanke gekommen.

Kann es sein, dass es in der Bibliothek ebenfalls Kameras gibt?

Was, wenn Vincent wusste, dass ich die Waffe gefunden hatte?

Vielleicht wartete er darauf, dass ich es zugab? Warum sonst saß er noch hier?

»Gibt es noch etwas, das du mir sagen möchtest?«

Er sprach in seinem kühlen, ruhigen Ton. Ich spürte, dass er mich genau im Auge behielt, und sicher sah er mir an, dass ich innerlich mit mir kämpfte. Es war schwer zu sagen, ob er von der Waffe wusste oder ob er nur ahnte, dass ich etwas verheimlichte.

»Hailie, ich habe nicht den ganzen Tag Zeit.«

»Es gibt nichts, nein.« Ich versuchte zu lächeln, was ein Fehler war, denn ich brachte nur eine Grimasse zustande.

Inzwischen wusste Vince ganz sicher, dass etwas nicht stimmte. Er blinzelte und sah mich dann finster an. Je länger er meinem Blick standhielt, desto überzeugter war ich, dass ich einen Fehler gemacht hatte und dass es keinen Sinn hatte, es weiter zu leugnen.

Also holte ich tief Luft und senkte den Blick, unfähig, ihm in die Augen zu sehen.

»Vielleicht gibt es doch etwas, das ich dir sagen sollte.«

»Ich höre?«

Dann erzählte ich ihm mit leiser Stimme, wie ich gestern Abend in der Bibliothek beim Durchsuchen der Schreibtischschubladen auf die Waffe gestoßen war. Ich schaute ihn hin und wieder schüchtern an, aber es fiel mir immer noch schwer, zu beurteilen, ob er die Wahrheit schon kannte oder erst jetzt davon erfuhr.

»Du hast was?«

Ich musste Vincent nicht mal ansehen, um zu wissen, dass nicht er derjenige war, der diesen Schrei ausgestoßen hatte. Zu meinem Pech war gerade Dylan im Wohnzimmer aufgetaucht. Er hatte feuchtes, zerzaustes Haar und ein Handtuch über den Schultern.

Wieder mal hatte er sich nicht die Mühe gemacht, ein T-Shirt über-zuziehen, aber inzwischen hatte ich mich daran gewöhnt, dass er halb nackt im Haus herumlief. Wahrscheinlich kam er vom Training und hatte unsere Stimmen gehört.

Ich wollte ihn darauf hinweisen, dass er es war, der hier schnüf-felte, aber mir fehlte schlicht der Mut. Da reagierte Vince endlich – er runzelte die Stirn, eindeutig unzufrieden mit dem, was ich ihm ge-beichtet hatte. Den wutschnaubenden Dylan ignorierte er mühelos, eine weitere Fähigkeit, um die ich ihn beneidete.

»Sprichst du von der Waffe in der Bibliothek?«, vergewisserte sich Dylan und machte ein paar Schritte in den Raum hinein.

Ich hoffte, dass man mir nicht ansah, wie ich mich innerlich wand. Während ich vorsichtig nickte, sah ich Vincent aus den Augenwin-keln an und bettelte wortlos darum, vor dem wütenden Dylan ge-rettet zu werden. Mir war völlig schleierhaft, warum er sich so der-maßen aufregte.

»Ich nehme an, du hast die Waffe dort hingelegt, Dylan?«, fragte Vincent gelassen. Es war offensichtlich, dass Dylans Zorn ihn nicht im Geringsten beeindruckte.

»Sie lag nicht offen herum, sondern in einer Schublade, die ver-dammt noch mal abgeschlossen war.« Er machte noch ein paar große Schritte und trat damit in die Mitte des Wohnzimmers wie ein Schauspieler, der im perfekt getimten Moment auf der Bühne er-scheint, um seinen Satz aufzusagen. »Du musst dich da drin gründ-lich umgesehen haben, was, Kleine?«

Ich schluckte den Kloß in meinem Hals hinunter und senkte er-neut den Blick, erschrocken über die Wut, die in seinen dunklen Augen zu sehen war.

»Entschuldigung, ich wollte nicht, dass es so aussieht, als … «

»Tja, das tut es nun mal.«

»Beruhige dich, Dylan. Ich nehme an, du hast vergessen, den Schlüssel mitzunehmen, und ihn im Schloss stecken lassen? Wenn das der Fall ist, kannst du dir selbst Vorwürfe machen«, sagte Vincent und wandte sich dann an mich: »Ich hoffe, du hast die Pistole gelassen, wo du sie gefunden hast.«

Ich nickte schnell.

»Und du hast sie nicht angefasst?«

Ich zögerte.

»Willst du mich verarschen?«, zischte Dylan, und das Handtuch rutschte ihm von den Schultern. »Du hast sie in die Hand genommen? Was fällt dir ein?«

Daraufhin kriegte ich kein Wort mehr raus; ich saß nur da und sah Vincent wieder verstohlen an.

»Dylan, lass sie«, sagte er.

»Ich möchte wissen, was sich unsere kleine Schwester dabei gedacht hat.« Er funkelte mich weiterhin an. »Na, sag schon. Was?«

»Ich weiß nicht … «, flüsterte ich, und meine Stimme stockte. Dylan, so wütend und laut, machte mir Angst.

»Du weißt es nicht? Jetzt hör mir mal gut zu, Kleine. Du hattest kein Recht, die Waffe anzufassen, und das war dir sehr wohl bewusst. Weißt du überhaupt, wie man eine Pistole benutzt? Das ist kein Kinderspielzeug.«

»Dylan, das reicht«, unterbrach ihn Vince.

»Du hast Glück, dass du meine Schwester bist, ich schwöre … «

»Dylan!«, zischte Vincent, dieses Mal eisig und eindringlich, bevor er etwas ruhiger hinzufügte: »Lass sie in Ruhe.«

Dylan kochte immer noch vor Wut, und ich rang um meine Fassung. Doch ich verlor den Kampf. Ich begann zu weinen und machte mir diesmal auch in der Gegenwart meiner Brüder nicht die Mühe, mich zu beherrschen. Ich konnte es nicht ertragen, wenn mich jemand anbrüllte. Und ich konnte es noch weniger ertragen, dass es mein älterer, unnahbarer Bruder war, der mich anbrüllte. Vor allem, weil ich wusste, dass er recht hatte. Ich hätte die Pistole nicht anfassen dürfen.

»Hailie, was du getan hast, war töricht. Sieh mich bitte an«, befahl Vincent. Es war erstaunlich, wie er die ganze Zeit so cool und gelassen bleiben konnte, während Dylan hochging wie eine Bombe. Ich hob den Blick, und das strenge Gesicht meines ältesten Bruders verschwamm vor meinen tränenverschleierten Augen. »Wenn du jemals wieder eine Waffe in diesem Haus findest – und ich mache keinen Hehl daraus, dass das sehr wohl möglich ist, egal wie sehr wir es zu verhindern versuchen –, darfst du sie nicht anfassen. Du lässt sie liegen, wo sie ist, und informierst umgehend einen von uns, verstanden?«

Ich nickte, zog die Nase hoch und vermied es, Dylan anzuschauen.

»Bitte antworte mir, liebe Hailie. Hast du mich verstanden?«, fragte Vincent.

»Ja … «, murmelte ich kaum hörbar und wischte mir die Tränen von den Wangen.

»Nun. Daraus schließe ich, dass du gestern gar nicht zu mir kommen wolltest, weil du dich unwohl gefühlt hast?«

»Nein. Ich wollte über die Waffe sprechen, aber ich hatte Angst davor«, gab ich endlich zu.

»Du hast also gelogen?«

Ich hielt den Kopf gesenkt.

»Danke. Ich habe verstanden.« Ein Moment der Stille trat ein. »Wie ich dich bereits zu Anfang informiert habe: Der Flügel, in dem ich arbeite, ist für dich tabu. Bitte sieh davon ab, ihn zu betreten.«

»Das werde ich, versprochen.«

»Ich werde mich nicht wiederholen, also merk dir diese Regel. Denn wenn du sie nicht befolgen kannst, sorge ich dafür, dass ab sofort jemand rund um die Uhr auf dich aufpasst. Und du bist zu alt für einen Babysitter, nicht wahr?«

Ich biss die Zähne zusammen, frustriert von seiner herablassenden Art. Die Szene war so schon demütigend genug, auch ohne dass Dylan dabei war. Er stand immer noch neben uns, als würde er nur auf eine Gelegenheit warten, die Situation wieder eskalieren zu lassen.

»Ja«, sagte ich.

»Also gut. Ich habe nicht vor, noch ein solches Gespräch zu führen«, schloss Vincent leidenschaftslos. Er erhob sich, presste das Tablet mit einer Hand an seine Brust und steckte die andere in seine Hosentasche. Schließlich warf er mir von oben herab einen Blick zu, dann richtete er seine Aufmerksamkeit auf Dylan und sagte leise: »Und du bist in Zukunft vorsichtiger.«

Ich ignorierte die Schauer, die mir über den Rücken liefen, und war froh, dass Vince mich endlich vom Haken gelassen hatte. Dylan verließ demonstrativ genervt das Wohnzimmer. Vincent ließ sich davon nicht beeindrucken und ging ihm würdevoll hinterher.

»Vince?«, rief ich, bevor ich mich zurückhalten konnte.

Er blieb in der Tür stehen.

»Ja?«

»Warum hast du so getan, als wüsstest du nicht, dass ich hinter der Couch hocke?« Vor Verlegenheit wurden meine Wangen ganz heiß, aber die Neugierde siegte. »Warum hast du mich erst jetzt darauf angesprochen?«

Zum ersten Mal an diesem Nachmittag hob sich einer seiner Mundwinkel.

»Nun … Sagen wir einfach, ich war neugierig, wie du die Situation handhaben würdest. Und außerdem hattest du eine kleine Strafe verdient.«

Mit diesen Worten ließ er mich allein im Wohnzimmer zurück – in meiner Überzeugung bestärkt, dass Vincent das Zeug zum Sadisten hatte. Und obwohl er wahrscheinlich derjenige war, den ich von allen Brüdern am meisten fürchtete, flüchtete ich schleunigst in mein Zimmer, aus Angst, Dylan könnte ins Wohnzimmer zurückkehren.

11

Winter

Das Ende des Novembers bedeutete mehrere Dinge: Der Winter kam nach Pennsylvania, und er verschonte niemanden. Die Temperaturen stürzten ins Bodenlose, der Himmel war verhangen und düster, und der Wind heulte fast jede Nacht bedrohlich. Das morgendliche Aufstehen wurde zu einer echten Qual.

Zum anderen stand Thanksgiving vor der Tür, wovon ich zufällig erfuhr, als Mona und Audrey sich über die Aussicht auf ein langes Wochenende freuten. Natürlich hatte ich von diesem amerikanischen Fest gehört, es aber noch nie gefeiert. Das Einzige, was ich aus Filmen und Büchern wusste, war, dass man sich an diesem Tag für alle möglichen Dinge bedankt und dass es zum Abendessen Truthahn gibt. Abgesehen davon, dass ich nicht einmal wusste, ob ich Truthahn mochte, war das größere und beunruhigendere Problem, dass mir nichts einfiel, wofür ich mich bedanken könnte. Nach all dem, was ich erlebt hatte, konnte ich mich nicht dazu durchringen, für irgendwas Dankbarkeit zu empfinden.

Mona erzählte mir, dass es ein Feiertag für die ganze Familie sei. Audrey betonte, das Schöne daran sei, dass an diesem einen speziellen Tag alle zusammenkommen, die sich ansonsten in Bezug auf Herkunft oder Religion voneinander unterscheiden. Als ich Will danach fragte, erklärte er mir den geschichtlichen Hintergrund, und Shane versprach mir, dass es Berge von köstlichem Essen geben würde.

Damit wurde meine Hoffnung, dass im Hause Monet kein Thanksgiving gefeiert wurde, zunichtegemacht. Im Gegenteil: Wie von Audrey prophezeit, entpuppte sich der vierte Donnerstag im November als ein Tag, der für buchstäblich jeden in diesem Land eine besondere Bedeutung zu haben schien. Die festliche Atmosphäre war sogar in der Villa zu spüren. Tony und Shane alberten seit dem Morgen herum und zogen einander spielerisch auf, und selbst Vincent schien weniger angespannt. Dylan fragte fröhlich: »Wie geht's?«, als er mich nach seinem morgendlichen Training in der Küche antraf. Ich brauchte einen Moment, um mich von dem schweren Schock zu erholen, zum ersten Mal ein nettes Wort von ihm gehört zu haben.

Eugenie hatte ein wahres Festmahl für uns zubereitet und sogar ihre Tochter mitgebracht. Ich verbrachte den halben Tag mit den beiden Frauen und war fasziniert. Endlich andere weibliche Wesen im Haus! Eugenies Tochter war die ganze Zeit über ziemlich schüchtern, vor allem dann, wenn einer meiner Brüder den Kopf in die Küche steckte, aber wir unterhielten uns nett, und ich lernte, wie man einen Pumpkin Pie backt. Der einzige Nachteil des gemütlichen Zusammenseins mit den beiden war die mütterliche Zärtlichkeit, mit der Eugenie ihre Tochter bedachte. Die Erkenntnis, dass ich das nie wieder erleben würde, schmerzte zu sehr, und ich musste mich extrem konzentrieren, nicht loszuheulen.

Je weiter der Tag voranschritt, desto aufgeregter wurde ich wegen des förmlichen Abendessens mit meinen Brüdern. Ich war daran gewöhnt, dass sie ihre eigenen Wege gingen, und es gefiel mir, weil ich so meistens meine Ruhe hatte. Doch das Thanksgiving-Dinner stellte sich als Überraschung heraus.

Wir setzten uns an den üppig gedeckten Esstisch, auf dem inmitten einer Unmenge an Geschirr ein imposanter, hoher Kerzenständer prangte. Während meinen Brüdern beim Anblick des riesigen, knusprig gebratenen Truthahns sichtlich das Wasser im Mund zusammenlief, schluckte ich unauffällig, als Vincent ein Messer in die Hand nahm, um den Vogel zu zerteilen.

Nachdem sich meine gefräßigen Brüder bedient hatten, nahm ich auch eine kleine Portion. Ich knabberte an dem zarten Fleisch, kostete das köstliche Kartoffelpüree und die süßsaure Preiselbeersauce und lauschte den Gesprächen der Jungs. Mittlerweile verstand ich ihren schrägen Humor ein wenig besser und kannte auch mehr von den amerikanischen Ausdrücken, die sie verwendeten. Am Ende stellte ich erleichtert fest, dass ich von niemandem gezwungen worden war, laut zu bekennen, wofür ich dankbar war.

Obwohl es mein erstes Thanksgiving war und ich solchen Bammel davor gehabt hatte, sollte ich mich später mit einem Lächeln daran zurückerinnern. Leider verging die Zeit wie im Fluge, und schon bald stand Weihnachten vor der Tür. Ein Fest, das mir im Gegensatz zu Thanksgiving bekannt war und das ich jedes Jahr mit zwei der wichtigsten Menschen in meinem Leben gefeiert hatte – jetzt sollten diese Menschen nicht mehr bei mir sein.

Das unerbittliche Bombardement durch Weihnachtsmänner,

Kitschdeko und Weihnachtslieder begann früher, als ich es aus England gewohnt war. Das bekam ich zu spüren, obwohl ich die meiste Zeit in der Villa hockte. Hier bemühte sich zum Glück lange Zeit niemand auch nur annähernd um Weihnachtsstimmung, es gab weder Baum noch Dekorationen.

Ich wusste nicht, wie dieser besondere Tag hier gefeiert wurde, aber mich schauderte bei dem Gedanken, dass ich vielleicht den Weihnachtsbaum schmücken, einen Kuchen backen, mich auf die Suche nach Geschenken machen und wieder mit meiner neuen Familie am Tisch sitzen würde. Um Missverständnisse zu vermeiden: Ich liebe Weihnachten. Nur erinnerte es mich jetzt an die traurige Tatsache, dass es zum ersten Mal ohne meine Mutter und meine Großmutter stattfinden würde.

Die Werbung im Fernsehen brachte mich zum Weinen, der Anblick der bunten Lichter und Weihnachtskugeln in der Schule zum Würgen. Und als ob das noch nicht genug wäre, brachte der dreißigste November noch einen weiteren traurigen Anlass mit sich: meinen fünfzehnten Geburtstag.

Früher hatte ich meinen Geburtstag nicht weniger geliebt als Weihnachten. Meine Mutter hatte stets dafür gesorgt, dass ich an diesem Tag ganz besonders liebevoll behandelt wurde, und sie hatte sich immer alle Mühe gegeben, jeden einzelnen Moment unvergesslich zu gestalten.

Von meinen Brüdern erwartete ich natürlich nicht, dass sie mich auf Händen tragen würden. Mir wäre es eigentlich lieber gewesen, wenn sie meinen Geburtstag vergessen hätten.

Ich wusste immer noch nicht, was ich von den fünf halten oder wie ich mit ihnen umgehen sollte. Wenn mich Will oder Shane ansprachen, ertappte ich mich oft dabei, dass ich allmählich Zuneigung für die beiden empfand. Doch da waren noch Tony und Dylan, die mich mit ihrer fiesen Art immer wieder dazu brachten, meine Zugehörigkeit zur Familie Monet infrage zu stellen. Und natürlich Vincent, dessen wahre Gedanken wohl niemand erraten konnte.

Wegen dieses endlosen Auf und Ab fürchtete ich mich noch mehr vor meinem Geburtstag, vor allem, als Will mich bat, mir für diesen Abend nichts vorzunehmen.

Nicht, dass etwas in meinem Kalender gestanden hätte. Die einzige Person, von der ich einen Geburtstagsgruß erwartete, war Roxanne. Ich war nämlich fest entschlossen, die Tatsache, dass ich am letzten Novembertag fünfzehn Jahre alt wurde, vor der Welt zu verbergen. Anfangs gelang es mir sogar, es vor Mona und Audrey zu verheimlichen, die trotz ihrer Freundlichkeit so gut wie nichts über mich wussten. Es gab jedoch eine Person, der ich freiwillig davon erzählte.

Jasons Augen weiteten sich, und sein Arm, der locker um meine Schultern gelegt war, glitt herab, als er sich vorbeugte, um mir ins Gesicht zu sehen.

»O Mann, wirklich? Du hast gar nichts gesagt!«

»Ich sage es dir jetzt«, antwortete ich, den Blick auf die Fliesen gerichtet. »Aber ich will wirklich keine große Sache draus machen.«

»Nein?« Jason lächelte frech. »Warum hast du mir dann davon erzählt?«

Ich warf ihm einen überraschten Blick zu, woraufhin er lachte, sein Gesicht ein wenig näher an meins heranbrachte und mich damit total aus dem Konzept brachte.

»Möchtest du, dass ich dir was schenke?«, fragte er flüsternd, und mir schoss Hitze in die Wangen. Ich zog meinen Kopf so heftig weg, dass ich die Wand hinter mir nur knapp verfehlte.

»Jason!«, rief ich verlegen. »Hör auf, so habe ich das nicht gemeint. Du weißt, dass es nicht darum geht. Wie kannst du nur denken ...«

»Ist schon gut«, lachte er und strich mit der Hand über meine Wange. »War doch nur ein Joke.«

»Kein besonders guter«, konterte ich.

»Hey ...«

»Ich will keine blöden Geschenke.«

»Es wird keine blöden Geschenke geben«, versicherte er. »Aber wäre ein kleines, albernes Date vielleicht okay?«

Bei dem Wort Date schlug mein Herz schneller. Vielleicht klang es für mich nur deswegen so reif und aufregend, weil ich noch nie ein Date gehabt hatte? Bei Date dachte ich an ein Abendessen bei Kerzenschein, mit schicken Klamotten, rotem Lippenstift und klassischer Musik. Nichts davon passte zu mir oder zu Jason.

»Was schaust du so?«, spottete er. »Willst du dich für den Rest deines Lebens mit mir auf dem Klo treffen?«

»Nein, natürlich nicht!«, protestierte ich und versuchte, mich zusammenzureißen. »Es ist nur so, dass wir uns ja aus einem ganz bestimmten Grund hier verstecken. Meine Brüder, weißt du noch?«

»Ich sehe da kein Problem.«

»Ich für meinen Teil sehe sogar fünf Probleme!«, protestierte ich.

»Du musst ihnen doch nicht alles erzählen. Wir können uns in der Shopping Mall treffen. Du kannst behaupten, dass du dich dort mit deinen Freundinnen triffst.«

»Ich habe keine Freundinnen.«

»Was ist mit Mona und … Wie heißt sie noch mal – Aubrey?«

»Audrey«, antwortete ich mit einem Seufzer. »Und ich bin noch nie mit ihnen ausgegangen. Seit ich bei meinen Brüdern eingezogen bin, ist mein soziales Leben nicht-existent.«

»Dann wird es aber Zeit, dass du es dir zurückholst, meinst du nicht?« Jason packte mich an den Schultern und kam mir noch ein wenig näher; seine blauen Augen leuchteten, und sein intensiver Blick machte es mir fast unmöglich, ihm zu widersprechen.

»Vielleicht …«, antwortete ich ausweichend.

»Oder wir gehen ins Kino, da ist es dunkel, und niemand erkennt uns«, schlug er vor und lächelte noch breiter.

»Aber … Soll ich Mona und Audrey dann auch einladen?«, fragte ich und runzelte die Augenbrauen.

»Hailie, ich will auf ein Date mit dir, nicht auf ein Klassentreffen. Die beiden sollen dich nur decken. Lass sie doch shoppen gehen, und wir gucken währenddessen einen Film. Zu zweit. Das ist ein todsicherer Plan, da kann nichts schiefgehen.«

»Ich weiß nicht, ob ich meine Brüder wieder anlügen will …«, murmelte ich.

»Du brauchst nicht zu lügen«, versprach Jason. Inzwischen kniete er vor mir und hielt meine Handgelenke fest. Ich bereute, dass ich ihm überhaupt von meinem Geburtstag erzählt hatte. »Du sagst ihnen, dass du dich mit den Mädels treffen willst, und gehst mit Audrey und Mona in die Mall. Wo ist da die Lüge? Du sagst, du gehst ins Kino. Du musst nicht sagen, mit wem. Ist das nicht genial?«

Ich seufzte erschlagen. Irgendwie war es ja auch cute, dass Jason diesen besonderen Tag mit mir verbringen wollte. Kurz stellte ich mir vor, wie schön es wäre, mich woanders als in dieser nicht sehr sauberen Toilette mit ihm zu treffen. Diese Vision war viel zu verlockend, und ich ließ mich mitreißen.

Die Aufgabe, die mir im Zusammenhang mit diesem Plan bevorstand, stresste mich ungemein – angefangen damit, Mona und Audrey in meinen geheimen Plan einzubeziehen. Ich wollte sie nicht anlügen, also beschloss ich, das Risiko einzugehen und ihnen beim Mittagessen die Wahrheit zu erzählen. Ich gestand ihnen, dass ich mich heimlich mit Jason traf, woraufhin sie anfingen, aufgeregt zu quieken. Ich musste sie beruhigen, damit sie keine neugierigen Blicke auf sich zogen, unter anderem vom Monet-Tisch.

»Jason? Der blonde Jason, ernsthaft?«

»Deine Brüder würden ihn in Stücke reißen, wenn sie das wüssten!«

»Deshalb will ich ja nicht, dass sie es wissen«, zischte ich und versuchte, sie mit einem drohenden Blick zum Schweigen zu bringen. Es gelang mir jedoch nicht, ihnen damit das alberne Grinsen aus den Gesichtern zu wischen.

»Jason? Wirklich?« Audrey konnte es immer noch nicht fassen.

»Wie schafft ihr es denn, euch zu treffen, ohne dass die Monets was davon mitbekommen?«, wollte Mona wissen.

»Na ja, wir verstecken uns gut«, antwortete ich, während ich einen nervösen Blick hinter mich warf.

»Jason hat einen zweifelhaften Ruf«, informierte mich Mona in kennerischem Tonfall.

»Wenn es nach dir geht, hat jeder an dieser Schule einen zweifelhaften Ruf.«

Sie schienen sich nicht an meiner pampigen Antwort zu stören, stattdessen zuckte Audrey zusammen, als ob sie sich an etwas erinnert hätte, und wandte sich dann an Mona.

»War Jason nicht der, der dir dauernd auf die Brüste geglotzt hat? Damals, im Sportunterricht?«

»Ich weiß es nicht mehr. Vielleicht ... « Mona biss sich auf die Lippe und schaute mich unsicher an.

»Ach, okay, da hab ich mich wohl vertan«, erwiderte Audrey schnell und winkte ab. »Dir starrt ja jeder Typ auf die Brüste. Wahrscheinlich war es gar nicht Jason.«

Ich senkte meinen Blick und bedauerte plötzlich, dass ich das Thema angesprochen hatte. Diese zwei waren keine engen Freundinnen, ich hätte sie da nicht reinziehen sollen. Bei dem Gedanken, dass Jason Mona angeglotzt hatte, bildete sich ein Knoten in meinem Magen. Schließlich weihte ich die Mädels widerwillig in den Plan ein, den Jason und ich ausgeheckt hatten, denn jetzt, da ich ihnen bereits von unseren Treffen erzählt hatte, konnte ich es ebenso gut versuchen. Sie reagierten mit noch lauterem Gekreische, als ich ihnen von meinem Geburtstag erzählte. Wider Erwarten schienen sie nicht das geringste Problem mit der Tatsache zu haben, dass ich sie für das geheime Date instrumentalisieren wollte, sondern freuten sich auf eine aufregende Unternehmung am Wochenende. Zu meinem Missfallen gingen sie sogar noch einen Schritt weiter und planten eine Sleepover-Party nach dem Kinobesuch. Schon seit einiger Zeit versuchten sie, mich dazu zu überreden, aber ich hatte mich bisher immer davor gedrückt. Diesmal wäre es nicht fair gewesen, Nein zu sagen, wenn man bedachte, was für einen großen Gefallen sie mir taten. Außerdem wäre es auf diese Weise noch einfacher für mich, die Wahrheit vor meinen Brüdern zu verbergen, wie Mona bemerkte.

Schließlich stand ich vor dem schwierigsten Teil meiner Mission. Nachdem ich mich im Voraus vergewissert hatte, dass er allein war, ging ich zu Will. Ich tat scheu und verlegen und bat ihn, mich das Wochenende mit meinen Freundinnen verbringen zu lassen. Mein Mund wurde trocken wegen der Gewissensbisse, die ich bei dieser Lüge empfand.

Will sah aus, als würde es ihn freuen, dass ich doch noch ein Leben außerhalb der Schule hatte. Er fragte nach Mona und Audrey und unseren Plänen fürs Wochenende, schien aber kein Problem damit zu haben. Allerdings riet er mir, so bald wie möglich Vincent darüber zu informieren.

Vincent schaute mich mit ernstem Blick an. Er lächelte nicht, was mich in meiner Annahme bestärkte, dass er mich am liebsten im Haus einsperren und gar nicht mehr rauslassen würde. Wäre ich jemand, der gern ausgeht, hätte mich das vielleicht geärgert, aber so ignorierte ich seinen Unmut einfach. Zumal er mir schließlich sogar erlaubte, bei den Mädels zu übernachten.

Mein Geburtstag erwies sich als gutes Verhandlungsargument. Wie ich bald herausfand, wurden Geburtstage in der Familie Monet nämlich ein wenig anders gehandhabt. Ich hatte kein einziges Geschenk von meinen Brüdern bekommen, und die neunjährige Hailie, die eine lange Wunschliste gehabt hatte, wäre vielleicht enttäuscht gewesen – aber nicht die Hailie von heute. So blieb mir die Peinlichkeit erspart, gezwungen zu lächeln und mich x-mal höflich zu bedanken.

»Wir haben nie Geschenke zu irgendwelchen Anlässen bekommen. Stattdessen feiern wir alle Feste gemeinsam. Unser Vater glaubte, das beste Geschenk, das man jemandem zum Geburtstag oder zu Weihnachten machen kann, sei gemeinsame Zeit«, erklärte Will.

Irgendwo in meinem Inneren spürte ich Rührung aufsteigen, und gleichzeitig quälte mich die Erwähnung dieses Mannes. Camden Monet war schließlich auch mein Vater gewesen. Wie hatte jemand, der sich so sehr für seine Familie eingesetzt und solche Werte gepredigt hatte, die Tatsache, dass er eine Tochter hatte, so völlig ignorieren können?

Gemeinsame Zeit hatte ihm also viel bedeutet. Was war mit der Zeit, die er mir gewidmet hatte? Für mich hatte er sich keine genommen. Dieser Gedanke nagte an mir. Mein Vater faszinierte mich und machte mich gleichzeitig wütend.

Wie Will angekündigt hatte, verbrachte ich meinen Geburtstagsabend mit meinen Brüdern. Sie ließen mir die Wahl, ob ich in ein Restaurant gehen oder lieber zu Hause bleiben wollte, und ich entschied mich für Letzteres – zumal am nächsten Tag mein Treffen mit Jason anstand. *Zu viel Ausgehen in einer Woche kann nicht gesund sein,* sagte ich mir.

Ja, ich weiß, ich bin langweilig.

Als Will mich fragte, wo ich Essen bestellen wollte, war ich überfordert. Doch er versicherte mir, dass ich wirklich ganz frei wählen konnte, weil unsere Brüder absolut alles verschlingen würden, was essbar war. Also entschied ich mich für Pizza.

Meine Geschwister verteilten sich mit ihren Pizzakartons quer durchs Wohnzimmer, und irgendwie machte mich der Anblick glücklich.

Will holte Getränke aus dem Kühlschrank, Tony klaubte Champignons von seiner Pizza, Shane klappte ein Stück in der Mitte zusammen und schlang es in zwei Bissen hinunter, Dylan schmierte sich mit Tomatensoße voll und fluchte, und Vince warf eine Rolle Papiertücher nach ihm.

Sogar er war lockerer, unfassbar! Er schaute kein einziges Mal auf seine Uhr oder sein Handy und widmete seine Zeit stattdessen zu hundert Prozent meiner Geburtstagsfeier. Das war sein Geschenk an mich, und es gab mir das Gefühl, wichtig zu sein.

Trotzdem konnte ich nicht anders, als mir vorzustellen, wie der Tag verlaufen wäre, wenn ich bei meiner Mutter und meiner Großmutter gewesen wäre. Meine Oma hätte mir einen köstlichen Kuchen gebacken und zu viel zu essen gemacht, meine Mutter und ich hätten ein Spiel gespielt, und natürlich hätte ich ein Geschenk bekommen, ein materielles. Meine Mutter hatte mir immer beides geschenkt. Materielles und ihre Zeit. Nur hatte sie nun keine Lebenszeit mehr.

Immer wenn ich angesichts dieser Gedanken traurig wurde, sagte Shane etwas Albernes, oder Dylan passierte ein Missgeschick, und ich musste lachen.

Zum Nachtisch gab es eine Torte mit fünfzehn Kerzen und frischen Erdbeeren. Sie wurde von Eugenie gebracht, und ich war so gerührt, dass ich meine Tränen nur mit Mühe zurückhalten konnte. Ich hatte wirklich nicht erwartet, dass sich alle so viel Mühe geben würden. Nacheinander gratulierten sie mir. Als ich die Kerzen ausblies, wünschte ich mir heimlich, dass ich mich der Familie Monet endlich zugehörig fühlen würde.

Nach der superleckeren Nachspeise machten wir uns über die Pizzareste her, diesmal bei einem Horrorfilm, und ich tat so, als hätte ich überhaupt keine Angst. Dylan würgte bei den idiotischen Szenen demonstrativ, und Vince rollte mit den Augen, als könne er selbst nicht fassen, dass er sich einen solchen Mist ansah, statt am Schreibtisch zu sitzen.

Gegen Ende des Films nickte ich ein. Als mich jemand anstieß, schrie ich laut auf und öffnete erschrocken die Augen. Ich blickte in die Gesichter meiner Brüder und sah irritiert, wie sie sich über mich amüsierten.

»Das war nicht lustig«, protestierte ich mit piepsiger Stimme und strich mir über die Unterarme, auf denen sich eine Gänsehaut gebildet hatte.

»Doch, doch!«, antwortete Shane, der immer noch gluckste.

»Total!«, warf Tony ein.

»Du bist sehr witzig, kleines Mädchen«, fügte Dylan hinzu.

Ich gab auf und sah aus dem Augenwinkel, dass sogar Vince über meine Reaktion schmunzelte.

Kurz darauf machte ich mich auf den Weg ins Bett. Obwohl ich mich vor meinem Geburtstag gefürchtet hatte, musste ich mir nun eingestehen, dass die Jungs ihn erstaunlich schön gemacht hatten.

Und es war überhaupt nicht ihre Schuld, dass ich, nachdem ich mich unter der Bettdecke verkrochen hatte, anfing zu weinen. Ich musste endlich der Traurigkeit und Leere in mir Luft machen.

৵ 12 ৵

Dieser Schwachkopf!

Am nächsten Morgen wachte ich gut gelaunt auf. Ich freute mich so sehr auf das Date, dass ich meine Aufregung beim gemeinsamen Frühstück mit Will kaum verbergen konnte. Mein Lieblingsbruder gesellte sich zu mir in die Küche, sobald er von seinem Morgenlauf zurück war, und in seinen Augen war zu lesen, dass er sich über meine fröhliche Stimmung freute.

Erst als Will mich zum Einkaufszentrum fuhr, packte mich das schlechte Gewissen. Es schnürte mir die Kehle zu, dass ich seine Fragen über meine Pläne ausweichend beantworten musste. Ich log ihn zwar nicht direkt an, aber wem wollte ich damit etwas vormachen? Meine Mutter hatte mir beigebracht, dass das Verschweigen der Wahrheit immer und überall gleichbedeutend mit Lügen ist.

Mona und Audrey warteten bereits am vereinbarten Ort. Sie spielten ihre Rollen wie abgesprochen, winkten mir zu und grinsten Will an. Ich betrachtete ihn nervös, aber er schien nichts zu ahnen. Ein weiterer Grund, mich mies zu fühlen.

Ich wollte schon aussteigen, als ich spürte, wie seine Hand meinen Ellbogen berührte. Ich erstarrte, während die Panik in meinem

Herzen ihren Höhepunkt erreichte. Mehrere verlogene Erklärungen schossen mir durch den Kopf, aber als ich Wills Blick begegnete, war darin weder Enttäuschung noch Wut zu sehen. Im Gegenteil, er sah mich wohlwollend an. Dann schaute er nach unten. Ich folgte seinem Blick und bemerkte ein Bündel grüner Geldscheine, das er in der Hand hielt.

»Ein bisschen Kleingeld kannst du gut gebrauchen, oder?« Er lachte leise und zwinkerte mir zu, und ich lächelte verlegen, um zu überspielen, wie sehr ich mit mir rang.

Du bist so mies, Hailie.

Ich bedankte mich und nahm das Geld, obwohl es viel zu viel war für einen Kinobesuch und einen angeblichen Einkaufsbummel. Aber Will war sich dessen sicher bewusst. Bevor er davonfuhr, wünschte er mir eine gute Zeit und schenkte meinen Freundinnen ein umwerfendes Lächeln.

»O mein Gott, Hailie, das war einer der älteren Brüder, oder? Aber nicht der älteste, richtig?«, flüsterte Mona aufgeregt, bevor ich überhaupt Zeit hatte, die zwei zu begrüßen.

»Der zweitälteste. Will«, nickte ich. »Er ist total in Ordnung.«

Mona fächelte sich mit der Hand Luft zu, auch wenn ich genau gesehen hatte, dass es Audrey war, die bei Wills Anblick rot angelaufen war.

»Kim hat mir mal von ihm erzählt. Meine ältere Schwester«, sagte Mona. »Sie ist eine Zeit lang mit ihm zur Schule gegangen, er war zwei Klassen über ihr, glaube ich. Sie war total in ihn verknallt, und jetzt weiß ich auch, warum.«

Ich warf ihr ein gezwungenes Lächeln zu, schob die Ärmel meiner Jacke hoch und räusperte mich, um zu signalisieren, dass ich keine

Lust hatte, mir so was anzuhören. Ich war zu aufgeregt, weil ich gleich Jason treffen würde – das war alles, woran ich denken konnte.

»Du siehst übrigens megasüß aus, Hailie!«

Ich war froh über den Themawechsel. Auch dass Audrey mir ein Kompliment machte, gefiel mir, obwohl ich nicht wirklich zufrieden mit meinem Aussehen war. Ich trug weder das angesagteste Make-up noch irgendwelche coolen Klamotten. Und einen Lockenstab suchte man in der Monet-Villa vergeblich – was man übrigens auch auf die lange Liste der Nachteile des Zusammenlebens mit fünf Männern setzen konnte. Obwohl es vielleicht sogar besser war, dass ich mich nicht zu sehr gestylt hatte. Auf diese Weise erregte ich keinen Verdacht.

Jason und ich wollten uns bei den Kinokassen treffen. Angestrengt versuchte ich, nicht auf die Weihnachtsdekoration und die nervige Jingle-Bells-Coverversion zu achten, die aus den Lautsprechern dudelte, wahrscheinlich, um das Einkaufserlebnis angenehmer zu machen. Nervös schaute ich mich um, um sicherzugehen, dass niemand Bekanntes in der Nähe war. Ich wusste nicht einmal, wen ich erwartete, aber ich wurde mein ungutes Gefühl nicht los. Beobachtete mich jemand? Nach einer Weile konnte ich mich selbst davon überzeugen, dass mein hyperaktives Gehirn und meine Gewissensbisse schlicht keine gute Kombination waren. Ich musste darauf vertrauen, dass ich meine Brüder überlistet hatte. Dass Jasons Plan wirklich funktioniert hatte.

Meine Paranoia ließ schlagartig nach, als ich Jason sah. Mein Date stand in der Schlange vor den Kassen, und als er mich sah, verzogen sich seine Lippen zu einem strahlenden Lächeln. Ich ging auf ihn zu, und er nahm seine Hände aus den Jackentaschen, um mich zu umarmen. Das Gefühl, das mich durchströmte, war süß wie der erste Schluck heiße Schokolade im Winter. Alles, was zählte, war der süße Typ direkt vor mir mit diesen niedlichen Grübchen.

Ich ignorierte den beißenden Nikotingeruch, der an ihm haftete. Was störte es schon, dass er rauchte – in meinen Augen war er trotzdem fast perfekt. Und er hatte sogar ein Hemd angezogen, was mein Herz erst recht zum Schmelzen brachte. Alles an ihm war so wunderbar, dass ich sogar über seine Zigarettensucht hinwegsehen konnte.

Der Film, den wir uns ansahen, war eine romantische Komödie, von der ich noch nie gehört hatte. Jason hatte ihn ausgesucht. Es war schon eine Weile her, dass ich im Kino gewesen war, deshalb wäre mir eigentlich jeder Film recht gewesen – ich war ja nicht deswegen hier. Ich nahm mir dennoch vor, mich auf den Film zu konzentrieren, was gar nicht so einfach war, denn Jason war die pure Ablenkung. Die Plätze, die er reserviert hatte, befanden sich in der hintersten Ecke des Kinosaals, und zuerst wollte ich vorschlagen, dass wir uns etwas weiter nach vorn zu setzten, da der Saal ziemlich leer war, aber dann begriff ich, warum er diese Plätze gewählt hatte. Ziemlich schnell sogar, denn noch bevor die Werbung zu Ende war, lag seine Hand auf meinem Oberschenkel.

Seine Direktheit überraschte mich, und ich hielt unwillkürlich den Atem an. Dass Jason mich berührte, war nichts Ungewöhnliches, aber normalerweise umarmten wir uns nur. Keiner war jemals einen Schritt weiter gegangen. Nervös tauchte ich meine Hand in die riesige Popcorntüte auf meinem Schoß. Das hier hätte mir doch eigentlich gefallen sollen, oder? Schließlich mochte Jason mich. Und ich mochte ihn. Wahrscheinlich musste ich mich einfach nur entspannen.

Auf einmal bewegte Jason seine Hand, ließ sie von der Mitte meines Oberschenkels bis zu meinem Knie und dann wieder nach oben wandern. Als er an die Schenkelinnenseite gelangte, kribbelte mein ganzer Körper. Ich wusste immer noch nicht, ob ich das Gefühl mochte, aber was ich definitiv wusste, war, dass ich mir zu viele Gedanken machte. *Jason ist nicht irgendein Typ, den ich zum ersten Mal treffe*, redete ich mir gut zu, *sondern jemand, den ich kenne und mag.* Also versuchte ich, mich zu entspannen.

Als er mir mit der Hand eine Strähne meines Haares hinters Ohr strich, zuckte ich dennoch zusammen. Jason war offenbar multitaskingfähig. Eine Hand strich nun über mein Knie, und die andere spielte mit meinem Haar. Ich konnte mich auf wirklich gar nichts mehr konzentrieren, als plötzlich seine Nase meine Wange berührte. Dann spürte ich seinen Atem an meinem Ohr, als er flüsterte: »Gefällt es dir?«

Was gefiel mir? Ging es um den Film, oder meinte er seine Berührungen? Was auch immer, ich nickte bejahend, und er lachte leise und drückte mir einen feuchten Kuss aufs Ohrläppchen. Wenig später spürte ich seine Zähne an meinem Ohr. Er biss mich nicht, sondern knabberte spielerisch daran, was sich seltsam kitzelig anfühlte. Ich kicherte nervös. Er bewegte sein Gesicht ein Stückchen von mir weg und lächelte ebenfalls. Bevor ich etwas unternehmen konnte, rückte er wieder näher an mich heran. Diesmal legte er zwei Finger an mein Kinn. Dann drehte er meinen Kopf sanft zu sich und gab mir einen Kuss auf die Lippen. Einen richtigen Kuss!

Klar, das musste er schon vorgehabt haben, als er die Plätze ausgesucht hatte, aber er schaffte es trotzdem, mich zu überraschen. Ich blinzelte aufgeregt und versuchte, meinen Atem zu beruhigen. Mein

Körper erstarrte, und ein paar Körner Popcorn fielen aus der Tüte, die auf meinem Schoß umgekippt war. Das Paar auf der Leinwand war gerade mit einer erotischen Szene beschäftigt – wie passend.

Jasons Pläne schienen noch weiterzugehen, und obwohl schon das, was gerade passiert war – mein erster Kuss! –, für mich eine Riesensache war, machte er sofort den nächsten Schritt und drängte sich gegen mich. Er küsste mich wieder, und ich spürte seine Zunge in meinem Mund, unsicher, was ich damit anfangen sollte. Zögernd erwiderte ich die Liebkosung. Machte man das überhaupt so? Ich versuchte, mich auf meinen Instinkt zu verlassen, mir blieb ohnehin nichts anderes übrig.

Einen langen Moment später löste sich Jason von mir, und ich konnte seine Zähne in der Dunkelheit aufblitzen sehen, als er grinste. Schließlich küsste er mich noch einmal auf die Lippen und lehnte sich dann zurück, um mir etwas von dem Raum zurückzugeben, den er mir vorhin so unerwartet genommen hatte. Er nahm seine Hand von meinem Knie.

Völlig schockiert starrte ich auf die Leinwand. Ich war froh, dass es dunkel war und Jason mein Gesicht nicht sehen konnte. Meine Wangen brannten, und ich hatte Gänsehaut am ganzen Körper.

»Dein Mund schmeckt nach Süßigkeiten … und Popcorn«, flüsterte Jason mit heiserer Stimme und lachte, als ich mir unbewusst über die Lippen leckte. Ich konnte nur Speichel schmecken.

Hätte ich eine Kritik über den Film schreiben sollen, den ich gerade gesehen hatte – ich hätte wohl keinen sinnvollen Satz verfassen können. Wäre nicht in der Lage gewesen, auch nur eine der Szenen ansatzweise nachzuerzählen. Ich verließ den Kinosaal in Begleitung eines entspannten fröhlichen Jason, der weiter sein Popcorn knabberte und offensichtlich mit dem Filmerlebnis zufrieden war, obwohl ich mir ziemlich sicher war, dass auch er nicht ein einziges Mal auf die Leinwand geschaut hatte. Stattdessen hatte er mich wieder und wieder geküsst und zärtlich umarmt. Irgendwann hatte ich sogar angefangen, es zu genießen.

Nach so langer Zeit im dunklen Saal blendete mich das künstliche Licht in der Shopping Mall, und ich musste die Augen zusammenkneifen. Aus irgendeinem Grund fühlte ich mich plötzlich wie entblößt, nackt. Ich wagte es kaum, Jason anzusehen, denn ich schämte mich für das, was er in meinem Gesicht würde lesen können. Doch als ich meinen Blick hob, fing er ihn mit einem zufriedenen Lächeln ein, und nachdem er die Popcorntüte entsorgt hatte, legte er den Arm um meine Schultern.

»Haben wir sonst noch etwas vor?«, fragte er, und ich griff in meiner Handtasche nach meinem Handy. Ich hatte ein paar ungelesene Nachrichten von Mona, aber sie schienen nicht dringend zu sein. Sie fragte, ob wir auch anständig seien, und warnte uns, nicht zu viel rumzumachen. *Seeehr lustig!* War ich ernsthaft so naiv gewesen, dass ich wirklich davon ausgegangen war, wir würden uns nur einen Film anschauen?

»Äh … Ich glaube, wir haben keine Zeit mehr. Ich muss Mona und Audrey finden, so lautet der Plan, weißt du noch?«, antwortete ich.

»Klar, ich verstehe schon.«

Ich sah ihn an, um mich zu vergewissern, dass er wirklich begriffen hatte. Es fiel mir schwer, ihn wegzuschicken, weil ich wusste, wie viel Mühe er sich gab. Schließlich brachte er sich für mich wegen meiner Brüder auch noch in Gefahr. Nun, und er hatte mir den ersten Kuss meines Lebens gegeben. Ich hatte das seltsam unangenehme Gefühl, dass ich das nicht entsprechend gewürdigt hatte.

»Danke, dass du mich hierher mitgenommen hast«, sagte ich aufrichtig, auch weil er mich zu meinem ersten sozialen Ereignis seit Monaten überredet hatte, an dem ich wirklich Spaß gehabt hatte. Und das mir gutgetan hatte. Zumindest nahm ich das an.

Seine Mundwinkel wanderten nach oben. Jason war offensichtlich zufrieden mit sich selbst. Er war anders als in der Schule, viel mutiger als in der Mädchentoilette.

»Es war cool, sich mal außerhalb der Schule zu treffen«, sagte er.

»Definitiv. Obwohl ich, wenn ich ehrlich bin, nicht viel von dem Film mitbekommen habe.«

Er lachte leise, und ich grinste, weil ich insgeheim auf diese Reaktion gehofft hatte.

Wir warteten vor dem Kino, nicht weit von der Rolltreppe und ein paar Geschäften entfernt. Am Brunnen in der Mitte standen ein geschmückter Weihnachtsbaum und ein Weihnachtsmann mit Schlitten, neben dem man sich fotografieren lassen konnte. Massenhaft Leute rannten herum. Ich wusste, dass Jason mich zum Abschied noch einmal küssen wollte, und obwohl ich Angst hatte, erwischt zu werden, ließ ich ihn gewähren. Dieses Mal war ich vorbereitet und wusste bereits, was mich erwartete. Es kam mir immer noch ungewohnt und irgendwie albern vor, ihn zu küssen, aber ich gebe zu, dass ich auch ein Fünkchen Vergnügen spürte. Es war schön, jemanden so nah bei mir zu haben.

Jason behandelte mich nicht wie ein kleines Mädchen. Er behandelte mich wie eine Frau. Schließlich hatte er mich um ein Date gebeten, und wir hatten uns geküsst wie das Paar in der romantischen Komödie. Ich fühlte mich so erwachsen wie nie zuvor.

Während ich die Rolltreppe hinauffuhr, winkte ich Jason ein letztes Mal zu. Er stand bei den Aufzügen, eine bereits fertig gedrehte Zigarette in der Hand. Als er aus meinem Blickfeld verschwand, seufzte ich glücklich, völlig überwältigt von dem, was sich soeben abgespielt hatte. Vielleicht erlebte ich alles doppelt so intensiv, weil es sich um meine erste Liebe handelte, vielleicht aber auch, weil es mein erster Ausflug überhaupt war, seit ich mein neues Leben bei meinen Brüdern begonnen hatte.

Bei dem Gedanken an sie verzog ich das Gesicht. Wenn sie mich im Kino statt beim Shoppen erwischt hätten, wären sie jetzt alles andere als begeistert. Vincent hatte sich klar ausgedrückt: keine Verabredungen mit Jungs. Ich fühlte einen Stich im Herzen. Nervös holte ich mein Handy hervor und warf einen Blick auf das Display, weil ich eine vorwurfsvolle Nachricht von meinem Vormund erwartete, fand jedoch nichts dergleichen und atmete erleichtert aus. *Du solltest dich endlich entspannen*, redete ich mir gut zu.

Ich fand die Mädels im Supermarkt. Sie standen im Gang mit den Snacks – luden Limonade, Chips und Gummibärchen für unser Sleepover in den Einkaufskorb. Als sie mich sahen, winkten sie lebhaft, und ich ließ mich von ihrer Aufregung anstecken. Draußen begann ich, ihnen von meinem Date zu berichten.

Sie fragten mich nach Jason und meinen Gefühlen, und ich antwortete ihnen ehrlich, weil ich das Bedürfnis hatte, mit jemandem darüber zu reden. Und außer den beiden kannte ich niemanden, dem ich davon erzählen konnte. Die Mädchen analysierten Jasons Verhalten auf ihre eigene, wie ich fand, etwas übertriebene, aufgeregte Art und Weise. Ich hörte ihnen zu und beschloss, für diesen einen Abend in ihrer Aufmerksamkeit zu baden. Womöglich sollte ich mich ein paar Zentimeter aus meinem Schneckenhaus hinaus- trauen. Und vielleicht war es ja gar nicht so schlecht, zwei so enthu- siastische Freundinnen zu haben.

Wir wurden von Audreys Mutter vor der Shopping Mall abgeholt. Sie lächelte die ganze Zeit, und es entging mir nicht, dass sie mich meh- rere Male mit unverhohlener Neugierde im Rückspiegel betrachtete. Bei Audrey zu Hause zeigte sie uns, wo das Abendessen stand, und vergewisserte sich mehrfach, dass ich keine Allergien hatte; dann ver- abschiedete sie sich und verschwand zu ihrer Nachtschicht. Audreys Vater war auf einer Geschäftsreise, und gerade als ich mich freute, dass wir allein zu Hause waren, kam ein Junge in die Küche.

Ich erkannte ihn sofort als Jerry, Audreys älteren Bruder. Obwohl wir angeblich zusammen zur Schule gingen, war ich ihm noch nie begegnet. Ich hatte ihn weder in der Kantine noch auf dem Flur mit Audrey gesehen. Ich erkannte ihn nur, weil mir die Ähnlichkeit zwi- schen ihm und seiner Schwester sofort ins Auge stach. Jerry hatte zwar mausgraues, kurzes Haar, nicht wie Audrey schwarz und lang, aber er war ebenso blass, dünn und knochig. Sein blutarmes Nerd- Aussehen wurde durch die abgetragene Jeans und sein verblichenes T-Shirt mit dem Logo irgendeines Computerspiels unterstrichen.

Audrey beschwerte sich oft über ihn, und ich nahm an, dass sie nicht die beste Beziehung zueinander hatten. Nicht, dass ich über Geschwisterbeziehungen urteilen konnte, ich war ja selbst keine Expertin auf diesem Gebiet, aber von Audrey wusste ich, dass Jerry den ganzen Tag vor dem Computer saß und ansonsten clumsy war, dafür aber ziemlich eingebildet. Trotz dieser Vorwarnung versuchte ich, ihm gegenüber nicht voreingenommen zu sein. Er machte es mir nicht gerade leicht. Sofort warf er mir hinter seiner dicken, schwarz umrandeten Brille einen verächtlichen Blick zu. Dann verzog er das Gesicht, schnappte sich eine Packung Chips und ging ohne ein Wort aus der Küche.

»Hi, Jerry, schön, dich zu sehen!«, rief Mona ihm hinterher und zappelte auf ihrem Drehhocker.

Audrey, die offenbar an die unkommunikative Art ihres Bruders gewöhnt war, schnaubte nur abfällig. Sie schob gerade die Lasagne in den Ofen.

»Hat er das Gesicht verzogen, als er mich erkannt hat, oder habe ich mir das eingebildet?«, fragte ich.

Mona biss sich auf die Lippe und warf einen unsicheren Blick zu Audrey, die seufzte, sich aufrichtete und gegen die Anrichte lehnte.

»Nimm es nicht persönlich, Hailie. Jerry ist seltsam. Und er hat komische Überzeugungen.«

»Was für Überzeugungen?«

»Weißt du …«, begann sie unsicher, aber mein besorgter Blick zwang sie, ihre Erklärung fortzusetzen. »Als ich meine Eltern gefragt habe, ob ich euch einladen darf, hat dieser Arsch behauptet, dass es gefährlich sei, die Monet-Schwester ins Haus zu lassen.«

Ich setzte mich auf dem hohen Hocker am Tresen zurecht, meine Hände ruhten auf der Tischplatte. *Wie bitte?*

»Was?«, fragte ich.

Audrey winkte ab.

»Jerry ist ein Idiot. Du solltest es dir nicht zu Herzen nehmen.« Sie ging zum Kühlschrank und holte drei Coladosen heraus, als ob sie etwas zu tun suchte, um mir nicht in die Augen sehen zu müssen.

»Er hat Vorurteile gegenüber deinen Brüdern. Das ist der Grund. Er hat unseren Eltern gesagt, dass es besser ist, ›nicht mit dem Feuer zu spielen‹, so hat er es formuliert.« Sie stellte die Getränke auf die Theke, zuckte mit den Schultern und schloss: »Jerry ist nur ein blöder Arsch.«

»Kennt er meine Brüder wirklich so gut?«, fragte ich tonlos. Eine dunkle Vorahnung beschlich mich.

»Er ist im selben Jahrgang wie Shane und Tony. Ich glaube, sie haben einige Kurse zusammen. Also hatte er genug Gelegenheit, sich eine Meinung über sie zu bilden.« Audrey biss sich auf die Lippe. »Aber du musst ihm gegenüber nachsichtig sein. Vergiss nicht, dass es Jerry ist. Und wie gesagt, er ist wirklich ein Idiot.«

»Du bist hier die Idiotin.«

Jerry war in die Küche zurückgekehrt. Jetzt stand er auf der Türschwelle und sah seine Schwester mit finsterem Blick an. Die Spitzen seiner Ohren waren stark gerötet, und seine Brille war ihm die Nase heruntergerutscht.

»Wie sonst soll ich dein beschissenes Verhalten gegenüber Hailie erklären?«, zischte Audrey. Ich dachte, sie wäre die Ruhe in Person, aber ihr Bruder verstand es offensichtlich, sie zu provozieren wie niemand sonst.

Jerry warf mir einen feindseligen Blick zu. Ich kam mir schräg vor als Gast, dem so offen Abneigung entgegengebracht wurde, aber abgesehen davon machte mir sein Verhalten nicht viel aus. Ich lebte mit fünf älteren Brüdern zusammen, die jeden mit einem einzigen Blick töten konnten. Jerrys pseudobedrohlicher Ausdruck beeindruckte mich nicht wirklich.

»Jetzt macht ihr auf beste Freundinnen, und du nimmst sie in

Schutz, deine tolle Hailie Monet.« Das letzte Wort spuckte er geradezu spöttisch aus. Dabei starrte er Audrey mitleidig an. Seine Hände ballten sich zu Fäusten zusammen und öffneten sich wieder. »Eines Tages wirst du verstehen, dass es besser ist, sich von den Monets fernzuhalten.«

»Kannst du mir auch nur ein vernünftiges Argument dafür nennen? Was hast du gegen Hailies Familie?«, wollte Audrey wissen. Jerry machte einen Schritt auf sie zu, und ich verkrampfte mich. Ich sah, wie auch Mona sorgenvoll die Stirn runzelte.

»Sie sind gefährlich«, rief Jerry. »Sie glauben, dass sie sich alles erlauben dürfen, sie missbrauchen Menschen, sie sind gewalttätig, sie denken, mit Geld alles regeln zu können, sie sind größenwahnsinnig und komplett rücksichtslos ... «, begann er aufzuzählen, und jedes einzelne Wort war wie ein Gewehrschuss in meinen Ohren.

Ein großer Kloß bildete sich in meiner Kehle, denn jeder seiner Vorwürfe war ein laut ausgesprochener Gedanke, der mir selbst schon oft in den Sinn gekommen war.

»Stell dich nicht so dumm an, Audrey, du weißt selbst gut genug, dass ihre Familie das Letzte ist«, schloss er.

»Wie kannst du so etwas nur sagen, und dann auch noch vor Hailie?«, warf Mona entrüstet ein.

»Oh, deine arme kleine Hailie. Aber lasst euch eins sagen: Sie wird immer auf die Füße fallen, solange sie die Monet-Brüder an ihrer Seite hat. Sollte es in eurer Pseudofreundschaft zu einem Konflikt kommen, werdet ihr beide das teuer bezahlen. Und sie wird davonkommen.«

Vor Schreck klappte mir der Mund auf. Ich war so schockiert, dass ich kein Wort zu meiner Verteidigung herausbrachte.

»Wovon sprichst du? Welcher Konflikt? Du kennst Hailie doch gar nicht«, rief Audrey, die vor Wut rot geworden war.

»Du wirst schon sehen, was du von dieser Freundschaft hast«, gab Jerry drohend zurück.

»Du bist echt nicht normal.«

»Was meinst du bitte, Jerry?« Mona schüttelte angewidert den Kopf.

Ich war erleichtert, dass sie mich beide so vehement verteidigten, denn ich brachte immer noch kein Wort heraus.

»Eines Tages werdet ihr schon sehen«, verkündete Jerry und rückte seine Brille zurecht. »Ihr werdet schon sehen.«

Es wurde für eine Sekunde still, dann hallte plötzlich Audreys trockenes Lachen durch die Küche.

»Ich weiß, warum du ein Problem mit Hailie hast«, sagte sie, etwas ruhiger, aber noch immer mit giftiger Stimme. »Hier geht es gar nicht um sie. Warum erzählst du ihr nicht, wie Tony damals deinen Kopf in die Toilette gesteckt hat?«

Mona und ich erstarrten. Jerry hingegen glotzte seine Schwester an, die Lippen so fest aufeinandergepresst, dass sie weiß wurden. Audrey erwiderte seinen feindseligen Blick mit hoch erhobenem Kinn.

»Woher weißt du davon?«, fragte er schließlich leise.

Es war, als wären Mona und ich gar nicht da. Als befänden sich nur Jerry und Audrey in der Küche.

»Ich habe mitbekommen, wie unsere Eltern darüber geredet haben«, erwiderte sie.

»Das ist Jahre her.«

»Zwei, um genau zu sein.«

Jerry keuchte auf. Es klang, als ob er einen asthmatischen Anfall hätte, doch dann riss er sich plötzlich zusammen und warf seiner Schwester einen Blick zu, der vor Abscheu nur so triefte. Wenn mich einer meiner Brüder so angesehen hätte, wäre ich wohl auf der Stelle in Tränen ausgebrochen. Selbst Tony war nicht so garstig zu mir. Audrey tat mir aufrichtig leid, weil sie ein so schlechtes Verhältnis zu dem Menschen hatte, mit dem sie aufgewachsen war.

»Warum gräbst du diese Geschichte überhaupt aus? Was soll das?« Jerry blinzelte kurz, dann hob er die Augenbrauen und sagte: »Weißt du was, vergiss es. Es beweist nur, wie abscheulich ihre …«, Jerry zeigte mit dem Finger auf mich, » … Brüder wirklich sind.«

»Ach ja? Und warum erzählst du nicht die ganze Geschichte?« Audrey lächelte hinterhältig. »Hast du in deinem ersten Jahr nicht nahezu alle Mathehausaufgaben für Tony gemacht?«

Ich kannte diese fiese Seite gar nicht von ihr.

»Weil er mich dazu gezwungen hat!«

»So ein Quatsch. Du wolltest ihn beeindrucken, damit er dich in seine Clique aufnimmt.«

Hinter den Gläsern seiner Brille blitzten Jerrys Augen wütend auf. Audrey hielt seinem Blick stand, als erwartete sie eine Art Gegenangriff, der jedoch ausblieb. Jerry bewegte die Schultern, als wolle er die Anspannung abschütteln, dann rückte er seine Brille zurecht und rieb mit den Händen über seine Oberschenkel.

»Mach, was du willst, es ist mir egal. Du wirst schon sehen«, sagte er kühl, dann drehte er sich um und verließ die Küche.

Wir waren wie gelähmt. Keine sagte ein Wort. Ich starrte auf meine Hände und traute mich nicht, mich zu rühren. Ich war von Anfang an nicht überzeugt gewesen von dieser ganzen Übernachtungsgeschichte, aber mit einem so unangenehmen Zwischenfall hatte ich nicht gerechnet.

»Puh«, machte Mona. Sie verdrehte die Augen und fächelte sich mit der Hand Luft zu.

»Sorry wegen ihm«, sagte Audrey zu mir. Sie war immer noch sehr ernst. »Jerry ist echt furchtbar, und ich kann nicht glauben, dass er sich so benommen hat. Noch dazu vor dir. Du bist doch unser Gast.« Sie schüttelte den Kopf. »Wenn Mum ihn gehört hätte …«

»Schon gut, es ist alles in Ordnung«, unterbrach ich sie und hob mein Kinn. Zur Beruhigung schenkte ich ihr ein blasses Lächeln. »Er hat offensichtlich nicht wirklich ein Problem mit mir, sondern eher mit meinen Brüdern.«

Jerry hatte sich mir gegenüber völlig unfair verhalten. Seine Anschuldigungen hatten uns allen kurzzeitig die Laune verdorben, die sich aber zum Glück schnell wieder erholte, als ich eine WhatsApp von Jason bekam, in der er mir eine gute Nacht wünschte. Die zwei quietschten aufgeregt. Dann gingen wir mein Date noch mal genaustens durch, und der Vorfall mit Jerry war vergessen.

Am nächsten Morgen machte Audreys Mutter Waffeln zum Frühstück. In ihrer Anwesenheit war Jerry wohl nicht mehr so scharf darauf, mich blöd anzumachen, denn er kaute nur schweigend, sichtlich genervt, und wich allen Blicken aus, vor allem aber meinen.

Jetzt, da ich wusste, dass er versucht hatte, Audreys Eltern gegen mich auszuspielen, hatte ich Bedenken, dass ihre Mutter mich zurückweisen würde, aber sie hätte freundlicher nicht sein können. Ich würde sogar behaupten, sie war ein wenig zu nett. Es schien mir fast, dass sie mich verwöhnte. Immer wieder fragte sie mich, ob ich noch etwas Tee oder Saft wollte, sie sorgte dafür, dass der Obstkorb und das Kännchen mit Ahornsirup in meiner Reichweite standen, und vor allem nahm sie jedes Wort, das aus meinem Mund kam, mit besonderem Interesse auf.

Das größte Unbehagen empfand ich, als Vincent mich abholen kam. Zuerst bekam ich eine SMS von ihm, die mich auf den Boden der Tatsachen zurückholte. Er schrieb, dass er gerade in der Stadt war, dass er vorhatte, mich auf dem Weg zurück abzuholen, und dass ich mich bereits fertig machen sollte. Natürlich ließ er keinen Raum für Diskussionen. Ich war überrascht, dass ausgerechnet er kam. Normalerweise schien er zu beschäftigt, um sich mit solch banalen Aufgaben rumzuschlagen.

Noch weit schlimmer war jedoch, wie Audreys Mutter auf seinen Anblick reagierte. Sie wurde blass, ihre Augen weiteten sich, außerdem blinzelte sie zu oft, und ihre Gesten waren fahrig. Zugegeben war ich die Letzte, die sich darüber gewundert hätte. Vincent erschien auf der Türschwelle ihres zwar schönen, aber dennoch gewöhnlichen Hauses, und bereits da fiel auf, dass er nicht in die Umgebung passte. Sein eleganter schwarzer Mantel, das dunkle Haar, das wie immer zurückgekämmt war, seine kühlen blauen Augen und sein blasser Teint standen im Kontrast zu der warmen Atmosphäre des Hauses; er wirkte wie ein Vampir, der darauf wartete, hereingebeten zu werden. Und wenn man dann noch die Statur meines Vormunds, seine natürliche Eleganz und die teure Uhr, die unter seinem Ärmel hervorlugte, hinzunahm ... sagen wir einfach, dass sein Auftritt einen unvergesslichen Eindruck hinterließ.

Zuerst stand Audreys Mutter nur da, als wäre sie ratlos, was sie als Nächstes tun sollte – doch sie erholte sich schnell und lud ihn zum Kaffee ein, was Vince kurz, aber höflich ablehnte. Es entging mir nicht, dass ihre Augen ab und zu auf die Hand meines Bruders schielten, als würden sie von dem Siegelring an seinem Finger magisch angezogen.

Als wir endlich gingen, verabschiedete sie sich mit einem gezwungenen Lächeln.

～ 13 ～

Zwei gebrochene Herzen

Vincents schnittiges schwarzes Auto glitzerte im Sonnenlicht und stand im krassen Kontrast zu dem Schnee auf den Rasenflächen ums Haus herum. Die Hand meines Bruders umklammerte den Griff der Beifahrertür, um sie dann für mich zu öffnen, mit einer schnellen und routinierten Bewegung, aber nicht ohne Anmut.

Er fuhr erst los, als er sicher war, dass ich mich angeschnallt hatte. In der Zwischenzeit drehte er die Heizung auf, wofür ich unglaublich dankbar war, denn sowohl die Kälte hier draußen also auch die, die von meinem Bruder ausging, ließen mich augenblicklich schrecklich frieren. Auf einmal fühlte ich mich wieder ängstlich, aber ich versuchte, mir einzureden, dass das einfach Vincents Art war und dass ich mir eher dann ernsthafte Sorgen machen sollte, wenn er plötzlich anfangen würde, fröhlich mit mir zu plaudern.

Während der Fahrt gab ich mir Mühe, mich auf etwas Positives zu konzentrieren. Ich hatte die Nacht bei meinen Freundinnen verbracht. Ich war schon lange nicht mehr auf einer Pyjamaparty gewesen, nicht einmal, als meine Mutter noch am Leben gewesen war. Seit Roxanne, meine einzige richtige Freundin, nach Griechenland gezogen war, hatte ich niemanden mehr zum Quatschen gehabt und fühlte mich oft einsam. Doch mit Mona und Audrey war alles so einfach! Ich hatte vergessen, wie schön es war, mich mit Junkfood vollzustopfen und über alberne Dinge zu kichern, und konnte nicht mehr nachvollziehen, warum ich anfangs so gezögert hatte, Zeit mit den beiden zu verbringen.

Wenn die Mädels nicht gewesen wären, hätte ich außerdem niemanden gehabt, mit dem ich über mein erstes richtiges Date hätte reden können. Mona hatte vor Aufregung fast hyperventiliert, als ich den unerwarteten Kuss erwähnte. Ihre Reaktion sagte mir, dass das eine natürliche und schöne Sache war und ich deswegen nicht verlegen sein musste. Meine Anspannung musste von der mangelnden Erfahrung hergerührt haben.

»Ich möchte dich gern in der Bibliothek sprechen.«

Vincents Worte kamen so plötzlich, dass ich überrascht aufsah. Ohne mich eines Blickes zu würdigen, schnallte er sich ab. Erst da merkte ich, dass wir bereits in der Garage angekommen waren. Ich war wohl mit meinen Gedanken sehr weit abgedriftet.

»Jetzt gleich?«, fragte ich dümmlich und schluckte den Kloß in meinem Hals herunter.

»Ja, jetzt«, antwortete er kurz und ging, nachdem er die Tür leise hinter sich zugeschlagen hatte.

Ich stieg schleunigst aus dem Auto, obwohl ich mich am liebsten unter dem Sitz verkrochen hätte. Vincents Aufforderung versetzte mich in Panik. Was konnte er von mir wollen? Und warum in der Bibliothek? Wir hatten gerade fast zwanzig Minuten allein im Auto verbracht. Wenn er mit mir sprechen wollte, warum hatte er das dann nicht längst getan?

Ich versuchte, mir nicht anmerken zu lassen, dass ich nervös war, als ich mir drinnen den Schal vom Hals wickelte und meine Jacke auszog. Versuchte, meine zitternden Hände zu kontrollieren, während ich mit dem Reißverschluss an einem meiner Stiefel kämpfte. Was auch immer Vincents Absichten waren, sie waren es nicht wert, dass ich mich deswegen stresste. Und wenn er mein paranoides Verhalten bemerkte, würde er sicher sofort misstrauisch werden.

Auf dem Weg in die Bibliothek drehte er sich kein einziges Mal um, um zu sehen, ob ich ihm folgte. Ich starrte auf seinen geraden Rücken und sein schwarzes Hemd und fragte mich, was er wohl mit mir vorhatte. Würde er mir wieder ein Video zeigen? O Gott, was, wenn er Bildmaterial von Kameras in der Mall in die Finger bekommen hatte? Das wäre furchtbar. Aber nein, das konnte nicht sein. Ich drehte wieder mal durch.

Auf der Schwelle zum Wohnzimmer blieb Vincent kurz stehen. Die Geräusche des Fernsehers drangen an meine Ohren.

»Tony, kommst du bitte«, befahl er, und mein Herz blieb stehen.

Mit Vincent zu reden war eine Sache, ein Gespräch mit Vincent und Tony eine ganz andere!

»Setz dich, Hailie«, forderte mich Vince auf, als wir die Bibliothek betraten.

In der Hoffnung, dass es mir etwas Sicherheit und Geborgenheit geben würde, ließ ich mich in meinem Lieblingssessel nieder. Allerdings machte ich es mir nicht bequem wie sonst immer, wenn ich mich in die Polster fläzte, sondern saß steif und verschränkte meine Hände vor dem Bauch. Mein Herz begann, wie verrückt zu klopfen, als Tony den Raum betrat. Sein Gesichtsausdruck war irgendwas zwischen gelangweilt und müde, aber als er mich sah, lächelte er.

Ich fand nichts Freundliches in seinem Ausdruck – er lächelte, wie er es immer tat: fies. Er rieb sich die Augen, als ob er zu viel ferngesehen hätte, und ließ sich aufs Sofa fallen.

Vincent hatte währenddessen Zeit, einen Blick auf sein Handy zu werfen, bevor er es auf den Beistelltisch legte, sich räusperte und seine Krawatte lockerte. Dann ging er zum Sofa hinüber und setzte sich ebenfalls, allerdings ganz an den Rand, so dass er einen angemessenen Abstand zu Tony einhielt, der es sich bereits bequem gemacht hatte. Als ich meine beiden Brüder so nebeneinander sah, konnte ich kaum glauben, dass sie verwandt waren. So ähnlich und doch so verschieden.

Vince saß breitbeinig da, die Arme auf die Oberschenkel gestützt, die Hände verschränkt, und nahm sich einen Moment Zeit, als würde er nachdenken wollen, bevor er etwas sagte. Er schaffte es, eine unerträglich dichte Atmosphäre zu kreieren, und mir war, als würde ich hier drin allmählich ersticken. *Es wäre fast tragisch schön, wenn ich in der Bibliothek sterben würde*, dachte ich in einem Anflug von Trotz.

»Wie war dein Wochenende, Hailie?«, fragte mein ältester Bruder schließlich, wobei er mit seinen blassblauen Augen aufmerksam jede noch so kleine Reaktion meinerseits zur Kenntnis nahm. Ich fragte mich, ob er bemerkt hatte, dass ich bei seinen Worten zusammengezuckt war.

Sofort war mir klar, dass er von meinem Treffen mit Jason wissen musste. Er musste es mitbekommen haben, warum sonst sollte er mir in diesem künstlich höflichen Ton eine so banale Frage stellen? *Oh, verdammt!*

Das Lächeln auf Tonys Lippen wurde mit jeder Sekunde, die ich schwieg, breiter und gemeiner. Warum war er überhaupt dabei?, fragte ich mich.

»Gut«, antwortete ich leise, bevor sich die Stille alptraumhaft unnatürlich in die Länge zog.

Vince nickte, als akzeptiere er meine Antwort.

»Du kannst den Film also empfehlen …« Er hielt inne und rieb sich kurz die Stirn, als ob er versuchte, einen verlorenen Gedanken wiederzufinden. »Zwei gebrochene Herzen?«

Es dauerte einen Moment, bis ich begriff, dass das der Titel dieser idiotischen romantischen Komödie war, in die mich Jason gestern Abend geschleppt hatte. Aus Vincents Mund klang es irgendwie total awkward, fast schon lustig. Doch mir war überhaupt nicht zum Lachen zumute. Woher zum Teufel wusste er, in welchem Film ich gewesen war? Immerhin hatte ich es keinem meiner Brüder gegenüber erwähnt. Ich hatte ihnen nicht einmal gesagt, dass ich ins Kino gehen wollte. Es hieß, dass ich mit den Mädels shoppen gehe.

O mein Gott, jemand musste mich gesehen haben!

Abgesehen von mir wussten nur Mona und Audrey davon. Na ja, und Jason, aber es war in seinem Interesse, es geheim zu halten, so wie es auch in meinem war. *Hat uns jemand gesehen? Vielleicht in der Warteschlange an der Kasse? Oder nach der Vorführung? Warum war ich nicht vorsichtig genug? Shit!*, dachte ich panisch.

Bleib ganz ruhig, Hailie.

Ich verlagerte mein Gewicht von einem Bein auf das andere, wobei ich meine Hände unter meinen Oberschenkeln einklemmte. Ich wusste nicht, was ich Besseres mit ihnen anstellen konnte, und meine Brüder sollten auf keinen Fall sehen, wie sie zitterten.

»Er würde dir wahrscheinlich nicht gefallen«, antwortete ich und beschloss, mich dumm zu stellen.

»Ach ja?« Vincent klang ehrlich interessiert. »Was genau würde mir deiner Meinung nach denn nicht gefallen? Der Film, oder vielleicht die Tatsache, mit wem du ihn dir angesehen hast?«

Er verstummte, schnippte zweimal mit den Fingern und schloss die Augen, als ob er nach dem Namen suchen würde.

»Jason Evergreen«, warf Tony ein.

Vincent öffnete die Augen, nickte steif und ließ seine Hand sinken.

»Genau.«

Ich schluckte. War das die Rolle, die Tony bei diesem Gespräch spielen sollte? War er hier, um die fehlenden Teile von Vinces Puzzle an ihren Platz zu schieben? Ich runzelte die Stirn, und mein panischer Blick wanderte nach unten. Wie sollte ich aus dieser Sache herauskommen?

»Ist das derselbe Junge, mit dem sie sich schon zuvor in der Schule getroffen hat?« Vince warf Tony einen fragenden Blick zu.

»Derselbe Typ, dem ich erklärt habe, was passiert, wenn er Hailie nicht in Ruhe lässt«, nickte er.

»Ah ja.«

Verdammt, verdammt, verdammt!, fluchte ich innerlich. Was sollte ich jetzt machen? Was sollte ich ihnen sagen? Die Gedanken rasten durch meinen Kopf. Ich wusste, dass ich mich verteidigen musste, aber das Einzige, wozu ich im Moment imstande war, war, nervös mit meinen Fingern zu wackeln. Ich verbuchte es als Erfolg, dass ich sie überhaupt noch bewegen konnte.

»Also, Hailie? Was hast du dazu zu sagen?«, dröhnte Vince in seinem kühlen, monotonen Tonfall, in dem nur allzu deutlich eine unheilvolle Note mitschwang.

Jetzt oder nie, beschloss ich.

»Es stimmt«, antwortete ich und hob den Blick so kühn, wie es mir möglich war. »Jason und ich waren im Kino. Es war ein rein freundschaftliches Treffen, weil wir uns mögen und uns sehen wollten. Ich habe dir nichts gesagt, weil ich wusste, dass du mich nicht hättest gehen lassen.«

Ich hatte gehofft, dass ich durch meine Ehrlichkeit auf Verständnis treffen würde, aber in Vincents Augen fand ich nicht einen Funken davon. Im Gegenteil: Sie verfinsterten sich und raubten mir jede Hoffnung auf einen positiven Ausgang des Gesprächs.

»Hailie, du bist ein kluges Mädchen, deshalb bin ich sehr erstaunt über deine Argumentation, oder besser gesagt, über das Fehlen einer solchen. Wenn ich dir etwas verbiete, heißt das schlicht und einfach: Du darfst es nicht tun. Ich nahm an, das sei mittlerweile klar.«

»Ihr habt gesagt, Jason sei ein schlechter Mensch, aber das stimmt nicht. Ich kenne ihn und weiß, dass er in Ordnung ist«, erklärte ich. Ich versuchte, vernünftig zu klingen, aber meine Stimme zitterte.

Ein lautes Schnauben ertönte aus Tonys Richtung.

»Der Typ ist notgeil! Er will mit dir vögeln«, rief er.

Ich starrte ihn mit vor Schock aufgerissenem Mund und geweiteten Augen an.

»Tony, deine Sprache!«, knurrte Vincent ihn an und warf ihm einen missbilligenden Blick zu. Dann drehte er sich wieder zu mir um und übersetzte: »Dein Bruder meint, dass Jungen mit hübschem Lächeln und blonden Locken fünfzehnjährige Mädchen sehr leicht manipulieren können.«

»Aber ... Jason ist nicht so!«, protestierte ich.

»Doch. Jason ist genau so«, antwortete Tony und starrte mit einem spöttischen Grinsen an die Decke.

Ich hatte schon den Mund aufgemacht, um diesen Jungen, den ich doch wirklich kannte und mochte, noch einmal zu verteidigen, da zeigte Vince mit dem Finger auf Tony.

»Und habe ich euch nicht gesagt, dass ihr in der Schule ein Auge auf Hailie haben sollt? Ihr solltet dafür sorgen, dass er sich von ihr fernhält.«

»Ich kann ihr nicht die ganze Zeit hinterherlaufen wie ein verdammter Hund«, schnauzte Tony zurück.

»Bitte, Jason ist wirklich nett, und ich würde gern weiter mit ihm befreundet sein ...« Ich fing wieder an, um ihr Verständnis zu betteln, verstummte jedoch, als meine beiden Brüder mich ansahen, als hätte ich sie nicht alle.

»Hailie. Dieser kleine Wichser starrt jedem Mädchen auf den Arsch.«

»Du lügst«, zischte ich Tony zu, aus dem Gleichgewicht gebracht durch seine fiesen Worte, sein arrogantes Lümmeln auf den Sofakissen, das ständige Rollen seiner Augen und seinen spöttisch verzogenen Mund. »Du kennst ihn doch gar nicht.«

Tony lachte und schüttelte den Kopf.

»Aber du kennst ihn? Du bist so naiv, echt.«

Meine Lippen zitterten, und dann spürte ich, wie mir die Tränen über die Wangen liefen. Ich ließ es zu, doch ich bereute sofort, vor meinen Brüdern Schwäche gezeigt zu haben.

Tony hingegen fuhr emotionslos fort: »Er geht uns aus dem Weg, aber Shane und ich sehen ihn trotzdem manchmal in den Pausen, wenn er eine rauchen geht. Er raucht irgendwelchen billigen Scheiß und hängt mit seinen bescheuerten Freunden rum. Sie stehen da und sabbern beim Anblick jedes Mädchens, das vorbeigeht.«

»Du rauchst doch auch Selbstgedrehte und guckst Mädchen hinterher«, konterte ich mit zusammengebissenen Zähnen. Ich wollte so dringend etwas Fieses zu ihm sagen, was ihm endlich den Mund stopfen würde.

»Es geht nicht darum, was ich tue, sondern darum, dass dieser Typ nicht der richtige Umgang für dich ist, Kleine.«

Ich kochte vor Wut, weil er »Kleine« gesagt hatte, und konnte gleichzeitig nicht verhindern, dass ich vor meinen Brüdern heulte wie ein Kind. Ich tat mir selbst leid, und ich hasste Tony. Ich hasste ihn! Und Vincent auch. Und alle meine anderen Brüder. Mit Jason fühlte ich mich so viel wohler als mit ihnen – und das wollten sie mir wegnehmen. Sie wollten alles zerstören! Und das, obwohl sie ihn nicht mal kannten. Alles, was sie über ihn erzählten, war Bullshit, Jason war ganz anders.

Vielleicht sollte ich ihnen verraten, was man sich über sie so erzählte? Da sie die Gerüchteküche ja offenbar für eine wertvolle Informationsquelle hielten.

Doch ich war nicht in der Lage, irgendeine sinnvolle Erwiderung zu formulieren, und wollte nur noch weglaufen. Wollte rausrennen, verschwinden, was auch immer. Mit geballter Kraft konnte ich meinen Fluchtinstinkt gerade noch unterdrücken und kuschelte mich stattdessen tiefer in den Sessel. Wütend und beschämt schaute ich zu Boden.

Vincent war meinem und Tonys Wortwechsel gefolgt, und dabei hatte er mich die ganze Zeit beobachtet. Ich wusste es, auch wenn ich ihn nicht ansah – ich konnte seinen Blick auf mir spüren, ganz deutlich.

»Und was soll ich jetzt tun, Hailie?«, fragte er schließlich leise.

Am besten, du bringst mich um, dachte ich verbittert und ärgerte mich bereits im nächsten Moment darüber.

Irritiert hob ich den Kopf. Langsam hatte ich wirklich das Gefühl, dass mir das alles egal sein sollte. Wenn man bedachte, dass meine Brüder solch einen Aufstand machten, bloß weil ich einen Freund hatte … Es war unfassbar, dass sie sich erlaubten, so überzureagieren. Meine Mutter hätte sich im Leben nicht so aufgeführt. Was glaubten sie, wer sie waren? Sollte das die ganze Zeit so weitergehen? Ich konnte echt nicht mehr.

»Ich weiß nicht, wie ich das noch deutlicher ausdrücken kann«, sagte Vincent nach einer Weile seufzend. »Ich verbiete dir, ihn zu sehen. Wie heißt er noch mal …«

»Jason Evergreen«, antwortete Tony.

»Jason Evergreen.« Vincent sagte es leise, als ob er den Namen kostete, und dann verzog er abgeschmackt den Mund, was ich zufällig sah, als ich meine tränenverschleierten Augen auf ihn richtete. »Schau mich nicht so an, Hailie, und tu nicht so, als wärst du überrascht. Erstens ist das definitiv nicht der richtige Umgang für dich. Zweitens bist du erst fünfzehn und somit viel zu jung, um Dates zu haben. Ist dir das jetzt endlich klar?«

»Wer sagt, dass ich mit fünfzehn zu jung bin?«, antwortete ich pampig.

»Ich sage das. Und du musst nicht damit einverstanden sein, aber du wirst es akzeptieren«, erwiderte er streng.

Ich presste meine Lippen zusammen und weigerte mich zu-

zustimmen. Stur hielt ich Vincents Blick stand, ohne weiter über mögliche Konsequenzen nachzudenken. Ich wollte ihm lediglich zeigen, dass auch ich das Recht hatte, meine Meinung zu äußern. Das war aber offensichtlich nicht der richtige Weg. Meinen gesetzlichen Vormund zu verärgern, konnte wohl niemals der richtige Weg sein.

»Liebes, du kannst dich auflehnen, so viel du willst, aber am Ende wird es trotzdem so laufen, wie ich es dir befehle. Das solltest du inzwischen gelernt haben.«

Ich schaute jetzt zur Seite, meine Wangen waren nass von Tränen. Ich presste meine Lippen fester aufeinander wie ein bockiges Kind, das sich weigert zu essen, doch in meinem Innersten war ich fassungslos. Ich wusste, es hatte keinen Sinn, Vincent weiter zu provozieren, aber das Gefühl der Ungerechtigkeit, das mich ergriff, war stärker als die Vernunft.

»Ist das klar?«, fragte er.

»Und wenn ich Nein sage?«, fragte ich, als ich endlich die Kraft aufbrachte, seinen Blick zu erwidern.

Jetzt lächelte Vince. Zum ersten Mal. Ernsthaft, er lächelte. Und zwar kein säuerliches Lächeln, sondern eines, das irgendwie amüsiert wirkte. Er stützte beide Ellbogen auf seine Oberschenkel, legte sein Kinn auf die ineinander verschränkten Hände und lehnte sich leicht zu mir vor. Aus zusammengekniffenen Augen sah er mich an, immer noch lächelnd.

»Willst du mich herausfordern, Hailie?«

»Was wollt ihr denn tun, mich verprügeln? Mich für immer auf mein Zimmer sperren?«, fragte ich. Ich wollte cool klingen, aber meine zittrige Stimme verriet mich.

»Wenn es nötig ist«, warf Tony ein. Ich sah ihn nicht an, aber ich konnte den Spott, der aus ihm sprach, deutlich hören.

»Sei still, Tony«, ermahnte Vincent ihn, ohne seinen Blick von mir zu nehmen. »Niemand wird dich schlagen, denn niemand hat das Recht, dich auch nur zu berühren, liebe Hailie. Das ist ein Privileg, das du als meine kleine Schwester genießt. Aber was andere Leute angeht, sind wir weniger fürsorglich. Bei deinem Freund, zum Beispiel.«

Ich erstarrte.

»Tony, weißt du noch, was du zu ihm gesagt hast, als du ihn gebeten hast, sich von unserer Schwester fernzuhalten?«

»Ich weiß nicht mehr genau … Dass ich ihm ein paar Knochen brechen würde, sowas halt.«

Vince sah mich nun ernst an.

»Verstehst du jetzt, wovon ich spreche?«

Ich verstand nur zu gut. Wieder flossen Tränen aus meinen weit aufgerissenen Augen und verschleierten mir die Sicht. Mein Mut verließ mich so schnell, wie er gekommen war. Immer das Gleiche. Er kam, überredete mich, mich aufzulehnen, und dann verschwand er – und ich blieb mit dem ganzen Mist allein zurück.

»Ihr werdet ihm doch nicht wirklich wehtun, oder?«, fragte ich verängstigt.

»Hm?«

»Bitte tut ihm nicht weh«, wiederholte ich lauter.

»Du wirst diesen Jungen nicht wiedersehen, überhaupt keinen Jungen, schon gar keinen fünfzehnjährigen. Ist das klar?«, fragte Vincent nochmal.

»Ja, sicher«, antwortete ich schwach.

»Schön, dass wir uns endlich verstanden haben«, schloss mein ältester Bruder und lehnte sich schließlich zurück. Zum ersten Mal seit Beginn unseres Gesprächs saß er in einer bequem aussehenden Position und wirkte vollkommen ruhig.

»Moment, aber was ist mit diesem Typen?«, fragte Tony. »Man sollte ihm eine Lektion erteilen!« Er sprang vor Aufregung in eine aufrechte Position.

»Dann soll er eine bekommen.«

Erschrocken hob ich den Kopf.

»Was? Aber du hast doch gesagt, dass … «

»Er sollte eine Mahnung bekommen«, beschloss Vincent, und als Tony so laut mit seinen Fingerknöcheln knackte, dass ich zusammenzuckte, fügte er hinzu: »Nur eine kleine.«

»Wäre es nicht besser, wenn ich mein Wort halte und ihm eine richtige Abreibung verpasse?«, protestierte Tony.

»Du solltest endlich lernen, dich zu beherrschen«, knurrte Vince und sah seinen jüngeren Bruder finster an. »Es wird Zeit, dass du diese sinnlosen Aggressionsausbrüche in den Griff bekommst. Wir haben alle genug davon.«

»Ich habe mich unter Kontrolle!«, protestierte Tony.

»Dieser Junge muss wissen, wo sein Platz ist, aber er ist noch ein Kind, und es braucht nicht viel, um ihn in die Schranken zu weisen. Das soll nicht deine Sorge sein, Tony. Ich werde mit Dylan darüber sprechen.«

Ich hatte das Gefühl, im falschen Film gelandet zu sein. Hatte ich wirklich richtig gehört? Hatte Vince gesagt, was ich glaubte, dass er gesagt hatte? Das Bild vor meinen Augen wurde unscharf. Ich unterdrückte ein Aufschluchzen, um mich nicht noch mehr zur Idiotin zu machen, aber am liebsten hätte ich laut geschrien. Ich wusste nicht, was ich sagen, was ich tun, wie ich meine Brüder aufhalten sollte. Fühlte mich ohnmächtig. Ich konnte ihnen nicht dabei zuhören, wie sie sich entspannt darüber ausließen, Jason wehzutun. Am liebsten hätte ich sie beschimpft, aber ich konnte nur noch schluchzen.

»Ich denke, es ist an der Zeit, dieses Gespräch zu beenden«, sagte Vincent kühl. »Ich bringe Hailie ins Bett, und du gehst zu Eugenie. Sie soll unserer Schwester einen Kräutertee machen, damit sie sich beruhigt.«

Dann spürte ich einen Griff an meinem Arm. Instinktiv wollte ich die Berührung abschütteln, aber Vincents Finger hielten meinen Arm fest und ließen nicht los, selbst als ich aufstöhnte. Mit letzter Kraft rief ich: »Bitte! Wartet, nein!«

Ich wollte noch nicht gehen. Ich wollte bleiben und weiterreden und Vincent überzeugen, Jason in Ruhe zu lassen. Dieses Gespräch war so dermaßen schiefgelaufen! Niemand hörte mir mehr zu oder gab sich auch nur Mühe, mein weinerliches Betteln zu verstehen. Vincent lotste mich mühelos in den Korridor und dann zur Treppe. Ohne ihn wäre ich wohl die Stufen hinuntergestürzt, denn ich konnte nur noch verschwommene Umrisse erkennen. Ohne seine Hilfe wäre ich auch nicht in der Lage gewesen, mein Zimmer zu finden. Nicht, dass ich für seine Begleitung besonders dankbar gewesen wäre. Aber als ich schließlich auf mein Bett sank, verspürte ich Erleichterung, weil ich mich in die weiche Decke kuscheln konnte und endlich allein war.

Ich weiß nicht einmal mehr, wann Vincent verschwand und Eugenie an seiner Stelle erschien. Sie streichelte mir über den Kopf, brachte mir Wasser und Tee und bot mir etwas zu essen an. Ich hatte nicht die Kraft, ihr zu antworten, also schüttelte ich nur den Kopf, starrte ausdruckslos ins Leere und zog ab und zu die Nase hoch.

Als mein Weinen abebbte, machte sich ein pochendes Gefühl in meinem Schädel breit. Das Einzige, das ich schließlich von Eugenie annahm, war eine Schmerztablette.

Ich erinnere mich, dass Will mich später besuchte. Seine blauen Augen sahen mich voll Sorge an. Wie war es möglich, dass sie Vincents Augen so ähnlich waren und doch so viel mehr zu sehen vermochten? Augen sind der Spiegel der Seele, sagt man. Es hatte noch nie so viel Sinn ergeben.

Will setzte sich auf den Rand der Matratze. Er lächelte mich sanft an, strich mir eine widerspenstige Haarsträhne aus dem Gesicht und steckte sie hinter mein Ohr.

»Wie geht es dir?«

Ich schloss meine Augen und genoss seine warme, leise Stimme. Es war eine ziemliche Herausforderung für mich, zu sprechen, aber ich musste meinen Schmerz mit jemandem teilen, und Will schien die richtige Person zu sein.

»Mies.«

»So wie man sich nach einem Nervenzusammenbruch nun mal fühlt, richtig?«, sagte er schmunzelnd.

Ich blickte zu ihm auf und wischte mir über die Wange, dann sank ich wieder aufs Kissen.

»Pass auf dich auf, Kleines, sonst wirst du noch krank.« Er küsste mich auf die Schläfe. Nicht nur diese behutsame Geste, sondern der liebevolle Kosename überraschte mich. Obwohl er etwas kindisch klang, spürte ich ein freudiges Kribbeln in der Magengrube. Ich ließ es mir nicht anmerken.

»Will?«, fragte ich nach einem Moment der Stille.

»Ja?«

»Was wird mit Jason passieren?« Wenn ich nicht bereits alle Tränen geweint hätte, wären sie mir wohl wieder in die Augen gestiegen. Ich richtete mich etwas auf.

Will seufzte und beugte sich vor. Dann begann er, mit beruhigenden, kreisenden Bewegungen, meine Schultern zu massieren.

»Mach dir bitte keine Gedanken darüber.«

»Du darfst nicht zulassen, dass sie ihm etwas antun!«

Jetzt setzte ich mich ruckartig im Bett auf, um sicherzustellen, dass Will verstand, wie wichtig das für mich war.

»Nein, Hailie. Jason wird nichts passieren«, sagte er schnell. Sanft drückte er gegen meine Schulter, damit ich mich wieder hinlegte. Ich ließ ihn gewähren, aber ich spürte keinerlei Erleichterung.

»Ich will nicht, dass er verletzt wird!«

»Das wird schon. Sie werden ihm nichts tun«, wiederholte er. »Hailie, ich bitte dich. Jason ist noch ein Kind, das ist Vincent sehr wohl bewusst. Mach dir keine Sorgen.«

Ich musste zugeben, dass Wills Anwesenheit beruhigend auf mich wirkte. Er war so gut zu mir, und ich sehnte mich nach Gesellschaft, auch wenn er einfach nur neben mir saß und schwieg.

»Hailie, ich weiß, dass du das jetzt nicht glauben kannst, aber Vincent ist kein schlechter Mensch. Er sorgt sich um dich, auch wenn er noch nicht weiß, wie er mit dir umgehen soll. Versuch, ihn nicht zu hassen.«

Gerade schien es mir schwierig bis unmöglich, seine Bitte zu erfüllen. Ich dachte an all die Male, die Vince aufgetaucht war, um mir einen Anschiss zu verpassen, und all die Gespräche, in denen er mir mit seiner kalten Art fast einen Herzinfarkt beschert hatte. Das machte ihn nicht unbedingt zum Erziehungsberechtigten des Jahres.

»Wie hat Vincent überhaupt davon erfahren, dass ich mit Jason im Kino war?«

»Mach dir auch darüber keine Gedanken.«

Ich biss die Zähne zusammen. Wills Antworten waren nutzlos, und ich bedauerte aufrichtig, dass ich unfähig war, mit ihm zu streiten. Leise atmete ich aus und starrte auf die von der Nachtlampe angestrahlte Wand. Auf einmal platzte es aus mir heraus.

»Ich will zu meiner Mama.«

Ich weiß nicht, woher dieser Gedanke kam und warum ich ihn auch noch laut vor Will aussprach. Vielleicht erinnerte ich mich daran, dass meine Mutter jedes Mal, wenn ich mich so schrecklich gefühlt hatte wie jetzt, für mich da gewesen war, mich getröstet hatte und sich um mich gekümmert hatte wie niemand sonst. Eine Welle der Trauer überflutete mich, als mir klar wurde, dass meine Mutter nie wieder meine Hand halten oder mir über den Kopf streicheln würde. Ich würde nie wieder ihren Trost erfahren.

Wenn sie noch am Leben wäre, hätte es meinen sogenannten »Nervenzusammenbruch« gar nicht gegeben. Sie hätte nie gedroht, Jason oder jemand anderem etwas anzutun. Sie war durch und durch ein guter Mensch.

Wills Hand, mit der er mich immer noch streichelte, versteifte sich.

»Ich weiß, Kleines, ich weiß«, flüsterte er und drückte mir erneut einen sanften Kuss auf die Schläfe.

Will blieb an meiner Seite, bis ich einschlief.

∾ 14 ∾

So süß wie Schokolade

Am Montag erfuhr ich gleich nach der ersten Stunde, dass Jason die Treppe hinuntergefallen war. Er war gestürzt und wurde für den Rest des Tages vom Unterricht freigestellt, aber ihm sei nichts Ernstes passiert, hieß es.

Ich nahm diese Nachricht mit steinerner Miene auf, ging dann auf die Toilette und schloss mich in einer der Kabinen ein. Ich saß auf der Klobrille, bohrte mir die Nägel in die Kopfhaut und schrie so leise wie möglich.

Die gesamte erste Hälfte des Tages war ich rastlos und besorgt und schämte mich unsäglich für das, was ich dem ersten Jungen in meinem Leben angetan hatte. Ich wollte meine Brüder nicht sehen und empfand nichts als Hass für sie. Natürlich wusste ich, dass das ihnen nicht das Geringste ausmachte. In der Mittagspause holte mich Shane an den berühmt-berüchtigten Monet-Tisch, als wäre nie etwas gewesen.

»Du sitzt heute bei uns«, verkündete er und schob mir einen Stuhl zu. »Vince hat es angeordnet.«

Ich sprach nicht und sah niemanden an. Nahm lediglich den mir zugewiesenen Platz ein und malte mir in meiner Vorstellung Dutzende Szenarien aus, wie ich es Vincent heimzahlen könnte. Als Audrey und Mona mich verwirrt anschauten, schüttelte ich nur den Kopf und hoffte, dass sie meinen wortlosen Versuch, ihnen mitzuteilen, dass ich nicht bei ihnen sitzen konnte, verstanden. Doch im Grunde war mir auch das egal. Als ich das letzte Mal mit ihnen gesprochen hatte, hatten wir noch wegen Jason gekichert.

Jetzt hatte ich nicht die geringste Lust, mit ihnen zu reden, ich würde nur alles erklären müssen.

Ich saß zwischen Shane und Tony eingeklemmt und starrte auf mein Tablett mit dem Essen, auf das ich keinen Appetit hatte. Mich innerlich zu distanzieren war mir allemal lieber als den Typen aus der Clique meiner Brüder zuzuhören, die den Tisch belagerten und mir neugierige Blicke zuwarfen.

»Was soll das?«, ertönte plötzlich eine viel zu laute Stimme hinter meinem Rücken. Ich drehte mich gleichgültig um, erstarrte aber, als ich das Mädchen sah, das direkt hinter mir stand. Ihr langes schwarzes Haar war zu ungefähr einer Million Zöpfen geflochten. An dieser Frisur erkannte ich sie als Shanes »Begleiterin«. Ich wusste nicht, wie ich sie sonst nennen sollte, denn seine Freundin war sie sicher nicht, dem gelangweilten Blick nach zu urteilen, den er ihr gerade zugeworfen hatte. Auf jeden Fall hingen sie öfter zusammen rum.

»Das ist mein Platz.« Ihre pink geschminkten Lippen verzogen sich zu einer unangenehmen Grimasse.

»Sorry, Marge, heute nicht«, sagte Shane über seine Schulter und widmete sich wieder seinem Essen.

Sie warf mir einen feindseligen Blick zu.

»Hey, du. Verschwinde hier.«

»Stopf ihr den Mund, oder ich mach's«, knurrte Dylan Shane zu, der genervt seufzte, weil er nicht in Ruhe seine Pommes genießen konnte.

»Marge, ich sagte, heute nicht. Hier ist kein Platz mehr. Zieh ab.«

»Doch, das ist mein Platz. Nur dass diese Bitch hier sitzt.«

Ich hob die Augenbrauen. *Was ist denn jetzt bitte los?*

Shane legte seine Gabel weg, richtete sich auf und maß Marge mit einem Blick, der nicht mehr gelangweilt, sondern kühl und angsteinflößend war.

»Diese ›Bitch‹ ist meine Schwester.«

»Verpiss dich, Marge!«, fügte Tony hinzu.

Ich war überrascht, Verachtung in seiner Stimme zu hören. Er ballte seine tätowierte Hand auf dem Tisch zu einer Faust, beinahe, als zöge er in Erwägung, sie bei Marge zu gebrauchen. Obwohl ich mir nicht ausmalen wollte, dass er tatsächlich eine Frau schlagen würde.

Die grellrosa Lippen des Mädchens zitterten, ihr Selbstvertrauen war dahin. Ich hätte mehr Mitleid mit ihr gehabt, wenn sie mich nicht zuvor grundlos beleidigt hätte. Sie sollte hier sitzen, nicht ich. Dieser Haufen war ihrer definitiv würdig.

Marge wandte sich ab, rot vor Scham. Ihre Zöpfe wippten, als sie mit schnellem Schritt die Kantine verließ.

»Mit was für Weibern hängst du denn ab?«, schnaubte Dylan und schüttelte angewidert den Kopf.

»Sie hat ständig irgendwelche Probleme.« Shane zuckte mit den Schultern. »Abgesehen davon kommen wir aber okay miteinander aus. Sie ist gar nicht so schlimm.«

»Sie beißt also nicht, sondern bellt nur?«, sagte einer seiner Kumpels, und ich runzelte die Stirn.

»Du weißt, wann sie am lautesten ist«, scherzte ein anderer.

»Es reicht jetzt. Haltet die Klappe«, befahl Dylan schließlich und warf einen genervten Blick in die Runde. Keiner meiner Brüder lachte, obwohl auf Tonys Lippen das übliche schelmische Grinsen erschien.

»Tut mir leid, dass du dir das anhören musstest, Hailie«, wandte sich ein Junge, der neben Dylan saß, an mich. Er war mir vorhin schon aufgefallen, weil er bei den dummen Sprüchen, die gefallen waren, nur die Augen verdreht hatte. Was mir hingegen nicht gefiel, war die Tatsache, dass er mit seinen Worten die Aufmerksamkeit aller am Tisch auf mich lenkte – etwas, das ich bisher um jeden Preis zu vermeiden versucht hatte.

Dylan schnaubte.

»Hätte sie keinen Mist gebaut, wäre es nicht dazu gekommen. Jetzt muss sie halt mit uns zusammensitzen.«

»Ach, lass sie doch«, sagte der nette Unbekannte. Er zwinkerte mir zu, als er den Blick bemerkte, den ich ihm zuwarf. Ich war überrascht, dass es jemand wagte, sich für mich einzusetzen. »Wisst ihr denn nicht mehr, wie das vor ein paar Jahren war? Die erste Liebe und so.«

»Die erste Liebe? Ne, nie gehört«, murmelte Shane, woraufhin die anderen in Lachen ausbrachen.

»Wir wissen sehr genau, wie das ist. Und genau deswegen hatte der Typ einen kleinen Unfall«, antwortete Dylan.

»Ihm ist aber nichts passiert, oder?«, fragte jemand.

»Nicht wirklich. Alles nur, weil sie so ein Drama gemacht hat«, erklärte Shane und stieß mich leicht an. Es war wahrscheinlich als neckende Geste gedacht, aber ich wich zurück und warf ihm einen feindseligen Blick zu.

»Ich muss zugeben, dass dieser Jason ein ziemlicher Arsch geworden ist«, sagte eines der Monet-Sektenmitglieder zu mir.

»Und feige ist er auch noch«, fügte Tony hinzu. Dylan nickte.

»Er hat sich vorhin beinahe in die Hose gemacht, als er mich bemerkt hat.«

Ich ließ meine Hand so heftig auf die Tischplatte fallen, dass alles, was daraufstand, erzitterte. Alle Augenpaare am Tisch richteten sich auf mich.

»O wow, Dylan, der große Held!«, zischte ich. »Du hast einen Jungen verprügelt, der jünger und schwächer ist als du, wie beeindruckend.« Was sie über Jason sagten, war mehr als unfair, und anscheinend war ich die einzige Person hier, der das bewusst war.

»Ich habe niemanden verprügelt«, antwortete Dylan kühl. »Hätte ich ihn mir vorgenommen, hätte er es nicht mehr aus eigener Kraft zur Krankenschwester geschafft. Ich habe ihn nur erschreckt, kleine Schwester.«

Wir lieferten uns ein kurzes Blickduell. Meine Augen waren voller Hass, seine kühl und warnend. Wovor wollte er mich warnen? Ich wusste es nicht, und gerade war es mir auch total egal. Ich beendete den stillen Kampf, kochend vor Wut, ließ mein Mittagessen stehen, das ich kaum angerührt hatte, und schlängelte mich zwischen den Zwillingen hindurch, bevor sie auch nur reagieren konnten. Wutentbrannt stampfte ich auf den Ausgang der Kantine zu, noch schneller als Marge vorhin.

»Hey, wo willst du denn hin?«, rief Shane mir nach.

Ich ignorierte ihn und rannte in das nächstgelegene Mädchen-klo. Glücklicherweise war es leer. Ich beugte mich über das Waschbecken und spritzte mir Wasser ins Gesicht. Wäre ich zu Hause gewesen, hätte ich eine kalte Dusche genommen.

Ich halte es nicht mehr aus, dachte ich. *Ich kann diese verbohrten, dominanten Idioten nicht länger ertragen.* Um Beherrschung bemüht holte ich ein paar Mal tief Luft und erschrak, als ich mein Spiegelbild sah. Meine Wangen waren feucht und rosa gefleckt, und meine Pupillen waren merkwürdig vergrößert. Am liebsten hätte ich vor Hilflosigkeit gebrüllt und geheult, aber die Wut, die in mir brodelte, half mir, mich zu beherrschen. Ich überließ mich voll und ganz diesem Gefühl und raffte mich schließlich auf, das Klo zu verlassen. Ich beschloss, nicht in die Kantine zurückzukehren, sondern direkt zum Biologiesaal zu gehen, wo ich die nächste Unterrichtsstunde hätte. Dort wollte ich mich zurückziehen und ein Buch lesen, bis die Pause vorbei war. Seltsamerweise trugen mich meine Beine jedoch entschlossen zum Hauptgebäude und dann zum Ausgang. Als wäre ich fremdgesteuert.

Ich hatte nicht vor abzuhauen. Mir war selbst nicht klar, wohin ich ging. Doch ich musste so selbstbewusst aussehen, dass mich keiner der Angestellten aufhielt. Es gelang mir ohne Probleme, das Schulgelände zu verlassen, was mich jedoch in der bizarren Trance, in der ich mich befand, weder überraschte noch freute. Ich spürte gar nichts mehr – lief nur vor mich hin.

Ich ging an der hohen Mauer entlang, die das Schulgelände umgab, bis sie endete, und betrat schließlich den Wald. Dort folgte ich einer Straße, die zwischen dichten Bäumen hindurchführte. Außer mir war niemand hier zu Fuß unterwegs. Autos überholten mich nur selten, und wenn sie es taten, sahen sich die Fahrer verwundert nach mir um. Eine verirrte Fußgängerin in Schuluniform und ohne Jacke.

Dabei war es kalt, viel zu kalt für einen solchen Spaziergang. Was half es schon, dass die Sonne schien, der Wind nicht wehte und kein Schnee fiel, wenn es einfach nur eisig war?

Doch ich spürte die Kälte kaum, denn das Blut kochte regelrecht in meinen Adern. Es war, als hätte sich mein Innerstes erhitzt wie ein Vulkan. Ich lief weiter, ohne dass meine rebellische Stimmung nachließ, obwohl ich eigentlich in Panik hätte geraten müssen. Denn ich war nicht nur von der Schule weggelaufen, sondern befand mich auch auf einer mir unbekannten Landstraße und war viel zu dünn angezogen. Und wieder einmal brach ich Vincents heilige Regeln.

Bei dem bloßen Gedanken an ihn ballte ich unwillkürlich meine Hände zu Fäusten. *Ich werde mindestens die nächsten drei Jahre von ihm abhängig sein. Drei Jahre ohne Kompromisse und ohne die Möglichkeit, mich frei zu äußern.* Vincent akzeptierte weder ein Nein als Antwort, noch ließ er sich auf Verhandlungen ein. Nicht einmal mit seiner eigenen Schwester. *Wie soll ich das nur aushalten?* Ganz zu schweigen davon, dass der Rest meiner Geschwister auch nicht besser war. Ich lebte mit fünf Monstern unter einem Dach. Okay, vielleicht abgesehen von Will und Shane, die waren nicht so schlimm. Ein wenig herrisch, das ja, aber keine Arschlöcher.

Ich seufzte und schüttelte den Kopf, dann schloss ich meine Uniformjacke, damit sie mich so gut wie möglich wärmte.

Was soll ich nur tun?, überlegte ich. Ich würde sie nicht ändern können. Je heftiger ich mich ihnen widersetzte, desto unangenehmer wurden sie, und ich war zu feige, um wegzulaufen. Und wo sollte ich überhaupt hin? Ich war immer erstaunt, wenn ich von Teenagern hörte, die von zu Hause wegliefen. Nicht, weil ich ihre Gründe infrage stellte, sondern weil ich mir selbst nicht vorstellen konnte, wohin ich an ihrer Stelle geflohen wäre und wie ich überleben würde. Vor allem in meiner jetzigen Situation. Ich hatte keine Familie, und wenn ich bei einem Freund unterkommen wollte (und ich hatte ja nur eine Handvoll Freunde), wäre es nur allzu offensichtlich, wo man nach mir suchen sollte. Abgesehen von dem bisschen Geld, das ich für das Mittagessen in der Schule kriegte, hatte ich außerdem keine Mittel zur Verfügung. Ich würde auf der Straße landen.

Genau wie jetzt. Ich lief immer noch ziellos in der verschneiten Winterlandschaft vor mich hin. Auf der Fahrbahn war der Schnee geschmolzen, da war nur nasser Asphalt, aber er sammelte sich in dreckigen Häufchen am Straßenrand. Einmal stolperte ich und geriet mit dem Fuß in einen dieser Haufen, mit dem Ergebnis, dass meine Socke nass wurde. Es war furchtbar unangenehm, und erstmals begann ich, an meinem kleinen Ausflug zu zweifeln. Nach einer Weile merkte ich, dass mir die kahlen, düsteren Bäume und die allgegenwärtige Stille Angst machten. Wie lange konnte ich so weitermachen?

Knapp zwei Stunden. Das war die Antwort. So lange brauchte ich, um die Strecke von der Schule bis zur nächsten Stadt zurückzulegen, nachdem ich die Hauptstraße südlich des Campus eingeschlagen hatte.

Als ich die ersten Häuser sah, war ich sehr erleichtert. Ich war unbewusst in die entgegengesetzte Richtung gelaufen, aus der ich sonst mit meinen Brüdern gefahren kam. Folglich kannte ich mich in dieser Gegend nicht aus. Ich hatte allmählich befürchtet, dass es sich um eine dieser endlosen Straßen handelte, die mich im besten

Fall in einen Nachbarstaat, beispielsweise direkt nach Ohio, führten. Als ich im Zentrum des Städtchens ankam, war ich erleichtert. Wenn auch der Ort in eine Art Winterschlaf gefallen zu sein schien. Beim Anblick eines Cafés leuchteten meine Augen auf. Ich war völlig durchgefroren und mittlerweile richtig müde, und ein warmes, gemütliches Lokal schien mir in diesem Moment das Beste, was mir passieren konnte.

Ich ignorierte den misstrauischen Blick, den mir die Kellnerin hinter dem Tresen zuwarf. Sie fragte sich wahrscheinlich, was ein Teenager in Schuluniform und ohne Jacke um diese Zeit hier zu suchen hatte. Ich gab mir alle Mühe, mich normal zu verhalten, damit sie nicht auf irgendwelche Ideen kam und am Ende noch jemanden benachrichtigte.

An einem Tisch in einer abgelegenen Ecke des Cafés nahm ich Platz, und bald schon hielt ich eine große Tasse heiße Schokolade in den Händen. Ich kramte dafür alles Geld zusammen, das ich in meiner Jackentasche finden konnte, und das war nicht besonders viel. Ich konnte mich einfach nicht daran gewöhnen, dass es in Amerika Scheine mit einem so geringen Wert wie einem Dollar gab. Deshalb hatte ich öfter den Eindruck, dass ich mehr Geld dabeihatte, als es tatsächlich der Fall war. Für Schlagsahne mit Streuseln reichte es nicht, aber immerhin saß ich im Warmen und hatte etwas Heißes zu trinken.

Schließlich holte ich mein Handy heraus. Eigentlich wollte ich nur auf die Uhr schauen, aber nachdem ich es entsperrt hatte, sah ich eine Reihe von Benachrichtigungen.

Achtzehn verpasste Anrufe von Dylan.

Sechs verpasste Anrufe von Will.

Einer von Vincent.

Die letzte Notification starrte ich am längsten an. Es war das Sahnehäubchen auf der bitteren Torte meiner Niederlage. Vincent hatte mich niemals zuvor angerufen. Wie hatte das passieren können? Ich hatte mein Handy doch auf Vibration gestellt, so dass ich das Summen hätte hören oder zumindest in meiner Tasche spüren müssen. Vermutlich hatte ich im Wald kein Netz gehabt.

Ich biss mir auf die Lippe. Sollte ich meine Brüder zurückrufen?

Und was willst du ihnen sagen?

Ich werde sagen, wo ich bin. Irgendwie muss ich schließlich zurückkommen, oder?

Ich stellte mir ihre Verärgerung vor. Dylan, der mich blöd anschnauzte, weil ich nicht ans Handy gegangen war, Tony mit seinem überheblichen Grinsen und schließlich – mein Favorit – das unerträgliche Gespräch mit Vincent. Trotz meiner Panik konnte ich kaum den Drang unterdrücken, mit den Augen zu rollen. *Das übliche Theater halt,* dachte ich.

Schließlich beschloss ich, die verpassten Anrufe zu ignorieren, bis ich meine heiße Schokolade ausgetrunken hatte. Erst dann wollte ich das Handy wieder in die Hand nehmen und einen der Jungs anrufen. Wahrscheinlich sollte ich Vincents Nummer wählen, aber ich war mir nicht sicher, ob ich den Mut dazu aufbringen konnte. Will war eine sichere Option, doch ich wusste nicht, ob ich die Enttäuschung in seiner Stimme würde ertragen können.

Ich trank den Kakao sehr langsam, um das Gespräch, das mich erwartete, hinauszuzögern. Aus Angst, das Handy zu berühren, legte ich es beiseite und starrte durch das Fenster auf die leere Straße draußen.

Ich dachte über Jason nach, über meine gewalttätigen Geschwister und darüber, wie alles laufen würde, wenn meine Mutter noch am Leben wäre. Sie hätte Jason zum Abendessen zu uns nach Hause eingeladen und ihn nach seinen Lieblingsfächern gefragt. Sie hätte uns ins Kino gehen lassen und mich lediglich gebeten, vor Einbruch der Dunkelheit zurückzukommen. Danach hätte sie mit mir bei einer Tasse Tee im Wohnzimmer gesessen und mich nach den Einzelheiten gefragt, von denen ich ihr die meisten vorenthalten hätte – und sie hätte es gewusst, aber sie hätte trotzdem gelächelt und sich an die Zeit erinnert, als sie selbst in meinem Alter gewesen war.

Zumindest wünschte ich mir das.

Verzückt von dieser Phantasie brauchte ich einen Moment, um zu realisieren, dass ein Polizeiauto auf der Straße vor dem Café angehalten hatte. Der Wagen stand mit zwei Reifen auf dem Bürgersteig und versperrte den Eingang, und als zwei Polizisten ausstiegen, schlug mein Herz schneller.

Kommen sie etwa wegen mir?

Nein, auf gar keinen Fall! Es war unmöglich, dass diese beiden Männer meinetwegen hier aufgetaucht waren, redete ich mir gut zu. Die Polizei zu holen, wäre sogar für meine Brüder eine Übertreibung.

Die Beamten betraten das Café, stolz und aufrecht und in ihren Uniformen. Die Augen des einen, der kleiner und untersetzter war, leuchteten beim Anblick der ausgestellten Süßigkeiten hell auf. Der andere wirkte angespannt und leicht gereizt. Er war viel jünger als sein Partner und sehr groß, fast so groß wie Dylan, wenn auch nicht so kräftig. Er stand mit verschränkten Armen da, während der ältere

Officer entspannt an den Tresen herantrat und die Barista wie eine gute Freundin begrüßte. Ich beobachtete ihn, während meine zitternden Hände die Kakaotasse umklammerten.

Der Officer überlegte laut, für welchen Donut er sich entscheiden sollte, und lobte das Sortiment, während sein Kollege, wohl genervt angesichts des langwierigen Bestellprozesses, begann, sich im Raum umzusehen. Außer mir saßen hier nur zwei ältere Frauen, die in ein vertrauliches Gespräch vertieft waren, so dass es mir nicht gelang, unbemerkt zu bleiben. Aber ich versuchte, so zu tun, als wäre ich keineswegs ein Teenager, der die Schule schwänzte. Ich setzte einen gleichgültigen Gesichtsausdruck auf, schaute ein wenig aus dem Fenster und warf einen kurzen Blick auf mein Handy, als ob ich auf eine wichtige Nachricht wartete. Es schien, als sei es mir gelungen, mich unauffällig zu verhalten, denn der Blick des jüngeren Polizisten glitt ohne großes Interesse an mir vorüber.

Zunächst war ich erleichtert, dass die Polizisten nur zufällig und nicht im Rahmen einer Suchaktion hier aufgetaucht waren. Doch dann, als ich meine Nerven beruhigt hatte, schoss mir etwas anderes durch den Kopf.

Was, wenn ich versuche, mich von meinen Geschwistern zu befreien?

Ich hatte schon öfter daran gedacht, mit jemandem über meine Situation zu sprechen, aber es schien mir schwierig, da die Monets hier sehr viel Einfluss hatten. Zuerst waren mir meine Lehrer in den Sinn gekommen. Mrs. Roberts war mir mit ihrer engelsgleichen Art so ans Herz gewachsen, dass ich mich ihr anvertraut hätte. Nach der Stunde hätte ich in ihrem Klassenzimmer bleiben und ihr meine missliche Lage schildern können. Dann aber war mir klar geworden, dass sie sich mit meinem Anliegen an eine höhere Stelle wenden müsste. Vermutlich müsste sie zum Schulleiter gehen – also zu dem Mann, der regelmäßig fette Spenden-Schecks von Vincent kassierte.

Die Polizei mit einzubeziehen war mir stets zu drastisch vorgekommen, aber als ich die beiden Uniformierten so ansah, zog ich es in Betracht.

Ich erschauderte bei dem Gedanken, was passieren würde, wenn ich auf sie zugehen und ihnen gestehen würde, dass ich mit fünf Männern zusammenlebte, vor denen ich Angst hatte. Würde ich sie in Schwierigkeiten bringen, oder würde ich mir nur selbst schaden? Und genauso wichtig, wenn nicht sogar noch wichtiger war die Frage, ob ich das wirklich wollte. Vincent war zwar nicht der Erziehungsberechtigte meiner Träume, und meine anderen Brüder waren alles andere als liebevolle Geschwister, aber ich konnte nicht leugnen, dass sie für mich da waren. Und Vince selbst sorgte dafür, dass es mir an nichts fehlte. Wann immer ich etwas brauchte, bekam ich es – zumindest solange es etwas Materielles war. Wie das neue Smartphone oder all die schicken Klamotten.

Will ich sie wirklich bei der Polizei anzeigen?

Ich saß mit meiner bereits abgekühlten Schokolade da und schaute die Uniformierten wie hypnotisiert an.

Sie warteten jetzt auf ihren Kaffee, und der Ältere sagte etwas Fröhliches zu seinem mürrischen Partner. Er winkte ihm mit einer Papiertüte voller Donuts und forderte ihn auf, sich ebenfalls ein paar zu holen. Ich beobachtete den Mann und malte mir aus, wie ich auf ihn zuging. Ich würde mich vorstellen, räuspern und dann um Hilfe bitten. Ich müsste nur aufstehen und buchstäblich einen Schritt auf sie zu machen.

Plötzlich hoben sich die Augenbrauen des Beamten, sofort folgten seine Mundwinkel, die sich zu einem breiten Lächeln verzogen. Im selben Moment versteifte sich der jüngere Polizist.

»Oha, guten Tag!«, rief der ältere Beamte in freundlichem Ton beim Anblick des Mannes, der soeben in der Eingangstür erschienen war.

Mein Herz hörte auf zu schlagen. Vincent Monet höchstpersönlich betrat das Café.

In seinem Mantel und mit dem zurückgekämmten Haar sah er würdevoll aus wie immer, und die Aura, die von ihm ausging, war dominant wie eh und je. Als gehörte ihm dieses Lokal. Er ließ seine Augen durch den Raum schweifen, bis sein eiskalter Blick an mir hängen blieb. Dann drehte er sich zu dem Polizisten um und nickte ihm zu, immer noch streng.

»Guten Morgen, Sheriff.«

Vincent blieb stehen und reichte ihm die Hand. Dabei blitzte an seinem Finger der Siegelring auf, auf den der jüngere Polizist sofort wie gebannt starrte.

»Und was machst du hier, hm?«, fragte der Sheriff und raschelte mit seiner Donuttüte.

»Ich treffe mich mit meiner Schwester«, antwortete Vince schlicht und deutete auf mich.

Unter dem forschenden Blick des Sheriffs schluckte ich schwer.

»Sollte sie um diese Uhrzeit nicht in der Schule sein?«

»Doch, das sollte sie«, sagte mein Bruder knapp.

Dann rief die Kellnerin: »Cyrus!«, und der Officer eilte zum Tresen, um seine Bestellung entgegenzunehmen. Sein Partner stand immer noch da. Er wirkte angespannt und sah mich jetzt noch durchdringender an, während er dem Blick meines Bruders auszuweichen versuchte.

»Okay, wir müssen los. Mach's gut, Vincent!«, sagte Cyrus und zwinkerte ihm zu, dann schaute er mich noch einmal an und winkte mir mit der Hand, in der er die Donuttüte hielt. »Einen schönen Tag mit deiner Schwester!«

Dann verließ er das Café; sein Partner folgte ihm, sichtlich froh, endlich gehen zu können.

Schnell senkte ich den Kopf und starrte angestrengt in meine halb leere Tasse Kakao. Ich hörte Vincents leise Schritte, dann rückte er sich einen Stuhl zurecht und setzte sich mir gegenüber. Er knöpfte seinen Mantel auf und schob die Ärmel hoch. Er hatte es also offenbar nicht eilig.

»Erinnerst du dich, dass ich dir ganz am Anfang sagte, ich erwarte von dir, dass du dich aus Schwierigkeiten heraushältst?«

Ich nickte knapp. Ich erinnerte mich sehr deutlich an unser erstes Gespräch.

»Was hat das hier zu bedeuten?«, fragte er und breitete seine Hände aus.

Ich war drauf und dran, eine Entschuldigung zu murmeln, hielt mich aber zurück. *Lass dich nicht schon wieder einschüchtern, Hailie. Nichts davon ist deine Schuld. Deine Brüder sind es, die Jason verletzt haben!*

Die Tatsache, dass wir uns an einem öffentlichen Ort befanden, ermutigte mich, und so sagte ich: »Ich wollte allein sein.«

Vince beugte sich ein wenig vor.

»Dann hättest du dir ein ruhiges Plätzchen in unserem Haus suchen sollen«, sagte er in eisigem Ton.

Ich nahm einen Schluck kalte Schokolade. Die Süße gab mir Kraft.

»Jason ist heute früh die Treppe hinuntergefallen ...«

»Ich will diesen Namen nicht mehr hören«, unterbrach er mich und hob die Hand.

Ich trank noch ein Schlückchen.

»Woher wusstest du, wo ich bin?«

Vincent richtete sich auf und sah mich einen Moment lang schweigend an. Dann senkte er langsam die Hand und griff nach meinem Telefon, das auf dem Tisch lag. Zuerst dachte ich, er wolle es mir wegnehmen, aber er tippte nur mit dem Zeigefinger auf den Bildschirm.

Es dauerte einen Moment, bis ich verstand, was er mir sagen wollte. Dann riss ich die Augen auf.

»Trackst du mich etwa?«

Ich war empört, aber in Vincents Gegenwart schaffte ich es einfach nicht, bedrohlich zu klingen, sosehr ich mich auch bemühte.

Sein Gesichtsausdruck blieb vollkommen teilnahmslos.

»Selbstverständlich.«

»Dazu hast du kein Recht!«

»Natürlich habe ich das.«

Mir fiel nichts mehr ein.

»Denk bitte in Zukunft daran, sofort ranzugehen, wenn ich dich anrufe«, ermahnte er mich.

»Ich kann nicht glauben, dass du mich überwachst«, protestierte ich.

Er legte den Kopf schief und wartete darauf, dass ich den Schock verdaute.

»Woher wusstest du, dass ich mich am Samstag mit Jason getroffen habe?«, fragte ich langsam.

Wut war gerade mein einziger Treibstoff. Für einen Moment hatte ich sogar das Gefühl, dass ich diejenige war, die hier die Karten austeilte. Ich wollte mir das nicht mehr gefallen lassen. Doch es war ein trügerisches Gefühl. Denn Vincent war eindeutig Herr der Lage.

Er schaute mich lange an, als würde er sich fragen, ob er es mir sagen sollte, bevor er schließlich antwortete: »Von deinem persönlichen Bodyguard.«

✨ 15 ✨

Spiel um den höchsten Einsatz

Ich hob gerade die Tasse an meine Lippen, als mir die Bedeutung seiner Worte bewusst wurde. Sie glitt mir aus der Hand und krachte auf die Tischplatte. Wie durch ein Wunder zerbrach sie nicht, obwohl sich Kakaopfützen auf dem Tisch verteilten. Dass ich damit die Aufmerksamkeit jeder einzelnen Person im Café erregt hatte, hätte mir nicht gleichgültiger sein können – ich starrte nur fassungslos meinen Bruder an.

Mit seiner typischen Eleganz griff Vince nach ein paar Servietten und hielt sie mir hin, wie als Ermutigung, die Sauerei zu beseitigen.

Ich wollte ihm eine Frage stellen wie »Wovon redest du da?« oder »Was für ein Bodyguard?«, aber stattdessen sprach ich das aus, was mich wirklich beschäftigte: »Warum brauche ich einen persönlichen Bodyguard?«

Vincent beobachtete mich aufmerksam. Ich konnte ihm ansehen, dass er genau abwog, wie viel er mir erzählen sollte. Ich hielt seinem Blick stand und versuchte, durch meine Körpersprache zu zeigen, dass ich bereit war, die Wahrheit zu erfahren – oder zumindest einen Teil davon.

Mein Bruder strich sich mit der Hand übers Kinn, wobei der Siegelring an seinem rechten Mittelfinger wieder bedrohlich aufblitzte. Noch bevor er zu sprechen anhob, kam mir der Gedanke, dass ich das alles vielleicht gar nicht wissen wollte.

»Was weißt du über meine Geschäfte?«, begann er.

Er sprach mit klarer und deutlicher Stimme, dabei aber so leise, dass nur ich ihn hören konnte. Ich nahm mir einen Moment Zeit, um über meine Antwort nachzudenken.

»Will sagte, dass du ein Familienunternehmen führst«, antwortete ich schließlich.

Der Hauch eines Lächelns blitzte auf seinem Gesicht auf.

»Das hat er sehr schön formuliert.«

»Stimmt es etwa nicht?«

»Doch, natürlich.«

Ich verstummte. Vince schien es ernst zu meinen, aber ich konnte mich des Eindrucks nicht erwehren, dass er sich ein wenig zu sehr amüsierte.

»Was hat Will noch erzählt?«

Ich zögerte, legte meine Stirn in Falten und versuchte, meine grauen Zellen zu aktivieren.

»Er sagte, dass du nach dem Tod eures Vaters seinen Platz in der Firma eingenommen hast. Und dass die Jungs dir ein bisschen helfen.«

Das war das absolute Maximum meiner Kenntnisse über seine Geschäfte. Also praktisch gar nichts. Es war mir noch nie leichtgefallen, meine Brüder zu Persönlichem zu befragen. Selbst Will wich mir aus, wenn ich mehr wissen wollte.

»Er war auch dein Vater, Hailie.«

Ich nickte und wandte den Blick ab. Ich war nicht der Meinung, dass ich diesen Mann offiziell als meinen Vater anerkennen musste. Dafür sah ich keinen Grund, aber das wollte ich nicht Vincent erklären.

»Nun gut«, seufzte mein Bruder und lehnte sich in seinem Stuhl zurück. Er stützte seine Hände auf die Armlehnen, und obwohl er an einem gewöhnlichen Tisch in einem gewöhnlichen Café saß, sah er aus wie ein König auf seinem Thron. Mir war schleierhaft, wie er das machte. »Unsere Familiengeschichte ist lang und interessant, meine liebe Hailie. Unser Großvater und unser Urgroßvater haben hart gearbeitet, um die gesellschaftliche Stellung zu erreichen, die wir jetzt innehaben.«

Auf einmal fielen mir all die Internetartikel ein. Das Monet-Imperium, wie man es nannte. War das das Familienunternehmen, von dem Vince sprach?

»Nicht alle Aktivitäten, denen sie nachgingen, waren legal. Verstehst du, was ich meine?«, fragte er langsam.

»Zum Beispiel?« Ich wollte schlucken, aber meine Kehle war vor Aufregung ganz trocken.

Vincent schüttelte den Kopf.

»Ich erzähle dir das, um dir den Hintergrund unserer Familie zu skizzieren. Ich habe jedoch nicht die Absicht, ins Detail zu gehen.«

»Aber …«

»Nein«, würgte er mich ab.

Ungeduldig biss ich die Zähne zusammen, um nicht versehentlich etwas zu äußern, was ihm missfallen würde. Ich musste aufpassen, dass ich ihm nicht die Laune verdarb, sonst würde es bestimmt wieder Stress geben. Außerdem bewegte ich mich immer noch auf dünnem Eis. Schließlich saßen wir zusammen in einem Café in einer mir unbekannten Stadt, nur weil ich beschlossen hatte, von der Schule abzuhauen. Sicherlich würde das Konsequenzen für mich haben.

»Mit dem Aufstieg unserer Familie wuchs auch unsere Konkurrenz. Die Leute wurden immer rücksichtsloser«, fuhr mein Bruder fort. »Das ist der Preis, den man für den Erfolg zahlt.«

»Wer ist diese Konkurrenz? Existiert sie noch?«, wollte ich wissen.

»Hailie, bitte hör auf, das ist kein Interview. Ich werde dir genau so viel erzählen, wie ich für richtig halte.«

Er schaute sich diskret um und sah mich missbilligend an, als ich laut und demonstrativ seufzte. Dann richtete er sich abrupt auf und befahl: »Das reicht jetzt. Wir gehen.«

Diese plötzliche Wendung des Gesprächs verwirrte mich. Ich wollte nicht gehen. Ich wollte, dass er fortfuhr, weil ich zum ersten Mal das Gefühl hatte, endlich in die Familiengeheimnisse eingeweiht zu werden. Auch wenn es ein verfälschter Eindruck war – weil er, wie er betonte, nur einige wenige Informationen mit mir teilen konnte –, handelte es sich doch um einen unbestreitbaren Fortschritt in unserer Beziehung.

Vincent verschwendete keine Zeit. Ohne zu zögern, stand er auf und begann, seinen eleganten Mantel zuzuknöpfen. Erst da dämmerte mir, dass ich die Chance verpasst hatte, zumindest einen Teil des Geheimnisses um meine Brüder zu lüften. Und das war etwas, an dem ich seit Monaten herumknabberte.

»Nein!«, rief ich schnell. »Nein, warte, nur noch einen Augenblick. Ich werde still sein, ich werde nur zuhören, ich schwöre. Sprich weiter, bitte!«

»Steh auf«, befahl er und sah mich streng an.

Ich sprang auf, aber nur, um auf ihn zuzugehen, nach seiner Hand zu greifen und ihn daran zu hindern, den letzten Knopf zuzuknöpfen. Ich war selbst überrascht, dass ich es wagte, Vincent derart nahe zu kommen, aber das bewies nur, wie verzweifelt ich war.

»Bitte!«, rief ich, legte den Kopf schief und sah ihm flehend in die Augen. Er ließ seinen Blick wieder durch das Café schweifen und schüttelte den Kopf.

»Wir gehen«, wiederholte er schließlich, und als ich den Mund öffnete, um weiter zu protestieren, fügte er hinzu: »Wir machen im Auto weiter.«

Erleichtert lockerte ich meinen Griff und ließ meine Finger von seinem Handgelenk gleiten. Es war noch nicht alles verloren, überlegte ich. Vince nutzte meine Erleichterung aus, nahm mit einer schnellen Bewegung mein Handy vom Tisch und steckte es sich wortlos in die Tasche.

Folgsam lief ich hinter ihm zum Ausgang und hinaus zu seinem Auto. Mittlerweile begann es wieder zu schneien, und Vince warf mir einen prüfenden Blick zu.

»Du bist viel zu dünn angezogen«, schimpfte er.

Dann öffnete er mir schnell die Beifahrertür, und ich ließ mich auf den Sitz gleiten, froh, dass ich dem eisigen Wind entkommen war. Während ich im Café gesessen hatte, musste sich mein Blut abgekühlt haben, oder draußen waren die Temperaturen noch weiter gesunken – oder vielleicht beides. Auf jeden Fall spürte ich die Kälte jetzt stärker als bei meinem Spaziergang durch den Wald. Ich wickelte meinen Uniformblazer noch fester um mich, während ich durch die Windschutzscheibe beobachtete, wie Vince das Auto umrundete und sich neben mich ans Steuer setzte. Auf dem kleinen Parkplatz standen mehrere ältere Männer, wahrscheinlich Bewohner des Städtchens. Sie lungerten herum, dicht aneinandergedrängt, mit Zigaretten in den schmutzigen Fingern, und unterhielten sich aufgeregt. Bei Vincents Anblick verstummten sie ausnahmslos und starrten ihn an. Sie ließen die Blicke nicht von ihm, während er den Motor anließ und losfuhr.

Das war eine interessante Erkenntnis: Mit meinem ältesten Bruder in der Öffentlichkeit zu erscheinen, erregte die Aufmerksamkeit aller Anwesenden. Diejenigen, die Vincent kannten oder mit ihm zu tun hatten, wollten sich vergewissern, dass er es wirklich war – und diejenigen, die nicht wussten, wer er war, interessierten sich trotzdem für ihn. Schließlich sah mein Bruder aus wie eine wandelnde Million Dollar.

Ungeduldig rutschte ich auf meinem Sitz hin und her. Ich wollte, dass er endlich weiterredete, aber ich drängte ihn nicht, damit ich nicht wieder meine Chancen verspielte, auch nur einen Bruchteil der Wahrheit zu erfahren. Gerade als ich beschloss, dass er mich angelogen hatte, dass er mir nichts mehr verraten würde und wir einfach nur auf dem Weg nach Hause waren, hielt Vincent am Straßenrand an. Die trostlose Winterlandschaft vor Augen, dachte ich, dass ich jetzt hundertmal lieber in einem Café oder an einem anderen öffentlichen Ort wäre. Es überlief mich eiskalt.

»Es gibt einige Leute, denen nicht gefällt, was ich tue«, sagte Vince so plötzlich, als hätte er sich vorgenommen, die vollkommene Stille, die nach dem Abstellen des Motors um uns herum eingetreten war, erst einmal auf uns wirken zu lassen, bevor er sie mit seiner kühlen Stimme durchbrach. So saß er da und starrte vor sich hin, eine

Hand aufs Lenkrad gestützt, die andere auf der Armlehne. Ich betrachtete seinen Siegelring. Er hatte die Farbe von Stahl, mit einem großen eingravierten M und einigen kleineren Ornamenten drum herum. Der Anblick erfüllte mich mit einem seltsamen Unbehagen.

»Meinst du die Polizei?«, fragte ich und hob meinen Blick, um ihm ins Gesicht zu sehen.

Er lächelte mitleidig, blickte aber weiter geradeaus durch die Windschutzscheibe auf den Wald.

»O nein, Hailie, ich habe ein ausgezeichnetes Verhältnis zur Polizei. Merk dir das.«

Ich erstarrte und wurde von einer Welle der Scham überflutet, die sich mit Entsetzen mischte, als ich mich daran erinnerte, dass ich vor einer Stunde tatsächlich in Erwägung gezogen hatte, mit den Beamten über ihn zu sprechen. Das wäre ein verhängnisvoller Fehler gewesen! Vincent und der Sheriff schienen sich prächtig zu verstehen. Ob mein Bruder Gedanken lesen konnte und erraten hatte, was ich vorhin gedacht hatte – oder ob er mich für die Zukunft vorgewarnt hatte?

»Wir haben viele Freunde, mächtige Freunde, aber es geht nicht nur darum. Ich möchte das Wort ›Feinde‹ gern vermeiden, weil es infantil klingt und es eine ernste Sache ist, für die ich dich sensibilisieren möchte, aber dieses Wort charakterisiert die Beziehung, die wir zu gewissen Leuten haben, wohl am besten. Es handelt sich um unterschiedliche Menschen mit unterschiedlichen Motivationen und Grenzen. Man kann nie genau wissen, was man von ihnen zu erwarten hat. Deshalb habe ich jedes Mal, wenn du außerhalb der Schule allein unterwegs warst, eine Person beauftragt, die auf deine Sicherheit achtet. Wir möchten nicht, dass du womöglich entführt wirst.«

»Wie bitte? Jemand will mich entführen?«, stammelte ich.

»Oh, gewiss – viele wollen das.«

»Aber warum? Ich habe denen doch nichts getan.«

»Du bist eine Monet, Hailie. Mehr brauchen sie nicht zu wissen.«

Vince schaute mich weder besorgt noch mitfühlend an, obwohl ich sicher war, dass er sehen konnte, wie sehr ich mich fürchtete. Die Panik in mir begann, meine Vernunft mit Füßen zu treten.

»Das müssen wir der Polizei melden!«

Vince schüttelte den Kopf.

»Das alles spielt sich außerhalb polizeilicher Reichweite ab.«

Ich biss mir heftig auf die Unterlippe und dachte über eine einfache Lösung nach, in dem naiven Glauben, dass es eine Möglichkeit gab, auf die Vince noch nicht gekommen war.

»Aber warum wollen sie nur mich entführen? Was ist mit dir und den anderen Jungs?«, fragte ich leise. »Wir sind doch alle Monets.«

»Das ist offensichtlich, Hailie«, antwortete Vincent. »Du bist das einfachste Ziel, das schwächste Glied in der Kette. Die Tatsache, dass du nicht bei unserer Familie aufgewachsen bist, macht dich in den Augen potenzieller Angreifer noch wertvoller. Du bist ein junges, hübsches Mädchen, und, was am wichtigsten ist, du kennst unsere Welt nicht. Du bist naiv und unwissend, was dich verletzlich macht.«

»Ich bin nicht naiv!«, protestierte ich.

Vince presste die Lippen zusammen, verärgert darüber, dass ich ihn unterbrach. Er sah mich einen Moment lang strafend an und gab mir so zu verstehen, dass ich das nicht noch einmal tun sollte. Ich murmelte eine leise Entschuldigung, um ihn zu beschwichtigen, und dann fuhr er fort: »Du bist naiv. Und du hast auch allen Grund dazu, denn du hast von dieser Welt keine Ahnung. Deshalb musst du dich an die Regeln halten, die ich dir vorschreibe. Es gibt Dinge, sehr viele Dinge, von denen du keine Ahnung hast«, schloss er unheilvoll.

Das gefiel mir ganz und gar nicht. Aber anstatt mich auf meinen Ärger zu konzentrieren, versuchte ich, meine Gedanken zu sortieren und die Fragen zu klären, die sich mir aufdrängten.

»Warum habt ihr mir nicht früher gesagt, dass ich einen Bodyguard habe?«

»Um dir keine Angst zu machen.«

»Und warum erzählst du es mir jetzt?«

»Um dir Angst zu machen.«

Ich hob die Augenbrauen und wartete auf eine Erklärung, woraufhin Vince tief durchatmete.

»Hailie, du darfst das Schulgelände nicht einfach verlassen. Du solltest nirgendwo hingehen, ohne vorher mich oder einen deiner Brüder darüber zu informieren. Wenn du heute jemandem über den Weg gelaufen wärst, der uns nicht wohlgesinnt ist, hätte das böse enden können.« Vincents Gesicht verfinsterte sich, als er wieder in die Ferne starrte, dann richtete er seinen Blick auf mich und fügte hinzu: »Solltest du noch einmal schwänzen, wirst du nicht mehr in die Schule zurückkehren. Wenn es sein muss, besorge ich dir einen Privatlehrer und sperre dich zu Hause ein. Das ist kein Scherz. Ist das klar?«

Die letzten Worte klangen wie eine wahrhaftige Drohung, und ich zitterte bei dem Gedanken daran, dass sie wahr werden könnte. *Dann hätte ich überhaupt kein Leben mehr!*, dachte ich.

»Ja«, erwiderte ich kleinlaut.

Einen Moment lang sprach keiner von uns. Vince zog sein Handy aus der Hosentasche und sah sich die Benachrichtigungen an.

»Wir fahren zurück nach Hause«, verkündete er und steckte es wieder ein.

»Warte, bitte. Du wolltest mir doch sagen, was du beruflich machst«, meinte ich und war plötzlich aufgeregt. Ich wollte unser Gespräch noch nicht beenden, sondern so viel wie möglich aus ihm herausquetschen.

»Nein.«

Er sagte es so eindringlich und unmissverständlich, dass ich den Mund schloss. Vince ließ den Motor an und sagte nichts mehr, bis wir zu Hause angekommen waren. Die ganze restliche Fahrt über hatte ich alles durchgekaut, was mein Bruder mir mitgeteilt hatte, und jetzt hämmerte mein Kopf.

Ich versuchte es ein letztes Mal, als er sich abschnallte und die Tür öffnete, einen Fuß schon aus dem Auto.

»Vince, bitte, kannst du mir wenigstens noch eine Sache sagen?«, rief ich. Er drehte sich zu mir um und sah mich einen Moment lang an.

»Was möchtest du wissen, Hailie?«

Ich hatte ihn!

»Was ist, wenn mich wirklich jemand entführt?«

Ich war im Kopf alles durchgegangen, was Vincent mir zuvor gesagt hatte, war aber immer wieder an diesen Punkt zurückgekehrt. Mir graute davor, die Antwort zu erfahren.

Vince maß mich mit einem Blick aus seinen blassblauen Augen.

»Dann werde ich diese Person mit meinen eigenen Händen töten.«

Er stieg aus, schloss die Autotür hinter sich und verschwand Richtung Haus.

Ich blieb noch ein paar Minuten im Auto sitzen und wartete darauf, dass die Gänsehaut, die meinen ganzen Körper bedeckte, endlich nachließ.

16

Kleine Schwester

Als ich in die Küche kam, fühlten sich meine Beine immer noch an wie Watte. Ich wusste nicht, warum ich hierhergekommen war, ich hatte nicht mal Hunger. Aber weil ich nicht hinter Vincent herlaufen wollte, beschloss ich, noch eine Weile hier zu warten, bevor ich in mein Zimmer ging.

Lustlos pflückte ich ein paar Weintrauben aus der geschnitzten Holzschale, die neben der Kaffeemaschine stand, und steckte sie mir in den Mund, gegen die Arbeitsplatte gelehnt. Mit leerem Blick starrte ich aus dem Fenster, das auf den grauen Innenhof hinausging. Das Einzige, woran ich denken konnte, war das Gespräch mit Vincent – besonders seine letzten Worte. Meine Gänsehaut breitete sich weiter aus.

Auf einmal tauchte Dylan wie aus dem Nichts auf, ich hatte nicht einmal seine Schritte gehört. Als er den Raum betrat, sah ich ihn an und spürte, wie sich meine Muskeln verspannten. Doch er ignorierte mich nicht wie üblich, sondern blieb dicht vor mir stehen und drückte einen Knopf an der Kaffeemaschine. Der vorwurfsvolle Blick, den er mir zuwarf, gefiel mir so gar nicht.

»Wieso bist du abgehauen, hm?«, wollte er wissen.

Langsam kaute ich die letzte Weintraube.

»Ich konnte euer Gelaber nicht mehr ertragen«, gestand ich freimütig.

Das Mahlen von Kaffeebohnen war zu hören, und Dylan rückte noch näher an mich heran, drang mit seiner großen Gestalt schamlos in meine Privatsphäre ein.

»Wenn du bei uns sitzen musst, musst du bei uns sitzen, Punkt. Es spielt keine Rolle, ob es dir gefällt oder nicht.«

Ich richtete mich mutig zu meiner vollen Körpergröße auf und hob die Augenbrauen.

»Mag sein. Aber ich konnte mir euren Scheiß nicht mehr anhören«, wiederholte ich.

Ich versuchte, nicht unhöflich zu klingen. Schließlich wusste ich ganz genau, dass es sich nicht lohnte. Ich sprach ruhig, nur vielleicht ein wenig lauter als sonst.

Dylan machte einen weiteren Schritt auf mich zu, und hätte ich Platz gehabt, wäre ich zurückgewichen.

»Dann halt dir das nächste Mal eben die Ohren zu.«

»Sonst noch was?«, sagte ich und machte meinerseits einen Schritt auf ihn zu.

Okay, das war mir gerade irgendwie herausgerutscht. Ich wusste, dass ich mich hätte beherrschen sollen, aber ich hatte gehofft, ich könnte unter Dylans Arm hindurchschlüpfen und auf mein Zimmer laufen. Da spürte ich seine Hand an meinem Ellbogen.

»Du bist frech geworden, kleines Mädchen, was?«

»Lass mich gehen!«

»Zuerst wollen wir noch etwas klarstellen ... «

»Ich habe bereits mit Vince gesprochen.«

»Sehr gut. Und jetzt wirst du mit mir reden.«

»Das werde ich garantiert nicht«, zischte ich.

Ich versuchte, mich aus seinem Griff zu befreien, aber ich war keine würdige Gegnerin für ihn.

»Hast du so viel Angst um deinen kleinen Freund?«, fragte er spöttisch.

Ich erschauderte.

»Das reicht. Lass mich los!«

»Hoffen wir, dass er in Zukunft besser aufpasst, wo er hintritt, hm? Es wäre schade, wenn er wieder über eine Treppenstufe stolpern und sich was brechen würde.«

Hat er das gerade wirklich gesagt?, dachte ich schockiert. Was für ein Mensch sagt so etwas?

Ich sah ihn ungläubig an. Arrogantes Arschloch! Eben noch hatte mich meine Wut im Magen gezwickt, aber jetzt, nach Dylans Worten, hatte ich das Gefühl, in einen ganzen Bienenschwarm geraten zu sein.

»Lass mich los, lass mich los, lass mich los!« Ich schrie und setzte meine ganze Energie ein, um mich herauszuwinden, während ich ihn gleichzeitig mit den Händen wegstieß.

Dylan sah mich zuerst völlig überrascht an, dann zog er die Augenbrauen zusammen, als ob er zu verstehen versuchte, was ich da verdammt nochmal eigentlich tat. Ich hatte nicht genug Kraft, um ihn zu verletzen oder ihm mit meinen Schlägen auch nur das geringste bisschen Schmerz zuzufügen. Er wich nicht einmal zurück, schwankte nur leicht. Als einer meiner blindlings ausgeführten Schläge gefährlich tief landete, stieß Dylan mich weg.

Ich knallte gegen die Küchenschränke und wäre sicher zu Boden gestürzt, wenn ich nicht so schnell reagiert hätte. Ich konnte mich mit dem Ellbogen auf der Arbeitsplatte abstützen und hielt mich mit der anderen Hand am Griff einer Schublade fest. Ein leichter Schmerz in der Nähe meines Schulterblatts ließ mich ein leises »Aua« ausstoßen. Dann hob ich meinen Kopf und sah Dylan an, der immer noch über mir aufragte. Sein Mund stand vor Überraschung offen.

»Was ist hier los?«

Will. Vermutlich hatte er meine Schreie gehört. Ich ignorierte seine Frage und starrte Dylan weiter böse an. Er starrte zurück, bis er schließlich seufzte.

»Steh auf«, sagte er.

Widerstrebend blickte ich auf die Hand, die er mir entgegenstreckte, und wandte mich ab, um mich aus eigener Kraft aufzurappeln.

»Verdammt nochmal, Hailie!«, knurrte er. Er beugte sich vor, ergriff meinen Arm und zog mich energisch hoch. Sobald ich aufrecht stand, entfernte ich mich so weit wie möglich von ihm und rieb mir den pochenden Ellbogen.

»Hailie, was ist hier los?« Diesmal klang Will deutlich strenger.

Ich sagte immer noch nichts, forderte Dylan jedoch mit einem Blick auf, seinem Bruder zu antworten. Er strich sich über den Nacken und wurde überraschenderweise ruhiger. Schließlich schaute er zur Seite und brummte unwillig: »Ich habe sie geschubst.«

»Du hast sie geschubst?«, wiederholte Will sofort und richtete seine ganze Aufmerksamkeit auf seinen jüngeren Bruder, der nur mit den Schultern zuckte.

»Ich konnte doch nicht wissen, dass sie gleich hinfallen würde.«

Will starrte ihn an, als traute er seinen Augen nicht. Einen Moment lang vergaß er anscheinend, dass ich auch noch hier war.

»Dir ist schon klar, dass sie nicht Shane oder Tony ist, mit denen du rumbalgen kannst? Sieh sie dir an! Sie ist doch noch ein Kind. Sie hat keine Chance gegen dich. Selbstverständlich fällt sie hin, wenn du sie schubst«, bellte er. Der blaue Farbton seiner Augen wurde ungewöhnlich kühl und erinnerte mich ein wenig an Vincent.

»Ich weiß, aber sie ist als Erste mit den Fäusten auf mich losgegangen!«, versuchte Dylan, sich zu wehren.

Jetzt sah Will mich an. Ich kochte immer noch vor Wut.

»Weil du wieder irgendwelchen Scheiß über Jason gelabert hast!«

Meine Wortwahl überraschte mich selbst. Normalerweise sprach ich nicht so, aber ich ahnte, wer meine Inspiration für diese Wortwahl gewesen war.

»Hey, pass auf, was du sagst«, zischte Dylan und hob drohend einen Finger.

»Achte auf deine Sprache, Hailie«, ermahnte mich Will im selben Moment.

Jetzt sahen sie mich beide an. Und da war es wieder: *ich gegen meine Brüder.* Ich empfand diese Wendung der Ereignisse als äußerst ungerecht und merkte frustriert, wie mir schon wieder Tränen in die Augen schossen. Warum war es immer ich, die weinen musste?

Ich schwieg, und nach ein paar langen Sekunden meldete sich Will erneut zu Wort.

»Ich möchte solche Ausdrücke nie wieder aus deinem Mund hören, verstanden?«

In Momenten wie diesem wurde ich daran erinnert, dass auch er ein Mensch mit einem eigenen, nicht ganz verständlichen Charakter war. Letztlich war er ein Monet, und es schien mir sinnvoller, meine Beziehung zu ihm nicht mit blöden Streitereien aufs Spiel zu setzen. Leider war ich zu kämpferisch gestimmt, so dass mir herausrutschte: »In diesem Haus wird doch ständig geflucht.«

»Es passieren viele andere Dinge in diesem Haus, die du nicht tun darfst«, antwortete Dylan.

»Warum glaubst du eigentlich, dass du mir sagen kannst, was ich darf und was nicht? Vincent ist mein Erziehungsberechtigter.«

Letztlich war Dylan nur ein paar Jahre älter als ich. Und seinem kindischen Verhalten nach konnte man sogar vermuten, dass er jünger war. Die Tatsache, dass jemand wie er mir irgendwelche Bedingungen diktieren wollte, war wirklich schräg.

Doch diesmal verärgerte ich sogar Will, der spöttisch die Augenbrauen hochzog.

»Möchtest du, dass ich Vince dazurufe?«

Will deutete mit dem Daumen hinter sich auf die Treppe. Wir maßen uns einen Moment lang mit den Augen, doch ich verlor den Kampf gegen seinen intensiven Blick. Ich senkte den Kopf und schüttelte ihn. Will machte keine Witze. Er war bereit, Vincent zu holen, und ich hatte für einen Tag schon mehr als genug mit meinem ältesten Bruder zu tun gehabt. Außerdem war ich sicher, dass Vince sich auf die Seite der Jungs schlagen würde.

»Ich bin müde, ich will mich ausruhen«, murmelte ich schließlich.

Ich hoffte, zumindest Wills Mitleid erregen zu können, und er ließ sich darauf ein. Er sah mich noch einen Moment lang an, dann nickte er und ließ mich vorbei. Bevor ich die Küche verließ, hielt er mich jedoch kurz auf.

»Hast du dir wehgetan?«

»Nein.«

Ich würdigte ihn, und auch Dylan keines weiteren Blickes. Als ich die Treppe hinaufstieg, spürte ich einen winzigen Stich der Genugtuung, denn ich hörte, wie Will seinen jüngeren Bruder zur Schnecke machte. Zu wissen, dass Dylan Anschiss bekam, munterte mich ein wenig auf.

Im Schlafzimmer warf ich mich erleichtert ins Bett. Ich hatte jedoch keine Gelegenheit, mich zu entspannen, denn sobald ich lag, begann mein Gehirn erneut damit, die Informationen zu verdauen, die Vincent mir heute mitgeteilt hatte.

Erstens machten meine Brüder offenbar schräge Geschäfte mit gefährlichen Leuten, und das war nicht mehr nur ein Gerücht, das in der Schule rumging – es war eine Tatsache, die von Vincent selbst bestätigt worden war.

Zweitens: Ich war in Gefahr. Ich wusste nicht, wie groß sie wirklich war. Aber auf jeden Fall so groß, dass ich einen Bodyguard und einen Peilsender in meinem Handy brauchte. Allein der Gedanke daran ließ mich vor Angst erzittern. Bis zu diesem Zeitpunkt kannte ich diese Art von Problemen nur aus Büchern. Ich hätte mir jedoch niemals vorstellen können, dass ich selbst einmal die Hauptfigur in einem Thriller sein würde.

Drittens versuchte ich mit aller Macht, mir einzureden, dass Vincents Worte im Auto nur ein Scherz gewesen waren, der mich davon abhalten sollte, weitere Fragen zu stellen, obwohl alles – sein Blick, sein Gesichtsausdruck und sein Tonfall – darauf hingedeutet hatten, dass er es todernst gemeint hatte.

Viertens: Dylan war ein fieses Arschloch.

Jetzt richtete ich meine Wut nur auf ihn, und zwar wegen der blöden Situation von vorhin. Und weil er Jason bedroht hatte. Armer Jason! Zwar wusste ich, dass ihm nichts Ernstes passiert war (und ich kann nicht in Worte fassen, wie erleichtert ich darüber war), aber gleichzeitig quälte mich die Frage, wie sich die ganze Sache auf unsere Beziehung auswirken würde. Ehrlich gesagt, war ich dahin gehend nicht besonders optimistisch.

Jason hatte mir heute nicht mal eine Nachricht geschickt. Automatisch wollte ich einen kurzen Blick auf mein Handy werfen, doch dann fiel mir ein, dass Vincent es mir weggenommen hatte, und ich seufzte genervt.

Im Laufe des Abends sollte ich meine Meinung über Dylan jedoch unerwartet ändern. Gerade holte ich den Unterrichtsstoff nach, den ich versäumt hatte – ich saß an meinem Schreibtisch und arbeitete konzentriert an meinen Notizen, umgeben von bunten Zetteln und Markern –, als ich ein Klopfen an der Tür hörte. Ich dachte, es wäre Eugenie oder vielleicht Will – doch es war Dylan, der in mein Zimmer kam. Sofort versteifte ich mich. Ich tat so, als wäre ich in ein Kapitel aus meinem Geschichtsbuch vertieft, und nahm mir vor, meinen fiesen Bruder so schnell wie möglich rauszuschmeißen, bevor er mich wieder auf die Palme bringen konnte.

Er trat an meinen Schreibtisch, lehnte sich locker mit der Hüfte dagegen und sah sich im Raum um.

»Hast du keine Puppen?«, fragte er.

»Ich bin fünfzehn, ich spiele nicht mehr mit Puppen«, erwiderte ich.

Er verstummte, und ich spürte seinen Blick auf mir.

»Hey, Hailie, es tut mir leid.«

Er sagte es so schlicht und einfach, dass mir die Bedeutung seiner Worte zuerst nicht klar wurde. Meinem Kenntnisstand nach war Dylan nicht in der Lage, Sätze wie »Bitte entschuldige« oder »Es tut mir leid« auszusprechen, und als ich merkte, dass es wirklich aus seinem Mund gekommen war, hob ich erstaunt meinen Blick. Ich erwartete, ein unverschämtes Grinsen auf seinem Gesicht zu sehen, ein Zeichen dafür, dass er es sarkastisch meinte, aber sein Ausdruck war ernst.

War das wirklich Dylan? Oder war es ein sechster Bruder? Dylans Zwilling, der das genaue Gegenteil von ihm war? Es war albern, aber ich konnte mir diese Spinnerei eher vorstellen als die Tatsache, dass Dylan tatsächlich zu mir gekommen war, um sich aufrichtig zu entschuldigen.

»Ich meine nicht das, was ich deinem kleinen Freund angetan habe. Nur damit das klar ist«, sagte er. Okay, vielleicht war es doch der echte Dylan. »Sondern wie ich zu dir war. Ich hatte Lust, jemanden zu ärgern, und du warst eben zur falschen Zeit am falschen Ort. Außerdem bist du ein leichtes Ziel, kleines Mädchen.«

Ich machte ein säuerliches Gesicht, woraufhin Dylans Mundwinkel nach oben wanderten. Das war heute schon das zweite Mal, dass man mich ein leichtes Ziel nannte. *Na toll!*

»Du hättest nicht schwänzen sollen, Schwesterchen. Ich war ein bisschen sauer. Ehrlich gesagt, war ich richtig angepisst, als ich erfahren habe, dass du einfach so aus der Schule abgehauen bist. Es ist gefährlich für dich, allein rumzuhängen! Ist dir das nicht klar?«

Ich schwieg, und nach einer Weile stieß er sich vom Schreibtisch ab und ging zur Zimmertür.

»Dylan … «, flüsterte ich.

Er blieb auf halbem Weg stehen und drehte sich zu mir um.

»Hm?«

»Ich glaube, ich habe ein bisschen … Angst.«

Meine Stimme bebte, meine Augen begannen wieder, feucht zu werden, und ich ließ meinen Stift zu Boden fallen, weil meine Hände so zitterten. Aus irgendeinem Grund war meine gesamte Selbstbeherrschung wie eine Seifenblase zerplatzt. Ich konnte meine Gefühle nicht länger unterdrücken, ich musste alles rauslassen. Dylans wohlwollende Worte hatten diesen Prozess in Gang gesetzt.

Er konnte mich auslachen, ignorieren oder trösten, und ich vermochte wirklich nicht zu sagen, wofür er sich entscheiden würde, aber es war mir auch egal. Ich wollte meinen Gefühlen einfach nur freien Lauf lassen.

Er sah mich einen Moment lang an, seufzte, zögerte, ging dann die paar Schritte zu mir zurück, nahm die Hände aus den Taschen, strich sich das Haar aus der Stirn und breitete seine Arme aus.

»Na, komm her.«

Zuerst starrte ich ihn nur an, um mich zu vergewissern, dass ich mich nicht verhört hatte, dann stand ich auf. Ich brauchte das jetzt, spürte ein tiefsitzendes Bedürfnis nach Zugehörigkeit und Akzeptanz.

Dylans Arme legten sich um meine zierliche Gestalt und schlossen mich in eine feste Umarmung. Diese Geste legte einen Schalter in mir um, und ich begann zu weinen – es war mir egal, dass ich es in seiner Gegenwart tat. Ich brauchte jedes bisschen Trost, das ich kriegen konnte, egal von wem.

Dylan umarmte mich fest. Meine Stirn ruhte auf seiner muskulösen Brust, und ich durchnässte sein Hemd mit meinen Tränen. Dann fing er an, mir über den Rücken zu streicheln, und ich weinte noch heftiger, aus Dankbarkeit für die Geste und die Zuneigung, die ich so erbärmlich dringend brauchte.

»Wovor hast du Angst, Hailie?«

Vor dir, unter anderem, dachte ich.

»Dass jemand mich entführt, zum Beispiel …«, stammelte ich.

Ich hätte ein Buch darüber schreiben können, wovor ich Angst hatte. Ich hatte Angst vor meinen eigenen Geschwistern, ich hatte Angst, in Gefahr zu sein, ich hatte Angst, dass sie Jason wieder wehtun würden, dass sie zwielichtige Geschäfte mit zwielichtigen Leuten machten, und nicht zuletzt, weil sie Schusswaffen besaßen.

Dylan umarmte mich noch fester.

»Wir werden nicht zulassen, dass dir jemand wehtut, Hailie«, versprach er leise. »Du bist unsere kleine Schwester.«

»Ich bin für euch doch nur irgendein fremdes Mädchen.« Ein regelrechter Wasserfall sprudelte unter meinen Augenlidern hervor. Ich hatte laut ausgesprochen, was ich schon die ganze Zeit gedacht hatte. Aber so fühlte ich mich nun mal.

Dylan lehnte sich plötzlich zurück, so dass er mein Kinn umfassen konnte. Er hob mein Gesicht an und zwang mich, direkt in seine Augen zu schauen.

»Hailie, du bist unsere Schwester. Du bist unsere Familie, und die Familie ist uns wichtiger als alles andere.«

»Ich bin keine von euch«, beharrte ich.

Dylan legte seine Hand auf meine Schulter und drückte fest zu. Er zog die Augenbrauen zusammen, und seine dunklen Augen wurden so ernst wie noch nie.

»Natürlich bist du das. Du gehörst zu uns.«

»Ich werde immer die sein, die erst nach fünfzehn Jahren in eurem Leben aufgetaucht ist. Ich werde nie die Beziehung zu euch haben, die ihr zueinander habt.«

»Bullshit. Wir hatten dich nur für eine Weile verloren, na und? Dann bist du wieder aufgetaucht. Was soll's. Jetzt bist du da, also ist alles okay.«

Der Tränenstrom auf meinen Wangen schien endlos. Ich schüttelte den Kopf, froh, all meinen Kummer endlich herausweinen zu können.

»Ich bin eine Fremde für euch.«

»Du bist unser Schatz.«

Ich hob meinen Blick, unsicher, ob ich mich gerade verhört hatte. Dylan lächelte leicht.

»Verloren und gefunden, wie ein Schatz.« Er strich mit dem Daumen über meine feuchte Wange. »Und so sollst du dich auch fühlen, kleines Mädchen. Wie etwas Besonderes. Okay?«

Mein Kinn zitterte so sehr, dass meine Zähne aufeinanderschlugen. Ich nickte und klammerte mich an die Hoffnung, dass Dylan das alles vielleicht wirklich aufrichtig gemeint hatte.

»Mann, du hast mein ganzes Hemd vollgerotzt!«, rief er.

Ich zog die Nase hoch.

»Weißt du …«, setzte ich nach einer Weile an, als ich endlich meine Stimme wiedergefunden hatte. »Es wäre schön, wenn du immer so nett zu mir wärst.«

»Wovon träumst du nachts?« Er grinste spöttisch.

Ich seufzte. Es gab immer noch eine Million Fragen und Ungewissheiten, die mich beschäftigten. Aber das Gespräch mit Dylan hatte mich erleichtert. Endlich spürte ich so etwas wie Seelen-frieden.

Komisch, noch vor ein paar Stunden hätte ich ihm gern die Augen ausgekratzt, und jetzt wollte ich nur noch in seinen Armen liegen.

Wer hätte gedacht, dass er von allen Mitgliedern meiner neuen Familie derjenige sein würde, der es schaffte, diese wunderbare und wertvolle Botschaft in wenigen Sätzen zusammenzufassen.

Ich gehörte zu ihnen.

Ich war ihr Schatz.

17

Tony, der Idiot

Okay. Da gab es nun also einen Jungen, den ich mochte, den ich aber, dank der »Freundlichkeit« meiner Brüder, nicht mehr sehen durfte. Hier lag mein innerer Konflikt begründet. Immer wenn ich mir für einen Augenblick erlaubte zu glauben, dass meine Brüder vielleicht doch nicht so fies seien, erinnerte ich mich daran, dass sie meinen Freund vergrault hatten, nur weil er es gewagt hatte, mich auf ein Date einzuladen. Ich hatte noch nie in meinem Leben ein solches Chaos im Kopf gehabt.

Gleich am nächsten Morgen gab Vincent mir mein Handy zurück, und ich hatte das Gefühl, dass er das weniger für mich tat als vielmehr wegen des eingebauten Senders – damit er immer wusste, wo ich war. Es fühlte sich seltsam an zu wissen, dass ich eine Spionageausrüstung bei mir trug, aber es war offensichtlich extrem wichtig und ein so gar nicht verhandelbares Thema, also sagte ich nichts dazu. Vielmehr akzeptierte ich, dass es eine von vielen Maßnahmen war, um mich zu schützen.

An diesem Morgen war ich gestresst, weil ich zur Schule musste. Es tat weh, dass ich das mit Jason vergeigt hatte, aber nach dem Gespräch mit Vincent und Dylan gestern war mir klar geworden, dass ich keine Wahl hatte. Ich war nicht einverstanden mit der Entscheidung meiner Brüder, nahm es ihnen immer noch übel, dass sie mich gezwungen hatten, die Beziehung zu meinem ersten Freund auf diese Weise zu beenden, aber es schien nichts zu geben, was ich tun konnte, damit sie es sich anders überlegten.

So gesehen war ich bereit, mich zu opfern. Ich beschloss, eine gute Schwester zu sein und meine Brüder nicht weiter zu provozieren, wegen des häuslichen Friedens und so. Also betrachtete ich mich als Märtyrerin und fühlte mich für einen Moment wie eine richtige Heldin.

Trotzdem überlegte ich hin und her: Vielleicht könnten Jason und ich es später noch mal versuchen? Vielleicht nächstes Jahr? Wenn ich sechzehn war, könnte für Vincent womöglich endlich der richtige Zeitpunkt für ein Date gekommen sein … Das waren die Gedanken, die ich Jason bei unserem nächsten Gespräch mitteilen wollte. Als Erstes wollte ich mich für Dylans Reaktion entschuldigen und ihn damit vertrösten, dass unser Wiedersehen umso aufregender sein würde, je länger wir aufeinander warteten. Es sei denn, er wollte nicht warten – das wäre für mich auch in Ordnung, da diese Trennung unvermeidlich schien. Ich stellte mir vor, dass nicht nur ich um ihn, sondern auch er um mich weinen würde.

Oh, wie sehr ich mich geirrt hatte!

Mona und Audrey warteten schon auf mich, neugierig auf meinen Bericht über die gestrigen Ereignisse. Ich hatte das Gefühl, dass wir uns seit unserer Übernachtungsparty ein wenig nähergekommen waren. Also erzählte ich ihnen alles und freute mich, dass meine

Stimme endlich ruhig, klar und selbstbewusst klang, nachdem ich Zeit gehabt hatte, die Geschehnisse in meinem Kopf zu ordnen.

Die Mädchen saugten jedes meiner Worte in sich auf. Ich erzählte ihnen, dass das Ende meiner Freundschaft mit Jason zwar schwierig sein würde, aber leider unvermeidlich war und dass ich noch nicht genau wusste, wie ich mich ausdrücken sollte, um seine Gefühle nicht zu verletzen. Denn seiner Gefühle war ich mir sicher. Nach unseren Küssen und den vielen gemeinsam verbrachten Stunden musste er etwas für mich empfinden.

Mona und Audrey hatten ihre Blicke auf mich gerichtet, während ich ihnen das alles erklärte, und so merkte ich sofort, wie sich ihre Mienen veränderten. Ich zog die Augenbrauen hoch, als sie beide plötzlich blass wurden und ihnen gleichzeitig die Kiefer herunterklappten. Sie sahen auf etwas hinter mir, also drehte ich mich um.

Zuerst spürte ich, wie mein Herz brach, und dann, wie mir die Teile irgendwo in die Magengegend hinunterrutschten. Ich schluckte mit äußerster Mühe.

Da war Jason. Er schritt den Flur entlang, seine Hand an der Taille eines blonden Mädchens, das er bei unserem Anblick noch näher an sich heranzog. Sie begann zu kichern, als sie dabei fast das Gleichgewicht verlor. Leider fiel sie nicht hin, denn er hielt sie fest umschlungen.

Ich blinzelte mehrmals, weil ich nicht glauben konnte, was ich da sah. Jason blickte mich nicht an, aber ich hatte das seltsame Gefühl, dass er wusste, dass ich ihn bemerkt hatte. Er hatte ein Pflaster über der Augenbraue, aber ansonsten schien er keine größeren Verletzungen von der Begegnung mit Dylan davongetragen zu haben. Allerdings musste er sich wohl den Kopf gestoßen haben und nicht ganz bei Sinnen sein, denn auf einmal küsste er seine Begleiterin, vor allen Umstehenden – leidenschaftlich und schamlos.

Ich war mir sicher, dass ich Wahnvorstellungen haben musste. Ich brauchte jemanden, der mir bestätigte, was sich da vor uns abspielte. Ich sah die Mädchen an. Sie schwiegen, und ich spürte, wie ich gleichzeitig zu zittern und zu schwitzen begann. Meine Gedanken rasten, ich verlor das Gleichgewicht, und es schien, als würde ich in dieser plötzlichen Verwirrung meinen eigenen Körper verlassen und komplett neben mir stehen. Mit einer panischen Bewegung zog ich mein Handy heraus, um mich auf etwas anderes zu konzentrieren. Ich fing an, irgendwelche Apps zu öffnen, und tat so, als würde ich etwas überprüfen, doch meine Sicht wurde durch die Tränen getrübt, die mir in die Augen gestiegen waren.

Nachdem Jason und das Mädchen sich entfernt hatten, verkündete ich mit heiserer Stimme, dass ich auf die Toilette müsse, und entfernte mich mit schnellen Schritten. Bis zur Toilettentür tat ich, als ginge es mir gut, obwohl mir völlig klar war, dass ich mir etwas vormachte.

Ich hastete in die erstbeste Kabine, wo mir sofort so übel wurde, dass ich mich vorsichtshalber neben das Klo hockte. Zwar musste ich mich nicht übergeben, aber ich schaffte es auch nicht, mich aufrecht zu halten, deshalb rollte ich mich auf dem Boden zusammen. Nach einer Weile setzte ich mich wieder hin, zog die Knie bis zum Kinn und wischte mir die Tränen mit Toilettenpapier ab. Die Toilettentür ging auf, und ich versuchte, mein Schluchzen zu unterdrücken, bis ich die Stimmen von Mona und Audrey erkannte. Zuerst riefen sie nach mir, dann blieben sie vor der Kabine stehen, in der ich mich eingeschlossen hatte, und forderten mich sanft auf, zu öffnen. Nach mehreren

Versuchen, ihnen mit erstickter Stimme zu versichern, dass es mir gut ging, ließ ich mich schließlich überreden aufzumachen.

Mona kniete neben mir, und Audrey lehnte seitlich an der Wand. Beide Mädchen hatten besorgt die Stirn in Falten gelegt, und es war klar, dass sie um Worte rangen, die meinen Schmerz und meine Enttäuschung lindern sollten. Doch ich fühlte mich so gedemütigt, dass ich ihnen nicht einmal in die Augen sehen konnte.

»Er muss echt krasse Angst vor den Monets haben«, sagte Audrey leise.

»Das ist keine Entschuldigung!«, erwiderte Mona scharf.

»Natürlich nicht, ich meine ja nur. Er benimmt sich wie der letzte Arsch. Schließlich war er vor ein paar Tagen noch mit Hailie zusammen! Der hat sich ja ganz schön schnell getröstet mit seiner neuen Freundin.«

»So neu ist sie gar nicht«, meinte Audrey. »Er hat doch schon davor mit Lavinia rumgemacht. Sie haben früher oft geflirtet, erinnerst du dich nicht?«

»Ne, weiß ich nicht mehr.«

»Damals lag es daran, dass sie ein Jahr älter ist – das schien ihn irgendwie zu stören.«

»Da hat er offenbar seine Meinung geändert.«

»Schon klar.«

Ich hob meinen Kopf. Er war schwer und fühlte sich dumpf an, als hätte ich Drogen genommen. Zwar hatte ich das noch nie ausprobiert, aber ich konnte mir das Gefühl ungefähr vorstellen. Ich gab mir keine Mühe mehr, meine Tränen zu verbergen, es hatte keinen Sinn.

»Sie heißt also Lavinia?«, fragte ich unter Schluchzern.

Monas Blick huschte von Audrey zu mir, und in ihren Augen blitzte Mitleid auf.

»Lavinia Linden«, antwortete sie sachlich. Dann kniff sie die Augen zusammen. Sie sah aus, als würde sie in ihrem Kopf die wichtigsten Informationen aus den gesammelten Ordnern und Mappen aller Personen, die sie in ihrem Leben getroffen hatte, zusammensuchen. »Sie ist sozusagen ein … na ja, du weißt schon, ein Star. Sie macht irgendwas mit Tanz, angeblich ist sie megagut und hat sogar ein paar Medaillen oder so gewonnen. Außerdem hat sie die schmalste Taille der ganzen Schule. Ich habe mal gesehen, wie sie sich nach dem Sport umgezogen hat, und …«

»OMG, Mona, das ist doch völlig unwichtig jetzt!«, unterbrach Audrey sie.

»Hailie hat gefragt, also antworte ich, all right?«

»Hailie hat aber nicht nach ihrer Taille gefragt.«

Mona öffnete den Mund, um weiter zu argumentieren, aber dieses Mal war ich es, die ihr ins Wort fiel.

»Und ist sie nett?«, fragte ich und zog die Nase hoch.

»Ja, eigentlich ist sie sehr nett, und ich mag sie, aber ich kann aufhören, mit ihr zu reden, wenn du dich dann besser fühlst.«

Ich seufzte, schüttelte den Kopf und verbarg das Gesicht in meinen Händen.

»Ich glaube nicht, dass es ihre Schuld ist«, erklärte Audrey. »Niemand aus der Schule wusste, dass ihr euch trefft, Lavinia wahrscheinlich auch nicht. Jason ist der Böse in dieser Geschichte. Er hat dich benutzt – und sie wird er genauso benutzen.«

Die Mädchen unterhielten sich, während ich versuchte, mir die Nase zu putzen, die eine Sekunde später wieder verstopft war.

»Ich habe ihn am Wochenende noch geküsst«, platzte ich plötzlich heraus. »Wir haben uns geküsst. Er hat seine Hand auf mein Knie gelegt und auf meinen Oberschenkel und … Und wir haben uns geküsst!«

In einer wütenden Bewegung zerknüllte ich das tränengetränkte Stück Toilettenpapier und warf es ins Klo.

»Heute ist Dienstag, das heißt, es sind weniger als drei Tage vergangen. Drei Tage! Und schon küsst er ein anderes Mädchen vor der ganzen Schule? Was ist denn bei ihm kaputt?«

Und ich Idiotin hatte mir Sorgen gemacht, dass ich Jason verletzt hatte und dass meine Brüder ihm wehgetan haben könnten. Er hatte sich einfach so mit einer neuen Freundin getröstet. *Wie konnte das passieren, wie geht so was so schnell?*, wunderte ich mich. Gestern hatte er fast den ganzen Tag in der Schule gefehlt, und heute war er schon mit dieser Lavender (oder Lavinia?) zusammen?

Ich hatte nie die Gelegenheit gehabt, mit ihm den Korridor entlangzugehen. Er hatte mich nicht um die Taille gefasst, während ich kicherte und vor lauter Verliebtheit niemanden um mich herum beachtete. Wir konnten und durften niemals so süß und sorglos sein.

»Echt, ich dachte, er würde traurig sein. Oder wütend. Mit Wut hätte ich umgehen können. Aber er …«, ich zögerte, »er schert sich einen Dreck um mich.«

Die Wahrheit schmeckte bitter, und ich zuckte zusammen, als mir so richtig bewusst wurde, dass es vorbei war. Die Mädchen versuchten zwar, mir zu widersprechen, doch der Beweis für meine Worte lief immer noch irgendwo in den Schulfluren herum.

So oder so, ich musste mich zusammenreißen. Ich schickte meine

Freundinnen weg, indem ich sie davon überzeugte, dass es mir besser ging.

In Wirklichkeit konnte ich mich während der nächsten Stunde jedoch auf nichts anderes konzentrieren. Jason hasste mich. Wenn er so schnell Ersatz für mich gefunden hatte, hatte er mich dann überhaupt jemals wirklich gemocht? *Das muss er*, redete ich mir ein, *schließlich haben wir so viel Zeit in dieser Toilette verbracht und uns vor meinen Brüdern versteckt. Jetzt hat er wahrscheinlich Angst, mit mir zu reden. Oder sein männlicher Stolz ist verletzt, und er versucht, sein Gesicht zu wahren und so aus der ganzen Geschichte herauszukommen. Vielleicht will er sogar meine Brüder einlullen, indem er mit einem anderen Mädchen auftaucht? Aber warum hat er mich dann nicht in seinen Plan eingeweiht?*

Fragen, Spekulationen, Zweifel – so verbrachte ich den Rest meines Tages. Ich konnte mich auf kein einziges Wort konzentrieren, das im Unterricht gesprochen wurde, aber mir schenkte sowieso niemand Aufmerksamkeit. Nur Mr. Dalton warf mir verwirrte Blicke zu, als ich nicht, wie der Rest der Klasse, in die üblichen Lachsalven einstimmte, die auf seine Witze folgten. Alle wussten, dass ich eine gute Schülerin war, und wenn ich mal einen schlechten Tag hatte und abgelenkt war, ließen sie mich in Ruhe – ich durfte mit meinen Gedanken abschweifen, so weit ich wollte.

Nach dem Unterricht hatte ich ziemlich viel Zeit, mich weiter zu quälen, weil ich darauf warten musste, dass Shane mit dem Training fertig war. Ich saß in einer Ecke der Turnhalle und versuchte, den Blick von den älteren, verschwitzten Jungs mit Boxhandschuhen in den Händen und sichtbarer Mordlust in den Augen abzuwenden. *Solche brutalen Aktivitäten sollten an einer Schule illegal sein*, fand ich.

Dass ich in Shanes Sportwagen nach Hause fahren musste, trug ebenfalls nicht zu meiner Aufmunterung bei. Die Vorstellung, mit einem meiner Brüder fast eine halbe Stunde lang auf engstem Raum in einem Auto zu verbringen, machte mich rasend, denn schließlich hatte ich jede Menge Gründe, meinen Geschwistern die Schuld an diesem ganzen Schlamassel und dem Clinch mit Jason zu geben. Als ich mich jedoch zum Parkplatz schleppte und irgendwo in der Ferne wieder meinen Ex-Freund sah, der immer noch Lavinia Lindens Wespentaille umklammerte, siegte die Traurigkeit.

Ich nahm meinen Platz neben Shane ein, und ich glaube, ich antwortete nicht einmal auf den Scherz, den er machte. Wegen all des Durcheinanders in meinem Kopf hatte ich eher Lust, ihn anzuschreien oder mich bei ihm auszuheulen, doch ich beschloss, dass es besser war, einfach meine Klappe zu halten.

»Was ist los? Du bist so mürrisch«, sagte er, als er zum x-ten Mal seinen Blick von der Straße abwandte und mich besorgt ansah.

Ich zuckte mit den Schultern, starrte nur teilnahmslos aus dem Fenster und beobachtete, wie wir an den immer gleichen Bäumen vorbeifuhren. Sogar der Wald nervte mich, ich fand ihn einfach nur noch langweilig und hässlich.

Was willst du von mir? Du bist doch selbst mürrisch.

»Bist du immer noch sauer wegen dieses Jungen?«

»Ich bin nicht sauer wegen eines Jungen«, zischte ich, plötzlich ungehalten.

Mein Bruder zog die Augenbrauen hoch, wahrscheinlich war er jetzt erst recht überzeugt, dass er mit seiner Behauptung richtiglag. Ich atmete tief durch und schloss meine Augen.

»Der Typ ist ein Arsch, Hailie«, sagte Shane.

Sein Tonfall klang eher sachlich als fies, was vielleicht der Grund dafür war, dass ich nicht ungehalten reagierte – wie sonst immer. Außerdem fiel es mir nach dem heutigen Tag schwer, Jason zu verteidigen. Ich schwieg also, schaute weiter aus dem Fenster und fragte mich, ob Jason wirklich so ein Mistkerl war. Konnte die Erklärung für sein Verhalten so einfach sein? Hatte ich mich am Ende in ihm getäuscht?

»Ernsthaft, ich checke nicht, was du in ihm siehst, er …«

»Er hat mir zugehört«, beendete ich den Satz leise und spürte einen weiteren von Shanes Blicken auf mir.

Offenbar war er überrascht. Diese Worte waren mir einfach so herausgerutscht, und ich bereute sie sofort.

»Was soll das heißen, er hat dir zugehört?«, fragte er und runzelte die Stirn. »Hören wir dir etwa nicht zu?«

»Er hat gern mit mir gesprochen.«

»Ich kann doch auch mit dir reden.«

»Aber er …«

»Was denn?«

»Er wollte es.«

Diesmal starrte mich Shane eine Sekunde zu lange an, und ich hatte den Eindruck, dass er die Situation auf der Straße nicht mehr unter Kontrolle hatte.

»Pass auf!«, schrie ich, als er zu nah an einem aus der Gegenrichtung kommenden Auto vorbeifuhr.

Mein Bruder presste die Lippen zusammen und richtete den Blick schnell auf die Straße, nur um bei der nächsten Gelegenheit an den verschneiten Waldrand zu fahren. Ich fühlte mich in die Situation von gestern zurückversetzt, erinnerte mich an das Gespräch, das ich unter ähnlichen Bedingungen mit Vincent geführt hatte, und es war nicht gerade die schönste Erinnerung.

»Was machst du da? Warum halten wir an?«

Shane stützte eine Hand aufs Lenkrad und drehte sich zu mir um.

»Wie meinst du das?«

»Wie meine ich was?«

»Du hast doch gerade gesagt, ich würde nicht … wir würden nicht mit dir reden wollen. Warum?«

»Ich habe nicht gesagt, dass ihr nicht wollt, ich habe nur gesagt, dass Jason es wollte … «

»Komm mir hier nicht philosophisch, ja?« Shane wurde lauter. »Ich habe dich schon verstanden.«

Ich senkte den Blick und zupfte mit den Fingern an meinem Sicherheitsgurt.

»Ich weiß ja, dass Vince ein schwieriger Typ ist, Dylan und Tony wohl ebenfalls, und ich bin auch kein Heiliger. Aber wenn du reden willst, würde dich keiner von uns jemals abweisen.«

Das grimmige Schnauben, das mir entwich, klang belustigter als beabsichtigt.

»O ja, Shane, ich weiß genau, dass ihr alle geradezu darauf brennt, mit mir zu reden.«

»Hey, was soll das denn heißen?« Er beugte sich leicht zu mir vor.

»Das heißt«, knurrte ich und hob den Kopf, »dass ich nicht dumm bin. Ich weiß, wer ich für dich bin. Wer ich für euch bin.«

»Immerhin eine Schwester, oder?«

»Nein. Ein Problem. Ein lästiges Problem, mit dem man sich bis zu dessen Volljährigkeit herumschlagen muss. Ein Problem, das euer ach so friedliches Leben gestört hat.«

»Wovon redest du überhaupt? Woher hast du diesen Quatsch?« Shane schüttelte den Kopf.

Ich wusste, dass das unerwartet nette Gespräch mit Dylan gestern meine Ansicht über meinen Platz in dieser Familie hätte ändern sollen, aber Dylan konnte erstens nicht für alle sprechen, und zweitens war ich so unsicher, was meine Person und meine Zugehörigkeit zu den Monets anging, dass es sehr einfach war, in alten Gewohnheiten zurückzufallen.

Nun, und es ließ sich nicht leugnen: Ich hatte ziemlich gute Argumente.

»Mach mir nichts vor«, seufzte ich verzweifelt. »Neulich konnte ich Tony auf dem Balkon hören.«

»Welcher Balkon?«

»›Sie passt nicht hierher. Ihre Anwesenheit erschwert uns das Leben.‹« Ich wiederholte mit matter Stimme die Sätze, die sich in meinem Kopf eingebrannt hatten.

Shane blinzelte zweimal. Ganz langsam, als ob er sich selbst gerade die Szene in Erinnerung rufen müsste, und seine Miene wurde hart, als ihm klar wurde, dass ich mir die Worte nicht ausgedacht hatte.

Er senkte den Blick, und seine Hand rutschte vom Lenkrad. Dann leckte er sich über die Lippen, was wirkte, als würde er auf Zeit spielen.

»Okay«, begann er dann und holte tief Luft. »Hör zu, die Sache ist die …«

»Hm?«

»Tony ist ein Idiot.«

Ich schnaubte über diese dermaßen dämliche Ausrede.

»Nein, im Ernst. Tony denkt manchmal wirklich nicht nach. Er war sauer, weil Vince ihn wegen der Waffe fertiggemacht hat, die du in seinem Zimmer gefunden hast«, erklärte Shane. »Wenn Tony sauer auf mich ist, sagt er viel schlimmere Sachen, glaub mir.«

»Das ist nicht dasselbe«, protestierte ich und ließ meinen Kopf gegen die Stütze fallen.

»Für ihn ist es dasselbe, ernsthaft, er … «

»Shane, können wir jetzt weiterfahren?«, fiel ich ihm ins Wort. »Ich bitte dich. Ich habe eine Menge Hausaufgaben, und ich möchte so schnell wie möglich damit anfangen.«

»Okay, aber ich wollte dir nur erklären, dass Tony … «

»Schon gut, ich verstehe«, unterbrach ich ihn.

Shane ließ seinen Mund noch einen Moment lang offen, als ob er seinen Zwillingsbruder weiter verteidigen wollte. Schließlich schloss er ihn jedoch wieder, wohl weil er erkannte, dass es sinnlos war, einen Streit zu erzwingen. Er würde nicht zu mir durchdringen.

Den Rest des Weges legten wir schweigend zurück. Ich bereute es, mich vor Shane geöffnet zu haben. Es konnte nichts Gutes dabei herauskommen. Er schien schwer beleidigt zu sein, weshalb ich befürchtete, dass diese Unterhaltung Konsequenzen haben würde.

Und ich sollte mich nicht irren.

Ich weiß nicht, ob es Ironie des Schicksals oder reiner Zufall war, aber nachdem Shane in der Garage geparkt hatte, gingen wir schnurgerade in die Küche, wo wir ausgerechnet von Tony begrüßt wurden. »Begrüßt« in Anführungszeichen, denn er hob nicht einmal den Blick von dem dicken Comic-Heft, in dem er las, und schob sich ungerührt einen Löffel Chili con Carne nach dem anderen in den Mund. Er antwortete nicht, auch nicht, als ich, anscheinend die einzige kultivierte Person im Raum, freundlich »Hallo« sagte.

»Ey«, knurrte Shane. »Du könntest wenigstens antworten.«

Doch Tony sparte sich eine Reaktion.

»Ey«, wiederholte Shane lauter und stellte geräuschvoll seine volle Schüssel auf der Arbeitsplatte ab.

Tony hob betont gelangweilt den Kopf.

»Was?«

»Hailie hat ›Hallo‹ gesagt.«

Tony warf mir einen flüchtigen Blick zu. Mittlerweile stand ich mit einer Kelle in der Hand vor dem Topf mit dem Chili.

»Und?«

»Antworte ihr gefälligst!«

Tony machte ein Gesicht, als würde Shane ihn grundlos belästigen, und las einfach weiter. Das überraschte mich nicht im Geringsten. Ich schaute in den Topf mit dem würzig duftenden Essen, spürte aber nur ein Jucken in der Nase, kein Knurren im Magen. Ich hatte wie immer keinen Hunger.

Ein Klatschen ertönte, und ich drehte mich ruckartig zu den beiden um. Shane lehnte nun über dem Tisch. Tony starrte ihn fassungslos an; das Comic-Heft war verschwunden. Shane hatte es ihm offenbar entrissen und irgendwohin geworfen, und sein Zwilling war noch dabei zu verarbeiten, was da gerade passiert war. Doch dann schlug Tonys Überraschung in Zorn um. Rasch erhob er sich von seinem Stuhl.

»Was soll das?«

»Wenn deine Schwester ›Hallo‹ zu dir sagt, wäre es verdammt nochmal angemessen, ihr zu antworten, meinst du nicht?«, schrie Shane ihn an und zeigte mit dem Finger auf mich. »Benimm dich nicht wie ein Arschloch!«

Tony warf mir wieder einen Blick zu, und diesmal versuchte er nicht einmal, seinen Unmut und Widerwillen zu verbergen.

»Was willst du von mir? Verpiss dich!«, zischte er Shane zu. »Ich muss mir bei ihrem Anblick nicht gleich vor Begeisterung ins Höschen machen.«

»Das ist höfliche Kommunikation, checkst du es nicht?«

Tony fluchte, woraufhin er sich einen Stoß von Shane einfing. Nur einen leichten, aber dennoch. Und gleich darauf gingen sich die Zwillinge gegenseitig an die Gurgel.

Ich starrte sie entsetzt an. Der Tisch wurde zur Seite geschoben, als Shane mit der Hüfte dagegenprallte, und Tony wäre bestimmt aus dem Fenster geflogen, wenn die Scheibe, gegen die er stieß, nicht so stabil gewesen wäre. Die Jungs rempelten sich gegenseitig an, zerrten aneinander und schlugen aufeinander ein. Und das alles in dem relativ kleinen Bereich der Küche, in dem der Esstisch stand.

Beide steckten eine Menge Schläge ein, doch der Kampf schien ausgeglichen. Shane kämpfte eher wie ein Boxer, wohl wegen seines Boxtrainings, während ich bei Tonys Kampfstil eher an eine Straßenprügelei denken musste.

»Shane, das reicht, hör auf!«, rief ich, als ich merkte, dass die Schlägerei mehr und mehr ausartete. Sie gingen einander immer aggressiver an, und es sah nicht so aus, als ob einer von ihnen vorhatte, zur Vernunft zu kommen.

Ich war fassungslos. Ich konnte nicht glauben, dass sich ein normales Mittagessen innerhalb von Sekunden in ein blutiges Gemetzel verwandelte. Im wahrsten Sinne des Wortes, denn als Shane erneut zuschlug, flog Tony zur Seite und fluchte laut, weil die Tischkante sich in seinen Bauch bohrte – dann ballte er die Hände zu Fäusten und schlug Shane mit voller Wucht ins Gesicht. Ein leises Knirschen ertönte, und plötzlich war da Blut an Mund und Kinn des älteren Zwillings.

Vor Entsetzen schlug ich mir die Hände vor die Augen.

»Shane! Tony!«, schrie ich panisch. Ich machte einen Schritt nach vorn, hielt jedoch sofort wieder inne. Ich hatte Angst, mich zwischen sie zu stellen, so sehr waren sie in Rage. Shane kümmerte sich nicht einmal um seine Verletzung, sondern ging schon wieder auf Tony los. Er fluchte, wie ich es noch nie gehört hatte. Beide Zwillinge hatten einen interessanten Wortschatz, das musste ich zugeben.

»Hey! Dreht ihr jetzt komplett durch?«, rief Will, der in die Küche spähte, vermutlich um zu sehen, wer die heilige Stille der Villa Monet störte. Er sah seine Brüder und stürzte herein, wobei er Dylan zu Hilfe eilte.

Dylan und Will konnten die Zwillinge nur mit größter Anstrengung voneinander trennen. Mit erhobenen Stimmen und scharfen Worten hielten sie die beiden auf Abstand. Ich stand immer noch wie erstarrt da, mein Herz klopfte wild, und ich war gleichzeitig zutiefst erleichtert, dass sie aufgetaucht waren, um diese Idioten davon abzuhalten, sich gegenseitig umzubringen.

»Was ist hier los?«

Vincent erschien so unerwartet an meiner Seite, dass ich beim Klang seiner Stimme zusammenzuckte.

»Das würde ich auch gern wissen«, knurrte Will und zerrte unsanft an Shane.

»Er hat angefangen, auf mich einzuschlagen«, murmelte Tony. Er versuchte seinerseits, sich aus Dylans Griff zu befreien.

»Weil du ein Schwachkopf bist!«

»Ihr seid beide Schwachköpfe«, sagte Dylan. »So sieht's aus.«

»Wer hat angefangen?«, wollte Vincent wissen. Er ging an mir vorbei und näherte sich den Jungs. Ängstlich beobachtete ich seinen muskulösen Rücken.

»Shane, dieser Arsch!«, rief Tony.

»Du bist hier der Arsch!«, entgegnete sein Zwilling.

»Wer angefangen hat, will ich wissen«, sagte Vincent lauter. Seine Körpersprache strahlte Gereiztheit aus. Angstschauer liefen mir den Rücken hinunter. Doch der Rest meines Körpers war vollkommen starr, ich war nicht imstande, mich zu bewegen, so gern ich mich aus dem Staub gemacht hätte.

»Tony hat mit seiner Unverschämtheit angefangen«, beschwerte sich Shane und machte eine Bewegung, als wolle er sich mit dem Ärmel das Blut aus dem Gesicht wischen, doch Wills fester Griff hinderte ihn daran.

»Wer hat den Streit angefangen?«, wiederholte Vincent.

»Er«, antwortete Tony.

Im Gegensatz zu seinem Zwilling sah er fast entspannt aus. Shane hatte eindeutig mehr Schwierigkeiten, sich zu beherrschen, was ich mit Erstaunen beobachtete. So kannte ich ihn gar nicht. Vince verlor seine übliche Geduld, stellte sich direkt vor ihn und packte Shane am Kragen seines Uniformhemds.

»Was zum Teufel ist los mit euch?«

Es war erstaunlich, wie mühelos er seine Stimme einsetzen konnte. Er klang so kraftvoll und autoritär. Vincent brauchte nicht zu schreien, um sich Gehör zu verschaffen.

Ich wurde noch nervöser und machte ein paar kleine Schritte rückwärts. Sie hatten eigentlich leise sein sollen, aber leider stieß ich mit der Hüfte gegen einen Schrank, auf dem eine Tasse stand. Die Tasse fiel scheppernd zu Boden, und alle sahen sich zu mir um.

»Auf dein Zimmer, Hailie«, befahl Vincent.

Ich wollte auf ihn hören und mich zurückziehen, das wollte ich wirklich. Aber ich hatte das Gefühl, mit den Füßen am Boden zu kleben. Ich konnte mich nicht rühren. Also blieb ich, wo ich war, und beobachtete mit riesengroßen Augen die Fortsetzung der brutalen Show.

Tony betrachtete Shane, der von Vincent in einem Würgegriff gepackt wurde, und amüsierte sich köstlich über den Anblick. Dann begann er, unverschämt zu kichern.

»Was für ein Idiot!«

Shane wollte sich wieder auf ihn stürzen, war schon bereit, mit den Fäusten zuzuschlagen, aber er vergaß, dass Vince ihn gegen die Wand drückte.

Vince verpasste ihm mit der rechten Hand eine harte Ohrfeige, während er ihn mit der linken noch immer festhielt.

Ich zuckte zusammen. Shanes Kopf flog zur Seite, und ein roter Fleck erschien auf seiner Wange. Vince wartete Shanes Reaktion nicht ab, sondern packte ihn mit der Hand, mit der er ihn geschlagen hatte, fest am Kiefer und drehte seinen Kopf zurück, so dass Shane ihn ansehen musste.

»Hör auf, dich so bescheuert aufzuführen.«

Shane tat mir aufrichtig leid. Schließlich hatte er sich für mich eingesetzt. Vielleicht unnötigerweise, aber es war trotzdem lieb von ihm gewesen. Wäre ich an seiner Stelle gewesen, ich glaube, ich wäre vor Angst gestorben.

Obwohl ich die ganze Szene aus sicherer Entfernung beobachtete, spürte ich, wie ich jedes Mal klein wurde, sobald Vince den Mund aufmachte. Er konnte einen mit einem einzigen Satz zunichtemachen.

Es herrschte jetzt absolute Stille. Tony grinste zwar immer noch, traute sich aber nicht mehr zu sprechen.

»Geh mir aus den Augen und lass dich nicht mehr blicken, bis du dich wieder eingekriegt hast. Sofort, Shane«, befahl unser ältester Bruder und schob ihn zur Küchentür.

Shane ballte seine Hände zu Fäusten. Er schien nicht gerade erpicht darauf zu gehen, also packte Will ihn entschieden am Arm und führte ihn hinaus. Als sie an mir vorbeigingen, konnte ich hören, wie er Shane eine Drohpredigt ins Ohr flüsterte.

»Und du«, sagte Vincent, und ich zuckte zusammen, weil ich zuerst dachte, er würde mich meinen. Zum Glück sah er Tony an. »Wie oft willst du dich noch so idiotisch provozieren lassen?«

Tony machte den Mund auf und wollte etwas erwidern, aber schließlich rollte er nur mit den Augen, offensichtlich zufrieden mit der Tatsache, dass er als Sieger aus der Sache hervorgegangen war. Dylan hatte ihn mittlerweile losgelassen, und er bückte sich und fing an, seine Zigaretten aufzusammeln, die ihm aus der Schachtel gefallen waren und jetzt auf dem Küchenboden verstreut lagen. Dann richtete er sich auf und ging wortlos an mir vorbei. Unmittelbar hinter ihm folgte Dylan. Er war der Einzige, der mir einen flüchtigen

Blick zuwarf, aber auch er sagte kein Wort. Dann schlug die Haustür leise zu.

Ehe ich mich's versah, war ich mit Vince allein in der Küche.

⌁ 18 ⌁

Eine bescheidene Aktion

Ich habe einmal ein Stück Kreide gestohlen. Ich war vielleicht fünf Jahre alt und machte mit meiner Mutter einen langen Spaziergang. Wir kamen an einen Spielplatz, wo ein Mädchen in einem grünen Kleid mit bunten Kreidestiften auf den Asphalt malte. Ihr Name war Daisy. Ich erinnere mich an den Neid, der von mir Besitz ergriff und dann für einen Moment verschwand, als Daisy mich einlud, gemeinsam mit ihr zu malen. Doch das Gefühl kehrte zurück, als ich nach Hause gehen musste. Ich vergewisserte mich, dass es niemand sah, und steckte mir ein Stück Kreide in die Tasche meiner Latzhose. Das Mädchen hatte so viel davon, es bemerkte nicht einmal, dass ihr etwas fehlte. Also betrachtete ich die Sache nicht als Diebstahl.

Meine Mutter sah das anders. Als wir zu Hause ankamen und sie feststellte, dass ich mir fremdes Eigentum unter den Nagel gerissen hatte, wurde sie sehr wütend. Sie packte mich an der Hand und zerrte mich zurück zum Spielplatz, damit ich Daisy finden und ihr wiedergeben konnte, was ihr gehörte. Auf dem gesamten Hin- und Rückweg hielt mir meine Mutter einen Vortrag, der so eindrücklich war, dass ich mich noch heute daran erinnere. Ich nahm nie wieder etwas, was mir nicht gehörte.

Bis jetzt.

Ich hätte auf Vincent hören sollen, als er mich anwies, auf mein Zimmer zu gehen. Dann wäre nichts passiert. Jetzt stand ich da und versuchte, mich nicht zu bewegen, um ja kein Geräusch zu machen und so seine Aufmerksamkeit auf mich zu lenken.

Er seufzte und schüttelte den Kopf. Sicherlich war er sauer. Aber Vince wurde nicht rot vor Wut, wie die meisten Menschen, sondern blass – ein weiterer Punkt auf der Liste der Dinge, die mir an ihm Angst machten.

Ich beobachtete schweigend, wie er seine rechte Hand hob und sie genau betrachtete; dabei verzog er den Mund. Sie war mit Shanes Blut befleckt. Es musste passiert sein, als er ihm die Ohrfeige verpasst hatte. Er ging zum Waschbecken, um das Blut abzuwaschen. Dann sah er mich, die ich immer noch dastand.

Wenn Blicke töten könnten, wäre ich längst unter der Erde.

Er ließ die Hand sinken und zog die Stirn in Falten.

»Was habe ich dir gesagt?«

Ich schluckte. Ich war nicht in der Lage, auch nur ein Wort herauszubringen. Durch meinen Kopf schossen Bilder: wie er mich an der Bluse packte und mir eine Ohrfeige gab, genau wie vorhin Shane.

Meine Angst war so offensichtlich, dass es schon peinlich war. Vince musste spüren, wie sehr ich mich vor ihm fürchtete, und vielleicht war es das, was ihn veranlasste, meinen Ungehorsam nicht weiter zu verfolgen. Schließlich wusste ich, dass das für ihn ein äußerst sensibles Thema war, und obwohl sich sein angespannter Gesichtsausdruck nicht veränderte, bestand er nicht auf meiner Antwort, sondern fragte: »Hast du schon gegessen?« Er blickte auf den Topf mit dem Chili und die leere Schüssel daneben.

Ich schüttelte den Kopf.

»Dann solltest du das jetzt tun.«

Automatisch griff ich nach der Kelle. Meine Bewegungen waren steif und langsam, und meine Finger zitterten ein wenig, aber ich war froh, mich auf eine Tätigkeit konzentrieren zu können, vor allem, weil ich Vincent dabei den Rücken zuwenden konnte. Ich hörte, wie er den Wasserhahn aufdrehte, um seine Hände zu waschen – und dann war ich allein in der Küche.

Ich atmete erleichtert auf. Mit fünf Geschwistern unter einem Dach zu leben, war kein Zuckerschlecken. Vor allem, wenn diese Geschwister die Monet-Brüder waren. Sie gingen scheinbar ihre eigenen Wege, aber ich wusste nun: Wenn sich ihre Wege kreuzten, konnte es blutig werden – wie heute.

Ich setzte mich mit meinem Chili auf einen Stuhl neben dem Platz, auf dem Tony zuvor gesessen hatte, rührte mit dem Löffel in der Schüssel und schob das Essen gedankenlos hin und her. Es fiel mir schwer, etwas herunterzubekommen, da in mir abwechselnd Tränen und ein Würgereiz aufstiegen. Tony hasste mich jetzt wahrscheinlich noch mehr, Shane bereute es sicher, sich wegen mir geprügelt zu haben, Vincent war sauer auf mich, und zu allem Überfluss hatte Jason nur wenige Tage nach unserem ersten Date angefangen, mit einem anderen Mädchen auszugehen. Ich hasste sie alle.

Mittlerweile hatte ich mich an die distanzierte Art meiner Brüder gewöhnt – und diese Tatsache schmerzte mich am meisten, weil ich geglaubt hatte, wir könnten miteinander warm werden. Mir war nach Weinen zumute, und da ich nicht in der Küche heulen wollte, wo jeden Moment wieder jemand hereinkommen konnte, stand ich auf, um nach oben zu gehen. Als ich meinen Stuhl zurückschob, wäre ich fast auf eine Zigarette getreten, die auf dem Boden lag. Eine der Zigaretten, die aus Tonys Schachtel gefallen waren.

Zuerst wollte ich sie einfach liegen lassen, aber ich beschloss, dass es besser war, sie aufzuheben und auf den Tisch zu legen, damit niemand darauftrat und Tabakkrümel verteilte. Doch als ich sie in der Hand hatte, sah ich mich schnell um und steckte sie, von einem plötzlichen, ungeahnten Impuls gesteuert, in meine Jackentasche.

Dann schaufelte ich das kaum angerührte Essen in den Müll und spürte dabei, wie mir vor Aufregung immer heißer wurde, als hätte ich soeben ein Verbrechen begangen. War es illegal, als Minderjährige eine Zigarette zu besitzen? Sie war ja kein Joint, aber wer wusste schon, wie die Amerikaner das sahen.

Ich beruhigte mich ein wenig, als ich endlich meine Zimmertür hinter mir schloss. Dann zog ich mir gemütliche Sachen an und setzte mich auf mein Bett. Die Zigarette versteckte ich in der Ritze neben meinem Kopfkissen, damit sie niemand sah, der mich eventuell unerwartet in meinem Zimmer besuchte. *Was tue ich hier bloß?*, dachte ich dann und holte sie wieder heraus.

Ich hatte mal gelesen, dass Zigaretten den Stoffwechsel anregen. Natürlich wusste ich, dass das Bullshit war und nicht der Wahrheit entsprach, aber während ich das dünne weiße Stäbchen betrachtete, begannen meine Gedanken, um Lavinias Wespentaille zu kreisen. Der Anblick von Jasons Arm, der sich wie eine Schlange um sie legte, und die Erinnerung an seine Hand an ihrer Hüfte gingen mir nicht mehr aus dem Kopf. Es war dieselbe Hand, die im Kino mein Bein gestreichelt hatte.

Ich bin nicht dämlich. Ich weiß sehr genau, dass Nikotin ein Gift ist und dass es schädliche Auswirkungen auf den menschlichen Körper hat. Schließlich hatte ich sowohl in Chemie als auch in Biologie eine Eins. Aber hier ging es um etwas anderes. Da war diese leise Stimme in meinem Kopf, die mir sagte, dass es vielleicht einen Versuch wert sei – dass es womöglich funktionieren würde.

Aber was dachte ich mir eigentlich dabei? Dass ich rauchen und dadurch abnehmen und eine superdünne Figur bekommen würde – und dann würde Jason Lavinia abservieren, zu mir zurückkommen, und ich hätte wieder jemanden, bei dem ich mich über meine Brüder beschweren könnte? *Was für ein verdrehtes Denken ist das?*, fragte ich mich.

Doch da war immer noch die andere Stimme in mir, die sagte: *Komm schon, Hailie, vielleicht kannst du dich beim Rauchen wenigstens ein bisschen entspannen.*

Das Problem mit der Zigarette war, dass allein die Vorstellung, sie anzuzünden, mich so viele Nerven kostete, dass die stressabbauende Theorie in sich zusammenfiel. Schnell kam ich zu dem Schluss, dass es idiotisch gewesen war, sie mitzunehmen. Selbst wenn ich weniger Angst gehabt hätte und wirklich eine Zigarette hätte rauchen wollen, hätte ich dafür nirgendwo hingehen können. Das Monet-Anwesen kam nicht infrage. Zu groß war die Gefahr, den Jungs über den Weg zu laufen oder von einer Kamera erwischt zu werden. Im Badezimmer? Auf gar keinen Fall, da würde es erst recht nach Zigarettenrauch riechen, oder der Rauchmelder würde angehen, und ich würde sofort auffliegen. In der Schule? Bei meinem Pech würde ich sofort von den Zwillingen oder einem Lehrer erwischt werden. Ich wusste nicht, was schlimmer wäre. Außerhalb der Schule? Mit dem Bodyguard im Schlepptau unklug. Vince würde es augenblicklich erfahren.

Ich versteckte die Zigarette hinter den aufgerollten Handtüchern in einem Regal im Badezimmer. Doch während ich meine Hausaufgaben machte, dachte ich ununterbrochen an mein Versteck, und mein Magen schmerzte. Ich war enttäuscht von mir selbst, weil ich nicht mit der Situation klarkam. Aber das war nicht der einzige Grund, warum ich mich schlecht fühlte – ich wusste, dass mein Handeln von Impulsen gesteuert worden war, die mein verwirrtes Gehirn aussandte. *Wenn das kein Beweis dafür ist, dass es mit meiner Psyche den Bach runtergeht, dann weiß ich auch nicht*, dachte ich.

Je länger ich auf diesen Gedanken herumkaute, desto nervöser wurde ich. Ich musste mich zusammenreißen und die alte Hailie wiederfinden, denn ich hatte allmählich das Gefühl, meine Persönlichkeit, mein wahres Ich zu verlieren. Ich hatte Tony eine Zigarette geklaut! Meine Mutter wäre schwer enttäuscht, gestand ich mir bitter ein. Und wenn Will es herausfand? Er würde ebenfalls enttäuscht sein.

Ich schlief mit Bauchkrämpfen und grässlichen Kopfschmerzen ein.

Am nächsten Tag ging Shane mit seiner gebrochenen Nase zu Vince und forderte schulfrei. Vincent hielt es anscheinend nicht für nötig, Zeit mit unnötigen Diskussionen zu verschwenden, und stimmte zu. Mir gefiel der Gedanke, dass er es bereute, Shane geohrfeigt zu haben. Wie dem auch sei, ich hatte das zweifelhafte Vergnügen, mit Tony zur Schule zu fahren. Bei seinem Anblick bekam ich sofort wieder Kopfweh. Nicht nur vor Anspannung, sondern auch, weil ich

Schuldgefühle hatte. Ich wusste, dass es dumm war, Tony konnte sich schließlich so viele Zigaretten kaufen, wie er wollte, aber Daisy hatte damals auch jede Menge Kreide gehabt.

Ich nahm die Zigarette mit in die Schule. Sie steckte in meinem Mäppchen, und ich hatte noch nicht entschieden, was ich damit machen sollte. Ich wollte sie nicht zu Hause aufbewahren, weil ich eine regelrechte Paranoia entwickelt hatte, dass jemand sie finden könnte, zum Beispiel Eugenie. Zwischenzeitlich beschloss ich, sie einfach wegzuwerfen, aber immer wenn ich an diesem Tag einen Mülleimer sah, krampfte sich alles in mir zusammen. Es war, als würde meine Mutter auf mich herabblicken und dabei traurig den Kopf schütteln.

Noch dazu wurde ich von dem Gefühl verfolgt, dass Tony von der Sache wusste und nur darauf wartete, dass ich den Diebstahl gestand. Genau wie damals bei Vincent, als ich mich in den verbotenen Korridor geschlichen hatte. Sie kannten jeden meiner Schritte.

Ich fing an, den Verstand zu verlieren.

Den ganzen Tag in der Schule fühlte ich mich total schlecht. Ich verfluchte mich selbst für diese erneute idiotische Entscheidung, wegen der ich nun so viel Stress hatte, und ärgerte mich über die mitfühlenden Blicke von Mona und Audrey, die völlig ratlos waren, weil sie nicht wussten, wie sie sich in meiner Gegenwart verhalten sollten. Auch Jason machte die Situation nicht besser. Er ignorierte mich komplett, und beim Mittagessen hielt er die ganze Zeit Lavinias Hand. Dann steckte er ihr auch noch seine Zunge in den Hals, so dass ich mich vor meinem Essen ekelte und wieder mal kaum etwas hinunterbekam.

Außerdem deprimierten mich die Weihnachtsdekorationen, mit denen gefühlt jede Wand und jede Fensterscheibe in der Schule bedeckt waren. Ich schwor mir, wenn ich auch nur die ersten Töne von »All I Want For Christmas Is You« hören sollte, würde ich mir meine Kopfhörer aufsetzen und sie nicht mehr abnehmen. Ich würde eine Playlist mit besonders melancholischen Songs abspielen. Irgendwelche deprimierenden Klavierklänge. Das passte gerade perfekt zu meiner Stimmung.

Ich versuchte, mich auf den Biologie-Unterricht zu konzentrieren, aber es gelang mir nicht. Ich war verwirrt und gestresst, und als ich aufgerufen wurde, konnte ich keine Frage beantworten. Fast hätte ich geweint, weil ich Angst hatte, dass ich am Ende auch noch in der Schule Probleme bekommen würde. Mrs. Roberts blinzelte überrascht und bat mich, Platz zu nehmen und mich zu beruhigen. Den Rest der Stunde behandelte sie mich mit Nachsicht, aber das änderte nichts an der Tatsache, dass ich mich elend fühlte. Ich konnte nur dankbar sein, dass Jason nicht in diesen Kurs ging.

»Geht es dir gut, Hailie?«, fragte sie nach der Stunde. Auf ihrer sonst so glatten Stirn lag eine tiefe Falte. Sie sah mich besorgt an.

»Ja, doch, alles gut. Es tut mir leid«, antwortete ich schnell. »Ich habe den Stoff gelernt, ich schwöre. Ich weiß nicht, was los war. Ich habe die Antworten gewusst.«

»Das weiß ich. Und genau das macht mir Sorgen.«

»Ich war nicht bei der Sache«, murmelte ich und spielte verlegen mit meinen Fingern.

»Bist du sicher, dass es dir gut geht?«

»Ja, klar, hundertprozentig.«

Mrs. Roberts beugte sich leicht vor und strich mit einer Hand über meine Schulter, während sie mit der anderen den puderrosafarbenen Schal auf ihren Schultern richtete.

»Denk bitte daran: Wenn du ein Problem hast, kannst du dich jederzeit an mich wenden.«

Ich nickte und betrachtete ihre mittellangen, gepflegten Nägel, die indigofarben lackiert waren. Die Lieblingsfarbe meiner Mutter.

»Wenn du deinen Bruder bei diesem Gespräch dabeihaben möchtest, kann ich das gern arrangieren«, meinte sie.

»Nein«, sagte ich ein wenig zu hastig. Ich riss meinen Blick von ihren Fingern los. Eine Welle der Hitze durchflutete mich. »Nicht nötig.«

Mrs. Roberts sah mich ungläubig an, und plötzlich hatte ich Angst, dass sie direkt zum Schulleiter rennen und ein Gespräch mit ihm und meinem Vormund einfädeln würde. Das würde ich nicht überleben, schon gar nicht heute. Als ich den aufgesprayten Kunstschneesternen am Fenster sah, kam mir eine Idee, und ich fügte hinzu: »Ich bin traurig, weil Weihnachten vor der Tür steht.«

Da nickte meine Lehrerin verständnisvoll, und ihre Gesichtszüge wurden weicher. Sie versicherte erneut, dass sie bereit war zu helfen, was ich wiederum höflich ablehnte, bevor ich den Raum verließ.

Draußen schaute ich mich um. Alle überwachten sie mich. Meine Brüder, meine Lehrer, mein Bodyguard.

Ich musste endlich diese Zigarette loswerden. Im Vorbeigehen warf ich einen Blick auf die Mülleimer im Gang und fragte mich, welcher der richtige sein würde, während ich gleichzeitig von dem beunruhigenden Gefühl verfolgt wurde, dass mich jemand beobachtete. Meine Gedanken rasten. Man würde die Kippe finden, oder sie würde mir runterfallen, sobald ich sie aus meinem Mäppchen nahm. Die Lehrer würden mich auffliegen lassen, ich würde zum Schulleiter geschickt werden, meine Brüder würden auftauchen, ich würde in der Monet-Villa eingesperrt werden; und Tony würde nie wieder ein Wort mit mir wechseln, nicht einmal in seinem üblich pampigen Ton.

So verging der Schultag, ohne dass ich das Diebesgut loswerden konnte. Ich fühlte mich erbärmlich, weil ich mir wegen einer solchen Kleinigkeit in die Hose machte. Schließlich hatte ich weder Tonys Handy noch seine Uhr oder irgendeinen anderen wertvollen Gegenstand gestohlen. Es war doch nur eine mit Tabak gefüllte Papierrolle. Die Situation mit der Kreide war damit gar nicht zu vergleichen. Und damals war ich ein Kind gewesen.

Als ich auf den Hof trat, lehnte Tony bereits am Auto und wischte mit dem Finger auf dem Bildschirm seines Smartphones herum. Zuerst dachte ich, dass er mich nicht bemerkt hatte, aber er ignorierte mich immer noch, als ich ins Auto stieg. Er wartete auf einen seiner Kumpel, den mit dem fast weißen, zerzausten Haar, nicht auf mich. Als Tony ihn entdeckte, winkte er ihm zu und holte ein Päckchen Zigaretten aus seiner Hosentasche. Er nahm zwei heraus, gab seinem Freund eine, beugte sich dann vor, öffnete die Autotür und warf die Packung zusammen mit seinem Handy auf den Fahrersitz.

»Warte hier«, sagte er zu mir, ohne mich auch nur anzusehen.

Die Tür schlug zu, und ich war wieder allein im Wagen. Ich starrte auf das Päckchen, das er auf den Sitz geworfen hatte – von irgendwo ganz weit weg drangen die gedämpften Schnipsel des Gesprächs an mein Ohr. Feuerzeuge klickten, Tony lachte, und sein Kumpel sagte etwas Lautes.

Es war wie ein Zeichen. Die Zigaretten sahen mich unschuldig an, und ich begann, mich in meinem Sitz zu winden und zu fragen, ob das Universum mir einen Streich spielte – oder aber Tony. Mit den Augen meines fünfjährigen Ichs sah ich das verärgerte Gesicht meiner Mutter, wie sie mir erklärte, dass man die Sachen anderer Leute nicht nehmen durfte und dass man sie so schnell wie möglich zurückgeben musste, wenn man einen solchen Fehler gemacht hatte.

In dem Wunsch, mich endlich von der Qual zu befreien, beschloss ich, ein Risiko einzugehen und das Richtige zu tun.

Durch die Windschutzscheibe versuchte ich zu erkennen, ob Tony noch beschäftigt war, gleichzeitig kramte ich blindlings in meiner Handtasche, bis ich das Mäppchen ertastete. Ich verfolgte aufmerksam jede Bewegung meines Bruders. Jeden Schritt, den er tat, jedes Heben seiner Hand, jede noch so kleine Drehung seines Kopfes. So unauffällig wie möglich öffnete ich den Reißverschluss und tastete mit meinen Fingern zwischen den Kugelschreibern, Bleistiften und Textmarkern nach der glatten Oberfläche des Blättchens. Dann schaute ich mich erneut auf dem Parkplatz um, um mich zu vergewissern, dass mich niemand beobachtete, und schob die Zigarette mit einer schnellen Bewegung in die Schachtel. Hektisch ließ ich sie los, aber sie steckte irgendwie verdächtig schief, also richtete ich sie ein wenig; ich schwitzte dabei so sehr, dass ich glaubte, Tony könne die Schweißtropfen auf meinem Gesicht sehen, als er endlich ins Auto stieg.

Ich kratzte mir die Nagelhaut an den Fingernägeln fast blutig, während ich beobachtete, wie Tony nach dem Päckchen griff, es träge mit dem Daumen öffnete und das Feuerzeug hineinsteckte. Er starrte es einen Moment lang an, runzelte die Stirn und schnaubte dann – und ich wusste sofort, dass ich definitiv etwas sehr Dummes getan hatte.

Ich hielt den Atem an, als Tony sich im Fahrersitz zurücklehnte und den Kopf gegen die Kopfstütze fallen ließ. Er schloss kurz seine Augen, seufzte tief, dann richtete er sich wieder auf und streckte mir die Hand mit dem offenen Zigarettenpäckchen entgegen.

»Möchtest du eine?«

Ich starrte auf seine Hand mit der Schachtel und wagte es nicht einmal, den Mund zu öffnen.

»Ich hab dich was gefragt.« Er bewegte das Päckchen leicht hin und her und sah mich durchdringend an.

Ich schüttelte den Kopf, einen grimmigen Ausdruck im Gesicht. Mir war klar, dass ich in Schwierigkeiten steckte und Tony sich offensichtlich über mich lustig machte. Es bereitete ihm Spaß, mich zu quälen.

Es hatte nicht mehr als ein paar Sekunden gedauert, bis er meinen Täuschungsversuch bemerkt hatte. Was für eine bescheuerte Aktion! *Ich bin eine hoffnungslose Idiotin,* dachte ich. *Wie demütigend!*

»Na ja, immerhin hast du dich ja schon selbst bedient«, murmelte er und schaute gespielt dramatisch drein.

Ich schwieg und spürte, wie mir ein Schauer über den Rücken lief. Langsam, ganz langsam dämmerte mir, was hier vor sich ging. Ich hatte das Richtige tun wollen, und es war gekommen, wie es immer kam. Ich hätte die blöde Kippe ins Klo schmeißen sollen. Oder sie verschlucken und daran ersticken sollen. Dann würde es jetzt keinen Ärger geben. Alles besser als das hier.

Tony nahm seine Hand zurück, zog die Nase hoch und fuhr sich mit der anderen durch die Haare. Bei seinen nächsten Worten wäre ich am liebsten ausgestiegen und blindlings in den nah gelegenen Wald gelaufen.

»Du weißt, dass du am Arsch bist, oder?«

»Tony, ich …«, stammelte ich hilflos.

»Das hier«, begann er und holte die Zigarette aus der Schachtel, die ich eben hineingesteckt hatte. Er hob sie an sein Gesicht und sah mich an, als wäre ich zweifelsohne eine Idiotin (die ich ja auch war), »ist eine andere Kippe. Aus einer anderen Packung. Genial angestellt, Kleine.«

Zu Tony hatte ich bei Weitem die am wenigsten starke Bindung, wenn man bei mir und meinen Brüdern überhaupt von Bindung sprechen konnte. Er war auch der am wenigsten Berechenbare von allen, was dazu führte, dass ich vor ihm fast genauso viel Angst hatte wie vor Vincent. Nur dass Vincent ruhig und intelligent war, während Tony düster und rücksichtslos daherkam.

Ich hatte das Gefühl, vor Scham im Boden versinken zu müssen. So ein dummer Fehler. Seine Zigaretten sahen doch alle gleich aus! Sie waren weiß und hatten die gleiche Größe. Ich merkte erst, dass sie sich unterschieden, als Tony die Zigarette drehte und auf die kaum sichtbare, feine schräge Schrift direkt neben dem Filter zeigte.

»Eine andere Marke, siehst du?«

Er lachte. Als könnte er nicht glauben, dass ich so dämlich gewesen war, mich auf dieses Spiel einzulassen.

»Tony, es tut mir leid. Ich habe sie gestern in der Küche gefunden, nachdem du und Shane … Ich wollte sie dir nur zurückgeben.«

»Diese hier?«, fragte er. Ich hatte ihn noch nie so gut gelaunt erlebt, während er mit mir sprach. Schade, dass seine gute Laune auf meine Kosten ging. »Und warum erst jetzt?«

»Ich … ich wusste nur nicht, wie … Ich dachte …«

»So wie ich das sehe, hast du dir eine von meinen Kippen geschnorrt, um sie zu rauchen, aber du hast gemerkt, dass du damit nicht durchkommst, no way. Also hast du sie zurückgegeben.«

»Ich wollte sie nicht rauchen«, protestierte ich lahm.

»Was soll man sonst mit einer Zigarette machen?« Er hob eine Augenbraue, dann konterte er: »Du hast doch nicht versucht, dich damit bei deinem kleinen Freund einzuschleimen, oder?«

»Darum ging es überhaupt nicht!«

»Fuck.« Tony lachte wieder, dieses Mal lauter, und schüttelte den Kopf. »Unsere kleine Hailie, die Zigarettendiebin. Nicht schlecht.«

»Tony, ich sage die Wahrheit, ich …«

»Warum rechtfertigst du dich dann? Hier, nimm. Ich würde gern sehen, wie du dich noch mehr in die Scheiße reitest.« Mit diesen Worten hielt er mir die bereits eingedellte Zigarette hin.

»Ich will sie nicht, deshalb habe ich sie dir zurückgegeben.«

»Jetzt nimm schon«, ermutigte er mich und streckte seine Hand noch weiter in meine Richtung. Ich zuckte zusammen, als er meine Finger berührte. »Was zappelst du denn so? Komm mal klar.«

Schön, wie sehr er sich über die Situation amüsierte. Nur dass ich seine gute Laune nicht teilen konnte. Ich hatte den Eindruck, dass er mit mir spielte. Plötzlich schnaubte er laut und zeigte dabei eine Reihe gerader weißer Zähne.

»Und allen geht dermaßen einer ab, weil du angeblich so perfekt bist«, murmelte er. »Die werden sich noch wundern.«

Ich ließ den Kopf hängen; er fühlte sich schwer an unter der Last meines Versagens und der Scham.

»Tony, bitte … Sag es ihnen nicht«, flüsterte ich.

Mein Bruder sah mich mit einem gleichgültigen Gesichtsausdruck an, aber nach einer Weile erschien ein Lächeln auf seinem Gesicht.

»Es wird nicht wieder vorkommen, ich verspreche es. Bitte!«, flehte ich.

Als Antwort auf meine Versuchen ihm ein Fünkchen Mitleid zu entlocken, rollte er mit den Augen.

»Was bist du doch für ein Kind.«

Ich ignorierte diese Bemerkung. Ich musste Tony beschwichtigen, durfte ihn nicht noch weiter verärgern.

»Bitte, Tony.«

»Wovor hast du solche Angst? Vor Vince?«

Ich schaute hinunter auf meine Knie und sah aus dem Augenwinkel, wie Tony eine Braue hob.

»Denk mal drüber nach. Was, glaubst du, wird er mit dir machen? Er wird wie immer Scheiße labern, und dann nichts. Warum machst du dir so einen Kopf?«

Ich biss mir auf die Lippe. Ein Teil von mir wusste, dass Tony im Grunde recht hatte, und ich wollte mich schon entspannen, da erinnerte ich mich daran, dass es in meinem Interesse lag, ein gutes Verhältnis zu meinem Vormund zu pflegen.

»Würdest du es ihm bitte nicht sagen?«, fragte ich flehend.

Tony sah mich einen Moment lang nachdenklich an. Dann schaute er sich auf dem sich nun leerenden Parkplatz um, bevor er sich schließlich wieder zu mir umwandte.

»Meinetwegen.«

Der Stein, der mir vom Herzen fiel, musste eine Tonne gewogen haben. Ich holte tief Luft und unterdrückte den Drang, Tony in eine stürmische Umarmung zu ziehen. Hier im Auto gestaltete sich das schwierig, und er hätte mich wahrscheinlich ohnehin zurückgestoßen.

»Danke«, antwortete ich leise.

Er sagte nichts, sondern warf stattdessen die Zigaretten ins Handschuhfach und krempelte die Ärmel seiner Jacke hoch. Dann ließ er den Motor an und fuhr los – auf dem Heimweg sprach er kein Wort mit mir. Ich belästigte ihn nicht weiter, da ich von unserem Gespräch maßlos erschöpft war. Ich konnte nur daran denken, dass ich wie durch ein Wunder davongekommen war. Und das bei Tony! Mir war ein wenig kalt, und ich war dankbar, dass mein Bruder die Heizung anmachte. Vielleicht war er am Ende doch nicht so schlimm, wie ich bisher gedacht hatte.

Abgesehen davon drehten sich meine Gedanken hauptsächlich um die Schuldgefühle, die ich verspürte. Wenn ich an meine Mutter dachte, dann meist aus Sehnsucht oder weil mir die Entscheidungen meiner Brüder nicht passten – ich stellte mir vor, wie sie mit gewissen Situationen umgegangen wäre. Dass sie diesen Vorfall nicht auf die leichte Schulter genommen hätte, das wusste ich. Sie wäre schwer enttäuscht gewesen und hätte mich sicherlich bestrafen wollen.

Zum ersten Mal war ich froh, dass einer meiner Brüder beschlossen hatte, die Dinge anders zu regeln als sie.

Wir betraten die Eingangshalle, wo wir unsere beiden ältesten Brüder vorfanden. Vince stand auf halber Höhe und Will am Fuße der Treppe, und sie waren in ein Gespräch vertieft. Will schenkte mir ein freundliches Lächeln, und ich trottete brav in die Küche, wo ich auf Dylan traf, der bereits am Tisch saß.

Tony hingegen ging nach oben. Zumindest dachte ich das, bis ich plötzlich seine Stimme hörte.

»Ihr werdet nicht glauben, was Hailie getan hat.«

19

Etwas Schönes

Ich stand mit einem Glas in der einen Hand da und hielt inne, den Zeigefinger der anderen Hand am Knopf des elektrischen Wasserfilters. Ich lauschte angestrengt. Das Gespräch von Will und Vincent war verstummt.

»Da ist wohl jemand in Schwierigkeiten, hm?«

Panisch sah ich Dylan an, der den Kopf schieflegte und mich interessiert beobachtete.

Er hatte die Ellbogen auf den Tisch gestützt und hielt mit beiden Händen ein riesiges, dreistöckiges Sandwich, aus dem Erdnussbutter quoll.

Ich schüttelte den Kopf, ohne zu wissen warum.

»Hailie?« Will schaute in die Küche. Er lächelte nicht mehr, wie er es eben noch getan hatte. Seine Stirn war gerunzelt, und in seinen blauen Augen stand Verwirrung.

»Ja?«

»Tony behauptet, du hättest ihm eine Zigarette geklaut. Stimmt das?«

»Wie bitte? Du hast was getan?«, schaltete sich Dylan ein. Er legte sein Sandwich zur Seite und spannte sämtliche Muskeln an, bereit aufzuspringen.

»Ich … Nein.«

Ich wusste nicht, ob es Dylans Reaktion war oder die Ernsthaftigkeit in Wills Gesicht, die mich in Panik versetzte. Sein Ausdruck wurde von Sekunde zu Sekunde grimmiger. Und es wurde auch nicht besser, als Vincent zu uns stieß. Nachdem ich eben in der Villa angekommen war, hatte ich mich schon gefreut, dass er mir keine Beachtung schenkte, und das hätte auch gern so bleiben können.

»Sie lügt.«

Tony kam als Letzter in die Küche. Er sah mir direkt in die Augen und amüsierte sich offenbar köstlich. Ich fand das alles gar nicht witzig. Wie konnte er nur! Noch vor ein paar Minuten hatte er versprochen, kein Wort über die Zigarette zu verlieren.

»Ich weiß nicht, wovon du redest«, fauchte ich. Das leere Glas klirrte, als ich es schwungvoll auf der Arbeitsplatte abstellte. Ich verschränkte die Arme vor der Brust und bereitete mich wieder einmal darauf vor, mich meinen Brüdern zu stellen. Ich ließ meinen Blick über ihre Gesichter gleiten. Sie starrten mich alle an. Der Einzige, der fehlte, war Shane. Dabei hätte ich ihn lieber dabeigehabt als Dylan. Und ich hätte ihn nur zu gern gegen Tony getauscht.

Tony war am schlimmsten. Mit den Händen in den Hosentaschen beugte er sich zu mir und sagte langsam und deutlich: »Ich rede von der Kippe, die du mir zurück in die Packung gesteckt hast, als ich nicht hingesehen habe, kleines Mädchen.«

Ich spürte eine Welle des Zorns über mich hinwegrollen. *Er hat mich verraten.* Ich war so enttäuscht von ihm! Aber ich musste mich zusammenreißen. Will und Vincent warteten darauf zu hören, was ich zu meiner Verteidigung vorzubringen hatte.

»Ich weiß nicht, was du meinst. Was interessieren mich deine Zigaretten?«

»Kleine Lügnerin!«

Tja, da steht mein Wort gegen deines, Tony, dachte ich.

»Warum sollte Tony die Unwahrheit sagen?«, fragte Will an mich gewandt. Es gefiel mir nicht, dass er so ernst war. Die Tatsache, dass Vincent direkt neben ihm stand, machte es nicht besser. Auch er hatte die Arme vor der Brust verschränkt und sah noch bedrohlicher aus als üblich.

»Weil«, ich schluckte schwer, »weil er mich nicht leiden kann?«

Ich zerbrach beinahe unter der Last all ihrer Blicke. Ich war nicht nur eine miserable Lügnerin, sondern war sogar völlig unfähig zu lügen. Normalerweise tat ich das auch nicht. Und jetzt, da ich meinen vier furchterregenden Brüdern gegenüberstand, war ich komplett aufgeschmissen.

»Warum sollte *ich* die Unwahrheit sagen?«, versuchte ich mich zu wehren.

Von allen meinen anwesenden Brüdern war es Vince, der mir antwortete.

»Aus Angst vor den Konsequenzen.« Seine stählerne Stimme klang wie eine düstere Vorahnung dieser Konsequenzen.

Einatmen, ausatmen. Nicht in Panik geraten.

»Komm bitte zu mir, Hailie.«

Er untermalte seine Worte mit einer Geste, bei der er seine Finger in einer langsamen, anmutigen Bewegung spreizte. Meine Beine bewegten sich gehorsam, obwohl alles in mir schrie, mich anflehte, stehen zu bleiben. Doch ich machte erst in angemessener Entfernung vor Vincent halt und hätte fast aufgestöhnt, als er mich mit derselben Geste aufforderte, noch näher zu kommen.

Sobald ich in Reichweite seiner Finger war, packte er mein Handgelenk. Ich war ihm jetzt so nahe, wie ich es wohl noch nie gewesen war. Ich versuchte, so gut es ging, die unschuldige kleine Schwester zu spielen, obwohl ich durch den festen Griff seiner kühlen Finger und den ebenso kühlen, forschenden Blick seiner blauen Augen völlig abgelenkt war.

»Hast du Tony eine Zigarette gestohlen?«, wiederholte er die Frage.

»Nein!«

Vincent drückte mein Handgelenk mit seinem Daumen. Es tat nicht weh, aber es war unangenehm, also versuchte ich, meine Hand zurückzuziehen.

»Warum bist du dann so nervös?«

Erst da wurde mir klar, dass er meinen Puls meinte, der gelinde gesagt raste. Seine Bemerkung brachte mich so aus dem Konzept, dass sich mein Herzschlag wahrscheinlich noch mehr erhöhte. Ich wollte schnell eine weitere Lüge erfinden, aber mir fiel nichts ein, und ich zuckte mit den Schultern.

»Weil ihr mich stresst!«, rief ich aus.

Vincent machte einen Schritt auf mich zu – einen sehr kleinen Schritt, aber er reichte mehr als aus, damit ich mich wieder bedroht fühlte. Er hob seine Hand, griff sanft nach meinem Kinn und zwang mich, tief in seine hellen, stechenden Augen zu schauen. Ich begann zu zittern, während ich versuchte, seinen bohrenden Blick auszuhalten.

»Ich frage dich noch einmal. Hast du Tony eine Zigarette weggenommen?«

Ich schwieg, doch meine Lippen öffneten sich unwillkürlich.

»Denk sorgfältig nach, bevor du antwortest«, warnte er mich.

Das genügte. Vince zerbrach mein Selbstvertrauen wie einen dünnen Zweig. Ich nickte kaum merklich. Eine riesige Welle der Erleichterung durchflutete mich, als ich mich endlich aus meiner Vince-Trance lösen und meinen Blick zu Boden senken konnte.

Ich hörte Gelächter im Hintergrund. Tony amüsierte sich noch immer. Aber ich hatte nicht den Mut, mich umzudrehen und in Dylans und Wills Gesichter zu schauen.

Vince ließ mein Kinn los, dann holte er tief Luft.

»In Ordnung. Nun, da die Frage nach deiner Aufrichtigkeit geklärt ist, sag mir bitte, wie du auf diese Idee gekommen bist.«

Er sprach ruhig, aber ich war überzeugt, dass – obwohl er es so ausdrückte – überhaupt nichts in Ordnung war.

Was sollte ich sagen? Ich wusste selbst nicht, was mich da geritten hatte. Also zuckte ich wieder mit den Schultern. Doch ich wusste sehr wohl, dass Vince das nicht als Antwort akzeptierte. Er fing an, weiter zu bohren, mir ein Loch in den Bauch zu fragen, und ich antwortete brav, wobei ich seinem Blick auswich. Die anderen Brüder schwiegen, aber ihre Anwesenheit stresste mich trotzdem. Selbst Dylan unterbrach mich nicht, obwohl ich, als ich ihn zufällig ansah, bemerkte, wie er verärgert die Augenbrauen zusammenzog.

Am Ende hatte ich fast alles gestanden. Angefangen damit, dass ich nach Shanes und Tonys Streit eine Zigarette auf dem Küchenboden gefunden hatte, über meine Pläne, sie loszuwerden, und meine Gewissensbisse bis hin zu meinem Zusammenbruch heute.

Nachdem Vincent alle Puzzleteile zusammengesammelt hatte, hörte er endlich auf mit der Fragerei. Ich spürte seinen finsteren Blick auf mir. Es wirkte fast, als würde er nicht wissen, was er jetzt tun sollte. Dylan kam ihm zu Hilfe.

»Die Methode, mit der unser Vater uns Zigaretten madig gemacht hat, war ziemlich gut«, meinte er.

»Nein, auf gar keinen Fall«, sagte Will entschlossen und fügte mit gesenkter, kaum hörbarer Stimme hinzu: »Und sprich niemals vor Hailie über ihn.«

»Ich finde Dylans Idee gut«, sagte Tony.

»Hailie hat kein Problem mit Zigaretten, also gibt es keinen Grund, solche Methoden anzuwenden«, sagte Vincent. »Das Gleiche kann man von dir nicht behaupten. Wenn es dir so gut gefällt, kannst du es also gern an dir selbst ausprobieren.«

Zu meiner Genugtuung brachte er Tony mit diesen Worten zum Schweigen.

»Ich muss jedoch zugeben, Hailie, dass ich wegen deines impulsiven Handelns besorgt bin. Es ist nicht das erste Mal, dass du eine unüberlegte Entscheidung triffst und dir damit Probleme machst. Du solltest dringend an deiner Selbstregulierung arbeiten.«

Ich nickte, denn das stimmte zweifelsohne.

»Ich bin jedoch froh, dass du nicht dem Drang nachgegeben hast, zu rauchen. Ich weiß, dass einige Mitglieder deiner Familie«, an dieser Stelle blickte er wieder zu Tony, »in dieser Hinsicht kein Vorbild sind, aber ich würde es trotzdem als ein ernsthaftes Vergehen betrachten. Ich will nicht, dass du deine Gesundheit mit so einem Dreck aufs Spiel setzt.«

»Das werde ich nicht tun«, murmelte ich.

»Richtig so.«

»Und das war's jetzt?«, schnaubte Tony. »Du bist nicht mal imstande, sie richtig zusammenzustauchen, weil sie ein kleines Mädchen ist?«

»Das bin ich sehr wohl, aber ich sehe keinen Grund dazu.«

»Immer kommt sie mit allem davon! Du redest nur, spielst den bösen Bullen und lässt es dann wieder gut sein. Immer und immer wieder dasselbe. Warum darf sie sich alles erlauben?«, blaffte Tony.

»Bist du etwa eifersüchtig?«, fragte Dylan und zog eine Augenbraue hoch.

»Ja, klar, ich und eifersüchtig.«

»Warum hast du mir versprochen, dass du es niemandem erzählen würdest? Wenn du es dann doch getan hast?«, fragte ich leise, darauf gefasst, dass Tony mich übergehen würde.

Doch er antwortete.

»Dachtest du wirklich, ich würde dich decken? Das sind Zigaretten, keine bescheuerten Bonbons. Kleine Mädchen sollten sich nicht für Kippen interessieren, und ich werde dir bei so was ganz sicher nicht noch helfen. Oder dich decken.«

»Du hättest mir zumindest nicht vormachen müssen, dass du auf meiner Seite bist«, sagte ich. Sosehr ich auch die Klappe halten wollte, hatte ich doch das Bedürfnis, meinem Ärger Luft zu machen. Sein Vertrauensbruch hatte mich enttäuscht.

»Kleine, ich wäre total am Arsch, wenn ich nicht auf deiner Seite wäre, das kannst du mir glauben«, sagte er.

Ich schnaubte spöttisch und wandte meinen Kopf ab, um meine Freude darüber zu verbergen, dass Tony gerade zwischen den Zeilen etwas Nettes zu mir gesagt hatte.

»Warum hast du dann gelogen? Warum hast du gesagt, dass du es niemandem erzählen würdest?«, fragte ich erneut, ohne mich darum zu kümmern, dass die anderen uns zuhörten.

Tony hörte auf zu lächeln.

»Und warum hast du mich bei ihm verpetzt?« Er zuckte mit dem Kopf in Richtung seines ältesten Bruders. »Wegen der Pistole? Und das, nachdem du versprochen hattest zu schweigen?«

Ich starrte ihn mit offenem Mund an.

Tony grinste fies.

»Tja, jetzt sind wir wohl quitt.«

Und dann verschwand er.

Ich wäre am liebsten ebenfalls in mein Zimmer geflüchtet, aber diese Freiheit hatte ich nicht, das wusste ich. Also blieb ich in der Küche und wartete auf ein Signal von Vincent, dass ich gehen durfte.

»Eine Sache verstehe ich nicht«, meldete sich Dylan zu Wort. Er runzelte immer noch die Augenbrauen – irgendetwas stimmte offensichtlich nicht mit ihm. »Warum hast du die Kippe nicht einfach weggeworfen? Tony hätte doch gar nicht bemerkt, dass sie fehlt.«

Ich holte tief Luft.

»Ich weiß es nicht, es hat sich einfach nicht ergeben«, antwortete ich leise. »Ich schätze, ich wollte zurückgeben, was ihm gehört.«

Meine Brüder sahen sich an, alle ein wenig verwundert. Will, in dessen Augen nun keine Spur von Strenge mehr zu sehen war, rückte näher an mich heran, streckte den Arm aus und zog mich an seine Brust, wobei er leicht den Kopf schüttelte.

»Du bist zu gut für diese Welt, Kleines.«

Ich erlaubte mir, diese Geste der Zärtlichkeit anzunehmen, schloss meine Augen und schmiegte die Wange an seine Brust.

Will war ein Schatz.

20

Bruder vs. Elternteil

Als endlich die Weihnachtsferien begannen, war ich erleichtert, denn sie bedeuteten zumindest eine kurze Zeit der Erholung von Jason und Lavinia. Das Geturtel der beiden auf den Schulfluren und in der Kantine mitzuverfolgen, war alles andere als angenehm. Wenn ich mit Mona und Audrey über irgendetwas lachte und dabei aus dem Augenwinkel mitansehen musste, wie Jason gerade Lavinia befummelte, war meine Laune sofort im Keller – und ich musste so schnell wie möglich den Blick abwenden und dringend verdrängen, was ich gesehen hatte. Während unseres gemeinsamen Unterrichts ignorierte mich Jason komplett – genau wie damals, nachdem Shane uns in der Bibliothek erwischt hatte. Der einzige Unterschied war, dass ich dieses Mal nicht um seine Aufmerksamkeit kämpfte. Ich war so, so enttäuscht von ihm, aber das hielt mich wenigstens davon ab, ihm wie eine komplette Idiotin hinterherzurennen. Tag für Tag mühte ich mich, meinen Kummer und Hass tief in mir zu vergraben.

Meine niedersten Gefühle richteten sich dabei vor allem gegen Lavinia – sie hatte, was ich nicht haben konnte. Natürlich wusste ich, dass eigentlich Jason meinen Groll abbekommen sollte, aber ich hatte eben immer noch Gefühle für ihn. Die süße, ach so zarte Lavinia hingegen triggerte all meine Minderwertigkeitskomplexe.

Das Weihnachtsfest gab mir die Möglichkeit, die beiden für eine Weile zu vergessen. Mehr noch: Unerwarteterweise wurde es ganz schön, obwohl doch meine Mutter und Großmutter fehlten. Zwar packte mich immer wieder die Sehnsucht nach den beiden, aber in diesen Momenten war ich nie allein. Es war immer jemand an meiner Seite, der mich zum Lachen brachte oder mich von meinen Sorgen ablenkte.

Und so verstand ich immer mehr, wie stark der Familienzusammenhalt der Monets war. Das faszinierte mich, denn anfangs war es mir beispielsweise vorgekommen, als ob die Zwillinge ihren großen Bruder Vincent nicht besonders mochten. Und ich hatte gedacht, dass er wiederum alle außer Will verachtete. Erst mit der Zeit fand ich heraus, dass dieser Eindruck falsch gewesen und darauf zurückzuführen war, dass sich die Jungs in der Gesellschaft der anderen wohlfühlten und sie selbst sein konnten. Sie machten einander nichts vor. *Was muss das für ein wunderbares Gefühl sein*, dachte ich.

Es war das erste Mal in meinem Leben, dass ich kein Weihnachtsgeschenk bekam. Will vergewisserte sich erneut, dass ich den Sinn ihrer Familientradition verstand. Die Monet-Brüder, die sich fast alles leisten konnten, hielten nicht viel davon, teure Geschenke unter den Weihnachtsbaum zu legen. Festlich geschmückte Bäume gab es in der Villa trotzdem. Ein großer stand im Wohnzimmer und ein weiterer, kleinerer im Flur, in der Nähe der Treppe. Unter dem ersten lagen Geschenkattrappen aus Styropor, eingewickelt in dekoratives Papier und mit hübschen Bändern verziert. Es machte mir nichts aus, denn wie gesagt: Ich war vor allem froh, dass ich mich nicht bei meinen Brüdern bedanken und mir den Kopf zerbrechen musste, was ich ihnen schenken sollte.

Stattdessen backte ich unter Eugenies wachsamem Auge Plätzchen. Früher hatte ich das immer gemeinsam mit meiner Großmutter gemacht. Ich liebte es, den Teig anzurühren, und noch mehr liebte ich es, die Plätzchen hinterher zu dekorieren. Dieses Jahr wurde extra für mich massenhaft Dekozeug gekauft. Im Gegenzug musste ich allerdings auch blecheweise Plätzchen backen, schließlich sollten sie für zwei erwachsene Männer und drei gefräßige Teenager reichen.

Wir begannen den Abend im Wohnzimmer. Im Fernsehen lief ein Footballspiel, auf das alle meine Brüder hingefiebert hatten. Dazu gab es eine große Auswahl verschiedenster Häppchen und eine Käseplatte. Ich erwischte Vince dabei, wie er Eugenie einen dicken cremefarbenen Umschlag überreichte. Ich war mir ziemlich sicher, dass es ihr Weihnachtsgeld war, und ich hoffte, dass es üppig ausfiel, denn sie hatte es sich wirklich verdient.

Die Käseplatte rührte ich nicht an; die Auswahl überzeugte mich nicht, am allerwenigsten mochte ich die schimmeligen Sorten, und auch der Krabbencocktail rief Zweifel in mir wach. Mir war schon aufgefallen, dass die Monets Meeresfrüchte mochten, aber ich traute dem Zeug nicht und war überrascht, dass so etwas zu Weihnachten auf der Speisekarte stand. Danach gab es einen Caesar Salad, den ich sogar freiwillig aß, obwohl ich den Nachschlag ablehnte. Anschließend aßen wir Spareribs und dazu Süßkartoffeln und mit Käse überbackenes Gemüse. Als Letztes gab es Zitronensorbet.

Wir tauschten uns über das Essen aus, die Jungs diskutierten eine Weile über Football, und Will fragte mich mit sanfter, einfühlsamer

Stimme nach meinen Weihnachtserinnerungen aus der Kindheit. Alle hörten angestrengt zu, als ich die englischen Gerichte auflistete, die es bei uns typischerweise zu Heiligabend gegeben hatte. Meine Mutter und ich und auch meine Großmutter hatten nie so viel vorbereitet. Das war auch gar nicht nötig gewesen, denn wir hatten das Fest meist nur zu dritt verbracht – manchmal hatte sich allerdings eine einsame Nachbarin oder eine Bekannte zu uns gesellt.

Shane war mein privater Mülleimer, dem ich immer dann diskret meinen Teller zuschob, wenn ich nicht mehr konnte. Er verschlang alles, atmete es regelrecht ein, mit einem Ausdruck großer Zufriedenheit im Gesicht. Zum Nachtisch kriegte ich nicht einmal mehr ein winziges Stück Kirschtorte oder auch nur ein kleines bisschen Lebkuchen hinunter, wohl aber ein paar meiner selbst gebackenen Plätzchen – und ich war insgeheim total happy, als die Jungs sie lobten. Sogar Tony murmelte, dass sie »lecker« seien.

Nach diesem ausufernden Festmahl machten wir es uns auf den Loungemöbeln bequem. Dylan schaltete die PlayStation ein, und wir spielten eine Weile. Zwar landete ich auf dem letzten Platz, aber Spaß machte es mir trotzdem. Ich genoss es, mit meinen Brüdern rumzualbern.

Am nächsten Morgen trafen wir uns wieder im Wohnzimmer, wo wir bis zum Mittagessen in unseren Schlafanzügen herumlungerten. Wir frühstückten auf dem Sofa und auf dem Fußboden vor dem Sofa, was ein ziemliches Chaos verursachte. Wieder musste ich daran denken, wie Weihnachten früher gewesen war, zu Hause. Als ich jünger gewesen war, war ich am Weihnachtsmorgen vor Aufregung stets zu einer unmenschlichen Zeit aufgewacht, barfuß im Pyjama zum Weihnachtsbaum getapst und hatte mich über die Geschenke hergemacht. Dann hatte mich meine Mutter auf dem Boden frühstücken lassen, inmitten der neuen Spielsachen und des zerrissenen Geschenkpapiers. Bei den Monets war es ähnlich, nur ohne Geschenke. Und doch vermisste ich Mama und Oma so sehr, dass mir sogar kurz die Tränen kamen, als Will einen Weihnachtsfilm-Marathon vorschlug. Dylan musste es bemerkt haben, denn er sah mich mitfühlend an und steckte mir dann einen Rentierhaarreif ins Haar. Ich musste lachen. Ich nahm den Haarreif für den Rest des Tages nicht mehr ab.

Vince verschwand ein paar Mal, tauchte aber immer gleich wieder auf, sein Handy in der Hand. Will sorgte für Ordnung und ermahnte uns aufzuräumen, Shane naschte ständig, Dylan schleppte Hanteln ins Wohnzimmer und trainierte beim Filmeschauen, und Tony entspannte sich, indem er zeichnete. Eine nackte, in eine Lichterkette gehüllte Frau – zumindest vermutete ich das, genau sehen konnte ich es nicht, denn er deckte sein Skizzenbuch mit der Hand ab, und als ich versuchte, ihm über die Schulter zu schauen, sagte er, ich solle verschwinden.

Mit Weihnachten hatten mich meine Brüder wieder einmal positiv überrascht. Ob die Monets wohl Silvester zusammen verbringen würden? In mir wuchs der Wunsch, auch dieses Fest in der Villa zu feiern. Doch es stellte sich heraus, dass die Jungs Pläne hatten – und zwar jeder andere. Also nahm ich Audreys Einladung an, das neue Jahr bei ihr zu feiern.

Vincent war wenig begeistert, dass ich ausgehen wollte, aber er verbot es mir auch nicht. Und so fuhr mich Will am Abend des letzten Dezembertages zu Audrey nach Hause. Die jüngsten Ereignisse hatten meinen Blick geschärft, ich war aufmerksamer geworden und bemerkte jetzt, dass uns den ganzen Weg über ein großes dunkles

Auto folgte, das kurz vor der Einfahrt von Audreys Haus anhielt. Ich fragte Will nach unserem mysteriösen Verfolger.

»Mach dir keine Sorgen«, antwortete er und gab mir einen Kuss auf die Stirn. Dann begleitete er mich zur Tür, ging sogar mit mir hinein.

Audreys Eltern waren übers Wochenende mit Freunden in Philadelphia bei einem Ball – was Vincent nicht besonders gefallen hatte. Glücklicherweise konnte ich die Sache retten, indem ich versicherte, dass Audreys älterer Bruder unsere kleine Party beaufsichtigen würde. Ich glaube nicht, dass meinen Brüdern klar war, dass Jerry absolut unfähig war, auf irgendjemanden aufzupassen, aber ich wollte sie nicht aufklären. Keiner von ihnen erinnerte sich an ihn – nicht einmal die Zwillinge, die ja angeblich ein paar Kurse mit ihm zusammen gehabt hatten. Offensichtlich hatte Jerry keinen besonderen Eindruck gemacht.

Für mich war er eigentlich der einzige Minuspunkt bei der Feier. Nach dem, was ich kürzlich mit ihm erlebt hatte, konnte ich ihn echt nicht mehr ausstehen. Ich fürchtete, dass er wieder unfreundlich zu mir sein würde, zumal Audreys Eltern nicht zu Hause waren – aber Audrey versicherte mir, dass er selbst vorgeschlagen hatte, mich einzuladen, und dass ihm sein Ausbruch peinlich war. Ich wusste nicht so recht, ob ich das glauben konnte, aber er benahm sich tatsächlich fast normal. Zumindest vor Will, obwohl ich den Eindruck hatte, dass er ziemlich gestresst war, als er mit meinem Bruder sprach. Andererseits waren die meisten Leute gestresst, wenn sie mit einem meiner Brüder sprachen.

Nachdem er kontrolliert hatte, dass alles in Ordnung war, wünschte uns Will einen schönen Abend und einen guten Rutsch ins neue Jahr und ging. Jerry verschwand in seinem Zimmer, und Mona, Audrey und ich saßen im Wohnzimmer, umgeben von viel zu vielen Snacks, Softdrinks und Musik aus einer Fernsehsendung. Wir lachten ausgelassen über den neuesten Schulklatsch, zogen Audrey ein wenig wegen ihrer Schwärmerei für Mr. Dalton auf und lästerten über Jason.

Ehe wir uns versahen, war es kurz vor Mitternacht. Jerry tauchte wieder auf, lehnte sich lässig gegen eine Glasvitrine und nickte uns zu.

»Na, wie läuft's?«

Wir lachten gerade über irgendetwas so sehr, dass Mona sogar Schluckauf bekam, aber beim Anblick von Jerry verstummten wir sofort und tauschten misstrauische Blicke aus.

»Was willst du?«, fragte Audrey.

»Checken, ob alles okay ist.«

»Wir brauchen keinen Babysitter.«

»Da hat William Monet aber was anderes behauptet«, sagte Jerry, und der spöttische Ton, in dem er den Namen meines Bruders sagte, gefiel mir nicht.

»Seit wann hörst du denn auf Hailies Brüder?«, fragte Mona.

»Tue ich nicht. Eigentlich wollte ich dir nur sagen«, Jerry wandte sich zu mir, » ... dass es mir leidtut wegen neulich. Ich war ein Idiot, Audrey hatte recht. Deshalb habe ich ihr gesagt, dass sie dich heute Abend einladen soll. Ich wollte, dass du weißt, dass ich okay damit bin, wenn du mit meiner Schwester befreundet bist. Es ist ja nicht deine Schuld, dass deine Brüder Arschlöcher sind.«

Ich verspürte das seltsame Bedürfnis, meine Brüder zu verteidigen. Auch wenn ich wusste, dass sie sich bisweilen danebenbenahmen, gefiel es mir nicht, wie Jerry über sie sprach. Doch ich kommentierte es nicht weiter, weil ich zu schätzen wusste, dass er sich entschuldigen wollte. Auch wenn es eine ziemlich schräge Entschuldigung war, aber immerhin.

»Schon gut, Jerry, ich hab's bereits vergessen«, sagte ich freundlich.

Mona zog skeptisch eine Augenbraue hoch, aber Audrey sah zufrieden aus.

»Allerdings …«, fuhr Jerry fort, »wirken sie ein bisschen besitzergreifend, oder irre ich mich? Will hat mit mir geredet, als wäre er dein Vater und nicht dein Bruder. Das muss doch anstrengend sein.«

Ich zuckte mit den Schultern. Das war kein Thema, das ich mit ihm diskutieren wollte.

»Du weißt, wovon ich spreche. Ein Bruder ist nun mal kein Elternteil.« Er lachte und zwinkerte Audrey zu. »Soll ich dir mal den Unterschied zeigen?«

Jerry verließ das Wohnzimmer für einen Moment, und wir tauschten irritierte Blicke. Mona wirkte ähnlich angespannt wie ich, und Audrey war sichtlich verwirrt. Wir hatten jedoch keine Zeit, uns auszutauschen, denn Jerry kam schon zurück – mit einer Flasche Sekt in der Hand.

Und es war kein Kindersekt, so viel war klar.

»Habt ihr schon mal was getrunken?«, fragte er.

Ich biss mir auf die Lippe und sah, wie Monas Augen aufleuchteten. Audrey jedoch blieb cool.

»Was machst du denn da?«, fragte sie und kniff die Augen zusammen.

»Du bist fünfzehn. Es ist nur eine Frage der Zeit, bis du anfängst, dich für Alkohol zu interessieren. Es ist sicherer, es hier zu probieren, als dich irgendwo im Gebüsch zu verstecken.«

»Solltest du nicht unser Anstandswauwau sein?«, fragte ich skeptisch. Ich konnte mir nicht vorstellen, dass Dylan oder Will, Shane oder Tony mir und meinen Freundinnen Alkohol anbieten würden. Vincent am allerwenigsten. Es war eine völlig absurde Vorstellung.

»Das ist der Unterschied zwischen einem Bruder und einem Elternteil. Ein Bruder ist zwar so verantwortungsbewusst wie ein Elternteil, aber nicht so stinklangweilig und spießig.«

Falls Jerry versucht hatte, mich zu beeindrucken – das war ihm eindeutig nicht gelungen, was man von den anderen Mädchen nicht behaupten konnte. Mona grinste über das ganze Gesicht, und auch Audrey hob einen Mundwinkel zu einem halben Lächeln, als sie fragte: »Warum ist es dir plötzlich so wichtig, ein cooler Bruder zu sein?«

»Besser spät als nie. Also, habt ihr Lust?«

Bevor ich etwas sagen konnte, nickte Mona begeistert, und ohne Audreys und meine Antwort abzuwarten, zog Jerry den Korken aus der Flasche, der mit einem lauten Knall gegen die Decke schoss. Wir schrien alle drei und vergruben unsere Köpfe in den Händen, um nicht getroffen zu werden. Jerry versuchte, den Korken zu fangen. Dabei verschüttete er etwas Sekt und fluchte leise. Er beschloss offenbar, die Sauerei später zu beseitigen, denn er ging einfach um die Pfütze herum und rief Audrey zu: »Sag es nur nicht unseren Eltern, okay?«

Grinsend griff er in die Vitrine, nahm vier längliche Kelche heraus und verschwand mitsamt Gläsern und Flasche in der Küche.

»Wollt ihr ernsthaft Sekt trinken?«, flüsterte ich meinen Freundinnen zu, als er das Wohnzimmer verlassen hatte. Eine Party mit Alkohol war definitiv nicht mein Plan gewesen. Vielleicht hätte ich anders reagiert, wäre es nicht die Idee von Audreys komischem Bruder gewesen.

Mona zuckte mit den Schultern, und Audrey machte ein unsicheres Gesicht.

»Ich weiß nicht, was in ihn gefahren ist, aber ich mag diese Version von Jerry viel lieber. Ich glaube, er fühlt sich wirklich blöd, weil er sich letztes Mal so bescheuert aufgeführt hat«, sagte sie.

Ich entschied mich, es Audrey zuliebe entspannt angehen zu lassen. Also seufzte ich nur. Jerry kam zurück, und ich nahm vorsichtig das volle Glas entgegen, das er mir reichte. Ich starrte einen Moment lang auf die Bläschen. Sie waren hübsch, aber sie gaben dem Getränk auch einen gefährlichen Touch.

Nachdem wir uns in aller Eile unsere Jacken übergeworfen hatten, gingen wir mit den Gläsern in der Hand nach draußen. In der ganzen Aufregung um den Sekt hatten wir fast verpasst, dass es auf Mitternacht zuging.

»Frohes neues Jahr, Mädels!«, rief Jerry, als das Feuerwerk am Himmel aufblitzte, und hob sein Glas. Audrey lebte mitten in einer Wohnsiedlung, deshalb war das Feuerwerk nicht besonders spektakulär, und wir blickten nur kurz in den Himmel.

Alle nippten an ihren Gläsern, also tat ich es auch. Zunächst befeuchtete ich nur meine Lippen. Der Sekt war lecker, aber irgendwie auch leicht bitter. Das störte Mona allerdings nicht, die den gesamten Inhalt ihres Glases in einem Schluck in sich hineinschüttete.

»Geez!« Audrey kicherte beeindruckt, nahm aber selbst einen ziemlich großen Schluck.

Jerry bemerkte mein Zögern und nickte mir zu.

»Anstoßen zählt nicht, wenn du nicht trinkst«, sagte er und lächelte mich auf seine pseudounschuldige Art an.

Ich erwiderte sein Lächeln und hoffte, dass meines nicht zu falsch wirkte.

»Ich trinke doch«, murmelte ich und nahm zum Beweis einen winzigen Schluck, den ich aber sofort wieder ausspuckte, weil Mona ihr leeres Glas mit zu viel Schwung auf dem steinernen Gartentisch neben mir abstellte und es mit einem lauten Klirren zerbrach.

»Bist du etwa schon betrunken?« Jerry lachte und ging in die Küche, um einen Handfeger zu holen. Audrey leuchtete mit ihrem Telefon auf den Boden, um ein paar größere Glasscherben zu finden. Diese kurze Aufregung war genau das, was ich brauchte, um unbemerkt den gesamten Inhalt meines Glases auf den Rasen zu schütten. Als Jerry mich das nächste Mal anschaute, tat ich so, als hätte ich gerade den letzten Schluck getrunken.

»Das reicht wohl erst mal für euch«, sagte er abschätzig und blickte mit hochgezogenen Augenbrauen zu Mona, die sofort rot wurde.

Ich war erleichtert, als Jerry ging und die blöde Flasche mitnahm. Klar, ich hatte auch schon häufiger darüber nachgedacht, dass es cool wäre, mal Alkohol zu probieren. Aber, wie ich schon sagte, sicher nicht in der Gegenwart von Jerry, dem ich nicht über den Weg traute. Und ich wusste, wenn meine Brüder herausfänden, dass ich getrunken hatte, würde ich in ersthaften Schwierigkeiten stecken.

Erst recht nach all dem, was in der letzten Zeit passiert war. Das

Drama um die gestohlene Zigarette hatte mir schon gereicht. Auf noch so eine Situation hatte ich keine Lust. Vor allem, weil sie mich nur widerwillig zur Silvesterparty hatten gehen lassen und Will an mein Verantwortungsbewusstsein appelliert hatte. Gerade ihn wollte ich nun wirklich nicht enttäuschen.

Mir wäre es lieber gewesen, Jerry hätte uns in Ruhe gelassen. Er hatte uns irgendwie den Spaß verdorben, denn Mona wurde bald nervig. Sie war zwar nicht betrunken von dem einen Glas, aber der Alkohol bewirkte, dass sie tanzen und rumalbern wollte. Audrey versuchte, es ihr nachzumachen, und genoss es sichtlich, dass ihr Bruder endlich beschlossen hatte, sein Image als aufgeblasener Idiot zurechtzurücken. Für mich blieb er allerdings ein aufgeblasener Idiot.

Irgendwann beschlossen wir, noch einen Film zu schauen. Auf meine Bitte hin verzichteten die Mädels auf einen Horrorfilm und stimmten stattdessen zu, eine Komödie anzumachen. Ich musste zugeben, dass die Handlung ein bisschen lahm war, aber ich war dennoch überrascht, dass Mona nach noch nicht einmal der Hälfte des Films wegpennte. Ich wollte Audrey anstupsen und mich gemeinsam mit ihr über unsere Freundin lustig machen, aber auch sie nickte gerade ein.

Ich konnte es nicht glauben. Es war doch erst kurz nach Mitternacht! Ich war zugegeben auch ein bisschen müde, aber ich hatte gehofft, dass wir wenigstens bis ein Uhr durchhalten würden. Sicherlich war es der blöde Sekt, der diese Wirkung auf sie hatte. Ich stieß Audrey an, und als sie keine Reaktion zeigte, wusste ich, dass unsere Party vorbei war.

Ich seufzte enttäuscht. Einen Moment lang saß ich nur still da und starrte desinteressiert auf den Bildschirm.

Dann hörte ich leise Schritte. Sie klangen ganz anders als Jerrys vorhin, ich wusste jedoch, dass er es war, denn ich hörte, wie er sich räusperte. Das Letzte, was ich wollte, war, mit ihm zu reden, also schloss ich die Augen und versuchte, so zu tun, als sei ich ebenfalls eingeschlafen. Ich erwartete, dass Jerry einen Blick ins Wohnzimmer werfen und gehen würde, sobald er sah, dass wir alle komplett weg waren, aber er blieb auf der Türschwelle stehen.

Mit all meiner Willenskraft hinderte ich mich daran, meine Stirn zu runzeln. Ich gab mir Mühe, meine Atmung unter Kontrolle zu halten und einen natürlich entspannten Gesichtsausdruck zu bewahren, obwohl ich auf einmal das dringende Bedürfnis verspürte, meine Augen zu öffnen und zu sehen, was er da verdammt nochmal tat! Gerade als ich glaubte, dass er gegangen war, hörte ich, wie er einen tiefen, irgendwie unruhigen Atemzug nahm. Ohne zu wissen, warum, bekam ich eine Gänsehaut. *Was macht er so lange hier? Starrt er uns an oder so? Geilt er sich etwa an Mona oder mir auf?*

Ich war kurz davor, ihm etwas Unhöfliches ins Gesicht zu schleudern, da hörte ich ein Rascheln und gleich darauf das Rufsignal eines Telefons. Langsam und leise bewegte sich Jerry Richtung Küche. Endlich wagte ich es, meine Augen zu öffnen, und sah seinen schmalen Rücken im Flur verschwinden. Er hielt sich sein Handy ans Ohr.

»Hailie Monet liegt bewusstlos in meinem Wohnzimmer. Wie versprochen.«

Ich spürte, wie ich vor Schreck ganz starr wurde. Mir lief ein Schauer über den Rücken, und mein Herz klopfte so stark, dass ich schwor, Jerry hätte es hören können, wenn er nicht in sein Gespräch vertieft gewesen wäre.

»Ihr Bodyguard ist mit Sicherheit irgendwo in der Nähe.«

Ich musste mich anstrengen, um zu verstehen, was er sagte, denn als er in die Küche ging, konnte ich ihn nicht mehr so deutlich hören.

O Gott, was passiert da gerade?, fragte ich mich.

Ich sah mich panisch um. Die Vorhänge vor den Fenstern waren zugezogen, der Raum lag im Halbdunkel, noch immer lief der Film, und das einzige Licht kam aus der Küche.

Ich wusste, dass ich in Gefahr war. Was auch immer Jerry vorhatte, seine Absichten waren definitiv alles andere als ehrlich. Er war nicht überrascht, dass wir schliefen, er versuchte nicht, uns zu wecken, oder schaltete den Fernseher aus. Stattdessen informierte er jemanden, dass ich bewusstlos sei. Ich. Hailie. Bewusstlos!

Aber warum sollte jemand wissen wollen, ob ich bewusstlos war? Warum wollte jemand, *dass* ich bewusstlos war?

Panisch fing ich an, Audrey zu schütteln und sie anzuflehen, aufzuwachen. Vergeblich. Sie atmete leise und ruhig und sah aus, als würde sie tief und fest schlafen. Ich fühlte mich wie in einem Alptraum. Dann probierte ich es bei Mona, immer darauf bedacht, so wenig Lärm wie möglich zu machen. Aus Verzweiflung hätte ich sie fast getreten, aber ich wusste, dass sie auch davon nicht aufwachen würde. Meine beiden Freundinnen schliefen wie zwei Tote.

Weil sie bewusstlos waren.

Ich warf einen Blick auf den Fleck am Boden.

Dieser verdammte Sekt! Hat uns dieser Arsch da was reingetan? Okay, tief durchatmen. Das Beste, was du jetzt tun kannst, ist, von hier zu verschwinden. Und sofort jemandem Bescheid zu sagen, was los ist.

Ich sah mich nach meinem Handy um. Ich hatte es auf dem Tisch liegen lassen. Gott sei Dank, es war noch da. Wenn Jerry mir wirklich etwas antun wollte, stellte er sich nicht besonders clever an.

Fast hätte ich bei dem Gedanken gelacht. Aber nur fast, denn dieser Typ machte mir allmählich wirklich Angst. War es möglich, dass Jerry etwas plante? Ich traute ihm nicht, ich mochte ihn nicht, aber ich weigerte mich zu glauben, dass er mich tatsächlich bedrohen wollte. Immerhin war er der Bruder meiner Freundin! Das musste eine Art kranker Scherz sein.

Andererseits waren Mona und Audrey bewusstlos. Und Jerrys Worte am Telefon hatte ich mir doch nicht eingebildet!

Leise erhob ich mich vom Sofa und schlich auf Zehenspitzen zum Tisch, wobei ich den Durchgang zur Küche nicht aus den Augen ließ. Wenn Jerry jetzt reinkam, war ich erledigt. Ich streckte die Hand aus und krallte meine Finger um mein Handy, ohne das geringste Geräusch zu machen. Ich hob es hoch und bewegte mich wieder auf die Couch zu, als im Nebenzimmer etwas raschelte – ich erstarrte. Jerry murmelte einen leisen Fluch. Dass ich ihn hörte, bewies, dass er nicht weit weg war, also traf ich eine andere Entscheidung. Ich hatte das eindeutige Gefühl, dass er zurückkommen würde, noch bevor ich Zeit hatte, mich wieder hinzusetzen und so zu tun, als ob ich schliefe. Anstatt mich also wieder auf meinen Platz zu hocken, schlich ich zu der Tür, die in den Flur führte.

In diesem Haus gab es drei Möglichkeiten, das Wohnzimmer zu verlassen: durch die Küche – dieser Ausgang war am bequemsten und wurde am meisten benutzt; über die Terrasse – ich entschied schnell, dass diese Möglichkeit im Moment nicht infrage kam, weil die Schiebetür zu viel Lärm machen würde. Die dritte Möglichkeit war, einfach in den Flur zu gehen. Dorthin führte eine Tür, die, soweit ich wusste, nicht oft benutzt wurde. Ich beschloss, es zu riskieren.

Ich kam mir vor wie in einem Horrorfilm. Mit verschwitzten Fingern umklammerte ich mein Handy, meine andere Hand streckte sich nach dem Türgriff aus. Bevor ich daran zog, zögerte ich. Ich warf einen Blick auf die Mädchen, aber natürlich schliefen sie immer noch, sie hatten sich nicht einmal bewegt. Sie sahen aus, als wären sie tot, und ich erschauderte. Das konnte nicht sein, redete ich mir schnell ein, denn schließlich sah ich, wie sich ihre Brustkörbe hoben und senkten. Ich hatte Gewissensbisse bei der Vorstellung, sie hier zurückzulassen, aber es war die einzige Möglichkeit, mir und ihnen zu helfen. Außerdem wollte Jerry offensichtlich in erster Linie mir wehtun. Er hatte nichts von Mona gesagt, und ich glaubte nicht, dass er seine eigene Schwester angreifen würde.

Die übermäßige Vorsicht, mit der ich die Tür öffnete, war umsonst, denn sie knarrte fürchterlich. Ein schreckliches Geräusch, das mich unmissverständlich verriet, und ich kniff die Augen zusammen. Meine Freundinnen zuckten nicht einmal mit der Wimper, aber plötzlich klapperte es in der Küche, und ein erschrockener Jerry stürmte ins Wohnzimmer. Mein Herz blieb für einen Moment stehen, als ich mich umdrehte und wir uns plötzlich in die Augen schauten. Wir schienen beide gleichermaßen überrascht zu sein.

Ohne lange zu überlegen, rannte ich los, die am Ende des Flurs näherkommende Haustür im Blick. Wenn ich mich richtig erinnerte, stand mein Bodyguard draußen. Bevor ich jedoch entkommen konnte, spürte ich, wie Jerry mich von hinten an meiner Bluse packte und heftig zurückzog.

Ich schrie laut auf, aber er presste seine Hand fest auf meinen Mund und dämpfte meinen Schrei. Ich versuchte, sie wegzuziehen, aber obwohl Jerry ein schmächtiger Kerl war, war er immer noch stärker als ich. Er schaffte es mit Leichtigkeit, mich festzuhalten. Ich wehrte mich, versuchte, mich loszureißen, aber ich konnte nicht viel ausrichten. Als ich ihm fest in die Finger biss, zog er mich so heftig an den Haaren, dass mir die Tränen in die Augen stiegen und ich vor Schmerz aufschrie.

»Halt die Klappe!«, zischte Jerry und schubste mich brutal in ein Zimmer nahe der Treppe. Mit einem erstickten Schrei knallte ich so stark auf den Boden, dass ich mit Sicherheit mehr als nur einen blauen Fleck davontragen würde. Dann rappelte ich mich sofort in eine sitzende Position auf, stützte mich mit den Händen auf dem Teppich ab. Ich hob den Kopf, um ihn anzusehen, bereit, sofort wieder loszuschreien.

Und dieser unscheinbare Junge, der durchgeknallte Bruder meiner Freundin, zog eine Pistole unter seinem Hosenbund hervor und richtete sie ungeschickt auf mich.

Der Schrei blieb mir in der Kehle stecken.

Jerrys Hand zitterte gefährlich, und er presste den Kiefer fest zusammen, während er mich anstarrte. Ich bemerkte Schweißtropfen auf seiner Stirn und begann selbst zu zittern.

»Jerry ...«, flüsterte ich atemlos, wie um ihn zu besänftigen.

»Halt die Klappe.«

Langsam hob ich meine Hände; ich wollte ihm durch meine Körpersprache zu verstehen geben, dass ich mich lediglich bequemer hinsetzen wollte. Mein Bein begann zu schmerzen, und ich wollte mich nicht länger auf meinen Oberschenkel stützen.

Gerade als ich dachte, dass wir wohl für eine Ewigkeit so verharren würden – ich auf dem Boden im Gästezimmer von Audreys Haus, ihr durchgeknallter Bruder über mir, eine Waffe auf mich gerichtet –, klingelte ein Telefon.

Jerry brauchte einen Moment, um sich aus seiner Trance zu lösen, dann blickte er nervös um sich, hielt mich aber immer noch mit der Waffe in der Hand in Schach. Ich verkrampfte mich noch mehr, weil ich Angst hatte, dass er mich womöglich aus Versehen erschießen würde, so fahrig, wie er war.

»Fuck, fuck, fuck!«, wiederholte er wie ein Gebet. Er wirkte völlig panisch, und ich sah ihn entsetzt an. Noch nie in meinem Leben hatte ich solche Angst gehabt. Er benahm sich wie jemand, der absolut nicht bei Sinnen war.

Der Typ ist komplett unberechenbar!

»Das ist dein Telefon!«, knurrte er mich plötzlich an, was mich zusammenzucken ließ.

Ja, das war mein Klingelton, der im Hausflur ertönte. Ich musste mein Handy während unserer Auseinandersetzung fallen gelassen haben. Ich hatte es nicht einmal mitbekommen, aber immerhin wurde ich ja auch nicht alle Tage von einer Pistole bedroht, kein Wunder, dass mich das abgelenkt hatte.

Jerry ging aus dem Raum, wobei er weiterhin die Knarre auf mich richtete. Ich sah nicht einmal den Hauch einer Chance, zu entkommen. Er starrte mich immer noch an, während er langsam in die Hocke ging, dann beugte er sich vor und griff mit der freien Hand dorthin, wo wahrscheinlich mein Telefon lag. Für den Bruchteil einer Sekunde wandte er seinen Blick von mir ab, aber einen Moment später war er schon wieder auf dem Weg ins Gästezimmer.

»Geh ran und sag, dass du Spaß hast und alles in Ordnung ist«, befahl er. Er kam mir nahe genug, um mir das Handy zu reichen. Er rückte mit seiner bekloppten Waffe sogar so nah an mich heran, dass der Lauf nun direkt vor meiner Nase war. Ich zitterte am ganzen Körper, als ich einen Blick auf den Bildschirm wagte.

Es war Will.

Das war mein Rettungsanker.

»Ein falsches Wort, und ich schieße – das ist kein Scherz«, drohte Jerry, der wahrscheinlich ahnte, was mir durch den Kopf ging.

Ich sah ihm in die Augen, um zu ergründen, ob er es ernst meinte. Aber alles, was ich in ihnen erkannte, war der schiere Irrsinn. Ich konnte kein Risiko eingehen. Nicht, wenn mir praktisch eine Waffe an der Stirn klebte. Der Typ hatte doch längst aufgehört, vernünftig zu denken. Also nickte ich steif und griff nach dem Smartphone.

Ich wischte nach rechts und hielt mir das Handy ans Ohr. Ich konnte kaum atmen, geschweige denn ruhig sprechen, aber ich tat mein Bestes, mich zu beherrschen.

»Ja?«

»Na, meine Kleine, geht es dir gut?«, fragte mein Lieblingsbruder, und mir stiegen sofort die Tränen in die Augen.

»M-hm.«

Meine Stimme brach, und Jerry schwang frustriert die Waffe vor meiner Nase. Will schwieg ein paar Sekunden lang.

»Bist du sicher?«

Will war aufmerksam und fürsorglich, und ich klang ganz sicher nicht so, wie er es von mir erwartete – nämlich wie jemand, der einen phantastischen Abend mit seinen Freundinnen verbrachte.

»Ja«, antwortete ich und zwang mich, selbstbewusst zu klingen.

»Ich habe dir vor einer Weile Neujahrswünsche geschickt. Du hast nicht geantwortet. Ich dachte, du hättest vielleicht Mitternacht verschlafen.«

»Äh … nein, ich habe es nur nicht gesehen …«, stammelte ich.

»Ich hatte ein komisches Gefühl, deswegen rufe ich an«, erwiderte er. »Hailie, bist du sicher, dass es dir gut geht?«

»Ja, wir schauen gerade einen Film, also ich und die Mädels, ein furchtbarer Kitsch …«, stammelte ich. Gegen Ende des Satzes versuchte ich sogar, leicht aufzulachen, obwohl meine Stimme zitterte.

»Na gut, dann will ich euch mal nicht stören«, sagte er zögernd und fügte dann hinzu: »Du trinkst doch keinen Alkohol, oder?«

Ich wollte schon den Mund öffnen, um zu verneinen, spürte sogar einen Anflug von Stolz, dass mich der Sekt nicht in Versuchung geführt hatte – doch dann warf ich einen Blick auf Jerry, der die Augenbrauen zusammenzog und angestrengt versuchte, jede meiner Reaktionen zu lesen, um das Gespräch mitzuverfolgen. Als ich in sein Gesicht sah, kam mir eine Idee: »Doch, eine ganze Menge.«

»Hailie?« Ich konnte mir lebhaft vorstellen, wie sich Wills Stirn in Falten legte.

»Und es ist suuuper!«

Jerry beobachtete mich gespannt, schwieg aber, er dachte wohl, dass ich die Party lobte.

»Hailie, bist du etwa betrunken?«

»Nur ein bisschen müde«, antwortete ich und unterdrückte ein Gähnen.

Jerry warf mir bedeutungsvolle Blicke zu und schüttelte ungeduldig seine Waffe. Ein klarer Hinweis darauf, dass ich das Gespräch beenden sollte.

Will schwieg, aber ich konnte seine Anspannung spüren.

»Ich mache jetzt Schluss, wir reden morgen, okay-dokey? Bye!«
Ich lachte gekünstelt und legte auf, ohne seine Antwort abzuwarten.
Bevor ich Jerry das Telefon zurückgab, schaltete ich es diskret aus,
damit Will nicht zurückrufen konnte. Jerry würde sowieso nicht mit
einem zweiten Anruf einverstanden sein.

Audreys Bruder war sichtlich erleichtert. Er warf mein Handy
gleichgültig auf das Bett, das mit einer kitschigen geblümten Tages-
decke überzogen war. Ich flehte das Universum an, dass Will so bald
wie möglich reagieren möge. Hoffentlich würde er nicht bis morgen
damit warten wollen, mich für den Verstoß gegen die Kein-Alkohol-
Regel zu rügen.

Ich hatte keine Zeit, weiter darüber nachzudenken, weil Jerry
meine Aufmerksamkeit auf sich zog. Immer noch saß ich auf dem
Boden, starrte zu dem Typen hoch, der mich überragte, und fragte
mich, ob ich gleich sterben würde. Was für eine absurde Situation –
der nicht einmal volljährige Bruder meiner Freundin konnte mir
einfach so das Leben nehmen!

»Warum … « Ich wollte das Schweigen brechen, aber Jerry sprang
empört auf.

»Kein Wort mehr!«

»Okay, okay.« Ich hob eine Hand, um ihn zu beruhigen.

Mir war, als würden wir auf jemanden warten. Jerry schaute immer wieder auf sein Handy, und ich war zunehmend davon überzeugt, dass er in seiner Unaufmerksamkeit wirklich abdrücken
würde. Er würde mich einfach aus Versehen abknallen. Seine Beine
zitterten, und er atmete unruhig – wahrscheinlich stand er kurz vor
einer Panikattacke.

Ich wusste, dass ich versuchen musste, ihn zur Vernunft zu bringen, damit ich ihm seinen Plan ausreden konnte, aber all das machte mir eine wahnsinnige Angst. Jerry war emotional zu aufgewühlt, und ich war mir nicht sicher, ob es Worte gab, die in der Lage sein würden, ihn zu beschwichtigen.

Er schaute immer öfter auf sein Handy und seufzte. Ein- oder zweimal legte er den Kopf zurück und hörte sogar kurz auf, auf mich zu zielen, um sich mit dem Handgelenk den Schweiß von der Stirn zu wischen. Er fuchtelte so ungelenk mit der Waffe herum, dass ich fast fürchtete, er würde sich versehentlich selbst anschießen.

Es gab niemanden, den ich jetzt mehr sehen wollte als Will oder einen meiner anderen Brüder. Aber sie waren weit weg, und selbst wenn einer von ihnen sich wegen des Gesprächs eben dazu entschließen sollte herzukommen, würde das sicher nicht in den nächsten Minuten geschehen. Ich atmete laut aus, woraufhin Jerry mich verärgert ansah. Er öffnete schon den Mund, wahrscheinlich, um mir noch eine Standpauke zu halten, als er unterbrochen wurde. »Nimm die Waffe runter!«, donnerte es. Die Stimme gehörte einem Mann, der gerade hinter Jerrys Rücken im Flur aufgetaucht war.

Sofort verrenkte ich mir den Hals, um ihn zu sehen. Ein erwachsener Mann, viel älter als Vincent. Sein Körperbau war einschüchternd – er war muskulös, breit und gefühlt dreimal so groß wie Jerry. Sein Anblick ließ meinen Angreifer sichtlich zusammenzucken.

»Leg du deine weg!«, rief Audreys Bruder und sprang auf. Er tat mutig, aber seine zitternde Stimme verriet ihn. Er klang eher wie ein verängstigtes Kind, was auf den Fremden keinen Eindruck zu machen schien.

Wenn ich irgendeine Waffe gehabt hätte, hätte ich Jerry von hinten angreifen können, denn er hatte sich jetzt perfekt positioniert – aber es war nicht einmal ein Kissen in Reichweite.

Der Riese sah gelangweilt aus. Er bewegte seinen Kiefer, wahrscheinlich kaute er Kaugummi, die Augen stur auf Jerry gerichtet.

»Eine einzige Kugel aus meiner Waffe richtet mehr Schaden an als dein ganzes Magazin. Also mach keine Dummheiten. Nimm sie runter«, sagte er ruhig, und als er keine Reaktion bekam, fügte er hinzu: »Wenn du wirklich willst, können wir gern gleichzeitig abdrücken. Es ist nur so, dass ich eine kugelsichere Weste trage.«

Ein seltsames Geräusch drang an meine Ohren, und ich brauchte einen Moment, um zu realisieren, dass es Jerrys Keuchen war. Endlich ließ er die Waffe fallen, und ich atmete erleichtert auf, obwohl er sie schon seit einigen Augenblicken nicht mehr auf mich gerichtet hatte. Die Knarre fiel mit einem Knall direkt neben seine Füße. Den Kopf nun gesenkt, zitterte er noch immer. Er musste verstanden haben, dass er verloren hatte, denn er sah aus, als würde er gleich anfangen zu heulen.

Am liebsten wäre ich aufgesprungen, an ihm und diesem Kerl vorbeigelaufen und hätte mich so weit wie möglich von diesem verfluchten Haus entfernt, aber ich schaffte es lediglich, mich auf die Knie zu stützen, unsicher, ob ich aufstehen oder mich lieber still verhalten sollte.

»Nimm die Hände hoch, und geh weg von ihr«, wies der Riese Jerry an.

Mir fiel ein Stein vom Herzen. Jetzt war ich mir sicher, dass dieser Typ mein Bodyguard sein musste. Will musste ihn nach unserem Telefonat gebeten haben, nach dem Rechten zu sehen. O Himmel, zum Glück!

Ich beobachtete ihn gespannt und wartete darauf, dass ich ihm meine Dankbarkeit ausdrücken konnte. Jerry stand jetzt nicht mehr zwischen uns, und der Riese nahm Blickkontakt mit mir auf, immer noch Kaugummi kauend. Er öffnete gerade seinen Mund, um etwas zu sagen, als sein Kopf plötzlich nach vorn flog, seine Augen sich weiteten und seine Lippen einen stummen Schrei formten. Dann sackte er auf dem Boden zusammen und blieb regungslos liegen.

Mein Blick wanderte nach unten und dann sofort wieder hoch. Was war da gerade passiert? Dann erschrak ich noch mehr. In der Tür stand Audrey, mit einem vor Wut, Angst und Verzweiflung verzerrten Gesicht. Mit beiden Händen hielt sie einen Baseballschläger, mit dem sie offensichtlich gerade meinen Bodyguard niedergeschlagen hatte.

∽ 21 ∽

Schöne Augen

Audrey!«, schrie ich.

»Alles okay?«, fragte sie und sah zwischen mir und Jerry hin und her, der sich gerade aufrichtete und verwirrt blinzelte.

»Nichts ist okay!«, antwortete ich schrill. »Was hast du getan?«

Überrascht hob Audrey die Augenbrauen. Jerry ignorierte uns völlig und sah sich hektisch um. Als ich erkannte, wonach er suchte, kam ich zur Besinnung und stürzte nach vorn. Die Waffe lag nah genug, dass ich sie rasch packen konnte. Vor Überraschung klappte ihm die Kinnlade herunter.

»Hailie? Woher hast du die Pistole?«, kreischte Audrey. Sie wollte einen Schritt auf mich zu machen, aber der Security-Typ am Boden lag ihr im Weg, so dass sie nur nervös von einem Fuß auf den anderen trat.

»Ja, Hailie! Was ist hier los?« Jerry hielt mir seine Hand hin. »Gib sie mir lieber, du musst vorsichtig damit sein!«

Er kam auf mich zu, und ich wich zurück, wobei ich auf ihn zielte. Jerry hob seine Hände, und Audrey, die hinter ihm stand, riss verängstigt die Augen auf.

»Hailie!«

»Komm mir nicht zu nahe«, zischte ich Jerry zu.

Langsam senkte er die Hände, dann rückte er seine Brille zu-recht, die zu tief auf seiner verschwitzten Nase saß. Er war ganz rot im Gesicht und glänzte, als hätte er gerade das Fitnesstraining seines Lebens absolviert. Ich versuchte, mich zu beherrschen, aber es gelang mir nicht besonders gut. Auch meine Hände zitterten, und meine Finger, die den Griff der Pistole umklammerten, fühlten sich an, als gehörten sie jemandem anderen.

Reicht es aus, den Abzug zu drücken, um zu schießen? Oder muss man diese Waffe erst entsichern, damit sie funktioniert? Und wenn ja, wie macht man das? Sind da überhaupt Patronen drin? Warum weiß ich das nicht? Ich lebe in der Monet-Villa, da gibt es haufenweise Waffen, und ich kenne mich nicht einmal ansatzweise damit aus!

Ich kam schnell zu dem Schluss, dass all meine Gedanken irrele-vant waren, weil ich schlicht nicht in der Lage wäre, zu schießen. Nicht auf einen echten Menschen, der vor mir stand, sich bewegte und mich ansah. Jerry musste meine Verunsicherung gespürt haben, denn er bewegte sich langsam, fast unauffällig weiter auf mich zu.

»Hailie, gib ihm die Waffe«, sagte Audrey zu mir. Sie klang er-schrocken, aber ich sah sie nicht an, wandte meinen Blick nicht von ihrem Bruder ab.

»Auf gar keinen Fall!«, sagte ich.

»Du wirst dich noch selbst verletzen oder einen von uns!« Jerry legte den Kopf schief, und diese Geste, gepaart mit seinem herab-lassenden Ton, ärgerte mich.

»Er hat mich angegriffen!«, rief ich Audrey zu.

»Was? Jerry?«

»Das stimmt nicht«, verneinte er und zeigte auf meinen immer noch regungslos daliegenden Bodyguard. »Ich wollte ihr helfen, den Kerl hier fertigzumachen.«

»Erzähl keinen Mist, Jerry! Dieser Mann ist mein Bodyguard, warum hätte er mich angreifen sollen?«

»Dein Bodyguard?«, fragte Audrey erstaunt. »Und was hat er hier zu suchen?«

»Ich sage doch: Er wollte ihr wehtun«, log Jerry. »Ich habe versucht zu helfen.«

»Das stimmt nicht, Audrey. Jerry war es, der mir wehtun wollte. Er hat uns etwas in den Sekt getan!«

»Was soll das heißen?«, schnaubte Jerry.

»Okay, stopp!«, schrie Audrey. »Nimm die Waffe runter, Hailie! Verdammt nochmal!«

»Auf gar keinen Fall, dann holt er sie sich.«

»Sie ist total durchgeknallt, das habe ich dir doch gesagt«, rief Jerry seiner Schwester zu und schüttelte den Kopf. »Sie wird uns umbringen.«

»Du …« Mir verschlug es die Sprache, so sehr schockierte mich diese Unverschämtheit.

»Hailie, was ist bloß mit dir los?« Audrey sah mich angewidert an. »Nimm endlich die Waffe runter.«

»Hör zu. Gib sie mir, ich werfe die Munition weg, und wir sorgen dafür, dass niemand verletzt wird, okay?«, sagte Jerry.

»Ich gebe sie dir ganz bestimmt nicht«, zischte ich.

»Hailie, das muss aufhören, lass uns die Sache in Ordnung bringen«, stöhnte Audrey.

Ich schüttelte den Kopf, und Tränen liefen mir über die Wangen.

Es schmerzte, dass Audrey mich so enttäuscht ansah. Ich wusste, dass sie gerade das Schlimmste von mir denken musste, aber ich konnte ihrer Bitte nicht nachkommen. Jerry hatte mich betäuben und an wer weiß wen ausliefern wollen.

»Da hast du's. Sie ist eine Monet, durch und durch«, schnaubte Jerry, und ich sah ihn ausdruckslos an. Starrte in sein heuchlerisches Gesicht, etwas zu lange, denn ich bekam zu spät mit, dass Audrey den Baseballschläger ablegte, sich bückte und nach der Waffe meines Bodyguards griff.

»Nimm sie endlich runter, Hailie«, zischte Audrey kühl, hob die Pistole und richtete sie auf mich.

»Audrey?« Ich blinzelte.

»Ich weiß nicht, was in dich gefahren ist, aber du sollst Jerry die Waffe zurückgeben.«

Ich umklammerte den Griff der Pistole fester.

»Audrey, ich bin wirklich …«

»Hör sofort auf, mich und meinen Bruder zu bedrohen. Runter mit der Waffe.«

Ich nahm wahr, dass ihre Stimme zitterte, und ich konnte sehen, wie ungeschickt sie die Waffe hielt. Genau wie ich. Wir, zwei Teenager, die eben noch über jeden Quatsch gelacht hatten, standen im Gästezimmer und bedrohten einander. Mein Bodyguard lag bewusstlos auf dem Boden, und Jerry krümmte sich unter dem Lauf der Pistole, die ich auf ihn richtete.

»Gib sie mir, Audrey, gib sie mir.« Jerry rührte sich nicht vom Fleck, sondern nickte nur seiner Schwester zu.

»Nein, bitte nicht, Audrey«, rief ich.

»Hör nicht auf sie«, erwiderte Jerry.

»Hör nicht auf ihn! Audrey, es ist das Beste, die Polizei zu rufen!«, sagte ich aufgeregt.

Audrey schien über die Idee nachzudenken, denn sie sah sich nach ihrem Telefon um, aber Jerry ging schon wieder dazwischen. »Nein, auf gar keinen Fall. Die Monets haben doch die ganze Polizei in der Tasche.«

Beim Anblick meiner nachdenklich dreinschauenden Freundin wurde mir schwer ums Herz. Offenbar glaubte sie ihrem Bruder.

»Gib sie mir, Audrey«, forderte Jerry sie erneut auf, wobei er ein Stück auf seine Schwester zuging. Mich ignorierte er. Er erwartete nicht, dass ich auf ihn schießen würde, und er lag leider richtig.

»Es ist besser, wenn du sie mir gibst, Audrey«, hörte ich plötzlich Wills Stimme.

Als ich meinen Bruder erblickte, fiel ich vor Erleichterung fast in Ohnmacht. Sein scharfer Blick war auf Audreys Hände gerichtet, aus denen er mit einer vorsichtigen Bewegung die Waffe nahm.

Sie wehrte sich nicht, leistete keinen Widerstand, wurde nur noch blasser. Jerry hingegen machte ein paar Schritte auf Will zu. Sein Gesicht war vor Schock und Wut verzerrt.

Meine Knie gaben nach, als ich sah, dass direkt hinter Will ein weiterer Mann den Raum betrat – Vincent. Sein eisiger Blick blieb an mir hängen. Für den Bruchteil einer Sekunde schien er überrascht zu sein, dann fiel sein Blick auf die Waffe, die ich unbewusst direkt auf seine Brust richtete. Mein Verstand rief mir zu, ich solle die Pistole senken, es sei doch mein Bruder, er würde mich retten und alles würde gut werden – aber es waren zu viele Dinge passiert, als dass ich einfach auf meinen Kopf hören konnte. Fassungslos starrte ich Vincent an, und meine Hände zitterten noch mehr.

»Leg das Ding hin«, sagte Vince leise und kam langsam auf mich zu. Mir stiegen brennende Tränen in die Augen, als ich zu begreifen begann, dass es endlich vorbei war, und Erschöpfung machte sich in meinem ganzen Körper breit. Ich konnte Vincent nie im Leben wehtun, das hatte ich nicht einmal im Traum vor. Keine Ahnung, warum mein erstarrter Körper nicht verstehen konnte, dass es endlich an der Zeit war loszulassen.

Vince schien wenig begeistert, dass ich seine Anweisung nicht befolgte, ging jedoch auf mich zu, ohne den Blickkontakt abzubrechen. Je näher er kam, desto mehr musste ich meinen Kopf in den Nacken legen. Als er direkt vor mir stand, schluckte ich schwer. Mir war soeben klar geworden, dass ich mich bisher nicht einmal verbal hatte gegen ihn wehren können – jetzt konnte ich ihn mit einem einzigen Schuss töten.

Mein Bruder nahm mir die Waffe ab, so beiläufig, als würde er mir die Fernbedienung aus der Hand nehmen, um ein anderes Programm auszuwählen. Dann entschärfte er sie in einer einzigen effizienten Bewegung und ließ mit einem dumpfen Geräusch die Munition auf den Teppichboden fallen. Ungeladen, wie sie nun war, warf er die Waffe gleichgültig aufs Bett. Dann legte er eine Hand auf meine Schulter und musterte mich sorgfältig von oben bis unten.

»Dir ist nichts passiert?«, fragte er.

Ich schüttelte wortlos den Kopf, und mir kamen so plötzlich und heftig die Tränen, dass einige auf seine glänzenden Schuhe tropften. Ich hatte erwartet, dass er wütend auf mich sein würde – wenn nicht deshalb, weil ich eine Waffe in der Hand hielt, dann zumindest, weil ich sie auf ihn gerichtet hatte –, aber er umarmte mich. Einen Arm schlang er um meine Schultern, mit dem anderen zog er meinen Kopf an seine Brust. Diese liebevolle Geste überraschte mich, aber ich nahm sie dankbar an, da ich mittlerweile hemmungslos schluchzte. Ich hatte komplett die Kontrolle über mich verloren, fühlte mich wie eine Stoffpuppe, die auf dem Boden zusammensacken würde, wenn er mich losließe.

Er küsste mich auf den Scheitel. Genau wie Will es mehr als einmal getan hatte. Vince hatte mir gegenüber bisher nie seine Zuneigung ausgedrückt, schon gar nicht auf eine solche Weise. *Er würde sich nicht so verhalten, wenn er wütend auf mich wäre, oder?*

Am liebsten hätte ich mich für immer in seiner Umarmung verkrochen, aber leider löste er sich von mir und räusperte sich.

»Wir müssen ein paar Dinge klären«, sagte er.

Erst jetzt bemerkte ich, dass Dylan in der Tür erschienen war. Erschrocken beobachtete er die Szene, die sich vor seinen Augen abspielte, warf einen flüchtigen Blick auf mich und baute sich dann bedrohlich vor Jerry auf. Ein mir unbekannter Mann, der zusammen mit meinen Brüdern eingetroffen war, beugte sich gerade über den bewusstlosen Bodyguard und überprüfte seinen Puls. Audrey hingegen war vor Aufregung ganz blass geworden und übergab sich auf einmal direkt vor Wills Füße.

Der schloss kurz angewidert die Augen, trat einen Schritt zurück und legte dann sanft den Arm um sie, um sie ins Badezimmer nebenan zu führen. Audrey tat mir schrecklich leid. Schlimm genug, dass sie sich so schlecht fühlte – dass sie sich nun auch noch vor versammelter Mannschaft übergeben hatte, war einfach zu viel. Auch mir drehte sich der Magen um.

»Lass uns woanders hingehen, hier ist es ein bisschen voll«, schlug Vincent diplomatisch vor.

Alle rümpften die Nase, denn der Geruch nach frischem Erbrochenem verbreitete sich schnell in dem warmen Raum.

»Du führst uns jetzt wohin, wo mehr Platz ist. Los«, knurrte Dylan an Jerry gewandt und packte ihn am Hemd.

Jerry strauchelte, schaffte es aber irgendwie, das Gleichgewicht zu halten, und lief dann in Richtung Küche. Wir folgten ihm in langsamerem Tempo. Es war kaum zu befürchten, dass er fliehen würde, denn im Haus trieben sich nun eine Menge fremder Männer herum, die offensichtlich alle auf Anweisung meiner Brüder hier waren. Die meisten von ihnen drängten sich im Flur im Erdgeschoss, einer kam jedoch gerade die Treppe zum ersten Stock herunter. Ein anderer schaute hinter der Wohnzimmertür hervor und meldete, dass dort ein bewusstloses Mädchen liege.

Audrey kämpfte im Badezimmer immer noch mit ihrer Übelkeit. Wir ließen sie in der Obhut des Mannes, der zuvor meinem Bodyguard geholfen hatte. Der ruhigen Gewissheit nach zu urteilen, mit der er seine Aufgabe in Angriff nahm, war er wahrscheinlich Arzt, und offenbar ein guter, denn mein Bodyguard saß bereits wieder aufrecht, an die Wand gelehnt und massierte sich den Hinterkopf.

Vincent hielt mich fest, als wir nach Jerry die Küche betraten. Ich staunte, wie viele Leute meine Brüder mitgebracht hatten. Vince schob mir einen Stuhl hin, bevor er sich selbst niederließ. Dylan setzte sich auf einen Hocker an der Bar und öffnete eine Getränkedose, während er Jerry im Auge behielt. Dieser blieb in der Ecke stehen, als würde er dort Schutz vor meinen Brüdern suchen. Will lehnte sich an die Wand neben der Küchentür und verschränkte die Arme vor der Brust. Das hier war ernst, und es lag eine bedrohliche Schwere in der Luft.

»Lasst uns rekapitulieren, was heute Nacht hier passiert ist, denn ich verstehe es noch nicht ganz«, begann Vincent in seinem offiziellen Ton.

Er erwartete offensichtlich eine Erklärung von Jerry, aber der machte keine Anstalten zu sprechen, also bedeutete Vince mir zu erzählen.

Ich berichtete, wie die Party begonnen hatte, wie die Mädels und ich uns amüsiert hatten und wie Jerry uns auf einmal Alkohol angeboten hatte.

Ein metallisches Geräusch ertönte, als Dylan seine leere Dose in der Hand zerknüllte.

»Du solltest auf sie aufpassen, verdammt nochmal«, knurrte Will. Ich hatte ihn noch nie so wütend gesehen.

»Ich glaube, er hat uns etwas in den Sekt getan«, sagte ich. Dabei sah ich Jerry mit unverhohlener Abneigung an. Dieser ekelhafte Typ. Natürlich wich er meinem Blick aus. Feigling. Ich erzählte, wie die Mädchen nacheinander eingeschlafen waren und ich nur deswegen wach geblieben war, weil ich mein Glas nicht ausgetrunken, sondern nur pflichtschuldig daran genippt hatte. Ich sah Anerkennung in den Augen meiner Brüder aufblitzen.

»Das war sehr verantwortungsvoll von dir«, lobte mich Will.

»Und verdammt dumm von dir, du kleiner Pisser«, fügte Dylan hinzu, ließ sich vom Hocker gleiten und ging auf Jerry zu. Dabei knackte er mit seinen Fingerknöcheln, und ich erschauderte.

»Ich weiß nur nicht, wieso Audrey aufgewacht ist«, endete ich und runzelte die Stirn.

»Vielleicht hat sie nicht alles getrunken, oder Jerry hat ihr weniger Schlaftabletten verpasst«, sagte Will. »Erzähl mal, Jerry? Hattest du

Mitleid mit deiner Schwester und hast ihr eine geringere Dosis gegeben?«

Jerry starrte auf den Boden und nickte kaum merklich.

»Der beste Bruder aller Zeiten«, sagte Dylan spöttisch, und bevor jemand Zeit hatte, auch nur zu blinzeln, hob er seine Faust und schlug Jerry ins Gesicht. Und dann noch einmal. Und noch einmal.

Ich drehte meinen Kopf in die andere Richtung. Keiner eilte Jerry zu Hilfe. Klar, ich war total wütend auf ihn und fand, dass er eine Strafe verdient hatte, nach all dem, was er uns angetan hatte, aber musste es denn auf diese Weise sein? Es war mir immer noch nicht geheuer, meine Brüder so zu sehen.

Jerry stöhnte, und ich glaube, er versuchte ebenfalls, einen Schlag zu landen, aber er war zu ungeschickt und zu schwach, um Dylan etwas entgegensetzen zu können. Deshalb bemühte er sich, ihm auszuweichen, und selbst das gelang ihm nicht besonders gut – irgendwann hörte ich einen dumpfen Knall und sah aus dem Augenwinkel, wie Jerry Blut aus der ziemlich sicher gebrochenen Nase lief. Ein schrecklicher roter Fleck bildete sich unter seinem Auge. Es dauerte nicht lange, bis Dylans Faust auch seine Lippe traf, die nun aufgeplatzt und seltsam geschwollen war.

Jerry sah furchtbar aus. Und niemand konnte Dylan aufhalten. Nicht einmal ich. Trotz der Abscheu, die ich angesichts der Gewalt empfand, konnte ich nicht reagieren. Ich zitterte am ganzen Körper. *Er hat es verdient, verprügelt zu werden,* redete ich mir ein.

»Stopp!«

Ich lenkte meinen Blick von Jerry zu Audrey, die in der Küchen-tür stand. Sie sah total fertig aus, und ihr Haar war völlig zerzaust. Sie klammerte sich an den Türrahmen und beobachtete die Szene, die sich zwischen unseren Brüdern abspielte, mit Entsetzen in den Augen.

»Audrey …«, flüsterte ich, aber es war zu leise, als dass mich je-mand hören konnte. Dann ging sie auf Dylan und Jerry zu, aber Will packte sie am Arm und zog sie zurück. Sie versuchte, sich von ihm loszureißen, schaffte es jedoch nicht, weil er zu stark war. Tja, das kannte ich nur zu gut.

»Lass ihn in Ruhe!«, schrie sie und starrte Dylan wütend an, der Jerry erneut einen Schlag verpasste, woraufhin dieser ein Stöhnen von sich gab.

Keiner beachtete Audrey. Vince sah sie nicht einmal an. Und Will scherte sich einen Dreck um ihr Gezerre.

Das musste ein furchtbarer Anblick für sie sein. Jemand verprügel-te ihren Bruder vor ihren Augen. Ich musste etwas tun, um das hier zu stoppen.

»Dylan«, flüsterte ich. Niemand reagierte, also räusperte ich mich und wiederholte lauter: »Dylan, hör auf, bitte.«

Diesmal sah ich, wie er zögerte, er hatte mich gehört, doch er schien in eine Art Rausch verfallen zu sein. Also sah ich Vince an, denn ich wusste: Ein Wort von ihm würde unseren Bruder stoppen. Aber er sah weiter mit kühlem Blick zu, wie Jerry, der nun auf dem Boden lag, um Gnade bettelte.

Mir blieb nur eine letzte Möglichkeit. Ich sah zu Will und bat ihn wortlos, etwas zu tun. Er erwiderte meinen Blick. So gleichgültig wie Vincent und die anderen war er doch nicht, oder? Jedenfalls nicht, wenn ich ihn um etwas bat. Alle meine Brüder hatten schöne Augen, aber Wills waren die schönsten, weil man das Gute in ihnen sehen konnte. Zumindest, wenn er mich ansah.

»Will, bitte, er ist Audreys Bruder ...«

Will schien den Kummer, der in meinen Worten mitschwang, offenbar wahrzunehmen. Er nickte langsam.

»Dylan, das reicht«, sagte er mit seiner Autoritätsstimme, die er nur selten einsetzte, nun aber gezielt anwandte, um zu unserem Bruder in seiner Rage durchzudringen.

Dylan blieb widerwillig stehen, eine Hand immer noch am Kragen von Jerrys Hemd. Der sah aus, als würde er sich demnächst in die Reihe derer einordnen, die heute Nacht unter diesem Dach in Ohnmacht gefallen waren. Dylan hatte wohl noch nicht genug, denn er sah Vincent an, wie um seine Erlaubnis zu erhalten fortzufahren. Auch ich richtete meinen Blick auf meinen ältesten Bruder und versuchte, ihn mit der Kraft meines Geistes zu zwingen, die richtige Entscheidung zu treffen.

Vince schüttelte kaum merklich den Kopf. Widerwillig ließ Dylan Jerry los, der bereits zu Boden gesunken war und sich mit den Händen sein schrecklich zugerichtetes Gesicht bedeckte, wimmernd und klagend. Dylan ging unterdessen zum Spülbecken, als wäre nichts geschehen, und drehte das Wasser auf, ohne sich darum zu kümmern, dass er den Wasserhahn mit Blut vollschmierte.

Audrey rannte zu Jerry. Will hatte offenbar beschlossen, dass er sie nicht länger zurückhalten musste, und ließ sie gewähren.

Audrey weinte. Sie schien nicht zu wissen, was sie tun sollte, versuchte, Jerry irgendwie aufzuhelfen, aber er schaffte es nicht, sich zu bewegen. Er lag wie leblos da.

»Verschwindet von hier! Alle! Sofort!«, jammerte sie, kniete sich neben ihn und sah sich hasserfüllt um.

Niemand rührte sich, Dylan nahm wieder seinen Platz am Küchentresen ein, er wirkte völlig entspannt.

»Das ist mein Haus, haut alle ab!«, rief sie erneut.

Audrey tat mir so leid, ich wollte ihr unbedingt helfen. Jerry musste versorgt und das Haus aufgeräumt werden. Ihre Eltern würden morgen zurückkommen, und im Gästezimmer war eine Blutlache, im Wohnzimmer eine Alkoholpfütze und im Flur vor dem Gästezimmer Erbrochenes.

Ich stand auf, lief zu Audrey hinüber und hockte mich neben sie, dann legte ich einen Arm um ihre Schultern.

»Fass mich nicht an!«, zischte sie und stieß mich mit einer Wucht von sich, die ich nicht erwartet hatte. Ich verlor das Gleichgewicht, kippte nach hinten und sah sie schockiert an.

»Audrey ...«

»Schaff deine verdammten Brüder hier weg, und verschwinde aus meinem Haus!«

Ich schluckte und spürte, wie meine Wangen brannten. Mir war nach Weinen zumute – meine Freundin schmiss mich aus ihrem Haus! Audrey stand auf, schnappte sich ein Küchentuch und machte es nass, dann begann sie, Jerry das Blut aus dem Gesicht zu wischen. Ich beobachtete sie einen Moment lang schweigend und tat dann das Einzige, was ich in diesem Moment tun konnte.

Ich richtete mich langsam auf und ging zu Will hinüber, der von allen Anwesenden erfahrungsgemäß am bereitwilligsten auf mein Bitten einging, packte mit beiden Händen seine Jacke und sah ihm ins Gesicht. »Lass uns gehen, Will.«

Wie immer enttäuschte Will mich nicht. Er nickte, strich mir übers Haar und sah zu unseren Brüdern. Sie schienen sich stillschweigend zu einigen. Will wies mich an, meine Sachen zu holen, was ich tat, nachdem ich mich nach Mona erkundigt hatte. Der Arzt beruhigte mich. Er habe sie untersucht und ihr eine Aspirin bereitgelegt, da sie vermutlich mit Kopfschmerzen aufwachen würde. Ansonsten solle ich mir keine Sorgen machen.

Ich verließ das Haus mit Will, der mir versicherte, dass die anderen bald nachkommen würden. Vincent wollte Jerry noch einige Fragen stellen, verriet mir aber nicht, worum es ging.

»Kleines, ich bin sehr stolz auf dich«, sagte Will, als wir im Auto saßen.

Ich lächelte traurig.

Seine Worte lösten ein warmes Gefühl in mir aus, aber nur für einen kurzen Augenblick, denn dann wurde mir bewusst, dass ich nach Jason nun noch eine Freundin verloren hatte.

✢ 22 ✢

Opa Vincent

Ich schaute mein Spiegelbild an. Mein Gesicht sah erstaunlich erholt und entspannt aus. Ich hatte fast zwölf Stunden geschlafen. Als ich aufgewacht war, war es mir schwergefallen zu glauben, dass die Ereignisse der letzten Nacht nicht nur ein schlimmer Traum gewesen waren. Die lange Dusche, die ich genommen hatte, hatte mich dann aber so weit wach gemacht, dass ich mich an jedes entsetzliche Detail des vergangenen Abends erinnerte.

Ich hatte mich gewaschen und geföhnt. Mein Haar war in letzter Zeit sehr gewachsen, stellte ich fest. Jetzt war es frisch, duftend und vollkommen glatt. Ich zog mir eine Jogginghose an, heute musste ich entspannen, auch wenn mein erschöpfter Verstand mich nicht zur Ruhe kommen lassen wollte.

Immer wieder schaute ich auf mein Handy. Ich schickte Mona ein paar Nachrichten, um zu erfahren, wie es ihr ging, aber sie antwortete mir nicht. Ich vermutete, dass sie mittlerweile wach war und noch begreifen musste, dass das, was Audrey ihr erzählte, kein Scherz war. Ich hatte auch Audrey eine selbstmitleidige Nachricht geschickt, aber wie erwartet ignorierte sie mich.

Tja, es war schön, eine Zeit lang Freundinnen gehabt zu haben, dachte ich traurig.

Ich setzte mich mit einem Buch in der Hand ins Wohnzimmer, aber ich hatte noch keine einzige Seite gelesen, als meine Brüder auftauchten. Sofort nahmen sie mich in die Mangel und erfragten jedes noch so kleine Detail der letzten Nacht. Auch Shane und Tony waren dabei. Sie waren nach ihrer Silvesterparty zwar verkatert und schweigsam, aber sie lebten auf, als ich beschrieb, wie Jerry die Waffe auf mich gerichtet hatte.

Dylan machte mir Angst, weil er sich immer wieder irgendwo hinhockte, um dann sofort wütend aufzuspringen, aufgeregt herumzulaufen und dabei vor sich hin zu fluchen, während ich redete. Ich wurde das Bild nicht los, wie er über Jerry stand, der halb bewusstlos am Boden lag.

Und ich dachte, Tony hätte das Aggressionsproblem!

Dylan sah mich nicht ein einziges Mal an, zumindest nicht, wenn ich zu ihm rüberschaute. Aber ich notierte, dass er die Zähne zusammenbiss. Dann erzählte ich, dass Jerry sich bei meinem ersten Besuch bei Audrey über ihn beschwert hatte.

»Ich weiß nicht einmal, wer dieser Jerry sein soll«, sagte er, als Vincent ihn danach fragte.

»Moment!« Shane stieß seinen Zwilling gegen die Schulter. »Ist das nicht dieser dürre Typ, der auf Nerd tut, weil er so ein kompletter Loser ist?« Beide legten auf die gleiche Weise ihre Stirn in Falten.

»Ahh … der, der nicht mal das Pissoir trifft?«, erwiderte Tony und grinste fies.

»Genau der!«, lachte Shane auf.

»Ich hoffe, ihr amüsiert euch«, knurrte Vincent missbilligend.

»Letzte Nacht hat sich dieser Junge an unserer Schwester gerächt.«

Alle wurden wieder ernst. Ich senkte meinen Blick.

»Dieser Idiot.« Dylan schüttelte den Kopf und rief plötzlich: »Er hat sie mit einer Waffe bedroht.«

»Woher sollten wir wissen, dass der Typ dermaßen gestört ist?«, empörte sich Shane.

»Vielleicht denkst du in Zukunft zweimal darüber nach, wen du verärgerst«, sagte Will, der neben mir auf der Couch saß. Ich war froh, ihn in meiner Nähe zu haben, nur für den Fall. »Man weiß nie, was in den Köpfen der Leute vorgeht.«

Die drei bedachten die Zwillinge mit missbilligenden Blicken.

»Aber Jerry hat nicht allein gehandelt, oder?« Nervös knetete ich die Decke, die auf meinen Knien lag. »Er hat doch jemanden angerufen und auf ihn gewartet.«

»Das stimmt. Er war es nicht allein«, sagte Will zögernd und fügte schnell hinzu: »Aber mach dir keine Sorgen, Kleines.«

»Wisst ihr, für wen er arbeitet?«

»Noch nicht. Er selbst hat keine Ahnung, wen er da kontaktiert hat. Die Person war sehr vorsichtig und hat ihre Identität nicht verraten.«

Dylan, der sich eben gegen die Rückenlehne des Sessels hatte fallen lassen, richtete sich wieder auf.

»Zu Recht! Denn wenn ich herausfinde, wer es ist, dann … «

» … wirst du gar nichts tun«, unterbrach ihn Vincent kalt. Er warf ihm einen strengen Blick zu und wandte sich dann an uns alle: »Die Person, die hinter dieser Sache steckt, ist viel schlauer als Jerry. Wir werden herausfinden, wer es ist, aber keiner von euch handelt auf eigene Faust. Unsere Sicherheit, vor allem aber die von Hailie, hat absolute Priorität.«

Es war mir unangenehm, ihm so zuzuhören, also schlang ich die Decke fester um mich und ließ meinen Blick zu Boden gleiten, von ihm weg. Ich konnte nicht glauben, dass Vincent erst kürzlich eine mögliche Entführung angedeutet hatte und nun jemand tatsächlich versucht hatte, mir etwas anzutun. Ich erinnerte mich auch daran, was mein ältester Bruder in Bezug darauf gesagt hatte, wie er reagieren würde, wenn jemand versuchen würde, mich zu entführen.

»Was wird mit Jerry passieren?«, fragte ich alarmiert.

Vince sah mich an.

»Was soll denn deiner Meinung nach passieren?«

»Er ist der Bruder meiner Freundin!«, rief ich aus.

»Der Typ ist Abschaum«, sagte Shane zwischen zusammengebissenen Zähnen.

»Aber …«

»Wir haben Jerry angeboten, den Bundesstaat zu verlassen. Und nie wieder zurückzukommen«, antwortete Vincent ruhig.

Mir blieb der Mund offen stehen.

»Warte, du hast ihm also gesagt, er soll hier wegziehen?«

Er nickte steif.

»Aber … er ist doch noch nicht achtzehn!«

»Er wird dieses Jahr volljährig.«

»Aber er hat hier eine Familie, ein Zuhause …«, protestierte ich.

»Wenn er so eng mit seiner Familie ist, werden sie ihm sicher helfen, bis er einen Job gefunden hat«, murmelte Dylan.

»Und die Schule?«, fragte ich besorgt zurück. »Er ist doch noch nicht mal fertig mit der Schule!«

Dylan sah mich ungläubig an.

»Sollen wir ihn etwa erst den Highschoolabschluss machen lassen, warten, bis er mit dem College fertig ist und einen tollen Job gefunden hat? Das ist kein Wunschkonzert, kleines Mädchen. Er hat versucht, dir etwas anzutun. Er sollte sich besser schnell verpissen und froh sein, dass er noch beide Beine hat. Wenn es nach mir ginge, hätte ich ihm sie schon gestern gebrochen!«

»Dylan, mäßige dich«, zischte Vincent und drehte sich zu mir um. »Die Ausbildung dieses Jungen ist mir völlig egal, Hailie. Angesichts der Schwere seines Vergehens ist Verbannung noch eine milde Strafe. Jetzt wird er entweder abrutschen oder sich zusammenreißen, aus seinen Fehlern lernen und vielleicht sein Leben doch noch auf die Reihe bekommen.«

»Ich gehe von Ersterem aus«, sagte Shane.

Vincent zuckte mit den Schultern.

»Wie ich bereits sagte: Sein weiterer Lebensweg ist nicht unsere Sache.«

»Er ist immer noch Audreys Bruder«, flüsterte ich.

»Ein toller Bruder ist das, der seine kleine Schwester und ihre Freundinnen unter Drogen setzt«, schnaubte Dylan.

Ich senkte den Blick, hob ihn aber sofort wieder, als ich Wills Hand auf meiner Schulter spürte.

»Wir sind sehr stolz auf dich, weil du den Sekt nicht getrunken hast, Kleines. Womöglich hast du damit dein Leben gerettet.«

»Jetzt komm schon«, begann Shane, und es schien, als ob seine Stimme ein wenig zitterte. Mit großen Augen blickte er in die Gesichter seiner Brüder und blinzelte aufgeregt. »Schließlich ist ihr doch nichts passiert, oder? Ihr wäre nichts zugestoßen, auch wenn sie das Zeug getrunken hätte. Ich meine, die Dinge wären kompliziert geworden, sicher, aber es ist nicht so, als ob sie ... hätte sterben können. Wir wissen ja nicht mal, was die von ihr wollten. Und sie hatte doch außerdem einen Bodyguard dabei, oder nicht?«, stammelte er.

»Bodyguard«, sagte Dylan verächtlich. »Toll, dieser Typ, ein echter Held. Bravo!«

»Na ja, er hat es halt nicht kommen sehen ...«

Shane zuckte mit den Schultern, und Dylan beugte sich zu ihm vor.

»Er wurde von einem Teenie-Mädchen angegriffen. Mit einem Baseballschläger!«, brüllte er. »Man sollte ihn zusammen mit dem bekloppten Jerry aus dem Land jagen!«

»Okay, Dylan, danke für deinen Beitrag«, meldete sich Vincent zu Wort, um das Geschrei zu unterbrechen, das gerade drohte, die Situation entgleisen zu lassen. Er massierte sich den Nasenrücken und nahm den Faden wieder auf. »Deinem Leibwächter habe ich natürlich gekündigt. Ich werde dir einen neuen zuweisen, Hailie. Wie gehabt wird er dich begleiten, wenn du nicht zu Hause und nicht in der Schule bist.«

Ich nickte folgsam. Nach den jüngsten Ereignissen stand ich der Idee, einen Bodyguard an meiner Seite zu haben, nicht mehr so negativ gegenüber. Vielleicht konnte ich sogar zwei haben?

»Ich denke, wir beenden dieses Gespräch jetzt«, verkündete Vincent und erhob sich. Mir fiel auf, wie er und Will sich von den anderen abhoben, weil sie beide maßgeschneiderte Anzüge trugen. Elegant wie immer. »Passt auf euch auf. Besonders du, Hailie. Und lasst uns nicht in Panik verfallen, unser Leben geht ganz normal weiter.«

Meine Brüder nickten, und ich nickte ebenfalls.

»Hey, da wir jetzt wieder ein normales Leben führen: Steht die Reservierung für morgen?«, fragte Shane. Tony bückte sich, um nach den beiden PlayStation-Controllern zu greifen, die auf dem Boden vor dem Fernseher lagen.

Vince rollte mit den Augen und verließ wortlos das Wohnzimmer, aber Will lächelte leicht und nickte.

»Ja, natürlich.«

»Welche Reservierung?«, fragte ich leise.

Shane blinzelte verschmitzt und ließ sich mit seinem Controller auf dem Sessel nieder, während Tony das Spiel startete.

»Im Restaurant. Vince hat morgen Geburtstag.«

Ich drehte mich um, dahin, wo Vince verschwunden war, als müsste ich ihn noch einmal ansehen und mich vergewissern, dass jemand wie er wirklich ein so banales Ereignis wie seinen Geburtstag feiern wollte. Irgendwie fand ich das richtig cute. Mein großer Bruder hatte Geburtstag!

Augenblicke später trieb mich das Geschrei der zockenden Zwillinge aus dem Wohnzimmer. Zuerst überlegte ich, ob ich mich, ganz die dekadente Monet-Schwester, endlich in der Sauna oder im Sportbereich der Villa entspannen sollte – aber dann kam mir die ganze Sache doch zu aufwendig vor, und ich beschloss, lieber weiter mein Buch zu lesen. Also flüchtete ich in die Bibliothek, wo ich die Zeit bis zum Abendessen verbrachte.

Weder Audrey noch Mona hatten mir bisher zurückgeschrieben, und ich hatte mich bereits mit dem Gedanken abgefunden, dass ich meine neuen Freundinnen verloren hatte. Wenn die Monets Jerry wirklich aus Pennsylvania vertreiben wollten, würde Audrey das definitiv nicht gut aufnehmen. Ihr war offenbar entgangen, dass ihr Bruder alles andere als unschuldig war, aber konnte ich ihr das vorwerfen? Ich fand ja selbst kaum die Kraft, meinen eigenen Geschwistern die Meinung zu sagen, obwohl sie nun wirklich keine Engel waren.

Ich kaute auf diesen Gedanken herum, und am nächsten Tag fühlte ich mich kein Stück besser. Ich hatte keine Lust, ins Restaurant zu gehen, und hätte wahrscheinlich unter einem Vorwand abgesagt, wenn es nicht Vincents Geburtstag gewesen wäre. Denn nach der Monet-Tradition war das einzige Geschenk, das ich ihm machen konnte, gemeinsam verbrachte Zeit.

Die Jungs hatten einen Tisch in dem Restaurant reserviert, das ich bereits kannte – das glamouröse Lokal, in das sie mich zu diesem »Teambuilding«-Dinner, wie ich es nannte, mitgenommen hatten. Das Einzige, woran ich mich noch erinnerte, war, dass es sehr luxuriös gewesen war, also gab ich mir alle Mühe, mich schick zu machen. Das war allerdings eine Herausforderung, denn meine Garderobe bestand hauptsächlich aus Trainingsanzügen und Schuluniformen, ergänzt von ein paar Sweatshirts und Pullovern. Mein einziges festliches Kleid hatte ich getragen, als wir besagtes Restaurant damals besucht hatten. Ich war mir fast sicher, dass es niemandem auffallen würde, wenn ich es noch mal anzog – aber um mich besser zu fühlen, beschloss ich, ein anderes Outfit zu wählen.

Zögernd entschied ich mich für ein gelbes Kleid mit einem zarten weißen Karomuster. Es handelte sich allerdings um ein Sommerkleid. Um es für einen Anlass im Januar zurechtzumachen, warf ich mir einen leichten weißen Pullover über die Schultern und stellte überrascht fest, dass es gar nicht so schlecht aussah. Zwar passte die hautfarbene Strumpfhose nicht wirklich dazu, aber ich war froh, überhaupt etwas gefunden zu haben.

Bevor ich ging, drehte ich mich noch einmal vor dem Spiegel und vergewisserte mich, dass mein Slip nicht zu sehen war.

Ich biss mir auf die Lippe, zog am Saum des Kleides, dann noch ein bisschen und machte mich mit vorsichtigen Schritten auf den Weg nach unten. Dort schlüpfte ich in meine schlichten Halbschuhe, und mir wurde klar, wie zusammengewürfelt mein Outfit aussehen musste. Die Tür zur Garage stand offen, also schnappte ich mir im Vorbeigehen schnell meinen Mantel. Shane begrüßte mich mit den Worten: »Zieh dich sofort um.«

Er lehnte an Vincents schwarzem Wagen und schaute auf sein Handy. Er war in einen klassischen Anzug gekleidet. *Warum brauchen Männer so wenig, um elegant auszusehen?*, dachte ich verärgert. Selbst wenn er nichts gesagt hätte, hätte ich mich in seiner Gegenwart underdressed gefühlt. Doch seine direkte Bemerkung überraschte mich. Völlig verblüfft drehte ich mich um, um sicherzugehen, dass er nicht vielleicht jemanden hinter mir gemeint hatte.

»Ich rede mit dir, Hailie. Geh dich umziehen.«

Ich fragte mich, ob das ein Scherz sein sollte, aber sein Gesichtsausdruck war ernst.

»Was? Warum?«

»Weil dein Kleid unangemessen ist.«

»Wie?« Ich riss vor Überraschung die Augen auf.

»Das Kleid«, er zeigte mit seinem Handy auf meinen Rock, »es ist zu kurz.«

Ich schaute nach unten, blinzelte und hob meinen Blick wieder.

»Aber … ich bin den ganzen Sommer darin herumgelaufen!«

Shane sagte daraufhin nichts mehr. Vincent hatte gerade die Garage betreten. Er kam mit den Autoschlüsseln in der Hand auf uns zu und sah mich eindringlich an. Ich war mir sicher, dass er unseren Wortwechsel mitgehört hatte. Mehr noch, er sah aus, als teilte er eindeutig Shanes Meinung. Sein Blick sagte alles. Mit gesenktem Kopf lief ich ins Haus.

Damit alle hören konnten, wie wütend ich war, stampfte ich die Treppe hinauf. Das Kleid war eng und kurz, das stimmte, aber mir gleich zu verbieten, es zu tragen? Wir gingen in ein Restaurant, nicht in einen Club. Ich würde die meiste Zeit in ihrer Begleitung an einem Tisch sitzen. *So ein Schwachsinn!*

Nun stand ich wieder in meiner Garderobe und schnaubte entnervt. Wirklich, wenn es nicht Vincents Geburtstag gewesen wäre, hätte ich mir eine Ausrede einfallen lassen, um nicht mitgehen zu müssen. Ich wollte heulen, weil ich wirklich nichts zum Anziehen hatte. Shane und Vince hingen bereits unten herum, sahen aus wie Hollywood-Stars, und ich musste mit demselben marineblauen Kleid vorliebnehmen, das ich schon beim letzten Mal angehabt hatte. Ich hatte keine andere Wahl. Von dem Teil mal abgesehen war das Schickste in meinem Kleiderschrank wahrscheinlich meine Schuluniform.

Eigentlich sollte es mir gleichgültig sein, wie ich aussah, denn ich hatte ohnehin keine Chance, mit den Monet-Brüdern mitzuhalten. Aber es nervte mich, dass ich gezwungen war, schon wieder dieses Kleid zu tragen.

Als ich mich umgezogen hatte, versuchte ich es probehalber mit Lipgloss, aber irgendwie sah ich immer noch langweilig aus. Außerdem fühlte ich mich seltsam unwohl, und schlussendlich ging ich zurück ins Bad und wischte alles wieder ab.

Als ich zum zweiten Mal in die Garage trat, begleiteten mich Will und der intensive Geruch seines Parfüms, den ich schon auf der Treppe wahrnehmen konnte. Direkt hinter uns war Dylan, der sich im Gehen seine Anzugjacke überzog. Vincent war gerade dabei, ein Telefonat zu beenden. Fast glaubte ich, dass er wieder an mir rummeckern würde, denn der Blick, den er mir zuwarf, war noch aufmerksamer und durchdringender als zuvor. Ich war froh, dass ich mich im Auto vor ihm verstecken konnte.

»Du hast keinen Grund, beleidigt zu sein, Hailie. Das Kleid war einfach nicht passend für den Anlass«, sagte Shane und ließ sich neben mir auf den Rücksitz fallen. Er lehnte sich leicht vor und fügte hinzu: »Das hier hingegen ist richtig hübsch.«

Ich freute mich über das Kompliment, auch wenn es nicht ganz aufrichtig sein konnte. Wie beiläufig betrachtete ich Shanes maßgeschneiderten Anzug. Neben ihm sah ich aus wie eine arme Verwandte.

Ich schnitt eine Grimasse.

»Was war daran so unpassend?«, wollte ich wissen.

»Ich habe dir gesagt, dass es zu kurz ist. Du solltest angemessene Kleidung tragen.«

»Es geht dich überhaupt nichts an, was ich anziehe!«, pampte ich zurück.

»Ich habe meine Gründe«, sagte er.

Ich hob die Augenbrauen.

»Und zwar?«

Er antwortete nicht, und ich schnaubte verärgert.

Währenddessen nahmen Vincent und Will vorn ihre Plätze ein. Dylan und Tony hatten sich für ein anderes Auto entschieden – zu meiner Verwunderung hatte Tony nicht darauf bestanden, sich auf sein Motorrad zu schwingen. Es war zwar klirrend kalt, aber er schien so sehr an seiner Maschine zu hängen, dass er sie auch im Winter fast immer fuhr, wenn auch nur ein kleines bisschen die Sonne schien – und heute war das ausnahmsweise der Fall.

Während der Fahrt unterhielten sich Will und Vince mit gedämpfter Stimme, und Shane war mit seinem Handy beschäftigt. Als ich zufällig einen Blick auf sein Display warf, wurde ich noch wütender. Ich konnte nicht anders, als das zu kommentieren, was ich sah. »Aber dieser Rock ist für deinen Geschmack nicht zu kurz?«

Shane hob überrascht den Kopf. Er blickte zuerst mich an und dann auf sein Handy. Er war auf dem Instagramprofil eines Mädchens unterwegs. Sie hatte eine riesige Anzahl an Followern, und die meisten ihrer Fotos zeigten ziemlich viel nackte Haut. Ich hob eine Augenbraue.

»Hailie …«, begann er leise, dann seufzte er. »Ich werde mit diesem Mädchen ins Bett gehen, vielleicht sogar heute Nacht. Ich möchte nicht, dass jemand in der Lage ist, dich so anzusehen, wie ich diese Frau ansehe.«

Ich blinzelte und sah weg, verlegen wegen seiner Direktheit. Danach sagte ich nichts mehr. Den ganzen restlichen Weg versuchte ich, ruhig zu atmen – ich spürte, wie mein Gesicht schon wieder brannte.

Erst als der Kellner im weißen Anzug mir wenig später die Speisekarte reichte, erinnerte ich mich daran, dass wir ja zum Essen hergekommen waren. Ich fühlte mich unter Druck. Auf keinen Fall wollte ich riskieren, meine Portion nicht zu schaffen, zumal ich überzeugt war, dass alles hier ein Vermögen kosten musste. Allerdings wusste ich es nicht genau, denn nirgends auf der Karte war ein Preis zu sehen.

Die erste Hälfte des Abends verlief angenehm entspannt. Meine Laune hob sich etwas, denn so am Tisch sitzend, war mein Outfit weniger auffällig. Ich fühlte mich etwas selbstbewusster; und dank der Albernheiten der Jungs lachte ich so viel wie lange nicht mehr. Die Apathie, in die ich nach der Silvesternacht verfallen war, hatte ich fast abgeschüttelt. Meine Brüder konnten wirklich superlustig sein, und ausnahmsweise genoss ich es, mit ihnen zusammen zu sein. Es war schön zu sehen, wie wohl sie sich in der Gesellschaft ihrer Geschwister fühlten. Ihr Zusammenhalt war geradezu magisch: Sie konnten sich gegenseitig aufziehen und dann wieder miteinander lachen, und sie verstanden sich beinahe ohne Worte. Ich hörte ihnen fasziniert zu. Sogar Vince schien seine übliche steife Haltung zu Hause gelassen zu haben.

»Alles Gute zum Geburtstag, alter Sack!«, rief Dylan. Mit seiner kräftigen Hand schlug er Vince auf die Schulter. Dieser hob gerade ein Glas Rotwein an die Lippen und hätte ihn beinahe auf sein makelloses weißes Hemd verschüttet. Dylan handelte sich einen verärgerten Blick ein, der ihm aber offenbar gar nichts ausmachte. Dann warf unser ältester Bruder mir einen ähnlichen Blick zu, weil ich laut auflachte.

»Wie alt bist du denn jetzt eigentlich, vierzig?«, fragte Shane.

»Mindestens sechzig!«, sagte Tony.

»Yep, definitiv mit einem Fuß im Grab.«

»Sehe ich da ein graues Haar, Opa Vince?«, fragte Dylan und

beugte sich vor, um Vincents dunkles, zurückgekämmtes Haar genauer zu betrachten. Er fiel beinahe vom Stuhl, als dieser ihn hart zurückstieß.

»Wenn ich an eurer Stelle wäre, würde ich mich daran erinnern, wer die Verfügungsgewalt über eure Bankkonten hat«, sagte Vincent und verzog die Mundwinkel zu einem Grinsen.

Unfassbar! Vince hat einen Witz gemacht! Wow!

»Nicht über meine«, warf Will ein und beugte sich vor, »Opa Vince.«

Er zwinkerte mir zu, als ich auflachte.

Vincent verdrehte die Augen, ließ aber zu, dass die Jungs sich auf seine Kosten amüsierten, und nippte entspannt an seinem Wein. Sie hörten auf, sich zu necken, denn das Essen kam und nahm ihre ganze Aufmerksamkeit in Anspruch.

Rasch waren meine Brüder mit ihrem Essen fertig, während ich mal wieder meine Ravioli auf dem Teller hin- und her schob. Ich hatte lediglich ein paar Bissen gegessen und konnte nicht mehr. Mein Trick mit dem Hin-und-Herschieben schien aber ganz gut zu klappen, dachte ich zumindest – bis ich auf einmal merkte, dass Vince mich aufmerksam ansah. Genau wie vorhin in der Garage.

Ich schaute schnell weg, aber zu spät.

»Wie lange willst du noch mit deinem Essen spielen?«, fragte mein ältester Bruder und lenkte damit die Aufmerksamkeit aller auf mich.

»Aber ich esse doch …«, piepste ich verunsichert und pikte zum Beweis eine Nudel auf die Gabel. Sie zitterte in meiner Hand.

»Dann zeig es mir bitte.« Vince nahm einen Schluck Wein, ohne seine Augen von mir abzuwenden.

Ich spürte die Blicke meiner Brüder auf mir und wäre am liebsten im Boden versunken.

Die Ravioli sahen nicht wirklich appetitlich aus. Mein Herumwühlen auf dem Teller hatte die hübsche Komposition des Küchenchefs zerstört. Bei dem Gedanken, eine weitere Teigtasche in den Mund zu nehmen, drehte sich mir der Magen um. Nervös schluckte ich.

»Was ist denn los mit dir?«, fragte Dylan und runzelte die Stirn.

»Nimm doch einfach einen Bissen«, fügte Shane hinzu, ebenfalls verwirrt.

Meine Lippen begannen zu zittern. Ich schaute auf mein höchstwahrscheinlich köstliches und sorgfältig zubereitetes Gericht und dachte, dass sie mich genauso gut hätten auffordern können, ein Stück Pappe zu essen.

»Ich möchte nicht«, sagte ich, in dem Versuch, entschlossen zu klingen. Manchmal hatte man eben keinen Appetit, und heute war so ein Tag. Das konnte mir doch niemand übel nehmen, oder?

Nun, Vincent sah das offenbar nicht so.

»Ich frage nicht, ob du möchtest.«

»Hailie, was ist mit dir los?«, fragte Will leise nach einem Moment der Stille.

Eine Ausrede, ich brauche schnell eine Ausrede!

»Mein Bauch tut weh.«

Mein Lieblingsbruder sah mich besorgt an und machte schon den Mund auf, um nachzuhaken, doch Vince kam ihm zuvor.

»Ich will sehen, wie du isst«, wiederholte er streng.

Eben noch haben wir alle über Tonys Witz gelacht; wie kann es sein, dass die Situation so schnell gekippt ist? Meine Hilflosigkeit machte mich echt fertig, und je eindringlicher die Jungs mich mit ihren Blicken dazu bringen wollten, Vincents Anweisung zu befolgen, desto größer wurde mein Bedürfnis, mich einfach in Luft aufzulösen. Ich schluckte den Kloß in meinem Hals hinunter, und mir stiegen Tränen in die Augen, die ich nicht einmal mehr zu kontrollieren versuchte. Dann flüsterte ich: »Ich kann nicht.«

»Was meinst du damit, du kannst nicht?«, fragte Dylan verärgert. »Chill doch mal, das sind doch nur Nudeln.«

Darauf hatte ich keine Antwort.

»Hailie, liebe Schwester, kannst du mir bitte erklären, warum du hungern willst?«, fragte Vince und nahm einen weiteren Schluck Wein.

»Ich hungere doch gar nicht«, protestierte ich.

Er seufzte resigniert.

»Wann hat einer von euch das letzte Mal gesehen, dass Hailie eine richtige Mahlzeit gegessen hat?« Mir blieb nichts anderes übrig, als still zu sitzen und die Gesichter meiner Brüder zu beobachten, die erst Verwirrung und dann Bestürzung ausdrückten – womöglich, als ihnen bewusst wurde, dass sie nicht imstande waren, diese Frage zu beantworten. Also musste ich mich selbst verteidigen.

»Das heißt nicht, dass ich nichts esse! Wir sitzen selten zusammen am Tisch«, protestierte ich.

»Hast du deshalb so abgenommen? Weil du so gut isst?«

Hinter meinen Tränen blinzelte ich.

»Ich habe gar nicht abgenommen.«

Vince lehnte sich in seinem Stuhl zurück und fixierte mich mit seinem Blick, während er mit den Fingern seiner rechten Hand über den Stiel seines Glases strich. Ich hatte den Eindruck, er war weniger nachsichtig mit mir, je mutiger ich ihm antwortete.

»Wie kommt es dann, dass dieses taillierte Kleid, das du bei unserem ersten Abend hier getragen hast, jetzt wie ein Sack an dir herunterhängt?«

Es verschlug mir die Sprache.

Ich schaute an mir herunter. Das Kleid saß in der Tat locker, aber war es damals denn wirklich so eng an der Taille? Sollte ich tatsächlich abgenommen haben?

Schließlich hatte ich keine Diät gemacht. Plötzlich fühlte ich mich, als hätte ich gerade ein Ziel erreicht, von dem ich nicht einmal gewusst hatte, dass ich es mir gesteckt hatte. Nervös hob ich den Kopf und lächelte, nur um in Vinces kühle Augen zu sehen, der das offensichtlich nicht guthieß.

»Ist das etwa ein Grund zur Freude?«, fragte Shane und zog die Augenbrauen hoch.

»Stimmt das? Willst du abnehmen, Hailie?« Wills Stimme bebte.

»Ich habe doch nur …«

»Willst du mich verarschen?«, rief Dylan. »Kommst du nicht mit deinem Körper klar, oder was?«

Ein paar Leute an den Nachbartischen schauten in unsere Richtung, aber meine Brüder interessierten sich nicht dafür.

»Du bist doch schon so schlank.« Shane schüttelte den Kopf.

»Warum solltest du abnehmen wollen?«, wollte Tony wissen.

Ich senkte den Blick. All diese Sätze waren nicht das, was ich hören wollte.

»Schluss damit. Iss die verdammten Ravioli«, knurrte Dylan mich an. Er spannte seine Muskeln an, als würde er sich auf einen Kampf vorbereiten, und zog die Augenbrauen fest zusammen, so dass er mir mit jeder Sekunde mehr Angst einjagte. Er war richtig angepisst.

»Ich kann nicht«, stöhnte ich.

Mein flehender Blick beeindruckte ihn nicht, denn er sprang abrupt von seinem Stuhl auf und sah auf mich herab.

»Soll ich dich füttern?«

Ich starrte ihn entsetzt an, unfähig zu antworten.

»Setz dich hin, Dylan«, sagte Vincent mit ruhiger, eiskalter Stimme.

Ich war erleichtert, als Dylan nach einer Weile tief durchatmete und wieder Platz nahm. Allerdings sah er mich immer noch mit finsterem Blick an. Ich schauderte bei dem Gedanken, dass er mir das Essen tatsächlich reinzwingen würde. Ich konnte ihm ansehen, dass er dazu bereit war.

»Ich meine, was soll das heißen, dass sie nicht kann?«, murmelte er vor sich hin.

»Das soll heißen, dass sie sich das in ihren kleinen Kopf gesetzt hat und beim bloßen Anblick dieser Ravioli Abscheu empfindet. Habe ich recht, Hailie?«, fragte Vincent.

»In diesem Fall werden wir ihr das gleich wieder austreiben«, erwiderte Dylan.

»Wenn du anfängst, es ihr aufzudrängen, wird sie sich wahrscheinlich übergeben.«

»Was soll der Scheiß?«, rief Shane. Er sah zwischen mir und Vincent hin und her. Tony starrte uns erstaunt an.

Ich spielte unter dem Tisch mit meinen Fingern. Vince hatte recht. Schon bei dem Gedanken, auch nur einen Bissen dieser blöden Ravioli herunterzuschlucken, wurde mir speiübel.

Zu meiner Erleichterung befahl er den Jungs schließlich, mich in Ruhe zu lassen. Endlich gingen meine Brüder wieder dazu über, ihre typischen Witze zu reißen und sich über Belangloses zu unterhalten, obwohl nun spürbar eine leichte Spannung in der Luft lag, die vorher nicht da gewesen war. Ich nahm eine Serviette, um mir diskret die Tränen abzuwischen. Dylan warf mir von Zeit zu Zeit prüfende Blicke zu, Will hingegen sah mich weiterhin besorgt an. Ich sagte kein Wort mehr und schüttelte nur schüchtern den Kopf, als Vince vorschlug, Nachtisch zu bestellen.

Ich fühlte mich wie ein Freak und war mir sicher, dass meine Brüder genau dasselbe von mir dachten. *Warum bin ich nicht in der Lage, den Abend so zu genießen wie sie?*, fragte ich mich.

Wieder einmal hatte ich mich selbst gedemütigt, indem ich offenbarte, wie wenig Selbstvertrauen ich wirklich hatte.

❧ 23 ❧

Schön und intelligent

Meine Brüder sprachen mich weder auf der Rückfahrt noch zu Hause auf den Vorfall im Restaurant an. Ich war mir sicher, dass mich Vincent, sobald ich aus dem Auto stieg, zu einem dieser schrecklichen Gespräche zwingen würde, in denen er mir noch mehr Regeln auferlegte. Doch das passierte nicht, zumindest erst mal nicht.

Es gelang mir, mich in mein Schlafzimmer zu schleichen, ohne aufgehalten zu werden. Dort stellte ich mich vor den Spiegel, drehte mich hin und her und scannte meinen Körper auf die Veränderungen ab, die Vince anscheinend an mir beobachtet hatte.

Als ich später im Bett lag, brummte mir der Kopf vor lauter chaotischen Gedanken. Ich war mir sicher, dass ich ein ziemliches Trauma haben musste, weil Jerry mit seiner Pistole vor meiner Nase herumgefuchtelt hatte. Außerdem fürchtete ich mich vor dem morgigen Schultag, an dem ich Mona und Audrey gegenübertreten musste. Ich fragte mich, mit wem ich zu Mittag essen würde, wenn sie mich nicht an ihren Tisch ließen. Und zu allem Überfluss quälte mich der Gedanke, dass meine Brüder mich jetzt wohl für eine oberflächliche Göre hielten, die unbedingt dürr wie ein Supermodel sein wollte und darüber einen gravierenden Minderwertigkeitskomplex entwickelt hatte.

Kein Wunder, dass ich nicht einschlafen konnte. Obwohl ich relativ früh ins Bett gegangen war, tat ich bis zwei Uhr kein Auge zu. Von draußen war wieder das gruselige Bellen dieser verfluchten Hunde auf dem Grundstück zu hören, das mir das Blut in den Adern gefrieren ließ. Ich presste mir mein Kissen ins Gesicht und schrie meinen Frust darüber, dass ich keinen Schlaf fand und am nächsten Tag vermutlich total fertig sein würde, hinein. Irgendwann prügelte ich sogar darauf ein.

Wenn ich in meinem alten Leben Probleme gehabt hatte, war es dabei höchstens um so etwas wie Prüfungsstress gegangen. Nun befand ich mich an einem so anderen Ort, in einer derart anderen Wirklichkeit, dass ich kaum glauben konnte, immer noch dieselbe Person zu sein.

Gegen halb drei stand ich schließlich entnervt auf, schlüpfte mit nackten Füßen in meine Hausschuhe und begann, im Zimmer herumzulaufen. Ich ging zum Balkonfenster und öffnete es, doch als mir die eiskalte Luft entgegenschlug, erschauderte ich und schloss es schnell wieder. Es war nicht die richtige Jahreszeit, um nachts auf dem Balkon zu sitzen. Ich ging ins Bad, spritzte mir kaltes Wasser ins Gesicht und merkte plötzlich, dass ich Durst hatte. Also machte ich mich auf den Weg in die Küche.

Leise schlich ich an den Zimmertüren meiner Brüder vorbei und vorsichtig die Treppe hinunter. Wie immer brannte Licht im Erdgeschosss. Als ich an dem spooky Gemälde des geheimnisvollen Mannes vorbeikam, blieb ich aus irgendeinem Grund stehen, um es zu betrachten. Der Mann war schön, irgendwie sogar auf eine seltsame Weise perfekt. Obwohl er keinem der Monet-Brüder ähnelte, hatte er doch etwas mit ihnen gemeinsam, vielleicht diesen intensiven Blick oder vielleicht die würdevolle, stolze Haltung. Umso beängstigender wirkte das Gespenst in seinem Rücken. Ein Gewirr bunter, verblasster Farben, das sich zu einer seltsamen alptraumhaften Gestalt formte. Es streckte so etwas wie Hände nach dem Mann aus, als wolle es ihn an der Kehle packen, doch er schien es nicht zu bemerken.

Plötzlich drangen Klavierklänge an meine Ohren, oder halluzinierte ich? Das Bild hatte mich so sehr gefangen genommen, dass ich das Gefühl hatte, direkt vor diesem Mann zu stehen. Ich wollte ihm zurufen, ihn vor diesem in seinem Rücken lauernden Ungeheuer warnen. Schon öffnete ich den Mund und streckte meine Hand nach ihm aus, da berührten meine Finger die Leinwand, und ich erkannte, dass es nur mein dummes Gehirn war, das mich verhöhnt hatte.

Ich schüttelte mich und wandte so schnell wie möglich den Blick ab. Das Klavier war immer noch zu hören – und obwohl ich mittlerweile an meinem Verstand zweifelte, war ich jetzt sicher, dass da tatsächlich jemand spielte. Die gedämpften Geräusche kamen aus der Bibliothek, und ohne es richtig zu wollen, bewegte ich mich dorthin. Ich machte langsame, unsichere Schritte, noch nicht ganz meinen Sinnen vertrauend. Welche Geheimnisse mochten sich noch in der Monet-Villa verstecken? Ich legte zuerst meine Hand und dann mein Ohr an die Bibliothekstür. Das Spiel war sanft, fast zärtlich, doch von Zeit zu Zeit wurde es von einem tiefen, bedrohlichen Ton unterbrochen, der dem Stück all seine Sanftheit und Unschuld nahm.

Neugierig öffnete ich die Tür einen Spalt breit. Der schummrig beleuchtete Raum wirkte noch gemütlicher als sonst. *Nichts könnte besser zu den Büchern hier drinnen passen als diese Melodie,* dachte ich. Ich warf einen Blick in die Ecke, wo das Klavier stand, und schnappte überrascht nach Luft. Vincent saß daran. Er wandte mir den Rücken zu, aber ich erkannte seine schlanke, aufrechte Gestalt sofort. Sogar mitten in der Nacht trug er ein Hemd, und sein Haar war ordentlich zurückgekämmt.

Jetzt, da ich mit eigenen Augen sah, wie er die Musik zum Leben erweckte, nahm sie völlig Besitz von mir. Ich spürte, wie ich eine Gänsehaut bekam. Langsam ließ ich meinen Blick durch den Raum schweifen. Hinter dem großen Fenster hing eine bedrohliche Schwärze. Die schwache Beleuchtung sorgte für eine Atmosphäre behaglicher Wohligkeit, doch angesichts dieser Finsternis schien sie mir trügerisch.

»Kann ich dir helfen, Hailie?«

Ich richtete meinen Blick wieder auf meinen Bruder. Ich hatte gar nicht bemerkt, dass er aufgehört hatte zu spielen. Jetzt drehte er sich zu mir um und neigte den Kopf leicht. Er schien nicht wütend zu sein, was mich erleichterte. Stattdessen sah er entspannt aus – zumindest für seine Verhältnisse.

»Ich wollte mir etwas zu trinken holen«, antwortete ich und drückte die Tür etwas weiter auf.

»In der Bibliothek?«

»Ich habe jemanden spielen hören und wollte nachsehen … «

Vincent sah mich prüfend an, und ich hatte den Eindruck, dass er wieder meine Figur begutachtete. Ich hätte mir meinen Morgenmantel überziehen sollen.

»Ich dachte immer, dass es hier nur zur Dekoration steht«, sagte ich und deutete mit dem Kinn auf das Klavier.

»Es gehörte unserer Mutter.«

»Oh …«

»Heute bin ich der Einzige, der darauf spielt.« Vince strich mit seinen Fingern liebevoll über die Tasten.

»Kommst du oft nachts hierher?«, fragte ich.

»Wenn ich mich entspannen möchte, ja.«

Ich senkte den Kopf.

»Es tut mir leid, dass ich dir deinen Geburtstag verdorben habe«, murmelte ich.

Vincent kniff die Augen zusammen.

»Komm her.«

Zögernd schloss ich die Tür hinter mir und ging auf meinen Bruder zu. Er saß nun falsch herum auf dem Klavierhocker, mit dem Gesicht zu mir, und sah mich unverwandt an. Schüchtern stellte ich mich direkt vor ihn. Ich erschauderte, als seine Finger leicht mein Handgelenk berührten.

»Hailie, meine Liebe, sag mir: Ist dir klar, was du dir da antust?«

Ich blinzelte. Sein kühler Blick gab mir das Gefühl, er würde mich überragen, auch wenn sich unsere Augen auf gleicher Höhe befanden. Unwillkürlich schüttelte ich den Kopf.

»Das dachte ich mir schon.«

Ich schwieg, und er fuhr fort: »Eine Essstörung ist eine ernste Sache, Hailie. Damit landet man schnell im Krankenhaus. Willst du das riskieren?«

Ich hasste Krankenhäuser. Meine Großmutter war in eins gegangen und nicht mehr zurückgekommen.

»Nein«, flüsterte ich.

»Wenn man sich weigert, auf herkömmliche Weise zu essen, kommt irgendwann der Punkt, an dem man über eine Sonde ernährt werden muss. Weißt du, was das ist?« Seine Stimme war jetzt tiefer und dunkler.

Ich antwortete nicht, sondern starrte zu Boden.

»Man wird über einen Schlauch ernährt, der durch die Nase in die Speiseröhre eingeführt wird. Was äußerst unangenehm ist. Sieh mich an, Hailie ... Wenn du nicht wieder anfängst zu essen, werde ich irgendwann keine andere Wahl haben, als dich in eine Klinik zu schicken. Willst du das?«

Jetzt zitterten auch mein Kinn und meine Lippen, und mir stiegen Tränen in die Augen.

»Nein, das will ich nicht, Vince.«

Seine Finger, mit denen er mein Handgelenk umschlang, verstärkten ihren Griff.

»Ich möchte, dass du besser auf dich aufpasst. Dass du dich gut um dich kümmerst. Ich sehe, warum du krank geworden bist, es ist nur verständlich, besonders wenn man bedenkt, was du in so jungen Jahren schon alles durchmachen musstest – aber ich werde nicht dabei zusehen, wie du dich zugrunde richtest. Ich will, dass du mir deine Entschlossenheit zeigst, wieder gesund zu werden. Ich möchte, dass du dich mit uns an den Tisch setzt und dein Bestes gibst, das zu essen, was auf deinem Teller ist. Kannst du mir versprechen, dass du es versuchen wirst?«

Ich nickte und wischte mir mit der freien Hand über die feuchten Wangen.

»Sag es, Hailie.«

»Ja, ich werde mir Mühe geben.«

Vincent ließ meine Hand los, und ich hob sie an mein Gesicht, um mir mit beiden Händen die Tränen wegzuwischen, die mir über die Wangen liefen.

»Ich habe für dich einen Termin bei einem Psychologen vereinbart«, sagte er.

»Was?« Ich schniefte.

»Und zwar gleich morgen nach der Schule. Shane wird dich fahren, und Will holt dich danach ab.«

»Moment mal, was? Vince, ich brauche keinen Psychologen. Mir geht es gut!«, protestierte ich.

»Ich schicke dich zur Therapie, nicht ins Gefängnis.«

»Ich brauche keinen Therapeuten«, wiederholte ich.

»In Ordnung. Das kannst du ihm morgen selbst sagen.«

Ich wandte meinen Blick ab.

»Solltest du an den Mahlzeiten, die Eugenie zubereitet, etwas auszusetzen haben, kannst du ihr gern Änderungsvorschläge für den Speiseplan mitteilen. Ich bin sicher, sie wird sie gern berücksichtigen.«

»Es geht nicht um Eugenie, sie kocht großartig … «

»Außerdem wollte ich vorschlagen, dass du regelmäßig ins Fitnessstudio gehst. Ich bin mir sicher, dass Bewegung dir einen guten körperlichen, vor allem aber auch mentalen Ausgleich bieten kann. Allerdings solltest du es im Moment langsam angehen lassen. Deine Brüder kennen sich aus, am besten, du trainierst mit ihnen zusammen. Ich bin mir sicher, dass sie dich coachen werden, wenn du das möchtest.«

Na, aber so was von, dachte ich.

»Hailie?«

»Hm?«

»Du bist schön und intelligent. Und das sage ich nicht nur, weil du meine Schwester bist. Ich möchte, dass du dir Folgendes merkst: Sollte ich jemals wieder mitbekommen, dass du dir selbst schadest, werde ich drastischere Schritte unternehmen, um dem ein Ende zu setzen. Hast du mich verstanden?«

Sein Blick war streng und durchdringend, ebenso wie seine Stimme, und doch konnte ich in seinen Augen einen Hauch von Zuneigung erkennen. Zwar gut versteckt, doch ich war mir sicher. Ich biss mir auf die Lippe, um nicht laut aufzuschluchzen.

»Ja«, flüsterte ich.

»Noch eine Sache«, fügte er kühl hinzu. »Du hast mir meinen Geburtstag nicht verdorben. Du solltest aufhören, dir über so etwas Gedanken zu machen. Für mich war es ein gelungener Abend. Ich hoffe nur, dass du nächstes Mal das Essen genießen kannst.«

Ich lächelte schwach. Es folgte ein Moment der Stille. Ich wollte fragen, ob ich gehen konnte, denn ich wurde allmählich tatsächlich müde – aber als ich den Mund öffnete, kam etwas anderes heraus. »Wirst du noch weiterspielen?«

Er räusperte sich und schaute auf seine Uhr.

»Ich hatte eigentlich vor, jetzt zu trainieren. Warum fragst du?«

»Weil ich noch zuhören wollte«, sagte ich mit einem Schulterzucken.

»Es ist bald drei Uhr, du gehörst ins Bett. Morgen wirst du halb tot sein.«

»Es ist bald drei Uhr, und du willst noch Sport treiben?«, konterte ich.

Vince zog einen Mundwinkel hoch.

»Das ist die einzige Zeit, in der ich sicher sein kann, dass ich Dylan nicht im Gym treffe.«

Ich lachte, und Vincent lächelte noch ein bisschen breiter.

»Du spielst nachts Klavier, du trainierst nachts«, zählte ich auf und fragte dann in einem dramatischen Flüsterton: »Vince, bist du ein Vampir?«

»Geh schlafen, Hailie«, befahl er und rollte mit den Augen.

»Du willst also nicht mehr spielen?«

Er sah mich einen Moment lang an und seufzte dann.

»Ein Stück noch«, sagte er.

Diesmal grinste ich breit. Ich wollte mich schon in meinen Lieblingssessel setzen, da rückte Vince zur Seite und machte mir Platz auf dem länglichen Klavierhocker. Zögerlich und etwas steif setzte ich mich neben ihn, doch schnell überwog die Faszination darüber, wie mühelos seine schlanken Finger über die Tasten tanzten. Kurz schwebten sie noch über der Klaviatur, dann liefen sie davon. Von Zeit zu Zeit blitzte sein Siegelring auf. Seine Hemdsärmel waren hochgekrempelt, die Armbanduhr hing an seinem Handgelenk, und mir fiel auf, dass seine Nägel ordentlich manikürt waren.

Die Melodie, die er spielte, war ruhiger als die vorherige. Sie klang sanfter und weicher; und das Wissen, dass es Vincent war, der sie für mich entstehen ließ, Vincent, der mir gerade so nah war, ließ jeden einzelnen Ton angenehm in meiner Brust vibrieren. Ich hatte die Vermutung, dass er das Lied ausgewählt hatte, um mich schläfrig zu machen und mich dazu zu bringen, endlich ins Bett zu gehen. Tatsächlich fielen mir fast die Augen zu, doch als die Musik leiser wurde und schließlich verklang, war ich enttäuscht.

»So, ab jetzt, Hailie. Geh schlafen«, befahl er und schloss vorsichtig den Klavierdeckel.

Ich richtete mich auf und gähnte, da fiel mein Blick auf das Foto mit den zwei Frauen, das mir schon bei meiner Ankunft in der Villa aufgefallen war.

»Vince, wer sind die beiden?«, fragte ich, ohne nachzudenken, und dann zählte mein schläfriges Gehirn eins und eins zusammen, und ich fügte schnell hinzu: »Ist das eure Mutter?«

Mein Bruder warf einen flüchtigen Blick auf das Foto und nickte.

»Ja. Auf der linken Seite«, murmelte er. »Das daneben ist ihre Schwester.«

»Sie ist wunderschön.«

Vince starrte auf das Foto und wandte dann abrupt den Blick ab, als würde er aus einer Trance erwachen.

»Gute Nacht, Hailie.«

24

Eine freundliche Geste

Shane seufzte schon den ganzen Morgen. Offenbar hatte Marge, das Mädchen aus der Schule, mit dem er eine On-Off-Beziehung hatte, ihm noch vor dem Frühstück eine Reihe dramatischer Nachrichten geschickt.

»Was ist denn jetzt schon wieder?«, fragte Dylan. Er schlürfte seinen allmorgendlichen Eiweißshake.

»Sie heult rum, dass ich sie angeblich nicht genug mag.«

»Und, stimmt das?«

»Na ja, schon. Zumindest nicht so, wie sie es sich wünschen würde.«

»Dann schreib ihr doch, dass sie recht hat, und das war's. Ganz gechillt.«

»Bei Marge ist das nicht so einfach. Sie macht sich Hoffnungen.«

»Vielleicht machst du ihr Hoffnungen«, warf ich ein und gähnte.

Shane blickte von seinem Handy zu mir auf und runzelte die Stirn.

»Was? Never. Ich habe mich von Anfang an klar ausgedrückt.«

»Was hängst du hier eigentlich rum?«, giftete Dylan mich an.

Aus irgendeinem Grund war er immer noch wütend auf mich wegen dem, was gestern im Restaurant passiert war. »Setz dich hin, und iss dein Frühstück.«

Am liebsten hätte ich ihm gesagt, er solle mich in Ruhe lassen, aber erstens handelte es sich um Dylan, wenn mir also mein Leben lieb war, sollte ich mich besser nicht mit ihm anlegen; und zweitens hatte ich Vincent etwas versprochen. Ich stand auf und blinzelte, weil sich meine Augenlider nach der fast schlaflosen Nacht noch immer schwer und verklebt anfühlten.

Ich war gegen halb vier eingeschlafen. Die Worte meines ältesten Bruders klangen mir noch in den Ohren: »Du bist schön und intelligent.« Ich fand, dass es ein großes Kompliment war, vor allem aus dem Mund von jemandem wie Vince.

Ich versuchte, nicht zu lange mit meinem Löffel in der Müslischale herumzurühren, da ich Dylans aufmerksamen Blick auf mir spürte und wusste, dass ihn das nur noch mehr verärgern würde. Ich war selbst erschrocken darüber, dass Essen für mich seinen Geschmack verloren hatte. Ich hatte kaum noch Appetit. Früher mochte ich Müsli, am liebsten mit Honig und schön knusprig. Deshalb kam bei mir immer zuerst die Milch in die Schüssel, dann die Flocken. Heute hätte es mir gleichgültiger nicht sein können. Ich schaufelte so viel in mich hinein, wie ich nur konnte, und als Dylan anfing zu knurren, dass das nicht genug sei, kam mir Will zu Hilfe. »Lass sie so viel essen, wie sie kann. Das Wichtigste ist doch, dass sie es versucht«, dann setzte er sich neben mich, streichelte mir über den Kopf und fügte hinzu: »Wenn du heute keine Kraft hast, in die Schule zu gehen, bleibst du vielleicht lieber zu Hause, hm?«

»Danke, Will«, erwiderte ich und lächelte ihn an. »Aber ich

möchte so schnell wie möglich mit Audrey sprechen und die Sache klären.«

»Wie du willst, Kleines. Shane, denk daran, dass ihr Hailie nach dem Unterricht zur Therapie fahrt.«

»Ich weiß schon«, sagte er, ohne von seinem Telefon aufzusehen.

Ich war zwar nicht besonders begeistert von der Vorstellung, eine Therapie zu machen, aber ich widersprach nicht.

Vielleicht wäre es wirklich besser für mich, wenn ich Wills Vorschlag folgen und nicht zur Schule gehen würde, aber ich musste einfach mit den Mädels reden. Wenn sie mich hassten, wollte ich es wenigstens wissen.

Ich hatte mir die verschiedensten Szenarien darüber ausgemalt, wie unser Gespräch ablaufen würde, aber letztendlich trat keines davon ein. Audrey wollte mich schlicht nicht sehen, geschweige denn mit mir reden. Sie antwortete nicht auf meine Nachrichten, und als ich sie morgens vor der Schule entdeckte und ihr zuwinkte, wandte sie demonstrativ den Blick ab und beschleunigte ihren Schritt. Perplex stand ich da und beobachtete, wie sie in der Menge verschwand. Ich fragte mich gerade, ob ich ihr nachlaufen sollte; da spürte ich plötzlich eine Hand auf meiner Schulter.

»Sie hat gesagt, dass sie nicht mit dir reden will«, sagte Mona, den Riemen ihrer Umhängetasche fest umklammert. Dann fuhr sie zögernd fort: »Sie sagt, dass ihr nichts mehr zu besprechen habt. Und dass ich dir auch aus dem Weg gehen sollte.«

»Aber … es gibt so viele Dinge, die wir klären müssen!«, protestierte ich und blickte in Monas besorgtes Gesicht. »Ich verstehe, dass sie wütend ist, aber die Situation war wirklich ganz anders, als sie aussah.«

»Und zwar?« Mona legte den Kopf schief. »Sie hat mir von deinen Brüdern erzählt. Ich habe Jerrys Gesicht gesehen.«

»Das stimmt, Dylan hat ihn verprügelt. Gleich nachdem er herausgefunden hatte, dass Jerry mir etwas antun wollte.«

Mona riss die Augen auf, sah sich um und runzelte verwirrt die Stirn. Dann packte sie mich am Ellbogen und zog mich in eine abgelegene Ecke.

»Was? Jerry wollte dir wehtun?«

»Er hat eine Waffe auf mich gerichtet.«

»Audrey sagt, dass du diejenige warst, die auf ihn gezielt hat. Und du wolltest nicht lockerlassen.«

»Jerry hat sie angelogen. Er hat gefordert, dass ich ihm die Waffe zurückgebe. Aber natürlich ging das nicht!«

»Audrey meinte, dass ein Typ bei dir war, der Jerry bedroht hat, und dass sie ihn mit einem Baseballschläger außer Gefecht setzen musste.«

»Das war mein Bodyguard. Und er ist eingeschritten, weil er gesehen hat, dass ich in Gefahr war.«

Mona begann, den Kopf zu schütteln und sich mit einer Hand die Schläfen zu reiben, während sie sich mit der anderen an einer Fensterbank abstützte.

»Warte, warte, noch mal zum Mitschreiben: Jerry hat dich also völlig aus dem Nichts angegriffen?«

»Mona, er hatte einen Plan! Er hat uns alle drei betäubt. Er hat uns was in den Sekt getan.«

Ihre Augen wurden groß.

»Er hat was?«

»Er hat uns irgendwelche Drogen gegeben, das hat er vor meinen

Brüdern zugegeben. Audrey ist früher aufgewacht, weil sie eine kleinere Dosis bekommen hatte. Und ich …«

»Du hast deinen Sekt weggeschüttet.«

»Woher weißt du das?«, fragte ich verwundert.

»Ich habe es gesehen, als wir draußen standen, aber ich habe nichts gesagt.«

Ich nickte. »Du warst die Einzige, die alles ausgetrunken hat. Um wie viel Uhr bist du denn wach geworden?«

»Am nächsten Tag um vierzehn Uhr.« Mona wurde blass. »O Gott, deshalb habe ich ewig geschlafen und hatte solche Kopfschmerzen. Ich habe schon öfter Sekt getrunken, meine Schwester hat mir mal welchen eingeschenkt, aber ich hatte noch nie in meinem Leben einen solchen Kater. Shit, jetzt ergibt es Sinn!«

»Als Jerry bemerkt hat, dass ich bei Bewusstsein war, hat er mich zu Boden gestoßen und mich mit einer Waffe bedroht. Wenn meine Brüder nicht aufgetaucht wären … wer weiß, was dann passiert wäre.«

Mona griff nach meiner Hand.

»O mein Gott, Hailie, es tut mir so leid. Das ist ja komplett spooky! Ist alles in Ordnung mit dir?«

Ich zuckte mit den Schultern.

»Es ging mir schon mal besser. Audrey hasst mich jetzt wahrscheinlich, oder?«

»Die Monets haben Jerry zwölf Stunden Zeit gegeben, um Pennsylvania zu verlassen. Ich war bei ihnen zu Hause, hab ihm beim Packen zugesehen. Er war so fertig, bestimmt hätte er geweint, wenn ihm nicht sein ganzes Gesicht wehgetan hätte. Er hat seine Eltern am Telefon um Geld gebeten, sie haben ihn angeschrien, Audrey ist verzweifelt hin und her gerannt ... Du hast keine Ahnung, wie froh ich war, als Dad mich endlich abgeholt hat.«

»Ich weiß, wie das alles aussehen muss, und es tut mir sehr leid, dass meine Brüder so brutal mit Jerry umgegangen sind – aber sie haben es wirklich nicht ohne Grund getan.« Ich breitete meine Arme aus und seufzte laut. »Ich verstehe, dass Audrey nichts mehr von mir wissen will. Die ganze Sache hätte überhaupt niemals passieren dürfen. Danke, dass wenigstens du mir zugehört hast.«

Mona schwieg, starrte auf den Boden und grübelte. Das ging eine Weile so, bis sie schließlich ihre Augen zusammenkniff, den Kopf zurückwarf und sagte: »Ich fasse es nicht!«

Ich sah sie verwirrt an, dann schaute ich mich im Flur um. Einige Leute reckten ihre Hälse, um einen Blick auf uns zu erhaschen.

»Ich glaube dir, Hailie«, sagte Mona.

Mein Gesicht hellte sich auf.

»Es bedeutet mir sehr viel, dass ... «, begann ich.

»Du verstehst mich nicht«, unterbrach sie mich. »Audrey will, dass ich mich entscheide.«

»Was?«

»Sie hat mir ein Ultimatum gestellt. Sie sagte, dass sie mit niemandem aus der Monet-Familie mehr etwas zu tun haben möchte, schon gar nicht mit dir, und dass auch unsere Freundschaft keinen Sinn mehr hätte, wenn ich noch mit dir abhängen würde ...«

Sie sah mich entschuldigend an, und ich nickte steif, darauf bedacht, einen neutralen Gesichtsausdruck zu bewahren.

»Nun ja«, stöhnte ich. »Es ergibt Sinn. Ich meine ... aus ihrer Sicht.«

»Ich finde es echt nicht okay, dass sie mich vor die Wahl stellt.

Außerdem glaube ich dir, nicht Jerry. Weißt du, was das bedeutet?« Mona schaute zur Seite und presste die Lippen aufeinander, dann antwortete sie sich selbst: »Dass ich gerade eine langjährige Freundin verloren habe.«

»Mona ...«

»Ich kenne sie seit dem Kindergarten.«

»Mona, es ist okay, du musst dich nicht für mich entscheiden.« Ich schüttelte hilflos den Kopf. »Wir kennen uns nicht so gut. Wenn du lieber mit Audrey befreundet sein möchtest, verstehe ich das, ich schwöre!«

»Das ist genau der Punkt, warum ich dich wählen muss, verdammt nochmal. Denn abgesehen von allem anderen würde ich mich nie für eine Freundin entscheiden, die mir ein Ultimatum stellt.«

Tränen standen ihr in den Augen, und sie sah hoch, damit sie ihr nicht über die Wangen kullerten. Dann begann sie, sich mit der Hand Luft zuzufächeln, als wollte sie die Tränen so dazu bewegen zu trocknen. Langsam ging ich auf sie zu, streckte meine Arme aus und zog sie an mich. Ich spürte, wie sie meine Umarmung erwiderte, und lächelte traurig.

Beim Mittagessen saßen wir zusammen. Die Situation war ziemlich seltsam, denn anscheinend hatte Mona es bereits geschafft, Audrey ihre Entscheidung mitzuteilen, und zum ersten Mal saßen wir nur zu zweit an unserem Tisch. Obwohl ich Monas Entscheidung zu schätzen wusste, fühlte ich mich seltsam unwohl dabei. Als hätte ich gerade ihre langjährige Freundschaft zerstört. Das hatte ich nie gewollt, und ich hasste es, dass ich daran beteiligt war.

Gerade als ich dachte, dieses Mittagessen könnte nicht noch unangenehmer werden, tauchte Audrey in der Warteschlange auf.

Wieder sah sie demonstrativ weg. Aber wie sich herausstellte, waren meine Qualen damit noch nicht zu Ende. Als ich die Verpackung von meinem Hähnchensandwich abzog, ließ sich jemand auf den Stuhl neben mir fallen – ich musste nicht einmal einen Blick zur Seite werfen, um zu wissen, dass es Dylan war.

Er stellte seine Getränkedose vor sich auf den Tisch und machte sich über sein eigenes Sandwich her, das doppelt so groß war wie meines. Er stürzte sich regelrecht darauf, ohne mich zu beachten, als hätten wir unsere Mittagspause schon immer zusammen verbracht.

»Was machst du hier, Dylan?«, fragte ich und schielte vorsichtig zu Mona hinüber. Ich wollte nicht, dass sie sich noch unbehaglicher fühlte. An Dylans Fingerknöcheln waren Schrammen zu sehen von den Schlägen, die er Jerry verpasst hatte.

»Ich passe auf«, antwortete er mit vollem Mund.

»Was meinst du?«

»Dass du brav dein Essen isst.«

Ich wäre am liebsten auf der Stelle im Boden versunken.

»Dylan«, stöhnte ich. »Geh weg.«

Mein Bruder tippte mit einem Finger gegen meinen Teller.

»Iss!«

Ich wollte ihm gerade eine Ansage machen, da erschien Shane an unserer Seite und sagte: »Ich habe ein Problem.«

Er sah gestresst aus und war blass im Gesicht.

Dylan nickte, während er darauf wartete, dass sein Bruder weitersprach. Shane beugte sich zu ihm vor und begann zu flüstern, aber so fieberhaft, dass ich alles hören konnte, was er sagte.

»Marge schreibt mir nicht zurück.«

»Das ist doch gut, oder nicht?«

»Gar nicht gut, sie hat mir zuletzt vor einer halben Stunde geschrieben. Das ist seltsam.«

»Warum seltsam?«

»Ich weiß nicht, Bro, ich glaube, sie hat was geschluckt. Irgendwelche Pillen.« In Shanes Stimme lag eindeutig Panik.

Dylan schloss für einen Moment die Augen und biss dann erneut in sein Sandwich.

»Warum glaubst du das?«

»Sie hat vorhin geschrieben, dass sie sich etwas antun will.«

»Fuck, Shane«, knurrte Dylan. »Warum hast du sie nicht beruhigt?«

»Ich hab's versucht, aber sie hat wieder so ein Drama gemacht. Ich dachte, sie lügt mit den Pillen, sie erzählt ja immer irgendwelchen Blödsinn, aber jetzt schreibt sie mir nicht mehr zurück, und das ist nicht ihre Art. Sie lässt nie locker, wenn wir uns streiten. Sie will immer das letzte Wort haben.«

»Wo ist sie?«

»Wahrscheinlich zu Hause. Sie ist heute nicht zur Schule gekommen.«

»Fuck!«, wiederholte Dylan wütend und sprang von seinem Stuhl auf. »Du und deine verdammten Frauengeschichten!«

Shane trat einen Schritt zurück und sah seinen älteren Bruder erwartungsvoll an.

»Was denkst du, was ich tun soll?«, fragte er.

»Geh zu ihr, und zwar sofort! Sieh nach, ob sie sich etwas angetan hat, du Idiot.«

Shane nickte energisch.

»Okay, okay, lass uns zu ihr fahren.«

»Ey!« Dylan pfiff Tony zu, der mit seinen Kumpels am Monet-Stammtisch saß. Er winkte ihn herüber. Widerwillig stand Tony auf und kam auf uns zu, eine Dose Cola in der Hand. Er warf seinen Brüdern einen fragenden Blick zu. Dylan deutete mit dem Kinn auf mich.

»Behalt sie im Auge.«

»Was?«, stöhnte Tony. »Warum ich?«

»Weil dein Zwilling ein blöder Arsch ist.«

»Wir wollen nur sichergehen, dass es Marge gut geht«, informierte Shane ihn.

»Marge?«, fragte Tony und verzog das Gesicht.

»Wenn wir bis zum Nachmittag nicht zurück sind, bring Hailie …« Dylan hielt inne und sah sich um, dann beendete er den Satz leise: »… du weißt schon, wohin.«

Tony runzelte die Stirn und öffnete den Mund, als wolle er mindestens hundert Fragen stellen, aber die beiden verließen schon eilig die Kantine ohne weitere Erklärungen. Ich drehte mich zu Mona um, die Tony mit aufgerissenen Augen anstarrte. Ich hätte viel für ein entspanntes Mittagessen ohne Drama gegeben. Leider konnte ich ihr das nicht bieten.

»Du musst hier nicht rumstehen«, sagte ich zu Tony, der gerade einen Schluck von seiner Cola genommen hatte.

»Iss!«, befahl er.

»Ich esse doch. Du kannst zurück an euren Tisch gehen.«

»Iss.«

Mona runzelte irritiert die Augenbrauen. Sie wusste nichts von meiner Essstörung.

»Tony, wirklich, du musst nicht – «, begann ich, doch Tony verlor die Geduld und schlug mit der Hand auf den Tisch, so dass mein und Monas Teller hochsprangen. Wir beide sprangen vor Schreck gleich mit auf. Mona starrte weiter meinen Bruder an, und ich zog eingeschüchtert die Schultern hoch.

»Kannst du die Klappe halten und einfach anfangen zu essen?«, zischte er.

Ich senkte meinen Blick auf den tätowierten Totenkopf auf seiner Hand, der spöttisch die Zähne zu fletschen schien, und versuchte mit all meiner Willenskraft, die Tränen zurückzuhalten. Wie konnte er so zu mir sein, und das in Anwesenheit meiner Freundin?

Ich zwang mir das Sandwich rein – damit mein Bruder mich in Ruhe ließ und endlich abhaute – und musste würgen. Ich war so sehr aufs Essen konzentriert, dass ich nicht einmal bemerkte, wie er verschwand, bis Mona mich darauf aufmerksam machte. Plötzlich schämte ich mich, ihr ins Gesicht zu sehen, und auch sie schwieg betreten.

Ich fragte mich, wann sie anfangen würde zu bereuen, dass sie ihre älteste Freundin für mich verlassen hatte. Gerade sah es danach aus, als würde es ihr bereits leidtun.

Nicht einmal das Ende des Schultages konnte mich aufmuntern, da ich ja zum Psychologen musste, worauf ich, gelinde gesagt, überhaupt keinen Bock hatte. Erschöpft, deprimiert und müde schlich ich zum Parkplatz. Bei den Monet-Parkplätzen blieb ich stehen und sah mich nach dem blauen Lamborghini um. Der Wagen war so auffällig, dass ich sofort bemerkte, dass er fehlte. Stattdessen entdeckte ich Tony, der neben seinem Motorrad stand. Ich drehte mich langsam zu ihm um, und meine Knie wurden weich.

Als er mich sah, reichte er mir wortlos einen Helm.

»Ich steige da nicht rauf«, verkündete ich sofort – einerseits, um ihn zu ärgern, und andererseits, weil ich Tonys Fahrstil kannte und wirklich Angst hatte, mit ihm zu fahren. Vor allem auf seinem Motorrad.

Ich erwartete, dass mein Bruder wieder murren oder mich vielleicht sogar anschreien würde, aber er rollte nur mit den Augen.

»Du hast keine Wahl.«

»Ich steige nicht auf dein Motorrad, ich warte, bis Shane wieder da ist.«

»Du wirst nicht auf Shane warten, weil er heute nicht mehr zurückkommen wird.«

»Warum hat er uns nicht das Auto dagelassen?«, wollte ich wissen.

»Weil er ein Schwachkopf ist und nicht klar denken kann? Keine Ahnung, also los jetzt! Ich habe nicht den ganzen Tag Zeit.«

»Ich gehe lieber zu Fuß.«

»Hailie, geh mir nicht auf die Nerven.«

Ich weiß nicht, ob es Tonys warnende Worte waren oder die Müdigkeit, die sich in mir breitmachte – aber schließlich gab ich nach. Widerwillig nahm ich ihm den Helm ab, wobei ich ihm wortlos zu verstehen gab, welchen Gefallen ich ihm damit tat. Tony vergewisserte sich kurz, dass der Helm richtig saß, und setzte seinen auf, dann hockte er sich breitbeinig auf die Maschine und forderte mich mit einer Geste auf, dasselbe zu tun.

Es war das erste Mal, dass ich auf einem Motorrad saß, und ich war tatsächlich ein bisschen aufgeregt.

Ich wusste nicht, woran ich mich festhalten sollte, aber da griff Tony hinter sich, ohne sich umzudrehen, packte meine Handgelenke und legte meine Arme um seine Taille. Sobald ich das Dröhnen des Motors und die Vibration spürte, fing ich an zu zittern. Ich klammerte mich an ihn wie ein Äffchen.

»Halt dich gut fest«, wies er mich mit lauter Stimme an, damit er den Motor übertönte.

Fester kann ich nicht mehr!, dachte ich.

Als er losfuhr, fühlte ich mich, als wäre ich auf einer Achterbahn. Vor Aufregung quiekte ich sogar ein wenig. Zuerst hielt ich meine Augen fest zusammengepresst, dann versuchte ich, sie zu öffnen, um zu sehen, wo wir waren, aber als ich merkte, wie schnell die Bäume an uns vorbeirasten, entschied ich, dass ich meine Augen doch lieber geschlossen halten wollte.

Einen solchen Adrenalinschub hatte ich nicht einmal gespürt, als ich mich in den verbotenen Teil der Villa geschlichen hatte. Oder als Jerry vor meinem Gesicht mit der Waffe herumgefuchtelt hatte.

Nach einer Weile begann ich, mich an die Geschwindigkeit und den Lärm zu gewöhnen. Ich hörte auch auf, mich zu fragen, ob mein Rock wohl hochgerutscht war – und dank der Aufregung spürte ich die Kälte nicht mehr so sehr, was etwas riskant war. Es war ja erst Januar. Schließlich konnte ich mich ein wenig entspannen, und die Fahrt begann, mir Spaß zu machen.

Doch es sollte nicht lange andauern.

Plötzlich beschleunigte Tony. Und zwar sehr heftig. Es fühlte sich an, als wären wir bereits viel zu schnell unterwegs, und ich wollte wirklich nicht noch schneller fahren. Ich versuchte zu schreien, dass er langsamer fahren sollte, aber dann wurde mir klar, dass er mich nicht hören würde. Mir blieb nichts anderes übrig, als ihn telepathisch anzuflehen.

Ich bekam es ernsthaft mit der Angst zu tun.

Und gleich darauf gab es einen weiteren Grund zur Panik, denn ich hörte einen Knall. Es knallte ein zweites Mal, und ich spürte einen heftigen Ruck. Das Motorrad fing an zu hüpfen. Ich öffnete für den Bruchteil einer Sekunde die Augen, um festzustellen, dass wir in einen Waldweg eingebogen waren.

Was macht Tony da? Will er mir Angst einjagen?

Noch ein Knall. Ich schrie. Mein Herz klopfte wie verrückt. Ich wollte einfach nur weg hier.

Anhalten, Tony!

Ich wollte schreien, aber ich konnte nicht.

Noch ein Ruck, noch ein Knall. Und noch einer. Etwas Schlimmes musste geschehen sein.

Auf der Suche nach Halt wollte ich mich mit der Wange an den Rücken meines Bruders schmiegen, aber der Helm hinderte mich daran. Stattdessen klammerte ich mich an Tony, so gut ich konnte, und atmete konzentriert ein und aus. Meine Finger krallten sich in seinen Bauch, als ob mein Leben davon abhinge.

Der nächste Knall war lauter als alle davor. Er war so schneidend, dass es mir in den Ohren klingelte. Dann riss mich eine ungeheure Kraft vom Motorrad.

Nein, ich muss bei Tony bleiben, ich muss bei Tony bleiben!, rief ich innerlich, doch ich konnte keinen sinnvollen Satz herausbringen. Alles, wozu ich in der Lage war, war, unkontrolliert zu schreien. Oder war auch das nur in meinem Kopf? Auf einmal flog ich. Ich flog, bis ich einen Schlag spürte. Seltsamerweise tat es nicht weh. Aber ich bekam keine Luft mehr, als hätten meine Lungen plötzlich aufgegeben.

Moment, rolle ich etwa?

Ich schloss meine Augen.

Dann öffnete ich sie und schloss sie wieder.

Ich öffnete sie wieder, eine Sekunde, eine Minute oder eine Stunde später …

Ich lag auf dem kalten Waldboden. Mein Körper fühlte sich steif an, ich konnte nicht aufstehen. Ich drehte meinen Kopf – da war immer noch der Helm. Alles um mich herum war auf die Seite gedreht. Mit vor Anstrengung schmerzenden Augen sah ich, wie nicht weit von mir ein Motorrad zum Stehen kam. Ich konnte die Reifen sehen und dann die Beine eines Mannes. Das war bestimmt Tony. Vermutlich hatte ich ihn einfach losgelassen und war gestürzt.

Ganz ruhig, er ist schon dabei, dir zu helfen, dachte ich.

Ich wurde fast ohnmächtig, als der Mann seinen Helm abnahm und ich einen Glatzkopf sah. Eine Welle der Panik überflutete mich. Das war nicht Tony!

Wer ist dieser Mann, und wo ist mein Bruder hin?

Plötzlich wurde es still, zu still. Die Vögel zwitscherten leise, und die Sonne brach zwischen den blattlosen Bäumen durch. Ich konnte mich immer noch nicht bewegen, also starrte ich einfach nur. Der Mann legte in aller Ruhe seinen Helm auf dem Sitz seines Motorrads ab. Jetzt konnte ich sehen, dass es ein ganz anderes Modell war als das von Tony. Es war gelb und ziemlich verdreckt.

Ich konnte das Gesicht des Mannes nicht erkennen, aber als er sich umdrehte, sah ich, dass er etwa Anfang vierzig sein musste. Ich war so sehr darauf konzentriert, sein Gesicht zu analysieren und zu überlegen, ob ich ihn kannte, dass ich heftig zusammenzuckte, als ich eine silberne Pistole in seiner Hand bemerkte.

Nein, bitte, nein!

Nur das nicht. Nicht noch einmal.

Er schaute auf einen Punkt am Boden, ganz in meiner Nähe, und machte ein paar Schritte auf mich zu.

»Monet.«

Er hörte sich an, als würde er durch die Nase sprechen, aber nicht auf eine lustige Art. Im Gegenteil, beim Klang seiner Stimme fing ich an zu zittern. Ich musste so schnell wie möglich aus diesem Alptraum aufwachen.

Der Mann machte noch einen Schritt, und dann verstand ich.

O Gott, ist das Tony? Ist das Tony, der da liegt?, schrie es in mir.

»Hab ich dich endlich, Junge.«

Tony braucht Hilfe!

Ich zwang meinen Körper zu kooperieren. Ich konnte hier nicht einfach untätig rumliegen. Immerhin war mir nichts passiert, also musste ich aufstehen und etwas Sinnvolles tun. Ich bewegte erst einen Finger, dann meine rechte Hand und dann mein linkes Bein. *Okay, du schaffst das,* sprach ich mir gut zu.

Ich legte mich auf die Seite und stemmte mich mühsam hoch. Zwar schaffte ich es nicht, mich aufzusetzen, aber wenigstens hatte ich jetzt einen besseren Überblick. Alles drehte sich, mir war schwindelig, und es dauerte einen Moment, bis ich Tony erkannte. Er lag ebenfalls am Boden und sah benommen aus. Sein Gesicht war gerötet, und sein schweißnasses Haar klebte ihm an der Stirn. Erst Sekunden zuvor musste Tony sich den Helm vom Kopf gerissen und ihn beiseitegeworfen haben, denn er rollte davon, bis er gegen den Stamm eines nahen Baumes prallte.

Ich sah an mir herunter, und Übelkeit stieg in mir auf. Meine weißen Kniestrümpfe waren auf Wadenhöhe zerrissen. Dort bildete sich ein großer Blutfleck. Der Anblick erschreckte mich so sehr, dass ich einen erstickten Schrei ausstieß. Ich musste diesen verdammten Helm loswerden. Verzweifelt zerrte ich daran, doch in meiner Benommenheit stellte ich mich sehr ungeschickt an, und so erregte ich die Aufmerksamkeit des Mannes.

»Oh-oh!«, rief er, als ich mir endlich den Helm vom Kopf gerissen hatte und er mein Gesicht sehen konnte. Sein schmaler breiter Mund verzog sich zu einem finsteren Lächeln, während er mich mit seinen Schweinsäuglein taxierte. »Wer hätte das gedacht!«

Tony versuchte erneut aufzustehen und scheiterte. Diese Tatsache brachte mich aus dem Konzept, denn sie bedeutete, dass mein Bruder definitiv nicht fit war. Womöglich war er verletzt? Ich reckte den Hals, um seinen Gesichtsausdruck oder irgendetwas anderes aufzufangen, das mir helfen könnte, seinen Zustand einzuschätzen, aber ich konnte nur sehr wenig sehen. Da trat der Mann mit dem Fuß auf seinen Knöchel, langsam, aber offenbar fest, denn Tony keuchte auf, und der Mann lächelte noch breiter.

»Und ich dachte, du hättest eine von deinen Schlampen dabei. Ich war fast ein wenig enttäuscht, denn ich hatte gehofft, dich mit einem deiner Brüder zu erwischen.« Er schwieg einen Moment lang und sah mich mit wachsender Zufriedenheit an. »Aber wen haben wir denn da? Die kleine Hailie Monet!«

Ich starrte den Typen angsterfüllt an. Hätte ich die Kraft dazu gehabt, ich hätte mich übergeben.

Er lachte und schüttelte den Kopf.

»Das Schicksal ist mir wohlgesinnt.«

»Was soll der Scheiß?«, knurrte Tony.

Seine Stimme war schwach und gedämpft, doch er schaffte es, sich gegen einen nahen Baum zu lehnen und sich daran hochzuziehen. Er machte einen kläglichen Eindruck. Der Anblick meines Bruders, der immer den harten Kerl spielte und in meiner Vorstellung praktisch unverwüstlich war, machte mir mehr Angst als mein blutiges Bein oder die Waffe in der Hand unseres glatzköpfigen Verfolgers.

»Ich habe eine Nachricht für Vincent Monet«, sagte er. »Und zwar die Leichen seiner beiden jüngsten Geschwister.«

Tony versuchte erneut, sich aufzurichten, indem er sich an dem knorrigen Baumstamm festhielt.

»Vince wird dich umbringen!«, rief er wütend.

»Vielleicht. Falls er herausfindet, dass ich es war.« Der Mann zuckte mit den Schultern und beobachtete Tonys Bemühungen amüsiert. »Aber wenn dein Geist ihn nicht zufällig im Schlaf heimsucht und ihm meinen Namen buchstabiert, wird dein lieber Bruder nur vor Hilflosigkeit verrückt werden.«

Noch nie in meinem Leben hatte ich solche Angst gehabt, und doch quälte mich das Gefühl, dass ich den Ernst der Lage noch nicht ganz begriff.

»Keine Sorge, ich bin kein Ungeheuer. Ich werde deine kleine Schwester zuerst töten, damit sie ihren Bruder nicht sterben sehen muss.« Ich war wie gelähmt. »Ich hoffe, du weißt diese freundliche Geste zu schätzen.«

Ich zitterte am ganzen Körper. Dieser Typ sprach über mich!

O Gott, dieser Mann will mich umbringen! Ich werde sterben.

»Sie ist fünfzehn! Sie hat nichts damit zu tun!«, brüllte Tony verzweifelt.

»Es tut mir leid, Baby«, wandte der Typ sich wieder an mich.

»Ich weiß, du hast dir deine Familie nicht ausgesucht. Es ist nicht deine Schuld, aber so läuft es nun einmal in unserer Welt.«

Mit offenem Mund starrte ich in seine dunklen Augen, unfähig, mich zu bewegen oder auch nur einen Laut von mir zu geben. Mit zugeschnürter Kehle sah ich zu, wie der Mann seine Waffe hob und sie direkt auf mich richtete. Das war das zweite Mal in dieser Woche, dass mich jemand mit einer Waffe bedrohte.

Und dieses Mal sah es so aus, als würde ich wirklich sterben.

Ich werde sterben.

❧ 25 ❧

Pass auf dich auf, Kleiner!

Ich blickte geradewegs in den Lauf der Waffe. Das Gefühl, das ich in diesem Moment empfand, ist nicht zu beschreiben. Es war anders als bei Jerry. Jerry hatte mich lediglich bedroht – dieser Mann hier hatte seine Waffe erhoben, um mich kaltblütig zu töten.

Gern hätte ich zu Tony geschaut. Immerhin war er trotz unserer problematischen Beziehung immer noch mein Bruder, meine Familie – und der Anblick seines Gesichts, auch wenn es meist so gleichgültig war, würde mich bestimmt beruhigen.

Aber ich konnte meinen Blick nicht von der Waffe abwenden. Sie war wie ein schwarzes Loch, das mich einsog. Mir war klar, dass ich gleich sterben würde. Und es war das Letzte, was ich wollte. Bisher hatte ich nur ein einziges Mal über meinen eigenen Tod nachgedacht, und das war kurz nach dem Unfall gewesen. Mein erster Gedanke hatte damals der Frage gegolten, wie ich in dieser Welt ohne meine Mutter weiterleben sollte. Ich hatte überlegt, mir etwas anzutun, aber nur in dieser einen wirklich harten Nacht, in der ich nicht schlafen konnte und so wahnsinnig viel weinte. Am nächsten Tag erfuhr ich dann, dass ich fünf Brüder hatte.

Obwohl ich meine Mama immer noch sehr vermisste, wollte ich noch nicht sterben.

Der Mann mit der Glatze fragte mich jedoch gar nicht nach meiner Meinung. Stattdessen hörte ich das Geräusch, das eine Waffe macht, wenn sie entsichert wird. Mein Herz klopfte wie verrückt.

Ein Schuss.

Mein Schrei wurde durch weitere Geräusche übertönt. Dann hörte ich jemanden laut fluchen.

Auf einmal lag ich flach auf dem Waldboden. Ich brauchte einen Moment, um zu begreifen, was da gerade geschehen war. Ich sah Tonys Rücken vor mir – hatte er mich zu Boden gedrückt? Mit einer Hand stützte er sich neben mir ab, mit der anderen Hand, in der er die Pistole hielt, zielte er vor sich.

Genauso schnell, wie ich das Bewusstsein verloren hatte, war ich wieder bei Sinnen.

Tony schoss erneut: einmal, zweimal. Es waren immer noch Flüche zu hören.

Sein Rücken versperrte mir die Sicht, doch ich erkannte, dass der Mann die Flucht ergriffen hatte. Er hinkte, und zwar stark. Der Glatzkopf sprang ungeschickt auf sein Motorrad. Ich sah, wie sich sein hässliches Gesicht vor Schmerz verzerrte, und dann ertönte ein weiterer Knall, und er fror mitten in einer Bewegung ein.

Einen Moment später sackte sein Körper zusammen, bevor er vom Motorrad herunterrutschte und zu Boden stürzte. Unter dem Gewicht des Typen schaukelte das Fahrzeug gefährlich, dann kippte es zur Seite auf seinen reglosen Körper. Das Geräusch der aufprallenden Maschine hallte durch den Wald, dann herrschte Stille.

Na ja, relative Stille, denn erst jetzt bemerkte ich, dass Tony vor

Schmerz und Anstrengung laut keuchte. Ich konzentrierte mich auf meinen Bruder, der sich zu mir umdrehte. Sein Gesicht war blass und vor Anspannung verzerrt. Er sah aus, als müsse er sich gleich übergeben, aber was mich noch mehr erschreckte, war der große rote Fleck, der sich auf seinem Hemd ausbreitete.

»Tony!«

Ich wollte ihm sagen, dass er etwas tun musste, die Blutung stoppen, einen Arzt rufen, irgendetwas. Aber er sah mich nur durchdringend an.

»Hast du was abgekriegt?«, fragte er, und in seiner Stimme schwang Panik mit.

Ich konnte mich nicht bewegen und auch keine Antwort geben. Wortlos starrte ich ihn an. Ich blinzelte, als er mit den Fingern direkt vor meinem Gesicht schnippte.

»Hey, antworte!«

Ich erschauderte, aber es gelang ihm nicht, mich aus meinem Schockzustand zu reißen. Ich starrte nur stumpf auf seine Hand vor meiner Nase. Er hingegen verschwendete keine Zeit.

Seine Hände strichen mir das Haar aus dem Gesicht, dann fasste er den Reißverschluss meiner Jacke und öffnete ihn mit einem Ruck. Alle seine Bewegungen waren schnell und alles andere als sanft. Er hätte mir fast das Uniformhemd zerrissen, als er es mit einem weiteren kräftigen Ruck hochzog. Ich spürte kalte Luft auf meiner nackten Haut. Unter normalen Umständen hätte ich Tony weggeschubst, weil er mir zu nahe kam, aber da atmete er schon erleichtert durch.

»Alles in Ordnung.«

»Tony … « Meine Stimme war kaum zu hören, also räusperte ich mich und versuchte es erneut. »Tony!«

Er ignorierte mich jedoch und konzentrierte sich darauf, sein Handy aus seiner Jackentasche zu zerren.

»Tony, du blutest!«

»Scheiße«, murmelte er und sog zischend Luft durch seine zusammengebissen Zähne, als er versuchte, wieder auf die Beine zu kommen.

»Kannst du aufstehen?«

Ich schaute auf meine Füße. *Moment, was hat er gefragt?*

»Hailie!«, rief er und drückte meine Schulter. »Hör mir zu. Du musst jetzt aufstehen und versuchen, hier irgendwo Empfang zu kriegen. Ruf Vince an und sag ihm, was passiert ist. Hast du mich verstanden?«

Nein, ich verstand es nicht. Ich konnte mich überhaupt nicht konzentrieren, aber ich nickte trotzdem.

»Sieh mich an«, sagte Tony, diesmal ruhiger, obwohl seine Finger meine Schulter immer noch fest drückten. Zum Glück hatte er aufgehört zu schreien. Ich schaute hoch und begegnete seinem Blick. Seine Augen waren noch nie so besorgt gewesen. »Wenn du dich jetzt nicht aufrappelst, kann es schlimm für mich enden. Ich brauche dich, Hailie. Ich brauche deine Hilfe.«

Erst diese Worte erreichten mein verwirrtes Gehirn. *Tony braucht Hilfe.* Ich war gerade fast gestorben, und Tony hatte mich gerettet, und jetzt brauchte er Hilfe. Meine Hilfe.

Schlagartig wurde mir bewusst, wo ich mich befand. Es war, als wäre eine Bombe in mir explodiert, und als könnte ich plötzlich alles auf einmal fühlen, nachdem ich kurzzeitig betäubt gewesen war. Zuerst erreichte der Schmerz in meinem Bein mein Gehirn, und er war so unerträglich, dass ich aufstöhnte. Meine ganze linke Seite brannte wie Feuer. Mein Kopf wurde von heftigen Schmerzen und einem schrecklichen Pochen beinahe auseinandergerissen. Ich atmete flach. Mein Gesicht war nass von Tränen. Ich konnte mich kaum bewegen, geschweige denn aufstehen.

Und doch versuchte ich, mich zusammenzureißen, und erhob mich langsam. Gott, wie sehr mir alles wehtat, wie schrecklich ich mich fühlte! *Sei nicht blöd, Tony ist der mit der Schusswunde,* sagte ich mir, und es half ein wenig. Benommen hielt ich mich an dem Baum neben mir fest, um nicht zu fallen. Die raue Rinde rieb mir die Finger auf. Mit der freien Hand fing ich an, unbeholfen in meinen Taschen zu kramen.

»Ich weiß nicht, wo mein Handy ist«, krächzte ich.

»Nimm meins. Versuch, wenigstens einen Balken zu finden. Aber geh nicht zu weit weg!«, wies Tony mich an. Er sprach immer noch durch zusammengebissene Zähne. Ich nahm sein Telefon entgegen und begann herumzulaufen, während ich darauf wartete, dass die ersehnten Striche in der Ecke des Bildschirms erschienen.

»Tony, sollte ich nicht zuerst den Notarzt anrufen?«, fragte ich, während ich durchatmete und mich zwang, logisch zu denken.

»Nein. Zuerst Vince.«

Ich humpelte umher und versuchte, nicht gegen einen Baum zu rennen. Mit meinen beiden Händen hielt ich das Telefon fest und starrte auf das Display. Unachtsam, wie ich war, wäre ich fast auf etwas getreten, das auf dem Boden lag. Ich schaute hinunter. Es war eine menschliche Hand. Ich zuckte zusammen, als ob ich einen Stromschlag bekommen hätte. Dann sah ich eine Lederjacke und eine helle Jeans. Unwillkürlich glitt mein Blick zum Gesicht der Leiche.

Ein Schrei entfuhr mir, und fast wäre mir das Handy aus der Hand geflogen.

Ich hatte nicht bemerkt, dass ich mich der Stelle genähert hatte, an der unser Verfolger unter seinem Motorrad lag. Es fiel mir schwer, meinen Blick von seinem kreideweißen Gesicht abzuwenden. Er hatte ein Einschussloch in der Wange, und seine Augen waren weit aufgerissen. Sie hatten nicht mehr den brutalen Ausdruck von eben, sondern starrten ausdruckslos in die Ferne. Es war das Schrecklichste, was ich je in meinem Leben gesehen hatte.

»Hailie, komm da weg, sieh ihn nicht an. Geh weiter. Er ist tot. Er wird dir nichts mehr antun«, sagte Tony. Es kostete ihn große Mühe zu sprechen, und ich begriff, dass ich mich beeilen musste.

Mein linkes Bein hinter mir herschleifend, humpelte ich voran, so weit wie möglich von der Leiche weg. Das Zwitschern der Vögel und das sanfte Rauschen des Windes in den Baumkronen kamen mir völlig unpassend vor. Es war, als ob die Natur sich über mich lustig machte. Mir wurde schlecht. Die Bäume sahen alle gleich aus, kahl und gleichgültig. War mir schwindelig, oder drehte ich mich im Kreis?

Plötzlich tauchten drei Striche auf dem Bildschirm auf.

Ich blieb abrupt stehen.

»Ich hab Netz!«, rief ich.

»Super! Jetzt ruf Vince an und sag ihm, was passiert ist. Aber fass dich kurz.«

Tony verstummte und fluchte leise vor Schmerzen. Ich biss mir auf die Lippe. Das war kein Scherz, es stand wirklich schlimm um ihn. Hektisch scrollte ich durch seine Kontaktliste. Ich wählte die Nummer unseres ältesten Bruders, dann drückte ich mir das Handy ans Ohr und betete, dass er ranging.

Es klingelte.

Mein Herz klopfte wie verrückt.

»Ja?«, sagte Vincent.

Niemals, wirklich noch nie hatte ich beim Klang dieser kalten Stimme so viel Erleichterung verspürt.

»Vince?« Ich brach beinahe zusammen, so froh war ich.

»Bist du das, Hailie?«, fragte er. Ich hörte Überraschung in seiner Stimme. Sofort stellte er eine weitere Frage: »Wo ist Tony?«

Ich holte tief Luft und begann ihm zu erzählen, was passiert war. Mein Bericht war unzusammenhängend, aber Vince stellte die richtigen Fragen, und das machte das Erzählen leichter.

»Bist du verletzt?«

»Nein.«

Ich hörte, wie er Will mit messerscharfer Stimme einige Anweisungen gab. Er sagte etwas über einen Krankenwagen und dass Will den Erste-Hilfe-Kasten holen solle und dass sie sich in der Garage treffen würden. Anschließend sprach er wieder zu mir. »Hailie, lass das Handy dort liegen, wo du gerade stehst, und geh zurück zu Tony. Tu, was er sagt. Wir sind gleich da. Hast du mich verstanden?«

»Verstanden«, flüsterte ich.

»Wiederhole bitte, was du jetzt tun sollst.«

»Ich gehe zurück zu Tony ... «

»Und das Handy?«

»Das lasse ich hier liegen, wo es Empfang gibt.«

Er legte auf, und ich atmete ein paar Mal tief durch. *Vince wird sich um alles kümmern. Er weiß, was zu tun ist.* So stand ich ein paar Sekunden lang da, bis mir ein eiskalter Schauer über den Rücken lief. Es war immer noch Januar.

Ich schüttelte den Kopf. Es war keine Zeit, sich über solche Dinge Gedanken zu machen. Das hier war noch nicht vorbei. Ich lief zu Tony zurück, er lag am Boden und keuchte schwer. Sofort verspürte ich einen Stich der Panik. Seine Augen waren halb geschlossen. Er hielt jetzt seine Jacke gegen die Wunde gedrückt, vermutlich, um die Blutung zu stoppen.

»Vince wird bald hier sein«, sagte ich.

Ich hoffte, dass diese Worte ihn beruhigen würden. Tony nickte leicht, nahm die Information offenbar auf. Ich betrachtete sein blasses Gesicht, seine langen Wimpern, seine vor Schmerz gefurchte Stirn und die Tattoos an seinem Hals, die unter seinem Hemd hervorlugten. Verängstigt streckte ich meine zitternden Hände nach ihm aus, wollte etwas tun, um ihm zu helfen, aber ich wusste nicht, was. Ich kannte mich mit Erster Hilfe überhaupt nicht aus, und ich hasste mich dafür. Aus der Schule wusste ich lediglich, wie man Nasenbluten stoppt oder eine Herzdruckmassage durchführt, aber bei einer Schusswunde war ich ratlos.

»Tony, wie kann ich dir helfen?«

»Gar nicht«, sagte er leise, als wäre er schon halb bewusstlos.

Plötzlich fühlte ich mich wie in einem dieser dramatischen Filme, in denen Verletzte langsam wegdämmerten und ihre Begleiter dann immer panisch riefen: »Bleib wach, bleib bei mir!«, denn einzuschlafen bedeutete den Tod.

Es fühlte sich grausam an, mir vorzustellen, dass Tony nun einschlafen und nicht mehr aufwachen könnte. Sofort fiel ich neben ihm auf die Knie und ignorierte dabei das schmerzhafte Ziehen in meinem Bein und in der Seite. Dann ergriff ich Tonys Arm und schüttelte ihn, so fest ich konnte.

»Was?«, knurrte er.

»Du darfst nicht einschlafen!«

»Ich schlaf doch nicht«, murmelte er missmutig.

»Dann mach die Augen auf.«

Er antwortete nicht, und seine Augenlider sanken weiter herab. Ich schüttelte ihn erneut, diesmal eindringlicher.

»Lass mich in Ruhe!«

»Öffne die Augen.«

Endlich hörte Tony auf mich und sah mich an.

»Du nervst echt, Hailie.«

»Ja, schon klar. Ich bin nervig und lästig, das habe ich schon mal gehört«, unterbrach ich ihn ungeduldig. Sogar in dieser Situation musste er mich beleidigen. Der hatte echt Nerven!

Tony tätschelte meine Hand. Nicht gerade fest, aber auch nicht so schwach, wie ich es in seinem Zustand erwartet hätte. Die Wunde auf meiner Handfläche brannte, ich fluchte und schob ihn weg.

»Du darfst nicht fluchen«, knurrte er.

In der vergangenen halben Stunde hatte Tony wahrscheinlich mehr Schimpfwörter ausgesprochen, als ich überhaupt Wörter gesagt hatte, und trotzdem fand er offenbar, dass ich diejenige war, die auf ihre Sprache achten sollte.

Ich ging nicht darauf ein, denn ich hatte mein Ziel erreicht: Tony sah wieder einigermaßen wach aus.

»Wer war dieser Mann?«, fragte ich nach einem Moment der Stille.

»Keine Ahnung.«

Danach verfiel er wieder in Schweigen. Ich wusste nicht, was ich sagen sollte, und Tony hatte offensichtlich keine Lust, zu reden. Irgendwann schloss er wieder die Augen, und als ich bemerkte, dass sich seine Atmung verlangsamte, geriet ich erneut in Panik.

»Tony! Tony!«, rief ich und bewegte seine Hand, aber er zuckte nur leicht.

Tu was, Hailie!

»Scheiße, Scheiße, Scheiße!«

Ich klammerte mich an die Hoffnung, dass mein Fluchen ihn bei Bewusstsein halten würde, und es funktionierte: Tony öffnete die Augen. Er warf mir einen kühlen Blick zu. Selbst in einer Situation wie dieser schaffte er es, mich einzuschüchtern.

»Was ist denn mit dir los?«, fragte er irritiert.

Dann hörte ich etwas – etwas anderes als das Rauschen der Bäume und das nervtötend fröhliche Zwitschern der Vögel. Das Geräusch eines Motors. Ich drehte meinen Kopf in die Richtung, aus der es kam; jede Zelle meines Körpers hoffte, dass man uns jetzt endlich helfen würde.

»Da kommt jemand«, flüsterte ich Tony zu, ohne den Blick von dem Auto abzuwenden, das in der Ferne aufgetaucht war.

Ich war mir fast sicher, dass es Wills Jeep war. Dahinter fuhr ein weiterer Wagen. Beide bretterten nur so durch den Wald. Der schwarze Jeep hatte noch nicht vollständig gebremst, da sprang Vince schon heraus und bewegte sich mit schnellen Schritten auf uns zu.

Als ich ihn sah, konnte ich einen Freudenschrei kaum unterdrücken. Er wirkte auf mich wie ein Superheld – nur ohne Umhang. Er muss sich umgehend auf den Weg gemacht haben, denn er hatte sich nicht einmal eine Jacke übergezogen. Sein Gesicht war weiß und sein Ausdruck konzentriert. Er ging völlig ungerührt an dem toten Motorradfahrer vorbei, warf nur einen flüchtigen Blick nach unten.

Direkt hinter ihm folgte Will. Aus dem anderen Auto, es war ebenfalls schwarz und groß, stiegen zwei stämmige Männer. Als Will an dem Toten vorbeikam, schnippte er mit den Fingern, drehte sich um, zeigte auf die Leiche und rief ihnen etwas zu. Ich verstand nicht, was genau, denn meine Aufmerksamkeit war auf Vincent gerichtet, der sich gerade neben mich und Tony gehockt hatte.

Sein Blick wanderte von meinem blutigen Bein über meine vom Weinen geschwollenen Augen zu Tonys vor Anstrengung verzerrtem Gesicht. Er war offensichtlich am Ende seiner Kräfte.

Mit einem stumpfem Gefühl in der Brust sah ich zu, wie Vince seinem Bruder die zusammengerollte und blutgetränkte Jacke aus den Händen nahm, sie beiseitelegte und mit geradezu stoischer Ruhe die hässliche Wunde an Tonys Bauch betrachtete. Beim Anblick der Menge an Blut, die aus seinem Körper strömte, musste ich mich fast übergeben.

»Ging die Kugel glatt durch?«, fragte Will, der jetzt neben uns kauerte, auf Tonys anderer Seite.

»Nein, aber ich kann sie nicht sehen«, sagte Vince und betrachtete die Wunde weiterhin aufmerksam; als er sie berührte, zuckte Tony zusammen.

Will legte eine Hand auf seine Schulter und streichelte mit der anderen seinen Kopf.

»Okay, okay, halt durch, Junge. Der Krankenwagen wird bald hier sein«, sagte er.

Wie erleichtert ich über diese Worte war! Ich schaute mich um, horchte auf das Heulen der Sirenen und ärgerte mich, dass es so lange dauerte. Er hätte als Erstes hier sein sollen, stattdessen waren Will und Vince weit vor dem Notarzt angekommen. Mein Blick fiel auf die zwei Männer, die sich über den toten Motorradfahrer gebeugt hatten. Sie arbeiteten fast lautlos. Beide trugen Gummihandschuhe. Einer von ihnen beugte sich über den Mann, der andere zog einen durchsichtigen Beutel zu, in den er soeben etwas gesteckt hatte. Was taten sie da eigentlich? Es sah nicht so aus, als ob sie versuchten, die Leiche oder gar die Waffe verschwinden zu lassen.

Ich schaute wieder zu Tony und dann zu Boden. *Richtig, die Waffe ...* Sie musste hier irgendwo herumliegen. Ich suchte die Erde nach Tonys Pistole ab, und tatsächlich entdeckte ich sie direkt neben meinem Fuß.

Ich streckte die Hand aus, um sie zu nehmen und einem meiner Brüder zu reichen.

»Lass das!«, befahl Will.

Ich blickte ihn erschrocken an. Seine Stimme war so schroff, dass ich einen Moment lang erstarrte. Ich zog die Hand weg und drückte sie gegen meine Brust.

»Keine Waffen in deinen Händen, weißt du noch?«, erinnerte er mich ein wenig sanfter.

Ich senkte den Kopf. Am liebsten hätte ich ihm gesagt, dass ich mich zwar sehr gut daran erinnerte, aber das hier schließlich ein Notfall sei und wir die Regeln vielleicht kurz mal vergessen konnten.

Tony stöhnte, und ich richtete meine Aufmerksamkeit auf ihn. Ich konnte an seinem bleichen Gesicht erkennen, dass es ihm immer schlechter ging. Vincent sah sich seine Wunde erneut an. So langsam geriet ich in Panik. Vince war schließlich kein Chirurg, er würde ihn nicht retten können. Dann hörte ich die Sirenen, und ich atmete erleichtert auf.

»Habt ihr alles?«, fragte Will die zwei Männer, die immer noch zwischen den Bäumen umherliefen, als ob sie etwas suchten. Sie nickten, und als Will hinzufügte: »Es ist Zeit für euch zu gehen, los jetzt«, verzogen sie sich.

»Durchhalten, Tony, sie sind gleich da«, versprach Vince und gab seinem Bruder ein paar kräftige Klapse auf die Wange. An seinen Fingern klebte Blut, und nun zierten auch Tonys Gesicht rote Spuren. Seine Augen waren wieder geschlossen, aber auf Vincents unsanfte Berührung hin versuchte er, die Lider zu heben.

Ich saß still und voller Angst da, unfähig, gegen die Tränen anzukämpfen. Ungehemmt ließ ich sie meine Wangen herabfließen. Es war völlig nebensächlich, wie ich wirkte, denn ich hatte etwas sehr viel Beunruhigenderes in den Augen meiner beiden ältesten Brüder gesehen. Etwas, das sie sonst stets verbargen. Furcht.

Und wenn Vince sich fürchtete, musste es wirklich schlimm um Tony stehen.

Kurz nachdem die beiden geheimnisvollen Männer gegangen waren, erschienen zwei Notarztwagen auf der Lichtung, und einige Minuten später folgten Polizeiautos. Der Notarzt kümmerte sich um Tony, während Vincent mit einem der Sanitäter sprach. Die Polizisten standen bei der Leiche, dann ging einer von ihnen auf Will zu und begann, ihm einige Fragen zu stellen.

Ich sah all dies wie durch einen Schleier, als plötzlich jemand mit einer Hand vor meinen Augen winkte. Sogleich konzentrierte ich meinen verwirrten Blick auf das Gesicht vor mir. Eine junge Frau in einem Sanitäterkittel, das Haar zu einem Pferdeschwanz zusammengebunden, sah mich besorgt an.

»Liebes, kannst du mich hören?«, fragte sie.

Ich glaube, sie wiederholte die Frage zum x-ten Mal, aber erst jetzt erreichte sie mich so weit, dass ich schwach nicken konnte. Dann begann sie, auch mir Fragen zu stellen: wie ich mich fühlte und was mir wehtat. Sie wollte wissen, ob sie sich mein Bein ansehen dürfe.

»Sieht aus wie eine Schnittwunde, es ist nicht gebrochen«, sagte sie zu dem anderen Sanitäter, der gerade zu uns herübergekommen war. Dann wandte sie sich wieder mir zu. »Kannst du aufstehen?«

Ich nickte, immer noch geistesabwesend. Es war einfach zu viel los um mich herum. Ich sah, wie ein paar Männer Tony vorsichtig auf eine Trage hoben und eilig in den Notarztwagen trugen.

Vince lief neben seinem Bruder her, hatte die Hand mit dem Siegelring an dessen Brust gepresst und sprach mit ihm. Tonys Augen waren geschlossen, schwer zu sagen, ob er überhaupt noch bei Bewusstsein war. Will rannte zu seinem Jeep, und als der Notarztwagen endlich losfuhr, folgte er ihm.

»Wie heißt du?«, fragte die Sanitäterin.

Sie versuchte, weiter mit mir zu reden, während sich ihr Kollege über mein Bein beugte. Ich blinzelte, schaute in ihr hübsches Gesicht und brach wieder in Tränen aus. Es war nicht mehr nur ein Wimmern, jetzt heulte ich wie ein kleines Baby.

Die Sanitäter begannen sofort, mich zu beruhigen, aber ich fühlte mich von ihnen in die Enge getrieben. Die sanfte Stimme der Frau irritierte mich. Jemand beugte sich über mein Bein, jemand anderes hob meine Bluse an und berührte mit kalten Fingern meinen verkrampften Bauch. Mit einem Mal verspürte ich das Bedürfnis, mich aus diesem Käfig zu befreien, den sie um mich bildeten.

»Beruhige dich, wir wollen dir helfen«, redete die Frau auf mich ein, aber ich wollte nicht auf sie hören. Ich trat mit meinem verletzten Bein gegen etwas oder jemanden und schrie auf, als ein schmerzhafter Stich meinen Körper durchfuhr.

Ich spürte, wie eine starke Hand meine Schultern umfasste. »Hailie, ist schon gut«, murmelte Vince in mein Ohr. Sein kühler Ton, den ich normalerweise fürchtete, hatte eine seltsam beruhigende Wirkung auf mich. Ich weinte immer noch und atmete viel zu schnell, aber ich kam zu Sinnen.

»Sie hat eine Panikattacke«, erklärte der Mann, der mein Bein begutachtete.

Ich weiß nicht genau, was danach geschah, aber ich hörte, wie der Sanitäter und Vincent mit gedämpften Stimmen ein paar Sätze wechselten. Es dauerte nicht lange, bis ich einen Stich spürte, der mich zusammenzucken ließ; und auf einmal wurden meine Augenlider schwer.

»Vince ...«, stöhnte ich.

Mit panischem Griff klammerte ich mich an seinem Hemd fest. Ich wusste nicht, was mit mir los war, und das machte mir rasende Angst. Durfte ich diesem Gefühl nachgeben? Ich wusste, ich würde diese schwere Schläfrigkeit nicht mehr lange bekämpfen können.

»Ruh dich aus, Hailie. Schließ deine Augen«, murmelte Vince an meinem Ohr.

Ich konnte nicht mehr. Seine Stimme war so vertraut ... endlich ließ ich mich von einer Welle der Erschöpfung mitreißen.

26

Ein schlechter Traum

Ich wachte mit Schmerzen auf. Die Wunde an meinem Bein brannte, und meine ganze linke Seite pulsierte förmlich. Schuld an meiner allumfassenden Orientierungslosigkeit war jedoch mein Kopf, in dem es so heftig hämmerte, dass er sich anfühlte, als würde er bald platzen. Ich blinzelte mehrfach und sah mich um.

Ich befand mich in einem Krankenhauszimmer. Kurz darauf bemerkte ich Will, der in der Tür lehnte. Er trug ein graues Sweatshirt und hielt sich eine Hand ans Ohr. Mit der anderen Hand wuschelte er sich durch sein ungekämmtes Haar. Er schaute zu Boden, die Stirn in besorgte Falten gelegt.

Ich wollte ihn fragen, was los war, aber er sah nicht auf, und meine Stimme versagte. Also konzentrierte ich mich darauf, in meinem Gedächtnis herumzukramen – sofort kamen die Ereignisse im Wald zurück, und ich ächzte unter dem plötzlichen Gewicht der Erinnerungen. Das Motorrad, die Schießerei, Tony, der tote Mann … Ich war wie erschlagen von den Bildern, die mir durch den Kopf schossen.

Tony war verwundet.

Ein kalter Schauer überlief mich. *Tony!*, schrie es in meinem Kopf.

»Hailie ist aufgewacht«, hörte ich Will sagen. Er sah mich jetzt an und kam zu meinem Bett herüber. Auf seinen Lippen lag ein sanftes Lächeln, das jedoch seine sorgenumschatteten Augen nicht erreichte. »Ja, wir bleiben in Kontakt.«

Er legte auf und schob das Telefon in die Tasche seiner dunklen Hose.

»Hey«, begrüßte er mich und strich mir über die Wange. Seine Berührung war so tröstend, dass ich am liebsten seine Hand ergriffen und sie mir wieder an die Wange gelegt hätte. »Wie geht's dir?«

Ich wollte mit meinen Achseln zucken, aber ich hatte Angst vor den Schmerzen, also verzog ich nur den Mund.

»Du bist ein bisschen angeschlagen und musst dein Bein schonen, aber das wird schon wieder«, sagte er und setzte sich auf den Hocker neben meinem Bett.

Ich öffnete den Mund, brachte jedoch erst nach einer Weile einen Satz hervor.

»Was ist mit Tony?«

Will sah weg. Erst jetzt bemerkte ich, wie angespannt seine Schultern waren.

»Er wurde operiert. Er ist noch nicht aufgewacht.«

»Aber er wird bald aufwachen, oder?«

Will sah mir wieder in die Augen.

»Ganz bestimmt«, flüsterte er und legte seine große Hand um meine Faust, die darin total klein wirkte.

»Aber er könnte auch nicht mehr aufwachen?«, brach es aus mir hervor. Sofort beschleunigte sich mein Herzschlag, und meine Augen weiteten sich. Mein Kopf pulsierte gefährlich und kündigte eine weitere Schmerzwelle an.

Will begann sofort, mich zu beruhigen, und streichelte wieder meine Wange.

»Er wird aufwachen. Tony ist jung, stark und gesund. Er braucht nur etwas Zeit, um sich zu erholen. Das ist alles«, erklärte er geduldig, und als meine Unterlippe nicht aufhören wollte zu zittern, fügte er hinzu: »Entspann dich, Kleines, er wird es schon schaffen.«

Ich wollte ihm glauben. Was auch sonst? Ich konnte mir nicht erlauben anzuzweifeln, dass es Tony bald besser gehen würde.

»Hailie ... «, begann Will, seine Stimme hatte sich verändert. Er klang jetzt noch ernster. »Es tut mir leid. Das hätte nicht passieren dürfen.«

Ich sah ihn erstaunt an.

»Es ist doch nicht deine Schuld.«

Will seufzte nur und sah wieder weg.

Eine Krankenschwester kam herein, die, wie sich herausstellte, von Will gerufen worden war. Es war eine ältere Frau mit kräftigem Körperbau und einem liebevollen Gesicht. Wenige Augenblicke nach ihr erschien auch der Arzt, ein freundlicher, förmlicher Mann. Er untersuchte mich, stellte mir ein paar Fragen und kam schließlich zu einem Urteil: Ich durfte nach Hause gehen.

Mir fiel ein Stein vom Herzen. Zu Hause würde ich mich viel sicherer fühlen als im Krankenhaus. Denn wenn Will mich allein ließ, da war ich mir sicher, würde ein Typ mit Glatze hereinkommen und die Sache beenden, die er angefangen hatte.

Ich wurde gegen neun Uhr morgens entlassen. Die Krankenschwester half mir, den Jogginganzug anzuziehen, den mir einer meiner Brüder am Vorabend vorbeigebracht haben musste. Sie schärfte mir ein, mein Bein zu schonen und es nicht zu überlasten. Als ich an mir herunterblickte, unterdrückte ich einen Schrei. Da war ein riesiger, lilafarbener Bluterguss, der sich über meine ganze linke Seite erstreckte – von der Brust bis zum Oberschenkel. Außerdem hatte ich mehrere Schürfwunden. Aus dem Augenwinkel nahm ich wahr, dass Will, der auf meine Bitte hin an meiner Seite geblieben war und das Krankenzimmer trotz Aufforderung der Schwester nicht verlassen hatte, beim Anblick meines zerschundenen Körpers die Hände zu Fäusten ballte.

»Ich möchte Tony besuchen«, sagte ich, als ich angezogen war. Mein Bruder legte seinen starken Arm um mich, und ich lehnte mich an ihn, um mein Bein zu entlasten. Will hatte mir angeboten, mich zum Auto zu tragen, aber ich hatte abgelehnt. Ich wollte keine Show daraus machen.

»Nicht jetzt.«

»Bitte!«

»Nicht jetzt, Hailie«, wiederholte er entschlossen.

»Aber Will … Tony hat mir das Leben gerettet!«, flüsterte ich. Ich hielt inne und versuchte, ihn auf diese Weise ebenfalls zum Anhalten zu zwingen. Ich schaute ihm flehend in die Augen, und sein Blick wurde weicher.

Wenn ich eines wusste, dann das: Tony hatte mir das Leben gerettet. Der Bruder, dem ich am zwiespältigsten gegenüberstand, hatte mich gerettet. Er hatte die Kugel, die mich hatte töten sollen, mit seinem eigenen Körper abgefangen. Ich war nicht einmal halb so stark wie er. Und ich hätte diesen Schuss definitiv nicht überlebt. Dass er immer noch in Lebensgefahr schwebte, war ein unerträglicher Gedanke.

»Tony hat sehr mutig gehandelt, und du warst auch tapfer, meine Kleine. Ich verspreche dir, dass du ihn bald besuchen darfst.«

»Warum nicht jetzt?«

»Du bist gerade wieder bei Bewusstsein, du musst erst zu dir kommen. Mach dir keine Sorgen, Tony ist nicht allein. Shane ist an seiner Seite. Belassen wir es erst mal dabei, okay?«

Widerwillig senkte ich meinen Blick und nickte.

»Komm mit zum Auto, Kleines.«

Sobald wir nach draußen traten, erschauderte ich. Wer auch immer mir meine Wechselkleidung gebracht hatte, hatte nicht an eine wärmere Jacke gedacht. Sofort blieb Will stehen und legte mir seinen Mantel um die Schultern. Das Auto parkte ganz in der Nähe, so dass ich nicht lange frieren musste, aber ich wusste die Geste trotzdem zu schätzen. Will hob mich hoch, damit ich einsteigen konnte, ohne mein Bein zu sehr zu belasten. Ich zuckte ein wenig zusammen, als er trotz aller Vorsicht meinen Bluterguss berührte. Als Entschuldigung gab er mir einen zärtlichen Kuss auf die Stirn.

Auf der Heimfahrt war ich schweigsam, starrte nur auf die Straße. Die Erinnerungen an die jüngsten Ereignisse bildeten ein explosives Gemisch in meinem Kopf.

Ich brauchte dringend eine Erklärung für all das, was passiert war. Zunächst zögerte ich, Will Fragen zu stellen, da ich wusste, dass er mir die meisten davon wie immer nur sehr widerwillig beantworten würde, aber schließlich beschloss ich, dass in diesem Fall ein paar Antworten überfällig waren.

»Wer war …« Ich räusperte mich, weil meine Stimme so heiser war. »Wer war der Mann?«

Will sah auf die Straße und sagte eine Weile nichts. In seinem Gesicht ließ nichts darauf schließen, dass er mich gehört hatte, doch schließlich sagte er: »Das wissen wir nicht.«

Ich seufzte tief, legte den Kopf schief und schaute an die Wagendecke. Mein Bruder warf mir einen flüchtigen Blick zu. Ich schloss kurz die Augen, und als ich sie wieder öffnete, sah ich ihn erneut an. Er war aufs Fahren konzentriert.

»Will ... was ist gestern passiert?«, fragte ich in einem müden, verlorenen und flehenden Ton.

Er nahm eine Hand vom Lenkrad und rieb sich damit die Schläfe. Auch er war erschöpft.

»Der Mann, der dich angegriffen hat, arbeitet wahrscheinlich für dieselbe Person, mit der Jerry den Deal gemacht hat. Das ist jedoch im Moment reine Spekulation.«

»Warum ... ?«

»Hailie, wir reden zu Hause weiter, okay? Wir müssen dich ein paar Dinge fragen, aber Vince möchte dabei sein.«

»Der Mann sagte etwas von einer Organisation ... «

»Nicht jetzt.« Will presste seine Lippen aufeinander.

»Okay ... Aber meine Fragen kannst du doch jetzt beantworten?«

»Später.«

»Warum denn?«

»Später, Hailie.«

»Nach der ganzen Geschichte habe ich wohl ein Recht darauf, die Einzelheiten zu erfahren, oder?«

»Es interessiert mich gerade nicht, welche Rechte du zu haben glaubst. Ich werde dir sagen, was und wie ich es für richtig halte und wann ich es für richtig halte.«

Die Schärfe in seiner Stimme brachte mich nur noch mehr auf. »Ich wurde fast erschossen und will jetzt wissen, was los ist!«

»Nicht in diesem Ton.« Will erhob seine Stimme ebenfalls, und er klang leider viel eindrucksvoller als ich.

Wir waren in der Garage angekommen. Ich zitterte vor Empörung. Während ich mich abschnallte, redete ich weiter auf ihn ein.

»Mein Ton ist mir scheißegal!«

»Auf die Art wirst du auch nicht mehr herausfinden«, knurrte mein Lieblingsbruder.

»Als ob. Du hättest mir sowieso nichts gesagt«, konterte ich.

Mit diesen Worten öffnete ich die Beifahrertür und sprang aus dem Auto. Ich musste einen Aufschrei unterdrücken, als mir der Schmerz ins Bein fuhr.

»Hailie!«

Ich hörte, wie Will aufgebracht die Tür auf seiner Seite zuschlug und auf mich zukam, während ich versuchte, so schnell wie möglich Richtung Ausgang zu laufen. Ich gab mir Mühe, nicht zu hinken, aber es war nicht leicht. Will holte mich ein und zerrte an meinem Arm, um mich zum Anhalten zu zwingen.

»Wen willst du damit ärgern, Hailie? Wen?«, rief er aufgewühlt.

»Niemanden. Lass mich los, ich will mich endlich hinlegen.« Ich versuchte, mich aus seiner Umklammerung zu befreien – vergeblich.

»Wenn du so weitermachst, wirst du bald wieder im Krankenhaus landen.«

Ich verstummte. Will nickte, und in seinen blauen Augen blitzte etwas auf.

»Wenn es sein muss, bringe ich dich höchstpersönlich dorthin zurück.«

»Komm, lass gut sein«, seufzte ich und rollte mit den Augen. Ich wollte, dass er mir ansah, wie genervt und ungeduldig ich war. Will presste verärgert die Lippen aufeinander.

Ich glaube nicht, dass er jemals zuvor so sauer auf mich war. Plötzlich packte er mich und zog mich, ohne auf mein Bein zu achten, zurück zum Auto. Ich versuchte, mich zu wehren, aber es half nicht. Die Empörung in meinem Inneren wurde durch Angst ersetzt, als Will die Autotür öffnete und sich umdrehte, um mich hochzuheben.

Ich öffnete überrascht meinen Mund.

»Nein!«, quietschte ich. Er wollte mich wieder auf den Beifahrersitz setzen, aber ich klammerte mich an ihn wie ein Koalababy, schlang meine Arme um seinen Hals und verschränkte sie in seinem Nacken. »Nein, Will! Nein, nein!«

Er stand einen Moment lang still, wahrscheinlich überrascht über meine Reaktion.

»Benimmst du dich jetzt?«, fragte er leise.

Ich drückte meine Stirn an seine Schulter, um ihm nicht in die Augen sehen zu müssen, dann nickte ich. Meine Angst wurde von Müdigkeit überschattet – oder war sie womöglich erst durch meinen erschöpften Zustand ausgelöst worden? Eines wusste ich: Meine Brüder hielten, was sie versprachen, und ich wollte nicht riskieren, dass Will mich tatsächlich wieder ins Krankenhaus brachte. Selbst wenn es nur eine leere Drohung gewesen sein mochte.

Ich war erleichtert, als ich hörte, wie Will die Autotür schloss, und ich wehrte mich nicht, als er mich in Richtung Haus trug. Ich fühlte mich wie ein kleines Kind, aber ausnahmsweise machte es mir nichts aus.

In der Villa rannte Eugenie wie wild umher, um mir eine bequeme

Bettstatt auf dem Sofa im Wohnzimmer zurechtzumachen, wo ich den Rest des Tages verbrachte. Will war nicht mehr sauer auf mich und kümmerte sich ebenso liebevoll um mich wie unsere Haushälterin. Nach einer Weile sagte er mit beschämtem Gesichtsausdruck: »Tut mir leid, dass ich dich angeschnauzt habe, Kleines.«

Ich hob meinen Blick und lächelte sanft, gerührt darüber, dass sich hier jemand tatsächlich für meine Gefühle interessierte.

»Alles gut, nichts passiert.«

»Doch, es ist was passiert, Hailie«, seufzte er. »Ich bin gestresst und habe das an dir ausgelassen. Das war nicht okay.« Er strich mir über den Kopf. »Ich verstehe, dass du mehr wissen willst, und du kannst dir sicher sein, dass wir versuchen, die beiden Vorfälle zu klären. Wir brauchen nur ein bisschen mehr Zeit, es ist alles ziemlich kompliziert.«

Ich grübelte. Seine Erklärung stellte mich nicht zufrieden, und ermutigt durch seine Entschuldigung, begann ich, ihn erneut zu löchern.

»Ist es normal, dass Tony eine Waffe in die Schule mitnimmt?«, fragte ich flüsternd, als Eugenie verschwand, um mir etwas zu essen zu kochen. Will ging zur Fensterfront, um die Vorhänge zuzuziehen, weil die Sonne auf den Fernseher schien.

Dann drehte er den Kopf zu mir und warf mir einen niedergeschlagenen Blick zu. Er schien wenig begeistert, dass ich schon wieder Fragen stellte, aber er antwortete mir trotzdem.

»Normalerweise nicht. Vince hatte es ihm eigentlich verboten. Aber nach den Ereignissen in der Silvesternacht hat er wohl seine Meinung geändert. Offenbar zu Recht.«

»Und es war Tony, der den Mann erschossen hat, stimmt's?«

Ein Schauer durchfuhr mich bei der Erinnerung an das blasse Gesicht, die hohlen Augen und das blutige Loch in seiner Wange. Ich war dabei, ich wusste, dass es Tony gewesen war, aber ich musste die Frage trotzdem stellen.

Will kam zu mir herüber, setzte sich neben mich und sah mich ernst an.

»Weißt du, warum er das getan hat?«

Ich schüttelte den Kopf. Ich machte Tony keine Vorwürfe, aber ich wollte eine Erklärung, irgendeine Erklärung.

»Ihr wart in Gefahr.«

»Wird Tony jetzt verhaftet?«, wollte ich wissen.

»Wir werden dafür sorgen, dass er keine Probleme bekommt.«

Ich setzte mich ein wenig auf, erfreut darüber, dass er mir endlich etwas Konkretes zu sagen hatte.

»Wer waren die Männer, die mit euch im Wald waren?«

Ich konnte Will ansehen, dass er seine Worte sorgfältig wählte.

»Das waren unsere Leute, die uns helfen, unsere eigenen Ermittlungen durchzuführen. Aber du brauchst dir darüber keine Sorgen zu machen, Hailie, alles wird gut. Tony wird bald aufwachen, und alles wird wieder normal sein.«

»Bist du sicher, dass alles wieder normal wird? Wenn ich das richtig verstehe, will die Person, die den Deal mit Jerry und dem anderen Mann gemacht hat, nicht nur meinen Tod«, sagte ich und starrte mit leerem Blick in die Ferne. »Jemand wollte mich kriegen, ja, aber der Typ gestern hatte eigentlich nur Tony erwischen wollen. Er hatte damit gerechnet, dass er vielleicht noch Dylan oder Shane … Er wusste gar nicht, dass ich dabei sein würde. Das bedeutet, wir sind alle in Gefahr, oder?«

»Wir wissen noch nicht genau, was das bedeutet.«

»Und die Organisation? Wer sind diese Leute?«

Will runzelte die Stirn und öffnete den Mund, aber es war Vincent, der mir antwortete. Er war soeben ins Wohnzimmer gekommen.

»Die Organisation muss dich nicht interessieren.«

Vince hatte feuchtes Haar, sah aber ansonsten ganz normal aus. Nur seine leicht umschatteten Augen verrieten seine Müdigkeit. Er roch frisch geduscht und nach seinem typischen starken Eau de Toilette. Auch trug er wie immer ein schneeweißes Hemd, ein Zeichen dafür, dass er bereit war für einen neuen Tag – und die damit verbundenen Herausforderungen.

Zunächst fragte er mich aus wie eine Gefangene. Er versprach mir, dass er versuchen würde, seine Kontakte spielen zu lassen, damit ich nicht zu einem Verhör bei der Polizei zu erscheinen hatte, zu dem man mich wahrscheinlich vorladen würde. Schließlich war ein Mensch gestorben.

Während er mich befragte, war seinem wie in Stein gemeißelten Gesicht nicht zu entnehmen, ob irgendeine der Antworten, die ich gab, einen besonderen Eindruck bei ihm hinterließ. Er erklärte mir auch nicht mehr als das, was Will mir zuvor gesagt hatte, aber das überraschte mich nicht. Als Vincent offenbar die Informationen zusammenhatte, die er brauchte, erinnerte er mich noch einmal daran, auf mein Bein zu achten, und wandte sich dann zum Gehen.

Den Rest des Tages verbrachte ich auf dem Sofa. Dort fühlte ich mich einigermaßen wohl, weil Eugenie regelmäßig nach mir sah und auch Will ein paar Mal reinschaute. Vince war offenbar in seinem Büro und machte Gott weiß was. Der Wind, der draußen vor den

Fenstern tobte, machte mir nichts aus, solange ich mich gemütlich in das warme Bettzeug kuscheln konnte.

Am Abend schleppte ich mich mit Wills Hilfe hoch in mein Schlafzimmer, doch ich konnte nicht einschlafen. Ich wusste, dass es weder daran lag, dass ich tagsüber gedöst hatte, noch an dem pfeifenden Sturm draußen – in der Dunkelheit fing ich an, Dinge zu sehen, die ich nicht sehen wollte.

Meine Vorstellungskraft ignorierte die Tatsache, dass der kahlköpfige Mann tot war, anscheinend gänzlich, denn nun schlenderte der Kerl mit seiner glänzenden Pistole in der Hand durch mein dunkles Zimmer und prahlte wieder, dass ihm das Schicksal heute wohlgesinnt war. Er verschwand, tauchte aber einen Augenblick später wieder auf. Diesmal lag er mit hervorquellenden Augen in einer Ecke meines Zimmers, und sobald ich ihn entdeckte, erhob er sich langsam, und ich sah wieder seine hohle Wange. Er kam auf mich zu, knackte mit den Fingern und stöhnte gruselig …

Da hielt ich es nicht mehr aus und sprang aus dem Bett. Am liebsten hätte ich lauthals geschrien, aber meine Stimme versagte, so dass ich nur stumm weinen konnte. Ich stürmte zur Tür hinaus, ohne mich umzudrehen. Zu meinem Pech war der Flur ebenfalls dunkel.

Ich lief auf Wills Schlafzimmertür zu, ohne mich noch einmal umzusehen. Vielleicht kam der tote Mann gerade aus meinem Zimmer? Mit beiden Händen an der Wand wanderte ich blind den Flur entlang, auf der Suche nach dem Lichtschalter. Aber als ich ihn endlich unter meinen Fingern spürte und drückte, blieb es dunkel. Verzweifelt drückte ich wieder und wieder darauf und spürte, wie mir der kalte Schweiß hinunterlief. Irgendwann gab ich auf und rannte in Richtung Wills Zimmer. Es war mir egal, was er von mir denken würde, ich brauchte wirklich Hilfe. Mit zitternder Hand klopfte ich mehrmals an seine Tür. Von Sekunde zu Sekunde wurde ich ungeduldiger. Ich hatte panische Angst und wagte es nicht einmal, mich umzudrehen. Beinahe konnte ich spüren, wie mir jemand in den Nacken atmete. Als ich schließlich etwas an der Schulter spürte, hielt ich es nicht mehr aus. Ich griff nach der Türklinke und stürmte in das Zimmer meines Bruders.

Nur um festzustellen, dass er nicht da war! Sein großes Bett war ordentlich gemacht. Das, was meine Schulter gestreift hatte, waren Strähnen meiner eigenen Haare gewesen. Mein Herz klopfte wie verrückt. Ich hatte Angst, wieder zurück in den Flur zu gehen. Der Sturm und der heulende Wind trugen zu der geradezu horrorartigen Atmosphäre der ganzen Situation bei.

Wo ist Will?, fragte ich mich. *Ist er unten, im verbotenen Teil des Hauses? Das wäre der letzte Ort, an dem ich nach ihm suchen würde, besonders jetzt. Was, wenn er gar nicht zu Hause ist? Was, wenn ich hier ganz allein bin? Aber würden die Jungs mich wirklich über Nacht allein in diesem großen Haus lassen?*, dachte ich panisch.

Schließlich nahm ich, schweißgebadet, wie ich mittlerweile war, meinen Mut zusammen, streckte den Kopf aus Wills Schlafzimmer und sah mich im Korridor um. Es war immer noch zu dunkel, um irgendetwas zu sehen, aber meine Augen hatten sich so weit an das mangelnde Licht um mich herum gewöhnt, dass ich jetzt zumindest Formen erkennen konnte. Der Flur schien leer. Vielleicht sollte ich mich trauen und die Treppe hinuntergehen? Dort könnte ich das Licht anmachen und diese schreckliche Nacht irgendwie überstehen. Sofern das Licht dort funktionierte. Warum bloß ging es hier nicht?

Mit winzigen Schritten näherte ich mich der Treppe, wobei ich alles um mich herum genau beobachtete und auf jedes noch so kleine Geräusch lauschte. Auf halbem Weg nach unten blieb mein Herz beinahe stehen – da war etwas. Ich beschleunigte meine Schritte und starrte konzentriert auf das, was ich zu sehen glaubte. Aber es war nur eine Lampe, in dessen Schirm ich das blasse Gesicht eines glatzköpfigen Mannes sah.

Mich streifte etwas am Arm, und dieses Mal war es definitiv nicht mein Haar. Ich schrie, so laut ich konnte.

»Geez, was ist denn mit dir los?«, fragte Dylan.

Er streichelte meine Schulter und sah mich schockiert an, während ich heulte und mich beinahe an meinen Tränen verschluckte. Bei seinem Anblick verspürte ich eine Erleichterung, die fast zu groß war, um sie zu ertragen.

Dylan beugte sich vor und hob mit einer Hand mein Kinn an, so dass ich ihn ansehen musste. Mit der anderen griff er mein Handgelenk.

»Sieh mich an, und atme tief durch. Zusammen mit mir. Ein … Aus«, sagte Dylan mit einer ruhigen, zuversichtlichen Stimme, die mich überzeugte, seinen Anweisungen zu folgen.

Anfangs klappte es nicht, aber bald atmete ich langsamer und schluchzte nur noch hin und wieder.

»Na geht doch. Jetzt sag mir, was passiert ist, kleines Mädchen. Warum irrst du im Dunkeln herum, anstatt zu schlafen?«

Ich war nicht in der Stimmung, ihm meine ganze Gefühlswelt zu erklären, aber Dylan drängte mich mit seinem Blick, also sagte ich: »Ich habe schlecht geträumt.«

Dylan zögerte.

»Komm, ich bringe dich zurück ins Bett«, bot er an und legte seinen Arm um mich – aber ich sträubte mich.

»Nein! Ich will nicht.«

Er sah mich mit hochgezogenen Augenbrauen an.

»Es ist mitten in der Nacht. Du musst ins Bett.«

»Bitte, ich will nicht … « Ich krallte mich in sein Sweatshirt, als er wieder versuchte, mich mitzuziehen.

Er musterte mich einen Moment lang, atmete dann tief durch und hob den Blick zur Decke.

»Na los«, sagte er, und als er sah, dass ich schon den Mund öffnete, um zu protestieren, fügte er hinzu: »Ich lasse dich nicht allein, klar?«

Ich gab nach, und er führte mich zurück in die Tiefen des Korridors. Es machte ihm anscheinend nichts aus, sich in der Dunkelheit zu bewegen. Überrascht stellte ich fest, dass er mich in sein Schlafzimmer führte. Ich war noch nie bei ihm gewesen. Ich wohnte schon so lange hier und hatte sein Zimmer nie betreten.

Dylan schaltete die Taschenlampe seines Handys ein, und der Raum erstrahlte in einem schwachen Licht.

»Die Sicherungen sind raus«, erklärte er, und der Wind, der vor den Fenstern tobte, heulte auf, als wollte er uns wissen lassen, dass er dahintersteckte. »Wir haben keinen Strom.«

Er ließ mich los und ging in sein Ankleidezimmer. Dort zog er sich bis auf die Boxershorts aus und warf sich dann ein weites T-Shirt über. Es schockierte mich nicht mehr, meinen Bruder in Unterwäsche zu sehen. Noch vor einem halben Jahr wäre ich rot geworden wie eine Tomate. Dylan und die Zwillinge liefen oft halb nackt im Haus herum; ich vermutete, wenn ich nicht bei ihnen wohnen würde, würden sie ganz ohne Kleidung herumlaufen.

»Leg dich hin«, meinte er und nickte in Richtung des Bettes.

Ich sah ihn überrascht an.

»Entweder du legst dich jetzt hin, oder du gehst zurück in dein Zimmer. Also mach schon, bevor ich meine Meinung ändere.«

Das saß. Ich kletterte auf die Matratze.

»Wie geht es deinem Bein?«, fragte er und sah zu, wie ich es vorsichtig unter die Bettdecke schob.

Ich zuckte mit den Schultern. Leider hatte ich immer noch Schmerzen. Ich hatte das Bein ziemlich strapaziert, als ich vorhin durchs Haus gerannt war.

Dylan verschwand im Bad, und ich entspannte mich allmählich. Ich wusste, dass er in der Nähe war, ich konnte ihn hören, das half gegen die Angst. Endlich wurde ich ruhiger. Ich war schon halb eingenickt, als mein Bruder zurückkam und sich neben mich legte. Ich spürte seinen Blick auf mir, also öffnete ich meine Augen und erwiderte ihn schläfrig.

»Will sagt, du hättest einen riesigen blauen Fleck.«

»Mhm«, machte ich und schloss wieder die Augen, schlug dann aber im Halbdunkel die Bettdecke zurück und zog meinen Schlafanzug hoch, um meinem Bruder die Stelle zu zeigen.

Ich hörte, wie Dylan schockiert die Luft einsog und dann langsam wieder ausatmete. Dann zog ich mein Oberteil wieder herunter und kuschelte mich noch tiefer ins Kissen, um endlich Schlaf zu finden. Ich spürte, wie mein Bruder mich wieder zudeckte, dann vertiefte sich die Dunkelheit hinter meinen Augenlidern. Er hatte die Taschenlampe ausgeschaltet.

Ich lag warm und bequem, und vor allem hatte ich keine Angst mehr, nicht mit Dylan neben mir. Wahrscheinlich lag irgendwo eine

Waffe griffbereit. Zum ersten Mal hatte diese Vorstellung eine beruhigende Wirkung auf mich.

In dieser Nacht hatte ich keine Alpträume mehr.

～ 27 ～

Nichts zu danken

Als ich aufwachte, hätte ich fast einen Herzinfarkt bekommen. Ich erkannte das Zimmer, in dem ich mich befand, nicht sofort. Erst als ich einen Moment später ein Schnarchen neben mir hörte, erinnerte ich mich daran, dass Dylan mich letzte Nacht mit zu sich genommen hatte.

Eine Zeit lang beobachtete ich ihn. Jetzt, wo ich ausgeschlafen war, wusste ich sein gestriges Verhalten noch mehr zu schätzen. Obwohl er mich jeden einzelnen Tag ärgerte, musste ich zugeben, dass er seine guten Momente hatte. Das hatte er letzte Nacht wieder einmal bewiesen.

Schlafend sah er ganz unschuldig aus, ohne das freche Grinsen im Gesicht. Ich überlegte kurz, ob ich mich aus seinem Zimmer schleichen sollte, beschloss dann aber, noch etwas zu dösen. Ich sehnte mich nach Nähe und Wärme, und da ich sonst nicht viel davon bekam, wollte ich die Gelegenheit nutzen und mich noch mal an meinen Bruder kuscheln.

Drei Stunden später wachte ich wieder auf. Ich war allein im Bett. Zuerst meldete sich mein Bein. Es tat mehr weh als gestern. Ich vermutete, dass ich es zu sehr belastet hatte. Dann meldete sich der Bluterguss. Ich warf einen Blick darauf und verzog das Gesicht, weil er noch schlimmer aussah, als ich ihn in Erinnerung hatte.

Steif ging ich wenig später die Treppe hinunter. Ich wollte mich wie gestern im Wohnzimmer aufs Sofa legen und fernsehen, aber da hörte ich Stimmen aus der Küche. Zwar hatte ich keinen Hunger, aber ich wusste, dass ich mir wieder etwas würde anhören müssen, wenn ich nicht zum Frühstück auftauchte.

Vince, Dylan und Shane saßen mit ihren Kaffeetassen in den Händen am Tisch und diskutierten über irgendetwas. Bei ihrem Anblick regten sich in mir gemischte Gefühle. Selbst in einer so harmlosen Umgebung wie einer Küche, während er ein so normales Getränk trank wie Kaffee, noch dazu aus einem Becher mit Star Wars-Motiv, kam mir Vince bedrohlich vor. Auch vermied ich es, Dylan anzusehen, um mögliche Sticheleien wegen gestern Nacht zu vermeiden. Am meisten freute ich mich, Shane zu sehen, weil der einfach nur mit müden Augen seinen Kaffee genoss.

»Tony ist aufgewacht!«, sagte Vincent zur Begrüßung und unterbrach dafür sein Gespräch mit den Jungs.

Fast verschüttete ich die Cornflakes, nach denen ich gerade gegriffen hatte.

Ich spürte wieder Tränen in meinen Augen. *O mein Gott, was für eine Erleichterung!*

»Wird er wieder gesund?«, fragte ich besorgt.

»Er wird wieder vollkommen gesund«, bestätigte Vince. »Will, Shane und ich haben die ganze Nacht im Krankenhaus verbracht. Tony ist vor etwa zwei Stunden aufgewacht. Wir haben bereits mit ihm gesprochen. Er ist schwach, aber er wird sich erholen.«

Shane sah mich erschöpft an. Das letzte Mal hatte ich ihn in der Schulkantine gesehen, die er eilig verlassen hatte, kurz bevor Tony und ich auf sein Motorrad gestiegen waren. Seitdem sein Zwillingsbruder im Krankenhaus war, war er ihm nicht mehr von der Seite gewichen. Wenn ich darüber nachdachte, empfand ich eine Mischung aus Zuneigung und Respekt für ihn. Ich wusste, dass meine Brüder fest zusammenhielten, aber es waren Situationen wie diese, die zeigten, wie wichtig sie einander wirklich waren.

Ich musste mir allerdings eingestehen, dass ich mich tief in meinem Inneren vor der Begegnung mit Shane gefürchtet hatte. Ich hatte Angst, dass er mir die Schuld für das geben würde, was mit Tony geschehen war. Immerhin war sein Bruder von der Kugel getroffen worden, die eigentlich für mich bestimmt gewesen war.

Er lachte leise auf und sagte: »Er ist aufgewacht und hat sich sofort wie eine verdammte Prinzessin benommen. Also würde ich sagen, es steht ziemlich gut um ihn.«

Er grinste, wie immer, wenn er Witze machte. Wieder einmal fühlte ich mich erleichtert.

Ich musste kichern.

»Und wie geht es dir?«, fragte er und wurde ernst.

»Gut«, antwortete ich und warf einen Blick auf Vince. »Wann kann ich Tony besuchen?«

»Wir werden nach dem Frühstück zu ihm fahren. Wie geht es deinem Bein?«

Ich winkte ab, es gab gerade Wichtigeres.

»So weit okay.«

»Vielleicht solltest du lieber zu Hause bleiben, um es nicht zu belasten«, schlug Dylan vor und zog die Stirn in Falten.

Offenbar konnte ich meine Schmerzen nicht ganz so gut verstecken, wie ich gehofft hatte.

»Es geht mir gut!«

»Du kannst doch kaum laufen«, protestierte er.

»Ich möchte Tony sehen.«

Dylan wollte mir gerade widersprechen, da schritt Vincent ein und entschied, dass ich mitkommen sollte. Niemand stellte es infrage.

Als wir vor dem Krankenhaus parkten, war Shanes Auto schon da. Ich stieg aus dem Wagen und ging, von Vincent und Dylan gestützt, zum Krankenhausgebäude. Sie kannten den Weg zu Tonys Station offenbar auswendig.

Im Aufzug begann mein Herz, heftig zu schlagen, und als wir den langen Flur hinuntergingen, dachte ich schon, es würde mir aus der Brust springen. Die ganze Zeit hatte ich mich darauf gefreut, Tony zu besuchen, aber jetzt, wo mir klar wurde, dass ich ihn gleich sehen würde, bekam ich Panik.

Was ist, wenn Tony mich nicht sehen will?

Jedes Mal, wenn ich mir vorgestellt hatte, ihn zu besuchen, hatte ich mir den Kopf darüber zerbrochen, wie ich ihm für seine Rettungsaktion danken konnte. Aber jetzt kam mir der Gedanke, dass Tony das vielleicht gar nicht hören wollte. Er hatte so viel durchgemacht, und das alles war – egal wie man es betrachtete – letztlich meinetwegen passiert. Unwillkürlich verlangsamte ich meinen Schritt. Vielleicht war es keine gute Idee, dass ich hier war.

Aber ich hatte keine Wahl mehr. Ich schluckte den Kloß in meinem Hals hinunter und versuchte, mich normal zu verhalten. Dann hob ich meinen Kopf. Tony würde mich höchstens anschnauzen. Keine große Sache. Ich würde es schon irgendwie verkraften.

Ohne zu klopfen, drückte Vince die Klinke einer unscheinbaren weißen Tür hinunter. Er trat zuerst ein, und ich folgte ihm. Das Zimmer war nicht viel größer als das, in dem ich gelegen hatte. Es gab ein Fenster zum Innenhof, durch das gleißendes Licht hereinfiel. Das Bett, in dem mein Bruder lag, war etwas größer, als meines und von Geräten umgeben – aber die Hälfte der Maschinen schien ausgeschaltet zu sein. Stattdessen machte hier ein kleiner Fernseher, der an der weißen Wand gegenüber hing, laute Geräusche.

Shane saß bereits auf einem Stuhl, die Beine auf Tonys Bett ausgestreckt, und Will stand vor dem Fernseher und versuchte, mit einer Fernbedienung, deren Batterien offensichtlich leer waren, den Kanal zu wechseln. Auch er hatte dunkle Schatten unter den Augen.

Dann sah ich Tony.

Unsere Blicke trafen sich.

Ich kämpfte heftig dagegen an, in Tränen auszubrechen. Das Letzte, worauf ich jetzt Lust hatte, war, in Gegenwart all meiner Brüder schon wieder loszuheulen.

Tony war blass. Seine Haare waren unordentlich, und er sah irgendwie erwachsener aus, als hätte er viel mehr als nur zwei Tage in der Klinik verbracht. Er wirkte weniger geschwächt, als ich gedacht hatte. Er war zwar fertig, aber gleichzeitig machte er den Eindruck, als wäre er jederzeit in der Lage, aufzustehen und jemandem zum Spaß den Hintern zu versohlen. Vielleicht war es nur eine Illusion, aber ich schöpfte Hoffnung, dass er tatsächlich schnell wieder auf die Beine kommen würde.

Ich wusste nicht, was ich sagen oder tun sollte. Ich wollte ihn anlächeln, aber da schaute Tony weg, und ein dumpfes Gefühl der Enttäuschung machte sich in mir breit.

Zusammen mit Dylan und Vincent ging ich auf ihn zu.

»Bist du okay?«, fragte Dylan lässig und gab ihm einen Faustcheck.

»Yo, alles super. Die Schwestern hier sind allesamt scharf auf mich«, antwortete Tony mit heiserer Stimme und legte grinsend den Kopf schief.

»Auch noch, nachdem sie dir den Katheter gelegt hatten?«

»Danach erst recht«, sagte er mit einem Augenzwinkern.

Dylan und Shane brachen in Gelächter aus. Will und Vince schnaubten missbilligend, aber ich erkannte, dass sie amüsiert waren. Tony konnte sich nicht allzu schlecht fühlen.

Ich biss mir auf die Lippe. Dieser Männerkram, über den sie so offen reden konnten, war mir peinlich. Ich war mir nie sicher, ob ich ihre Witze richtig verstand.

Tony fragte nach dem Glatzkopf und bekam eine oberflächliche Antwort, aus der er jedoch anscheinend viel mehr ableiten konnte als ich. Niemand sprach über Details, wahrscheinlich meinetwegen. Meine Brüder schienen eine Art Code zu verwenden, den nur sie verstanden. Für mich klang ihr Gespräch einfach wie eine verkürzte Version dessen, was geschehen war. Irgendwann nötigte mich Will, mich hinzusetzen, und ermahnte mich, dass ich mein Bein ausruhen müsse. Während die Jungs über meine Verletzung sprachen, bemerkte ich, wie mir Tony ein paar flüchtige Blicke zuwarf.

Er fragte Shane sogar nach Marge, die ich völlig vergessen hatte. Glücklicherweise ging es ihr gut. Offenbar hatte sie tatsächlich ein paar Pillen geschluckt, aber nicht genug, um sich ernsthaft in Gefahr zu bringen – sie hatte nur schlimme Bauchschmerzen bekommen.

Wir blieben noch eine ganze Weile im Krankenhaus. Ich beteiligte mich kaum an den Gesprächen. Irgendwann musste Shane auf die Toilette, Dylan und Will gingen los, um Kaffee für sich und heiße Schokolade für mich zu holen, und Vince musste einen wichtigen Anruf entgegennehmen – und plötzlich waren Tony und ich allein.

Mein Bruder blinzelte, offenbar genauso erstaunt wie ich, dass sie sich alle plötzlich in Luft aufgelöst hatten. Er sagte nichts, sondern griff nur mühsam nach der Fernbedienung auf dem Nachttisch. Dann konzentrierte er sich darauf, zwischen den Kanälen hin und her zu switchen, und wir hätten wahrscheinlich wie üblich kein Wort miteinander gewechselt, bis meine Brüder zurückkamen – wenn ich nicht einen Beschluss gefasst hätte.

Tony hatte mich gerettet, und ich wollte mich bei ihm bedanken. Ich war am Zug, so oder so. Ob er meine Dankbarkeit nun annehmen würde oder nicht, ich musste sie ihm irgendwie zeigen.

Während Tony also auf der Fernbedienung herumtippte, stand ich auf und ging zu ihm hinüber. Erst als ich eine Armlänge von ihm entfernt war, hob er den Blick. In seinen Augen lag keine Abneigung, aber er sah mich auch nicht besonders wohlwollend an. Es war, als würde er sich einfach nur fragen, was ich da eigentlich machte.

Ich fasste mir ein Herz und umarmte ihn, ganz vorsichtig, ohne seine Wunde am Bauch zu berühren. Ich spürte, wie Tonys Körper sich versteifte, aber ich ließ mich nicht entmutigen. Mein Herz klopfte wie verrückt. Unter meinen Fingern spürte ich Tonys harte Muskeln, und ich konnte seinen Krankenhausgeruch riechen.

»Danke«, flüsterte ich ihm ins Ohr.

Ich wollte noch viel mehr sagen, aber ich war so aufgewühlt, dass ich nichts weiter herausbekam – außer dem einen, dem Einfachsten und Wesentlichsten. Er schien zu verstehen, denn plötzlich, zu meiner unendlichen Freude, schlang er seine Arme um meinen Rücken. Dann holte ich tief und zitternd Luft.

Tony umarmt mich! Wow!

In Tonys Umarmung gefangen zu sein, war eines der besten Gefühle der Welt. Ich hatte mich nicht geirrt, seine Arme waren trotz seiner Angeschlagenheit stark. Was er von mir hielt, war mir immer noch ein Rätsel, aber er umarmte mich. Nur das zählte. Wir waren noch nie so liebevoll miteinander gewesen.

»Nichts zu danken.«

Seine Stimme klang immer noch gleichgültig, aber das war mir egal, schließlich hielt er mich im Arm. Ich wollte fast schon mit ihm darüber streiten, dass es sehr wohl etwas zu danken gab, aber ich ließ es bleiben. Ich wollte den schönen Moment nicht ruinieren.

Und mit einem Mal fiel eine Last von mir ab. Die Last all der Dinge, die mir widerfahren waren und die mir niemals hätten widerfahren dürfen. Nicht nur die Schießerei und der tote Glatzkopf, sondern auch Jerrys Angriff, Audreys Wut, Jasons Verrat … Für einen Moment vergaß ich das alles. Das Wichtigste war, dass Tony lebte und wach war und dass er nicht wütend auf mich war.

»Hey, ich will auch eine Umarmung«, sagte Dylan spöttisch. Er war gerade zusammen mit Will ins Zimmer gekommen, zwei Pappbecher in den Händen. Ich löste mich von Tony und lief rot an.

»Verpiss dich«, antwortete dieser an Dylan gewandt und richtete sich auf dem Bett auf.

Ich lehnte mich auf meinem Stuhl zurück und nahm die heiße Schokolade von Will entgegen, auf die ich gerade absolut keine Lust mehr hatte. Ich war so glücklich, dass ich nichts mehr brauchte, um mich wohlzufühlen.

»Was zum Teufel ist das?«, knurrte Tony, als er den Inhalt des Bechers sah, den Dylan ihm reichte.

»Wonach sieht es denn aus? Es ist Wasser, du Penner.«

»Ich habe mehr als genug Wasser hier, du solltest mir Kaffee bringen, du kleiner Arsch!«

»Kaffee ist was für Erwachsene, und du bist keiner.« Dylans spöttischer Spruch veranlasste Tony, den Pappbecher in einem Zug zu leeren, wonach er ihn mit einer Hand zerknüllte und nach seinem Bruder warf. Der Papierball traf ihn an der Wange, doch bevor er zu Boden fallen konnte, fing Dylan ihn auf und schleuderte ihn auf Tony, der ihn wie einen Baseball zurückschlug. Beinahe traf er Vince an der Schulter, aber der fing ihn mit einer eleganten Bewegung und warf ihn, bevor ich auch nur blinzeln konnte, in den Mülleimer.

Ihr Spiel hatte die Stimmung aufgelockert, und auf einmal hatte ich keine Angst mehr mitzulachen. Vor allem hatte ich Lust dazu.

Ich schaute in die fröhlichen Gesichter meiner Brüder. Sie lachten übereinander, plapperten, beleidigten sich gegenseitig – aber eher mit harmlosen Insidern. In dem Moment dachte ich mir: *Was auch immer passiert, sie werden bei mir sein.* Es mochte Menschen auf dieser Welt geben, die mir etwas Böses wollten, aber diese fünf Jungs hier – egal wie nervig, stressig oder besitzergreifend sie manchmal waren – würden immer für unsere Familie einstehen.

Und vor allem für mich.

28

Dreckskerl

Ich verbrachte insgesamt vierzehn Tage zu Hause, und wenn ich ihn nicht angefleht hätte, hätte Vincent mich noch länger nicht zur Schule gehen lassen. Aber allmählich musste ich mal wieder unter Leute.

Sicher, die Monet-Villa war der perfekte Ort, um sich zu erholen. Es gab gleich mehrere bequeme Sofas, einen riesigen Fernseher und eine hilfsbereite Haushälterin, die alle meine Wünsche erfüllte. Doch auf Dauer wurde mir langweilig. Zumal Tony vor Kurzem aus dem Krankenhaus entlassen worden war und ich nun mit ihm zu Hause festsaß. Und er verhielt sich, wie zu erwarten, absolut unausstehlich.

Am Tag meiner Rückkehr in die Schule tat ich etwas, das für meine Verhältnisse so bahnbrechend war, dass ich es eigentlich hätte in meinem Kalender verewigen müssen. Nachdem ich am Morgen mein Haar zu einem Zopf geflochten und meine Uniform angezogen hatte (wobei ich sehr darauf achtete, die noch nicht ganz verheilte Prellung nicht zu berühren), betrachtete ich eine Weile mein Gesicht im Spiegel. Dann legte ich den Kopf schief, weil mir etwas fehlte: etwas Farbe, ein Akzent. Getrieben von einem seltsamen Impuls, griff ich nach der Schachtel mit den goldenen Ohrringen, die mir meine Mutter geschenkt hatte und die ich in meinem Kleiderschrank versteckt hielt. Bisher hatte ich mich davor gescheut, sie zu tragen, aber heute, das fühlte ich, war es an der Zeit.

Kaum hatte ich sie vorsichtig angesteckt, spürte ich eine Kraft in mir aufsteigen, die ich noch nie zuvor gefühlt hatte. Eine Kraft, die ich heute definitiv brauchte, denn ich war ziemlich aufgeregt wegen meines ersten Schultags nach so langer Zeit. Ich wusste, dass die Leute über mich tratschten, dass unser Unfall und Tonys Krankenhausaufenthalt heiße Themen waren.

Außerdem machte ich mir Sorgen, dass Mona es mittlerweile leid war, auf mich zu warten, und dass sie sich doch mit Audrey versöhnt hatte. Obwohl ich hin und wieder mit Mona geschrieben hatte, spürte ich immer noch eine gewisse Distanz zwischen uns. Wir standen uns nicht so nahe, wie wir es uns gewünscht hätten, und wir wussten es beide.

Auch Audreys Situation bereitete mir zunehmend Sorgen. Es hatte mich jedes Mal traurig gemacht, wenn wir uns im Flur über den Weg gelaufen waren. Ich stellte mir vor, wie schlimm es für sie und ihre Eltern gewesen sein musste, so plötzlich von Jerry getrennt zu werden. Je mehr Zeit verging, desto mehr war ich geneigt, ihm zu vergeben. Mittlerweile dachte ich sogar manchmal, dass Audrey und ich unsere Beziehung doch noch wieder hinkriegen könnten, wenn ich meine Brüder vielleicht eines Tages überzeugen konnte, Jerry gegenüber Erbarmen zu haben. Dann würde Audrey wieder mit mir und Mona reden.

Meine Befürchtungen wegen Mona sollten sich jedoch bald in Luft auflösen. Gleich am Morgen begrüßte sie mich mit einem breiten Lächeln, umarmte mich und machte mir Komplimente zu meinem Aussehen. Das munterte mich auf, denn ich hatte mich in den letzten Tagen unattraktiv gefühlt und war es leid, in unförmigen Jogginghosen auf dem Sofa abzuhängen. Wir drückten uns fest, unterhielten uns über das Geschehene, und dann, kurz vor der Mittagspause – Mona schleppte mich auf die Toilette, um ungestörter zu reden – passierte etwas Seltsames. Aus einer der Kabinen war ein lautes Schluchzen zu hören.

Verwirrt sahen wir uns an.

»Hallo? Hey, alles klar? Geht es dir gut?«, fragte Mona zögernd.

Sie trat näher an die Kabine heran, aus der die schluchzenden Geräusche kamen. Nach ihren Worten verstummten sie zunächst, setzten aber sofort wieder ein, und zwar mit noch größerer Heftigkeit.

»Brauchst du Hilfe?« Mona gab nicht auf.

Ich sagte nichts. Nicht, weil ich nicht helfen wollte, aber ich hatte ein seltsames Gefühl.

»Mona?«, fragte eine Stimme aus der Kabine.

Mona und ich tauschten einen weiteren Blick.

»Jaaa? Wer ist da?«

Das Weinen wurde wieder lauter und übertönte das Klicken des Schlosses, aber die Tür der Kabine ging auf, als Mona dagegendrückte. Da sahen wir Lavinia, die zusammengekauert auf der Toilettenbrille saß. Bei ihrem Anblick schnappte ich nach Luft. Ihr glattes blondes Haar war zerzaust, ihr Gesicht gerötet, und schwarze Wimperntusche, vermischt mit Tränen, lief ihr über die Wangen.

Als sie mich sah, schüttelte sie nur den Kopf, und eine weitere Tränenfontäne strömte aus ihren Augen. Ich sah sie einen Moment lang ohne jegliche Gefühlsregung an. Im Grunde sollte ich vermutlich

Genugtuung empfinden, schließlich war sie nicht ganz unschuldig an meiner Misere. Aber ich konnte nicht anders, als Mitgefühl mit ihr zu haben. Ich ging vor ihr in die Hocke und zuckte kurz zusammen, weil es in meinem Bein zog – es war schon besser geworden, aber noch nicht ganz in Ordnung. Mona hingegen stellte sich neben Lavinia und legte ihren Arm um sie.

»Was ist passiert?«, fragte ich.

Lavinia brauchte einen Moment, um zu antworten. Ich zog eine Packung Taschentücher aus meiner Tasche und reichte ihr eines. Zuerst schaute sie mich etwas misstrauisch an, aber schließlich nahm sie es an und begann, sich die Nase zu putzen.

»Jason … «

Ah, ja.

Ich bemühte mich, nett und hilfsbereit auszusehen, aber ich konnte nicht verhindern, dass ich nun doch kurz Schadenfreude empfand.

Ärger im Paradies?

»Was ist mit Jason?«, fragte Mona.

Ich konnte es mir schon denken.

»Er hat mich verlassen!«, heulte Lavinia auf.

Der nächste Blick, den ich mit Mona wechselte, war mehr als bedeutungsvoll. Nachdem er mich so schlecht behandelt hatte, hatten wir uns eine Meinung über ihn gebildet, die hiermit bestätigt wurde.

Lavinia begann zu erzählen, was geschehen war. Nichts hatte ihre plötzliche Trennung angekündigt. Sie hatte ihn heute wie üblich begrüßt, doch statt eines Guten-Morgen-Kusses hatte sie einen eiskalten Blick, ein gleichgültiges Schulterzucken und ein spöttisches Lächeln von ihm bekommen.

»Ist denn gestern etwas passiert?«, fragte Mona.

Lavinia schüttelte den Kopf.

»Wir haben uns gestern nicht gesehen, Jason war beschäftigt. Aber vor zwei Tagen …« Sie hielt inne, weil ihr wieder die Tränen in die Augen stiegen.

»Was ist vor zwei Tagen passiert?«, fragte ich sanft, ich fühlte mich auch schon ganz elend, wie ich sie so sah.

»Wir haben miteinander geschlafen«, stieß sie hervor und verbarg ihr Gesicht in den Händen. Ich biss mir auf die Lippe und sah zur Seite, Mona seufzte leise. »Es war mein erstes Mal …«

Viel mehr konnten wir nicht aus ihr herausbekommen. Die Sache war jedoch schmerzhaft eindeutig. Jason hatte Lavinia überredet, mit ihm Sex zu haben, und danach das Interesse an ihr verloren. *Was für ein Klischee!*, dachte ich. *Was für ein Arschloch!* Wenn ich es nicht gerade mit eigenen Ohren gehört hätte, hätte ich schwören können, dass so etwas im echten Leben nicht passierte. Ich war bisher davon überzeugt gewesen, dass es das nur in kitschigen Teenagerdramen gab. Dieser Junge, den ich so sehr gemocht hatte, mit dem ich so viel Zeit verbracht und den ich so vehement vor meinen Brüdern verteidigt hatte, hatte seine Freundin wie den letzten Dreck behandelt.

Und das Gleiche hätte auch mir passieren können!, stellte ich schockiert fest.

»Er hat gesagt, dass er sich mit mir nicht wirklich wohlfühlt«, sagte Lavinia schließlich. Sie zitterte am ganzen Körper. Es war unmissverständlich, dass es ihr schwerfiel, darüber zu sprechen – vor allem in meiner Gegenwart.

Mona flüsterte ihr beruhigende Worte ins Ohr und verfluchte Jason, aber ich war nicht in der Stimmung, die Rolle der Trösterin zu spielen. In mir kochte es. All die langen Wochen hatte Jason so getan, als wäre er bis über beide Ohren in Lavinia verliebt, nur um ihr an die Wäsche zu gehen. *Was für ein Mistkerl!* Sogar ich hatte ihm geglaubt, dass er echte Gefühle für sie hatte, aber er hatte ihr alles nur vorgespielt. *Er ist also einer von diesen Typen. Einer dieser Idioten, die nur mit ihrem Pimmel denken.*

Bei mir hatte er wahrscheinlich auch nur so getan, als ob. Er hatte mir die ganze Zeit etwas vorgemacht. Deshalb war er auch so schnell über mich hinweggekommen.

Ich stand auf und sah auf die weinende Lavinia hinunter. Das hätte ich sein können. Heulend auf der Schultoilette, ausgenutzt und verlassen.

Die arme Lavinia!

»So ein Schwein!«, rief ich aus, und beide Mädchen sahen mich überrascht an.

Ich fühlte überwältigende Wut. Auf diesen Dreckskerl Jason. Nicht auf Lavinia. All der Groll, den ich für ihn empfunden hatte, nachdem er aufgehört hatte, mit mir zu sprechen, all die Traurigkeit, der er mich ausgesetzt hatte, indem er schamlos in der Öffentlichkeit mit einem anderen Mädchen rummachte. Die Empörung, die ich jetzt empfand, nachdem ich erkannt hatte, was für ein beschissener Typ er war und wie sehr ich mich in ihm getäuscht hatte – diese Gefühle bildeten zusammen eine gefährliche, geradezu explosive Mischung.

Ohne auf Monas Rufe zu achten, rannte ich aus dem Klo und lief auf direktem Weg in die Kantine. Ich fand den Tisch, an dem Jason saß, sofort – ich wusste genau, welcher es war, schließlich hatte ich viel zu oft in seine Richtung geschaut.

Jason bemerkte mich erst, als wir nur noch wenige Meter voneinander entfernt waren. Er hatte nicht einmal Zeit aufzustehen. Seine albernen Freunde verstummten, als sie mich sahen.

»Hai–«, begann er, sprach aber nicht zu Ende, als sich meine gespreizten Finger in seine Brust bohrten. Ich hatte vor Kurzem angefangen, meine Nägel wachsen zu lassen, und hoffte, dass er es fühlen konnte.

»Du bist der letzte Dreck, Jason«, knurrte ich und krallte mich in sein Hemd. Ich blickte direkt in seine blauen Augen, die ich einst so sehr vermisst hatte. Jetzt stellte ich erfreut fest, dass sie mich überhaupt nicht mehr beeindruckten.

»Was soll das?«, keuchte er, dann erhob er sich von seinem Stuhl und versuchte, sich von mir loszumachen.

»Du ekelst mich an!«

Es gelang ihm, sich aus meinem Griff zu befreien und sich ein Stück zu entfernen, aber ich schubste ihn, und er wankte.

»Sie ist total durchgeknallt!«, rief Jason und warf einen Blick zur Seite, was mir bestätigte, dass wir mittlerweile ein ziemlich großes Publikum hatten. Ich jedoch konzentrierte mich nur auf ihn.

»Du bist ein mieser Scheißkerl!«

Ich sprach laut und deutlich und hoffte, dass jedes Mädchen im Raum mich hören konnte.

Plötzlich erschien ein albernes Grinsen auf seinem Gesicht. Wie hatte ich nur glauben könne, dass seine Grübchen süß seien?

»Bist du sauer, weil ich dich abserviert habe?« Er lachte laut auf. *Was für ein Bullshit!*

Unser Fight war zu einer Show für die ganze Kantine geworden, und offenbar stieg es ihm zu Kopf. Wahrscheinlich fühlte er sich gerade wie ein Promi. *Nun, wenn du eine Berühmtheit sein willst, dann bitte sehr!*, dachte ich.

Mit einer Kraft, von der ich nicht gewusst hatte, dass sie in mir steckt, holte ich aus. Meine offene Handfläche traf sein Gesicht. Ich erwischte ihn etwas oberhalb der Wange, die mein Ziel gewesen war, aber das war okay – denn das Wichtigste war, dass es ihm weh-tat. Er keuchte und zischte und befühlte mit seinen Fingern den ro-ten Fleck, der sich gerade auf seinem Gesicht bildete.

Meine Hand brannte, aber ich ballte sie zur Faust und ignorierte den Schmerz. Ich erlaubte mir nur ein einziges Gefühl, und das war Triumph – denn ich hatte etwas getan, wovon ich insgeheim ge-träumt hatte, seit ich ihn das erste Mal mit Lavinia gesehen hatte.

Jasons rechte Hand zuckte, als ob er für den Bruchteil einer Se-kunde überlegte zurückzuschlagen. Doch er tat es nicht. Verblüfft bemerkte ich, dass er einen Augenblick zu lange auf etwas hinter mir starrte.

Schlagartig erinnerte ich mich daran, dass ich ja Brüder hatte. Mein Herz setzte aus, als mir klar wurde, dass zwei von ihnen mei-nen Ausbruch mitbekommen haben mussten.

Dylan saß ausgestreckt auf einem Stuhl, die Arme über der Lehne, und auf den ersten Blick sah seine Haltung ganz locker aus, aber ir-gendetwas sagte mir, dass er jeden Moment aufspringen würde. Auf seinem Gesicht lag ein ernster, fast bedrohlicher Ausdruck. Er be-obachtete das Geschehen mit hoch erhobenem Kinn, den Kopf leicht in unsere Richtung gedreht, so dass ihm kein Wort entgehen konnte.

Shane hingegen schien entspannter zu sein. Er verfolgte meine Auseinandersetzung mit Jason mit größtem Interesse, als würde er einen Actionfilm schauen. Das Einzige, was ihm noch fehlte, war eine Tüte Popcorn.

Ich wandte mich wieder meinem Gegner zu. Überraschenderweise spürte ich einen weiteren Anflug von Mut. Ich machte einen kleinen Schritt auf Jason zu und packte ihn wieder am Hemd, wobei ich ihm meine Nägel in die Haut rammte.

»Du gehst mir jetzt lieber aus den Augen«, flüsterte ich ihm zu, und ich glaube, mein Blick war so feindselig und hasserfüllt wie noch nie.

Jason sah hinter mich, schluckte und löste sich dann ruckartig aus meinem Griff. Dann atmete er einmal tief durch, sah seine verblüfften Kumpels an und deutete mit einer Kopfbewegung in Richtung Ausgang.

»Ich gehe eine rauchen«, rief er ihnen zu, schnappte sich seine Lederjacke und ging mit schnellem Schritt davon, wobei er etwas murmelte, das klang wie: »Ich fasse es nicht, was für ein Theater!«

Na, genau. Ein Riesentheater, du Arschloch!, dachte ich.

Kaum war er den Gang hinunter verschwunden, schüttelte ich mich aus der seltsamen Trance, in die ich gefallen war, und verwandelte mich wieder in Hailie, Miss Perfect Nerd. Ich schaute mich in der Kantine um und wurde zunehmend panisch angesichts der vielen Blicke, die mich durchbohrten. Dabei vermied ich es absichtlich, in Richtung des Monet-Tischs zu schauen.

Am Ende blieb mir nichts anderes übrig, als zu gehen. Ich ertrug es nicht, im Mittelpunkt zu stehen, schon gar nicht auf diese Art. Also marschierte ich raus in den Flur und lehnte mich gegen die Spindwand. *Was zum Teufel war das? Bin ich das gewesen? Habe ich Jason gerade geohrfeigt?* Ich konnte es nicht fassen!

Ich schloss die Augen und erinnerte mich an sein vor Verlegenheit gerötetes Gesicht. Ich öffnete sie erst wieder, als ich hörte, wie jemand vor mir langsam applaudierte. Klatsch-klatsch-klatsch.

»Nette Show, kleine Schwester«, sagte Dylan. Er kam lässig auf mich zugeschlendert. Ich atmete tief durch und machte mich auf eine weitere Predigt gefasst. »Eins interessiert mich: Warum genau bist du gerade heute so wütend auf ihn?«

Ich vermutete, dass Dylan eigentlich wissen wollte, ob ich trotz des Verbots noch Kontakt zu Jason hatte. Also erzählte ich ihm die Wahrheit: wie Mona und ich Lavinia auf der Toilette gefunden hatten.

Er nickte.

»Okay, verstehe. Aber merk dir für die Zukunft: Das ist die Art von Dingen, mit der du zu uns kommen solltest. Du willst doch nicht deinen Ruf an der Schule ruinieren, oder?«

»Nein«, gab ich zu.

Dylan schien sich alle Mühe zu geben, eine ernste Miene zu bewahren, doch als er an mir vorbeiging, konnte ich ein spöttisches Lächeln auf seinen Lippen erkennen. Ganz langsam dämmerte mir, was ich da gerade getan hatte. Vor den Augen der ganzen Schule hatte ich Jason geohrfeigt und vorgeführt. Mein Bruder hatte recht, ich hätte mir richtig Ärger einhandeln können, wenn ein Lehrer es mitbekommen hätte.

Jason ging mir für den Rest des Tages aus dem Weg. In den Pausen kamen verschiedene Mädchen auf mich zu und bewunderten mich für die Aktion. Mona war total angenervt, dass sie eine so aufregende Show mit mir in der Hauptrolle verpasst hatte. Leider stellte sich aber auch heraus, dass Mrs. Roberts die Szene sehr wohl mitangesehen hatte und nur nicht schnell genug hatte einschreiten können. Sie sprach mich nach dem Unterricht an und warnte mich, dass ein derartiges Verhalten an dieser Schule sehr streng bestraft würde. Ich wusste, dass sie sich Sorgen um mich machte, aber ich hätte es trotzdem zu schätzen gewusst, wenn sie Vincent nicht in die Sache mit reingezogen hätte.

Doch das tat sie, und damit verlor sie vorübergehend ihren Titel als meine Lieblingslehrerin.

»Erinnerst du dich daran, wie ich gesagt habe, dass ich möchte, dass du dich aus Prügeleien raushältst?«, fragte mich Vincent, als ich nach Hause kam. Er holte mich im Flur ein, noch bevor ich die Küche betreten konnte. Sein Ton schien zwar locker, aber wie immer schwang darin unmissverständlich Strenge mit.

Ich schaute ihn ängstlich an. Seine hellen Augen waren eindringlich, aber irgendetwas sagte mir, dass er nicht wirklich böse auf mich war.

»Eigentlich war es keine Prügelei …«, begann ich, aber er unterbrach mich.

»Ich habe dich gewarnt, Hailie.«

Ich seufzte. Selbst wenn ich gewollt hätte, ich konnte kein Gespräch vergessen, das ich jemals mit ihm geführt hatte.

»Ich erinnere mich.«

Mein Bruder nickte.

»Und warum sollst du dich raushalten?«, bohrte er weiter.

Will kam die Treppe herunter und begrüßte mich knapp, als er an uns vorbeikam. Ich war mir sicher, dass er gehört hatte, worüber wir redeten. Offenbar beschloss er jedoch, sich nicht einzumischen, denn er verschwand in der Küche und ließ uns allein. Alles, was ich hören konnte, waren die Stimmen der Jungs, die aus dem Nebenzimmer kamen.

»Weil es gefährlich ist?«, riet ich.

»Ist in letzter Zeit nicht genug in deinem Leben passiert? Brauchst du etwa noch mehr Aufregung?«

»Vince, es war nicht wirklich eine Prügelei«, antwortete ich und erwiderte tapfer seinen Blick.

»Ich frage dich, Hailie: Brauchst du noch mehr Aufregung?«

Ich ballte meine Hände zu Fäusten und starrte hinunter auf meine Schuhe. Warum mussten Unterhaltungen mit ihm immer so verdammt schwierig sein?

»Nein.«

Vincent sagte eine Weile nichts, und irgendwann schaute ich ihn doch wieder an. Ich war überrascht, denn er sah auf mich herab, mit offensichtlicher Belustigung. Zog er mich gerade auf?

»Ich habe Jason eine verpasst. Diesem Jungen, den du mir verboten hast zu treffen. Er hat sich wirklich als ein totaler Loser entpuppt«, sagte ich.

Seine Mundwinkel begannen zu zittern.

»Ich weiß, dass es Jason war, den du geohrfeigt hast, Hailie. Sonst würden wir nicht hier herumalbern, sondern du wärst in ernsthaften Schwierigkeiten.«

Ich schluckte. Obwohl wir angeblich nur herumalberten, stand ihm deutlich eine Warnung im Gesicht geschrieben.

Mir war jedoch klar, dass er mir mit dieser Aktion vor allem zeigen wollte, dass er alles mitbekam, was ich machte. Dieser Mann ... Er war so schwer zu fassen. Ich konnte mich nie entscheiden, ob er mich beeindruckte oder ob ich Angst vor ihm hatte.

»Audrey will nicht mehr mit mir befreundet sein.«

Eigentlich redete ich mit Vincent kaum über meine Freundschaften oder über Dinge, die in der Schule passierten. Dementsprechend war es nicht verwunderlich, dass er erstaunt dreinschaute, als wüsste er nicht so recht, was er dazu sagen sollte.

»Jerry hat ihr Lügen über mich erzählt, und sie hat ihm geglaubt. Jetzt will sie nichts mehr mit mir zu tun haben.«

Mein Bruder sah mich an, doch irgendwie kam es mir nicht so vor, als würden ihn meine Probleme besonders interessieren. Er war nicht der Typ für Mitleid, also kam ich gleich zur Sache. »War es wirklich notwendig, Jerry aus Pennsylvania zu verbannen?«, fragte ich leise.

Vincents Mimik verhärtete sich. Er schien das alles nun nicht mehr lustig zu finden, sondern trug jetzt diese beängstigende Maske, die er immer aufsetzte, wenn ich Themen ansprach, die ihm unangenehm waren.

»Du weißt nur zu gut, warum er wegziehen musste«, antwortete er leidenschaftslos und verschränkte die Arme vor der Brust.

»Er hat einen Fehler gemacht, das stimmt«, sagte ich, »aber das alles war ja nicht seine Idee, oder?«

»Das ist irrelevant«, unterbrach mich Vince. »Der Typ hat dich bedroht, und er hat dafür bezahlt. Eine ziemlich milde Strafe, wenn du mich fragst.«

Er sah mich finster an.

»Audrey ist meine Freundin, und sie hat gerade meinetwegen ihren Bruder verloren … Du kannst nicht … Ich meine, kannst du es nicht rückgängig machen? Ich denke, er weiß jetzt, was er falsch gemacht hat. Und du solltest ihm verzeihen …«, stammelte ich.

Ich weiß nicht, woher ich meinen Mut nahm. Hier stand ich vor meinem großen Bruder, klein wie eine Ameise, und versuchte wieder einmal, mich gegen ihn zu behaupten. Es kostete mich ein großes Stück Überwindung, keinen Schritt zurück zu machen, als er sich zu mir vorbeugte. Stattdessen senkte ich den Blick.

»Liebe Hailie, willst du mir sagen, was ich tun soll, obwohl du mir nicht einmal in die Augen schauen kannst?«, fragte er mit leiser Stimme, die mitten im Satz in ein bedrohliches Flüstern überging.

Ich versuchte, seinen Blick zu erwidern, um ihm zu beweisen, dass ich das sehr wohl konnte, aber es dauerte nur ein paar Sekunden, und ich starrte wieder auf meine Schuhe. Er strich mit seinen Fingern über mein Kinn, hob es an und zwang mich, ihm in die Augen zu sehen.

»Glaubst du wirklich, dass du in der Position bist, mir zu sagen, was ich tun soll?«, fragte er.

»Nein«, murmelte ich.

Ich hätte alles gesagt, was er wollte, nur damit er von mir abließ.

»Dachte ich mir schon. Hailie, ich möchte dich bitten, meine Entscheidungen nicht in Zweifel zu ziehen. Zumal Jerry wirklich eine milde Strafe bekommen hat.« Er schwieg einen Moment, bevor er hinzufügte: »Und vergiss nicht, dass Schulfreundschaften keinesfalls mit Familienbanden zu vergleichen sind. Deine Freundin Audrey weiß das, daher wird sie immer auf der Seite ihres Bruders stehen. Ich hingegen werde an deiner Seite stehen. Ich spiele nicht immer fair, aber ich gewinne. Es ist an der Zeit, dass du das verstehst. Ist das klar?«

Ich starrte ihn an; mir fehlten die Worte. Schließlich nickte ich kaum merklich und murmelte ein leises »Ja«. Endlich richtete Vincent sich auf. Er schaute mich noch einmal durchdringend an und deutete dann mit der flachen Hand zur Küchentür, als würde er mich hereinbitten. Ein klares Zeichen, dass das Gespräch beendet war.

⌥ 29 ⌥

Fieber

Vincent folgte mir in die Küche. Ich war überrascht, alle meine Geschwister am Esstisch versammelt zu sehen. Sofort steuerte ich auf den freien Platz neben Will zu und suchte Trost bei meinem Lieblingsbruder.

Die anderen stürzten sich auf die Burger, die Eugenie für uns zubereitet hatte. Ich knabberte nur ein wenig an meiner Portion und hoffte, dass niemand merkte, dass ich wieder keinen Appetit hatte. Es sah witzig aus, meinen ältesten, stets so eleganten Bruder mit dem großen, überquellenden Brötchen in den Händen zu sehen. Fast Food passte irgendwie nicht zu ihm. Meine Brüder unterhielten sich, aber ich wusste nicht, worüber, denn ich hörte ihnen nicht zu. Stattdesssen konzentrierte ich mich darauf, die Wut in mir zu kontrollieren.

Warum konnte Vincent sich nicht einfach auf meine Bitte einlassen? Hätte Will nicht mindestens innehalten können, als er an uns vorbeiging, um seinem großen Bruder zu sagen, dass er sich mal locker machen sollte?

Was war mit Tony? Er konnte eine Kugel für mich abfangen, hatte aber kein einziges nettes Wort für mich übrig. Wie schrecklich war es wohl für ihn gewesen, mich im Krankenhaus zu umarmen?

Und Dylan erst. Ich erinnerte mich noch zu gut an seine freundlichen Worte, als er sich damals in meinem Zimmer bei mir entschuldigt hatte. Da hatte er mich in den Arm genommen und sogar seinen Schatz genannt! Warum ging das denn nicht öfter? Warum konnte er mich nicht ab und zu anders ansehen als mit diesem ironischen Grinsen im Gesicht, das ich so sehr hasste?

Shane nervte mich noch am wenigsten, aber das hieß nicht, dass er nett zu mir war. Er hatte sich nie auf meine Seite gestellt. Klar, er war lustig und meistens okay drauf, aber er hatte sich noch nie für mich eingesetzt. Neulich hatte er zu mir gesagt, dass sie sich alle Sorgen um meine Sicherheit machen würden und ich versuchen sollte, sie zu verstehen. Aber konnte er sich nicht vielleicht zur Abwechslung mal bemühen, *mich* zu verstehen?

Meine Unterlippe bebte so sehr, dass ich sie nicht kontrollieren konnte. Ich fühlte mich, als würde ich auf einem Meer aus Trauer und Hass dahintreiben. Völlig verloren in meinen Gefühlen. Bald sah ich meinen Hamburger nur noch verschwommen. Dann tropften Tränen auf meinen Teller.

Dylan wollte gerade etwas sagen, hielt aber mitten im Satz inne, als er mein Gesicht sah. Er starrte mich entgeistert an, als könne er nicht fassen, was in aller Welt mit mir los war. Nach und nach schauten mich auch meine anderen Brüder an.

»Hailie? Hey, was ist los?« Wills sanfte Stimme erklang neben meinem Ohr. Sein Arm legte sich um meine Schultern, und ich hatte Mühe, Luft zu holen. Zum ersten Mal spendete mir seine Berührung keinen Trost, sondern irritierte mich nur noch mehr.

Ich hob den Blick und versuchte, die Tränen wegzublinzeln, aber es waren so viele, dass ich sie schließlich mit dem Ärmel meiner Jacke abwischen musste. Ich schämte mich für meinen Gefühlsausbruch, gleichzeitig wusste ich, dass es okay war. Ja, ich war sensibel und weinte oft, aber es musste eben einfach raus.

Vincent saß mir gegenüber und starrte mich teilnahmslos an. »Was ist denn jetzt schon wieder mit ihr los?«, murmelte Dylan.

Ich versuchte, mich zu sammeln, und strich mir eine Haarsträhne aus dem Gesicht, wobei ich zufällig den Ohrring meiner Mutter an meinem Ohrläppchen fühlte. Für den Bruchteil einer Sekunde erstarrte ich.

Und dann fand ich meinen Mut wieder. Ich warf Dylan einen scharfen Blick zu und ließ mich von der Wut mitreißen, die plötzlich wie ein Vulkan aus mir herausbrach. »Was mit mir los ist? Lass mich nachdenken, vielleicht tut es mir ja leid?«, rief ich und richtete mich auf. Wills Hand glitt von meinen Schultern.

Einige Sekunden lang herrschte Stille.

»Häh? Was? Warum?« Shane runzelte die Stirn. »Was tut dir leid?«

»Es tut mir leid, dass meine Brüder Idioten sind.«

»Das hast du gerade nicht echt gesagt, oder?«, meinte Dylan ungläubig. Ich sah, wie sich seine Augen verdunkelten.

»Oh, Dylan …« Ich lachte bitter auf, inzwischen völlig außer Kontrolle. »Wenn du nur wüsstest, wie viele Dinge es noch gibt, die ich euch gern sagen würde.«

Auf den Gesichtern meiner Brüder konnte ich Bestürzung erkennen. Nur Vince sah mich mit demselben emotionslosen Blick an wie immer.

»Hailie, was ist los mit dir?«, fragte Will.

»Verwöhnte kleine Zicke«, murmelte Dylan.

»Ja, genau«, zischte ich. Es war einfacher für mich, mich auf ihn zu stürzen als auf Will. »Ich bin hier diejenige, die verwöhnt ist. Hast du dich mal angeschaut?«

Dylan war von seinem Stuhl aufgesprungen und stand nun ebenfalls. Normalerweise wäre ich froh gewesen, dass uns ein Tisch trennte, aber jetzt fand ich es fast schade.

»Du hast hier alles, was du dir nur wünschen kannst, und trotzdem wagst du es, so mit uns zu sprechen?«

Ich hob die Augenbrauen, denn diesmal war ich diejenige, die glaubte, sich verhört zu haben.

»Alles, was ich mir wünschen kann? Entschuldige bitte, aber was meinst du mit ›alles‹? Etwa teure Klamotten?« Ich schnaubte und zupfte am Kragen meines Uniformhemdes. »Das neueste Handy?« Ich zog das Gerät aus meiner Tasche und knallte es mit mehr Kraft als beabsichtigt auf den Tisch. »Die Privatschule?« Ich schüttelte den Kopf und sah ihn an, als ob er den Verstand verloren hätte. »Verstehst du nicht, dass das alles nur nette Extras sind, die nichts bedeuten, wenn du dich ungeliebt fühlst, wenn deine Mutter gestorben ist und dich allein gelassen hat, wenn du niemanden außer deinen Brüdern hast, die dich die meiste Zeit wie einen Eindringling behandeln? Meine Güte, um jedes einzelne nette Wort, das ich jemals von dir gehört habe, musste ich kämpfen und betteln! Ich freue mich jedes Mal wie eine Idiotin, wenn mich einer von euch umarmt oder auch nur anlächelt. Alles, was ich höre, sind Regeln, Regeln, Regeln! Es geht immer nur darum, was ich darf und was nicht.«

Ich warf einen Blick auf Vincent, der mir zwar zuhörte, auf dessen Gesicht ich aber keine Reaktion erkennen konnte.

»Und du interessierst dich nur für mich, wenn ich etwas tue, was dir nicht passt. Bin ich denn wirklich so furchtbar? Ich habe zum Beispiel den zweitbesten Notendurchschnitt in der ganzen Schule. Dazu hast du noch nie etwas gesagt. Dabei weißt du es natürlich. Du weißt alles. Ich konnte nicht einmal ein blödes Glas Sekt mit meinen Freundinnen trinken, weil ich Angst hatte, du würdest es herausfinden und wütend werden.«

Ich wandte mich von Vincent ab. Kurz sah ich Will an, holte tief Luft und richtete meinen Blick wieder auf Dylan. Mittlerweile sprach ich ruhiger, aber in meiner Stimme lag Bitterkeit.

»Ich habe mich nicht mit Jason getroffen, um euch zu ärgern. Er war einfach jemand, der mit mir reden wollte, der so gewirkt hat, als würde er sich für mich interessieren, sich um mich sorgen. Jemand, der mir Zuneigung geschenkt hat. Aber ihr musstet ihn natürlich verprügeln. Und dann hat er mich gehasst!«

Jetzt warf ich Tony einen Blick zu, der mich anstarrte, als hätte er einen Geist gesehen.

»Ich habe Vincent nicht von deiner Waffe erzählt, um dich in Schwierigkeiten zu bringen. Ich habe vorher nur noch nie eine Waffe mit meinen eigenen Augen gesehen, und plötzlich war da eine in deinem Zimmer. Und du warst so ungerecht zu mir.«

Einen Moment lang blickte ich auf meine zitternden Hände, atmete tief durch und versuchte, meine Stimme unter Kontrolle zu bringen, um nicht zu schreien.

»Ich wusste nicht, was überhaupt los war, konnte mich nur an die idiotischen Gerüchte erinnern, die alle in der Schule über euch erzählen. Deswegen wollte ich herausfinden, wer diese Typen sind, mit denen ich unter einem Dach lebe. Weil ich mich nicht sicher gefühlt habe. Und dann habe ich erfahren, dass ich einen Bodyguard habe, dass es Leute gibt, die mich entführen und sogar töten wollen. Was soll ich denn da bitte denken?«

An dieser Stelle sah ich wieder Vincent an.

»Du hast gesagt, wenn mich jemand entführt, bringst du ihn um. Du hast Jerry aus dem Staat geworfen. Du hast befohlen, Jason zu verprügeln. Und du wunderst dich, dass ich dir nicht in die Augen sehen kann? Meine Mutter konnte keiner Fliege was zuleide tun – und plötzlich habe ich einen Vormund, der darüber spricht, andere zu verletzen oder zu töten, als wäre es das Normalste der Welt. Ich … ich kann nicht … es ist zu viel … ich … ich kann nicht mehr …«, stammelte ich.

Ich atmete tief und flatternd ein. Eigentlich hatte ich noch viel, viel mehr zu sagen, aber die Energie, die mich eben noch angetrieben hatte, war mittlerweile verpufft. Es war, als hätte ich eine Droge eingeworfen, die jetzt nicht mehr wirkte.

Ich spürte Hitze durch meinen Körper rauschen.

Dann atmete ich durch. Allmählich wurde ich wieder klar im Kopf.

Habe ich das alles gerade laut gesagt?, dachte ich. Verblüfft schaute ich mich um. Dylan stand immer noch vor mir. Er sah mich an, als ob er mich zum ersten Mal in seinem Leben sehen würde. Nein, selbst damals, als er mich zum ersten Mal gesehen hatte, hatte er gleichgültiger geguckt. Jetzt war er vollkommen verblüfft. Das waren sie alle. Absolut baff. Wills Mund stand offen, seine Augen waren weit geöffnet. Shane blinzelte, als würde er sich fragen, ob er das gerade träumte. Nur Vincents Miene war wie versteinert. Nicht ein einziger Muskel in seinem Gesicht zuckte.

Die Stille war so dicht, dass sie mich nervös machte. Erschöpft sackte ich auf meinem Stuhl zusammen und gab ein ersticktes Geräusch von mir. Ich musste mich an der Armlehne festhalten, um nicht völlig abzuklappen. Als ich mein Gleichgewicht wiedergefunden hatte, erhob ich mich wieder. Dann drehte ich mich auf dem Absatz um und ging mit schnellen Schritten zur Tür. Meine Brüder saßen am Tisch, erstarrt wie Skulpturen.

Im Hausflur lief ich an Eugenie vorbei, die schockiert dastand; sie musste meinen Ausbruch gehört und sich nicht getraut haben, den Raum zu betreten.

Ich lief immer schneller, bis ich mit einer seltsamen Verzweiflung in mein Zimmer stürzte, die Tür hinter mir schloss und mich dagegenwarf. Mein Atem ging viel zu schnell, ich zitterte am ganzen Körper, und schließlich begann ich wieder zu weinen. Kraftlos ließ ich mich auf den Boden sinken. Eine Weile lag ich zusammengekauert da, nur allmählich konnte ich mich beruhigen.

Was habe ich gerade getan? War das wirklich ich?

Ich lauschte nervös und stellte mir vor, dass jemand, vielleicht Dylan, die Tür öffnen und in mein Zimmer stürmen würde, um mich anzuschreien. Doch nichts dergleichen geschah.

Nach einer Weile rappelte ich mich auf und kletterte ins Bett. Für den Rest des Nachmittags blieb ich dort liegen. Ich hatte fiese Kopfschmerzen, schlief abwechselnd ein und wachte auf. Einmal sah ich wie durch einen Nebel, dass die Tür aufging und Vincent in mein Zimmer spähte, aber ich war mir nicht sicher, ob das wirklich passierte, denn ich hatte in einem fort seltsame Träume.

Irgendwann wachte ich schweißgebadet auf, weil Tony mich durch ein gruseliges, düsteres Gebäude jagte, das für mich wie ein Waisenhaus aus einem Horrorfilm aussah. Er schrie mir etwas zu, und dann packte mich jemand am Arm und zerrte mich in einen finsteren Raum, während Tony sich eine Zigarette anzündete und mir mit einem bösen Grinsen zum Abschied winkte. Vincents Silhouette zeichnete sich hinter ihm ab. Er blickte gleichgültig drein.

Erschrocken legte ich mir die Hand auf die Brust. Mein Herz raste. Ich blinzelte und versuchte, meine Augen an die Dunkelheit zu gewöhnen, die mittlerweile hereingebrochen war. Schnell machte ich die Nachttischlampe an. Ich stöhnte auf, als ich meinen Kopf vom Kissen hob. Die Schmerzen waren so übel! Außerdem war mir kalt. Oder heiß. Ich konnte mich nicht entscheiden.

Ich war mir ziemlich sicher, dass ich Fieber hatte. Im einen Moment zog ich die Decke bis zum Kinn, im nächsten musste ich sie wieder wegschieben, weil mir viel zu warm war. Mein Nachthemd war buchstäblich nassgeschwitzt. Ich brauchte irgendein Medikament, eine Tablette, um das Fieber zu senken und die furchtbaren Kopfschmerzen loszuwerden. Das Problem war, dass ich nicht aufstehen konnte. Ich wusste ja nicht mal, wie spät es war. War Eugenie noch da? Mein Handy hatte ich auch nicht dabei. Ich hatte es in der Küche auf dem Tisch liegen lassen.

Meine Brüder wollte ich nicht sehen, geschweige denn sie um Hilfe bitten. Ich war mir sicher, dass sie mich nach meinem Ausbruch hassten, alle zusammen.

Ich lag lange Zeit da und quälte mich, weil ich nicht wieder einschlafen konnte. Irgendwann fragte ich mich, ob es möglich war, an Fieber zu sterben. Früher war man an solchen Dingen gestorben, oder?

Plötzlich ging die Tür zu meinem Zimmer auf, und Will schaute herein. Unsere Blicke trafen sich. Er kam jedoch nicht näher, sondern wandte sich wieder zum Gehen. Bei dem Gedanken, wieder allein zu sein, geriet ich in Panik.

»Will!« Meine Stimme war kaum mehr als ein Flüstern, aber er hielt inne.

»Ja?«, fragte er, und entweder redete ich mir das ein, oder er klang wirklich weniger mitfühlend als sonst.

»Mir geht's nicht gut«, wimmerte ich und ballte vor Verzweiflung die Fäuste auf der Bettdecke.

Jetzt kam Will doch näher. Mit zusammengezogenen Brauen trat er an mein Bett und beugte sich herunter, um meine Stirn zu fühlen. Sein Gesichtsausdruck war besorgt.

»Verdammt noch mal, Hailie, du glühst ja!«, sagte er laut und murmelte dann: »Was hast du bloß gemacht?«

Ich sprach nicht, weil ich nicht die Kraft dazu hatte, aber ich fühlte mich sofort ein wenig besser. Will sah aus, als würde er sich wirklich um mich sorgen.

»Warte kurz.«

Kein Problem. Ich konnte sowieso nirgendwo hingehen. Still sah ich zu, wie er eilig mein Zimmer verließ.

Es dauerte nicht lange, bis er mit Wasser und einigen Medikamenten zurückkam. Als er das Glas auf meinen Nachttisch abstellte, konnte ich einen Blick auf seine Uhr erhaschen, die er immer am Handgelenk trug. Es war nach zwei Uhr nachts.

Er half mir auf und fluchte leise, als er merkte, wie nass mein Nachthemd war. Ich klammerte mich an seinen Arm, um mich auch nur annähernd in eine sitzende Position zu hieven. Will reichte mir zwei Tabletten. Widerstandslos schluckte ich sie und trank das ganze Glas aus.

Da betrat Vince mein Zimmer, und bei seinem Anblick verkrampfte ich mich. Von Will hatte ich erwartet, dass er mir helfen würde, selbst wenn er sauer auf mich war, aber ich wusste nicht so recht, was ich von meinem ältesten Bruder denken sollte. Panisch packte ich Will am Ärmel.

»Es wird dir bald wieder besser gehen, Kleines. Jetzt musst du dir bequeme und vor allem trockene Kleidung anziehen«, flüsterte Will mir zu, löste sanft meine Hände von seinem Hemd und legte mich so vorsichtig aufs Bett, als wäre ich aus zerbrechlichem Porzellan.

Ich stöhnte in Protest, Bedauern, Zustimmung, ich weiß nicht mehr, was. Ich glaube, das Fieber ließ mich langsam in ein Delirium fallen. Will verschwand in meiner Garderobe, um nach etwas zum Umziehen zu suchen. Vince blieb mit verschränkten Armen an meinem Bett stehen und sah mich an. Ich war froh, dass ich krank war, denn so hatte ich wenigstens eine gute Ausrede, Vincents Blicken ausweichen zu können.

Will warf etwas, das wie eine Jogginghose aussah, neben mir aufs Bett und murmelte irgendwas von einer Wolldecke, und Vince nickte und verließ das Zimmer. Will zog die Decke zurück. Sofort begann ich, vor Kälte zu zittern. Er half mir, mein Nachthemd aufzuknöpfen, und wandte taktvoll den Blick ab, als ich meinen BH auszog. Ich hatte kaum die Kraft, mich zu bewegen, aber als ich in die weiche, bequeme Jogginghose schlüpfte und mir das frische Sweatshirt überzog, fühlte ich mich sofort besser. Kurz darauf kam Vince zurück, eine große, flauschige Decke in den Händen. Er und Will wickelten mich darin ein.

Ich hatte nach wie vor Schüttelfrost und Kopfschmerzen. Die Tabletten hatten noch nicht angefangen zu wirken, aber es ging mir schon etwas besser. Es tat gut, meine Brüder an meiner Seite zu wissen. Auch wenn es zwischen uns angespannt war.

Auf einmal kam ich mir dumm vor. Dumm, weil ich sie angeschrien hatte und sie sich jetzt so lieb um mich kümmerten. Vielleicht dachten sie, dass ich nun bekam, was ich verdiente. Obwohl … sie wirkten eher ehrlich besorgt. Eine leise Stimme in meinem Kopf versuchte, mich zu überzeugen, dass ich nicht dumm war, sondern einfach der Typ Mensch, der dazu neigte, sich im Zweifel selbst fertigzumachen.

Als mich ein furchtbarer Schauer durchfuhr, zog ich die Decke noch fester um mich und kniff die Augen zusammen. Dann spürte ich, wie eine Hand über meine Wange strich. Will.

»Ruh dich aus, Hailie, es ist alles in Ordnung.«

Ist wirklich alles in Ordnung? Sind sie nicht mehr böse auf mich? Stecken sie mich nicht in eine Pflegefamilie oder ein Waisenhaus, wie in meinem Traum?

»Es tut mir leid … «, murmelte ich, und die Stimme in meinem Kopf rief mir zu, dass das schon wieder Quatsch war.

»Schsch … «, murmelte Will. »Vince, sag doch auch mal was.«

Vincent murmelte ihm als Antwort etwas zu, aber ich verstand nicht, was.

»Sie hat Angst vor dir, nicht vor mir.«, wiederholte Will.

Ich hörte meinen ältesten Bruder seufzen. Dann zog Will seine Hand weg, und ich spürte, wie er sich entfernte und Platz für Vincent machte. Ich öffnete meine Augen, obwohl ich keine Lust hatte, seinem kalten Blick zu begegnen.

»Wenn du dich noch einmal in einen derartigen Zustand bringst …«, begann Vince.

»Vince, bitte«, unterbrach ihn Will ungehalten.

Vincent verstummte und starrte mich einen unendlichen Moment lang an. Ich erwiderte mutig seinen Blick. Offenbar musste ich erst im Fieberwahn liegen, damit ich mich das traute. Er hatte so schöne Augen – wenn sie nur ein wenig warmherziger blicken würden …

»Du bist nicht allein, Hailie. Du bist für uns kein Eindringling. Und du wirst geliebt. Jetzt beruhige dich«, sagte Vince steif. Er schob mir eine feuchte Haarsträhne hinters Ohr und strich mir flüchtig mit dem Finger über die Wange. Dann stand er auf und ging.

Will sagte noch etwas zu mir, aber ich hörte ihn kaum noch. Die Tabletten hatten zu wirken begonnen, und meine Kopfschmerzen ließen nach. Als mein Körper merkte, dass er sich nun endlich entspannen konnte, schlief ich augenblicklich ein.

⌁ 30 ⌁

Was meinst du, Hailie?

Im Schneckentempo ging ich Stufe um Stufe nach unten. Ich hatte den Rest der Nacht friedlich geschlafen und fühlte mich viel besser. Die Medikamente hatten geholfen. Zugegeben, mein Kopf fühlte sich immer noch nicht ganz normal an, aber das war mit dem Schmerz von gestern nicht ansatzweise zu vergleichen.

Eugenie, die mich morgens direkt besucht hatte, hatte mir noch eine Tablette gegeben und mir mitgeteilt, dass ich – nach Vincents Anweisung – heute zu Hause bleiben sollte, was ich nur widerwillig akzeptierte. Ich wollte in die Schule gehen. Ich hatte sowieso schon zu viele Stunden verpasst, und weil Vince mein Handy einkassiert hatte, konnte ich Mona nicht mal schreiben. Ich hatte Angst, dass unsere ohnehin schon zerbrechliche Freundschaft noch mehr leiden würde.

Zu Hause zu bleiben versprach außerdem eine unvermeidliche Konfrontation mit Will, Tony oder Vince oder allen gleichzeitig – was mich auch nicht gerade positiv stimmte.

Eugenie hatte mir gesagt, dass Vincent mich sehen wollte, sobald ich mich in der Lage fühlte aufzustehen. Sofort hatte ich wieder einen dicken Kloß im Hals, aber ich lächelte sie nur an und nickte folgsam. Nun war ich also auf dem Weg in die Bibliothek. Als ich an der Küche vorbeiging, hörte ich das Geräusch der Saftpresse und war mir ziemlich sicher, dass es Will war, der sich nach seinem Morgenlauf einen seiner berühmten Smoothies machte. Aus dem Wohnzimmer drang das Geräusch eines Videospiels, was wiederum ein Zeichen dafür sein musste, dass Tony dort abhing. Ich schlich unbemerkt den Flur entlang, denn ich hatte keine Lust, mit einem der beiden zu reden.

Dann betrat ich den Raum, den ich im ganzen Haus am liebsten mochte, den ich aber auch gleichzeitig hasste wegen all der Gespräche mit Vincent, die dort stattgefunden hatten. Das, was mich jetzt erwartete, würde nicht viel besser werden, da war ich mir sicher. Schließlich war ich in seinen Augen noch nie so respektlos gewesen. Aber obwohl ich Angst hatte vor dem, was mich erwartete, wusste ich tief in mir drin, dass ich, wenn ich die Zeit zurückdrehen könnte, jedes einzelne Wort wieder genau so sagen würde.

»Wie geht es dir?«, fragte eine vertraute, kühle Stimme, bei deren Klang ich wie immer erstarrte. Ich saß mit angezogenen Knien in der Sofaecke – ich hatte bereits eine gute Viertelstunde auf Vincent gewartet.

»Besser, danke.«

Vince trug ein helles Hemd und eine dunkle Hose, sein Haar war wie immer ordentlich zurückgekämmt; der Siegelring an seinem Finger blitzte. Er musterte mich. Diesmal wich ich seinem Blick aus, nicht nur aus Angst, sondern auch aus Scham. Ich konnte nicht glauben, dass ich jemanden wie ihn angeschrien hatte.

Mein Bruder ließ sich in dem Sessel nieder, in dem ich aus irgendeinem Grund heute nicht hatte sitzen wollen. Er schwieg, und das machte mich nur noch nervöser. Schließlich hielt ich es nicht mehr aus, atmete tief durch und ergriff selbst das Wort. »Es tut mir leid, Vince. Ich hätte euch nicht so anschreien dürfen.«

Ich gab mir alle Mühe, ihm direkt in die Augen zu sehen, um damit die Aufrichtigkeit meiner Aussage zu unterstreichen.

Ich erinnerte mich an meine Mutter, die mir immer gesagt hatte, ich solle meine Stimme niemals gegen andere Menschen erheben. Vor allem nicht gegen meine Familie. Sie selbst hatte mich nie angeschrien. Aber wenn ich so darüber nachdachte, hatte Vince das auch nie getan, sondern mich stattdessen stets unter Druck gesetzt.

»Ja, das hättest du nicht tun sollen«, stimmte mein Bruder zu, was meine Angst vor der kommenden Strafe nur noch vergrößerte. Trotzdem sagte ich: »Aber ich bereue nichts von dem, was ich gesagt habe.«

Vincent hob sein Kinn und kniff die Augen zusammen. Er antwortete mir nicht, also beschloss ich weiterzureden. »Vince, ich weiß, dass ich dir vielleicht schon früher hätte erzählen sollen, wie es mir geht ... Aber ich hab mich nicht getraut, und dann hat sich alles angestaut, und ... irgendwann konnte ich es nicht mehr zurückhalten. Ich konnte einfach nicht mehr ... «

Er sah mich noch einen Moment lang an, bevor er schließlich antwortete. Er sprach mit einer ruhigen, gemessenen Stimme. Wie ein Arzt, der seinem Patienten geduldig die Testergebnisse erklärt. »Hailie, ich weiß, wie schmerzhaft es ist, die eigene Mutter zu verlieren. Ich habe meine in jungen Jahren verloren. Es tut mir leid, dass du das erleben musstest. Mir ist klar, dass ich sie nicht ersetzen kann, auch wenn ich dein gesetzlicher Vormund bin. Ich habe zugestimmt, mich um dich zu kümmern, weil wir Geschwister sind, eine Familie. Ich würde niemals zulassen, dass du in einer Pflegefamilie landest. Unabhängig davon, wie sehr du von uns wegwillst.

Aber ich wiederhole es noch einmal: Ich kann dir deine Mutter nicht ersetzen. Ich bin nicht wie sie. Ich bin nicht liebevoll, ich werde dir nicht über den Kopf streicheln, dich zur Begrüßung umarmen und dir zum Abschied einen Kuss auf die Stirn geben. Das bedeutet jedoch nicht, dass ich mich nicht um dich kümmere, und es heißt weiß Gott nicht, dass du mir gleichgültig bist. Auch ich bin in einem Haus voller Liebe aufgewachsen, aber auf eine andere Art und Weise, als du es erlebt hast. Mein Vater hat uns, mir und deinen Brüdern, immer beigebracht, dass die Familie das Wichtigste ist, dass wir uns gegenseitig haben, uns aufeinander verlassen können und dass wir uns immer umeinander kümmern müssen. Er hat uns niemals umarmt oder geküsst, er hat uns nie für eine gute Note gelobt. Aber er hat uns geliebt. Zu Hause gab es klare Regeln, die befolgt werden mussten. Und es gab Strafen, die weit über Hausarrest am Wochenende hinausgingen.«

Vince hob eine Augenbraue, und ich biss mir auf die Lippe. Ich hörte ihm wie hypnotisiert zu.

»Zugegeben, ich war nicht bereit, mich mit einem Teenager-Mädchen auseinanderzusetzen. Du hast keine Ahnung, wie dankbar ich deiner Mutter bin, dass sie dich so anständig erzogen hat. Gleichzeitig weiß ich, dass unser Vater die Dinge ganz anders gehandhabt hätte. Es fällt mir sehr schwer, mir vorzustellen, wie er sich gegenüber einer Tochter verhalten hätte. Wahrscheinlich hätte er dich im

Haus eingesperrt und versucht, dich vor jeder möglichen Gefahr zu schützen. Dann hättest du erst in deinen Dreißigern angefangen, auf Dates zu gehen.«

Seine Mundwinkel hoben sich kurz zu einem Lächeln. Ich schwieg und verarbeitete, was er gesagt hatte; aber er war offenbar noch nicht fertig.

»Das Gleiche gilt für den Rest deiner Geschwister. Besonders für Dylan und die Zwillinge. Sie sind jung. Jünger als ich. Sie hatten nie die Gelegenheit, Zeit mit unserer Mutter zu verbringen. Sie sind es gewohnt, mit Männern zu leben. Die einzigen Frauen, mit denen sie zu tun haben, landen nach Partys in ihren Betten.«

Ein Schatten huschte über sein Gesicht.

»Und dann finden sie plötzlich heraus, dass sie eine jüngere Schwester haben. Sie lernen gerade erst, wie man mit dir umgeht. Nach dem Motto ›Trial and Error‹; sie kennen es nicht anders. Ich verstehe, dass das für dich überwältigend und stressig sein muss, denn es ist schwierig, sich gegen sie durchzusetzen. Und ich weiß, dass sie nervtötend sein können. Aber ich werde mich nicht in eure Beziehung einmischen. Irgendwann wirst du selbst lernen, mit ihnen umzugehen. Aber eines ist sicher: Wir fünf sind zusammen aufgewachsen und teilen die gleichen Werte, deshalb weiß ich, dass sie dich lieben und das Beste für dich wollen. Sie zeigen es nur auf ihre eigene Art und Weise.«

Ich war ganz bewegt, denn so ehrlich, wie Vince jetzt mit mir sprach, war er, glaube ich, noch nie mit mir gewesen. Vor allem war es das erste Mal, dass ich meine Situation aus der Sicht meiner Brüder betrachten konnte.

Ich hatte das Gefühl, dass Vince mir endlich die Augen geöffnet hatte. Ja, die fünf hatten viele Fehler gemacht. Aber vielleicht konnte ich anfangen, in ihnen mehr als boshafte Idioten zu sehen. Und zugegeben: Es war egoistisch von mir gewesen zu vergessen, dass auch sie ihre Mutter verloren hatten … Klar, ich wusste nicht genau, wie sie damit umgingen. Meine eigene Erfahrung sagte mir jedoch, dass es sich anfühlte, als würde die ganze Welt einstürzen. Es tat einfach so verdammt weh.

Am liebsten hätte ich ihm Fragen zu meinem Vater gestellt – aber irgendwie hatte ich das Gefühl, dass dies nicht der richtige Zeitpunkt war. Oder vielleicht war ich einfach nur zu feige.

»Danke, dass du mir das alles erzählt hast«, flüsterte ich.

»Gern. Wenn du jemals das Gefühl haben solltest, dass etwas nicht stimmt und du reden willst, komm zu mir, und ich werde dir erklären, warum die Dinge so sind, wie sie sind. Und zwar bevor du explodierst.«

Ich nickte und merkte, wie ich rot wurde.

Vince zog mein Handy aus seiner Tasche. Er reichte es mir, und ich nahm es überrascht entgegen. Ich hatte nicht erwartet, dass ich es so schnell zurückbekommen würde. Doch als ich den Bildschirm sah, erstarrte ich. Er war an mehreren Stellen gesprungen.

Ich schluckte und warf Vince einen besorgten Blick zu. Er beobachtete mich und meine Reaktion.

»Es tut mir leid.« Ich schämte mich unendlich.

Vince hat mir dieses furchtbar teure Handy gekauft, weil mir mein altes runtergefallen ist, und jetzt habe ich vor Wut schon wieder eins kaputt gemacht. Was ist bloß mit mir los?

Vince zuckte nur mit den Schultern.

»Dein Problem. Der Bildschirm hat Risse, aber es funktioniert noch, also werde ich diesmal nicht für eine Reparatur oder für ein neues bezahlen.«

Ich nickte nur.

»Gibt es noch etwas, das du mir sagen möchtest?«

Ich hob meinen Blick und biss mir von innen auf die Wange. Die Worte kamen mir nicht leicht über die Lippen. »Danke, dass du mich bei euch aufgenommen hast.«

Vince nickte langsam, aber ich war noch nicht fertig. Ich musste den Zweifel loswerden, der auf meinem Herzen lastete. »Ich habe geträumt, dass du so wütend auf mich warst, dass du mich in so ein Horror-Waisenhaus gesteckt hast.«

Mein Bruder lachte leise auf. Dann aber seufzte er und sah mich nachsichtig an.

»Ich werde dich nicht wegschicken, Hailie, egal wie wütend ich auf dich bin.«

Ich fühlte mich erleichtert. Trotz allem, was ich mit meinen Brüdern durchgemacht hatte, wusste ich mit einem Mal, dass ich nicht dauerhaft von ihnen getrennt sein wollte.

Schließlich erhob sich Vince, und auch ich stand auf. Am liebsten hätte ich ihn umarmt, aber ich hielt mich zurück. Er durchschaute mich jedoch und seufzte erneut leise.

»Na, komm schon her«, murmelte er. Ermutigt ging ich auf ihn zu, und er drückte mich fest an sich. Nach einem Moment ließ er mich los und sah mir in die Augen. »Übrigens ...« Er hob eine Augenbraue. »Da Will dich jetzt nicht verteidigen kann: Wenn du dich noch einmal vor Aufregung in einen derart fiebrigen Zustand bringst, schicke ich dich ins Krankenhaus und lasse dich dort für mindestens eine Woche. Ist das klar?«

»Verstanden.« Ich lachte auf. Das war einfach typisch Vincent. Er konnte nicht zu lange nett sein. Immer musste er irgendeine Art Drohung einstreuen.

Vince schmunzelte leicht, obwohl ich sah, dass er versuchte, ernst zu bleiben. Ich war erleichtert. Ich hatte recht, es gab nichts zu bereuen.

Den Rest der Jungs sah ich erst beim Mittagessen. Schon wieder saßen sie alle gemeinsam am Tisch. Das konnte kein Zufall sein. Vielleicht hatten sie gemerkt, dass ich ihnen aus dem Weg gegangen war und mich in meinem Zimmer verschanzt hatte, und sie wollten mich endlich sehen. Ich kam als Letzte in die Küche, sofort fühlte ich mich unwohl. Eingeschüchtert nahm ich neben Will Platz. Genauso wie gestern. Ich spürte mindestens vier Augenpaare auf mir, während ich meine Gedanken sammelte und auf die Tischplatte starrte. Irgendetwas drückte in meiner Brust, und ich musste es unbedingt loswerden, also holte ich schließlich tief Luft und schaute in die Runde.

»Hey, tut mir leid wegen gestern. Ich schätze … ich schätze, ich hatte einen schlechten Tag«, murmelte ich und schaute meine Brüder einen nach dem anderen an. Dann sah ich schnell weg. Ich wollte nicht länger als den Bruchteil einer Sekunde Augenkontakt mit ihnen haben.

»Es ist alles in Ordnung, Hailie. Alles okay. Willst du darüber reden?«, fragte Will.

Ich schüttelte den Kopf.

Jemand schnaubte, und dieser Jemand war offensichtlich Dylan. Ich presste meine Lippen zusammen und sah ihn grimmig an. Dieser Typ machte mich echt fertig.

»Was soll das, Dylan?«, wandte sich Will mit erhobener Stimme an ihn.

»Ja, klar – klopf ihr noch auf die Schulter für ihren hysterischen Anfall«, pampte er.

»Hailie hat in letzter Zeit viel durchgemacht«, verteidigte mich Will. »Warum sollte ich nicht freundlich zu ihr sein?«

»Wenn sie ständig eine Sonderbehandlung kriegt, wird sie nie erwachsen«, antwortete Tony.

Ich senkte den Blick auf meine Knie.

»Und warum liegt dir so viel daran, dass sie erwachsen wird?«, wollte Will wissen.

»Weil es noch mehr Wichser wie diesen Jerry oder den Glatzkopf auf der Welt gibt, die ihr wehtun wollen. Sie muss abgehärtet sein.«

Ich zitterte und spürte, wie Will seine Hand auf meine Schulter legte. Das half.

»Hör auf, ihr Angst zu machen. So etwas wie mit Jerry wird nicht noch mal passieren.«

»Du weißt sehr wohl, dass man das nicht sicher sagen kann. Besonders in unserer Welt.«

Erneut durchlief mich ein Schauer.

»Und was schlägst du vor? Sollen wir ihr verbieten, das Haus zu verlassen?«, fragte Will wütend.

»Das wäre zumindest eine Idee«, zischte Dylan.

»Sie sollte lernen, wie sie sich zu verhalten hat, wenn es brenzlig wird«, warf Shane ein.

Hallo, ich bin hier, und ich kann alles hören! Das wollte ich am liebsten rufen, beschloss aber, dass es besser war, mich zurückzuhalten.

»Willst du ihr eine Waffe geben, oder was?«, schnaubte Dylan.

»Na, warum eigentlich nicht?«, murmelte Tony und zuckte mit den Schultern.

»Ist das dein Ernst? Du willst ihr eine Waffe geben? Und die trägt Hailie dann in ihrer Schultasche? Zusammen mit ihren Büchern und ihrer Brotdose?«, rief Will ungläubig aus, und seine Hand, die immer noch auf meiner Schulter lag, ballte sich zur Faust.

»Dann gebt ihr keine Waffe, aber bringt ihr zumindest bei, wie man eine benutzt«, schlug Shane vor, während er in aller Ruhe Nudeln auf seine Gabel drehte.

»Und warum zum Teufel muss sie das wissen?«, rief Dylan.

»Verdammt, keine Ahnung, Dylan! Vielleicht, damit sie sich das nächste Mal verteidigen kann, wenn sie in Gefahr ist?«, rief Tony und rollte mit den Augen.

»Willst du unsere fünfzehnjährige Schwester zu einer Attentäterin ausbilden?«

»Was für Attentäterin, was zum Teufel laberst du da?«

»Dylan hat recht. Du kannst dir einreden, dass du ihr Selbstverteidigung beibringst, aber letztendlich bringst du ihr das Töten bei«, ging Will dazwischen.

Wieso tickten plötzlich alle so aus? Ich fühlte mich zunehmend unwohl. Außerdem fiel mir auf, dass Vince sich als Einziger nicht einmischte. Ich warf einen Blick zu ihm hinüber. Er beobachtete die anderen Jungs nur aufmerksam, schien seine Gedanken aber vorerst für sich behalten zu wollen.

»Meiner Meinung nach sollte sie Selbstverteidigung lernen. Nicht nur den Umgang mit Schusswaffen, sondern auch ein paar alltägliche Tricks. Eine Grundausbildung. Zu ihrer eigenen Sicherheit.« Shane zuckte mit den Schultern.

»Bin voll dafür«, murmelte Tony und hob bei diesen Worten für eine Sekunde die Hand, als wäre es eine Abstimmung.

»Auf gar keinen Fall!«, donnerte Will.

»Ihr dreht echt komplett durch«, stimmte Dylan ihm zu und musterte die Zwillinge empört.

Einen Moment lang herrschte Schweigen, als allen Anwesenden, mich eingeschlossen, klar wurde, dass diese Entscheidung ohnehin bei Vince lag. Wie immer. Trotzdem schienen ihn die Argumente meiner Brüder zu interessieren. Nun drehten sich alle zu unserem ältesten Bruder um. Auch ich beobachtete ihn.

Vince schaute mir direkt in die Augen. Es war ein sehr intensiver Blick, aber ich sah nicht weg. Schließlich fragte er: »Was meinst du, Hailie?«

Meine Augen wurden groß, als ich realisierte, dass er mich gerade nach meiner Meinung gefragt hatte.

Klar fragt er mich nach meiner Meinung, so sollte es auch sein, dachte ich. Schließlich ging es um mich. Aber ich war es nicht gewohnt, dass Vince mich selbst entscheiden ließ.

»Ernsthaft?«, rief Dylan und sah verärgert zu Vincent, der ihm seinerseits einen irritierten Blick zuwarf.

»Ich habe nicht dich gefragt, oder?«, knurrte Vincent ihn an. Dylan schnaubte wütend, dann schwieg er. Vince wandte sich wieder mir zu. »Möchtest du Selbstverteidigung lernen?«

Ich leckte mir nachdenklich über die Lippen. Wollte ich das? Ich erinnerte mich an die Angst, die in mir aufgestiegen war, als ich die Waffe bei Tony gesehen hatte. Und dann die in der Schublade, in der Bibliothek. Wie ich sie auf Jerry gerichtet hatte. Welche Panik ich im Wald gehabt hatte. Ich wollte nie, absolut nie wieder in eine solche Situation geraten – aber wenn auch nur das geringste Risiko bestand, dass so etwas wieder passieren würde, sollte ich wissen, wie ich mich zu verhalten hatte. Oder nicht?

Langsam und mit zunehmender Überzeugung nickte ich.

»Ja. Ja, das möchte ich.«

Vince nickte ebenfalls.

»Nun gut, so soll es sein. Du wirst deine Ausbildung nach den Winterferien beginnen.«

Dylan fluchte ungläubig. Tony lehnte sich zurück und lachte laut auf, während er seine Hände wie in freudiger Erwartung aneinander rieb. Shane zuckte wieder mit den Schultern, und Will kniff die Lippen zusammen und starrte Vincent missbilligend an.

Ich schlang meine Arme um mich und lehnte mich in meinem Stuhl zurück. Dabei spürte ich, wie die Aufregung langsam meinen ganzen Körper erfasste.

Die letzten Schulwochen vor den Februarferien verbrachte ich hauptsächlich mit Lernen und Therapie. Ich gab alles, um meine guten Noten bis zum Ende des Schuljahres zu halten, während ich mit Unterstützung der Jungs darum kämpfte, Appetit zu bekommen und regelmäßig zu essen.

Am meisten überraschte mich eine Aktion von Shane. Ich sah mir gerade einen langweiligen Film an, mein Kinn auf ein Kissen gestützt. Shane kam herein und gesellte sich zu mir, mit zwei Bechern Schokoladeneis in den Händen. Er setzte sich direkt neben mich und bot mir einen davon an.

Ich brachte es nicht übers Herz, das Eis abzulehnen, also nahm ich den Becher. Ich genoss die Gesellschaft meines Bruders, verspürte aber gleichzeitig den vertrauten Druck, essen zu müssen. Ich lernte zwar allmählich, damit umzugehen, aber es war nicht leicht – vor allem, da Shane immer wieder verstohlen zu mir herüberschaute. Irgendwann seufzte ich tief, legte den Löffel zur Seite und hielt ihm meinen Becher hin.

»Ich kann nicht.«

Shane hatte sofort Sorgenfalten auf der Stirn. Er hatte seine Portion schon fast aufgegessen.

»Das ist nicht schlimm. Iss einfach, so viel du kannst.«

»Ich kriege aber gar nichts runter!«, stöhnte ich.

»Hey, hey, mach dir keine Sorgen. Wir haben es nicht eilig, du musst nicht alles auf einmal aufessen, wir haben ja noch den halben Film. Iss langsam. Ich bin bei dir, okay?« Er schob das Eis zu mir zurück.

»Aber es wird schmelzen«, sagte ich verzweifelt.

Aus irgendeinem Grund machte mich dieser Gedanke sehr traurig. Shane zog die Augenbrauen hoch, rückte näher an mich heran und legte mir eine Hand auf die Schulter.

»Hailie?«, flüsterte er. »Das ist nicht schlimm.«

Niemand von uns achtete mehr auf den Film. Wir sahen uns in die Augen, und meine Unterlippe zitterte. Ich brachte keinen Ton heraus, also sprach er mit einem sanften Lächeln weiter.

»Dann wirst du eben einen phantastischen Milchshake haben, kleines Mädchen.«

Ich blinzelte und starrte ihn mit großen Augen an. Er zerzauste mein Haar und flüsterte: »Ich hole dir einen Strohhalm.«

Dann stand er auf, und ich blieb auf dem Sofa sitzen, den kühlen, feuchten Eisbecher in der Hand – dessen Inhalt ich später tatsächlich genussvoll durch einen Strohhalm schlürfte. Während wir den Film guckten, ruhte mein Kopf auf Shanes Schulter.

Diese scheinbar so kleine Geste bedeutete mir viel. Sie schimmerte in meinem Inneren wie Gold und Diamanten.

Audrey mied mich wie der Teufel das Weihwasser, und je öfter sich unsere Wege zufällig kreuzten, desto überzeugter war ich, dass ich nicht nur eine Freundin verloren, sondern auch noch eine Feindin gewonnen hatte. Nie hätte ich gedacht, dass dieses ruhige und vernünftige Mädchen so garstig sein konnte. Jason hingegen ignorierte mich nicht mehr nur, er lief sogar vor mir weg, als hätte er Angst vor mir, was mir zugegebenermaßen ein Gefühl der Genugtuung gab.

Ich hatte den Eindruck, dass zumindest meine Bindung zu Mona stärker geworden war. Deshalb war ich traurig, als die Feiertage näher rückten und ich erfuhr, dass sie die gesamten Winterferien bei ihrer Familie in Kanada verbringen würde. Das bedeutete nämlich, dass ich sie in den nächsten zwei Wochen nicht sehen konnte. Ich würde sie vermissen, merkte ich.

Zu meiner Überraschung stellte sich heraus, dass meine eigenen Ferien nicht so langweilig und gewöhnlich werden sollten, wie ich erwartet hatte.

Kurz vor dem Ende des Schuljahres teilte mir Vince mit, dass Dylan, die Zwillinge und ich verreisen würden. Und zwar nach Thailand. Ich konnte es nicht fassen. Ich würde mit meinen Brüdern auf einen anderen Kontinent fliegen!

Mehr erfuhr ich allerdings nicht. Jede Frage, die ich zu diesem Thema stellte, wurde mit einem kurzen »Du wirst schon sehen« abgetan. Ich brachte absolut nichts in Erfahrung. Warum Thailand, warum mit Dylan und den Zwillingen, warum diese Idee? Irgendwann beschloss ich, den Plan einfach zu akzeptieren und mich auf das Abenteuer zu freuen. Vor allem, als ich googelte und sah, wie wunderschön es dort aussah.

Nach harten Monaten voller Traurigkeit, Trauer und Ungewissheit hatte ich mir eine Pause verdient. Eine Pause von diesem neuen Leben mit meinen Brüdern und ihren Geheimnissen. Nach all dem Stress zu Hause und dem hektischen Schulalltag war ich wirklich urlaubsreif.

Als es an der Zeit war, zu packen, warf ich alle Sommerkleider in den Koffer, die ich besaß, und schließlich, nach kurzem Zögern, legte ich auch das ordentlich gefaltete gelb karierte Kleidchen hinein. Ich stellte mir die Reaktion meiner Brüder vor, wenn ich es anziehen würde, und ich konnte ein Grinsen nicht unterdrücken.

Dann fiel mein Blick auf mein Spiegelbild. Was war denn hier los? Seit wann war ich so frech und selbstbewusst?

Das Lächeln auf meinem Gesicht war fast so strahlend wie das Glitzern der goldenen Herzen, die in meinen Ohrlöchern steckten – und von denen ich mir geschworen hatte, dass ich sie niemals wieder abnehmen würde.

Damals konnte ich nicht einmal ahnen, wen ich bald treffen sollte.

ENDE

Liebe Leser:innen,

in *The Monet Family. Shine Bright Like a Treasure*
sind potenziell triggernde Inhalte enthalten.

ACHTUNG:
Es folgen SPOILER für den Roman!

Die folgenden Inhalte und Themen
werden behandelt oder sind enthalten:
familiäre Gewalt, Tod eines Elternteils und
enger Familienmitglieder, vulgäre Sprache, psychische
und körperliche Gewalt, Essstörungen.

Gebt auf Euch acht!
Eure Aufbau Verlage